Et tu périras par le feu

DÉJÀ PARUS DU MÊME AUTEUR

DANS LA TRILOGIE VARTANIAN

Je te volerai ta mort
Le cercle du mal
Le sceau du silence

Autres publications

Le silence de la peur
Et tu périras par le feu
La proie du silence
Les roses écarlates
Le lys rouge
Elles étaient jeunes et belles

KAREN ROSE

Et tu périras par le feu

BestSellers

Collection : BEST-SELLERS

Titre original : COUNT TO TEN

Traduction française de FRANÇOISE NAGEL

Ce roman a déjà été publié en juillet 2008

HARLEQUIN®
est une marque déposée par le Groupe Harlequin

BEST-SELLERS®
est une marque déposée par Harlequin S.A.

Photo de couverture

Texture : © ROYALTY FREE/V. ROCH

Réalisation graphique couverture : E. COURTECUISSE (Harlequin SA)

Publié avec l'aimable autorisation de Grand Central Publishing, New York, USA.

83-85, boulevard Vincent-Auriol, 75646 PARIS CEDEX 13.

Service Lectrices — Tél. : 01 45 82 47 47

www.harlequin.fr

ISBN 978-2-2802-8435-6 — ISSN 1248-511X

A Martin, pour les 25 plus belles années de ma vie. Je t'aime.

Pour Cristy Carrington, en hommage à ta merveilleuse poésie, à la capacité que tu as eue de voir chez mes personnages une profondeur émotionnelle que je ne percevais pas aussi clairement moi-même. Tu as été un révélateur.

A mes sœurs de cœur, qui me connaissent si bien et m'aiment en dépit de mes défauts. Je vous aime vous aussi, autant que vous m'aimez.

Prologue

Springdale, Indiana
Jeudi 23 novembre, 23 h 45

Il regardait fixement les flammes avec un plaisir macabre. La maison était en feu.

Il croyait les entendre crier. *Au secours ! Oh, mon Dieu, aidez-nous !* Il espérait les entendre hurler, que ce ne fût pas seulement le fruit de son imagination. Il voulait qu'ils souffrent comme des damnés.

Ils étaient coincés à l'intérieur. Aucun voisin pour leur porter secours à des kilomètres à la ronde. Il aurait pu utiliser son téléphone mobile et appeler la police, les pompiers. Un rictus tordit le coin de ses lèvres. Pourquoi l'aurait-il fait ? Ils avaient enfin ce qu'ils méritaient. Que ce fût de sa propre main n'était que… justice.

Il ne se rappelait pas avoir allumé l'incendie, mais il avait dû le faire, forcément. Sans quitter des yeux la maison en flammes, il renifla les gants de cuir qu'il portait. Il sentit l'odeur de l'essence sur ses mains.

Oui, c'était bien lui le responsable de cette fournaise. Et il en était farouchement, profondément satisfait.

Il ne se souvenait pas non plus d'avoir conduit sa voiture jusque-là. Mais comment aurait-il pu en être autrement ? Il avait sans hésitation reconnu la maison, bien qu'il n'y eût jamais vécu. S'il avait habité là, tout aurait été différent. Personne n'aurait touché à Shane. Son frère serait peut-être encore en vie, et la haine ardente, viscérale qu'il avait gardée enfouie si longtemps ne lui serait peut-être jamais venue.

Mais il n'avait pas vécu dans cette maison. Shane seul y avait habité, pauvre petit agneau au milieu des loups. Et lorsqu'il était sorti et avait retrouvé son frère, Shane n'était plus le petit garçon heureux qu'il avait connu : son petit frère marchait désormais la tête basse, les yeux emplis de honte et de crainte.

Parce qu'ils lui avaient fait du mal.

La rage qui bouillonnait en lui éclata. Dans cette maison où Shane aurait dû vivre à l'abri de tout danger, dans cette maison dévorée à présent par les flammes de l'enfer, ils avaient tellement meurtri son frère qu'il n'avait plus jamais été le même.

Shane était mort.

Et maintenant, leur tour était venu de souffrir, comme Shane avait souffert. C'était… justice.

Que sa haine et sa rage remontent à la surface de temps en temps était inévitable, supposait-il. Aussi loin qu'il se souvînt, ces sentiments avaient existé en lui. Mais la raison de sa fureur… cette raison, il ne l'avait jamais révélée à quiconque. Y compris à lui-même. Il l'avait rejetée pendant si longtemps, avait si bien réinventé toute l'histoire, qu'il avait eu lui-même du mal à se remémorer la vérité. Il y avait des périodes entières qu'il avait complètement oubliées, oblitérées de sa mémoire. Parce que leur souvenir était trop douloureux.

Mais maintenant, il se souvenait. Il se souvenait de chacune des personnes qui avaient levé la main sur eux. De tous ceux qui auraient dû les protéger et qui n'en avaient rien fait. De chacun de ceux qui avaient détourné les yeux.

Et tout cela à cause du garçon. De ce petit garçon qui lui faisait penser à Shane. Celui qui avait espéré son aide, sa protection. Ce soir, le garçon avait tourné vers lui des yeux pleins de terreur et de honte. Cela l'avait ramené des années en arrière, à une époque dont il détestait se souvenir. L'époque où il était… faible. Pitoyable et bon à rien.

Il plissa les yeux, tandis que les flammes léchaient les murs de la maison qui brûlait comme du petit bois. Il n'était plus insignifiant ni minable désormais. Maintenant, il prenait ce qu'il voulait et se fichait bien des conséquences.

Comme toujours, la raison commença à l'emporter sur la colère.

Parfois, malheureusement, c'étaient les conséquences de ses actes qui l'obsédaient. Surtout quand il cédait à la fureur, comme cette nuit. Ce n'était pas la première fois qu'il restait sur place à contempler son œuvre, se souvenant à peine de l'acte lui-même. Mais c'était le premier feu…

Il ravala sa salive. C'était son premier incendie depuis bien longtemps. Il avait accompli d'autres forfaits, bien sûr, des choses nécessaires. De celles qui l'enverraient derrière les barreaux s'il se faisait pincer. Dans une vraie prison cette fois, et non plus dans ces centres de détention pour délinquants juvéniles qui, bien que plutôt exécrables, restaient toutefois supportables à condition de se montrer un tant soit peu malin.

Ce soir, il avait tué. Et il ne le regrettait pas. Pas le moins du monde. Mais il avait eu de la chance. La maison se trouvait éloignée des voisins les plus proches, à l'abri des regards indiscrets. Que se serait-il passé si elle avait été située dans un quartier ordinaire en plein centre-ville ? Si on l'avait vu ? Chaque fois, il se posait cette même question. *Et s'il se faisait prendre ?*

Un de ces jours, la rage qui bouillait tout au fond de son être lui attirerait des ennuis dont il ne pourrait se sortir tout seul. Elle le dominait, le rendait vulnérable. Il serra les dents. Car jamais plus il ne tolérerait de se retrouver sans défense.

Soudain, la réponse lui apparut clairement. La rage devait disparaître.

Dès lors, il fallait en éliminer la cause. Autrement dit,

tous ceux qui les avaient fait souffrir, ceux qui avaient préféré ne pas voir, tous devaient être supprimés. Debout devant la fournaise, il se remémora chacun d'eux. Il vit leurs visages, entendit leurs noms et ressentit la haine.

Il inclina la tête, tandis que le toit s'effondrait, éclaboussant le ciel d'une pluie d'étincelles, pareille à de minuscules fusées. Un feu d'artifice du tonnerre qu'il avait allumé là !

Ce ne serait pas facile de surpasser un tel spectacle. Mais, bien sûr, il réussirait. Il ne faisait jamais les choses à moitié. Quoi qu'il entreprît, il lui faudrait l'exécuter à la perfection. Pour Shane. Et pour lui-même. Ensuite, il pourrait enfin tourner la page sur cette partie de sa vie et poursuivre son chemin.

Cette dernière gerbe de flammèches ne manquerait pas d'alerter la caserne locale des pompiers. Il ferait mieux de s'enfuir pendant qu'il en était encore temps. Sourire aux lèvres, il remonta en voiture et fit demi-tour en direction de la ville. Un plan commençait à germer dans son esprit.

Ce serait un fameux spectacle. Et lorsque le rideau tomberait sur la scène finale, Shane pourrait enfin reposer en paix.

Et lui serait libre.

1

Chicago
Samedi 25 novembre, 23 h 45

Une branche cogna contre la vitre. Caitlin Burnette serra les mâchoires. « Ce n'est que le vent, murmura-t-elle entre ses dents, ne sois pas si froussarde. » Tout de même, ces mugissements au-dehors avaient quelque chose d'inquiétant, et se trouver seule dans la vieille demeure grinçante des Dougherty n'était certes pas pour la rassurer. Elle baissa de nouveau le regard sur son manuel de statistiques, motif principal de sa réclusion en cette soirée de samedi. La fête à TriEpsilon aurait été rudement plus amusante. Plus bruyante aussi. Et c'était précisément pour cette raison qu'elle était là, en train de bûcher la matière la plus assommante du monde, dans le calme et la tranquillité d'une vieille bâtisse déprimante, au lieu de travailler dans sa chambre en s'efforçant d'ignorer la fiesta autour d'elle.

Son professeur de statistiques avait annoncé un examen pour le lundi matin. Si elle échouait, c'était tout le semestre qu'elle ratait. Qu'elle loupât encore une discipline, et son père lui reprendrait sa voiture, la vendrait et utiliserait l'argent pour emmener sa mère aux Bahamas.

Caitlin grinça des dents. Elle allait lui montrer ! Elle réussirait ce fichu contrôle, quitte à y laisser sa peau. Et si elle se plantait, tant pis ! Elle avait presque économisé assez d'argent pour pouvoir s'acheter elle-même cette maudite voiture, ou peut-être même une plus belle encore. Les Dougherty avaient beau la payer chichement pour s'occuper de leur chat, cela lui suffirait néanmoins à s'en sortir et…

Un autre bruit, différent celui-là, lui fit relever le menton. Elle plissa les yeux. *Bon sang ! Qu'est-ce que c'était cette fois ?* Ça venait d'en bas. On aurait dit… une chaise qui racle le parquet.

Appelle la police. Une main sur le téléphone, elle prit une profonde inspiration, se força à se calmer. *Ce doit être le chat.* Elle aurait l'air plutôt ridicule d'appeler la police pour un persan de neuf kilos outrageusement gâté. Sans compter qu'elle n'était pas censée se trouver là, en ce moment. Mme Dougherty s'était montrée très claire à ce sujet. Il était hors de question de « coucher » dans la maison, « organiser des fêtes », ou « utiliser le téléphone ». Elle devait se contenter de nourrir le chat et changer sa litière, un point c'est tout.

Les Dougherty seraient probablement furieux et refuseraient de la payer s'ils découvraient qu'elle était restée si longtemps chez eux. Caitlin poussa un soupir. De plus, son père ne manquerait pas de l'apprendre et il s'en donnerait à cœur joie. Et tout ça pour un stupide chat plein de poils nommé Percy !

Malgré tout, mieux valait être prudente. Sans bruit, Caitlin quitta la chambre d'amis qui servait de bureau et se rendit dans la chambre de maître. Elle sortit le petit pistolet du tiroir du chevet de Mme Dougherty et ôta le cran de sûreté. C'était en cherchant un stylo qu'elle avait trouvé cette arme, un calibre 22, semblable à celles avec lesquelles elle s'était exercée des dizaines de fois au stand de tir, collée aux basques de son père. Elle descendit l'escalier, le pistolet pressé contre sa jambe. Il faisait noir comme dans un four, mais elle avait peur d'allumer la lumière. *Arrête ça, Caitlin, appelle donc les flics.* Cependant, ses pieds continuèrent d'avancer, silencieux sur le tapis. Lorsque tout à coup, alors qu'elle atteignait l'avant-dernière marche, le bois craqua. Elle s'arrêta net, le cœur battant à tout rompre, l'oreille aux aguets.

Elle entendit un fredonnement. Il y avait quelqu'un dans la maison et il *fredonnait*.

Puis le raclement d'un objet lourd traîné sur le sol couvrit le chantonnement. Et elle sentit une odeur de gaz.

Sors d'ici. Va chercher de l'aide. Elle arriva en titubant au pied de l'escalier, trébucha, tomba à genoux. L'arme lui échappa des mains, ricocha sur le parquet, avec un bruit d'enfer.

Le fredonnement cessa net. Dans un geste désespéré, elle essaya de rattraper le pistolet, ses mains tâtonnant fébrilement dans le noir sur le plancher froid. Dès qu'elle eut récupéré l'arme, elle se redressa sur ses jambes. *Sauve-toi. Sauve-toi !*

Elle n'avait pas fait deux pas vers la porte qu'elle reçut un coup par-derrière qui la projeta à terre. Elle tenta de crier, l'air lui manqua. Ensemble, ils glissèrent sur quelques dizaines de centimètres, puis il la plaqua à plat ventre sur le sol en pesant sur elle de tout son poids. *Mon Dieu, s'il vous plaît !* Elle se débattit, mais il était vraiment trop fort. En un éclair, il lui arracha le pistolet des mains. Elle sentit son souffle rauque et haletant contre son oreille, puis, comme il ralentissait sa respiration, elle prit conscience qu'il se raidissait contre elle. *Oh non, pas ça ! Par pitié !*

Au moment où il imprima à son bassin une violente poussée, signe évident de ses intentions, elle ferma les paupières de toutes ses forces.

— Laissez-moi partir, je vous en prie, supplia-t-elle. Je ne devrais même pas me trouver ici. Je ne dirai rien à personne, je vous le jure.

— Tu ne devrais pas être là ? répéta-t-il. C'est vraiment pas de chance !

Sa voix était grave, mais elle sonnait faux. Comme une mauvaise imitation de Dark Vador. Caitlin concentra son attention, déterminée à se rappeler le moindre détail afin de pouvoir tout raconter à la police une fois qu'elle aurait réussi à lui échapper.

— S'il vous plaît, ne me faites pas de mal, gémit-elle.

Il hésita, retint son souffle l'espace d'un instant. Le temps sembla suspendu. Enfin, il poussa un soupir.

Puis il éclata de rire.

Dimanche 26 novembre, 1 h 10

L'oreille aux aguets, Solliday traversa la foule tout en observant les badauds. De l'autre côté de la rue, la maison flambait. C'était un quartier ancien et résidentiel, et tous les riverains qui s'étaient assemblés dehors, dans le froid, semblaient bien se connaître. Tout à la fois bouleversés et incrédules, ils exprimaient à voix basse leur peur que le vent ne rabatte les flammes sur leurs propres maisons. Trois vieilles femmes se tenaient un peu à l'écart, leurs visages inquiets illuminés par les lueurs de la fournaise. Il avait fallu deux compagnies de pompiers pour la maîtriser. Ce brasier était trop violent, trop intense et les foyers trop nombreux à l'intérieur de la maison pour qu'il s'agisse d'un incendie accidentel.

Malgré leur émotion, il était temps d'interroger les témoins, avant qu'ils n'aient l'occasion d'échanger leurs impressions. Car même au sein d'un groupe de citoyens au-dessus de tout soupçon, les différentes versions d'une histoire identique s'uniformisaient dès lors que les personnes partageaient leurs vues, et des détails pertinents risquaient ainsi d'être perdus.

Les incendiaires avaient alors toutes les chances d'échapper à la justice. Or, le travail de Reed consistait justement à éviter que cela ne se produise.

— Mesdames, dit-il en s'approchant des trois femmes, son insigne à la main, je suis le lieutenant Solliday.

Elles le jaugèrent d'un coup d'œil rapide.

— Vous êtes de la police ? demanda celle du milieu.

Elle semblait avoir dans les soixante-dix ans et était si petite et menue que Reed s'étonna que le vent ne l'eût pas encore emportée. Ses cheveux blancs étaient enroulés serré sur des bigoudis ; sa chemise de nuit en flanelle, dépassant de son manteau de laine, traînait sur le sol couvert de givre.

— Non, je suis *fire marshal*[1], répondit Reed. Puis-je prendre vos noms ?

— Je m'appelle Emily Richter et voici Janice Kimbrough et Darlene Desmond.

— Vous connaissez bien ce quartier ?

— Ça fait presque cinquante ans que je vis ici, dit Richter en reniflant.

— Qui habite cette maison, madame ?

— C'étaient les Dougherty qui vivaient ici. Joe et Laura. Mais Laura est décédée et Joe a pris sa retraite en Floride. Maintenant, c'est son fils et sa belle-fille qui habitent la maison. Joe la leur a cédée pour une poignée de cerises. Ce qui a fait chuter la valeur de l'immobilier dans le quartier.

— Mais ils ne sont pas là en ce moment, ajouta Janice Kimbrough. Ils sont allés en Floride voir Joe pour Thanksgiving.

— Il n'y avait donc personne dans la maison ?

C'était du moins ce dont on avait informé les pompiers dès leur arrivée sur les lieux.

— Non, à moins qu'ils ne soient rentrés plus tôt que prévu, répondit Janice.

— Ce n'est pas le cas, affirma catégoriquement Richter. Comme leur camping-car est trop grand pour le garage, d'habitude ils le garent dans l'allée. Puisqu'il n'y est pas, ça veut dire qu'ils ne sont pas encore revenus.

1. Aux Etats-Unis, le *fire marshal* est un pompier expérimenté et un enquêteur assermenté, spécialisé dans les enquêtes sur les incendies criminels (NdE).

— Mesdames, auriez-vous remarqué un inconnu en train de rôder dans le quartier ?

— J'ai vu une fille entrer et sortir hier, remarqua Richter. Le fils de Joe avait dit qu'il embaucherait quelqu'un pour s'occuper du chat.

Elle renifla de nouveau avant de poursuivre :

— Dans le temps, Joe nous aurait donné les clés et un sac de croquettes, mais son fils a changé toutes les serrures. Et il a engagé une gamine.

Reed sentit les poils de sa nuque se hérisser. Qu'on appelle ça l'instinct ou n'importe quoi d'autre, il y avait quelque chose là-dedans qui ne présageait rien de bon.

— Une gamine ?

— Une étudiante, intervint à son tour Darlene Desmond. La belle-fille de Joe m'a dit qu'elle ne dormirait pas sur place, qu'elle devait juste venir deux fois par jour pour nourrir le chat.

— Les Dougherty possèdent-ils d'autres véhicules ? interrogea Reed.

Janice Kimbrough plissa le front.

— La belle-fille de Joe conduit une voiture ordinaire, une Ford, je crois.

Richter secoua la tête.

— Une Buick.

— C'est tout ce qu'ils avaient comme véhicules ? Le camping-car et la Buick ?

Reed avait aperçu les carcasses carbonisées de deux voitures dans le garage. Un haut-le-cœur lui tordit l'estomac.

Hochant la tête, les trois femmes échangèrent des regards perplexes.

— C'est tout, confirma Richter.

— Merci, mesdames, votre aide me sera précieuse.

Il traversa la rue au pas de course pour rejoindre le capitaine Larry Fletcher qui se tenait près du camion, sa radio à la main.

— Salut, Larry !

— Reed, dit Larry en fronçant les sourcils devant le spectacle de la maison en feu, cet incendie a été allumé volontairement.

— C'est aussi ce que je pense, Larry, et il se peut qu'il y ait encore quelqu'un à l'intérieur.

Larry secoua la tête.

— Les voisins ont dit que les propriétaires étaient absents.

— Mais ils ont embauché une étudiante pour garder le chat.

Larry tourna brusquement la tête.

— Ils m'ont affirmé qu'il n'y avait personne dans la maison.

— La fille n'était pas censée rester toute la nuit. Il y a deux voitures dans le garage, n'est-ce pas ? Or, les propriétaires n'y garent d'ordinaire qu'un seul de leurs deux véhicules. L'autre est un camping-car avec lequel ils sont partis. Il faut vérifier que la fille n'est pas là-dedans, Larry.

Avec un bref signe de tête, Larry leva la radio à hauteur de son visage.

— Mahoney, il y a une victime possible à l'intérieur.

Le récepteur grésilla.

— Compris. J'essaie d'y retourner.

— Si c'est trop dangereux, vous ressortez tout de suite, ordonna Larry avant de se tourner vers Reed, le regard dur. Si elle y est encore…

D'un air sombre, Reed hocha la tête.

— Elle est probablement morte, je sais. Je vais continuer à interroger les témoins. Préviens-moi dès que je pourrai pénétrer dans la maison.

Dimanche 26 novembre, 2 h 20

Son cœur battait toujours à coups redoublés. Tout s'était déroulé exactement comme il l'avait prévu.

Enfin, pas tout à fait. *Elle* avait constitué une surprise

à laquelle il ne s'était pas attendu. Miss Caitlin Burnette ! Il sortit le permis de conduire du sac à main qu'il avait emporté, en guise de souvenir de cette nuit. Elle n'aurait pas dû se trouver dans la maison, avait-elle dit. Elle l'avait supplié de la laisser partir, avait promis de ne rien dire à personne. Elle mentait, bien sûr. Les femmes mentent toujours. Ça, il le savait.

Il déblaya rapidement la terre pour dégager l'ouverture de sa cachette secrète et souleva le couvercle du seau en plastique. Il y retrouva les quelques clés et bricoles clinquantes qu'il avait enterrées là le premier jour où il était arrivé. Depuis, il n'y avait plus touché. Il n'en avait pas eu l'occasion. Mais ce soir, c'était différent. Il jeta le sac de Caitlin sur les autres babioles, remit le couvercle en place et soigneusement étala de la terre par-dessus. Voilà, c'était fait. Maintenant, il pouvait dormir.

Il s'éloigna en se léchant les lèvres. Il se rappelait le goût qu'elle avait, la suavité de son parfum, la douceur de ses courbes. Elle lui avait été offerte pratiquement sur un plateau, comme un cadeau de Noël prématuré. Et elle s'était débattue. A ce souvenir, il laissa échapper un petit rire de contentement. Elle avait frappé, crié, imploré. Avec pour seul effet de le rendre encore plus brutal. Elle avait tenté de lui griffer le visage, mais il n'avait eu aucun mal à la maintenir au sol. L'intensité du souvenir le fit frissonner. Il avait presque oublié combien il aimait les entendre dire non. Rien que d'y penser, il sentit l'excitation monter de nouveau en lui. Elles croyaient toujours pouvoir lui résister, s'opposer à sa volonté.

Mais à présent il était plus grand, plus fort. Et personne ne lui refuserait plus jamais quoi que ce soit.

De la fenêtre, l'enfant observait, le cœur cognant à grands coups dans sa poitrine. Va le dire à quelqu'un. Mais qui prévenir ? Il saura que j'ai parlé. Il se mettrait en colère, et le garçon n'ignorait pas ce qui arrivait quand la fureur s'emparait de lui. Malade de peur, le petit garçon retourna se coucher, rabattit les couvertures par-dessus sa tête et se mit à pleurer.

Dimanche 26 novembre, 2 h 15

Cela avait dû être une belle maison, songea Reed en arpentant ce qui n'était plus maintenant qu'une carcasse fumante. Un côté de la bâtisse paraissait moins endommagé que l'autre. Le jour se lèverait bientôt, et il pourrait se faire une meilleure idée de l'étendue des dégâts. Pour l'instant, à la lumière de la puissante lampe qu'il braquait sur les murs, il recherchait les lignes de propagation du feu qui le conduiraient à l'origine de l'incendie.

Il s'arrêta et se tourna vers le pompier qui avait manœuvré la lance d'incendie.

— Où est-ce que ça brûlait quand vous êtes arrivés ?

Brian Mahoney secoua la tête.

— Il y avait des flammes dans la cuisine, le garage, la chambre à l'étage, et le séjour. On venait d'atteindre le séjour lorsque le plafond a commencé à s'effondrer, alors j'ai fait sortir mes gars. Juste à temps. Le plafond de la cuisine s'est affaissé. Après ça, nous nous sommes surtout efforcés d'empêcher le feu de s'étendre aux maisons voisines.

Reed regarda en l'air, à travers ce qui avait été un étage, un grenier et un toit, et aperçut les étoiles dans le ciel. Il pouvait y avoir eu de multiples foyers initiaux. Un salopard quelconque avait fait en sorte que cette maison flambe comme un fétu de paille.

— Pas de blessés ?

Brian haussa les épaules.

— Quelques brûlures sans gravité pour la nouvelle recrue, mais ce n'est rien. Et l'un de nos hommes a inhalé de la fumée. Le capitaine les a envoyés tous les deux aux urgences pour se faire examiner. Ecoutez, Reed, je suis retourné à l'intérieur pour chercher la fille, mais il y avait encore trop de fumée. Si elle y était…

— Je sais, l'interrompit Reed, l'air sombre, avant de se remettre en marche. Je sais.

— Reed !

Larry Fletcher se tenait dans la cuisine, près du mur du fond.

Reed remarqua immédiatement que la gazinière avait été écartée du mur.

— C'est vous qui avez déplacé la cuisinière, les gars ? interrogea-t-il.

— Non, répondit Brian. Vous croyez qu'il s'est servi du gaz pour démarrer l'incendie ?

— Ça expliquerait la première grosse explosion.

Larry gardait le regard fixé sur ses chaussures.

— Elle est ici, laissa-t-il enfin tomber.

Les mâchoires crispées, Reed s'approcha et dirigea sa torche vers le sol. Redoutant ce qu'il allait voir, il retint son souffle.

— Nom d'un chien ! siffla-t-il entre ses dents.

Le corps était tellement carbonisé qu'il en était méconnaissable.

— Nom d'un chien ! répéta Brian, visiblement furieux. Vous savez qui c'était ?

Reed promena le faisceau de sa lampe autour du cadavre, se forçant à faire preuve de détachement, à ne pas penser à la façon dont la jeune fille était morte.

— Pas encore. J'ai eu le numéro de l'ancien propriétaire de la maison par les vieilles dames de l'autre côté de la rue. Il s'appelle Joe Dougherty. C'est son fils, Joe junior, qui habite ici maintenant. Le père m'a dit que Joe junior et sa femme avaient loué un bateau de pêche pour le week-end et voguaient à une trentaine de kilomètres au large des côtes de Floride. Il n'attend pas leur retour avant lundi matin. Il m'a raconté que sa belle-fille travaillait dans un cabinet d'avocats du centre-ville. D'après lui, la jeune fille qu'ils ont engagée était la fille d'une collègue de sa bru. Une étudiante de l'université. Je vais voir si je peux trouver ses parents.

Il poussa un soupir. Larry ne quittait pas des yeux le corps gisant sur le sol.

— Tu ne pouvais pas savoir qu'elle était là, Larry.

— Ma fille aussi est étudiante, répliqua Larry d'une voix rauque.

Et la mienne ne tardera pas à l'être, pensa Reed, avant de chasser cette idée de son esprit. Se laisser aller à de telles réflexions suffisait à vous rendre fou.

— J'appelle le légiste, annonça-t-il. Et je fais aussi venir mon équipe. Tu es affreux à voir, Larry. Tous les deux, d'ailleurs. Sortons, je vais recueillir le témoignage de vos hommes. Ensuite, vous retournerez à la caserne et prendrez un peu de repos.

Avec lassitude, Larry hocha la tête.

— Tu as oublié de dire « mon capitaine », remarqua-t-il, dans une pauvre tentative pour alléger l'atmosphère. Tu ne m'as jamais dit « mon capitaine », pas une seule fois au cours de toutes ces années où tu as fait équipe avec moi.

En effet, les deux hommes avaient longtemps travaillé ensemble et Larry était l'un des meilleurs capitaines que Reed eût jamais connus.

— Mon capitaine, se corrigea Reed doucement.

Et il prit son vieil ami par le bras pour l'éloigner de cette abomination calcinée qui avait un jour abrité l'âme d'une jeune fille.

— Allons-y, dit-il.

Dimanche 26 novembre, 2 h 55

— Les projecteurs sont en place, Reed.

Installé dans l'habitacle de son 4x4, Reed leva les yeux

des notes qu'il était en train d'écrire. Ben Trammell se tenait à quelques pas de là, la mine préoccupée. Le jeune homme était sa dernière recrue et, comme la plupart des membres de son équipe, il avait longtemps servi comme pompier avant de rejoindre le bureau du *fire marshal*. C'était toutefois la première mort à laquelle il était confronté en tant qu'enquêteur, et la tension se percevait déjà dans son regard.

— Ça va aller ? s'enquit Reed.

— Oui, oui, répondit Ben avec un brusque hochement de tête.

Reed fit un signe au photographe qui attendait, bien au chaud dans sa voiture. Foster sortit, son appareil photo à la main et son Caméscope accroché à l'épaule.

— Allons-y, ordonna Reed nerveusement en contournant les décombres qui jonchaient l'allée.

Les pompiers s'en occuperaient dès qu'il ferait jour.

— Pour l'instant, on ne touche à rien. Nous allons consigner tout ce que nous trouvons sur place, et je vais effectuer quelques mesures. Nous examinerons ensuite ce que nous aurons recueilli.

— Tu as sollicité un mandat ? voulut savoir Foster.

— Non, pas encore. Je veux être sûr de demander le mandat approprié.

Reed avait un mauvais pressentiment à propos du cadavre découvert dans la cuisine des Dougherty et, en professionnel consciencieux, il se préparait mentalement à faire face à tous les aspects légaux de l'affaire.

— Nous sommes habilités à chercher l'origine et la cause de l'incendie. Pour des investigations plus poussées, j'ai besoin d'une ordonnance du tribunal, surtout étant donné que les propriétaires ne sont pas là pour nous autoriser à entrer.

Reed les conduisit à travers le vestibule, de l'autre côté de l'escalier, jusqu'à la cuisine que les projecteurs éclairaient comme en plein jour. La pièce était entièrement dévastée.

Les vitres des fenêtres avaient explosé et le plafond s'était effondré en un endroit, rendant presque impossible toute tentative de se frayer un chemin sans devoir enjamber des morceaux de poutres tombées. Une épaisse couche de cendre recouvrait le sol carrelé. Mais ce qui retenait immédiatement l'attention, c'était la victime, gisant là où Larry Fletcher l'avait découverte.

Pendant un long moment, les trois hommes demeurèrent immobiles, les yeux baissés sur le cadavre, s'obligeant à assimiler ce qui paraissait à la lumière encore plus horrible que dans l'obscurité. Après avoir inspiré à fond, Reed se mit à l'œuvre. Il enfila une paire de gants en latex et extirpa de sa poche son minimagnétophone.

— Foster, tu démarres ton Caméscope. Nous prendrons des photos une fois que nous aurons effectué un premier tour des lieux.

Tandis que Foster commençait à filmer, Reed leva son petit Dictaphone devant sa bouche.

— Ici, le lieutenant Reed Solliday, accompagné des officiers Ben Trammell et Foster Richards. Nous sommes dans la demeure des Dougherty, le 26 novembre, il est 3 heures du matin. Conditions atmosphériques : moins 6 degrés, vent du nord-est à 24 km/h.

Il s'interrompit un instant puis reprit :

— Une seule victime a été découverte dans la cuisine. La peau est carbonisée. Les traits du visage ne sont plus identifiables. Le sexe de la victime n'est pas immédiatement évident. D'après la taille, il s'agirait d'une personne de sexe féminin, ce qui cadrerait avec les dépositions des témoins.

Reed s'accroupit à côté du corps et, de sa main libre, sortit le détecteur de gaz du sac qu'il portait en bandoulière. Avec précaution, il promena l'instrument au-dessus du cadavre. Le signal sonore se transforma instantanément en un sifflement aigu.

Nullement étonné, il leva les yeux vers Ben. Autant mettre ce moment à profit pour instruire son subordonné.

— Ben ?

— Forte concentration d'hydrocarbure, répondit Ben. Ça prouve la présence d'accélérants.

— Bien. Ce qui veut dire ?

— Cela indique que la victime a été arrosée d'essence avant qu'on y mette le feu.

— De l'essence, ou autre chose.

Reed réfléchit, tâchant de ne pas laisser la puanteur obscurcir ses sens ni l'image du corps sans vie de la jeune fille lui déchirer le cœur. La première tentative était presque impossible, la seconde l'était absolument. Néanmoins, il avait un travail à accomplir.

— Le légiste pourra nous dire exactement ce dont on l'a aspergée.

Ben se racla la gorge.

— Voulez-vous que je fasse venir le chien ?

— C'est fait. Larramie est de garde cette nuit. Il amènera Buddy d'ici à une vingtaine de minutes.

Se redressant, Reed ajouta :

— Foster, n'oublie pas l'autre côté du corps.

— Entendu.

Foster filma encore la scène sous plusieurs angles différents, puis demanda :

— Quoi d'autre ?

Reed s'était approché du mur.

— Prends le mur dans son entier, puis fais des gros plans sur toutes ces marques.

Il s'inclina et, les sourcils froncés, regarda de plus près.

— Bon sang, qu'est-ce que c'est que ça ?

— Une trace en forme de V étroit, constata Ben d'une voix à présent plus assurée. Le feu a démarré à la base de la plinthe puis est rapidement monté le long du mur.

Il jeta un coup d'œil interrogateur à Reed avant d'enchaîner :

— Très rapidement, même. Comme si on avait utilisé une sorte de produit incendiaire, vous ne croyez pas ?

Reed hocha la tête.

— Exactement.

Il balaya la surface du mur avec le détecteur et, de nouveau, l'appareil émit son sifflement aigu.

— Il y a de l'accélérant sur le mur, observa-t-il. Un détonateur chimique.

Perplexe, il examina le mur.

— Je ne crois pas avoir jamais vu chose pareille.

— Il a utilisé le gaz de la cuisinière, remarqua Ben, en braquant sa caméra sur ce qui restait des appareils ménagers.

Il se pencha, filma l'espace entre la cuisinière et le mur.

— La bague du tuyau de gaz a été arrachée. C'est un acte délibéré.

— C'est bien ce que je pensais, murmura Reed avant de porter une fois de plus son magnétophone à sa bouche.

— Le gaz s'est répandu dans la pièce, jusqu'au plafond. Le feu a été déclenché au niveau du sol, puis est remonté le long de cette coulée d'accélérant. Nous allons prélever des échantillons. Mais, ça, qu'est-ce que c'est ?

Il recula d'un pas et scruta les boursouflures qui mouchetaient toute la largeur du mur.

— Quelque chose a explosé, dit Ben.

— Tu as raison.

Reed promena le détecteur sur le mur. De brefs crépitements en jaillirent, ce n'était plus le long sifflement de l'instant auparavant.

— Vu la manière dont ça colle au mur, on dirait du napalm.

— Regardez ! s'exclama Ben, accroupi près de la porte qui donnait sur la buanderie. Des bouts de plastique. Ils sont bleus, ajouta-t-il, d'un air intrigué.

Reed se baissa pour regarder. D'un coup d'œil, il distingua plusieurs autres débris éparpillés sur le sol. Une image se forma alors dans son esprit, une photo qu'il avait vue dans un livre — un manuel sur les investigations des incendies criminels, datant d'une quinzaine d'années au moins.

— Ce sont des œufs en plastique.

Ben cligna des yeux.

— Des œufs ?

— J'ai déjà vu ça. Je parie que si nous en récoltons suffisamment de fragments, le labo pourra reconstituer un œuf en plastique, comme ceux que les gosses cherchent dans l'herbe, le matin de Pâques. L'incendiaire le remplit d'un accélérant — soit un solide soit un liquide visqueux comme le polyuréthane —, pratique un trou à l'extrémité et y introduit une mèche. Il ne lui reste plus ensuite qu'à allumer la mèche et le choc de l'explosion fait éclater l'œuf et projette l'accélérant tout autour.

Ben avait l'air impressionné.

— Ça expliquerait le schéma des traces de combustion.

— En effet. Et ça prouve aussi qu'en faisant ce métier assez longtemps, on voit de tout. Foster, photographie chaque morceau, note son emplacement exact, ensuite fais des gros plans sur tout ce qui se trouve dans cette pièce. Je vais téléphoner pour demander un mandat qui nous couvre en ce qui concerne la recherche de l'origine et de la cause de l'incendie. Je ne tiens pas à ce qu'un avocat quelconque nous reconnaisse le droit d'utiliser les prélèvements dans le cadre de l'enquête sur l'incendie criminel mais pas de celle sur l'agression de cette pauvre fille.

— Maudits avocats, grommela Foster.

— Nous ramasserons les éclats de plastique une fois que Larramie et le chien auront terminé leur boulot. Il y a peut-être un fragment assez gros pour que le labo puisse y déceler une empreinte.

— Tu es sacrément optimiste, lâcha Foster, toujours entre ses dents.

— Contente-toi de prendre ces photos. Et aussi celles des portes et des fenêtres du rez-de-chaussée, surtout des serrures. Je veux savoir comment il est entré.

Foster écarta sa caméra de son visage, le temps de dévisager Reed.

— Tu sais, s'il s'agit d'un homicide, ils auront vite fait de te retirer l'enquête.

Cela, Reed l'avait déjà envisagé.

— Je ne crois pas. Je vais sûrement devoir partager, mais il y a assez d'indices prouvant la nature criminelle de l'incendie pour que nous ayons notre rôle à jouer. Pour l'instant, la balle est dans notre camp. Alors, tâchons de nous rapprocher le plus possible de la surface de réparation, d'accord ?

Foster, qui n'était pas sportif pour deux sous, leva les yeux au ciel.

— Entendu.

— Ben, il y a deux voitures dans le garage. La vieille dame d'à côté dit que la Buick était celle des Dougherty. Trouve qui était le propriétaire de l'autre véhicule. Quant à toi, Foster, dès qu'il fera jour, tu prendras des clichés du sol. Avec toute cette boue, il nous a forcément laissé des empreintes.

— Optimiste, grogna Foster une fois encore.

Dimanche 26 novembre, 14 h 55

Après une bonne nuit de sommeil, ses idées étaient plus claires, et il pouvait analyser en détail ce qu'il avait accompli. Et ce qu'il avait raté. Les mains sagement croisées sur son bureau, il regardait par la fenêtre, ruminant les événements de la nuit. C'était le moment de déterminer ce qui avait bien marché, afin d'être en mesure de renouveler son exploit. A l'inverse, il lui fallait identifier ce qui ne s'était pas déroulé correctement et ensuite décider s'il devait y remédier ou l'éliminer. Ou peut-être y ajouter un élément nouveau. Il allait étudier chaque point, un par un, avec ordre et méthode. C'était la meilleure façon de procéder.

Tout d'abord, l'explosion. Ses lèvres s'étirèrent en un sourire. Ce point-là avait *très* bien marché, fruit d'une union harmonieuse entre l'art et la science. Sa petite bombe incendiaire avait fonctionné à la perfection. Autre avantage : sa conception facile à mettre en pratique — pas une seule pièce mobile. Elégante dans sa simplicité.

Une véritable réussite. Il se tâta le genou et esquissa une petite grimace. Peut-être un peu trop réussie, songea-t-il en se rappelant la force de l'explosion. La déflagration l'avait jeté à terre alors qu'il dévalait l'allée devant la porte des Dougherty. Il avait dû couper la mèche trop court, soupçonna-t-il. Il aurait eu besoin de dix secondes pour sortir de la maison et atteindre la rue. Il compta dans sa tête. Ce dont il avait disposé se rapprochait plus des sept secondes. Il lui en fallait dix. Dix était un chiffre très important.

La prochaine fois, il prévoirait une mèche un peu plus longue.

Le premier œuf qu'il avait placé dans la cuisine avait superbement rempli son rôle, tout à fait comme son prototype. Quant au second œuf, celui qu'il avait posé sur le lit des Dougherty… Son intention avait été de tuer le vieil homme et sa femme, puis de les laisser flamber dans leur propre lit. Lorsqu'il avait découvert qu'ils n'étaient pas là, la seconde bombe était devenue symbolique. Elle ne constituait plus, en fin de compte, un élément indispensable de son plan.

Comme il se préparait à allumer la mèche, il avait pris conscience que, le temps qu'il redescende en courant pour déclencher le dispositif déjà installé dans la cuisine, l'œuf du premier étage aurait éclaté. La déflagration aurait probablement fait exploser le gaz avant qu'il eût eu le temps de sortir de la maison, et il se serait retrouvé pris au piège à l'intérieur. Aussi avait-il abandonné l'œuf sur le lit, dans l'espoir qu'il péterait lorsque les flammes se seraient suffisamment propagées. La façon dont le feu avait ravagé le toit de la maison lui donnait à penser que les choses s'étaient bien passées ainsi. Mais, dans le cas contraire, la police aurait pu mettre la main dessus et en apprendre davantage que ce qu'il souhaitait.

Par conséquent, même si l'idée de deux bombes lui plaisait, la possibilité de les allumer en même temps s'avérait difficilement envisageable, le risque étant trop élevé. Désormais, il s'en tiendrait à une seule. Sinon, l'explosion avait été une réussite exemplaire. Tout s'était déroulé exactement selon ses plans. Enfin, pas tout à fait.

Ce qui l'amenait au deuxième point. La fille. Son sourire s'élargit en un rictus mauvais et… empreint d'une expression d'orgueilleuse puissance. A cette seule pensée, il sentit son sexe se durcir.

Au moment où elle l'avait supplié, quand elle avait tenté de se débattre, quelque chose en lui s'était brusquement déclenché, et il avait abusé d'elle. Totalement. Sauvagement. Jusqu'à ce que, gisant sur le sol, toute tremblante, elle fût incapable de prononcer une parole. *C'est ainsi qu'elles devraient être. Muettes.* De force, s'il le fallait. Son sourire s'effaça. Il l'avait violée sans mettre de préservatif, ce qui était incroyablement stupide de sa part. Il n'y avait pas pensé sur le coup, trop absorbé par l'intensité du moment. Une fois de plus, il avait eu de la chance. Les flammes se chargeraient d'effacer tout indice matériel. Du moins avait-il eu la présence d'esprit de l'asperger d'essence avant de s'enfuir. Elle serait réduite en cendres, de même que tout ce qu'il avait pu laisser derrière lui comme trace compromettante.

Ce qui conduisait au troisième point. Sa fuite. On ne l'avait pas vu courir vers sa propre voiture. Coup de chance ! La prochaine fois, il ne pourrait pas compter sur une telle veine. Il lui faudrait trouver un meilleur moyen de s'échapper. Une solution qui, même au cas où il serait repéré, ne ferait qu'égarer la police. Un sourire lui monta aux lèvres. Il savait exactement quoi faire.

Son plan s'était certes révélé excellent dans l'ensemble, mais il devait reconnaître que c'était le sexe qui avait couronné la soirée. Il avait déjà tué. Il avait déjà violé. Mais après avoir fait l'expérience du meurtre associé au viol, il ne pouvait plus imaginer l'un sans l'autre.

En réalité, cela n'avait rien d'étonnant. C'était, supposait-il, sa seule… faiblesse. Et peut-être sa plus grande force. De toutes les armes qu'il avait maniées, le sexe était la plus efficace. La plus basique.

Quand il était question de remettre une femme à sa place, il n'y avait pas meilleure façon. Les jeunes, les vieilles… peu importait. Le plaisir, le sentiment d'assouvissement, consistait à les prendre de force — et à savoir que pas un jour ne passerait sans qu'elles se rappellent à quel point elles étaient faibles. Et combien il était fort.

Son plus gros problème, c'était que jusqu'à présent il leur avait laissé la vie sauve. Il avait bien failli se faire pincer, d'ailleurs. Cela lui avait presque valu un châtiment autrement plus terrible que ce qu'il avait connu dans ces dérisoires centres de détention pour délinquants juvéniles. De cette expérience aussi, il avait tiré la leçon. Pour preuve, Caitlin Burnettc. Quand on a l'intention de violer une femme, mieux vaut s'assurer qu'elle ne vivra pas assez longtemps pour le raconter.

Pour autant, il devait se montrer tout à fait honnête avec lui-même. Techniquement, la nuit s'était déroulée beaucoup mieux que ce qu'il avait osé espérer. Mais d'un point de vue réaliste, il avait échoué. Il avait raté sa cible. A la lumière du jour, l'euphorie causée par l'incendie s'estompait. Ce n'était pas une question de feu. Les flammes ne sauraient être qu'un instrument. Il s'agissait de règlement de comptes, de vengeance. En quittant la ville pour Thanksgiving, la vieille Dougherty avait échappé à son sort. Du moins était-ce l'information qu'il avait obtenue de la fille. Mais elle reviendrait, et il l'attendrait.

Jusque-là, il avait encore beaucoup à faire. Penny Hill était la prochaine sur sa liste de coupables. La vieille Dougherty et elle s'étaient entendues comme larrons en foire.

Penny Hill avait cru à tous les mensonges de Dougherty. *Moi aussi, au début.* Au début, Laura Dougherty avait promis d'assurer leur sécurité. A cette pensée, ses lèvres se crispèrent. Elle leur avait promis l'espoir. Mais à la fin, elle avait changé, les accusant de méfaits qu'ils n'avaient pas commis. Elle avait sans pitié rompu sa promesse de leur procurer un abri sûr. Elle les avait jetés à la rue, et Hill les avait expédiés au loin, comme du bétail. *Ce sera mieux ainsi*, avait-elle affirmé alors qu'elle les conduisait tout droit vers l'enfer. *Vous verrez.* Mais les choses ne s'étaient pas arrangées.

Elle avait menti, comme tous les autres. Shane et lui s'étaient retrouvés sans défense, sans foyer. Vulnérables. A présent, la vieille Dougherty n'avait plus de maison. Bientôt, elle aussi serait désarmée. Ensuite, elle mourrait. Pour l'instant, c'était au tour de Penny Hill de devenir impuissante et sans domicile. Et de mourir. Ce n'était que justice. Pour reprendre ses propres paroles, ce serait mieux ainsi. Elle allait voir.

Il vérifia la pendule. On l'attendait, il ne voulait pas arriver en retard.

2

Lundi 27 novembre, 6 h 45

— Papa !

En entendant cet appel vibrant d'énergie et le claquement de la porte qui lui succéda immédiatement, Reed sursauta et lâcha la pince à cravate qui tomba sous la commode. Il poussa un soupir.

— Tu peux entrer, Beth.

La porte s'ouvrit à la volée, laissant passer d'un seul élan une jeune fille de quatorze ans et un chien de berger de trois mois. D'emblée, l'animal bondit sur le lit et s'ébroua, aspergeant draps et couvertures d'une gerbe d'eau sale.

— Arrête, Biggles !

Beth tira d'un coup sec sur le collier du chien et le fit descendre sur le parquet où il s'assit, la langue pendant juste ce qu'il fallait pour donner à son museau de chiot l'expression craquante qui lui éviterait la punition.

Les poings sur les hanches, Reed contempla avec consternation les traînées boueuses laissées sur sa literie.

— Je viens de changer les draps, Beth. Je t'ai déjà dit de lui essuyer les pattes et de le sécher avant de le ramener à la maison. Le jardin est un véritable bain de boue.

Beth esquissa une moue contrariée.

— Il a les pattes propres maintenant. Ne t'inquiète pas, je relaverai tes draps. Mais d'abord, il faut que tu me donnes de l'argent pour la cantine, papa. Le car va bientôt arriver.

Reed sortit son portefeuille de la poche arrière de son pantalon.

— Est-ce que je ne te l'ai pas déjà donné, il y a quelques jours ?

Main tendue, Beth haussa les épaules.

— Tu veux que je reste sans manger ou quoi ?

Il la considéra d'un regard empreint d'une patience infinie.

— Ce que je veux, c'est que tu m'aides à chercher ma pince de cravate. Elle a glissé sous la commode.

Beth s'agenouilla et tâtonna sous le meuble.

— Tiens, la voilà, dit-elle.

Elle laissa tomber la pince dans la main de son père qui en échange lui tendit un billet de vingt dollars.

— Essaie de le faire durer au moins deux semaines, d'accord ?

Elle fronça le nez, et cette mimique la fit tellement ressembler à sa mère que Reed en ressentit un pincement au cœur. Beth plia le billet et le glissa dans la poche de son jean, jean qui, d'ailleurs, n'avait jamais semblé aussi moulant.

— Deux semaines ? Tu plaisantes !

— Ai-je l'air de plaisanter ? répliqua-t-il avant de la toiser de haut en bas. Ton blue-jean est trop serré, Bethie.

Elle lui jeta alors ce regard qu'il détestait par-dessus tout, ce regard qui, lui semblait-il, était apparu en même temps que les boutons sur le visage et les sautes d'humeur. Sa sœur Lauren lui avait expliqué d'un ton grave que sa petite fille n'était plus un bébé. Mon Dieu ! Dire qu'il allait devoir subir les désagréments du syndrome prémenstruel ! Il ne se sentait pas du tout d'attaque pour une telle confrontation. Mais son avis importait-il vraiment ? Son bébé était devenu une adolescente et ne tarderait pas à quitter la maison pour entrer à l'université.

La vision du corps qu'ils avaient découvert dans les décombres de la maison des Dougherty s'imposa brusquement à son esprit. Si la victime était l'étudiante chargée de garder la maison, elle ne devait pas être beaucoup plus âgée que Beth. Et il ne connaissait même pas son nom ! Joe Dougherty junior n'avait encore donné aucune nouvelle. La Chevrolet calcinée retrouvée dans le garage avait été identifiée comme appartenant à un certain Roger Burnette, mais lorsqu'il s'était rendu avec Ben au domicile de l'intéressé, il n'avait trouvé personne. Il referait une tentative ce matin, après être passé à la morgue et au labo.

Beth plissa les yeux. L'acidité de son ton arracha Reed à ses réflexions.

— Est-ce que tu insinues que ce blue-jean me grossit ?

Reed se mordit l'intérieur de la joue. Il n'existait pas, à sa connaissance, de réponse satisfaisante à pareille question.

— Tu n'es pas grosse, loin de là. Tu es parfaite, éclatante de santé. Tu n'as aucun besoin de perdre du poids.

Elle leva les yeux au ciel.

— Je ne suis pas anorexique, papa, répliqua-t-elle, en donnant à sa voix les accents d'une patience angélique.

— Tant mieux, répondit-il avec un soupir. Je voulais simplement dire que nous devrions peut-être aller t'acheter d'autres pantalons.

Il esquissa un pauvre sourire et ajouta :

— Tu grandis si vite, ma puce. Tu n'as pas envie de nouveaux vêtements ?

La pince à cravate roulait entre ses doigts maladroits, ses doigts qui avaient perdu leur agilité d'autrefois.

— Je croyais que toutes les filles aimaient faire du shopping.

D'autorité, Beth prit les choses en main, fixa la pince et lissa la cravate d'un geste expérimenté. Le regard qu'il redoutait tant se dissipa, remplacé par un malicieux sourire qui fit étinceler les yeux sombres de la jeune fille.

— J'adore faire du shopping. Je parie que je pourrais passer six heures rien qu'à Marshall Field's, à fouiller parmi les pulls, les jeans et les jupes. Sans oublier les chaussures. Imagine un peu !

Reed frémit. Il n'imaginait que trop bien la scène.

— Tu dis ça pour me mettre en boule, gémit-il.

Elle laissa échapper un petit rire.

— Ça t'apprendra à faire des commentaires sur mon poids. Alors, tu tiens vraiment à aller dans les magasins avec moi, papa ?

Un nouveau frisson le secoua.

— Pour être franc, je préférerais encore me faire dévitaliser une dent sans anesthésie. Je crois que ce serait moins douloureux. Peut-être que ta tante Lauren pourrait t'emmener ?

— D'accord, je lui demanderai.

Beth se pencha et déposa un baiser sur la joue de son père.

— Merci pour l'argent de la cantine, papa. Il faut que je file, maintenant.

Reed la regarda se précipiter dehors, avec sur ses talons le chiot tout crotté qu'elle l'avait supplié de lui offrir pour son anniversaire. La porte d'entrée claqua. Il regarda les draps maculés de boue. S'il voulait dormir dans un lit propre cette nuit, il ne lui restait plus qu'à les changer lui-même, il ne l'ignorait pas. L'odeur du café lui chatouilla les narines. A la bonne heure ! Elle avait pensé à mettre la cafetière en marche, aussi lui pardonnerait-il les traces de pattes sur son lit. Malgré les occasionnels caprices de son humeur, c'était une gentille gamine.

Reed aurait vendu son âme pour qu'elle demeurât ainsi. Il jeta un coup d'œil à la photographie qui trônait sur sa table de chevet. Christine lui renvoya un regard serein, comme elle le faisait depuis onze ans. Assis sur le bord de son lit, il prit le portrait et en essuya le cadre du revers de sa manche. Christine aurait aimé voir Beth grandir, l'emmener faire du lèche-vitrines, bavarder avec elle. Même le fameux « regard » de sa fille ne l'aurait pas inquiétée, il en était persuadé. Autrefois, il aurait maudit la terre entière parce qu'il n'avait pas été donné à sa femme de le connaître. Aujourd'hui… il reposa la photo exactement à la même place sur la table de nuit que pas un grain de poussière ne ternissait. Après onze années, sa rage s'était transformée en une morne résignation. Ce qui était, était. Il se ressaisit, enfila son veston. S'il ne se mettait pas bientôt en route, il serait pris dans la circulation automobile et arriverait en retard. *Prends ton café, Solliday, et ne traîne pas.*

Il sortait du garage lorsque la sonnerie de son téléphone mobile retentit.

— Solliday, j'écoute.

— Lieutenant Solliday, appela une voix affolée, ici Joseph Dougherty. Je rentre à l'instant d'une partie de pêche en mer et mon père m'a dit que vous aviez appelé.

Joe junior donnait enfin signe de vie. Pas trop tôt ! Reed arrêta sa voiture et tira son calepin de sa poche.

— Monsieur Dougherty, je suis désolé de devoir vous contacter dans de telles circonstances.

A l'autre bout de la ligne, il y eut un profond soupir.

— Alors, c'est vrai ? Ma maison est détruite ?

— J'en ai malheureusement bien peur, monsieur Dougherty. De plus, nous avons retrouvé un corps sans vie dans la cuisine.

Un bref silence, puis :

— Quoi ?

Dans la voix de l'homme, Reed perçut le bouleversement sincère. N'empêche, il aurait préféré pouvoir s'entretenir avec lui en personne.

— Les voisins ont déclaré que vous aviez demandé à quelqu'un de surveiller votre maison.

— Ou-oui. Elle s'appelle Burnette, Caitlin Burnette. On me l'a recommandée comme étant une personne de confiance.

Une vive appréhension perça dans la voix et la fit monter d'un ton.

— Elle est morte ?

Se remémorant le pauvre corps carbonisé, Reed ravala un soupir. *Oui, elle est bel et bien morte.*

— Nous supposons que le corps découvert chez vous est en effet celui de la personne que vous aviez chargée de garder votre domicile, mais nous allons devoir mener une enquête avant de pouvoir l'affirmer avec certitude. Nous aimerions que vous nous laissiez le soin d'en informer sa famille.

— Bien…

Dougherty se racla la gorge.

— Bien sûr.

— Quand pensez-vous être de retour à Chicago, monsieur Dougherty ?

— Nous n'avions pas prévu de revenir avant vendredi, mais nous allons tâcher de rentrer dès aujourd'hui. Je vous rappellerai aussitôt que je connaîtrai nos horaires d'avion.

Reed n'eut pas plus tôt jeté son portable sur le siège passager que la sonnerie retentit de nouveau. Sur l'écran, l'identité du correspondant s'afficha : cette fois, c'était la morgue.

— Solliday, j'écoute.

— Reed, ici Sam Barrington.

Barrington remplaçait l'ancien médecin légiste partie en congé maternité. Celle qui avait assumé ces fonctions avant lui était efficace, intelligente et dotée d'un physique agréable. Barrington était… disons, efficace et intelligent.

— Salut, Sam ! Je suis en route pour le bureau. Qu'avez-vous découvert ?

— La victime était une femme d'une vingtaine d'années. Tout ce que je peux dire pour l'instant, c'est qu'elle mesurait entre un mètre cinquante-sept et un mètre soixante.

Sam n'était pas du genre à téléphoner pour fournir si peu d'informations. Il y avait certainement autre chose.

— Quoi d'autre ?

— Eh bien, avant de commencer à ouvrir, j'ai fait une radio préliminaire. Je m'attendais à trouver des fractures sur le crâne.

C'était en général ce qui se produisait dans des circonstances similaires. Lorsqu'un corps était soumis à des températures aussi élevées, le crâne subissait une pression telle qu'il éclatait littéralement.

— Mais ce n'est pas le cas ?

— Non, parce qu'un projectile a percé un trou suffisant pour libérer la pression à l'intérieur du crâne.

Reed ne manifesta aucune surprise. Cependant, cette révélation signifiait qu'il lui faudrait désormais partager l'enquête. Il serait chargé de l'incendie criminel, les flics s'occuperaient du cadavre. Et si tout le monde mettait son grain de sel, on n'arriverait à rien. Il ne put retenir une grimace.

— Y a-t-il des traces d'inhalation de fumée ?

— Je n'en suis pas encore arrivé là, répondit Sam d'un ton brusque. Je vais de ce pas commencer l'autopsie. Vous pouvez venir quand vous voulez.

— Entendu, je passerai.

Actionnant ses essuie-glaces pour chasser la pluie qui giclait sur son pare-brise, Reed s'engagea dans la paisible rue bordée d'arbres qu'il habitait. Cela faisait bien longtemps qu'il n'avait pas collaboré avec les Homicides, mais Marc Spinnelli se trouvait probablement encore à la tête de la brigade. Le lieutenant était un homme droit et intègre. Restait à espérer que l'inspecteur à qui il confierait l'enquête ne serait pas un de ces Monsieur-je-sais-tout arrogants et prétentieux.

Lundi 27 novembre, 8 h 30

Mia Mitchell avait froid aux pieds. Ce qui était parfaitement ridicule, vu qu'elle aurait pu les avoir bien au chaud, posés sur son bureau, cependant qu'elle aurait siroté sa troisième tasse de café. *Mais qu'est-ce que je fais là ?* songea-t-elle avec amertume. Immobile sur le trottoir, tandis que la pluie dégoulinait de son vieux chapeau informe. Contemplant, comme une idiote, son propre reflet dans les portes vitrées. Ces portes, elle les avait franchies des centaines de fois, mais aujourd'hui c'était différent. Aujourd'hui, elle était seule.

Parce que je suis restée pétrifiée sur place, comme un vulgaire bleu ! Et son équipier en avait payé le prix. Après deux semaines, cet instant demeurait encore suffisamment vivace dans sa mémoire pour lui glacer le sang. Elle baissa les yeux sur le trottoir. Après deux semaines, elle entendait encore le coup de feu, voyait Abe se plier en deux avant de s'effondrer, la tache sanglante s'élargir sur sa chemise blanche tandis qu'à côté de lui, la mâchoire pendante, elle était incapable de lever le petit doigt.

— Excusez-moi !

Mia redressa le menton d'une secousse ; son poing se serra, résistant au réflexe d'empoigner son arme. Par-dessous le bord de son chapeau, ses yeux se plissèrent pour focaliser son regard sur la silhouette d'un homme qui se profilait derrière elle. Il mesurait au moins un mètre quatre-vingt-trois. Son trench-coat noir avait presque la même couleur que le bouc soigneusement taillé qui encadrait sa bouche. Elle attendit quelques secondes avant de faire volte-face et de lever le regard vers le visage de l'inconnu. Abrité sous un parapluie, il l'observait, les sourcils froncés.

— Vous ne vous sentez pas bien, mademoiselle ? s'enquit-il du ton même qu'elle utilisait pour calmer les suspects et les témoins nerveux.

Les lèvres de Mia s'étirèrent en un sourire sans joie, cependant que les intentions de l'homme se révélaient à elle dans toute leur transparence. A tous les coups, il la prenait pour une cinglée en vadrouille dans les rues de la ville. Peut-être était-ce l'impression qu'elle donnait, après tout. Quoi qu'il en soit, il jouissait pour l'instant d'un avantage certain sur elle, et cela était proprement inacceptable. *Pour l'amour de Dieu, fais donc attention !* Elle fouilla dans son esprit à la recherche d'une réponse pertinente.

— Je vais très bien, merci. Je… j'attends quelqu'un.

Quelle piètre excuse, même à ses propres oreilles ! Toujours est-il que l'homme hocha la tête et, la contournant, ouvrit la porte tout en refermant son parapluie. En percevant le brouhaha qui filtrait à travers la porte entrouverte, elle se dit qu'elle en avait fini avec lui. L'épisode était clos. Or, l'inconnu demeurait immobile, la scrutant comme pour mémoriser chaque détail de son visage. Elle envisagea un instant de se présenter, mais y renonça. Au lieu de quoi, elle soutint son regard inquisiteur ; son côté flic avait instinctivement repris le dessus.

C'était un homme séduisant, à la beauté ténébreuse, plus âgé que ce que son reflet dans la vitre avait laissé présumer. A cause de ses yeux, observa-t-elle. Durs et sombres. Et sa bouche, aussi. Il avait l'air de quelqu'un qui ne souriait jamais. Il porta le regard sur les mains nues de Mia. Lorsqu'il le releva, son expression s'était radoucie. C'est de la pitié ou je ne m'y connais pas, songea-t-elle. A cette pensée, elle ravala péniblement sa salive.

— Si vous voulez vous réchauffer, il y a un refuge dans Grand Street. Ils pourront sûrement vous trouver une paire de gants. Faites attention à vous. Il fait froid dehors.

Et après avoir hésité un instant, il lui tendit son parapluie et ajouta :

— Et restez au sec.

Trop abasourdie pour répliquer tout à trac, elle accepta. Et le temps qu'elle ouvre la bouche pour le remettre à sa place, il était parti et traversait en hâte le hall d'entrée. Il s'arrêta au bureau d'accueil et s'adressa au brigadier de service en désignant Mia du doigt. Le policier cligna des yeux puis hocha posément la tête.

Malheur ! C'était Tommy Polanski qui était affecté à la réception ce matin. Il connaissait Mia depuis l'âge où, petite morveuse collée aux basques de son père, elle quémandait au stand de tir le droit de s'exercer au maniement des armes. Cependant, Tommy ne souffla mot et laissa l'inconnu s'éloigner, persuadé qu'il avait eu affaire à une SDF. S'approchant à son tour du comptoir, Mia se renfrogna en voyant le visage de Tommy s'éclairer d'un large sourire narquois.

— Tiens, tiens, regardez donc un peu qui pointe son nez ! On dirait que l'inspecteur Mia Mitchell est enfin revenue parmi nous.

Elle retira son chapeau et le secoua.

— J'en avais assez des feuilletons télé. Comment vas-tu, Tommy ?

Il haussa les épaules.

— Comme toujours, répondit-il avec un pétillement malicieux dans les yeux.

Le vieux chameau ! Il allait l'obliger à poser la question :

— C'était qui, ce type ?

Tommy laissa échapper un éclat de rire.

— C'est un *fire marshal*. Il avait peur que tu aies l'intention d'attaquer le poste de police. Je lui ai dit que tu étais une habituée de la maison. Et que dans l'ensemble tu étais plutôt inoffensive, ajouta-t-il avec un sourire goguenard.

Mia roula des yeux.

— Alors là, merci bien, Tommy ! s'exclama-t-elle d'un ton sec.

— Qu'est-ce que je ne ferais pas pour la fille de Bobby !

Son sourire s'effaça d'un seul coup. D'un bref coup d'œil, il la toisa de la tête aux pieds.

— Comment va ton épaule, mon petit ?

Elle plia le bras dans la manche de son blouson de cuir.

— Juste une égratignure. Le toubib a dit que j'étais comme neuve.

En réalité, il ne s'agissait pas du tout d'une éraflure et le médecin lui avait ordonné de prendre une autre semaine de congé pour cause d'invalidité. Mais elle s'était élevée contre sa décision avec tant de véhémence que, poussant un soupir de résignation, le praticien avait signé son certificat d'aptitude à reprendre le service.

— Et Abe ? interrogea Tommy.

— Il va mieux.

Du moins était-ce la réponse que l'infirmière de nuit lui donnait chaque fois que Mia appelait incognito l'hôpital à 3 heures du matin.

La mâchoire de Tommy se crispa.

— Nous coincerons la crapule qui a fait ça, Mia. Ne t'inquiète pas.

Deux semaines s'étaient déjà écoulées, et la petite frappe qui avait abattu son équipier était toujours en cavale, se vantant probablement d'avoir descendu un flic deux fois plus fort que lui. Une bouffée de colère submergea Mia, mais elle la repoussa.

— Je sais, merci.

— Transmets mes amitiés à Abe.

— Je n'y manquerai pas, mentit-elle avec aplomb. Il faut que j'y aille, maintenant. Je ne voudrais pas être en retard pour mon premier jour au travail.

— Mia, reprit Tommy d'une voix hésitante, je suis désolé pour ton père. C'était un bon flic.

Un bon flic. Mia se mordit la lèvre inférieure. Dommage que Bobby Mitchell n'eût pas été un homme encore meilleur.

— Merci, Tommy. Ma mère te remercie pour le panier que tu lui as envoyé.

Une multitude de paniers de fruits envahissait la table de cuisine dans la petite maison de sa mère, comme autant de témoignages de respect envers la très longue carrière de son père. Trois semaines après la crise cardiaque qui l'avait emporté, les fruits commençaient à pourrir. Beaucoup auraient trouvé que c'était une fin de circonstance pour Bobby. Non, ils seraient peu nombreux à penser ainsi. Car la plupart ne savaient pas.

Mia, elle, savait. Un nœud douloureux se forma dans sa gorge. Elle enfonça de nouveau son chapeau sur son crâne.

— Je dois y aller.

Faisant fi de l'ascenseur, elle monta les marches quatre

à quatre, ce qui malheureusement la conduisit d'autant plus rapidement à l'endroit qu'elle avait voulu éviter.

Lundi 27 novembre, 8 h 40

Il s'activait en silence, faisant glisser la lame le long de la règle, rognant les bords déchiquetés de la page du *Chicago Tribune* qu'il avait arrachée.

UN INCENDIE RAVAGE UNE MAISON. UNE VICTIME.

Ce n'était qu'un entrefilet, sans photographie, mais puisqu'il mentionnait que la résidence appartenait aux Dougherty, il méritait de figurer dans son album. Il se cala dans son siège et lut l'article relatant l'incendie qui s'était déclaré dans la nuit du samedi précédent. Ses lèvres esquissèrent un sourire.

Il avait produit l'effet escompté. On sentait de la peur dans les témoignages des voisins interviewés par le journaliste. *Pourquoi ?* se demandaient-ils. *Qui avait pu faire une chose pareille ?*

Moi. Telle était la réponse, la seule dont il avait besoin. *J'en ai été capable et je l'ai fait*.

Le reporter avait interrogé la mère Richter. Celle-ci avait été l'une des pires, parmi les vieilles schnocks du voisinage, profitant de la moindre occasion pour passer chez la Dougherty, prendre le thé et cancaner des heures durant. Elle les avait toujours regardés de haut.

— Mais enfin, Laura, à quoi penses-tu ? disait-elle avec une moue de dédain. Accueillir chez toi des vauriens de ce genre ! C'est un miracle que tu ne te sois pas encore fait assassiner pendant ton sommeil.

La vieille Dougherty lui répondait qu'elle opérait un effet salutaire dans la vie de ces enfants. Pour ce qui était d'avoir changé quelque chose dans leur existence, il n'y avait aucun doute là-dessus ! Par son intervention, elle les avait envoyés tout droit en enfer. Elle avait tué Shane.

Shane avait placé sa confiance en elle. Et elle l'avait trahi. Elle était aussi coupable de sa mort que si elle l'avait elle-même poignardé dans le dos. Il baissa le regard sur sa main qui tenait le cutter comme une arme. Maîtrisant son émotion, il reposa la lame.

Il fallait s'en tenir aux faits, au plan qu'il avait élaboré. Il devait retrouver la Dougherty. Bien sûr, il aurait dû attendre son retour. Mettre son projet à exécution en son absence s'était avéré stupide. Il avait eu tellement hâte d'utiliser les moyens qu'il en avait oublié la fin.

Quand allait-elle rentrer ? Comment diable la retrouver à présent ? Une fois de plus, son regard se posa sur l'article. La mère Richter ne s'était pas privée de faire sa commère. Certaines personnes ne changeaient jamais. Lorsque les Dougherty reviendraient, elle serait la première à l'apprendre. Il ébaucha un sourire. Un autre plan s'échafauda dans son cerveau. Il était suffisamment malin pour extorquer l'information à Richter sans qu'elle en ait le moindre soupçon.

Avec une bouffée d'orgueil, il étudia le texte de l'article. Les enquêteurs reconnaissaient la nature criminelle de l'incendie. Tiens donc ! Mais ils ne tenaient aucune piste, aucun suspect. Ils ne connaissaient même pas encore l'identité de la fille. Ils prétendaient ne pas vouloir révéler son nom avant d'avoir prévenu sa famille, mais en réalité, ils n'avaient aucun moyen de savoir qui elle était. Elle avait été réduite en cendres. Il y avait veillé. Personne n'aurait pu survivre à une fournaise pareille.

Ses mains s'immobilisèrent. C'étaient exactement les paroles qu'il avait prononcées le jour où Shane était mort. Personne n'aurait pu survivre. Et Shane n'avait pas fait exception. Que la fille n'en ait pas réchappé était justice.

Il manifesta d'un brusque signe de tête son approbation quant au contenu de la coupure de presse qu'il tenait à la main. Avec ses bords soigneusement découpés, elle méritait d'être encadrée. Au lieu de quoi, il la glissa entre les pages du livre posé sur son bureau, en même temps que l'article qu'il venait de détacher — avec tout autant de minutie — de la *Gazette* de Springdale.

L'INCENDIE DE LA NUIT DE THANKSGIVING A FAIT DEUX MORTS.

Encore une fois, il devait en être ainsi, en toute équité. Et de nouveau, il n'y avait aucun suspect. Aucune piste. Rien de plus normal.

Plus tard, il rangerait les deux articles avec le souvenir qu'il avait emporté — le sac en toile bleue de Caitlin. Enfin, bleu avait été sa couleur d'origine. A présent, il avait plutôt viré au rouge, imbibé comme il l'était du sang de la jeune fille.

Le sang l'avait éclaboussé, lui aussi, mais heureusement il avait pu se doucher et se changer avant que quelqu'un ne remarquât ses vêtements maculés. La prochaine fois, il devrait prendre davantage de précautions. Il faudrait qu'il protège ses habits avant de verser le sang.

Parce que, en vérité, il ferait de nouveau couler le sang, et très bientôt. Il savait exactement où trouver Mlle Penny Hill. Les gens croyaient toujours pouvoir garder leur adresse secrète, simplement parce qu'ils avaient mis leur numéro de téléphone sur liste rouge. Quelle erreur ! En s'y prenant bien, on pouvait savoir tout ce qu'on voulait sur n'importe qui. A condition, bien sûr, de se montrer un tant soit peu malin.

Et malin, je le suis ! Il commençait déjà à ressentir l'excitation du prochain meurtre. La mort de Penny Hill ne se ferait pas en douceur. Cette fois, il ne montrerait aucune pitié. *Cette fois ?* Bon sang, il avait encore perdu la notion du temps ! Il rassembla ses affaires en hâte. S'il ne se dépêchait pas, il serait en retard. Il fallait à tout prix que cette journée se déroule normalement, et ce soir… La nuit dernière il avait répété toutes les phases de son plan afin de s'assurer de son infaillibilité. Ce soir… Il eut un sourire carnassier.

Elle allait souffrir. Et elle en connaîtrait la raison. Elle compterait jusqu'à dix, comme les dix années de malheur qu'avait vécues son frère. Ensuite, il l'enverrait en enfer, à la place qui lui revenait.

Lundi 27 novembre, 8 h 50

Mia tourna le coin du couloir et entra dans le bureau paysager qui abritait la brigade des Homicides. Rien n'avait changé — les bureaux disposés face à face par deux étaient toujours recouverts d'impressionnants amoncellements de papiers et de tasses à café. Tous, à l'exception de deux d'entre eux — le sien et celui d'Abe. Elle fronça les sourcils. Leurs bureaux étaient impeccables, leurs dossiers soigneusement rangés en piles bien ordonnées. Tout le reste était agencé avec une lugubre symétrie — tasses, téléphones, agrafeuses, jusqu'aux stylos, tout était disposé dans un inquiétant jeu de miroir.

— On dirait que les femmes de Stepford ont rangé mon bureau, grommela Mia entre ses dents.

Un gloussement se fit entendre dans son dos. Todd Murphy, appuyé contre le mur, une tasse de café à la main, arborait un grand sourire. A la vue de son costume froissé et de sa cravate dénouée, Mia se sentit quelque peu rassérénée.

— C'est Stacy, expliqua-t-il d'une voix tranquille, dénonçant l'employée de bureau qui travaillait pour les Homicides. Quand Spinnelli a décidé de réassigner tes enquêtes, elle a passé au crible tous les dossiers sur lesquels tu travaillais. Elle s'est peut-être laissé un peu emporter.

— Il a redistribué *tous* mes dossiers ?

Mia ne s'était certes pas attendue à ce que leurs enquêtes soient laissées en suspens tout le temps de leur absence, mais tout de même ! La nouvelle lui causa un choc. Comme si Spinnelli n'avait pas compté sur son retour avant des mois ! *Eh bien, je suis revenue, que diable !* Et elle avait du pain sur la planche. En premier lieu, elle devait mettre la main sur l'enfant de salaud qui avait descendu Abe.

— Qui a été chargé de l'affaire d'Abe ?

— Howard et Brooks. Ils ont remué ciel et terre la première semaine, mais la piste n'a mené nulle part.

— Alors comme ça, Melvin Getts peut se permettre de canarder un flic en toute impunité, conclut-elle avec amertume.

— Ils n'ont pas renoncé, lui assura Murphy d'une voix douce. Nous voulons tous la peau de cette ordure.

A la pensée de Getts levant tranquillement son arme pour faire feu sur son équipier, Mia sentit son estomac se nouer et son sang se glacer, comme il y avait quelques minutes à peine, dans l'air froid du dehors. Repoussant cette vision, elle marcha à grands pas vers son bureau, affectant une humeur belliqueuse qu'elle était loin d'éprouver.

— Je parie que Stacy a même lavé ma tasse.

Murphy la suivit et s'écroula sur sa chaise, deux bureaux plus loin.

— Elle était vraiment dégoûtante, Mitchell, plaida-t-il. Il y avait une espèce de moisissure qui poussait dedans. Un truc infect, innommable, ajouta-t-il avec un frisson.

Mia posa le parapluie sur son bureau et, d'un coup d'épaule, se débarrassa de son blouson trempé. Au moment où elle rajusta le baudrier de son revolver sous son blazer, la douleur lui fit se mordre les lèvres.

— Un peu de moisi, ça n'a jamais fait de mal à personne.

Elle ôta son informe feutre mou et esquissa une grimace. Pas étonnant que le type dans la rue l'ait prise pour une SDF ! On aurait dit que son blouson et son chapeau sortaient tout droit des stocks de l'Armée du Salut. Mais après tout, que lui importait ce que cet homme pensait d'elle ? *Cesse donc de te soucier de l'opinion des autres.* Elle poussa un soupir silencieux. Autant s'arrêter de respirer, pendant qu'elle y était.

Elle préféra diriger sa frustration contre son bureau, beaucoup trop nickel à son goût.

— Nom d'un chien ! Je ne peux pas travailler dans ces conditions.

D'un geste délibéré, elle renversa la pile des dossiers et réorganisa le contenu de son bureau au petit bonheur.

— Voilà ! s'exclama-t-elle, satisfaite. Maintenant, si Stacy a touché à mes Pop-Tarts, c'est un homme mort !

Mais comme, par chance, sa réserve de secours était intacte, elle ajouta :

— C'est bon, pour cette fois, je lui laisse la vie sauve.

— Je suis sûr qu'elle doit trembler comme une feuille en ce moment, supposa Murphy, pince-sans-rire. Puis, remarquant le parapluie : Depuis quand te promènes-tu avec ça ?

— Il n'est pas à moi. Il va d'ailleurs falloir que je retrouve son propriétaire pour le lui rendre.

S'installant sur sa chaise, Mia laissa errer son regard sur le bureau inoccupé calé contre celui de Murphy.

— Où est ton équipier ? s'enquit-elle.

Le collègue de Murphy était le frère d'Abe — Aidan. Mia redoutait les reproches qu'elle s'attendait à lire dans les yeux de ce dernier.

— A la morgue. On a hérité d'un double meurtre hier soir et c'est lui qui a tiré la courte paille. Moi, je m'occupe de prévenir les familles.

Les paupières de Murphy se plissèrent soudain.

— Voilà quelqu'un pour toi.

Mia se retourna, étouffant un grognement sous l'effet de la brûlure qui lui traversa épaule. Pourtant, elle ne tarda pas à oublier la douleur. Avec sur le visage une expression propre à terrifier n'importe quel tueur en série, l'adjointe du procureur traversait le bureau à grandes enjambées. Or, il se trouvait que cette femme était aussi l'épouse d'Abe. Depuis deux semaines, un sentiment de culpabilité incitait Mia à éviter tout contact avec la famille de son équipier. A présent, l'heure était venue de braver la tempête. D'un mouvement mal assuré, elle se leva et s'apprêta à encaisser les reproches qui ne manqueraient pas de lui tomber dessus.

— Bonjour, Kristen.

Les lèvres serrées, Kristen Reagan haussa les sourcils.

— Alors, comme ça, tu es toujours en vie.

Cette femme avait toutes les raisons du monde d'être en colère. Elle serait veuve à l'heure qu'il était si la balle qui avait transpercé l'abdomen d'Abe l'avait atteint ne fût-ce que deux centimètres plus bas.

Mia se prépara au pire.

— Vas-y, dis ce que tu as sur le cœur.

Kristen ne broncha pas. Elle se contenta de la dévisager, en sorte de mettre Mia horriblement mal à l'aise, faisant remonter à la surface de sa mémoire des souvenirs de bonnes sœurs au regard noir et de sensations cuisantes dans la paume de ses mains.

Finalement, l'adjointe au procureur exhala un soupir.

— Petite imbécile, murmura-t-elle. Que croyais-tu que j'allais dire ?

En percevant la douceur qui teintait sa voix, Mia se redressa. Elle eût mille fois préféré entendre les mots durs qu'elle savait mériter.

— Je ne faisais pas attention, s'excusa-t-elle. Abe a payé par ma faute.

— Il dit que vous êtes tombés dans une embuscade. Lui non plus ne les avait pas aperçus, au début.

— J'avais un meilleur angle de vue, j'aurais dû me rendre compte de leur présence. Mais j'étais…

Préoccupée, voilà la raison !

— J'étais distraite, je ne faisais pas attention, répéta-t-elle avec raideur. Je regrette.

Les yeux de Kristen lancèrent des éclairs.

— Et tu t'imagines qu'il te le *reproche* ? Que *je* te tiens pour responsable de ce qui est arrivé ?

— Tu devrais. Je le ferais à ta place.

Elle leva une épaule.

— D'ailleurs, c'est ce que je fais.

— Dans ce cas, tu es une idiote, rétorqua Kristen d'un ton brusque. Nous nous sommes inquiétés pour toi, Mia. A peine t'avait-on recousue que tu t'es volatilisée. Nous t'avons cherchée partout, sans succès. Nous pensions que tu avais été blessée, ou même tuée. Abe s'est fait un sang d'encre pour toi. Et pendant tout ce temps, tu étais Dieu sait où, en train de bouder, de te lamenter sur ton sort ?

Mia tiqua.

— Je suis désolée. Je ne voulais pas…

Puis, fermant les paupières, elle laissa tomber :

— Vacherie !

— Tu ne voulais pas que l'on s'inquiète ? reprit Kristen d'une voix éteinte. Eh bien, si, nous nous sommes rongé les sangs. Même Spinnelli n'avait aucune idée de l'endroit où tu te trouvais jusqu'à ce que tu appelles la semaine dernière pour prévenir de ton retour. Je suis passée chez toi au moins une demi-douzaine de fois.

Mia rouvrit les yeux. Elle se rappelait en effet trois occasions où Kristen était venue sonner à sa porte.

— Je sais.

— Tu le savais ? Tu étais donc *là* ? s'exclama l'adjointe au procureur, les yeux écarquillés.

— Oui, en quelque sorte.

Assise dans le noir, à broyer du noir et à se plaindre de ses malheurs.

— En quelque sorte ? se renfrogna Kristen. Qu'est-ce que c'est censé vouloir dire ?

Un silence de mort avait envahi la pièce. Tous observaient la scène.

— Tu peux parler plus bas ?

— Absolument pas ! Je suis restée au chevet d'Abe pendant deux semaines, tandis qu'il attendait un appel de ta part. Entre les injections de morphine et les interventions chirurgicales, il se faisait du souci parce qu'il craignait que tu ne te sois lancée à la poursuite de Getts toute seule. Il angoissait de te savoir morte, quelque part, au fond d'une ruelle. Alors si je te parais manquer un peu de patience ou de compassion, eh bien, tant pis !

Les joues en feu, elle ajouta :

— Tu ferais bien de passer le voir à l'hôpital ce soir, dès la fin de ton service. Tu lui expliqueras ce que tu veux dire par « en quelque sorte ». Je crois que tu lui dois bien ça.

Elle fit deux pas en avant, s'arrêta. Puis, lentement, elle se détourna. Ses yeux n'étincelaient plus. Ils s'étaient emplis de chagrin.

— Bon sang, Mia ! Tu lui as fait du mal. Quand il a appris que tu étais saine et sauve et que tu n'avais tout simplement pas daigné lui rendre visite, il s'est senti terriblement blessé !

Mia déglutit péniblement.

— Je suis navrée.

— Il y a de quoi ! répliqua Kristen, les mâchoires crispées. Il tient beaucoup à toi.

Mia baissa les yeux.

— J'irai le voir dès que j'aurai terminé ma journée de travail.

— Fais en sorte de ne pas oublier, insista Kristen avant de s'éclaircir la gorge. Mia, je t'en prie, regarde-moi.

Mia releva les yeux. Toute trace de colère s'était dissipée, c'était de l'inquiétude qu'elle lisait maintenant dans le regard de Kristen.

— Quoi ?

Kristen baissa la voix jusqu'au murmure :

— Tu as traversé une période difficile ces dernières semaines, avec ton père et tout ça. Tout le monde commet des erreurs. Tu es un être humain comme les autres. Et tu es toujours l'équipière que je veux aux côtés de mon mari pour le couvrir en cas de danger.

Mia regarda Kristen s'éloigner, puis se laissa retomber sur son siège. Ils croyaient tous qu'elle était bouleversée par la mort de son père. Sacré nom de nom, si seulement c'était aussi simple !

— Tu es blanche comme un linge, dit Murphy d'une voix douce. Tu aurais dû prendre quelques jours de repos supplémentaires.

— Il y a beaucoup de choses que j'aurais dû faire apparemment, rétorqua-t-elle. Puis fermant les yeux : Tu es allé le voir ?

— Oui. La première semaine, il était dans un état épouvantable. Aidan dit qu'on va le laisser sortir demain ou après-demain, alors si tu ne veux pas qu'il t'en veuille de ne pas lui avoir rendu visite, tu ferais bien d'y aller ce soir. Mais, bon sang de bois, Mia ! A quoi pensais-tu ?

Mia contempla le fond de sa tasse impeccablement récurée.

— Je me disais que j'avais foiré, que j'avais failli faire tuer mon équipier. Une fois de plus.

Comme Murphy ne soufflait mot, elle leva vers lui un regard sardonique.

— Tu ne vas pas prétendre que ce n'était pas ma faute, cette fois-ci ? Ni la dernière fois ?

Murphy sortit un bâton de carotte d'un sac en plastique posé sur son bureau.

— A quoi bon ?

Mia observa le tas de carottes taillées en morceaux parfaitement égaux, tandis que Murphy en glissait un entre ses dents.

— Tu essaies encore d'arrêter ?

— Ça fait deux semaines. Ce n'est pas que je compte les jours…

— Tant mieux pour toi, coupa Mia avant de se remettre

d'aplomb sur ses jambes. Il faut que j'aille prévenir Spinnelli de mon retour.

— Il est avec quelqu'un. Mais il a dit qu'il voulait te voir sans délai et que tu pouvais l'interrompre.

— Pourquoi ne me l'as-tu pas dit plus tôt ? protesta-t-elle, la mine contrariée.

— Je viens de le faire.

Mia se dirigeait vers la porte du bureau de Spinnelli lorsque Murphy la rappela :

— Mia, ce n'était pas ta faute. Ni pour Abe ni pour Ray. Les pépins, ça arrive à tout le monde. Tu le sais très bien.

Abe l'avait échappé belle, et ce n'était certainement pas grâce à elle. Quant à Ray, son précédent partenaire, il n'avait pas eu autant de chance. A sa veuve aussi, les flics avaient envoyé des paniers de fruits.

— Oui, c'est ça !

Retenant son souffle, elle frappa à la porte de son chef.

— Entrez ! ordonna Spinnelli, assis derrière son bureau, la broussaille de ses moustaches poivre et sel retroussée.

Mais à la vue de Mia, son regard s'adoucit.

— Content de vous revoir, Mia. Asseyez-vous. Comment allez-vous ?

Mia referma la porte derrière elle.

— Je suis bonne pour le service.

A cet instant précis, le visiteur de son patron se retourna vers elle. Les yeux de Mia s'agrandirent démesurément. *Enfer et damnation !* Le type en trench-coat qu'elle venait de croiser dans la rue se leva maladroitement. Il n'avait pas l'air plus qu'elle heureux de ces retrouvailles inopinées.

Pendant une seconde, elle se borna à le dévisager.

— C'est *vous*, l'inspecteur Mitchell ? demanda-t-il d'une voix accusatrice.

Les joues en feu, Mia hocha la tête. Cet homme l'avait pratiquement surprise en train de dormir debout devant le poste de police. Il l'avait prise pour une cinglée. Toute chance de faire bonne impression s'était à tout jamais envolée. Malgré tout, elle tâcha de se redonner une contenance et le regarda droit dans les yeux.

— En effet. Et vous êtes ?

Spinnelli se leva derrière son bureau.

— Voici le lieutenant Reed Solliday, du BEI.

— Le bureau des enquêtes sur les incendies, compléta Mia avec un hochement de tête. Les types qui mènent des investigations sur les incendies criminels. Très bien. Et alors ?

La bouche de Spinnelli se fendit d'un sourire.

— C'est votre nouvel équipier.

Lundi 27 novembre, 9 heures

Assise sur un coin du bureau, Brooke Adler avait conscience qu'une demi-douzaine de paires d'yeux seraient rivées sur son décolleté tout au long des cinquante minutes qui allaient suivre. Avec un peu de chance, peut-être l'un des garçons de sa classe prêterait-il un tant soit peu attention au cours qu'elle avait si soigneusement préparé. Cependant, elle n'avait que peu d'espoir. Guère plus que ces adolescents, d'ailleurs.

Le seul espoir décelable dans cet endroit apparaissait sur le panneau fixé à la porte d'entrée : CENTRE DE L'ESPOIR — ÉTABLISSEMENT POUR JEUNES GARÇONS. Assis en face d'elle, il n'y avait que voleurs, fugueurs et jeunes délinquants sexuels. A tout prendre, elle aurait encore préféré des lions, des tigres ou des ours sauvages !

— Avez-vous passé de bonnes fêtes ? interrogea-t-elle d'un ton qu'elle s'efforça de rendre jovial.

Pour la plupart, les élèves n'avaient pas quitté l'internat pendant les célébrations de Thanksgiving, elle ne l'ignorait pas.

— La dinde était trop dure, se plaignit Mike depuis le rang du fond.

Il n'existait pas à proprement parler de rang réservé aux cancres, Mike en instaurait un chaque matin. La place à l'extrémité de la première rangée était vide.

Elle scruta le visage de ses élèves.

— Où est Thad ?

Affichant une décontraction insolente, Jeff s'affala sur son siège. Une certaine agressivité perçait constamment dans ses yeux, une froideur qui rendait Brooke nerveuse.

— Lopette a volé les restes de la tarte dans le frigo.

Brooke fronça les sourcils.

— Jeff, le rabroua-t-elle sévèrement, vous savez qu'il est interdit d'utiliser ce surnom. Alors, où est Thad aujourd'hui ? répéta-t-elle plus posément.

Le sourire de Jeff lui fit courir un long frisson dans le dos. Les sourires de Jeff étaient toujours empreints de méchanceté. Jeff était un garçon méchant.

— Il a mal au ventre, laissa-t-il tomber avec nonchalance. Il est à l'infirmerie.

Thaddeus Lewin était un enfant calme et taciturne. Brooke ne savait pas avec certitude lequel de ces jeunes l'avait affublé du surnom de Lopette. Par contre, elle était absolument sûre de ne pas souhaiter en connaître les raisons. Avec un soupir, elle prit son exemplaire de *Sa Majesté des mouches*.

— Je vous avais demandé de lire le deuxième chapitre. Qu'en avez-vous pensé ?

La semaine précédente, en établissant un parallèle entre *Sa Majesté des mouches* et l'émission de télé-réalité *Survivor,* elle avait cru éveiller une lueur d'intérêt chez ses élèves. Mais aujourd'hui leurs visages restaient vides de toute expression. Aucun d'entre eux n'avait lu le chapitre demandé. C'est alors qu'à sa grande surprise une main se leva.

— Oui, Manny ?

Manny Rodriguez ne répondait jamais spontanément aux questions de ses professeurs.

Le garçon se renversa sur son siège.

— Le feu, c'était super, dit-il d'une voix douce.

Jeff haussa les sourcils.

— Ça parle de feu dans ce bouquin ?

Manny hocha la tête.

— C'est l'histoire de jeunes qui se retrouvent abandonnés sur une île déserte. Alors, ils allument un grand feu pour qu'on les repère et qu'on vienne à leur secours, mais ils n'arrivent pas à le maîtriser.

Ses yeux brillèrent d'un éclat étrange lorsqu'il ajouta :

— L'incendie détruit tout un versant de la montagne et tue un des garçons. Ensuite, ils mettent le feu à toute l'île.

Sa voix vibrait d'une admiration respectueuse. Brooke en eut la chair de poule.

— Le feu symbolise..., commença-t-elle.

— Comment ils font pour allumer le feu ? l'interrompit Jeff sans ménagement.

— Ils se servent des lunettes du petit gros comme d'une loupe, répondit Manny. A la fin, le gros lard se fait tuer, ajouta-t-il avec un rictus. Il a le crâne fracassé par une grosse pierre. Il y a de la cervelle partout.

Il lança un regard entendu en direction de Brooke.

— J'ai lu plusieurs chapitres d'avance, m'dame.

— Une fois, j'ai utilisé une loupe pour griller un insecte, hasarda Mike. Je ne croyais pas que ça marcherait, mais j'ai tout de même réussi.

Un sourire carnassier passa comme un éclair sur le visage de Jeff.

— Il paraît que mettre un hamster dans un four à micro-ondes, c'est de la foutaise. Mais au contraire ! Et avec les chats, c'est encore mieux. Bien sûr, il faut un grand four.

— Ça suffit ! coupa Brooke avec brusquerie. Manny, Jeff, Mike, arrêtez immédiatement !

Jeff se laissa glisser en arrière, avec un petit sourire sarcastique, tout en laissant couler lentement un regard appuyé sur les seins de son professeur afin qu'elle n'ignorât pas qu'il avait les yeux rivés sur elle.

— La prof aime les chats et… les chattes, murmura-t-il suffisamment fort pour qu'elle l'entende.

Brooke décida que mieux valait ne pas y prêter attention.

Manny se contenta de hausser les épaules.

— C'est vous qui avez demandé, objecta-t-il. Moi, j'ai trouvé le feu génial.

— Le feu, répéta-t-elle avec fermeté, symbolise le bon sens et la moralité. Et ne vous avisez pas de toucher aux fours à micro-ondes, ajouta-t-elle en plissant le front. Parlons maintenant du symbolisme du feu. Vous avez une interrogation écrite mercredi.

Tous les yeux convergèrent vers sa poitrine, et Brooke comprit qu'elle avait prêché dans le désert. Elle était arrivée au Centre de l'Espoir trois mois auparavant, l'encre de son diplôme à peine sèche, le visage juvénile et le désir d'enseigner vrillé au cœur. A présent, ses prières n'avaient plus d'autre objet que de survivre à chaque journée sans incident. Et, d'une façon ou d'une autre, de parvenir à communiquer avec ces enfants. *S'il vous plaît ! Au moins un !*

3

Lundi 27 novembre, 9 h 15

Reed Solliday prit une profonde inspiration puis exhala l'air par la bouche. L'espace d'une seconde, la jeune femme avait affiché une expression aussi abasourdie que furieuse. Eh bien, soit ! Ils étaient deux dans ce cas, car lui non plus n'était pas particulièrement enchanté de la nouvelle « équipière » qu'on lui affectait. Marc Spinnelli avait eu beau affirmer avec insistance que Mia Mitchell était l'un de ses meilleurs éléments, il n'empêche qu'il l'avait vue de ses propres yeux regarder avec une fixité inquiétante les portes du poste de police, pareille à une biche aveuglée par les phares d'une voiture. Il s'était tenu une minute entière derrière elle avant qu'elle ne détectât sa présence.

Ce qui ne plaidait certainement pas en faveur de ses capacités, il fallait bien l'admettre ! De plus, avec son blouson élimé, son chapeau innommable et ses bottes en cuir éraflé, elle avait l'air de… en tout cas, pas de l'inspecteur sur qui il aimerait pouvoir compter pour le couvrir en cas de danger. Malgré tout, il lui tendit la main.

— Bonjour, inspecteur Mitchell.

Sa poigne était solide.

— Bonjour, lieutenant Solliday.

Le visage calme et le dos raide, Mia se tourna vers son patron.

— A quoi cela rime-t-il ? Abe va bientôt revenir, non ?

— Bien sûr, Mia. Mais le BEI a découvert un meurtre sur les lieux d'un incendie et Abe sera encore absent pendant quelques semaines. Considérez-vous comme détachée auprès de leurs services. Prenez place. Reed va vous expliquer.

Ils s'assirent et Mitchell se tourna vers lui avec attention. Son regard était redevenu clair et vif. Et aussi bleu que la vaisselle de porcelaine que Christine sortait les jours de fête. Le couvre-chef miteux dont elle se coiffait avait protégé de la pluie ses courts cheveux blonds, à l'exception des mèches bouclées qui encadraient son visage. Maintenant qu'elle s'était débarrassée de son misérable blouson, elle présentait fort heureusement dans son blazer noir une allure plus professionnelle. Mais, par malheur, le fin chemisier très ajusté qu'elle portait sous le blazer en question ne dissimulait rien de ses formes arrondies. Pour une femme de petite taille, l'inspecteur Mia Mitchell était dotée d'un assortiment fort impressionnant de courbes en tout genre !

A l'instar de n'importe quel individu de sexe masculin, Reed appréciait naturellement la vue des courbes féminines. Or, ce dont il avait besoin pour l'instant, c'était d'un équipier, pas d'une pin-up, et certainement pas d'un sujet de distraction. Pour autant, il ne décela en elle aucun penchant pour les jeux de séduction, aucune mollesse. Aussi décida-t-il de ne pas lui tenir rigueur de ses attributs féminins.

— Il y a eu un incendie à Oak Park, samedi soir, commença-t-il. Nous avons retrouvé un cadavre dans la cuisine. Le médecin légiste m'a appelé, ce matin. Les radios montrent un impact de balle dans le crâne.

— Il y avait du monoxyde de carbone dans les poumons ? s'enquit Mitchell.

— Barrington va vérifier. Il a d'abord tenu à me mettre au courant à propos du projectile, car cela change la nature des investigations.

— Sans oublier le champ de juridiction, murmura-t-elle. Vous avez examiné le corps ?

— J'allais me rendre à la morgue, dès que j'en aurais terminé ici.

— Vous connaissez l'identité de la victime ?

— Nous n'en sommes encore qu'aux hypothèses. La maison appartenait à Joe et Donna Dougherty. Ils sont partis en voyage pour Thanksgiving et ont embauché quelqu'un pour surveiller leur maison. Une jeune fille nommée Caitlin Burnette. Elle a le même âge et la même taille que la victime. De plus, la voiture découverte dans le garage était immatriculée sous le nom de Roger Burnette. Donc, pour l'instant, nous supposons que le cadavre est celui de Caitlin Burnette. Le légiste devra établir l'identité de la victime de manière catégorique en s'appuyant sur son dossier dentaire ou ses empreintes génétiques.

Reed vit Mitchell tressaillir à ces derniers mots, bien que de façon presque imperceptible.

Spinnelli tendit une feuille de papier à la jeune femme.

— Nous avons imprimé une copie de son permis de conduire que nous a fournie le service d'immatriculation des véhicules automobiles.

Mia parcourut le document.

— Elle n'avait que dix-neuf ans, constata-t-elle d'une voix rauque.

Elle leva la tête, ses yeux bleus devenus sombres.

— Vous avez prévenu la famille ?

La pensée d'apprendre aux parents la mort de leur fille donnait à Reed la nausée. Cette obligation avait toujours produit le même effet sur lui. Comment les inspecteurs des Homicides réussissaient-ils à s'endurcir suffisamment pour mener leurs tâches à bien, jour après jour ?

— Pas encore. Je suis passé chez les Burnette deux fois hier, mais je n'ai trouvé personne.

Spinnelli poussa un soupir.

— Et il y a autre chose, Mia.

— Si le cadavre qui se trouve à la morgue est bien celui

de Caitlin Burnette, son père est un flic, compléta Reed avec une grimace navrée.

— Je le connais, précisa Spinnelli. Il s'agit du sergent Roger Burnette, à la brigade des Mœurs depuis cinq ans.

— Il ne manquait plus que ça ! s'exclama Mitchell.

Elle posa son front dans sa main et enfonça ses doigts dans ses cheveux courts, soulevant ses épis blonds en bataille.

— Pourrait-il s'agir d'un règlement de comptes ? interrogea-t-elle.

Reed se posait la même question.

— J'imagine que c'est ce qu'il nous faudra découvrir. Les Dougherty rentrent aujourd'hui par avion. Je les interrogerai dès leur arrivée.

L'espace d'un instant, elle croisa son regard.

— *Nous* les interrogerons, corrigea-t-elle tranquillement.

Elle le défiait, cela ne faisait aucun doute. Agacé, il hocha la tête.

— Naturellement.

— Nous devons faire venir une équipe d'experts de la police scientifique, poursuivit-elle, le front plissé. Vous avez déjà fouillé la maison, non ? Quelle poisse, la pluie va tout gâcher !

— Nous y avons passé toute la journée d'hier. J'ai fait prendre des clichés de chaque pièce et prélever des échantillons pour le labo. Heureusement, nous avons recouvert le toit d'une bâche. La pluie ne devrait pas avoir causé de problèmes.

— Parfait. Quel genre d'échantillons ?

— De la moquette, du bois. Je cherchais des traces d'accélérants.

— Et ? demanda-t-elle, en inclinant imperceptiblement la tête.

— Mes instruments indiquent qu'il y en a, et le chien détecteur d'explosifs a décelé la présence de deux sortes d'accélérants. De l'essence et un autre produit. Le labo devrait nous donner les résultats des analyses d'ici à quelques heures.

Elle secoua la tête.

— Question scène de crime, j'ai peur que celle-ci soit fichue pour nous, Marc.

Reed se redressa.

— Notre procédure consiste à recueillir aussi vite que possible des indices prouvant la nature criminelle d'un incendie. Nous avons obtenu un mandat. Nous n'avons rien pris dont nous n'ayons besoin pour établir l'origine et la cause de l'incendie, jusqu'à ce que nous apprenions comment la fille était morte. Nous n'avons rien à nous reprocher quant à la façon dont nous avons effectué nos recherches.

Les yeux de Mitchell s'adoucirent une fraction de seconde.

— Je ne parlais pas de votre investigation, lieutenant. Je pensais aux scènes d'incendie en général.

Elle jeta un regard vers Spinnelli et ajouta :

— Pouvez-vous envoyer un policier chez les Dougherty ? Qu'il veille à ce qu'on ne touche à rien jusqu'à notre arrivée.

— Nous avons un garde chargé de la sécurité sur place, répliqua Reed avec raideur. Mais si vous êtes prêts à régler la note pour une surveillance des lieux vingt-quatre heures sur vingt-quatre, je vais le renvoyer. Notre budget n'est pas aussi important que le vôtre.

— C'est bon. Puisque nous avons affaire à un homicide, je préfère avoir un flic sous la main, de toute façon. Sans vouloir vous vexer, se hâta-t-elle d'ajouter. Je vais appeler Jack et lui demander de nous retrouver là-bas avec son équipe d'experts.

— Deux de mes hommes les attendent sur place. Foster Richards et Ben Trammell. Ils pourront les faire entrer et leur montrer ce que nous avons fait hier.

Il avait appelé ses gars pour les prévenir de se tenir prêts à se joindre à l'équipe que les Homicides ne manqueraient pas de dépêcher sur les lieux. Il avait même fortement conseillé à Foster d'éviter toute querelle de bac à sable avec les experts de la police scientifique. Et il avait recommandé à Ben de garder un œil sur Foster.

Mitchell se leva.

— Parfait. Mais tout d'abord, allons à la morgue voir ce que Caitlin a à nous apprendre.

Spinnelli se leva à son tour.

— Appelez-moi quand vous aurez informé les parents. Je contacterai le supérieur de Burnette afin que le poste de police de son quartier envoie des fleurs ou autre chose.

— Il faut aussi que vous demandiez un autre mandat, précisa Reed. Le nôtre ne concerne que l'incendie criminel.

Spinnelli acquiesça d'un signe de tête.

— Je vais téléphoner au bureau du procureur. Vous aurez le mandat dès votre arrivée sur la scène du crime.

Mitchell tourna la tête vers son patron.

— Lieutenant Solliday, voulez-vous nous laisser seuls un instant ? Vous pouvez m'attendre à mon bureau. C'est celui qui est à côté du bureau bien rangé.

— Bien sûr.

Il referma doucement la porte derrière lui, mais au lieu de gagner le bureau de Mitchell, il s'appuya contre le mur, la tête penchée vers la porte en sorte de ne pas perdre une miette de la conversation qui se déroulait de l'autre côté.

— Marc, dit-elle, à propos d'Abe…

C'était la seconde fois qu'elle mentionnait ce nom. Il jeta un coup d'œil vers le bureau rigoureusement ordonné. Ce devait être celui du fameux Abe, présuma-t-il.

Dans la voix de Spinnelli, il devina une sorte de mise en garde.

— Howard et Brooks ont pris l'affaire en main.

— Murphy dit qu'ils se sont cassé le nez.

— C'est vrai. Mia, vous…

— Je sais, Marc. Vous venez de me confier une autre enquête, et j'en fais ma priorité. Vous savez que vous pouvez compter sur moi. Mais si j'apprends quelque chose, si n'importe qui apprend quelque chose, et que je suis disponible… Bon sang, Marc ! Je l'ai vu !

Sa voix se fit féroce.

— Si je tombe sur l'enfant de salaud qui a tiré sur Abe, je le reconnaîtrai.

— Vous aussi, vous avez été blessée, Mia.

— Juste une égratignure. S'il vous plaît, Marc !

Elle marqua un temps d'arrêt, puis enchaîna :

— Je le dois à Abe. Je vous en prie !

Il y eut encore un silence, puis un soupir.

— Si vous êtes disponible, je vous appellerai, consentit enfin Spinnelli.

— Je vous en serai reconnaissante.

Lorsque la porte s'ouvrit, Reed ne tenta même pas de s'en écarter. Autant qu'elle sache qu'il avait tout entendu ! Le rouge monta aux joues de la jeune femme, ses yeux se plissèrent. Quelques secondes durant, elle se contenta de le scruter fixement, une lueur de mécontentement dans le regard.

— Allons à la morgue, dit-elle d'un ton impassible avant d'attraper son blouson et son chapeau miteux. Tenez, votre parapluie.

Elle le lui lança, puis, avec précaution, enfila son blouson, en prenant soin de ne pas heurter son épaule droite. Spinnelli avait affirmé qu'elle était complètement rétablie, mais Reed en doutait. Si tel n'était pas le cas, il demanderait sur-le-champ au lieutenant de lui affecter un autre inspecteur. Elle dévala les escaliers quatre à quatre, ce qui, soupçonna-t-il, trahissait tout à la fois sa colère refoulée et son désir de le forcer à courir pour la rattraper. Qu'à cela ne tienne ! Il avait déjà fait son jogging matinal, aussi descendit-il les marches d'un pas tranquille, l'obligeant ainsi à patienter sur le trottoir. Comme il ouvrait son parapluie, elle en profita pour le distancer.

— Je n'ai pas encore récupéré ma voiture de service, et

la mienne est trop petite, déclara-t-elle sans se retourner. Ça ne va pas marcher.

A l'évidence, ses paroles contenaient un double sens. Il choisit d'ignorer la pique qu'elle lui avait lancée et de se concentrer sur le problème du transport.

— On prend ma voiture, décréta-t-il.

Une seconde, il envisagea de l'aider à monter dans sa Tahoe, mais, le devançant, elle grimpa dans l'habitacle du véhicule tout-terrain avec une étonnante agilité et à peine plus qu'un gémissement de douleur. Il se glissa derrière le volant et la dévisagea ostensiblement.

— Vous n'êtes pas prête à reprendre le travail, n'est-ce pas ?

Elle le fusilla du regard puis fixa un point droit devant elle.

— Je suis apte pour le service, grogna-t-elle.

Il démarra le moteur, se cala dans son siège, attendant qu'elle croise de nouveau son regard. Une minute de silence s'écoula avant qu'elle ne tourne enfin la tête vers lui, les sourcils contractés.

— Qu'est-ce que vous attendez ? demanda-t-elle.

— Qui est Abe ?

La mâchoire de la jeune femme se crispa.

— Mon équipier.

Et vous ne l'êtes pas, crut-il l'entendre ajouter en silence.

— Que lui est-il arrivé ?

— On lui a tiré dessus.

— Je suppose qu'il va s'en sortir.

Elle tressaillit si légèrement qu'il faillit ne pas le remarquer.

— Tôt ou tard, bien sûr.

— Vous aussi avez été touchée ?

— Une éraflure.

Or, Reed concevait de sérieux doutes quant à cette affirmation.

— Pourquoi regardiez-vous fixement la porte vitrée, ce matin ?

Un éclair traversa les yeux de Mitchell.

— Ça ne vous regarde pas !

A dire vrai, il ne s'était guère attendu à une réponse différente de sa part. Ce qui ne l'empêcha pas d'exposer sa propre opinion sur la question :

— J'ai bien peur de ne pas être d'accord avec vous. Que cela vous plaise ou non, vous allez être *ma* partenaire durant les jours à venir. N'importe qui aurait pu vous sauter dessus par surprise ce matin, s'emparer de votre arme, vous blesser, vous ou quelqu'un d'autre. J'ai besoin de m'assurer que vous ne bayerez pas aux corneilles quand j'aurai besoin de vous. Aussi, je répète ma question : qu'aviez-vous à regarder fixement la porte, ce matin ?

Quelque chose dans ses propos dut toucher une corde sensible car les yeux de la jeune femme cessèrent de lancer des éclairs et devinrent glacials.

— Si vous craignez que je sois incapable de vous couvrir, ce n'est pas la peine de vous inquiéter, mon lieutenant. Ce qui s'est passé ce matin ne regarde que moi. Je ne laisserai pas mes affaires personnelles interférer avec notre travail. Vous avez ma parole.

Pendant les quelques secondes qu'avait duré son petit laïus, elle avait soutenu son regard sans faillir, et une fois terminé, elle garda les yeux braqués sur lui, le mettant au défi de la contredire.

— Je ne vous connais pas, inspecteur, objecta-t-il. Vos promesses n'ont donc que peu de valeur à mes yeux.

Comme elle ouvrait la bouche pour protester, il l'arrêta d'un geste. Ce qu'elle s'apprêtait à rétorquer, la décence lui interdirait de le répéter, il en était sûr.

— Mais je connais Marc Spinnelli, poursuivit-il, et il a confiance en vos compétences. Je passe l'éponge sur ce qui s'est passé ce matin. Mais si cela se reproduit, je demanderai à votre chef de me prêter quelqu'un d'autre. Et, pour ça, vous avez *ma* parole.

Avec un clignement des paupières, elle serra les dents

avec une telle force que ce fut miracle qu'elles ne volent pas en éclats.

— Allons à la morgue, lieutenant. Si vous le voulez bien.

Reed embraya, satisfait d'avoir mis les pendules à l'heure.

— A la morgue, répéta-t-il.

Lundi 27 septembre, 10 h 05

Solliday n'avait pas plus tôt coupé le moteur que Mia avait déjà sauté à bas du véhicule. *Me menacer d'aller voir mon patron, et puis quoi encore !* Comme s'il ne lui était jamais arrivé de s'abîmer dans ses propres pensées ! *Allez, laisse tomber. Il n'y a pas de quoi fouetter un chat. N'est-ce pas ?* Elle se fit violence pour ne pas grincer des dents de rage tandis que Solliday traversait le parking sur ses talons. *Faux !* L'affaire était grave. Solliday avait raison. N'importe qui aurait pu la surprendre, lui arracher son arme. Elle ralentit le pas. Elle avait manqué de prudence. Une fois de plus !

Il la rattrapa et, sans souffler mot, elle poussa le bouton d'appel de l'ascenseur. Silencieux, il la suivit à l'intérieur, la pressant de si près qu'elle perçut la chaleur de son corps. En le voyant ainsi, les bras croisés sur sa poitrine, aussi immobile qu'une statue de granite, elle se sentit comme une petite fille prise en faute. Un peu plus et elle se recroquevillait, intimidée, dans un coin de la cabine. Au lieu de quoi, elle garda les yeux rivés sur les chiffres lumineux qui défilaient au-dessus de la porte.

— J'espère que vous êtes satisfaite de votre petite acrobatie, lâcha-t-il si soudainement qu'elle ne put s'empêcher de tourner les yeux vers lui.

La bouche tordue en un rictus condescendant, il gardait le regard fixé droit devant lui.

— Pardon ?

— Sauter ainsi de ma voiture avant qu'elle soit tout à

fait arrêtée ! Je sais que vous êtes furieuse après moi, mais les sièges sont trop hauts pour vous. Vous auriez pu vous casser une jambe.

Mia émit un rire incrédule.

— Vous n'êtes pas mon père, lieutenant Solliday.

— Non, Dieu merci !

Les portes de l'ascenseur s'ouvrirent et il s'effaça pour la laisser descendre la première.

— Si ma fille avait commis une telle imprudence, je l'aurais privée de sortie pendant une semaine. Deux semaines, si en plus elle m'avait répondu avec insolence.

Ne sois pas insolente, ma fille. Mia eut quelque peine à réfréner un tressaillement. Quand elle était petite, cette phrase pleine de hargne était d'habitude suivie d'une violente tape sur la tête qui lui en faisait voir trente-six chandelles. Plus tard, le simple fait d'entendre son père prononcer ces mots suffisait à la faire reculer, lui attirant son rire méprisant. Elle avait détesté son rire. Elle l'avait haï, lui. *Mon propre père*.

Mais ce n'était pas son géniteur qui se tenait près d'elle. C'était Reed Solliday, et il lui tenait ouverte la porte de la morgue.

— Ça ne vous secoue pas trop, ce genre de spectacle ? s'enquit-il. La victime est vraiment dans un sale état. Le corps est tellement carbonisé qu'il en est méconnaissable.

Si la vue d'un cadavre la bouleversait ? Et comment ! Mais plutôt mourir que de l'avouer !

— J'ai certainement déjà vu pire.

— Je suppose, murmura-t-il avant de s'arrêter devant la porte vitrée de la pièce où l'on procédait à l'identification des corps. Barrington est occupé. Nous allons devoir attendre.

L'estomac de Mia chavira, et cela n'avait rien à voir avec le cadavre recouvert d'un drap sur une table métallique. A côté du médecin légiste, Aidan Reagan examinait des radiographies. Trop tard ! Il ne manquerait pas de s'apercevoir de sa présence. Pas moyen d'y échapper. Nul doute que le frère d'Abe se montrerait tout aussi courroucé que l'épouse de ce dernier. Aidan leva la tête et fronça les sourcils dès que son regard croisa celui de Mia à travers la vitre. Sans la quitter des yeux, il sembla acquiescer aux propos que lui tenait le légiste. Puis il sortit et s'arrêta sur le seuil.

Solliday s'approcha de la porte mais, s'avisant qu'il se tramait quelque chose, se figea. Sa curiosité en éveil, il regarda tour à tour Aidan et Mia, haussant ses fichus sourcils noirs. Dieux du ciel ! Il ressemblait à Satan. Solliday, c'est-à-dire, pas Aidan. Aidan avait simplement l'air contrarié.

— Pouvez-vous nous laisser une minute, Solliday ?

Celui-ci hocha la tête, la mine toujours aussi curieuse.

— Je vous attends à l'intérieur.

Mia se tourna vers Aidan Reagan.

— Kristen m'a déjà passé un savon ce matin, commença-t-elle avant qu'il ait eu le temps d'ouvrir la bouche. Je vais rendre visite à Abe ce soir à l'hôpital. Alors, si tu veux m'y retrouver et continuer à me faire la leçon, ne te gêne pas.

Sans un mot, Aidan scruta son visage, exactement comme Kristen l'avait fait un moment auparavant.

— D'accord, je viendrai.

Sa voix était lourde de déception. Mia avait horreur de décevoir les gens. Et elle détestait être incapable de le supporter.

— Je dois y aller.

— Mia, attends ! la retint-il en tendant la main avant de la laisser retomber. Nous nous sommes fait du souci.

— Oui, je sais. Ecoute, Aidan, j'ai cafouillé. Je ne sais pas comment, mais je réparerai ce que j'ai fait à Abe.

Comme elle se dirigeait vers la porte, Aidan lui saisit le bras. Elle retint un gémissement de douleur.

Aussitôt, il la relâcha.

— Ça te fait encore mal.

— Je survivrai, répliqua-t-elle avec brusquerie. Je suis en bien meilleure forme qu'Abe.

Voyant Solliday en grande conversation avec Barrington, elle ajouta :

— Il faut vraiment que j'y aille, Aidan.

Son collègue suivit son regard à travers la vitre.

— Qui est ce type ? demanda-t-il.

— Solliday. Il travaille pour le BEI. Lui et moi sommes désormais inséparables. Du moins, jusqu'à ce qu'Abe revienne ou que nous ayons élucidé son affaire de meurtre, ça dépendra de ce qui arrivera en premier. On a trouvé un cadavre avec une balle dans la tête sur les lieux d'un sinistre sur lequel enquête Solliday.

Aidan esquissa une grimace.

— En effet, je viens d'y jeter un coup d'œil. Je ne voudrais pas être à ta place, Mia.

— Merci quand même !

Elle pénétra dans la salle, s'évertuant à ignorer l'odeur qui y flottait en permanence. Ce jour-là, la puanteur était encore pire que d'habitude. Les effluves de produits chimiques et de chair calcinée lui soulevèrent le cœur. Barrington était en train d'accrocher des radiographies sur un panneau lumineux, et Mia se contraignit à oublier tout apitoiement sur soi-même et à remettre en marche ses neurones de détective.

Les clichés montraient les contours nets d'un orifice circulaire à la base du crâne.

— Il n'y a pas de blessure de sortie, commentait le légiste. La balle est encore à l'intérieur, mais je ne peux pas affirmer avec certitude dans quel état elle se trouve. Inspecteur Mitchell ! Content de vous revoir.

— Merci, répondit-elle, tout en s'efforçant de concentrer son attention sur les radios. Le projectile provient d'un calibre 22 ?

— Je pencherais, en effet, pour cette hypothèse. Pas de monoxyde de carbone dans les poumons. Elle est morte avant le départ du feu.

— Ça m'a tout l'air d'une exécution en règle, nota Solliday, aussitôt approuvé par le médecin.

— J'ai trouvé trois fractures sur l'une des jambes. Deux sont récentes. L'autre est guérie depuis au moins plusieurs années. L'os est correctement ressoudé. Ce qui indique que la victime avait accès à des soins médicaux de qualité.

— Son père était flic, précisa Mia.

Il ne sourcilla pas, ne manifesta pas le moindre signe d'émotion.

— Tâchez de trouver qui était son dentiste et d'obtenir son dossier. Je pourrai alors établir son identité de façon formelle. En attendant, on l'appellera Mademoiselle X.

Le légiste se dirigea vers la table et, avec précaution, retira le drap qui la recouvrait. Durant une fraction de seconde, Mia s'obligea à regarder. Elle aurait été incapable de supporter davantage sans régurgiter son petit déjeuner. La vision qui s'offrait à ses yeux était atroce. Pire que ce qu'elle avait imaginé. Peut-être encore plus épouvantable que tout ce qu'il lui avait été donné de voir jusqu'à présent.

Jetant vers Solliday un regard à la dérobée, elle remarqua que son corps s'était pétrifié, son teint devenu blême. Il avait déjà vu le corps et probablement quantité d'autres tout aussi horribles. Pour autant, ce n'était pas du dégoût qu'elle lut sur son visage. Seulement de la peine. *Il a une fille*, songea-t-elle. Une enfant encore assez jeune pour être privée de sortie quand elle se conduisait mal. La pensée que sous ce costume impeccable battait un cœur sensible l'aida à surmonter la nausée que lui causait la vue du cadavre noirci. Elle se força à regarder ce qui restait d'une jeune fille de dix-neuf ans. Elle avait un devoir à accomplir, que diable !

Le macabre visage d'un noir charbonneux se détachait sur l'éclat métallique de la table, la peau brûlée tendue à l'extrême sur les os faciaux. Quelques mèches de cheveux subsistaient. Blonds, comme sur la photo du permis de conduire que Solliday lui avait montré. Une si jolie fille !

Si jeune ! Elle avait souri devant l'objectif pour le service d'immatriculations des véhicules automobiles. A présent, son nez avait disparu et sa bouche était ouverte en une grimace grotesque, comme pour émettre un ultime et perpétuel cri. *Que t'a-t-il fait, Caitlin ?*

— La victime a-t-elle été violée ? s'enquit-elle d'une voix ferme.

— Impossible à dire. Si c'est le cas, il se peut que nous ne le sachions jamais de façon certaine. Mais, à mon avis, il y a de grandes chances qu'elle l'ait été. J'ai trouvé des fibres de Nylon de ses vêtements qui avaient fondu sur son torse, mais rien en dessous de la taille ni sur les jambes. Elle portait peut-être du coton, mais…

Laissant sa phrase en suspens, il enchaîna :

— J'effectuerai d'autres analyses, mais je présume qu'elle ne portait qu'un chemisier au moment de la mort.

— Super ! grommela Solliday. Une bonne nouvelle de plus à annoncer à ses parents.

En quoi il n'avait pas tort.

— Nous devons aller les voir, murmura Mia. Aussitôt que possible.

Elle détourna le regard du cadavre calciné et, l'espace d'un instant, ferma les yeux.

— D'abord, les parents, décréta-t-elle après une profonde inspiration. Ensuite, le lieu du crime.

Lundi 27 novembre, 11 heures

Les Burnette habitaient une coquette petite maison, de celles que permettait un salaire de flic. De jolis rideaux habillaient les fenêtres, et l'image d'une dinde décorait encore la porte d'entrée.

Solliday gara son 4x4 le long du trottoir. Ils étaient demeurés sans mot dire pendant la plus grande partie du trajet, tandis que Mia parcourait les notes qu'il avait prises sur la scène d'incendie au domicile des Dougherty. Solliday rompit enfin le silence en exhalant un gros soupir.

— Vous voulez vous en charger ? demanda-t-il.

— Oui, bien sûr.

C'était le genre de visite qu'elle détestait le plus, les occasions dans lesquelles elle se sentait totalement incompétente. *Comme j'aimerais qu'Abe soit là !* Son collègue semblait toujours savoir exactement ce qu'il convenait de dire à des parents écrasés de douleur.

— Nous avons peut-être affaire à un règlement de comptes ou à une agression aveugle, résuma-t-elle. Mais il se peut aussi que Caitlin ait été impliquée dans une sale histoire. Nous allons devoir avancer des hypothèses qu'aucun parent n'est prêt à envisager.

— Je sais, répondit-il, l'air sombre.

Cette perspective ne semblait pas l'enchanter outre mesure. En son for intérieur, Mia avait reconsidéré son jugement sur Reed Solliday. Une fois qu'il avait exprimé sans ambages le fond de sa pensée, il ne s'était pas attardé sur les détails, mais au contraire l'avait laissée en paix tout le long du parcours en voiture. Ce qui lui avait permis de remettre de l'ordre dans son esprit et de réfléchir aux événements de la matinée de son point de vue à lui. En somme, il s'était montré courtois, compatissant. Généreux, même. A sa place, elle n'aurait peut-être pas fait preuve d'autant de gentillesse.

Les notes qu'elle venait de lire étaient concises, l'écriture de Solliday, nette et soignée. Elle coula un regard oblique vers la cravate soigneusement nouée, le dessin régulier du bouc qui encadrait sa bouche. Ses chaussures étincelaient comme un miroir poli. Net et carré. Ces deux épithètes le résumaient assez bien.

Or, quelque chose en elle regimbait contre l'idée de le cantonner dans des limites aussi étroites. Cet homme était certainement moins simple qu'il ne le laissait paraître. Encore que ce qu'il laissait paraître fût très agréable à regarder, il fallait l'avouer. Délicieux, pour tout dire. Troublée, Mia se concentra sur les notes.

— Trois foyers d'origine ? s'étonna-t-elle.

— Un dans la cuisine, un dans la chambre et un autre dans le séjour, confirma-t-il. Ce type tenait vraiment à ce que la maison flambe tout entière.

— Et à ce que le corps de Caitlin soit réduit en cendres, ajouta-t-elle en descendant du véhicule. Mon Dieu, comme je hais ces visites !

— Moi aussi.

En effet, cette corvée entrait également dans les attributions des *fire marshals*. Mia n'y avait guère songé jusque-là. Au demeurant, qui pouvait déterminer ce qui était le plus pénible — annoncer à des parents que leur enfant a été assassiné ou leur expliquer qu'il est mort dans un incendie si terrible que son corps est méconnaissable ? Quoi qu'il en soit, c'était ce qu'il y avait de plus moche dans ce travail.

Mia frappa à la porte. Les rideaux bleus s'écartèrent, et des yeux jetèrent un regard furtif, s'agrandirent à la vue de l'insigne brandi par Mia. Quelques secondes plus tard, la porte s'ouvrit. Une femme, approchant de la cinquantaine, les accueillit, le visage empreint d'une expression affolée.

Elle était de petite taille, à l'instar du cadavre qui gisait à la morgue.

— Madame Ellen Burnette ?

— Oui, c'est moi, dit la femme avant d'appeler par-dessus son épaule. Roger ! Viens voir, s'il te plaît.

Un homme de forte carrure apparut, les pieds nus, le regard chancelant d'appréhension.

— Que se passe-t-il ?

— Je suis l'inspecteur Mitchell et voici le lieutenant Solliday. Pouvons-nous entrer ?

Sans un mot, Mme Burnette les conduisit dans le séjour et se laissa tomber sur le canapé. Son mari se tint debout derrière elle, les mains posées sur ses épaules.

Mia s'assit sur le bord d'une chaise.

— C'est au sujet de Caitlin.

Ellen Burnette tressaillit, comme sous l'effet d'une gifle.

— Oh, mon Dieu !

— Elle a eu un accident ? demanda Roger Burnette en serrant les poings.

— Quand lui avez-vous parlé pour la dernière fois ? interrogea Mia d'une voix douce.

Burnette planta son regard dans le sien, les mâchoires crispées. Il connaissait la procédure, elle n'en avait aucun doute. Tenter de s'y soustraire n'aurait servi à rien.

— Vendredi soir.

— Nous nous sommes disputés, murmura Mme Burnette. Elle est retournée à son club d'étudiantes, et nous sommes partis chez ma mère pour le week-end. J'ai essayé de l'appeler hier, mais elle n'était pas là.

Mia s'arma de courage avant de se jeter à l'eau.

— Nous avons trouvé un corps non identifié. Nous pensons qu'il s'agit de Caitlin.

Mme Burnette s'affaissa en avant, le visage enfoui dans ses mains.

— Non ! s'insurgea-t-elle.

Les poings de Burnette se serrèrent dans le vide avant d'agripper le dossier du canapé.

— Que s'est-il passé ?

— Le lieutenant Solliday appartient au Bureau des enquêtes sur les incendies. La maison de Joe et Donna Dougherty a entièrement brûlé ce week-end. Nous supposons que Caitlin se trouvait à l'intérieur.

— Roger ! gémit Mme Burnette en larmes.

Hébété, son époux s'assit à son côté.

— Elle devait seulement prendre le courrier et nourrir le chat. Pourquoi n'a-t-elle pas pu sortir de la maison ?

Mia lança un coup d'œil à Solliday. Son visage s'était durci, mais son regard était empli de chagrin. Il ne souffla mot, la laissant s'acquitter de sa tâche.

— Elle n'est pas morte à cause de l'incendie, monsieur,

expliqua Mia. On l'a abattue d'un coup de pistolet. Nous avons affaire à un homicide.

Mme Burnette, qui avait relevé brusquement la tête, se blottit contre son mari.

— Non, ce n'est pas possible !

Sans quitter Mia des yeux, Burnette berça sa femme dans ses bras.

— Vous tenez des pistes ?

— Aucune pour l'instant, répondit Mia en secouant la tête. J'ai conscience que c'est un moment très difficile pour vous, mais j'ai besoin de vous poser quelques questions. Vous avez dit que Caitlin logeait dans un club d'étudiantes. Lequel est-ce ?

— TriEpsilon. Des filles comme il faut.

Ça restait à vérifier.

— Pouvez-vous nous donner les noms de ses amies ?

— Judy Walters, dit-il entre ses dents. Sa compagne de chambre.

— Avait-elle un petit ami ?

— Oui, mais ils ont rompu. Il s'appelle Joel Rebinowitz.

Le regard noir de Burnette n'échappa pas à Mia qui en prit bonne note dans son calepin.

— Vous ne l'aimiez pas ?

— Il ne pensait qu'à s'amuser, à sortir. Caitlin devait songer à son avenir.

Mia inclina la tête.

— Vous vous êtes querellés vendredi. A quel sujet ?

— A propos de ses notes, répondit Burnette, impassible. Elle allait échouer dans deux matières.

Solliday s'éclaircit la voix.

— Lesquelles ?

Burnette afficha un air profondément perplexe.

— Les statistiques, peut-être ? Je n'en sais fichtre rien !

— Je regrette, mais je suis obligée de vous le demander. Votre fille avait-elle un problème avec l'alcool ou la drogue ?

Les yeux de Burnette s'étrécirent jusqu'à n'être plus qu'une fente.

— Caitlin ne se droguait pas et ne buvait pas.

Mia ne s'était pas attendue à une autre réponse.

— Merci, dit-elle.

Elle se leva, imitée par Solliday. Elle avait gardé le pire pour la fin.

— Nous allons devoir identifier le corps.

Burnette redressa le menton.

— Très bien, j'irai.

Mia jeta de nouveau un coup d'œil à son équipier dont le visage demeurait imperturbable, malgré la pitié qui se lisait dans ses yeux.

— Non, monsieur, soupira-t-elle. Nous avons besoin de son dossier dentaire.

A ces mots, Mme Burnette se leva en titubant et courut à la salle de bains. Avec un pincement au cœur, Mia entendit la pauvre femme hoqueter. M. Burnette se leva à son tour d'un mouvement mal assuré, le visage d'une pâleur mortelle.

— Je vais vous chercher le nom de notre dentiste, annonça-t-il en se dirigeant d'un pas raide vers la cuisine.

Mia le suivit.

— Sergent, vous boitez ?

L'air hagard, il leva les yeux du petit répertoire noir qu'il tenait à la main.

— Je me suis froissé un muscle.

— En service ? interrogea d'une voix calme Solliday derrière Mia.

— En effet. Je pourchassais…

Sa phrase s'éteignit dans sa gorge.

— Oh, mon Dieu, gémit-il en s'effondrant sur un tabouret devant le comptoir de la cuisine. C'est ma faute. Quelqu'un a voulu se venger de moi.

— Ça, nous n'en savons rien, sergent, murmura Mia. C'est une question que nous allons devoir éclaircir. Pour cela, j'ai besoin des noms de tous ceux qui auraient pu vous menacer, vous ou votre famille.

— Votre petit calepin n'y suffira pas, inspecteur, rétorqua-t-il avec un rictus amer. Seigneur ! Ma femme ne le supportera pas.

Un instant, Mia hésita puis finit par poser sa main sur l'avant-bras du policier.

— Il s'agit peut-être d'une agression aveugle. L'enquête le déterminera. Maintenant, si vous voulez bien me fournir les coordonnées de votre dentiste, nous allons prendre congé.

— Dr Bloom. Il est du quartier. Dites-moi, poursuivit-il à voix basse en regardant Mia droit dans les yeux, est-ce qu'il l'a… ?

— Nous ne savons pas, lâcha-t-elle au bout d'un long silence.

Il détourna la tête, les dents serrées.

— Je comprends.

— Non, sergent, je veux dire que nous l'ignorons vraiment. Je ne vous mentirais pas.

— Merci.

Elle s'éloignait déjà lorsqu'il la saisit brutalement par le bras. Elle retint un cri de souffrance. Les yeux du policier s'étaient emplis de larmes.

— Trouvez le salaud qui a fait ça à ma petite fille, souffla-t-il avant de la relâcher.

Mia se redressa. Une douleur brûlante lui transperçait l'épaule.

— Comptez sur nous, dit-elle en faisant glisser l'une de ses cartes de visite sur le comptoir. En cas de besoin, mon numéro de portable est inscrit au dos. Je vous serai reconnaissante de ne pas informer les amies de Caitlin de ce qui s'est passé.

— Je connais la procédure, inspecteur, dit-il entre ses dents. Mais rendez-la-nous le plus tôt possible pour que nous… puissions enterrer notre enfant, acheva-t-il d'une voix brisée.

— Je ferai tout ce qui est en mon pouvoir. Ne vous dérangez pas, nous connaissons le chemin.

Mia attendit de se trouver seule avec Solliday dans le 4x4 pour donner libre cours à l'expression de sa souffrance.

— Nom d'un chien, ça fait mal !

— J'ai de l'Advil dans la boîte à gants, offrit Solliday.

Mia avança le bras et grimaça en sentant une douleur fulgurante lui traverser l'épaule.

— Je veux bien.

Elle sortit la boîte d'antalgiques et avala sur-le-champ deux comprimés.

— Mon estomac ne va pas tarder à me détester, mais pour l'instant mon bras vous dit merci.

— Il n'y a pas de quoi, répondit-il avec un sourire en coin.

— Je hais ces visites. A les entendre, leurs enfants n'ont jamais d'ennuis ! Ce sont tous des anges !

— C'est encore pire quand les parents sont flics, remarqua Solliday.

— Vous avez tout à fait raison !

La réponse lui avait échappé avec un peu plus de véhémence qu'elle n'en avait eu l'intention.

Il lui décocha un regard de côté avant d'engager son véhicule dans le trafic.

— Vous dites ça par expérience personnelle ?

Mia eut alors la conviction que si elle ne le lui disait pas elle-même, il ne se priverait pas de demander autour de lui.

— Mon père était flic.

Il leva un sourcil étonné, ce qui le fit ressembler plus que jamais à Satan en personne.

— Je comprends. Il est à la retraite ?

— Il est mort. Il y a trois semaines, si vous voulez le savoir.

Il hocha la tête, le regard fixé sur la chaussée devant lui.

— Je vois.

Non, vous ne voyez rien du tout ! s'écria-t-elle en son for intérieur. Elle renonça toutefois à argumenter.

— Les enfants de flics peuvent se détourner du droit chemin, comme les autres.

— C'est ce qui vous est arrivé ?

— Quoi ? Me dévoyer ? Bien sûr que non !

Point barre ! Il n'avait pas besoin d'en savoir davantage.

Elle feuilleta ses notes.

— Il s'agit peut-être d'un meurtre fortuit. Quelqu'un serait entré par effraction pour cambrioler la maison des Dougherty et serait tombé sur Caitlin au moment où elle venait donner à manger au chat.

— Elle n'était pas en train de nourrir le chat. Je n'ai pas voulu le dire à Burnette, mais j'ai trouvé des pages d'un manuel de statistiques dans la chambre d'amis des Dougherty. Je crois qu'elle y était venue pour étudier.

Mia considéra avec respect la réserve empreinte de commisération dont il avait fait preuve envers les parents.

— Il est en effet inutile que les Burnette soient au courant, approuva-t-elle. S'ils apprenaient qu'ils ont réprimandé leur fille pour une histoire de notes et qu'elle était là-bas pour réviser, ça ne ferait que leur remuer le couteau dans la plaie. Allons chez les Dougherty. L'équipe scientifique doit déjà être sur place.

4

Lundi 27 novembre, 11 h 45

A leur descente de voiture, un expert de la police scientifique les accueillit devant la maison des Dougherty, le visage illuminé d'un large sourire.

— Mia ! Je suis heureux de te revoir.

— Et je suis contente d'être de retour, Jack, sourit-elle avec un plaisir sincère. Je te présente le lieutenant Solliday. Puis se tournant vers Reed : Voici le sergent Jack Unger, de la police scientifique. C'est le meilleur !

Reed serra la main de l'expert.

— J'ai assisté à votre conférence l'année dernière sur l'utilisation des nouvelles méthodes analytiques dans la détection des accélérants. C'était excellent.

— Heureux que cela vous ait plu. Lieutenant, mon équipe s'est déjà mise au travail avec vos gars. Ils sont en train de quadriller le vestibule d'entrée et la salle de séjour.

— Donnez-moi une minute que je mette mes bottes, répondit Reed.

Mitchell et Unger examinèrent la façade de la maison tandis que Reed tentait maladroitement de fermer les attaches de ses bottes. Plus il était pressé, plus ses doigts devenaient maladroits. Il rejoignit enfin les deux policiers à la porte d'entrée et les conduisit dans la cuisine.

— C'est là que nous avons découvert le corps, dit-il en pointant du doigt le mur du fond.

Mia leva les yeux vers le plafond sérieusement endommagé.

— La chambre principale est située juste au-dessus ?

— Exact. C'était l'un des trois foyers initiaux, la cuisine étant le principal.

— Mais vous pensez que Caitlin se trouvait dans la chambre d'amis, en train d'étudier, observa Mia, les sourcils froncés. A l'autre bout de la maison. Décrivez-moi une fois encore la séquence exacte des événements, depuis le moment où l'incendie s'est déclaré jusqu'à la fin.

— Les voisins ont signalé une explosion aux environs de minuit et ont appelé les pompiers. Ce devait être celle qui s'est produite dans la cuisine. La première compagnie est arrivée sur les lieux trois minutes plus tard et s'est rendu compte que tout ce côté-ci de la maison était déjà la proie des flammes, du plancher jusqu'au toit. Il y avait un autre foyer plus petit dans le living-room, à l'autre extrémité de la maison. Ils ont déployé une lance d'incendie et l'ont braquée sur le brasier derrière la porte d'entrée. Le plafond de la cuisine s'est effondré peu après l'arrivée des pompiers, et le capitaine a ordonné à ses hommes d'évacuer la maison. Lorsque je suis parvenu sur les lieux à minuit cinquante-deux, ils avaient éteint l'incendie. Ils ont coupé l'alimentation en gaz de la maison dès leur arrivée, en sorte qu'il n'y avait plus rien pour servir de combustible dans la cuisine.

— Chaleur, combustible et oxygène, marmonna Mitchell. Le fameux triangle du feu.

— Il suffit d'en supprimer un élément pour éteindre un incendie, précisa Reed.

Le front soucieux, Unger examinait les murs.

— La trace en forme de V est étroite, comme si le feu s'était élevé très rapidement le long du mur, jusqu'à une hauteur d'environ un mètre cinquante, constata-t-il. Plus haut, le mur est entièrement noirci.

— La bague du tuyau de gaz a été arrachée. Il a attendu que le gaz s'accumule puis a installé un dispositif pour déclencher le feu. Quand les flammes ont atteint la nappe de gaz qui s'était élevée, la pièce a explosé. Et pour être sûr de ne pas rater son coup, il a répandu une traînée d'accélérant le long des murs.

— Qu'a-t-il utilisé pour démarrer le feu ? voulut savoir Mia.

— Le labo est en train d'effectuer les analyses pour déterminer la composition exacte du produit, mais nous pouvons déjà affirmer qu'il s'agit d'un accélérant solide, probablement de la famille des nitrates. Il s'est servi d'un œuf en plastique comme vecteur.

Les sourcils blonds de Mitchell se haussèrent.

— Comme un œuf de Pâques ?

— Non, plus gros. Comme ces emballages de certains collants, autrefois. Il a certainement mélangé le nitrate à de la gomme de guar afin qu'il reste collé aux murs. Lorsque l'accélérant solide s'est enflammé, le feu est monté tout droit. C'est ce qui donne cette trace en forme de V étroit. Mais il y a eu aussi explosion, laquelle a détruit tout ce qui se trouvait sous la nappe de gaz. Il est probable que notre homme a percé un trou dans l'œuf, l'a rempli du mélange et y a placé une mèche. Ce qui n'a pas dû lui laisser beaucoup de temps pour s'enfuir. Probablement pas plus de dix à quinze secondes.

— Il aime vivre dangereusement, on dirait, remarqua-t-elle. Comment s'est-il introduit dans la maison ?

— Par la porte de derrière, répond[illegible]eed. Nous avons pris des photos de la poignée, ma[illegible]us n'y avons pas touché pour relever des emprein[illegible]

— Pourquoi pas ? demand[illegible] avec un froncement de sourcils.

— Je craignais qu'il s'[illegible] un homicide. Je n'avais pas envie qu'un juge r[illegible] preuves comme irrecevables sous prétexte [illegible] les avions recueillies sous un mandat de perq[illegible]approprié.

Elle parut impressionnée, encore qu'avec une certaine réticence.

— As-tu relevé des empreintes, Jack ?

— Oui, mais je parierais qu'elles n'appartiennent pas à notre homme. S'il a été assez malin pour concevoir un plan pareil, il a eu l'intelligence de porter des gants. Mais bien sûr, nous pourrions avoir de la chance.

— Tu veux bien vérifier s'il y a des empreintes de chaussures ? Bien que la pluie ait probablement tout effacé. Quelle poisse !

— Nous avons trouvé un certain nombre de traces de pas, intervint Reed. La plupart des marques ont été laissées par les bottes des pompiers, mais pas toutes. Nous en avons fait des moulages, hier.

De nouveau, une expression d'admiration retenue passa sur le visage de Mitchell.

— Vous les avez envoyés au labo ?

— En même temps que les fragments de plastique. Ils recherchent des empreintes sur les œufs aussi.

Elle s'accroupit près de l'endroit où l'on avait découvert le corps.

— Jack, prélevons des échantillons ici.

Reed s'assit sur ses talons à côté d'elle, si près que ses narines décelèrent une odeur plus légère — en tout cas, beaucoup plus agréable — que celle du bois calciné qui flottait dans la pièce. Elle sentait le citron.

— J'ai recueilli quelques échantillons dans ce coin-là. Nous avons dé[illegible] des traînées d'essence.

Perplexe, elle [illegible]sa le front.

— Il l'a arro[illegible] l'essence. C'est pour cela que son corps a brûlé au p[illegible]ue les fibres de son chemisier ont fondu sur sa peau.

— Exact. J'ai dét[illegible]

l'air au-dessus du corps[illegible]s traces d'hydrocarbure dans [illegible] on distingue aussi une sorte de damier sur la sous-[illegible] du carrelage. C'est ce qui arrive quand l'essence fil[illegible]es carreaux. L'adhésif se ramollit et le sol en dessous roussit. Le type a probablement aspergé la victime d'essence et en a renversé par terre.

— J'ai du mal à l'imaginer prenant le risque de craquer une allumette avec tout ce gaz dans la pièce, observa Unger pensivement.

— A mon avis, lorsque l'œuf en plastique a explosé, des particules d'accélérant enflammées sont retombées sur Caitlin. En tout cas, l'essence s'éteint assez rapidement dès que l'alimentation cesse d'être constante. C'est ce qui explique qu'il restait suffisamment d'os pour que Barrington puisse en faire des examens radiologiques.

Mia se releva.

— Dis-moi, Caitlin, à quel endroit ce petit salopard t'a-t-il tiré dessus ? demanda-t-elle, les dents serrées.

Elle contourna les poutres effondrées et entra dans le vestibule où Ben et les hommes d'Unger s'activaient à quadriller la pièce à l'aide de cordons et de piques.

— Bonjour !

— Ben, dit Reed, voici l'inspecteur Mitchell de la brigade des Homicides et le sergent Unger de la police scientifique.

— Heureux de faire votre connaissance, dit Ben avec un signe de tête. Reed, nous avons découvert quelque chose juste avant votre arrivée.

Il traversa avec précaution la zone quadrillée, un petit flacon de verre à la main.

— On dirait que ça vient d'un collier.

Reed leva le flacon à la lumière des projecteurs.

— C'est un pendentif en forme de C, constata-t-il avant de tendre le bijou à Mitchell.

— Où l'avez-vous trouvé ? voulut-elle savoir en examinant l'objet d'un air intrigué.

Ben désigna le sol quadrillé.

— Deux en haut, trois à gauche. J'étais justement en train de chercher la chaîne.

Mia tourna le regard vers l'escalier.

— Vous dites que vous avez ramassé des pages d'un manuel de statistiques à l'étage. Ça veut dire qu'elle étudiait là-haut et qu'à un moment donné elle est redescendue. Vivante ou morte.

Unger approuva d'un hochement de tête.

— S'il lui a tiré dessus quand elle était à l'étage et qu'ensuite il l'a traînée en bas, il devrait y avoir des traces de sang dans les fibres du tapis. Nous allons examiner toute la moquette à la loupe.

— Il a pu l'abattre dans la cuisine, souligna Reed.

— Dans ce cas, nous fouillerons tout ce fichu carrelage, dit Mitchell, la mine déterminée. Bon sang ! Ce que je déteste les scènes d'incendie ! Il ne reste rien à nous mettre sous la dent.

Reed secoua la tête.

— Il reste des tonnes de choses, au contraire. Il faut juste savoir où regarder.

— Mouais, grommela-t-elle, examinant le flacon à la lumière. Ils se sont battus ici, ajouta-t-elle, portant une main à sa gorge comme pour empoigner un collier. Caitlin a dû entendre du bruit. Elle est descendue.

— Il l'a vue, l'a terrassée, enchaîna Reed.

— Il a attrapé le collier. La chaîne s'est brisée et la breloque est tombée. Ensuite, il l'a abattue.

— Dans ce cas, je trouverai des éclaboussures de sang sur le tapis, conclut Unger. Une fois que nous aurons installé des lampes plus puissantes, nous passerons l'endroit au peigne fin. Vous avez mentionné trois foyers initiaux. Nous avons déjà vu la cuisine. Qu'en est-il des deux autres ?

— Pour celui de la chambre de maître, on a utilisé le même accélérant — dans un autre œuf en plastique.

— Et dans le living ? voulut savoir Unger.

— Ben peut nous en parler. C'est lui qui a inspecté la pièce.

Ben s'éclaircit la voix et commença :

— Le feu a été allumé dans une corbeille à papier,

avec du papier journal et une cigarette, probablement sans filtre. Il a dû couver pendant quelques minutes avant de se propager en dehors de la poubelle. Il a embrasé les rideaux, mais le fourgon pompe-tonne en est vite venu à bout.

— Pouvons-nous voir la chambre principale ?

Reed les conduisit à l'étage.

— Faites attention où vous mettez les pieds, conseilla-t-il, puis, s'arrêtant sur le seuil : Mieux vaut ne pas entrer. Le plancher n'est pas stable.

— C'est le feu qui a creusé ce trou dans le sol ? interrogea Mitchell.

— Exact. Et le trou dans le plafond a été percé par les pompiers pour évacuer la chaleur.

— J'ai besoin d'un peu d'air, grimaça Mitchell en prenant une longue inspiration.

— Tu te sens bien, Mia ? s'inquiéta Unger.

— J'ai pris de l'Advil alors que je n'avais rien dans le ventre, expliqua-t-elle. Maintenant, mon estomac proteste.

— Vous auriez dû me demander de m'arrêter, s'indigna Reed. J'aurais pu aller vous chercher de quoi déjeuner.

— Mais cela voudrait dire qu'elle s'occupe un tant soit peu d'elle-même, bougonna Unger. Va déjeuner, ordonna-t-il en prenant la jeune femme par le coude. Nous sommes ici pour un bon moment. Je t'appellerai si je fais une découverte mirobolante.

Elle jeta un coup d'œil à Reed.

— D'accord, on mange un morceau et ensuite on rend visite au club de Caitlin.

— Ça me semble un bon plan.

Lundi 27 novembre, 12 h 05

Brooke Adler frappa à la porte du conseiller psychologique de l'école, laquelle céda aussitôt. Elle passa la tête dans l'entrebâillement et vit le Dr Julian Thompson assis derrière son bureau en compagnie d'un autre professeur, installé sur une chaise de visiteur.

— Excusez-moi, bredouilla-t-elle, je reviendrai plus tard.

D'un signe de la main, Julian l'invita à entrer.

— Ne vous inquiétez pas, Brooke. Nous ne parlions de rien d'important.

Devin White secoua la tête avec un sourire qui fit palpiter le cœur de la jeune enseignante. Elle l'avait remarqué à plusieurs reprises depuis son arrivée au Centre, mais c'était la première fois qu'ils avaient l'occasion d'échanger quelques mots.

— Je regrette, Julian, mais je ne suis pas d'accord, protesta Devin. Nous débattions d'un sujet d'importance capitale. Qui va gagner, dimanche ? Les Ours ou les Lions ?

Brooke avait beau n'y connaître pas grand-chose en sports, elle devait fidélité à l'équipe de sa ville, Chicago.

— Les Ours ? hasarda-t-elle timidement.

Devin fit mine de se renfrogner.

— Je vois qu'on ne peut pas discuter avec des supporters manquant d'impartialité.

Julian montra la chaise à côté de celle de Devin.

— Devin parie pour les Lions, annonça-t-il.

— C'est mon point faible, je n'y peux rien, se justifia White. Faut-il que je vous laisse ? Il s'agit peut-être d'une affaire privée ?

— Non, répondit Brooke en secouant la tête. En fait, j'aurais aussi besoin de l'avis d'un autre enseignant. J'ai quelques inquiétudes à propos de certains de mes élèves. Un, en particulier.

Julian se cala sur son siège.

— Laissez-moi deviner. Jeffrey DeMartino ?

— Non, pas Jeff. Encore qu'il ait pour ainsi dire reconnu avoir envoyé Thad Lewin à l'infirmerie.

— Thad refuse de parler, soupira Julian. Il a trop peur de dénoncer Jeff, et nous n'avons aucune preuve. Qui vous donne du souci, si ce n'est pas Jeff ?

— Manny Rodriguez.

Les deux hommes affichèrent une expression de surprise.

— Manny ? répéta Devin. Il ne m'a jamais causé de problème.

— A moi non plus. Mais ce matin, il a manifesté un intérêt particulier pour mon cours. Nous sommes en train de lire *Sa Majesté des mouches*.

Les sourcils de Julian se levèrent brusquement.

— Pensez-vous qu'il soit sage d'aborder des histoires d'anarchie adolescente dans cette école ?

— Le Dr Bixby pensait que ce serait un bon sujet d'étude, répliqua Brooke avec un haussement d'épaules.

En réalité, le directeur de l'école l'avait même chaudement recommandé.

— Quoi qu'il en soit, reprit-elle, aujourd'hui nous avons discuté du feu que les enfants allument pour signaler leur présence.

— Et les yeux de Manny sont devenus vitreux, n'est-ce pas ? poursuivit Julian, la tête inclinée.

— Il salivait, littéralement.

— Et vous désirez savoir si Manny a allumé des incendies avant d'arriver ici.

— En effet. Je veux dire, je suis contente qu'il s'intéresse, mais… Ça m'a donné froid dans le dos.

Julian posa son menton sur ses doigts joints en ogive.

— Eh bien, oui, il a déclenché des feux. Un grand nombre de feux. Dès l'âge de cinq ans. Puis un jour, il a provoqué un terrible incendie qui a ravagé la maison de sa famille d'accueil. C'est à ce moment-là qu'on l'a amené ici. Depuis, nous œuvrons à lui faire maîtriser ses pulsions.

Brooke se renversa sur le dossier de sa chaise.

— J'aurais aimé être au courant. Devrais-je leur proposer un autre livre à étudier ?

— Par quoi pourriez-vous le remplacer ? interrogea Devin en se grattant le menton. N'importe quel livre digne d'intérêt contient forcément un sujet sensible qui affectera au moins un gosse dans votre classe.

— C'est ce que je craignais, convint-elle.

— Cet épisode ne sera pas nécessairement négatif, la rassura Julian. Maintenant que je suis au courant des lectures de Manny, je vais pouvoir m'en servir lors de ses séances de thérapie. Il n'a aucune possibilité de mettre le feu dans cette école. Vous ne courez par conséquent aucun risque en l'exposant à la tentation. Par contre, cela nous donnera la possibilité de trouver des moyens de gérer ses impulsions de façon constructive, pendant qu'elles sont encore vives dans son esprit.

Brooke se releva, aussitôt imitée par les deux hommes.

— Merci, Julian. Je vous tiendrai au courant de l'évolution de la situation. Prévenez-moi s'il devenait nécessaire que je leur demande de lire un autre livre.

Devin lui ouvrit la porte.

— J'ai entendu dire qu'au menu de la cafétéria aujourd'hui, il y avait des cheeseburgers et des pommes dauphine.

— Alors, nous ferions bien de nous dépêcher, répondit-elle avec un sourire. Les pommes dauphine partent toujours comme des petits pains.

— Et surtout, elles ne font pas mal quand on vous bombarde avec ! s'esclaffa Devin. Au revoir, Julian.

— Je ne me suis encore jamais trouvée au milieu d'une bataille de cantine, dit-elle tandis qu'ils longeaient ensemble le corridor.

— Ça m'est arrivé l'été dernier. Malheureusement, c'était le jour des pommes. Elles font très mal ! A votre place, je ne m'inquiéterais pas outre mesure à propos de *Sa Majesté des mouches*, Brooke. Il y a tellement de gosses qui ont connu pire, bien pire.

Son sourire s'évanouit.

— Il y a de quoi vous briser le cœur.

— Vous leur êtes très attaché, remarqua-t-elle d'une voix douce.

— Difficile de faire autrement. On s'habitue à eux.

— Monsieur White !

Trois garçons les rattrapèrent, affolés.

Devin les gratifia d'un sourire.

— Qu'y a-t-il, les gars ?

— Nous avons besoin de votre aide avant l'interro d'aujourd'hui, dit l'un d'eux.

Brooke sentit sa bonne humeur s'envoler. *Tant pis pour les pommes dauphine* ! songea-t-elle. *Je vais une fois de plus manger toute seule à mon bureau.*

— Je suis désolé, s'excusa Devin avec un sourire contrit. Je vous retrouverai tout à l'heure.

Poussant un soupir silencieux, elle le regarda s'éloigner. Manger des beignets de pomme de terre en compagnie de Devin White était ce qui se rapprochait le plus d'un rendez-vous amoureux dans sa vie depuis belle lurette. Ce qui s'avérait assez pitoyable, force était de l'avouer. Elle tourna les talons et se dirigea vers sa salle de classe. Comme elle arrivait à l'angle du couloir, elle se figea brusquement.

Jetant des regards inquiets autour de lui, Manny Rodriguez fourrait quelque chose dans la poubelle située à la sortie du réfectoire. Un journal ? Que Manny fût en possession d'un journal pour une raison constructive était proprement invraisemblable. Elle attendit qu'il s'éloignât puis souleva le couvercle et, fronçant le nez, repêcha le journal. Elle s'était attendue à découvrir un quelconque objet enveloppé dans les feuilles, mais elle eut beau le secouer avec précaution, elle ne trouva rien.

C'était le *Chicago Tribune* du jour. Le front plissé, elle ouvrit toutes les pages, une à une, et finit par tomber sur un trou dans le papier aux bords déchiquetés. Manny avait arraché un morceau de feuille. Un article ? Une photo ? Quoi que ce fût, la page déchirée était la A-12. Un court instant, elle envisagea de garder le journal, mais finit par le remettre dans la poubelle. La moitié des feuilles étaient couvertes de sauce au fromage. S'il y avait lieu, elle en informerait le psychologue.

Elle décida d'aller consulter le *Chicago Tribune* à la bibliothèque de l'école. Peut-être ne s'agissait-il que d'un encart publicitaire pour un jeu vidéo. Pourtant, au souvenir du regard qu'elle avait surpris dans les yeux de Manny, elle nourrissait de sérieux doutes.

Lundi 27 novembre, 13 h 15

— Quel âge a votre fille ?

Surpris, Reed releva la tête. C'étaient les premières paroles que Mitchell prononçait depuis qu'ils s'étaient installés avec leurs plateaux dans le fast-food qu'elle avait choisi. Et lui qui croyait qu'elle lui en voulait encore pour leur petite altercation du matin ! La vérité n'est jamais agréable à entendre lorsqu'elle blesse, et Reed avait tout bonnement exprimé la vérité. Si Mitchell ne possédait pas les compétences requises pour accomplir cette mission, il demanderait qu'on lui affecte quelqu'un d'autre.

Qu'elle en soit incapable, c'était du reste compréhensible. Quelques questions discrètes au médecin légiste avaient reconstitué en partie le puzzle, et Mitchell elle-même avait fourni les pièces manquantes. Un équipier blessé et un père décédé. Il ne manquait qu'une épaule douloureuse, et elle avait décroché le jackpot. Pas étonnant qu'elle ait eu l'air paumée, ce matin. En tout cas, il n'avait décelé en elle aucun signe de faiblesse depuis lors. Elle s'était montrée solide et sûre d'elle vis-à-vis des parents de la victime, trouvant les mots justes pour apaiser, dans la mesure du possible, le chagrin du père. De plus, chez les Dougherty, elle était arrivée aux mêmes conclusions que lui quant au scénario qui s'était probablement joué sur les lieux du crime.

Peut-être son silence était-il sa manière à elle de digérer

les informations et n'avait-il rien à voir avec une quelconque rancune. Quoi qu'il en soit, sa question constituait une sorte d'offre de paix.

— Beth a quatorze ans, répondit-il avant d'ajouter avec une grimace : Bientôt vingt-cinq.

— C'est un âge difficile, convint-elle, une pointe de sympathie dans la voix, puis fixant soudain un point derrière lui : Je ne voudrais pas repasser par là pour tout l'or du monde.

— Je suis d'accord avec vous. Qu'avez-vous vu ?

— Barracuda, murmura-t-elle, suivant du regard une femme blonde qui s'approchait de leur table. Carmichael ! Qu'est-ce qui me vaut le plaisir ?

La femme tira une chaise à elle et s'assit.

— En voilà des façons de m'accueillir, après deux semaines d'absence ! rétorqua-t-elle, les yeux rivés sur Reed. Je croyais que Reagan était de retour.

— Il le sera, dans quelques semaines.

La femme tendit la main à Reed.

— Je me présente : Joanna Carmichael.

— Lieutenant Solliday, répondit-il, hésitant.

— Du BEI, je sais. J'ai lu votre plaque minéralogique avant d'entrer.

Reed eut une moue contrariée.

— Je ne suis pas sûr d'apprécier qu'on s'immisce dans ma vie privée.

Carmichael haussa les épaules.

— Ça fait partie du boulot. Je travaille pour le *Bulletin*.

Reed se tourna vers Mitchell, laquelle paraissait au comble de l'agacement.

— On dirait que vous avez des fans.

Carmichael éclata de rire.

— Mitchell fait toujours un bon sujet de reportage. Puis s'adressant de nouveau à Mia : Vous êtes revenue plus tôt que je ne pensais.

— Je guéris vite. Je n'ai rien à vous donner, Carmichael.

Toutes mes enquêtes ont été assignées à d'autres pendant que j'étais en congé d'invalidité.

— Cette fois, c'est moi qui ai quelque chose pour vous. J'ai suivi votre affaire de près. J'ai appris de source sûre qu'avant d'être abattu votre équipier avait blessé l'un des types qui vous ont tiré dessus. Le type en question a un joli trou dans le bras. Un peu comme le vôtre, conclut-elle en haussant un sourcil.

Mia secoua la tête.

— Aucun individu correspondant à leur description ne s'est fait soigner pour blessure par balle dans un hôpital au cours des deux dernières semaines. J'ai vérifié. Tous les jours.

— Il se trouve que la mère de votre malfrat est aide-soignante et qu'elle lui a bricolé un pansement. Du travail pas trop mal fait, d'ailleurs. Apparemment, lui aussi guérit vite.

Les yeux de Mitchell s'étaient dangereusement rétrécis.

— Comment s'appelle-t-il, ce petit salopard ?

— Oscar DuPree. Vous le connaissez ? demanda Carmichael avec une nonchalance affectée.

Mitchell hocha la tête d'un mouvement brusque.

— Il fait partie de la bande. Où est-il ?

— Il fréquente un bar appelé Looney's. Mais ce n'est pas lui qui a descendu votre partenaire. Son copain, par contre, fait le fanfaron. Il raconte partout que le grand méchant flic en a pris une dans les tripes, qu'il s'est écroulé comme une masse. Et que la salope de flic a reçu une balle dans l'épaule pendant qu'elle regardait d'un air ébahi, comme une biche aveuglée par les phares d'une voiture.

Le rouge monta aux joues de Mitchell.

— La petite ordure ! Je vous revaudrai ça, Carmichael.

— Pas la peine, répliqua la journaliste en se levant. Vous avez été chic avec moi, une fois. Je paie mes dettes. Maintenant, nous sommes quittes.

Elle jeta un coup d'œil à sa montre.

— Il faut que je file. Heureuse d'avoir fait votre connaissance, lieutenant. Si vous découvrez une piste intéressante pour votre affaire de meurtre et incendie criminel, je vous serai reconnaissante de me donner des tuyaux.

Le visage de Reed demeura de marbre.

— Pardon ?

— Oh, ne jouez pas la comédie, lieutenant ! Vous vous occupez d'incendies criminels et elle, d'homicides. Pas besoin de sortir d'une grande école pour établir le lien. Alors, de quoi s'agit-il ? Où en êtes-vous ?

Mitchell, qui pliait soigneusement l'emballage de son hamburger pour en former une boulette, fusilla Carmichael du regard.

— Vous serez la première informée, lâcha-t-elle. Moi aussi, je paie mes dettes.

La journaliste s'éloigna avec un petit gloussement :

— Le dernier arrivé chez Looney's est une poule mouillée.

— Si je comprends bien, nous allons faire un détour avant de rendre visite au club d'étudiantes, remarqua Reed avec flegme.

Mitchell leva le regard, une expression de surprise dans ses yeux bleus.

— C'est moi que ça regarde. Si vous pouvez me déposer au poste, je récupérerai ma voiture et j'irai seule.

— Montrez-moi d'abord de quoi vous êtes capable avec votre épaule. Levez le bras comme si vous alliez lancer une balle depuis le monticule.

Elle essaya de jeter sa boulette de papier dans la poubelle et ne put réprimer une grimace de douleur.

— Nom d'une pipe ! Ça fait mal !

— Vous devriez vous remettre en invalidité, mais c'est hors de question, n'est-ce pas ?

Elle le regarda droit dans les yeux.

— Mon équipier s'est fait descendre comme un chien en pleine rue, Solliday. C'est un type bien et il a failli être transformé en nourriture pour les vers. Le malfrat qui a fait ça s'en vante tous azimuts. Si vous étiez à ma place, rentreriez-vous chez vous pour vous cacher sous les couvertures, comme une petite fille ?

Elle avait une manière bien à elle de s'exprimer sans mâcher ses mots.

— Non, bien sûr, admit-il. Ecoutez, je vais vous conduire, mais d'abord vous appelez Spinnelli pour lui demander du renfort. Sinon, je lui téléphone moi-même.

Se levant, elle répéta, d'un air déterminé :

— C'est à moi de l'arrêter.

— Très bien, vous le coffrez, et ensuite nous reprenons l'affaire Caitlin Burnette.

— On y va, Solliday. Avec un peu de chance, nous épinglerons cette racaille dans leur bar habituel. Nous pourrions être à l'université avant deux heures et demie. Trois heures au plus tard.

Reed ramassa les plateaux et fit glisser les déchets dans la poubelle.

— Trois heures, tu parles !

Lundi 27 novembre, 16 heures

— Allô, puis-je parler à Emily Richter, s'il vous plaît ?

— Si c'est pour me vendre quelque chose…

— Non, madame, coupa-t-il aussitôt. Je m'appelle Harry Porter. Je travaille au *Chicago Tribune*.

— J'ai déjà tout dit à vos collègues.

— Je sais, répondit-il d'un ton conciliant. Mais j'aimerais interroger les propriétaires de la maison, les Dougherty. Savez-vous où je peux les trouver ?

Elle renifla.

— Ils ne sont pas chez eux. Ils sont partis en vacances.

— Oh… eh bien, merci de m'avoir accordé un peu de votre temps, m'dame.

— Vous autres, journalistes, vous devriez accorder vos violons, au lieu de me déranger sans arrêt, protesta-t-elle.

La vieille peau ! Elle méritait qu'on lui torde le cou, songea-t-il, rageur. Mais pas maintenant. Il avait encore besoin d'elle.

Il essaierait de nouveau le lendemain. La mine renfrognée, il remit son mobile dans sa poche et chassa Laura Dougherty de ses pensées. Ce soir, c'était au tour de Penny Hill d'en baver. Il avait hâte d'y être.

Lundi 27 novembre, 16 heures

Mme Schuster leva les yeux de son ordinateur lorsque Brooke entra dans la bibliothèque.

— Bonjour, Brooke. Que puis-je faire pour vous ?

La jeune femme pointa du doigt le présentoir des périodiques.

— Je voulais juste regarder le journal d'aujourd'hui.

— Il manque la rubrique des sports, répondit la bibliothécaire en poussant un petit soupir de résignation. Devin l'a empruntée. Il compile des statistiques pour pouvoir remporter la mise des paris sur les matches de football de la semaine prochaine. Je trouve qu'un professeur de maths qui organise des paris bénéficie d'un avantage déloyal. Un peu comme un délit d'initiés.

— Si je comprends bien, vous avez perdu la semaine dernière, conclut Brooke avec un petit rire.

— Et comment ! s'esclaffa Mme Schuster. Prenez tout votre temps pour lire le journal, Brooke.

— Merci.

Brooke alla directement à la page A-12. L'article que Manny avait découpé concernait l'incendie d'une maison d'habitation. La résidence avait été réduite en cendres. Il y avait un mort.

Elle fit deux photocopies de l'article, se demandant

combien Manny en avait déjà collecté. Bien que le garçon fût dans l'incapacité de mettre le feu au Centre, rien ne l'empêchait de satisfaire ses penchants de manière passive. Encore une chose à discuter lors des séances de thérapie.

Elle s'arrêta dans la salle du courrier et introduisit une copie de l'article dans une enveloppe à l'attention de Julian Thompson. A peine l'avait-elle glissée dans sa boîte aux lettres que la porte s'ouvrit et Devin White entra en compagnie de deux autres professeurs. C'était l'heure habituelle où, en fin de journée, tous les enseignants venaient vérifier leur courrier. Aussi l'arrivée de Devin n'avait-elle rien d'extraordinaire. Il n'empêche que le cœur de Brooke fit un bond dans sa poitrine.

— Brooke, dit Jackie Kersey avec un sourire encourageant. Nous allons tous ensemble boire un verre dehors. Joignez-vous à nous.

Brooke lança un bref coup d'œil en direction de Devin, mais celui-ci était penché vers la rangée du bas où se trouvait sa boîte. De l'endroit où elle se tenait, elle jouissait d'une très belle vue sur le postérieur du jeune homme.

— Ce ne serait vraiment pas raisonnable, murmura-t-elle.

Les lèvres de Jackie — à qui le regard de Brooke n'avait pas échappé — se retroussèrent en un petit sourire entendu.

— C'est l'heure de l'apéritif chez Flannagan's. Deux verres pour le prix d'un. Je prendrai une bière, vous boirez la deuxième.

Devin releva la tête et sourit.

— Laissez-vous convaincre, Brooke. Ça vous fera du bien.

Elle laissa échapper un petit rire, peut-être un brin forcé.

— J'allais rentrer chez moi pour corriger des copies. Je vous retrouverai là-bas.

5

Lundi 27 novembre, 17 h 20

Mia ouvrit les yeux au moment où Solliday arrêtait le moteur de son véhicule. Ils se trouvaient devant une épicerie de quartier.

— Que faisons-nous là ? demanda-t-elle avec raideur.

Chaque centimètre carré de son corps lui faisait aussi mal que si elle était passée dans un hachoir à viande. Mais le pire était encore à venir. Il lui faudrait annoncer à Abe que le salaud qui l'avait abattu courait toujours.

Solliday haussa un sourcil.

— J'ai avalé trois tasses de café en attendant votre copain.

Mia tressaillit.

— Je suis désolée. Je ne pensais pas que ça prendrait si longtemps.

Ils avaient fait le guet à proximité du bar pendant deux heures avant que DuPree finisse par se montrer, un bras en écharpe. Ils continuaient à attendre Getts, le responsable du coup de feu, lorsque Mia avait tout à coup aperçu DuPree qui s'éclipsait par la porte de derrière. Il avait pris ses jambes à son cou, et elle n'avait eu d'autre choix que de lui mettre la main au collet. Mais même avec son bras en écharpe, il s'était défendu comme un beau diable.

— Vous auriez dû aller interroger les filles du club d'étudiantes, dit-elle.

— Et rater le spectacle ? rétorqua-t-il, pince-sans-rire.

Vous regarder embarquer un voyou drogué deux fois plus costaud que vous valait bien son pesant d'or, même si Getts vous a échappé.

— Sale petite vermine, gronda-t-elle. Il a dû nous repérer.

— Vous coincerez Getts un jour ou l'autre. En attendant, cette nuit, vous dormirez sur vos deux oreilles en sachant son pote derrière les barreaux.

Solliday paraissait convaincu et sincère. Pour tout dire, il avait l'air sacrément admiratif. Peut-être avait-elle enfin réussi à faire bonne impression.

— Merci d'avoir barré la route à DuPree en bloquant la ruelle. J'aurai au moins une bonne nouvelle à annoncer à mon équipier ce soir. Maintenant, allons au club d'étudiantes. Comme ça, vous pourrez ensuite rentrer chez vous.

Il sauta à bas du 4x4.

— Plus tard. L'autre raison pour laquelle nous sommes ici, c'est que je meurs de faim et que vous avez besoin de vous remplir l'estomac avant d'avaler un autre comprimé contre la douleur. C'est un miracle que vous ne vous soyez pas démis l'épaule. Que voulez-vous sur votre hot dog ?

— N'importe quoi, sauf du ketchup. Merci, Solliday.

Tout au long de la journée, elle s'était sentie toute petite en marchant aux côtés de Reed Solliday. Elle avait maintenant l'occasion de le voir, avec du recul, se déplacer à l'intérieur du magasin. Il se mouvait avec une aisance inhabituelle pour un homme de cette corpulence. Et cette vision lui rappela Guy. La comparaison était sans doute inévitable, supposa-t-elle. Cela faisait quelque temps déjà qu'elle n'avait pas songé à Guy LeCroix, ce qui en soi était assez révélateur. Les souvenirs affluèrent alors avec une étonnante clarté.

Guy avait exactement la même démarche. C'était cela qui l'avait séduite de prime abord, cette grâce féline chez un homme de taille imposante. Il avait cru l'aimer mais, en fin de compte, avait attendu d'elle beaucoup plus qu'elle ne pouvait lui donner. Il ne lui manquait pas vraiment, ce qui en disait long également. Pour autant, elle n'avait pas non plus souhaité le blesser. Elle espérait qu'il était heureux et qu'il avait trouvé auprès de sa nouvelle femme ce qu'il cherchait. Depuis Guy, c'était le calme plat dans sa vie. Elle était sortie avec quelques hommes, à l'occasion. Occasions plutôt rares, d'ailleurs. Rien de sérieux.

En toute objectivité, force était de reconnaître qu'aucun n'avait été aussi séduisant que Reed Solliday. Même s'il ressemblait à Satan quand il fronçait les sourcils ! Mais il fallait avouer que ce petit bouc qu'il portait encadrait une bien jolie bouche. Assurément, une bouche aussi sensuelle devait se révéler un atout non négligeable dans certaines circonstances. De même que cette souplesse de panthère qui le caractérisait.

Mme Solliday était à n'en pas douter une femme comblée. Une fraction de seconde, Mia ressentit une pointe de jalousie nostalgique à l'endroit de Mme Solliday, qui qu'elle fût. Mais elle la repoussa aussitôt. Elle ne sortait pas avec des flics. Telle était sa devise. *Mais il n'est pas flic !*

— Non, mais presque ! se rabroua-t-elle à voix haute.

Néanmoins, rien ne lui interdisait de regarder. Reed Solliday était un homme qui se laissait contempler avec plaisir.

Pour l'heure, il réglait ses achats au comptoir du magasin. L'employé fronça les sourcils puis vida une pleine poignée de piécettes dans le sac que Solliday tenait ouvert devant lui. Lorsque Reed ouvrit la portière de son tout-terrain, Mia rassembla ses pensées vagabondes et lui prit des mains le sac contenant leur déjeuner.

— Ma plus grande peur, c'est que Beth me ramène un type comme ça à la maison et que je sois obligé de faire semblant de l'apprécier, grommela-t-il en grimpant sur son siège.

Il extirpa du sac plusieurs petits sachets.

— Les pompes à condiments étaient vides, expliqua-t-il. Il faudra vous contenter de ça.

— J'ai déjà connu pire. En fait, chaque fois que c'est Abe qui choisit l'endroit où nous mangeons. Il est à fond dans ces saletés végétariennes.

Mia déchira le coin d'un sachet de moutarde tandis que Solliday ouvrait la console entre les deux sièges. Niché au milieu d'une demi-douzaine de cassettes se trouvait un bocal à moitié plein de pièces de monnaie. Il déversa le contenu du sac dans le pot et referma le couvercle de la console.

— Waouh ! s'exclama Mia avec un clignement d'yeux. Vous avez au moins dix dollars en petite monnaie là-dedans.

— Sûrement.

Il saisit un hot dog et entreprit de le manger tel quel.

Consternée, elle le regarda avec ébahissement.

— Pas d'assaisonnement ? Même pas de la moutarde ?

Il contempla son hot dog avec dégoût, hésita un instant.

— J'ai quelques difficultés à manier les petits objets, finit-il par avouer en haussant les épaules.

Ce qui expliquait le bocal à piécettes !

— Comme les pièces de cinq ou dix cents, par exemple ?

Il prit une bouchée et afficha une expression résignée.

— Ouaip !

— Et les sachets de moutarde, aussi ?

— Oui, malheureusement.

Mia leva les yeux au ciel.

— Donnez-moi ce fichu hot dog, Solliday. Je vais y mettre de la moutarde.

— Et de l'assaisonnement ? se risqua-t-il, en lui tendant son sandwich.

— Oui, bien sûr. Pourquoi ne pas l'avoir demandé, tout simplement ?

Il haussa de nouveau les épaules.

— Par fierté, j'imagine.

— Etant donné la manière dont vous m'avez jugée ce matin, je dirais plutôt que c'était de la honte, lui asséna-t-elle.

Il rit. Il avait un bon rire, sincère et franc, et quand il

souriait, son visage, de satanique, se transformait en… enfin, waouh ! Elle le dévisagea un instant. Bonté divine ! Clignant des paupières, elle baissa le regard sur le carton posé sur ses genoux. Mme Solliday était décidément une femme très chanceuse.

— Touché, Mitchell. Mais je vous signale que cet après-midi je suis favorablement impressionné par vos capacités. Je n'ai pas assisté à une action pareille depuis le lycée.

Elle lui tendit son hot dog.

— Laissez-moi deviner. Vous jouiez en défense ?

— Ailier. Mais c'était il y a longtemps.

Ils mangèrent en silence. Puis Mia plia l'emballage de son hot dog.

— Que s'est-il passé ?

Il lui jeta un regard par-dessus sa dernière bouchée.

— Ça ne vous regarde pas.

— Touché, Solliday, s'esclaffa-t-elle. Donnez-moi vos déchets, je vais les jeter.

Lorsqu'elle regrimpa sur son siège, il rangeait son mobile dans sa poche.

— Il y a une urgence ?

— Non, je voulais juste appeler chez moi.

Mia soupira.

— Je suis vraiment désolée. Vous avez une famille qui vous attend…

— Mon emploi du temps est aussi flexible que le vôtre. J'ai quelqu'un pour s'occuper de Beth quand je suis obligé de travailler tard le soir. Vous devriez prendre quelque chose pour votre épaule.

Ainsi, il n'y avait pas de Mme Solliday ! Et si son cœur se mettait soudainement à palpiter, c'était dû à la curiosité, essaya de se convaincre Mia, non au soulagement. Tout en avalant quelques comprimés d'analgésiques, elle s'interrogea sur ce qu'il était advenu de l'épouse, mais se retint de poser la question.

— Où allons-nous maintenant ?

— Greek Row.

Il leur faudrait un moment avant d'arriver dans cette rue.

— Je peux revoir vos notes ?

Il lui tendit son carnet.

— Alors, quel est ce service que vous avez rendu à Carmichael ?

— Un de ses amis proches a été assassiné l'année dernière. Abe et moi étions chargés de l'enquête. Elle était assez hystérique, et je suis restée avec elle jusqu'à ce qu'elle ait recouvré son calme. J'aurais fait la même chose pour n'importe quel parent de victime.

— Manifestement, elle ne s'attendait pas à une telle compassion.

— Oui, j'imagine. Toujours est-il que je suis devenue sa source personnelle d'information. Elle me suit comme mon ombre. Enfin, elle m'a donné DuPree ! Si j'arrive à coincer Getts, je l'inscrirai sur ma liste de Noël pour l'éternité.

Elle feuilleta les notes de Solliday.

— Le lit de la chambre d'amis était-il fait ?

— Oui, pourquoi ? s'étonna-t-il.

— Quand j'étais à l'école, j'étudiais sur la table de la cuisine. Je ne crois pas qu'il me serait venu à l'idée d'utiliser la chambre de quelqu'un d'autre, sûrement pas. Pourquoi Caitlin s'était-elle installée là-haut pour travailler ?

— Peut-être qu'elle a eu sommeil.

— C'est pour cela que j'ai posé la question à propos du lit. Elle aurait pu dormir sur le canapé. Se coucher dans un lit qui n'est pas le sien, surtout quand on vous a expressément interdit de passer la nuit dans la maison… C'est tout bonnement…

Elle chercha le mot juste.

— Culotté.

— Culotté ? répéta-t-il, amusé.

— Ne vous moquez pas de mon vocabulaire, sourit-elle en secouant la tête. C'est comme si elle avait joué les Boucle-d'Or, à travailler et dormir là où on ne l'avait pas invitée.

— Il y avait un bureau dans la chambre. Avec un ordinateur.

— Ah ! Dans ce cas, nous aurions dû l'emporter pour vérifier les e-mails et les visites sur internet.

— J'ai parlé à Ben pendant que vous vous occupiez de DuPree. Il m'a dit qu'Unger avait pris l'ordinateur cet après-midi. Ils vont essayer d'examiner tous les courriers électroniques et autres, avant demain matin.

— Parfait. Alors, suivez mon raisonnement : Caitlin est en train de réviser ou de surfer sur le Web. Elle entend un bruit, descend et voit le type. Ils se bagarrent dans le vestibule. Peut-être qu'il la viole. A un moment donné, il lui tire dessus. Mais il ne brûle pas le corps de façon à le détruire entièrement. A moins qu'il ait cru que les flammes la réduiraient en cendres, et dans ce cas, ce n'est qu'un débutant. Croyez-vous que nous ayons affaire à un simple débutant ?

— Je ne sais pas. L'engin contenant l'accélérant solide qu'il a mis au point était parfait. Mais j'ai réfléchi à l'explosion : une véritable mise en scène. Il s'est donné beaucoup de mal pour se faire remarquer. Ça paraît immature comme attitude, presque infantile. Pourtant sa méthode était très élaborée. Je serais étonné qu'il n'ait pas déjà commis d'actes semblables… Ou qu'il ne recommence pas, ajouta-t-il après une brève hésitation.

— Vous voulez dire que c'est un pyromane ?

— J'en ai l'impression, reconnut-il. Son modus operandi était si minutieusement planifié ! Si magistral ! Je l'imagine parfaitement en train de se dire que ce serait dommage de ne l'utiliser qu'une seule fois.

— Nom d'un chien ! Et tout ce que nous avons, c'est le cadavre d'une jeune fille et quelques morceaux d'œuf en plastique.

— Et une empreinte de pas. A propos, Ben dit que d'après le labo, il s'agit d'une pointure 44.

— Ce qui ne le distingue guère de milliers d'autres

types dans la seule ville de Chicago, grommela-t-elle. Donc, à moins qu'on ne découvre du nouveau ou qu'il frappe encore une fois, on reste en panne sèche.

— Sauf si nous faisons fausse route et que notre homme s'est rendu chez les Dougherty avec l'intention délibérée de tuer Caitlin. Dans ce cas, il se pourrait que les copines de son club d'étudiantes nous soient de quelque secours.

— Espérons-le, murmura-t-elle.

Lundi 27 novembre, 18 heures

— Oh, mon Dieu ! hoquetait Judy Walters, assise au bord de son lit.

Mitchell s'accroupit auprès de la compagne de chambre de Caitlin.

— Je suis navrée, dit-elle doucement, tout en scrutant son visage. Mais j'ai besoin que vous vous ressaisissiez, Judy. J'ai quelques questions à vous poser, et il faut que vous m'aidiez. Cessez de pleurer.

La douceur de son ton, en atténuant l'intransigeance de sa demande, eut pour effet d'aider la jeune fille à réprimer ses larmes.

— Excusez-moi, dit Judy. Qui a pu la tuer ? Qui aurait voulu faire ça ?

Mitchell s'assit sur le lit à son côté.

— Quand avez-vous vu Caitlin pour la dernière fois ?

— Samedi, vers 7 heures du soir. Nous avions organisé une fête, et c'est devenu très bruyant ici. Je croyais qu'elle passerait le week-end chez Joel. Seigneur ! Il faut que je l'avertisse ! ajouta-t-elle, accablée.

Elle essaya de se relever, mais Mitchell posa une main sur son genou.

— Pas encore. Le père de Caitlin affirme qu'elle avait rompu avec Joel.

— C'est ce qu'elle a raconté à ses parents pour qu'ils la laissent tranquille. Son père n'aimait pas Joel.

— Pour quelle raison ? demanda Reed.

A sa grande surprise, les yeux humides de la jeune fille lancèrent des éclairs.

— Parce que son père est un flic du genre maniaque de l'autorité. Il était toujours sur le dos de Caitlin, à lui dire ce qu'elle devait faire.

Une lueur vacilla dans les yeux de Mitchell, lueur qu'elle éteignit promptement. Son père aussi avait été flic. Qu'avait-elle en commun avec Caitlin ? se demanda Reed.

— Passait-elle souvent le week-end chez Joel ? interrogea-t-il.

— Oui. Mais il est absolument impossible que Joel ait fait une chose pareille. Il est amoureux d'elle.

— Judy, vous rappelez-vous ce que Caitlin portait ce soir-là ?

— Un blue-jean et un pull rouge, répondit-elle en se remettant à pleurer. C'est moi qui le lui avais donné.

Mitchell lui tapota l'épaule.

— Très bien, merci. Inutile de nous raccompagner.

Une fois regagné le 4x4, elle demanda :

— Avez-vous retrouvé des rivets métalliques ou des boutons-pressions provenant de son blue-jean près du corps ?

Reed lui ouvrit la portière.

— En effet, Ben dit qu'ils ont trouvé des boutons métalliques dans le vestibule.

Elle grimpa dans l'habitacle du tout-terrain, puis se tourna vers lui, le regard sombre.

— Alors, c'est qu'il l'a violée aussi.

— Qu'est-ce qu'on fait maintenant ?

— Nous allons vérifier à quel point Joel aimait Caitlin.

*
* *

Lundi 27 novembre, 18 h 40

Le compagnon de chambre de Joel Rebinowitz était étudiant en première année de droit et ne s'en montrait pas peu fier. Zach Thornton se dressait résolument entre Mia et Solliday d'un côté et la porte de la salle de bains de l'autre, porte derrière laquelle on entendait Joel sangloter.

— Il ne vous dira pas un mot de plus tant qu'il n'aura pas vu un avocat, gronda Zach.

— Le ciel nous préserve des apprentis juristes ! soupira Mia. Ecoutez, jeune homme, soit vous vous écartez de mon chemin, soit je vous fais embarquer pour entrave à la justice.

— Vous n'avez pas le droit ! s'insurgea-t-il avec hargne.

— Vous voulez parier ?

L'hostilité de Zach chancela.

— C'est ce que je pensais, reprit Mia. Puis, frappant à la porte : Joel, sortez de là. Nous avons à parler avec vous et nous ne partirons pas tant que nous n'aurons pas terminé.

— Fichez le camp ! gémit Joel d'une voix étranglée. Laissez-moi tranquille.

Mia interrogea Solliday du regard.

— Vous voulez défoncer la porte ?

— Pas vraiment, mais je le ferai si c'est nécessaire, grimaça-t-il.

Thornton changea alors soudain de tactique.

— Vous venez de lui annoncer que sa petite amie était morte, dit-il gravement. Qu'elle a été carbonisée au point d'en être méconnaissable. Qu'attendez-vous de lui ?

— La vérité, répondit Mia. Joel, je vous préviens, dans cinq secondes, mon collègue vient vous chercher de force.

Rebinowitz sortit de la salle de bains en titubant, le visage pâle, les yeux gonflés de pleurs.

— Je n'ai rien à vous dire et je n'irai nulle part avec vous.

Zach l'approuva d'un signe de tête, de nouveau pétri de suffisance.

— Si vous voulez l'emmener, il vous faudra un mandat.

— Joel, aidez-nous à vous mettre hors de cause pour que nous puissions nous concentrer sur le vrai coupable.

— Le véritable assassin, tu parles ! railla Zach.

Se haussant sur la pointe des pieds, Mia approcha son visage à quelques centimètres de celui de Thornton.

— Fermez-la ! Sinon, je vous jure que vous allez passer la nuit en cellule. Et ce n'est pas du bluff ! J'en ai assez de vous. Asseyez-vous et taisez-vous ou vous pourriez vous retrouver au milieu d'un tas de gros malabars nommés Bubba qui voudront faire ami-ami avec vous, *si* vous voyez ce que je veux dire.

Solliday émit un sifflement railleur.

— Ce n'est pas tous les jours qu'on leur jette un joli jouvenceau dans la cage.

Mia retint un sourire de triomphe, tandis que Zach s'affalait sur son lit sans broncher. Elle se tourna posément vers Joel.

— Joel, aidez-moi à trouver celui qui a fait ça. Quand avez-vous vu Caitlin pour la dernière fois ?

— Samedi soir. Vers 19 heures. Elle m'a dit qu'il y avait une fête à TriEpsilon cette nuit-là, mais qu'elle devait réviser. Je lui ai proposé d'étudier ici, mais elle a dit que si elle restait avec moi… euh, elle ne travaillerait pas. Elle ne voulait pas donner à son père le plaisir de la voir échouer à ses examens.

Il ferma les yeux et poursuivit :

— Tout est ma faute.

— Pourquoi dites-vous ça ? s'étonna Solliday.

— Elle faisait trop souvent la fête avec moi. J'aurais dû la laisser tranquille, comme le voulait son père.

Ou ce gosse était innocent, ou c'était un comédien fichtrement doué. Mia était pratiquement convaincue de la véracité de la première hypothèse.

— Vous a-t-elle contacté au cours de la soirée ?

— Elle m'a envoyé un e-mail vers 11 heures, dit-il avant

d'achever sa phrase dans un murmure étouffé : Pour me dire qu'elle m'aimait.

Un coup d'œil à Solliday suffit à Mia pour constater que leurs opinions sur le jeune homme concordaient.

— Où avez-vous passé toute la soirée, Joel ?

— Je suis resté ici jusqu'à 11 heures. J'ai répondu au message de Caitlin, puis je suis allé rejoindre des amis dans la salle d'arcade.

Il débita les noms de six de ses amis, et Mia ne douta pas une seconde que ceux-ci corroboreraient son histoire.

Bien qu'elle éprouvât une extrême répugnance à le harceler ainsi, elle ne put éviter de poser la question :

— Quelqu'un lui voulait-il du mal ? Est-ce qu'un individu la suivait ? La harcelait ?

Il s'affaissa contre le mur, son menton retomba sur sa poitrine.

— Non ! Non !

— Encore une question, Joel, ajouta Solliday. Quand vous n'avez pas eu de nouvelles de Caitlin hier de toute la journée, vous ne vous êtes pas inquiété ?

L'étudiant releva la tête, les yeux étincelant de colère.

— Bien sûr que si ! Mais j'ai cru qu'elle était rentrée chez elle. Je ne pouvais pas lui téléphoner chez ses parents. Elle leur avait dit que c'était fini entre nous. J'ai pensé qu'elle m'appellerait dès qu'elle le pourrait. En ne la voyant pas en cours ce matin, j'ai demandé autour de moi. Personne ne l'avait vue. J'ai téléphoné chez ses parents, j'étais paniqué. J'ai laissé deux messages sur leur répondeur. Mais ils préféreraient me voir en prison plutôt que de me dire qu'elle est morte. Qu'ils soient *maudits* ! trancha-t-il avec amertume.

Etant donné les circonstances, Mia aurait eu du mal à lui tenir rigueur de son attitude belliqueuse.

Une fois regagné le 4x4, elle conclut en secouant la tête :

— Si un jour j'ai des enfants, je ne me mêlerai pas de leurs affaires.

Solliday lui ouvrit la portière, comme il l'avait fait tout au long de la journée.

— Il ne faut pas dire : fontaine, je ne boirai pas de ton eau. Je comprends les deux points de vue. Le père veut ce qu'il y a de mieux pour sa fille. Et la fille a envie de mener sa vie comme elle l'entend. Je ne crois pas que Joel soit impliqué.

— Moi non plus. Je pense que soit notre homme a suivi Caitlin jusqu'à la maison des Dougherty, soit il est tombé sur elle par hasard et a profité de l'occasion.

— Et Burnette pourrait donc tout de même être la véritable cible.

Solliday referma la portière puis monta à son tour dans le véhicule. Le moteur se mettait en marche avec un grondement lorsque Mia entendit son nouvel équipier émettre un rire guttural.

— « Un gros malabar nommé Bubba qui veut faire ami-ami avec vous » ! C'est très poétique comme expression. Je peux la resservir ?

— Je vous en prie ! sourit-elle, étrangement calme, vu les circonstances.

Le trajet du retour au poste se déroula dans le silence, les deux enquêteurs en profitant pour interroger leurs messageries vocales. Solliday arrêta son tout-terrain à côté de la voiture de Mia.

— Waouh ! s'exclama-t-il. Superbe !

Avec tendresse, Mia considéra sa petite Alfa Romeo amoureusement retapée.

— C'est ma seule folie.

Puis elle se laissa glisser à bas du 4x4 et se tourna vers Solliday.

— Barrington a identifié formellement Caitlin, annonça-t-elle.

— Et le labo a découvert un message instantané dans le cache de l'ordinateur des Dougherty. L'heure de l'envoi colle avec le récit de Joel.

— Nous faisons enfin quelques progrès. Rencontrons-nous à 8 heures demain matin dans le bureau de Spinnelli, d'accord ? Il adore tenir des réunions à cette heure-là.

— Je verrai si je peux récupérer les résultats des analyses du labo avant demain, répondit Solliday. Je vous retrouverai à votre bureau. Les Dougherty m'ont laissé un message vocal pour m'avertir qu'ils débarquaient à l'aéroport d'O'Hare à minuit. Nous irons les interroger dès que nous aurons terminé de mettre Spinnelli au courant.

— Je vais demander à Jack de participer aussi à la réunion de demain. Il pourra nous dire ce que les analyses sur la moquette ont révélé. Nous aurons ainsi une meilleure idée de l'endroit où les événements se sont déroulés.

Elle resta silencieuse quelques instants, puis poussa un soupir.

— Je revoyais mon équipier se faire descendre, lâcha-t-elle enfin.

Solliday ne mit qu'une seconde à comprendre.

— Vous voulez dire ce matin, quand vous regardiez la vitre d'un air absent ? Que s'est-il passé ce jour-là ?

— Nous poursuivions ces types pour un homicide qui avait été commis dans les quartiers Sud. Getts et DuPree. Il s'agissait d'une affaire de drogue qui avait mal tourné. Ils ont tué deux femmes au cours d'un échange de tirs. Enfin, bref, d'après un tuyau qu'on nous avait donné, ils se planquaient dans un appartement. Mais on nous avait menés en bateau.

— C'était un piège.

— Ça en avait tout l'air. Reste que je les ai tout de même vus. Et ils ont descendu Abe.

— Et vous par la même occasion, ajouta-t-il avec un sourire triste.

— Une égratignure. Pendant mon absence, Spinnelli a assigné l'affaire à d'autres collègues.

— Aux deux types qu'il a envoyés cet après-midi. Ils se sont tenus à l'écart pendant que vous épingliez DuPree.

L'indignation qu'elle perçut dans sa voix lui arracha un sourire.

— En réalité, c'était un cadeau de leur part. Ils m'ont laissée procéder à l'arrestation. Ils savaient l'importance que cela revêtait pour moi.

— Je comprends. Ecoutez, je regrette à propos de ce matin. C'est juste que le blouson et le chapeau vous donnaient une allure… louche.

— Louche ? s'esclaffa-t-elle.

— Ne vous moquez pas de mon vocabulaire, rétorqua-t-il d'un ton léger.

— Okay ! concéda-t-elle en reprenant son sérieux. Mon autre blouson est troué à l'endroit où la balle m'a touchée au bras, et il est tout taché de sang. *Du sang d'Abe, surtout*, ajouta-t-elle intérieurement. Je dois attendre ma prochaine paye avant de pouvoir me permettre un nouveau manteau. J'ai mis toutes mes économies dans la voiture, précisa-t-elle d'un ton empreint d'autodérision.

— Et le chapeau ? insista-t-il, un sourcil levé.

— Désolée, je garde le chapeau, parce qu'il est douillet. A condition qu'il ne pleuve pas, bien sûr ! A demain !

Elle allait refermer la portière derrière elle lorsqu'il l'arrêta d'un geste. Dans ses yeux se lisait de la sympathie, et aussi du respect.

— Je suis désolé pour votre équipier, Mitchell. Et pour votre père. Puis, après s'être calé derrière son volant : Demain, 8 heures.

Se sentant tout à la fois étrangement calme et tendue, elle monta dans sa propre voiture. Elle fit démarrer le moteur, maudit l'air froid que le chauffage lui soufflait en pleine figure. Il lui fallait encore se rendre auprès d'Abe. Ce qu'elle allait lui dire, elle n'en avait aucune idée.

*
* *

Lundi 27 novembre, 18 h 40

— Je me suis bien amusée !

Cela faisait une heure et demie que Brooke sirotait sa seule bière de la soirée.

— Je vous avais dit que cela vous ferait du bien, dit Devin avec suffisance.

Le cœur de Brooke se mit à palpiter. Cependant, elle était déterminée à ne pas laisser sa raison s'égarer sous l'effet de l'alcool. Devin avait ri et plaisanté, mais pas plus avec elle qu'avec n'importe quel autre de leurs collègues qu'ils avaient rencontrés au bar. Et ils étaient nombreux à s'être retrouvés pour boire un pot, Brooke l'avait noté avec étonnement. A l'évidence, elle n'était pas la seule stressée par son travail.

— A quelle heure rentrent-ils chez eux, d'habitude ? voulut-elle savoir.

— On est lundi, répondit-il, surpris par sa question. Nous restons pour voir le match.

— Le match ?

— Le match du lundi soir. Le football. Vous plaisantez, avouez-le !

— Non, pas du tout. Ma famille ne s'intéressait pas au sport.

Devin se renversa confortablement dans son siège.

— Alors, quelles étaient vos distractions ?

— On jouait au Scrabble, à Trivial Pursuit.

— Et moi qui croyais être ringard !

Ce n'est pas mon avis. Etourdie par cette pensée, elle se creusa la cervelle à la recherche d'un moyen de se délier la langue.

— La bibliothécaire dit que vous mettez vos dons pour les mathématiques au service du mal.

Avec un grand rire, il rejeta la tête en arrière.

— Elle est furieuse parce que je rafle toujours la mise.

Vous devriez parier avec nous. Je vous ferais gagner une fortune.

Son rire la réconforta.

— Une fortune, vraiment ?

— Enfin, au moins, vous ne perdriez que cinq dollars.

— Cinq dollars, c'est déjà une fortune, soupira-t-elle.

— On ne s'enrichit pas en enseignant, répondit-il avec philosophie. Vous le saviez, non ?

— Pour ça, j'étais au courant.

— Mais le reste, vous l'ignoriez ?

— Je rêvais d'apprendre à des gosses à aimer les livres. Mais rien ne se passe comme je l'avais imaginé.

— Manny et cette histoire de feu vous inquiètent réellement, n'est-ce pas ?

— Je ne supporte pas l'idée que je pourrais involontairement le pousser à commettre un acte terrible.

— Brooke, il est impossible de forcer quelqu'un à faire ce qu'il ne veut pas. Tous ces jeunes ont des problèmes. Pour Manny, c'est le feu. Pour Mike, c'est le vol.

— Et pour Jeff ? demanda-t-elle, accablée.

Il leva les yeux au ciel.

— Personne ne comprend Jeff. J'essaie de communiquer avec lui depuis des mois. Il y a quelque chose de cruel en lui. Malheureusement, c'est l'un des gosses les plus intelligents que j'aie jamais connus.

— Jeff ? répéta Brooke, les yeux écarquillés.

— C'est un véritable petit génie en maths. S'il n'était pas en détention juvénile, il pourrait décrocher des bourses d'étude.

— Son casier judiciaire sera scellé dès qu'il aura dix-huit ans, dit Brooke, quelque peu rassérénée. Rien de tout cela ne devrait affecter ses chances d'intégrer une bonne école.

— Ça ne changera rien. Il se fera arrêter dans le mois qui suivra sa sortie du Centre.

— Comment pouvez-vous dire une chose pareille ? s'emporta-t-elle. Comment pouvez-vous perdre espoir en lui ?

Devin fit signe à la serveuse de lui apporter une autre bière, puis se tourna de nouveau vers Brooke, le regard empli de regret.

— Je n'ai pas renoncé. C'est lui qui abandonne. Je donnerais n'importe quoi pour que les choses se passent autrement, mais j'ai vu cette histoire se répéter trop souvent. Et vous aussi, un jour.

— Je n'ai pas l'intention de devenir blasée comme…

Elle n'acheva pas sa phrase.

— Comme moi ? Très bien. Mais faites attention, Brooke. Ces garçons sont dangereux.

Levant les yeux vers le poste de télévision accroché au-dessus du bar, il conclut :

— On dirait qu'ils annoncent de la neige.

Changement de conversation un peu abrupt, soit, mais efficace. Brooke ramassa son manteau et son sac.

— Je suis désolée, Devin. Je me suis laissé emporter.

— Non, vous avez raison, répondit-il d'un air triste. Je suis désabusé. Malheureusement, c'est indispensable, sinon ce sont eux qui vous bouffent. Je suis partagé entre le désir de les sauver et l'envie de les faire enfermer à perpétuité. Parfois, ils me flanquent la frousse. Vous ne restez pas pour voir le match ?

Brooke mourait de faim, mais les courses de Noël avaient creusé un trou énorme dans son budget. Il était hors de question de dîner en ville avant le mois de janvier.

— Non, il faut que je rentre pour préparer mon cours de demain.

A sa grande surprise, il se leva et l'aida à enfiler son manteau.

— Il fait sombre dehors, et le quartier n'est pas des plus sûrs. Je vous raccompagne à votre voiture.

*
* *

Lundi 27 novembre, 19 h 45

Reed poussa un grognement en sentant un coude pointu s'enfoncer brusquement dans ses côtes. Il darda un regard furieux sur sa sœur qui le fixa avec une égale virulence. L'assiette qu'il tenait à la main retomba dans l'évier.

— Tu m'as fait mal !

— C'était exprès. Assieds-toi avant que je me fâche pour de bon, ordonna Lauren avec une indignation feinte. Nous avions un accord, Reed. Mais tu ne respectes pas les clauses du contrat. Assieds-toi, je te dis !

Reed obtempéra.

— Tu paies ton loyer en temps et heure et tu t'occupes de Beth. C'est tout.

— Tais-toi ! Notre marché prévoyait un petit loyer en échange de baby-sitting et d'un peu de ménage.

Le montant peu élevé que Lauren déboursait pour habiter l'autre moitié du duplex de Reed lui permettait de travailler à temps partiel tout en suivant des cours à l'université. Grâce à la souplesse de ses horaires, Reed n'avait jamais à s'inquiéter de trouver quelqu'un pour garder Beth quand il était obligé de travailler tard. A ses yeux, les deux parties étaient gagnantes dans cet accommodement. Cependant, Lauren avait sa fierté.

— Beth t'a-t-elle demandé de l'emmener faire du shopping ? s'enquit-il.

— En effet ! s'esclaffa Lauren. Un homme costaud comme toi aurait-il eu peur de quelques chiffons ?

— Pour toi, ce sont des chiffons. Moi, j'y vois des monstres avec des étiquettes de prix en guise de crocs. Tu vas y aller ?

— Naturellement. Si tu veux, je choisirai même quelques bricoles à mettre sous le sapin.

Noël ! Déjà !

— D'habitude, je n'attends pas si longtemps pour faire

mes achats de Noël, tenta-t-il de se justifier. Mais maintenant, je ne sais plus ce qui lui ferait plaisir.

Et cette pensée le laissa quelque peu désemparé.

— Elle n'est plus une petite fille, Reed.

— Tu n'arrêtes pas de me le répéter.

Il leva un regard nostalgique vers le plafond. Il y avait quelques mois encore, rien au monde n'aurait pu détourner Beth des matchs de foot du lundi soir. A présent, elle demandait la permission de se retirer dès la fin du dîner, prétextant des leçons à réviser.

— Je n'avais jamais imaginé qu'en grandissant elle se mettrait à détester tout ce que nous aimions avant.

— Tu as été trop gâté, lui répliqua Lauren, avec toutefois une lueur de sympathie dans les yeux. Ce n'est pas donné à tous les pères d'avoir une fille qui sache tacler, courir, et sauter comme un garçon. Mais un jour, les garçons manqués grandissent et commencent à aimer les fanfreluches.

Les « garçons manqués » lui rappelèrent Mia Mitchell et son chapeau « douillet ».

— Pas tous. Tu devrais faire la connaissance de ma nouvelle partenaire.

— Vous avez embauché une femme au BEI ?

— Non, elle est inspecteur à la brigade des Homicides.

— Ouh ! Ce doit être dur !

La vision de Caitlin Burnette gisant sur une table de la morgue s'imposa à l'esprit de Reed.

— Tu n'as pas idée.

— Alors, raconte. Comment est-elle, cette nouvelle nana ?

— Si c'était moi qui la traitais de nana, tu me tuerais, protesta-t-il, avec un regard désapprobateur.

— C'est ce que j'aime en toi. Tu as tellement de classe !

— Elle est du genre sportive, comme femme.

Une femme capable d'affronter tous les problèmes qui s'étaient mis en travers de sa route au cours de la journée, que ce fût un père éploré, un drogué de quatre-vingt-dix kilos, ou un arrogant avocaillon. Elle avait su gérer chaque situation avec une maîtrise parfaite. Avec brio, en vérité.

— C'est tout, conclut-il.

— Comment ça, tout ? Comment s'appelle-t-elle ?

— Mitchell.

— Son prénom ? insista Lauren, les yeux au ciel.

— Mia.

Et il s'aperçut que ce nom lui plaisait. Il lui allait bien.

— Elle a une forte personnalité.

— Mais encore ? Elle est blonde, brune, rousse ? Grande, petite ?

Ce fut à son tour de lever les yeux au ciel.

— Elle est blonde. Et petite.

En fait, elle lui arrivait à peine à l'épaule. La pensée de sa tête blonde reposant sur son épaule lui traversa l'esprit comme un éclair. Il tressaillit. *Comme si cela risquait d'arriver un jour !* Pour une raison ou pour une autre, il ne pouvait imaginer Mitchell s'appuyant sur qui que ce fût. Le fait même que l'idée lui en fût venue était assez troublant en soi. *N'y pense même pas, Solliday. Elle n'est pas pour toi.*

Lauren redevint grave.

— Elle est trop petite pour te couvrir en cas de danger ?

Il la revit passant les menottes à DuPree.

— Elle sera parfaite.

— Visiblement, elle t'a fait une forte impression, observa Lauren, scrutant attentivement le visage de son frère.

— Elle est mon équipière, rien de plus.

— Rien de plus ! Je n'aurai jamais d'autres neveux et nièces, gémit-elle.

— Quoi ? se récria Reed, abasourdi. Qu'est-ce qui t'a mis cette idée dans la tête ? Tu n'as qu'à faire des enfants toi-même ! Pour moi, c'est terminé. Je suis trop vieux.

— Tu n'es pas vieux. Tu te comportes seulement comme un vieillard. Quand es-tu sorti avec une femme pour la dernière fois ? Et je ne parle pas d'un rendez-vous avec une prof de Beth ou avec ta dentiste.

— Merci de me le rappeler. Justement, j'ai besoin de me faire détartrer les dents.

Le poing de Lauren jaillit brusquement de l'eau savonneuse et alla frapper le bras de Reed.

— Je parle sérieusement.

— Aïe ! geignit-il en se frottant le bras. Tu n'arrêtes pas de me faire mal, ce soir.

— Et toi, tu n'arrêtes pas de m'énerver. C'était quand, Reed ? Ta dernière liaison ?

La dernière dans laquelle il s'était engagé de son plein gré ? C'était seize ans auparavant, lorsqu'il avait invité Christine à boire un café après le cours sur la poésie classique qu'il redoutait tant. Jusqu'au soir où il l'avait rencontrée. Par la suite, elle lui avait lu ses propres poèmes, et il était tombé amoureux d'elle sur-le-champ.

— Lauren, je suis fatigué. J'ai eu une longue journée. Laisse-moi tranquille.

— Tu n'es pas sorti avec une femme depuis Noël, il y a trois ans, insista Lauren sans se laisser désarçonner.

Il frémit.

— Ne m'en parle pas ! Beth la détestait.

Et moi aussi !

— D'accord, l'avis de Beth est important. Mais tu es un homme encore jeune. Un de ces jours, Beth aura grandi et tu te retrouveras seul. Je ne veux pas que tu sois seul.

Les paroles de sa sœur le frappèrent de plein fouet. La vision de Beth quittant le nid s'imposa dans son esprit avec un réalisme saisissant. Or, Lauren s'inquiétait pour lui. Aussi, ravalant une réplique cinglante pour lui ordonner de se mêler de ses affaires, Reed lui déposa-t-il un baiser sur le sommet du crâne.

— Ma vie me plaît ainsi, Lauren. Achète à Beth des blue-jeans qui ne la fassent pas ressembler à une fille de vingt-cinq ans, d'accord ?

Et sur ces mots, il se retira, le regard courroucé de sa sœur vrillé dans son dos.

A l'étage, le vacarme de la musique dans la chambre de Beth lui assaillit les oreilles à travers la porte fermée. Cela aussi, supposa-t-il, faisait partie de ce que grandir impliquait, de même que tout le reste. N'empêche ! Il aurait préféré que ça n'arrive pas si rapidement. Il cogna à la porte de sa fille.

— Beth ?

La musique s'interrompit d'un seul coup. Le chiot se mit à japper.

— Quoi ?

— Je voudrais te parler, ma chérie.

La porte s'ouvrit, et le visage de l'adolescente surgit, au-dessus de la tête du chien.

— Ouais ?

Soudain sans voix, Reed tiqua. Brusquement, il ne savait plus que dire. Elle haussa les sourcils, les fronça.

— Tu te sens bien, papa ?

— Je me disais que nous n'avions rien fait ensemble depuis bien longtemps. Peut-être que ce week-end, nous pourrions aller au cinéma ou autre part ?

— Pourquoi ? demanda-t-elle, avec une moue suspicieuse.

— Parce que tu me manques, ça te va comme raison ?

Elle battit des cils.

— Une de mes amies m'a invitée à dormir chez elle ce week-end.

Il s'efforça de réprimer sa déception.

— Quelle amie ?

— Jenny Q. Tu as déjà fait la connaissance de sa mère à la journée portes ouvertes de l'école, en septembre.

— Je ne me souviens pas, dit-il, le front plissé. Il faudra que je la rencontre de nouveau avant que tu ailles chez elle.

— Très bien. Elle et moi, nous préparons un projet commun pour le cours de sciences à l'école. Tu pourras m'emmener chez elle demain soir, et comme ça tu verras sa mère.

— Je pourrai ? s'indigna-t-il. Et si tu ajoutais « s'il te plaît, papa » ? Et ne lève pas les yeux au ciel quand je te parle !

Il exhala un soupir. Il n'était pas venu là pour se quereller avec sa fille, mais curieusement, ce genre de dérapage se produisait de plus en plus souvent depuis quelque temps.

— Je la verrai demain.

— Merci, papa, dit Beth, le visage radouci.

Elle referma sa porte avec un léger déclic, et il demeura un long moment, immobile, à regarder dans le vide, avant de gagner sa propre chambre.

Sa chambre où il s'arrêta, désemparé, en voyant ses draps toujours maculés de traces de pattes boueuses. Il refit son lit, puis s'assit sur le matelas et prit la photo de sa femme. Christine avait été l'unique. Elle lui manquait terriblement. *Mais ma vie me plaît telle qu'elle est.* Telle qu'il l'avait reconstruite. Encore que, parfois, il eût aimé avoir quelqu'un à qui parler. Et puis, il y avait aussi l'aspect physique, il fallait l'avouer. Cela faisait bien longtemps qu'il n'avait été avec une femme. Lauren n'avait pas eu besoin de le lui rappeler.

Il n'avait jamais cherché à remplacer Christine. Quelle femme se serait montrée à la hauteur ? Christine avait mis de la beauté dans son univers, elle avait nourri son âme. Mais son corps avait des exigences. Dans les premières années après la mort de son épouse, il avait cru pouvoir soulager discrètement ses besoins avec des femmes qui ne seraient pas intéressées par une relation à long terme. Il n'avait pas tardé à s'apercevoir que de telles créatures n'existaient pas sur cette planète. Chacune des femmes qui avait juré ne pas vouloir nouer de liens sérieux avait fini par en éprouver le besoin. Et toutes s'étaient senties blessées parce que, de son côté, Reed avait tenu parole.

Malheureusement, l'absence de toute attache combinée

à celle de toute blessure impliquait également l'absence de toute relation sexuelle. Par conséquent, il s'en était passé. Pas très agréable, certes, mais ce n'était pas non plus la fin du monde, telle qu'on se la représentait. Ce n'était qu'une question de discipline, que diable ! L'entraînement militaire qu'il avait reçu s'était révélé très utile en la circonstance. Sa vie lui plaisait. Sa vie tranquille. Toutefois, ce soir, le calme semblait posséder une intensité inhabituelle.

Il reposa le portrait de Christine et ouvrit le tiroir du chevet dans lequel, depuis onze ans, il gardait le livre enfoui sous un tas de cartes d'anniversaire et de fête des Pères. Avec précaution, il le sortit de sa cachette et en caressa la couverture avec le gras du pouce. Le volume n'était pas plus grand que la paume de sa main. Mais tellement empli d'elle ! Il le laissa s'ouvrir tout seul à la page la plus usée. Christine lui avait donné pour titre un simple *Nous*.

Pâles pousses couleur vert d'or,
Souples tiges et feuilles timides
Trop neuves pour s'affirmer.
Lovée dans un creux de roche escarpée
Qui couvre de son ombre des refuges,
Et retient par la racine les cheveux d'ange,
Repoussant le vent,
Donnant aux gouttes de pluie,
La douceur d'un baiser.
Blottie conte la face rugueuse du rocher,
Elle déploie ses feuilles,
Buvant la lumière de l'aube.
Nourrie de son cœur minéral,
Elle pousse, luxuriante, dans la vie qu'il lui offre
Jusqu'à oublier lequel des deux a sauvé l'autre.

Le dais qui la couronne, à présent un toit au-dessus de sa tête.

La crevasse qui fend sa pierre, la base même de son fondement.

Un coup léger frappé à sa porte fit grimper son pouls en flèche. Il reposa vivement le livre sous les cartes de vœux, comme si on l'avait surpris en flagrant délit d'une faute quelconque. C'était ridicule ! Il ne s'agissait que d'un livre. Il n'y avait aucune raison de le dissimuler comme un coupable secret.

Non. Ce n'était pas un simple livre. C'était une mémoire. *La mienne*.

— Entre !

Lauren passa la tête dans l'entrebâillement, une expression malheureuse sur son visage.

— Je regrette, Reed. Je suis allée trop loin.

— Ce n'est rien. Mais laisse-moi seul.

— Bon, alors… bonne nuit.

Elle referma la porte ; Reed poussa un soupir.

Puis émit un petit rire, car, de nulle part, surgit dans son esprit l'image de Mia Mitchell, dressée sur la pointe des pieds, face à ce petit avocat suffisant.

— Un gros malabar nommé Bubba qui veut faire ami-ami, murmura-t-il.

Sans bien savoir pourquoi, il avait le sentiment qu'une séance de lecture poétique n'était pas l'idée qu'elle se faisait du premier rendez-vous amoureux idéal. Mia Mitchell préférait certainement quelque chose de plus physique. Un match de football, par exemple, ou de hockey. *Si je l'invitais à sortir, je l'emmènerais voir un match*, se dit-il, avant de secouer la tête pour récuser ses propres divagations. Jamais il ne lui demanderait de sortir avec lui.

Il n'y aurait pas de premier rendez-vous avec Mia Mitchell. Elle n'était absolument pas son type. Il contempla longuement la photo de Christine. *Elle* avait été son type.

Sa femme n'avait été que grâce et élégance, avec juste une drôle d'étincelle dans les yeux quand elle se sentait d'humeur malicieuse. Mitchell était effrontée et intrépide, chacun de ses gestes empreint d'une énergie contenue, chacune de ses paroles dépouillée de toute subtilité.

Le regard de Reed s'attarda sur le tiroir où le livre était caché. Les mots qui y reposaient avaient été le cœur de Christine. Et le sien. Il n'imaginait pas une femme telle que Mia Mitchell capable d'apprécier l'équilibre délicat des mots et des émotions. Non que cela fît de Mia une personne mauvaise. Loin de là. Elle n'était simplement pas ce genre de femme.

Au demeurant, peu importait. Leur relation était strictement professionnelle et temporaire. Dès qu'il aurait trouvé l'assassin de Caitlin Burnette, sa vie reprendrait son cours normal. Ce qu'il aimait par-dessus tout. Il ramassa ses draps souillés. Il aurait le temps de mettre une lessive en route pendant la mi-temps. Un match de football, des restes de pizza du week-end, et une bière. C'était la belle vie.

Lundi 27 novembre, 20 heures

Beth Solliday retira le peignoir de bain qu'elle s'était hâtée d'enfiler en entendant son père frapper à sa porte et se planta devant son miroir en pied. Elle examina d'un œil critique l'harmonie des couleurs et du style de l'ensemble qu'elle avait choisi pour le week-end. Jenny Q le lui avait commandé par internet. Son père n'avait aucun moyen d'apprendre qu'elle l'avait acheté. Elle s'était privée de déjeuner pendant deux mois pour payer ces vêtements, mais cela en valait la peine.

Elle composa le numéro de téléphone de Jenny.

— C'est Beth, annonça-t-elle. Puis se reprenant avec un sourire : Je veux dire, Liz.

— Tout est prêt ?

— J'ai posé la première pierre. Je lui ai dit qu'il avait déjà rencontré ta mère en septembre.

— Parfait. Je dirai la même chose à ma mère. Elle n'a aucune mémoire.

— Bon. A demain soir.

— N'oublie pas d'apporter ce qu'il faut.

— Ne t'inquiète pas.

Beth raccrocha, exécuta une dernière pirouette. Puis elle mit son pyjama et cacha sa nouvelle tenue. Bientôt, elle franchirait le pas. Elle ferait l'expérience de la vie. Elle n'était plus une petite fille.

6

Lundi 27 novembre, 20 heures

Mia brandit son insigne devant l'infirmière.

— Je viens voir Abe Reagan.

— Les heures de visite sont terminées, m'dame.

— Je suis ici au sujet de la blessure par balle qu'a reçue l'inspecteur Reagan. Nous tenons une piste.

L'infirmière se mordit la lèvre.

— Qu'y a-t-il dans ce sac, inspecteur ?

Mia baissa les yeux sur le sac en papier qui contenait des baklavas, les friandises préférées d'Abe. Elle releva la tête et, le visage impassible, répondit :

— Des photos d'identité judiciaire.

Entrant dans le jeu, l'infirmière hocha la tête :

— Troisième porte au bout du couloir. Dites-lui que si sa pression artérielle remonte après avoir mangé ces photos d'identité judiciaire, l'aiguille de la seringue sera extra-large pour la piqûre de ce soir.

— Dites donc, vous êtes drôlement vaches, ici, grommela Mia en entendant l'infirmière glousser dans son dos.

A pas lents, elle se dirigea vers la chambre d'Abe, l'estomac noué. Elle s'arrêta à la porte, faillit faire demi-tour. Mais elle avait donné sa parole. Elle frappa un coup léger.

— Allez-vous-en ! Je ne veux plus de votre jello, ni de votre compote de pommes, ni de rien d'autre, s'écria une voix grincheuse.

Malgré son appréhension, Mia ne put retenir un sourire.

— Et ça, tu en veux ? demanda-t-elle en agitant le sac en papier.

Assis sur son lit, Abe regardait le match à la télévision. Il baissa le son et se tourna vers elle, le visage empreint d'une réserve si glaciale que le sourire de Mia s'effaça instantanément.

— Ça dépend. Qu'est-ce que c'est ?

Il glissa un coup d'œil dans le sac puis releva la tête, indéchiffrable.

— C'est bon. Tu peux rester.

Gênée, Mia enfonça ses mains dans ses poches tout en scrutant le visage de son partenaire. Il avait maigri et ses traits étaient tirés. Le cœur de Mia se serra tandis qu'un nouveau sentiment de culpabilité lui oppressait la poitrine. Sans un mot, il se contentait de fixer sur elle un regard triste. Il attendait. Elle gonfla ses joues, puis expira.

— Je suis désolée.

— Pour quoi ? demanda-t-il d'une voix égale.

Elle détourna le regard.

— Pour tout, répondit-elle en haussant les épaules. Pour t'avoir laissé te faire descendre. Pour ne pas être venue te voir. Pour te faire piquer avec une grosse seringue si tu manges ce qu'il y a dans le sac.

— Foutaises d'infirmière ! grogna-t-il. Elles ne me font pas peur. Assieds-toi.

Elle obéit, sans toutefois oser le regarder en face, et endura le silence aussi longtemps qu'elle le put avant de lâcher :

— Où est Kristen ?

— A la maison, avec Kara.

Abe tenait à sa fille comme à la prunelle de ses yeux.

— Regarde-moi, Mia, poursuivit-il. S'il te plaît.

Aucune colère ne brillait dans son regard bleu. A la place, il y avait un chagrin qu'elle ne se sentit pas capable de supporter. Elle se releva en chancelant, mais il lui agrippa le bras.

— Reste assise, Mia, gronda-t-il doucement. As-tu cru un seul instant que je te tenais pour responsable ?

Elle planta son regard dans le sien.

— Tu devrais. Mais je me doutais que tu ne le ferais pas.

— Je ne savais pas si tu étais saine et sauve. Mia…

Il ravala sa salive.

— J'ai cru que tu t'étais lancée à leur poursuite, dit-il avec sévérité. Et je n'étais pas là pour te couvrir.

Elle eut un rire peiné.

— J'y suis allée. Mais je ne les ai pas trouvés.

— Ne me refais plus ça. S'il te plaît.

— Quoi ? Te regarder te faire canarder ?

— Ça aussi, répliqua-t-il avec flegme. Kristen m'a dit qu'elle t'avait passé un sacré savon ce matin.

— J'espère ne jamais avoir affaire à elle dans un tribunal. Je me suis sentie aussi minuscule qu'une fourmi.

— Elle t'aurait réduite en purée si elle n'avait pas été désolée pour toi. Tu lui as dit que tu ne faisais pas attention ce soir-là. Pour quelle raison ?

Elle s'apprêta à objecter lorsqu'il l'arrêta d'un geste :

— Inutile ! Nous travaillons ensemble depuis trop longtemps. Je me doute bien que quelque chose te tracassait.

— Il y a eu mon père, l'enterrement… c'était trop.

Abe plissa les yeux. A lui, on ne la faisait pas. Du reste, elle n'avait pas cru une seconde qu'il ajouterait foi à son explication.

— C'est si moche que tu ne puisses pas m'en parler ?

Fermant les paupières, elle revit la pierre tombale qui jouxtait celle de son père. Les yeux de l'inconnue qui avaient croisé les siens par-dessus la tombe.

— Si je te dis oui, tu te vexeras ?

Un instant, il hésita puis demanda d'une voix calme :

— Tu as des ennuis, Mia ?

Elle rouvrit brusquement les yeux, vit l'inquiétude sur son visage.

— Non, ce n'est pas ça du tout.

— Tu es malade ? Enceinte ? ajouta-t-il avec une grimace.

— Non. Et non, encore moins.

Il poussa un soupir de soulagement.

— Et ce n'est pas non plus à cause d'un homme, parce qu'il n'y en a pas eu depuis un bon moment.

— Merci ! répondit-elle d'un ton sarcastique. J'avais failli oublier.

— C'était pour te rendre service, railla-t-il avant que son sourire ne s'évanouît. Si tu as besoin de te confier, tu viendras me voir, n'est-ce pas ?

— Oui, s'empressa-t-elle d'acquiescer, heureuse que le sujet fût pour l'heure épuisé. J'ai du nouveau. Tu te rappelles Getts et DuPree ?

— J'en ai un vague souvenir, convint-il d'une voix redevenue froide.

— Eh bien, il semble que tu aies blessé DuPree avant que Getts n'ouvre le feu sur toi.

Les yeux d'Abe s'étrécirent.

— Parfait. J'espère que ce petit salaud en a bavé.

— DuPree souffre encore davantage à l'heure qu'il est, sourit-elle de toutes ses dents. Je l'ai coffré aujourd'hui. Joanna Carmichael m'a indiqué où il se cachait.

Devant le regard stupéfait d'Abe, elle hocha la tête d'un air farouche et enchaîna :

— Moi aussi, je suis tombée des nues. Enfin, je suppose qu'à force de fourrer son nez partout, ça finit par payer. Mais… Getts s'est échappé.

— Nom d'un chien !

— Je regrette.

— Mia, espèce d'idiote ! Maintenant, il sait que tu connais sa planque. Tu as mis son copain sous les verrous. Alors, soit il va disparaître dans la nature, soit il voudra en découdre.

— Je parierais qu'il va se terrer quelque part.

— Jusqu'à ce qu'il te tombe dessus par surprise. Je n'ai pas vu leurs visages, mais toi, si. Tu es la seule qui puisse identifier Getts. Ils étaient déjà recherchés pour meurtre. A cela s'ajoute désormais une tentative de meurtre sur un flic. Tu ne crois pas qu'il aura envie de se débarrasser de toi ?

Elle avait, en effet, envisagé cette éventualité.

— Je serai prudente.

— Dis à Spinnelli que tu veux un équipier pour te couvrir. Jusqu'à mon retour.

— J'en ai déjà un. A titre provisoire, se hâta-t-elle d'ajouter en voyant ses sourcils se lever.

— Vraiment ? Qui est-ce ?

— J'ai été détachée auprès du BEI. Pour une affaire de meurtre et incendie criminel. Le type s'appelle Reed Solliday.

— Mais encore ? Il est vieux, jeune ? C'est un bleu ou il a de l'expérience ?

— Il connaît pas mal son métier. Un peu plus âgé que toi. En tout cas, assez pour avoir une fille de quatorze ans. Et il force un peu trop sur le cirage, conclut-elle avec un frisson exagéré.

— Il mérite le fouet.

— Au début, il s'est montré odieux, dit-elle avec un petit rire, mais je crois qu'en fin de compte il ne sera pas si mal.

Abe ouvrit le sac en papier, et Mia comprit que tout était pardonné.

— Tu n'en veux pas, n'est-ce pas ?

— J'ai mangé le mien en venant. Et si l'infirmière pose des questions, le sac ne contenait que des photos d'identité judiciaire.

Il lança un regard furtif vers la porte.

— Tu l'entends venir ?

— Je croyais que tu n'avais pas peur des infirmières et de leurs foutaises.

— J'ai menti. L'infirmière de nuit est l'Antéchrist en personne.

Il détacha un morceau de pâtisserie et se renversa contre ses oreillers.

— Parle-moi de cette affaire d'incendie. Et n'omets aucun détail.

Lundi 27 novembre, 23 h 15

Penny Hill ne se trouvait pas chez elle. *Pourquoi n'était-elle pas à la maison ?* Il jeta un coup d'œil à sa montre, puis reporta son regard sur la maison qu'il avait surveillée si attentivement la nuit précédente. La veille, Penny Hill s'était couchée avant 23 heures. Ce soir, il était revenu, prêt à passer à l'action, et elle n'était même pas là ! Il regarda par une fenêtre de la façade, invisible de la rue par d'épais buissons. Seul, un grand chien dormait sur le sol du living. Il serra les dents.

Trois possibilités se présentaient à lui. Revenir le lendemain soir. Mettre le feu à la maison sans qu'elle soit à l'intérieur. Attendre. Il considéra les options — les risques qu'il courait, à attendre sur place, de peut-être se faire repérer, l'ivresse de la traque. La dernière fois, il avait renoncé à la mise à mort, tant il était impatient d'assister à l'incendie. Ce soir, il voulait davantage. Au souvenir de la petite Caitlin, il se sentit parcouru d'un frisson de plaisir fébrile. Il se rappela l'afflux d'énergie qui avait traversé son corps. Cette vague formidable.

Il rêvait de ressentir de nouveau cette force — le pouvoir absolu de vie et de mort.

Et celui d'infliger la souffrance. Il voulait que cette garce connaisse la douleur, qu'elle implore sa pitié.

Penny Hill devait payer. Ses lèvres se retroussèrent sur un sourire carnassier. Soit ! il attendrait. Il avait tout son temps. Elle, non. Elle compterait jusqu'à dix. Ensuite, elle irait en enfer.

*
* *

Lundi 27 novembre, 23 h 25

Mia grimpa l'escalier jusqu'à son appartement. Elle avait espéré qu'une heure de course à pied l'aiderait à évacuer son trop-plein d'énergie nerveuse, mais, pour tout résultat, elle avait gagné de se retrouver trempée de sueur et d'éveiller des élancements douloureux dans son épaule bandée. A la seconde où elle poussa la porte, elle s'aperçut que quelque chose ne tournait pas rond. L'air était agréablement tiède et ça sentait... le beurre de cacahuète ?

— Ne tire pas ! C'est moi.

— Nom d'un chien, Dana ! soupira-t-elle. J'aurais pu te tuer.

Sa meilleure amie était installée à sa table de cuisine, les mains en l'air.

— Je t'achèterai un autre pot de beurre de cacahuète.

Mia referma la porte de son appartement et, d'un coup sec, tira le verrou.

— Tu serais bien avancée si j'avais tiré. Quand es-tu rentrée ?

Dana et son mari avaient emmené leurs enfants adoptifs dans le Maryland pour passer les fêtes de Thanksgiving chez de vieux amis d'Ethan.

— Hier soir, vers minuit. Quelle barbe ça a été de réveiller les enfants pour les envoyer à l'école ce matin, tu n'imagines pas ! Ethan et moi les avons déposés dans le car scolaire puis nous sommes retournés nous coucher.

Mia sortit deux bières du frigo.

— Et dormir avec Ethan est une telle corvée, j'imagine très bien !

— Je m'en remettrai, sourit Dana. Puis refusant d'un signe de tête la bière que Mia lui offrait, elle se justifia : Non, merci. Ça ne va pas avec le beurre de cacahuète.

Elle attendit que Mia se fût affalée sur une chaise et poursuivit :

— Tu n'as répondu à aucun de mes messages téléphoniques. Je me suis inquiétée.

— Bienvenue au club.

Mais, voyant une lueur d'agacement étinceler dans les yeux de son amie, elle soupira :

— Je suis désolée, Dana. Seigneur ! je me fais l'impression d'un disque rayé aujourd'hui. Désolée, désolée, désolée…

— Tu as fini ? demanda Dana en haussant les sourcils.

— Ouais, répliqua-t-elle d'une voix d'enfant maussade.

Ce qui, pour tout dire, exprimait parfaitement son humeur du moment.

— Bon, écoute. Je voulais simplement vérifier que tu allais bien. Que tu n'étais pas morte ou quelque chose comme ça. A quoi ça t'avance de bouder ? Alors, dis-moi, qu'est-ce que tu as fabriqué ces deux dernières semaines, Mia, à part m'éviter, moi et le reste du monde ?

Mia avala une longue goulée de bière, puis s'approcha du placard de la cuisine et en sortit le coffret. C'était une simple boîte de bois, sans étiquette ni fioritures. Comment un si petit objet pouvait-il contenir tant de souffrance ? C'était incroyable ! Mia le posa devant Dana.

— Tadaam !

— J'ai l'impression d'être Pandore en personne, murmura Dana en soulevant le couvercle. Oh, Mia !

Elle leva les yeux. Enfin, elle comprenait !

— Eh bien, comme ça, tu sais, maintenant, reprit-elle. Du moins, au sujet du petit garçon.

— J'ai trouvé le coffret dans l'armoire de Bobby en cherchant des vêtements à lui mettre pour l'enterrement. Je ne l'ai ouvert qu'au retour du cimetière. Je voulais y ranger son insigne.

Devant la tombe de Bobby Mitchell, l'insigne posé sur le drapeau qui enveloppait le cercueil avait été remis à sa mère, avec solennité. Le visage las et défait, Annabelle Mitchell s'était tournée vers sa fille et avait déposé les deux objets dans les mains de Mia. Trop abasourdie pour réagir, Mia les avait acceptés. Le drapeau plié en triangle était à présent calé contre son grille-pain. Ses plis étaient probablement pleins de miettes de Pop-Tarts, mais n'eût été une certaine répugnance à souiller le drapeau américain, Mia n'en avait cure.

Elle pointa sa bouteille vers le coffret.

— Et à la place, j'ai trouvé ça.

Dana sortit une photo de la boîte.

— Bonté divine, Mia ! Il ressemble trait pour trait à tes photos de bébé.

— Bobby avait des gènes très actifs, convint-elle avec un rire amer.

Elle se pencha par-dessus l'épaule de son amie pour contempler le garçon joufflu assis dans un petit fauteuil à bascule, serrant dans son poing un camion rouge — l'enfant qu'elle n'avait jamais rencontré, bien qu'elle connût désormais son nom et la date de son anniversaire. Et celle de sa mort.

— Normal que ça ressemble à mes photos de bébé. C'est notre fauteuil à bascule, à Kelsey et à moi. Bobby nous a photographiées dedans.

— Quel manque de tact ! lâcha Dana, les lèvres crispées. Mais ça, on le savait déjà.

Seule Dana était au courant. Dana et Kelsey. Et peut-être aussi la mère de Mia. Ce que sa mère savait, Mia n'en était pas certaine. Elle scruta le visage du petit garçon.

— Il avait les cheveux blonds et les yeux bleus de Bobby, exactement comme moi. Et comme *elle*, qui qu'elle soit.

— Tu as passé ces deux semaines à essayer de la retrouver ? Ça ne m'étonne pas de toi !

Elle, c'était l'inconnue que Mia avait aperçue à l'enterrement de son père. Une jeune femme aux cheveux blonds et aux yeux bleus… *exactement comme moi.* L'espace d'un instant, Mia avait eu l'impression de se regarder dans un miroir. Puis la femme avait baissé la tête et s'était fondue dans la foule des policiers venus rendre un dernier hommage à leur collègue. Après la cérémonie funéraire, Dana s'était lancée à la poursuite de l'inconnue, tandis que Mia recevait les condoléances de tous les flics présents.

Cela avait été le moment le plus difficile de toute cette fichue comédie. Incliner sobrement la tête devant chaque policier qui lui prenait la main et lui soufflait à voix basse que son père avait été un bon flic. Un homme bien. Comment avaient-ils tous pu se laisser berner à ce point ?

Une fois le dernier policier parti, Mia, restée seule avec sa mère, avait interrogé Dana du regard, laquelle avait secoué la tête. La femme avait disparu. Annabelle Mitchell aussi avait vu l'inconnue — un seul coup d'œil à sa mère avait suffi à en persuader Mia — mais, au contraire de sa fille, elle n'avait pas eu l'air surprise le moins du monde. Et comme elle l'avait fait si souvent dans sa vie, elle avait fermé les yeux, refusant toute discussion à propos de la femme et du petit garçon. Et de cette maudite stèle : A MON FILS BIEN-AIMÉ, LIAM CHARLES MITCHELL.

— Ça me rassure que tu l'aies vue aussi. Autrement, je serais allongée sur le divan d'un psy à l'heure qu'il est.

— Tu ne l'as pas inventée, Mia. Elle était bel et bien là.

Mia termina sa bière.

— Oui, je sais. Ce jour-là et plus tard, aussi.

— Elle est revenue ? s'étonna Dana, les yeux écarquillés.

— Plusieurs fois. Elle ne dit jamais rien, elle se contente de m'observer. Mais elle ne s'approche jamais assez pour que je puisse l'attraper. Je te jure, Dana, ça me rend folle ! Et je suis sûre que ma mère sait qui elle est.

— Mais elle refuse de te le dire.

— Oui. Annabelle ne changera jamais. Pourtant, j'ai réussi à lui faire parler du petit garçon.

Elle reposa sa bouteille, la bière avait soudain un goût amer.

— Il faut que je le dise à Kelsey. Elle doit savoir.

La dernière fois qu'elle avait parlé à sa sœur — à travers

la vitre en Plexiglas, comme à l'accoutumée —, c'était le jour où leur père était mort.

Mia ne sollicitait jamais d'autorisation exceptionnelle pour rendre visite à sa sœur. Mieux valait en effet pour Kelsey que ses codétenues ignorent que sa sœur était flic.

Cependant, il était indispensable de mettre Kelsey au courant de ce que Mia avait découvert. Peut-être cela l'aiderait-il enfin à trouver la paix.

— Je peux y aller à ta place, proposa Dana.

— Non. C'est à moi de le faire. Merci quand même. Il ne me reste qu'à trouver le temps. J'ai commencé une nouvelle enquête aujourd'hui.

— Avec qui ?

— Avec Reed Solliday, répondit Mia en s'absorbant dans la contemplation de sa bouteille de bière. Une affaire d'incendie criminel.

— Et alors ? interrogea Dana, qui connaissait les humeurs de son amie sur le bout des doigts.

— Il a l'air d'un type bien. Pas marié. Une fille de quatorze ans. Une démarche de danseur.

— Je n'ai jamais compris en quoi ça t'excitait.

Mia émit un petit rire contrit.

— Moi non plus. Heureusement qu'il est chasse gardée.

— Tu viens de dire qu'il n'était pas marié.

— Et j'ai précisé aussi que c'était un type bien, répondit Mia redevenue grave.

— Mia, tu m'énerves !

— Ce n'était pas mon intention.

— Je sais, soupira Dana. Alors… que vas-tu faire du coffret ?

— Je ne sais pas. J'y ai mis mes plaques d'identification.

Dana baissa les yeux sur la poitrine de son amie.

— Dans ce cas, comment se fait-il que tu les portes en ce moment même ?

Mia tritura la chaîne autour de son cou.

— Parce que dès que je les ai rangées dans le coffret,

j'ai perdu le sommeil. Je ne sais pas, c'était comme une crise de panique. Alors, je me suis relevée et je les ai raccrochées à mon cou. C'était la nuit avant qu'Abe se fasse descendre.

— Toi aussi, on t'a tiré dessus, Mia.

— Et regarde-moi ! ironisa-t-elle, les bras grands ouverts. Je suis comme neuve !

— Je n'arrive pas à comprendre comment une femme aussi intelligente que toi puisse être aussi superstitieuse.

— Je préfère être superstitieuse et vivante que rationnelle et morte.

— S'il s'agissait d'une patte de lapin, ce ne serait pas grave. Mais ces plaques appartenaient à Bobby, Mia, et tant que tu ne les enlèves pas, tu lui restes liée.

Avec un soupir de frustration, Dana se leva et enfila son manteau.

— Je dois partir, sinon Ethan va s'inquiéter. Viens dîner à la maison demain. Je te mitonnerai un bon petit plat. Les gosses t'ont rapporté un souvenir.

— Pas un autre poisson rouge, j'espère !

— Non, répondit Dana en la serrant dans ses bras. Essaie de dormir un peu.

Lundi 27 novembre, 23 h 35

Penny Hill exhala un soupir de soulagement. La porte du garage semblait plus proche que d'habitude. *Je n'aurais jamais dû boire tout ce punch. Mais après tout, il s'agissait de mon pot de départ. J'aurais mieux fait d'appeler un taxi.* Elle avait eu de la chance de ne pas entrer en collision avec un autre véhicule et de ne pas se faire arrêter pour conduite en état d'ivresse. *Cela aurait fait tache dans mon dossier !*

Or, son dossier était désormais officiellement clos. Après vingt-cinq ans de bons et loyaux services au sein des Affaires sociales, elle rendait son tablier. Un grand nombre de familles avaient eu affaire elle. Elle avait obtenu de multiples succès, nourri quantité de regrets aussi. Et connu un moment de honte. Mais beaucoup d'eau avait coulé sous les ponts depuis. Elle n'y pouvait plus rien.

Elle était libre à présent. Chancelante, elle agrippa la poignée de sa sacoche, laquelle semblait inhabituellement lourde, bourrée comme elle l'était du contenu de son bureau qu'elle avait débarrassé une bonne fois pour toutes. Inutile d'insister ! Tout le punch qu'elle avait ingurgité lui coupait les jambes, elle se sentait trop peu d'aplomb pour porter sa serviette. *Je viendrai la récupérer demain.* Pour l'heure, elle n'avait qu'une envie : prendre un antiacide et retrouver son oreiller. Epuisée, elle ouvrit la porte d'entrée de sa maison.

Et, sans ménagement, elle fut projetée en avant. Sa tête heurta la rampe de l'escalier tandis que la porte se refermait dans son dos. Des mains puissantes la tirèrent brutalement en arrière, la plaquèrent contre le corps robuste d'un homme. Elle se mit à crier, mais une main gantée lui couvrit la bouche, et elle sentit la morsure d'une lame contre sa gorge. Elle ne cessa de se débattre qu'en entrevoyant une lueur d'espoir au moment où le chien de sa fille se précipita d'un bond dans la pièce. *Je t'en prie, Milo, ne sois pas gentil, pour une fois !*

Mais l'animal se contenta d'observer la scène en remuant la queue. L'homme derrière elle se détendit aussitôt. Il la poussa vers l'intérieur de la cuisine.

— Ouvre la porte, ordonna-t-il. Laisse sortir le chien.

Elle obéit. Tout content, Milo s'élança en sautillant dans le jardin.

— Maintenant, verrouille la porte comme c'était avant, dit l'homme.

De nouveau, elle obtempéra. Il retira la main de sa bouche avant de la forcer à s'agenouiller. Puis, il la fit tomber à plat ventre. Elle poussa un cri lorsqu'il la saisit par les cheveux et lui cogna violemment la tête contre le linoléum.

— Si tu cries, je te coupe la langue.

Ignorant la menace, elle prit une rapide inspiration et s'apprêta à hurler. Avec un ricanement, il lui appuya le visage contre le sol, son genou enfoncé dans la nuque. Puis il lui fourra un chiffon dans la bouche. Elle tenta de le recracher et eut un haut-le-cœur. *Surtout ne vomis pas. Si tu vomis, tu meurs. De toute façon, tu vas mourir. Mon Dieu ! Je vais mourir.*

Un gémissement de terreur s'échappa de sa gorge. L'homme rit.

Il jeta dans son sac à dos la pochette en plastique munie d'une fermeture à glissière contenant le préservatif qu'il venait d'utiliser. Avec Caitlin, il avait eu de la chance. Il était hors de question de compter sur sa bonne étoile une fois de plus. Si par malheur il ne réussissait pas à incinérer complètement Penny Hill, du moins devait-il s'assurer qu'il ne laisserait aucune trace d'ADN derrière lui. Elle était couchée par terre, recroquevillée en position fœtale. Elle souffrait. Pas encore suffisamment toutefois. Cela ne tarderait pas. Encore quelques détails à régler et il pourrait vider les lieux.

Sur le siège arrière de la voiture de Penny Hill dont il avait laissé tourner le moteur, il avait trouvé la sacoche. Quelle aubaine ! Qui savait quelles précieuses informations elle lui livrerait ?

Mais les choses importantes d'abord ! Il étala sur la poitrine de la femme le même gel de nitrate dont il avait rempli l'œuf en plastique et déroula une mèche jusqu'au seuil de la pièce, ainsi qu'une autre reliée à l'œuf. Il avait tout prévu cette fois. La présence de Caitlin Burnette l'avait pris au dépourvu et il n'avait pas réfléchi. Il l'avait aspergée d'essence alors qu'il aurait dû utiliser le gel du deuxième œuf. L'essence enflammée brûlait trop rapidement. Il voulait que Mlle Hill se consume entièrement. Dans le cas contraire, il devait s'assurer que du moins elle ne survivrait pas. Ce qui serait fort dommage.

Il extirpa de son sac à dos deux sacs-poubelle, en enfila un par-dessus sa tête et y aménagea des ouvertures pour passer les bras. Puis, à l'aide de la clé à molette, il retira la bague sur le tuyau d'arrivée de gaz derrière la cuisinière. Dans quelques minutes, la partie supérieure de la pièce serait remplie de gaz.

Il s'était accroupi à côté de Penny Hill, le couteau à la main, lorsqu'il s'aperçut qu'il avait failli oublier le plus important. Il se précipita à l'autre extrémité de la maison, froissa quelques feuilles de papier journal et les jeta dans une corbeille. Puis il sortit une cigarette sans filtre de sa poche, l'alluma et la posa verticalement en sorte que la braise ne soit pas en contact avec le papier. Bientôt, la cigarette se serait consumée jusqu'au bout.

A présent, il était temps de s'occuper de Mlle Hill. Il regagna en courant la cuisine et empoigna de toutes ses forces la femme par le bras. Elle ouvrit lentement les yeux.

— Tu te souviens de Shane ? demanda-t-il. Tu l'as placé, lui et son frère, dans une famille d'accueil paumée au milieu de nulle part.

Les yeux de Penny Hill clignotèrent de saisissement.

— Tu n'y es jamais retournée pour vérifier qu'ils allaient bien. Pendant toute une année. On les a sodomisés là-bas. Alors tu comprends maintenant pourquoi je suis obligé de te faire ça.

D'un geste vif, il lui entailla le bras au-dessus du coude ; le sang jaillit, chaud et humide, sur le sac qu'il portait.

— Tu vas mourir, promit-il. Mais d'abord, tu vas cramer.

Il se pencha tout près de son visage.

— Compte jusqu'à dix, salope. Et va en enfer.

Il ôta son accoutrement de plastique, le roula en boule et le mit dans le sac propre, fourra ses outils dans son sac à dos qu'il chargea sur son épaule, puis, réfugié dans la buanderie, alluma les mèches. *Dix... neuf...* il s'élança vers la porte d'entrée, la referma solidement... *huit...* Sans cesser de compter, il sauta dans la voiture de Penny Hill et démarra sur les chapeaux de roues.

Trois, deux... et... Pile au moment prévu, l'explosion se produisit, faisant trembler l'air autour de la maison et jaillir des fenêtres des morceaux de verre brisé. Cette fois, il avait correctement calculé la longueur de ses mèches. Il avait déjà atteint l'extrémité de la rue lorsque le premier voisin se précipita hors de chez lui. Il roula avec précaution, veillant à ne pas éveiller les soupçons. Au bout d'un long moment, il s'arrêta sur la route transversale déserte où il avait garé la voiture volée le soir même et recouvrit le véhicule de Penny Hill de branches feuillues. Personne ne le trouverait là.

Prenant soin de ne pas oublier son sac à dos, il changea de voiture. Assis derrière le volant, il retira son passe-montagne et démarra. En ce moment même, Penny Hill devait subir d'atroces souffrances. Plus tard, il prendrait le temps de savourer le plaisir que lui procurait cette pensée.

Mardi 28 novembre, 0 h 35

— Vous aviez raison. Il a recommencé.

Reed fit volte-face. Debout derrière lui, Mia Mitchell observait fixement le brasier qui avait été la demeure de Penny Hill. Elle était accourue en hâte sur les lieux du sinistre.

— On dirait, oui.

— Que s'est-il passé ?

— Les voisins ont signalé une première explosion vers minuit cinq. Les 156e et 172e compagnies se sont mises en route à minuit neuf et minuit quinze respectivement. Lorsqu'elles sont arrivées sur place, le commandant a immédiatement remarqué les similitudes avec l'incendie de samedi. Larry Fletcher m'a appelé à minuit quinze.

Reed avait aussitôt prévenu Mitchell, s'attendant à l'accueil grincheux de quelqu'un que l'on réveille en pleine nuit. Mais, au contraire, elle avait sur-le-champ fait preuve d'une diligence et d'une efficacité toutes professionnelles. Jetant un coup d'œil sur la foule des badauds, il baissa la voix de sorte qu'elle soit seule à l'entendre.

— Ils pensent que la propriétaire se trouvait chez elle. Elle s'appelle Penny Hill. Deux pompiers sont partis à sa recherche.

L'horreur, la pitié et une résignation accablée vacillèrent dans les prunelles de Mitchell.

— Bon sang !

— Les gars ont fouillé la moitié droite de la maison, mais elle n'y était pas.

— Ils ont vérifié dans la cuisine ?

— Impossible de s'en approcher pour l'instant. Ils ont coupé l'arrivée du gaz et déployé une lance dans la maison. Il y avait un foyer plus petit dans le séjour.

— Dans une corbeille à papier ? demanda-t-elle, un sourcil levé.

— Exact.

— Ça m'a trotté dans la tête, cette affaire de corbeille chez les Dougherty. C'était curieux, non ?

— Je trouve aussi. L'accélérant solide était l'élément le plus sophistiqué de son plan. L'essence, il a dû y penser après coup. Mais l'histoire de la corbeille à papier, c'était presque…

— … infantile, acheva-t-elle. J'en ai parlé à Abe ce soir. Il pense la même chose.

Abe — son équipier cloué sur un lit d'hôpital.

— Comment va-t-il ?

— Bien, répondit-elle avec un brusque hochement de tête.

— Tant mieux.

— Vous avez interrogé les témoins ?

— Oui. Personne n'a rien vu avant l'explosion, mais tout le monde était là, en train de dormir ou de regarder la télévision. Et tout à coup, il y a eu un grand boum. Un voisin a entendu un crissement de pneus, juste avant la déflagration. Il est assez secoué.

Reed pointa du doigt un homme debout au premier rang de la foule, une expression d'indicible horreur sur le visage.

— Il s'appelle Daniel Wright. On a repéré des traces de dérapage sur l'allée, et la voiture de Mlle Hill a disparu.

— Je vais lancer un avis de recherche sur son véhicule.

— Je m'en suis déjà occupé, annonça-t-il. Puis, la voyant hausser les sourcils : J'espère que vous n'y voyez pas d'inconvénient.

— Bien sûr que non, répondit-elle, revenue de sa surprise, du moment que c'est fait !

Elle tourna le regard vers le sinistre.

— On dirait qu'ils ont circonscrit l'incendie.

— Ils sont rapidement venus à bout de celui-là. Les flammes n'avaient pas encore atteint l'étage.

— Chez les Dougherty, notre homme tenait à ce que le lit flambe, remarqua-t-elle. Pourquoi pas ici ?

Question intéressante, en effet, qu'il s'était déjà posée. Deux pompiers émergèrent de la maison.

— Venez, dit-il en se dirigeant vers le camion près duquel se tenait Larry, sa radio à la main. Alors ?

— Elle est à l'intérieur, répondit Larry, le visage rembruni. Mahoney dit qu'elle est dans le même état que la victime de la dernière fois. Nous n'avons pas pu nous approcher d'elle suffisamment pour la sortir à temps. Et vous êtes ? ajouta-t-il en voyant Mitchell.

— Mia Mitchell, Homicides. Vous devez être Larry Fletcher.

De sombre, le visage de Larry devint méfiant.

— En effet. Que font les Homicides ici ?

— Vous ne l'avez pas prévenu ? s'indigna-t-elle, en fusillant Reed de son regard bleu accusateur.

— J'ai laissé un message pour qu'il me rappelle, se renfrogna-t-il.

— Me prévenir de quoi ? voulut savoir Larry.

— La victime du dernier incendie était morte avant que le feu ne se déclare. Il se peut que nous ayons affaire à un cas semblable.

— Ça me rassure ! avoua Fletcher. Je ne devrais pas me sentir soulagé, mais…

— C'est tout à fait humain. Vous n'auriez rien pu faire pour la sauver.

— Merci. Peut-être que nous arriverons à trouver le sommeil cette nuit. Il faudrait que vous parliez aux gars qui sont entrés dans la maison. Mahoney et le petit nouveau. Hé ! appela-t-il. Mahoney ! Hunter ! Venez par ici.

Mahoney et la nouvelle recrue de la compagnie s'approchèrent en traînant les pieds, encore revêtus de leur tenue de protection, à l'exception de l'appareil respiratoire qui pendait à leur cou. Ils avaient tous deux l'air épuisés, anéantis.

— Nous sommes arrivés trop tard, annonça Brian Mahoney d'une voix rendue rauque par la fumée. Elle est carbonisée, exactement comme l'autre.

— Mon Dieu ! soupira le nouveau en secouant la tête, horrifié.

Mitchell avança d'un pas et glissa un regard sous le bord de son casque.

— David ?

Le pompier débutant repoussa son casque en arrière.

— Mia ? Mais que fais-tu ici ?

— Je pourrais te demander la même chose. Je savais que tu avais passé le concours, mais je croyais que tu attendais toujours une affectation.

— Je fais partie de la 172e depuis trois mois. Je suppose que ta présence ici signifie que nous avons affaire à des homicides. Et que le feu ne sert qu'à les masquer.

— C'est en effet une hypothèse très plausible. Tu connais Solliday ?

Le jeune pompier prit son casque sous son bras. Son regard gris rencontra celui de Reed, lequel ressentit aussitôt une pointe d'agacement en scrutant le visage du jeune homme. Même noir de fumée, ce type avait un physique à faire la couverture des magazines.

— Bonjour, je m'appelle David Hunter. Je suis la nouvelle recrue.

— Reed Solliday, du BEI. Si je comprends bien, vous vous connaissez déjà ?

— En effet, nous avons passé de bons moments ensemble, reconnut Mitchell avec un sourire ironique.

A la pensée de Mitchell prenant du bon temps en compagnie du beau stagiaire, Reed sentit une vague d'exaspération l'envahir, avec une force et une soudaineté telles qu'il en demeura interdit. Nom d'un petit bonhomme ! Si Mitchell et Hunter avaient eu une liaison, cela ne le regardait pas, que diable ! C'était de l'incendie et de lui seul qu'il devait se préoccuper.

— Dites-moi ce que vous avez vu.

— Au début, rien, reconnut Hunter. La fumée était trop épaisse. Toute noire. L'eau pulvérisée s'évaporait immédiatement. Elle nous retombait dessus en pluie. Nous avons poursuivi notre avance, fouillé les chambres, mais nous n'avons trouvé personne dans les lits. Finalement, nous nous sommes approchés de la cuisine.

Il ferma les yeux et ravala sa salive d'un mouvement convulsif avant de reprendre :

— Je lui ai presque marché dessus, Mia. Elle était…

— Ça va, David. Je sais que ce n'est pas beau à voir, même quand on a l'habitude. Dans quelle position était-elle couchée ?

— En position fœtale, répondit Hunter dans un souffle.

Mahoney ôta son casque, essuya la sueur sur son front.

— Les flammes étaient hautes, Reed, la ligne de

combustion à hauteur des yeux. Exactement comme l'autre. Et la cuisinière était écartée du mur.

— Et la corbeille à papier dans le séjour ? interrogea Reed.

— Une simple corbeille métallique remplie de papier journal.

— La jeune fille que nous avons retrouvée samedi était morte avant que le feu ne se déclare, dit Larry. C'est probablement encore ce qui s'est passé aujourd'hui.

— Merci, soupira Mahoney. Ça aide un peu. Vous n'avez plus besoin de nous ?

Reed regarda Mitchell.

— Vous avez terminé ?

— Oui. David… donne le bonjour à ta mère, dit-elle, bien qu'elle eût visiblement autre chose en tête.

— Je n'y manquerai pas, sourit Hunter. Tu te fais trop rare ces derniers temps !

Comme Mahoney et Hunter s'éloignaient, Reed desserra les mâchoires.

— Vous ne pouvez pas encore entrer, dit-il, irrité par la sécheresse de son propre ton. Vos bottes ne sont pas assez solides pour vous protéger les pieds.

Et il fit demi-tour en direction de son véhicule, Mitchell sur ses talons.

— Quand Jack et son équipe pourront-ils entrer dans la maison ?

— Pas avant une heure. Ben, Foster et moi irons en premier, mais allez-y, appelez Unger.

Il s'assit sur le hayon de son 4x4 pour changer de chaussures. Sa conversation téléphonique terminée, elle glissa son mobile dans sa poche et, les mains sur les hanches, l'observa. Le regard insistant de la jeune femme, combiné à la froideur de l'air et à sa propre mauvaise humeur, rendit ses doigts encore plus maladroits sur les fermoirs de ses bottes. Finalement, Mitchell lui donna une légère tape sur les mains et se chargea de mener à bien l'opération.

— Vous êtes toujours aussi têtu quand vous avez besoin d'aide ? gronda-t-elle.

— Et vous, vous êtes toujours aussi sensible à ce qu'éprouvent les autres ? riposta-t-il.

Il la vit redresser le menton d'un mouvement brusque, ses yeux s'étrécir. Glacials.

— Non. C'est d'ailleurs pourquoi les gens préfèrent traiter avec Abe, d'habitude. Mais comme Abe n'est pas là, vous êtes bien obligé de me supporter.

Elle laissa retomber ses mains et recula d'un pas.

— Voilà, vous êtes fin prêt, champion. Allez examiner la victime si ça ne vous dérange pas, puisqu'il paraît que je n'ai pas les chaussures appropriées.

— Ecoutez, je…, bredouilla-t-il, désarçonné par ses sarcasmes.

Quoi ? *Tu, quoi, Solliday ?*

— Merci.

Il s'empara de son équipement et se dirigea vers la maison.

— Demandez à quelqu'un de faire reculer la foule pendant que j'entre. Et appelez le légiste aussi.

— Entendu.

Mia le regarda pénétrer dans la maison de Penny Hill, sa torche électrique dans une main, son sac à malice dans l'autre. *Bravo !* Une fois de plus, elle avait marché sur les pieds de quelqu'un sans le vouloir. Ou plutôt sur ses doigts, en l'occurrence. *Occupe-toi de ton travail, Mia.*

Elle entraîna M. Wright à l'écart.

— Je suis l'inspecteur Mitchell. Vous connaissiez Mme Hill ?

Les épaules de l'homme s'affaissèrent d'un seul coup.

— Alors, c'est vrai, elle est morte ? Penny est morte ?

— J'en ai peur. Je suis désolée. Pouvez-vous me dire ce que vous avez vu exactement ?

— Je dormais, mais le crissement des pneus m'a

réveillé. J'ai couru à la fenêtre et j'ai vu la voiture de Penny descendre la rue en trombe. Une seconde après, sa maison a explosé.

— Avez-vous pu distinguer le conducteur, monsieur Wright ?

— Il faisait nuit, répondit-il en secouant la tête d'un air malheureux. Et c'est arrivé si vite… Je regrette.

Pas autant que Mia, certainement.

— Garait-elle sa voiture dans l'allée d'habitude ?

— Ces derniers temps, seulement. Comme sa fille a dû vider sa maison pour emménager dans un appartement, elle a entreposé ses affaires dans le garage de Penny.

— Vous connaissiez la fille de Mme Hill ?

— J'ai croisé Margaret une ou deux fois, il y a un mois. Elle vivait à Milwaukee. Je ne sais pas où elle habite maintenant. Penny a un fils à Cincinnati. Il s'appelle Mark.

— Saviez-vous où travaillait Mme Hill ?

— Elle était assistante sociale.

Quelque part dans le cerveau de Mia, un signal d'alarme se déclencha aussitôt. Les assistantes sociales faisaient des cibles toutes trouvées pour des représailles en bonne et due forme.

— Merci, dit-elle en glissant sa carte de visite dans la main glacée de l'homme. Si vous vous rappelez quoi que ce soit, appelez-moi.

Elle interrogea la foule des curieux, mais il semblait que seul le témoignage de M. Wright présentât un intérêt quelconque. Elle regagna le camion à l'arrière duquel les pompiers enroulaient leur tuyau. David Hunter était adossé au véhicule, les yeux clos, les traits tirés.

— Comment vas-tu, David ? murmura-t-elle.

Avec une extrême lassitude, il se tourna vers elle.

— Comment fais-tu pour le supporter ? demanda-t-il en guise de réponse.

— Comme tu y arriveras un jour. Petit à petit. Mais ça

ne se passera pas toujours ainsi dans ton métier. Et avec un peu de chance, dans le mien non plus.

Elle appuya son épaule valide contre le camion et leva les yeux vers David. Il mesurait quelques centimètres de plus que Solliday bien qu'il fût loin de posséder la même carrure. Et comme il ne portait ni barbe ni moustache, il n'avait pas cet air diabolique qui seyait si bien au lieutenant.

— Tu as vendu ton garage quand tu t'es engagé ?

— Non, j'ai embauché quelqu'un pour le gérer à ma place. J'y vais pendant mes jours de congé pour tripatouiller des moteurs ou donner un coup de main. Ton Alfa n'a pas besoin d'une révision ?

— Non, elle est toujours en parfait état depuis que tu t'en es chargé. Tu trouves à t'occuper, alors ?

— Ça m'a semblé être la meilleure chose à faire, répondit-il en la regardant droit dans les yeux.

David Hunter souffrait d'une grave blessure au cœur. Il y avait longtemps de cela, il était tombé follement amoureux de Dana. Or, l'amie de Mia, qui ne s'en était jamais rendu compte, s'était éprise d'un autre homme. Et à voir Dana et Ethan Buchanan ensemble, nul n'aurait eu l'idée de nier qu'ils étaient parfaitement assortis. Plus que n'importe qui, Mia se réjouissait du bonheur de son amie, mais la douleur profonde qu'elle lisait dans les yeux de David Hunter lui était toujours aussi insupportable.

— Tu as peut-être raison, David. A ta place, j'aurais fait la même chose.

— Je suppose que ça devrait me consoler, rétorqua-t-il avec un sourire amer. Puis, s'écartant du camion d'un coup d'épaule : Alors, que se passe-t-il, ici, Mia. Réellement ?

— Nous ne savons pas encore. Ecoute, as-tu déjà vu des incendies semblables à celui-ci ?

— Non, mais je ne suis ici que depuis trois mois. Tu devrais interroger Mahoney.

— Je le ferai. Et les feux de poubelle ? Combien en as-tu déjà vu ?

— Voyons… quelques-uns, sûrement, mais la plupart sont allumés par des gamins du primaire. Celui-ci n'a pas été déclenché par un gosse, affirma-t-il en tournant la tête vers la maison.

— La majorité des incendiaires ont moins de vingt-cinq ans, n'est-ce pas ? demanda-t-elle, le front soucieux.

— En effet. Mais ton ami Solliday pourrait répondre mieux que moi à ce genre de question.

Il n'est pas mon ami, riposta-t-elle intérieurement avec une vivacité qui la surprit. *Il est seulement temporaire.*

— Très bien, je lui demanderai. Pour l'instant, je dois m'entretenir avec Mahoney avant que vous ne repartiez.

Mardi 28 novembre, 1 h 35

Cette fois, les choses se sont déroulées beaucoup mieux, songea-t-il. Il jeta une pelletée de terre boueuse sur le côté. *C'est en forgeant qu'on devient forgeron.*

Il eut tôt fait de recouvrir le trou qu'il avait creusé pour y enterrer les preuves de son forfait. Le préservatif et les sacs en plastique ensanglantés resteraient là jusqu'à ce qu'il revienne pour les faire disparaître définitivement. Il aurait dû s'arrêter en chemin pour s'en débarrasser, sauf que, en proie à une incontrôlable paranoïa, il n'avait cessé de surveiller son rétroviseur.

Toutefois, ses précautions s'étaient avérées inutiles. Personne ne l'avait suivi. Personne ne l'avait vu. Il avait abandonné la voiture de Penny Hill, après avoir retiré les plaques minéralogiques et le numéro d'identification du véhicule, dans un endroit suffisamment isolé pour qu'on ne la retrouve pas avant longtemps. Il n'avait rien laissé de compromettant derrière lui, il en était sûr, mais on n'est jamais trop prudent. Un seul cheveu pouvait suffire à le faire condamner.

A condition, bien sûr, qu'ils l'attrapent d'abord. Et cela, ils n'y arriveraient jamais.

Il avait été prévoyant, habile, impitoyable.

Avec un rictus, il piétina le sol retourné. Penny Hill avait souffert. Il entendait encore ses gémissements. Malheureusement, le bâillon qu'il lui avait fourré dans la bouche avait étouffé ses plaintes, mais cela avait été un mal nécessaire. Toutefois, le morceau de chiffon n'avait pas masqué le regard vitreux de ses yeux au moment où il en avait terminé avec elle. Et elle avait compris la raison de sa souffrance. Ce qui rendait sa vengeance d'autant plus douce.

Il se figea brusquement, une main agrippée au manche de la pelle. *Nom d'un chien!* Il avait oublié la serviette. La sacoche de Penny Hill se trouvait toujours sur le siège arrière de sa voiture. Il se força à se calmer. Ce n'était pas grave. Il y retournerait dès que possible pour la récupérer. La voiture était si bien dissimulée que personne ne viendrait rôder autour.

Il leva les yeux vers le ciel étoilé. L'aube ne se lèverait pas avant plusieurs heures. Il avait le temps de dormir un peu avant de reprendre sa routine quotidienne.

Le garçon regardait par la fenêtre, le cœur au bord des lèvres. Une fois encore, *il* enterrait quelque chose. Il aurait fallu en parler à quelqu'un. Mais il avait trop peur. Tout ce qu'il pouvait faire, c'était d'observer tandis que l'homme recouvrait sa cachette de terre. Dans son imagination surgirent toutes sortes d'images de ce que l'homme venait d'enterrer, images toutes plus horribles les unes que les autres. Pour autant, la réalité de ce qu'il lui arriverait s'il le dénonçait était encore plus effroyable. De cela, le garçon n'avait aucun doute.

7

Mardi 28 novembre, 7 h 55

Elle avait l'air fatiguée. Reed le remarqua à la seconde où il s'arrêta sur le seuil du bureau paysager des Homicides, une paire de bottes de pompier dans une main, un carton contenant deux gobelets de café dans l'autre. Mitchell était calée sur son siège, plongée dans la lecture d'un épais dossier coincé sur ses jambes, ses chaussures au cuir éraflé posées sur son bureau.

Elle leva les yeux lorsqu'il laissa tomber les lourdes bottes sur le bureau et, avec un demi-sourire, dit :

— Ce n'est même pas encore Noël. Je suis très touchée, Solliday.

Il tendit la main et vit une expression de réelle gratitude illuminer son visage. Elle reposa le dossier sur son bureau et sortit l'un des gobelets en mousse de polystyrène du carton.

— Voilà qui devient intéressant !

— C'est du vrai café, précisa-t-il. Pas comme ce jus de chaussette infâme qui sort de votre cafetière.

— Ouais, mais voyez-vous, le taux de caféine contenu dans ce jus de chaussette suffit à nous tenir éveillés pendant des jours.

Elle le regarda avec lassitude, un sachet de lait dans une main.

— Voulez-vous que je mette du lait dans votre café, ou préférez-vous qu'on échange des grossièretés ?

— Je le bois tel quel, répondit-il avec un petit rire avant de jeter un coup d'œil sur le classeur posé devant elle. Ce sont les dossiers de Roger Burnette ?

— Pas les dossiers classés aux archives. Ceux-là, j'en ai fait la demande hier, mais on ne me les a pas encore apportés. Ce sont les notes personnelles de Burnette. Il m'attendait ici quand je suis arrivée ce matin. Il y a les noms, les adresses, les dates, tout ce qui concerne ceux à qui il a empoisonné la vie au cours des dernières années. Je crois que ça l'aide à se sentir utile.

— Et qu'avez-vous découvert ?

— Tous ceux qui figurent là-dedans ont de bonnes raisons de lui en vouloir.

— Donc, vous revenez à l'idée que Caitlin a été l'instrument d'une vengeance dirigée contre son père ?

Elle ajouta du lait dans sa tasse et referma le couvercle.

— Je ne sais pas. Ce que je sais, c'est que Penny Hill était assistante sociale. Elle a probablement retiré un grand nombre d'enfants à leurs familles au cours de toutes ces années, bouleversé pas mal de vies, en somme. Je crois qu'il serait intéressant de comparer les dossiers de Burnette avec ceux de Penny Hill. Pour voir si quelqu'un avait des motifs de les haïr tous les deux.

— Roger Burnette connaissait-il Penny Hill ?

— Non. C'est ce que j'espérais, mais il n'a jamais entendu parler d'elle, dit-elle en se remettant debout. C'est l'heure de notre réunion. J'ai demandé à Jack et au légiste de venir. J'ai aussi prié notre psychologue de passer. Il s'appelle Miles Westphalen. Je l'ai mis au courant. J'ai déjà travaillé avec lui. Il est très compétent.

Avant que Reed ait eu le temps de répondre, elle était déjà partie et lui faisait signe de la suivre dans le couloir. *Un psy*, maugréa-t-il en son for intérieur. *Il ne manquait plus que ça !*

Une grande table occupait le centre de la salle de réunion de Spinnelli. Le lieutenant était installé à une extrémité, flanqué de part et d'autre de Jack Unger de la police scientifique et de Sam Barrington du service médico-légal. A côté de Jack était assis un homme d'un certain âge. Ce devait être le psychologue.

Spinnelli scruta leurs visages et esquissa une grimace.

— Vous arrivez à dormir un tant soit peu, tous les deux ?

— Pas beaucoup, répondit Mitchell avant d'adresser un sourire chaleureux à Westphalen. Bonjour, Miles. Merci d'être venu. Je vous présente le lieutenant Solliday du BEI. Reed, voici le Dr Miles Westphalen.

Impassible, Reed serra la main du vieil homme. En règle générale, il détestait les psys. Il tenait en aversion cette manie qu'ils avaient d'essayer de lire en vous. Leur manière de tout transformer en interrogation. Et il haïssait tout particulièrement la façon dont ils rejetaient sur l'éducation la responsabilité des penchants au mal. Sa main à couper que Westphalen réussirait avant la fin de la réunion à leur présenter l'incendiaire comme une pauvre âme privée de père et affligée d'une mère abusive !

Westphalen se renversa dans son siège, un léger sourire amusé aux lèvres.

— Heureux de faire votre connaissance, lieutenant Solliday. Mais ne vous inquiétez pas, je n'essaierai pas de lire en vous. En tout cas, pas avant que j'aie bu mon premier café.

Les mâchoires de Reed se crispèrent, cependant que Mitchell prenait place à côté du psychologue.

— Laissez-le tranquille, Miles, le réprimanda-t-elle d'un air las. Il a eu une nuit difficile. Moi aussi, d'ailleurs. Asseyez-vous, Solliday, s'il vous plaît. Puis se tournant vers Barrington : Vous avez eu le temps de l'examiner ?

— J'ai juste pu jeter un coup d'œil rapide, répondit le légiste tandis que Reed s'asseyait près de Mitchell. Mais je suis prêt à parier que je vais trouver autre chose sur le corps que des traces d'essence. Les brûlures sont beaucoup plus profondes cette fois. Le feu a brûlé plus longtemps, du moins sur le corps de la victime.

— Justement, à propos de la victime, intervint Spinnelli. Qui est-ce ?

— Penelope Hill, quarante-sept ans, dit Mitchell. Elle a travaillé pour les services sociaux pendant vingt-cinq ans. Il y a eu un pot pour son départ à la retraite, hier soir. Je me suis renseignée auprès de l'une de mes vieilles amies aux Affaires sociales ce matin. Mme Hill était respectée et appréciée. Plusieurs articles élogieux ont même été écrits sur elle dans la presse, au sujet de son action en faveur de la collectivité.

— « Appréciée » est tout relatif, remarqua Westphalen. Par ses collègues, peut-être.

— Mais qu'en est-il des parents à qui elle a retiré les enfants ? poursuivit Mitchell à la place du psychologue. « Appréciée » n'est sûrement pas le mot qu'ils utiliseraient. C'est aussi ce que j'ai pensé, Miles.

— La fille d'un flic et une assistante sociale, réfléchit Spinnelli tout haut. Y a-t-il un lien ?

Elle secoua la tête.

— Burnette ne la connaissait pas. Nous aurons besoin d'une ordonnance du tribunal pour accéder aux dossiers de Hill afin de pouvoir les comparer avec ceux de Burnette. Mais les incendies eux-mêmes étaient semblables à bien des égards.

Spinnelli haussa les sourcils.

— Reed ?

Tous les yeux se tournèrent vers lui.

— Tous les deux se sont déclarés dans la cuisine. Dans les deux cas, le combustible primaire était le gaz naturel. Une traînée d'accélérant solide sur le mur a servi de prolongement chimique à la mèche. Le labo a analysé le produit incendiaire utilisé dans la maison des Dougherty. Il s'agit de nitrate d'ammonium mélangé à du pétrole et de la gomme de guar. Hautement inflammable. Je devrais recevoir les analyses du mélange employé dans la maison de Mme Hill avant la fin de la journée, mais je suis pratiquement sûr qu'elles révéleront des résultats identiques.

Spinnelli lissa sa moustache.

— Avons-nous affaire à un incendiaire professionnel ?

— Pas au sens traditionnel du terme. Les incendies volontaires qui ont le profit pour mobile sont d'habitude provoqués par les propriétaires eux-mêmes pour des questions d'assurance ou par des hommes de main qui leur rendent un service. Mais je n'ai pas l'impression que l'argent soit en cause ici. C'est personnel. Je veux dire, il ne s'est pas contenté d'allumer le feu. Il a fait exploser leurs maisons. Comment connaissait-il les victimes ? Nous ne le savons pas encore, mais le recours à l'explosion est une manière de crier à la face du monde : « Regardez-moi, regardez ce que je suis capable de faire ! »

— Et aussi « Regardez-les, regardez comment ils sont morts », ajouta Mitchell dans un murmure. C'est comme une flèche en néon clignotant. Un appel au secours ? hasarda-t-elle en regardant Westphalen.

Le psychologue haussa ses sourcils broussailleux.

— Plutôt un cri de rage.

Reed n'en crut pas ses oreilles. Il s'était attendu à ce que le psychologue déballe l'éternelle litanie de « l'appel au secours ». Encore une chose qu'il détestait chez les psys. Rien n'était la faute de personne. Si un meurtrier commettait un crime, c'était parce qu'il avait besoin d'aide. Foutaises ! Les criminels perpétraient des forfaits parce qu'ils en retiraient un bénéfice. Point barre. Quand on veut de l'aide, on demande gentiment, au lieu de faire quasiment exploser tout un quartier.

Spinnelli s'écarta de la table et s'approcha du tableau blanc :

— Récapitulons, dit-il en traçant deux colonnes qu'il intitula « Dougherty/Burnette » et « Hill ». Heure du crime ?

— Tous les deux vers minuit, répondit Reed. Les deux

résidences étaient situées dans des quartiers de classe moyenne. Dans les deux cas, des engins incendiaires équipés d'une mèche ont été utilisés.

— N'oubliez pas les corbeilles à papier, murmura Mitchell.

— Les deux fois, un foyer séparé a été allumé dans une poubelle à l'aide d'une cigarette sans filtre et de papier journal, ajouta Reed. Une cigarette sans filtre se consume jusqu'au bout et met le feu au papier. C'est un dispositif à retardement très simple mais très efficace.

Spinnelli en prit note sur le tableau puis se retourna :

— Voilà qui ressemble davantage à l'œuvre d'un novice.

— Cela a une signification, déclara Mitchell d'une voix posée. C'est… symbolique.

— Vous devez avoir raison. Quoi d'autre ? reprit Spinnelli. Sam ?

— Les deux corps ont été carbonisés au point de rendre toute identification visuelle impossible, proposa Barrington. Et comme je l'ai dit tout à l'heure, le degré de destruction du corps paraît beaucoup plus important chez la seconde victime.

— Mme Hill, souffla Mitchell. Elle s'appelait Penny Hill.

Quelque chose dans l'expression de son visage serra le cœur de Reed, tandis que le légiste se bornait à hausser ses sourcils blonds.

— Le tueur a utilisé une substance différente sur la seconde victime. Un produit qui n'a pas brûlé aussi rapidement.

— Voyez si vous trouvez des traces du mélange de nitrate, suggéra Reed. Je demanderai au labo de vous en faxer la formule chimique.

— Entendu. Et vous, inspecteur, trouvez-moi le dossier dentaire de la seconde victime. Je procéderai à l'identification formelle aussitôt que possible.

— D'accord, répondit Mitchell, impassible. Je m'en occupe dès aujourd'hui.

Barrington se leva.

— Si vous n'avez plus besoin de moi, j'ai encore beaucoup à faire.

— Appelez-nous si vous découvrez quelque chose, demanda Spinnelli comme le légiste prenait congé.

Un instant, Mitchell fixa la porte que le médecin venait de refermer, puis lentement posa sa main à plat sur sa cuisse. Lorsqu'elle reprit la parole, sa voix était calme.

— Marc, le corps de Caitlin Burnette a été calciné à l'aide d'essence. Celui de Penny Hill, avec quelque chose de plus… brûlant.

— Peut-être pas plus brûlant, précisa Reed. Juste une substance qui ne brûle pas aussi rapidement.

Agacée, elle haussa les épaules.

— Peu importe. Ce que je voulais faire remarquer, c'est qu'il y a eu un changement. Il a peut-être perfectionné son M.O.

Les pointes de la moustache de Spinnelli retombèrent.

— Voilà une hypothèse qui semble plausible. Quelles différences avez-vous notées ?

— Dans la première maison, il a installé deux dispositifs incendiaires, dit Reed. Un dans la cuisine et un dans la chambre de maître. Dans l'autre maison, il n'a rien placé dans la chambre.

— Pourquoi ? interrogea Spinnelli, intrigué.

— Une rage particulière à l'encontre des Dougherty, peut-être, hasarda Westphalen. C'était leur lit.

— Ou alors il a décidé qu'il aurait son content d'explosion avec un seul dispositif et qu'il était inutile d'en risquer un second, objecta Reed. C'est une erreur courante chez les pyromanes débutants d'abuser des engins incendiaires. Ils s'imaginent que cinq valent mieux qu'un. Cependant, si l'un des cinq n'explose pas, il constitue un indice. Plus notre homme perfectionne sa technique, plus il la simplifie. Nous demanderons aux Dougherty s'ils se connaissent des ennemis. Ils m'ont appelé ce matin, ajouta-t-il à l'adresse de Mitchell. Je leur ai dit que nous les retrouverions à leur maison à partir de 9 heures.

— Parfait, dit-elle d'un air toutefois soucieux. Miles, si les Dougherty étaient la cible, je suis d'accord avec votre supposition. Mais si c'était Caitlin la victime désignée, pourquoi avoir mis le feu au lit de la chambre de maître ? Caitlin étudiait dans la chambre d'amis. A quoi cela lui a-t-il servi d'incendier un lit qu'elle n'avait jamais touché ?

— C'est une bonne question, concéda le psychologue. Vous devriez interroger les Dougherty.

— Quelles sont les autres différences ? voulut savoir Spinnelli.

— Il a laissé la voiture de Caitlin dans le garage et s'est servi de celle de Penny pour prendre la fuite, remarqua Reed.

— Je n'ai pas l'impression qu'il s'agisse d'une amélioration, observa Westphalen.

Spinnelli gribouilla sur le tableau.

— Jack ?

— Nous avons relevé des éclaboussures de sang sur le tapis chez les Dougherty. Ben Trammell a aussi trouvé ce qui pourrait être un bouton métallique du blue-jean de Caitlin. Il était dans le vestibule, dans une fente contre l'escalier. Nous n'avons découvert aucune trace de son blue-jean dans le vestibule, mais il se peut qu'il ait brûlé. Dans ce cas, nous devrions en dénicher quelques fibres dans les cendres.

— Et l'essence ? demanda Mitchell.

— Aucune trace sur le tapis. Seulement dans la cuisine, autour de l'endroit où l'on a retrouvé le corps.

— Ce qui voudrait dire qu'il l'a violée dans le vestibule, l'a abattue, puis l'a traînée jusque dans la cuisine où il l'a aspergée d'essence. Quelle ordure ! siffla Mia, les dents serrées.

— La famille de Penny Hill a-t-elle été informée ? s'enquit Spinnelli.

— Pas encore, répondit-elle. J'ai appelé tous les Mark

Hill de Cincinnati, mais aucun d'entre eux n'a de lien de parenté avec Penny. Le service du personnel des services sociaux ouvre ses bureaux dans une demi-heure. Je leur demanderai les coordonnées de la famille Hill.

Spinnelli se rassit.

— Miles, pouvez-vous nous fournir un profil psychologique du criminel, ou du moins quelques éléments pour commencer ?

Westphalen lança un regard prudent vers Reed.

— Le lieutenant Solliday a certainement une meilleure connaissance des incendiaires que moi, avança-t-il.

Mais, Reed, intéressé par ce qu'il avait à dire, lui enjoignit d'un geste de continuer.

— Allez-y, je vous en prie.

Le psychologue ôta ses lunettes dont il essuya les verres à l'aide de son mouchoir.

— Environ vingt-cinq pour cent des pyromanes sont âgés de moins de quatorze ans et allument des feux pour s'amuser ou par compulsion. Je ne pense pas que ce soit le cas ici. Vingt-cinq pour cent ont entre quinze et dix-huit ans. Je refuse de croire qu'un adolescent ait commis de tels actes, bien que nous sachions tous qu'ils en sont capables. Les incendiaires ont rarement plus de trente ans. Auquel cas, il s'agit des hommes de main dont nous a parlé le lieutenant — leur mobile est purement pécuniaire. Les incendiaires adultes qui n'agissent pas pour de l'argent sont presque tous poussés par un désir de vengeance. La plupart sont des Blancs, pratiquement tous des hommes. Je gagerais que celui-ci a un casier.

— Nous n'avons trouvé aucune empreinte, dit Unger. Il n'a rien laissé. Nous n'avons aucune piste pour remonter jusqu'à lui ou à son casier.

— Quand il laissera des indices derrière lui, reprit le psychologue, je parie qu'ils vous mèneront tout droit à quelqu'un qui a déjà eu affaire à la justice. Le fait qu'il se soit enfui de la maison de Mme Hill quelques secondes seulement avant l'explosion indique soit qu'il a mal calculé le temps nécessaire pour prendre la fuite, soit qu'il l'a très bien planifié au contraire et qu'il éprouve le besoin de prendre des risques.

— Un amateur de sensations fortes, observa Mitchell.

— Peut-être, approuva Westphalen. Les pyromanes ont en général eu une enfance chaotique. Père absent, maltraitance émotionnelle de la part de la mère…

Reed serra les dents. Voilà, on y arrivait ! Il s'y attendait depuis le début ! Il était tout bonnement impossible à un psychologue de ne pas accuser l'éducation de tous les maux de la terre. Croisant le regard de Westphalen, Reed devina que le psy avait perçu son agacement. Pour autant, le vieil homme se contenta de poursuivre d'une voix douce :

— Dans de nombreux cas, l'incendie volontaire constitue un tremplin vers des crimes sexuels. J'ai traité nombre de prédateurs sexuels qui ont commencé par allumer des incendies en guise de satisfaction érotique. Quand le feu ne leur suffit plus, ils passent au viol.

— Cela ne vous surprend donc pas que ce type viole et mette le feu à des maisons, conclut Mitchell.

Westphalen remit ses lunettes.

— Non, pas du tout. Ce qui m'étonne, c'est qu'il ne soit pas demeuré sur place pour contempler son œuvre. Il déclenche une formidable fournaise et il ne reste même pas pour assister au spectacle !

— Je me suis fait la même réflexion, convint Reed, dissimulant son irritation. J'ai surveillé la foule des badauds hier soir et je n'ai remarqué personne qui ait été présent lors de l'incendie chez les Dougherty. Dans les deux cas, tous les curieux qui sont sortis pour regarder le sinistre étaient des résidents du quartier.

— Bon, quoi d'autre ? demanda Spinnelli.

— J'ai analysé les échantillons que nous avons prélevés chez Mme Hill hier soir, dit Unger. Je ne compte pas trouver grand-chose dans la cuisine, mais nous avons ratissé la partie avant de la maison qui a été moins endommagée. Je vais y retourner ce matin avec une équipe pour examiner les lieux à la lumière du jour. S'il a laissé un seul cheveu qui n'ait pas brûlé, nous le trouverons. Puis-je emmener Ben Trammell, Reed ? Il nous a été d'un grand secours hier.

— Bien sûr.

— Nous allons interroger les Dougherty, dit Mitchell à l'adresse de Reed. Et je voudrais également me rendre de nouveau chez Mme Hill.

— Il faut aussi que nous retournions à l'université. Nous devons savoir si quelqu'un était au courant de l'endroit où se trouvait Caitlin ou si une personne étrangère au campus a été repérée dans le coin.

— Ensuite, nous irons à la salle d'arcade vérifier l'alibi de Joel Rebinowitz, poursuivit Mitchell. J'y suis passée en rentrant de chez Penny Hill hier soir, mais c'était fermé. Ils rouvrent à midi. Nous avons besoin d'un mandat pour obtenir les dossiers de Penny et il me faut aussi ceux de Burnette. Pouvez-vous envoyer Stacy les chercher ? demanda-t-elle à Spinnelli.

Celui-ci griffonna une note sur son calepin.

— Je m'occupe du mandat. Jusqu'à quelle date voulez-vous que Stacy remonte dans les dossiers ?

— Qu'en pensez-vous, Miles ? interrogea-t-elle. Un an ?

Le vieil homme haussa les épaules.

— Ça devrait suffire, pour commencer. Je ne sais pas, Mia.

— Moi non plus, se rembrunit-elle. En revenant, nous passerons aux services sociaux pour demander les dossiers de Penny Hill. Nous les examinerons à la loupe jusqu'à ce que nous découvrions un rapport entre les deux affaires.

— Reed, avez-vous effectué une recherche informatique sur des incendies similaires dans les bases de données ? demanda Spinnelli.

— J'ai interrogé la BATS dimanche matin et de nouveau ce matin avant de venir. La BATS est une banque de données sur les explosions et incendies volontaires, établie par le Bureau des alcools, tabacs, armes à feu et explosifs, précisa-t-il en réponse à la mine perplexe de Mitchell. J'ai trouvé quantité d'entrées relatives aux accélérants solides, mais principalement dans les cas d'incendies d'immeubles commerciaux. Je n'ai rien obtenu en ajoutant les meurtres comme critère de recherche. Par contre, j'ai eu des milliers de réponses en interrogeant la base sur les feux de poubelle. J'ai mis au point une recherche informatique qui s'effectuera automatiquement plusieurs fois par jour au cas où notre homme répéterait son scénario quelque part. Nous verrons ce que ça donne.

Spinnelli fronça les sourcils.

— Si je comprends bien, pour l'instant notre seule chance consiste à établir un lien entre nos propres affaires. Tenez-moi au courant avant de partir, Mia. Bonne chance.

Et sur ces mots, il quitta la pièce en compagnie d'Unger, tandis que Westphalen, tripotant sa cravate, tardait à prendre congé.

— Vous ne croyez pas à l'influence du milieu familial sur les criminels, dit-il d'une voix douce.

Reed détestait cette voix « douce » des psys. Elle lui faisait l'effet d'un clou griffant un tableau noir.

— Je pense que c'est la formule miracle dont aime se servir la société, rétorqua-t-il, sans douceur quant à lui. Tout le monde a des problèmes, docteur. Certains se voient distribuer de plus mauvaises cartes que d'autres. Dommage ! Il y en a qui essaient de s'en sortir et deviennent des citoyens utiles à la société. Et d'autres non. C'est aussi simple que cela.

Mitchell le considéra avec curiosité de son regard bleu, mais ne souffla mot. Westphalen enfila son manteau.

— Vous avez des idées bien arrêtées sur la question.

— Parfaitement, riposta Reed, conscient du ton cassant de sa réplique et ne s'en souciant pas le moins du monde.

Les psys recouraient souvent à ce genre de stratagèmes

pour extorquer des informations que la plupart des personnes sensées préféreraient garder secrètes, Reed ne l'ignorait pas.

— Il faudra que nous ayons une conversation un de ces jours, suggéra Westphalen, une pointe d'amusement dans la voix. Puis, se tournant vers Mitchell, il ajouta avec un chaleureux sourire : Je suis heureux de vous revoir parmi nous, Mia. Sans vous, ce n'était pas pareil ici. N'allez pas vous faire tirer dessus encore une fois, d'accord ?

— Je ferai tout mon possible, Miles, sourit-elle, sans chercher à masquer son affection pour le vieil homme. Mes amitiés à votre dame.

Une fois le psychologue parti, Reed s'attendit à ce qu'elle exige de savoir pourquoi il s'était montré si brusque envers Westphalen. Mais elle se contenta de rassembler ses notes.

— Vous êtes prêt, Solliday ? demanda-t-elle. Plus vite nous aurons parlé avec les Dougherty et inspecté la maison de Penny Hill, plus vite nous pourrons consulter les dossiers. Ce qui, je dois avouer, est ce que je préfère dans ce métier, ajouta-t-elle d'un ton goguenard.

— Je croyais que c'était de menacer les jeunes freluquets agressifs de les enfermer avec des malabars nommés Bubba.

Elle éclata de rire et Reed sentit son moral remonter quelque peu, toute mauvaise humeur provoquée par les paroles du psy envolée.

— Pas mal, Solliday ! Vous y avez même ajouté une note poétique. Pas mal du tout. Arrêtons-nous à un drive-in en allant chez les Dougherty. Je meurs de faim.

Mardi 28 novembre, 8 h 45

Les yeux plissés, il parcourut la première page du journal. Waouh ! les journalistes n'avaient pas perdu de temps. Il n'avait pas espéré voir l'article publié avant le lendemain. Et le voilà qui faisait la une du *Bulletin* — LE MEURTRIER PYROMANE COURT TOUJOURS.

Je ne cours pas sans arrêt, se dit-il en souriant de sa propre plaisanterie.

Ils avaient d'emblée révélé le nom de la victime. Pas de ces foutaises du genre « l'identité de la victime ne pourra être divulguée avant que la famille ne soit informée ». Il poursuivit sa lecture et soudain se renfrogna. Quelqu'un l'avait vu s'enfuir au volant de la voiture. Tant pis ! De toute façon, avec son passe-montagne, il était impossible à quiconque de le reconnaître. Et cela n'avait aucune importance s'ils avaient distingué le numéro d'immatriculation du véhicule — c'était celui de Penny Hill.

« La victime, Penny Hill, était âgée de quarante-sept ans. » Humm ! Elle était plutôt bien conservée pour une vieille. Enfin, elle l'avait été. De nouveau, il émit un ricanement. A l'heure qu'il était, elle ressemblait davantage à un Chamallow cramé.

Tout au moins était-ce ainsi qu'il se l'imaginait. Ce qu'il aurait vraiment voulu, c'était contempler le corps. Voir la maison, les ravages qu'il avait causés. Mais tant que la justice s'intéressait à l'affaire, il devait se montrer prudent. Ainsi donc, qui s'était lancé à ses trousses ? Il parcourut rapidement l'article. Le lieutenant Reed Solliday du BEI. Un officier. Ils avaient envoyé un gradé à sa poursuite. Pas l'un de ces fichus agents du FBI débutants. *Parfait !* Ce Solliday était un officier émérite. Et médaillé, par-dessus le marché ! Il se révélerait un adversaire à la hauteur. Ce qui signifiait qu'il lui faudrait mettre un soin tout particulier à ne laisser aucun indice derrière lui pour le bon lieutenant et son équipier. Au fait, qui était son équipier ?

Ses lèvres se retroussèrent en un sourire méprisant. L'inspecteur Mia Mitchell. Une femme ! Ils avaient réellement chargé une femme de l'arrêter ?

Ils m'attraperont quand les poules auront des dents. Néanmoins, il n'était pas question de laisser un excès de confiance en soi provoquer sa chute. Il continuerait à planifier ses actions et à les mettre en œuvre comme s'il était pourchassé par deux hommes compétents. Ce qui ne l'empêcherait pas de dormir pour autant.

Il arracha la page du journal et lut une dernière fois l'article. On citait le nom de Caitlin. Il n'y avait pas prêté attention à la première lecture, impatient comme il l'était de voir imprimé le nom de Penny Hill. « La victime du premier incendie s'appelait Caitlin Burnette, dix-neuf ans, fille du sergent Roger Burnette… » Son cœur fit un bond. « Officier de la police de Chicago depuis vingt ans. »

Nom d'un chien! Il avait tué la fille d'un *flic*. Mais aussi, qu'avait-elle à faire là-bas cette fille de *flic*? Furieux, il rangea l'article dans son livre, avec celui du *Chicago Tribune* de la veille qui relatait l'incendie chez les Dougherty et celui de la *Gazette* de Springdale du vendredi précédent au sujet du sinistre de Thanksgiving. *Bon sang!* A présent, la police le traquerait comme un animal. D'un geste rageur, il fourra toutes ses affaires dans son sac. Vacherie! Ça *craignait* vraiment.

Il se dirigea vers la porte, le cœur battant à tout rompre tandis que la peur le gagnait peu à peu. *Il faut que j'arrête tout.*

Puis il se ravisa. *Non.* Il n'abandonnerait pas, c'était impossible. C'était pour son propre avenir qu'il agissait ainsi. *La rage doit disparaître, tu te souviens ? Tu ne peux pas renoncer avant d'avoir terminé. Sinon, ce serait comme ne pas aller jusqu'au bout de son traitement antibiotique. La prochaine fois, le mal serait encore pire, plus fort, plus violent.* La prochaine fois, il risquerait de perdre les pédales et de se faire pincer. Pour l'heure, il maîtrisait la situation. Il avait gardé son sang-froid la veille au soir, et il en serait toujours ainsi. Il était en pleine possession de ses moyens, capable de réfléchir et d'agir avec discernement.

Non, pas question de renoncer à ce qu'il avait entrepris. Pas avant d'en avoir terminé. Il lui faudrait se montrer rapide pour ne pas se faire attraper. Il serait forcé d'atteindre à la perfection. Mais pour l'instant, il devait surtout ne pas se mettre en retard. On l'attendait.

Mardi 28 novembre, 9 h 05

Mia repliait l'emballage du sandwich de son petit déjeuner lorsqu'ils s'arrêtèrent devant ce qui avait été la demeure des Dougherty. Debout sur le trottoir, un couple d'âge moyen regardait avec horreur la maison calcinée.

— Ce doit être eux, chuchota Mia.

— Vous avez sûrement raison, soupira Solliday. Allons-y.

Comme ils s'approchaient, M. Dougherty se retourna.

— Vous êtes le lieutenant Solliday ?

— En effet, répondit celui-ci en lui serrant la main. Je vous présente l'inspecteur Mitchell.

Le couple échangea un regard inquiet.

— Je ne comprends pas, dit Dougherty.

— J'appartiens à la brigade des Homicides, expliqua Mia. Caitlin Burnette a été assassinée avant le déclenchement de l'incendie.

La main plaquée sur sa bouche, Mme Dougherty laissa échapper un cri étranglé.

— Oh, mon Dieu !

Horrifié, son mari l'entoura de son bras.

— Ses parents sont-ils au courant ?

— Oui, répondit Mia, on les a prévenus hier.

— Nous avons conscience que c'est un moment difficile, commença Solliday, mais nous avons quelques questions à vous poser.

— Attendez, l'interrompit Dougherty en secouant la tête comme pour remettre ses idées en place. Vous avez dit que l'incendie a été *déclenché*, inspecteur ? Il s'agirait d'un incendie *volontaire* ?

Solliday hocha la tête.

— Nous avons découvert un dispositif incendiaire dans la cuisine et un autre dans votre chambre.

M. Dougherty s'éclaircit la voix.

— Je sais que cela risque d'apparaître comme de l'insensibilité, et je vous assure que nous ferons tout ce qui est en notre pouvoir pour vous aider… Mais que devons-nous faire maintenant ? Pouvons-nous contacter notre compagnie d'assurances ? Nous n'avons nulle part où habiter.

A son côté, Mme Dougherty hoqueta convulsivement.

— Reste-t-il quoi que ce soit de notre maison ?

— Pas grand-chose, convint Solliday. Vous pouvez appeler votre assurance. Mais sachez qu'ils vont effectuer une enquête.

Mme Dougherty ravala sa salive.

— Sommes-nous considérés comme suspects ?

— Nous ferons en sorte de vous rayer de la liste des suspects le plus tôt possible, intervint Mia calmement.

— Quand pourrons-nous aller voir ce qu'il y a de récupérable dans la maison ? demanda M. Dougherty.

— Nos photos de mariage…

La voix de Mme Dougherty s'étrangla, de nouveau ses yeux se remplirent de larmes.

— Je suis désolée, se reprit-elle. Je sais que Caitlin est… Mais Joe, il ne nous reste rien !

Dougherty posa sa joue sur le sommet de la tête de sa femme.

— Tout ira bien, Donna. Nous nous en remettrons, comme nous l'avons toujours fait. Je suppose que la compagnie d'assurances ou vous-même vous allez examiner notre situation financière.

— C'est la procédure, confirma Solliday. Si vous avez des révélations à nous faire, c'est le moment, monsieur Dougherty.

— Nous avons été poursuivis en justice, il y a cinq ans. Un client a fait une chute dans notre quincaillerie, expliqua Dougherty, avec un rictus amer. Le jury a statué en faveur du plaignant. Nous avons tout perdu.

— Il nous a fallu cinq années pour nous relever, ajouta Mme Dougherty d'un ton las.

— Quand mon père a pris sa retraite, il nous a vendu sa maison à bas prix, poursuivit Dougherty en contemplant les décombres de sa demeure. Nous repartions de zéro. Nous avions pris quelques jours de vacances pour la première fois depuis des années. Et voilà ce qui arrive ! Nous avions souscrit le contrat d'assurance minimum. Juste ce qu'il fallait pour être couverts. Nous n'avions aucune raison financière de détruire notre propre demeure.

— Où travaillez-vous à présent, monsieur Dougherty ? voulut savoir Solliday.

— Dans un grand magasin de bricolage. Je suis responsable du rayon des écrous et des boulons. Mon patron est un gamin qui a la moitié de mon âge. Mon épouse est secrétaire. Elle fait aussi des travaux de couture à domicile pour nous permettre de joindre les deux bouts. Nous ne sommes pas riches, mais nous n'avons pas fait cela.

— Monsieur Dougherty, dit Mia avec douceur en croisant le regard de l'homme qui ne cilla pas, pensez-vous que quelqu'un vous en veuille particulièrement, à vous et à votre femme ?

— A part le dingue qui nous a fait procès ? Non, je ne vois pas. Nous ne nous mêlons pas des affaires des autres.

— Les voisins disent que vous avez changé les serrures de toutes les portes, remarqua Solliday, indéchiffrable.

— C'est Emily Richter, je parie ! s'emporta Dougherty. Une fouineuse comme il n'est pas permis ! Mes parents lui demandaient toujours de surveiller la maison en leur absence. Mais je ne voulais pas d'elle chez moi.

— Elle aurait fouillé dans nos affaires, expliqua Mme Dougherty. Et ensuite, elle aurait raconté à tout le monde nos ennuis financiers. Elle était folle de rage quand nous avons acquis la maison pour trois fois rien.

Mia sortit son calepin.

— Qui était le cinglé qui vous a poursuivi en justice ?

M. Dougherty jeta un coup d'œil par-dessus la couverture de son calepin.

— Reggie Fagin. Pourquoi ?

— Question de routine, sourit-elle. Il se peut que ça me fasse gagner du temps plus tard.

— Vous ne nous avez toujours pas dit quand nous pourrons retourner dans la maison ?

— Nous vous préviendrons dès que possible, leur promit Mia, se gardant toutefois de leur donner une réponse définitive.

Ils avaient sans conteste l'air de braves gens ; pour autant, cela ne l'empêcherait pas de se renseigner sur eux.

— Y a-t-il des objets de valeur que vous aimeriez récupérer en attendant ?

— Mon album de mariage, dit Mme Dougherty. A part ça, je ne vois rien d'autre pour l'instant.

Le visage de M. Dougherty changea brusquement.

— Hum… Nous avons un revolver à l'étage, dans le tiroir du chevet. J'ai un permis de détention, se hâta-t-il d'ajouter, sur la défensive.

Solliday afficha sa surprise.

— Je n'ai trouvé aucun permis à votre nom.

Mia leva les yeux vers lui, étonnée qu'il ait vérifié ce point.

— La déclaration a été faite sous mon nom de jeune fille — Lawrence, précisa Mme Dougherty. J'ai acheté le revolver avant notre mariage. Ce n'est qu'un calibre 22, mais je n'aimerais pas qu'il tombe en de mauvaises mains.

— Excusez-nous un instant, dit Mia en invitant d'un signe de tête Solliday à la suivre.

— Non, je n'ai pas trouvé de revolver, chuchota-t-il sans lui laisser le temps de poser la question. Pourtant, j'ai bien regardé dans le tiroir de la table de nuit.

— Alors, c'est que notre homme avait apporté son propre pistolet et a ensuite découvert celui des Dougherty.

— Ou bien Caitlin l'a trouvé quand elle était là-haut et il s'en est emparé pendant la bagarre. Il se peut qu'il soit venu sans arme. Et dans ce cas, nous retournons à l'hypothèse de l'accident. Caitlin s'est trouvée au mauvais endroit, au mauvais moment.

— Voilà qui complique tout, grommela-t-elle.

Ils rejoignirent le couple qui les attendait.

— Nous n'avons pas trouvé votre revolver, dit Mia. Nous ferons une déclaration de vol en votre nom.

Les deux époux échangèrent un regard puis fixèrent sur Mia et Solliday des yeux emplis d'effroi.

— Caitlin a-t-elle été tuée avec notre arme ? demanda Dougherty d'une voix sourde.

— Nous ne savons pas, répondit Solliday. Le revolver était-il chargé ?

Dougherty hocha la tête, hébété.

— Oui, mais j'avais mis le cran de sûreté. Je ne m'en suis jamais servi en dehors des stands de tir, et c'était il y a des années.

— Connaissiez-vous une femme du nom de Penny Hill ?

Ils secouèrent la tête.

— Je regrette, ce nom ne me dit rien. Pourquoi ?

— Question de routine, répondit Mia avec un sourire rassurant. Ça pourrait me servir plus tard.

— Je vais voir si je trouve votre album de mariage, proposa Solliday. Y a-t-il autre chose que vous vouliez récupérer ?

— Je sais que c'est horrible à dire, avec Caitlin et tout ça…

Une expression d'inquiétude et de honte mêlées passa sur le visage de Mme Dougherty.

— Mon chat, Percy, se trouvait dans la maison. C'est un persan blanc. Est-ce qu'il est… Vous l'avez trouvé ?

Une lueur de compassion brilla dans les yeux de Solliday.

— Non, m'dame. Mais si nous le retrouvons, nous vous tiendrons au courant. Je reviens tout de suite, inspecteur.

— Où allez-vous loger ? demanda Mia en se tournant vers le couple.

— Pour l'instant, nous sommes au Beacon Inn, répondit Dougherty, avant d'ajouter avec un sourire sans joie : Je suppose que nous ne devons pas quitter la ville.

— Il serait en effet plus facile pour nous si le lieutenant ou moi-même pouvions vous joindre en cas de besoin, acquiesça Mia d'une voix égale. Voici ma carte. Appelez-moi si un détail vous revenait.

— Inspecteur, hésita Mme Dougherty. Les Burnette… Ellen est une de mes amies. Comment vont-ils ?

— Comme on peut s'y attendre, étant donné les circonstances.

— Je n'imagine même pas, murmura-t-elle.

En silence, ils attendirent le retour de Solliday. Plusieurs minutes s'écoulèrent, Mia se renfrogna. Il aurait dû revenir depuis longtemps. Il avait lui-même souligné le danger que présentait la charpente endommagée. Elle n'avait perçu aucun bruit indiquant que le toit s'était écroulé, mais tout de même…

— Excusez-moi, dit-elle avant de s'éloigner en direction de la maison.

Arrivée au milieu de l'allée, elle se figea, les yeux écarquillés, cependant que Solliday surgissait de derrière la maison.

— Bonté divine ! Qu'est-ce que c'est que ça ?

Tenant un paquet immonde à bout de bras, Solliday esquissa une grimace.

— Quelque part, sous cette couche de crasse, il y a un persan blanc. Il était recroquevillé dans un tas de boue, contre la porte de derrière.

Amusée par son expression de dégoût, Mia le gratifia d'un sourire.

— C'est très gentil de votre part.

— Au contraire ! Je suis méchant, odieux. Prenez-le ! Il pue.

— Pas question ! s'esclaffa-t-elle. Je suis allergique aux chats crottés.

— Mes chaussures aussi sont toutes crottées, se lamenta-t-il.

Elle éclata de rire, puis rejoignit les Dougherty.

— Il semble que l'on ait retrouvé le chat prodigue, annonça-t-elle à Mme Dougherty qui accourait, le visage illuminé d'espoir. Mais pour l'instant, il constitue une pièce à conviction.

— Pardon ? se récria le couple en chœur.

Maussade, Solliday tenait le chat aussi loin que possible de son trench-coat.

Le visage de Mia redevint grave.

— Le coupable, quel qu'il soit, l'a laissé sortir, ou alors Percy s'est glissé au-dehors pendant qu'il s'introduisait dans la maison ou qu'il en repartait. Nous allons l'emmener, lui donner un bain et l'examiner sous toutes les coutures. Avec un peu de chance, nous trouverons des indices. Sinon, nous vous le renverrons dès que possible.

— Il doit avoir faim, dit Mme Dougherty en se mordant la lèvre.

— On lui donnera à manger. N'est-ce pas, lieutenant ?

Dans les yeux de Solliday qui s'étrécirent, Mia lut la promesse d'une vengeance terrible.

— Bien sûr, grogna-t-il en tendant un album à la couverture capitonnée qui avait jadis été blanche.

— Vos photos de mariage ont été pas mal abîmées par l'eau, mais un bon restaurateur devrait pouvoir en sauver quelques-unes.

— Merci, lieutenant, soupira Mme Dougherty d'une voix tremblante.

La mine boudeuse de Solliday se radoucit.

— De rien. Voyez si vous pouvez me dénicher un panier pour Percy. Je ne voudrais pas qu'il salisse ma voiture.

*
* *

Mardi 28 novembre, 9 h 25

Thad Lewin avait réintégré la classe. Appuyée contre son bureau, Brooke regarda ses élèves gagner leur place. Mike tira sa chaise derrière lui pour aller s'installer au dernier rang, Jeff se renversa paresseusement sur son siège. Quant à Manny, il demeurait silencieux. Mais c'était surtout Thad qu'elle observait. Quelque chose avait changé dans ce garçon d'ordinaire timide. Tête basse, il avança en traînant les pieds, se laissa tomber mollement sur sa chaise. Brooke tiqua. L'image qui prenait forme dans son esprit ne lui plaisait pas du tout, loin de là. Elle jeta un coup d'œil à Jeff, lequel, avec un sourire en coin, affichait une telle expression de cruauté amusée qu'elle sentit son sang se glacer.

— 'Jour, m'dame, dit-il d'une voix traînante. On dirait que la bande est de nouveau au complet.

Sans se laisser démonter, elle le défia du regard en silence. Il baissa alors les yeux sur ses seins. *Que Dieu nous vienne en aide, le jour où il sortira !* C'était une sorte de litanie que tous les professeurs, hommes et femmes, se récitaient fréquemment. Elle se remémora ce que lui avait dit Devin, la veille au soir, à savoir que Jeff commettrait de nouveaux délits et se retrouverait en prison moins d'un mois après avoir quitté le Centre.

Elle n'avait aucune envie d'être la victime de ses méfaits.

— Ouvrez vos livres, ordonna-t-elle. Aujourd'hui, nous allons aborder le chapitre trois.

8

Mardi 28 novembre, 9 h 45

Reed se réjouit d'avoir au moins pu se laver les mains. Il sortit des toilettes pour hommes du magasin, la mine encore quelque peu boudeuse devant l'état de ses chaussures. Il aurait dû les changer avant d'entrer dans cette maison. Voilà pourquoi il en gardait toujours plusieurs paires à l'arrière de son véhicule !

Saleté de chat ! Couvert de boue — ainsi que d'un certain nombre d'autres substances qu'il valait mieux ne pas identifier —, l'animal était à présent enfermé dans un panier sur les genoux de Mitchell. De l'endroit où il se trouvait, Reed distinguait la jeune femme, ses coudes posés sur le panier, le visage attentif, tandis qu'elle parlait dans son téléphone mobile. Au moment où il était parti se laver les mains, elle appelait les services sociaux pour obtenir les noms des proches de Penny Hill et on l'avait mise en attente. Maintenant, son visage avait changé, s'était radouci, empreint d'un chagrin sincère. Elle était en train de prévenir le fils de Mme Hill, à cinq cents kilomètres de là. Et elle avait affiché la même expression lorsqu'elle avait informé les Burnette en personne.

La famille Hill ne représentait pas seulement une note dans le calepin de Mia Mitchell. Elle avait insisté pour appeler Penny Hill par son nom, au lieu de parler d'elle comme de « la victime ». Elle se sentait concernée. Et cela, Reed lui en savait gré.

Il bâilla à se décrocher la mâchoire. Après une nuit blanche, c'était la perspective d'un après-midi entier à déchiffrer des dossiers imprimés en caractères minuscules qui s'offrait à lui. Un gobelet de café dans chaque main, il se dirigeait vers la caisse lorsqu'il s'immobilisa, les yeux rivés sur la pile de journaux à ses pieds.

— Ce sera tout ? s'enquit le caissier.

Reed releva la tête, puis la baissa de nouveau.

— Les cafés et un journal, s'il vous plaît.

Au moment où il sortit du magasin, Mia avait terminé sa conversation téléphonique et regardait fixement devant elle. Il cogna à la vitre. D'un geste vif, elle l'ouvrit et lui prit les cafés des mains.

— Qu'est-ce que c'est ? demanda-t-elle en désignant le journal du menton.

— Votre amie, Carmichael, elle vous a suivie hier soir.

— Sale vipère ! s'exclama-t-elle en lisant rapidement la page. Ce n'est pas la première fois qu'elle s'accroche à mes basques jusqu'à une scène de crime. Comme si elle avait un radar dans la tête, ou quelque chose comme ça ! Je me demande s'il lui arrive parfois de dormir, à cette fichue bonne femme !

— Et moi, je me demande où elle se cachait. Je surveillais la foule, j'aurais dû m'apercevoir de sa présence.

— Elle semble douée du pouvoir de disparaître. Elle a dû se dissimuler dans un coin en nous voyant.

Reed fit démarrer le moteur.

— Comment a-t-elle réussi à faire publier son article dans l'édition de ce matin ?

— Le *Bulletin* est mis sous presse à 1 heure du matin, répondit-elle avec un rictus désabusé.

— Vous le savez d'expérience ?

Elle haussa les épaules.

— Je vous l'ai dit, ce n'est pas la première fois. Regardez, elle a deux gros titres en première page. Un sur l'incendie au-dessus du pli et au-dessous, un autre sur mon arrestation musclée de DuPree.

Elle émit un sifflement de rage.

— Saleté ! Elle a divulgué le nom de Penny Hill.

— Vous avez pu informer ses enfants avant qu'ils ne l'apprennent eux-mêmes ?

— Le fils, oui, répondit-elle sombrement. Mais pas la fille.

— L'article dit que la police n'a pas souhaité s'exprimer sur ce sujet.

— Ce qui veut dire en clair qu'elle m'a appelée au bureau pendant que j'étais sur les lieux du sinistre. Quelle peste ! soupira Mia. Les voisins ont sûrement parlé, alors que je leur avais recommandé de se taire.

— Il y a des gens qui aiment voir leur nom imprimé dans le journal.

— J'espère que c'est votre cas, parce que vous apparaissez dans l'article, vous aussi.

Elle versa un sachet de lait dans son café, se servant du panier sur ses genoux comme d'un plateau.

— Reste tranquille, le chat, murmura-t-elle lorsque le panier s'agita. Il est dit ici que vous avez été décoré. Quelle classe, Solliday !

— Juste quelques médailles, tout comme vous, d'ailleurs. Allons tout de suite au labo nous débarrasser de ce chat.

— Pauvre minou, dit-elle en tapotant le panier.

— Sale minou, oui ! Ce chat empeste.

— C'est sûr qu'il exhale un certain… bouquet, s'esclaffa-t-elle. Quoi, vous n'aimez pas les animaux ?

— Ceux qui sont propres, si. Ma fille a un chiot. Il y a des traces de pattes boueuses dans toute la maison.

— J'ai toujours rêvé d'avoir un animal familier, dit-elle d'un ton un brin mélancolique.

— Eh bien, adoptez-en un.

— J'aurais trop de remords. J'ai essayé avec un poisson

rouge une fois. Une sorte de test. J'ai échoué. J'ai travaillé trente-six heures d'affilée et quand je suis rentrée à la maison, j'étais si fatiguée que j'ai oublié de lui donner à manger. Pour finir, j'ai retrouvé Fluffy flottant à la surface, le ventre en l'air.

— Fluffy ? répéta-t-il avec un sourire en coin. Vous aviez baptisé votre poisson rouge Fluffy ?

— Ce n'est pas moi. Ce sont les enfants adoptifs de mon amie Dana qui lui avaient donné ce nom. Le résultat d'un effort concerté, en quelque sorte. Quoi qu'il en soit, tous mes amis ont des animaux familiers, alors je me contente de jouer avec eux. Comme ça, je ne risque pas de causer de dégâts.

Sirotant son café, elle se plongea dans ses pensées et demeura silencieuse si longtemps qu'il se tourna vers elle pour la regarder. Aussitôt, elle se redressa, comme si elle s'était rendu compte que son esprit était parti à la dérive.

— Le fils de Penny Hill a dit qu'il viendrait réclamer le corps de sa mère. Il sera là demain matin.

— Et la fille ? Les voisins croient savoir qu'elle habite Milwaukee.

— D'après les dires du fils, sa sœur vient de divorcer et est revenue s'installer à Chicago.

— Vous avez son adresse ?

— Oui. C'est à environ une demi-heure d'ici.

— Dans ce cas, on dépose Percy au labo et on va lui rendre visite.

— J'espère seulement qu'elle ne lit pas le *Bulletin*, soupira Mitchell.

Mardi 28 novembre, 12 h 10

Manny Rodriguez jeta un coup d'œil autour de lui avant de jeter le journal dans la poubelle à la sortie de la cafétéria. Derrière Brooke, Julian poussa un juron silencieux.

— Vous aviez raison, dit-il.

— Je l'ai vu avec le journal à la fin du premier cours. Vous voulez le repêcher ?

Julian souleva le couvercle.

— C'est le *Bulletin*. Hier, c'était la *Tribune*.

— Tous les deux sont disponibles à la réception, dit-elle.

— En tout cas, il a découpé les manchettes. Allez déjeuner, Brooke. Je vais vérifier la teneur des articles lus par M. Rodriguez. Il se pourrait que ce ne soit que des nouvelles sportives.

— Vous le pensez vraiment ?

— Non, répondit-il en secouant la tête. Vous a-t-il causé des problèmes aujourd'hui, en classe ?

— Non. En fait, il est resté très silencieux. Il n'a pas ouvert la bouche, même quand nous avons évoqué le feu allumé par les enfants dans le livre. Comme si quelque chose le tourmentait.

— Je lui parlerai. Merci, Brooke. Je vous suis réellement reconnaissant pour votre aide dans cette histoire.

Les sourcils froncés, Brooke regarda Julian s'éloigner. Rien de toute cette affaire ne semblait le tracasser outre mesure. *C'est peut-être parce que je suis encore débutante*, songea-t-elle. *J'en fais toute une montagne alors qu'il n'y a pas lieu de s'inquiéter*. Pourtant, tel n'était pas le cas, elle le pressentait. Elle se demanda ce que Manny collectionnait d'autre. Julian ferait-il fouiller sa chambre ? En tout cas, il le devrait. Si ça ne tenait qu'à elle…

— Brooke ? Quelque chose ne va pas ? demanda Devin en sortant de la cafétéria.

— Je me fais du souci au sujet de Manny. Il collectionne les coupures de presse sur les incendies volontaires.

— Hum, ça ne me dit rien qui vaille, se rembrunit-il. Vous avez prévenu Julian ?

— Oui, mais il n'a pas l'air de s'en préoccuper. Quelles sont les conditions nécessaires pour faire fouiller la chambre d'un élève ?

— Il faut une raison valable. Je dirais que la vôtre est tout à fait suffisante. Discutez-en avec Bart Secrest. Il tient à être mis au courant de ce genre de chose.

Avec son visage austère, le responsable de la sécurité de l'école intimidait Brooke.

— Julian va croire que je le court-circuite.

— Il comprendra. Dites-moi si vous voulez que je vienne avec vous pour en parler à Bart. Il a l'air méchant comme ça, mais en réalité c'est un vrai chou.

— Un chou ? répéta-t-elle en secouant la tête. Fourré de crème aigre, alors.

Devin se contenta de sourire.

— Allez voir Bart. Il aboie, mais il ne mord pas.

Mardi 28 novembre, 12 h 30

Jack et son équipe étaient déjà sur place lorsque Mia et Solliday arrivèrent à la maison de Penny Hill. Mais au lieu de son habituel sourire, c'est avec une mine sombre que l'expert de la police scientifique accueillit Mia.

— Merci beaucoup, Mia !

— Qu'y a-t-il ?

— Qu'est-ce qui t'a pris de nous amener ce satané chat au labo ?

— C'est un indice, Jack, je te signale.

— Tu as déjà essayé de donner un bain à un chat ? demanda-t-il, le regard noir.

— Non, répondit-elle gaiement. Je ne sais pas m'y prendre avec les bêtes.

Derrière elle, Solliday émit un gloussement.

— Demandez donc à Fluffy le poisson rouge ce qu'il en pense.

Jack leva les yeux au ciel.

— La prochaine fois que tu nous amènes un animal vivant, préviens-nous d'abord, okay ? dit-il en les invitant d'un signe à le suivre. Couvrez-vous les pieds. Nous pensons avoir découvert quelque chose.

L'équipe scientifique avait quadrillé la cuisine et, à côté de la cuisinière, Ben passait les décombres au crible. Il leva les yeux, la sueur creusant des sillons dans la suie qui couvrait son visage.

— Salut, Reed ! Inspecteur, bonjour.

— Vous avez trouvé quelque chose ? demanda Solliday en regardant autour de lui.

— Encore des fragments d'œuf en plastique, comme dans l'autre maison. Je les ai envoyés au labo au cas où il y en aurait d'assez gros pour contenir des empreintes. Et puis, il y a le sol. Montrez-leur, Jack.

Jack s'accroupit près de l'endroit où ils avaient trouvé le corps de Penny Hill et fit glisser l'un de ses doigts sur le sol. Se relevant, il leur montra la fine poussière brune qui adhérait à son gant.

Mia ressentit aussitôt le changement qui s'opéra en Solliday lorsqu'il saisit la main de Jack et la leva vers la lumière.

— Du sang, dit-il avant de se tourner vers elle. Ou du moins, c'en était. A de telles températures, les protéines commencent à se désagréger. Il faisait trop sombre hier soir pour qu'on l'ait remarqué.

— Il y avait beaucoup de sang, observa Jack. Les joints du linoléum en ont été détrempés.

Les yeux fixés sur le sol, Mia se représenta le corps de Penny Hill, tel qu'ils l'avaient trouvé, recroquevillé en position fœtale, les poignets encore attachés.

— Il l'aurait abattue, elle aussi ?

— Barrington te le dira mieux que moi, répondit Jack en haussant les épaules.

— Vous avez trouvé des empreintes dans le sang ?

Jack se releva.

— Non, aucune empreinte nulle part. Il devait porter des gants. Mais…

Il les conduisit à la porte d'entrée.

— Regardez.

Une traînée brune salissait la poignée.

— Il avait du sang sur les mains quand il est ressorti par cette porte, conclut Solliday. Ça correspond au récit du voisin. Il a entendu un crissement de pneus puis a vu la voiture de Mme Hill dévaler la rue à fond de train.

— Et regardez ça, ajouta Jack en tapotant la rampe de l'escalier.

— Il y a des cheveux bruns accrochés dans les fibres du bois, remarqua Mia. Ils se sont battus à cet endroit.

— Comme Caitlin, murmura Solliday.

— Je vais les emporter au labo, dit Jack. Ces cheveux sont blancs à la racine, ils doivent donc appartenir à la victime et non au tueur. Dommage !

— Elle n'était pas assez forte pour lui cogner la tête contre la rampe, convint Mia tandis qu'elle ouvrait la porte d'entrée pour jeter un coup d'œil au-dehors.

Les arbres qui entouraient la véranda étaient à présent calcinés, mais aux dires des voisins leur feuillage avait été épais et dense.

— Vous n'avez pas relevé de marques d'effraction sur la porte de derrière, n'est-ce pas ?

— Non, confirma Jack.

— Les lignes de combustion indiquent que la porte de derrière est restée fermée durant l'incendie, intervint Solliday.

— Alors, c'est qu'il est probablement entré par la porte de devant. Il aurait facilement pu se cacher derrière ces arbres et attendre que Mme Hill rentre chez elle. Il était tard. Elle était fatiguée. J'ai interrogé son chef de service ce matin, quand j'ai appelé pour obtenir les coordonnées de ses proches. Il m'a dit qu'elle avait un peu forcé sur le punch lors de son pot de départ. Au début, il a même cru que j'appelais pour prévenir qu'elle avait été arrêtée pour conduite en état d'ivresse.

— Donc, elle ne tenait pas sur ses jambes, enchaîna Jack. Il a attendu qu'elle ouvre la porte d'entrée, puis s'est glissé derrière elle et l'a cognée contre la rampe.

— Il a surpris Caitlin à l'intérieur de la maison. Mais Penny Hill, il l'a attendue dehors, dans le froid. Pourquoi n'a-t-il tout simplement pas forcé la porte ? s'interrogea Mia en examinant le mur. Je ne vois pas de système d'alarme.

— Il n'y en a pas, confirma Solliday. Ni ici ni sur la porte de derrière.

— Ça n'a aucun sens, grommela Mia. Il l'attend dehors alors qu'il fait moins cinq, entre derrière elle, la terrasse, la pousse vers la cuisine où il l'abat, puis met le feu à la maison et lui vole sa voiture.

— On a retrouvé la voiture ? s'enquit Jack.

— Pas encore. Vous avez passé le vestibule au peigne fin ?

— Deux fois, répliqua Jack avec flegme. Les débris sont partis au labo.

— Est-ce que vous auriez découvert un sac ou un porte-documents ?

— Ni l'un ni l'autre.

— Son chef de service dit qu'elle a quitté le bureau à 23 h 15 hier soir, avec sa serviette et un sac plein de cadeaux. Il pense que nous devrions pouvoir récupérer son agenda dans la serviette.

— Il était tard, rappela Solliday. Elle a peut-être laissé ses affaires dans la voiture.

— Peut-être, convint Mia. J'aimerais pourtant bien mettre la main sur ce fichu agenda.

— Elle n'avait pas de GPS dans sa voiture, par hasard ? interrogea Jack.

— Non. Sa voiture avait dix ans, et son fils affirme qu'elle n'avait aucun penchant pour les gadgets électroniques, soupira Mia. Je n'arrive toujours pas à comprendre pourquoi il l'a attendue dehors. Pourquoi n'est-il pas entré par-derrière, comme chez les Dougherty ? Ce n'est pas comme si elle avait eu un gros… Bon sang ! Attendez une minute.

Elle regagna précipitamment la cuisine qu'elle traversa avec précaution, prenant soin de ne pas se prendre les pieds dans les cordons qui quadrillaient le sol. Le placard, de même que le comptoir, s'était écroulé, des éclats de verre et de céramique jonchaient le sol.

— Vous avez fouillé là-dedans ? demanda-t-elle à Ben.

— Pas encore, répondit-il.

Mia s'accroupit et entreprit de trier les morceaux de faïence.

— Que cherchez-vous ? interrogea Ben qui l'avait rejointe.

— Quelque chose comme ça ! s'exclama-t-elle en extrayant du tas un épais fragment de poterie qu'elle leva à hauteur de ses yeux. Une empreinte de patte !

Solliday se mordit la lèvre.

— Une gamelle, conclut-il. Mme Hill avait un chien.

— Qui a disparu dans la nature, ajouta Mia résolument. Je ne comprends pas ce type. Il reste caché à attendre cette femme, la tue d'un coup de revolver et l'abandonne au milieu des flammes, mais il laisse la vie sauve au chien, tout comme il a épargné Percy.

— Il ne cadre pas avec le profil, observa Solliday. La plupart des incendiaires auraient abattu les animaux.

— Aucun des voisins n'a mentionné la présence d'un chien, se rappela Mia. Comment se fait-il ?

— Il n'y a qu'à leur demander, suggéra Reed.

— J'ai le numéro de M. Wright, dit-elle en pianotant sur son portable. Monsieur Wright ? Inspecteur Mitchell à l'appareil. Nous nous sommes déjà parlé hier soir, et j'ai encore une question. Mme Hill possédait-elle un chien ?

— Non, pas elle, mais sa fille. J'avais oublié… Oh mon Dieu, la pauvre bête ! C'était un gentil chien. Dans l'appartement où habite sa fille, les animaux ne sont pas acceptés, alors Penny gardait le chien.

— De quelle race est-il, monsieur Wright ?

— Un croisé de golden retriever et de danois. Il était énorme, mais très affectueux. Pour plaisanter, Penny disait…

Mia perçut un tremblement dans sa voix.

— Qu'est-ce qu'elle disait ?

— Que le chien était si docile qu'il conduirait un cambrioleur tout droit à l'argenterie en échange d'une friandise.

— Monsieur Wright, pouvez-vous m'appeler si vous le voyez rôder dans le quartier ? Merci.

Elle raccrocha avec un soupir.

— Un croisé de danois et de golden ! Pas étonnant qu'il ait attendu dehors ! Il croyait que le chien était méchant.

— Pourtant il ne l'a pas abattu quand il en a eu l'occasion, remarqua Solliday.

— Avez-vous parlé avec la fille de Mme Hill ? demanda Jack.

— Non. J'ai appelé une demi-douzaine de fois et nous sommes même passés chez elle, mais son propriétaire dit qu'elle n'est pas rentrée depuis samedi matin. Sa voiture n'est pas là non plus.

— Vous avez vérifié dans son appartement ?

— Vu les circonstances, nous avons en effet pensé que ce serait plus prudent, dit Solliday. Mais elle n'y était pas. Son répondeur clignotait comme si elle avait reçu plusieurs messages. Mia a demandé un mandat, et si elle ne donne pas signe de vie d'ici à quelques heures, nous y retournerons.

Mia tiqua, un brin surprise de l'entendre prononcer son prénom. Il s'était également mis à appeler Jack par son petit nom. De toute évidence, le lieutenant commençait à se sentir plus à l'aise. Seulement, voilà ! Mia n'était pas prête à le laisser s'installer dans sa vie. Jusqu'à nouvel ordre, elle était toujours l'équipière d'Abe, que diable !

Avant qu'elle ait eu le temps de répliquer, la sonnerie du mobile de Solliday retentit.

— C'est Barrington, leur annonça-t-il. Qu'avez-vous

découvert, Sam ? demanda-t-il au légiste, puis, après avoir écouté quelques secondes : Nous arrivons immédiatement.

Le visage soudain grave, il referma le clapet de son téléphone.

— Il y a du nouveau.

Mardi 28 novembre, 13 h 35

— Il est en train de pratiquer une autopsie sur un autre cadavre pour l'instant, s'excusa l'assistant de Sam en leur désignant la porte. Vous pouvez entrer et lui parler à travers la vitre.

— J'aimerais mieux qu'il sorte, dit Mitchell, les dents serrées. Je viens juste de déjeuner, vous comprenez ?

— Je vais le prévenir que vous êtes là.

— Regarder le corps de Mme Hill sera encore plus pénible que d'assister à une autopsie, avertit Solliday d'une voix calme.

— Je sais, je me rappelle, dit-elle en fermant les yeux, juste le temps de laisser un frisson la secouer tout entière. Je déteste les regarder disséquer un cadavre. Je sais que ça me fait passer pour une mauviette, mais…

— Ce n'est pas grave, Mia, l'interrompit-il.

— Si je comprends bien, on en est à s'appeler par nos prénoms, maintenant, rétorqua-t-elle. J'ai cru qu'il s'agissait d'un lapsus tout à l'heure. Vous avez dû décider de me garder, finalement, ajouta-t-elle d'un ton sarcastique.

— La première fois, c'était par étourderie, avoua-t-il. Mais pourquoi conserver ces formalités entre nous ?

— C'est vrai, ça, pourquoi ? murmura-t-elle avant de s'adresser à Sam qui les rejoignait en ôtant son masque chirurgical : Alors, quoi de neuf ?

Le médecin les conduisit auprès d'un corps recouvert d'un drap.

— Votre victime avait du monoxyde de carbone dans les poumons.

— Attendez ! coupa Reed. Les techniciens de la scientifique ont relevé des traces de sang sur la scène du crime. Nous pensions qu'il l'avait abattue comme il l'a fait avec Caitlin Burnette.

— Non. Les radios montrent que le crâne a éclaté, ce qui correspond à une forte pression causée par des températures très élevées. Il n'y a pas eu de trou d'évacuation, cette fois. Elle était encore en vie lorsque le feu s'est déclaré.

Les sourcils de Mia s'étaient contractés.

— Combien de temps est-elle restée ainsi ?

— Le taux de monoxyde de carbone indique une durée de deux à cinq minutes. Guère plus.

— Etait-elle consciente ? demanda Reed, redoutant presque de poser la question.

— Je n'ai trouvé aucun signe de traumatisme crânien pre-mortem.

Le visage de Mitchell pâlit. Reed retint son souffle, incapable d'imaginer la souffrance qu'avait dû endurer la pauvre femme si elle n'avait pas perdu connaissance. Se raccrochant à une brindille, il demanda :

— Se peut-il qu'elle ait été droguée, Sam ?

— J'ai fait effectuer un dépistage toxicologique pour rechercher des traces de substances toxiques dans son organisme. Sa vessie était pratiquement détruite, je n'ai donc pas pu faire une analyse d'urine. Les échantillons de sang que j'ai prélevés démontrent une alcoolémie de 0,8. Ça fait beaucoup d'alcool pour une femme de cette taille.

— Elle avait fêté son départ à la retraite, murmura Mitchell. Puis, se redressant, elle poursuivit d'une voix plus assurée : S'il ne lui a pas tiré dessus, d'où vient le sang ?

Avec précaution, Barrington retira le drap et Reed sentit Mitchell se raidir à ses côtés.

— Il faut que je fasse attention, expliqua le légiste. Le

corps est très fragile. Mais venez par ici, ajouta-t-il en leur faisant signe de s'approcher. Regardez ses bras.

Le torse de Mme Hill était noir, mais ses bras et ses jambes étaient couverts de cloques, la peau lâche et... L'estomac de Reed chavira et, près de lui, Mitchell déglutit bruyamment.

— Ses bras paraissaient plus noirs avant, remarqua-t-il.

— C'était de la suie, expliqua Barrington. Nous avons dû essuyer la peau. C'est le buste qui a subi le plus gros des flammes. Il est très difficile de détruire totalement le corps d'un adulte dans un brasier, ajouta-t-il comme s'il s'adressait à des étudiants en médecine. Le corps humain est composé d'une quantité d'eau trop importante.

— Il lui a enduit le torse d'accélérant solide, mais pas les membres, remarqua Reed.

— J'ai en effet relevé du nitrate d'ammonium sur le buste. Ça m'a été utile de savoir exactement ce que je devais rechercher.

— Et le sang, Barrington ? s'écria Mitchell. D'où vient le sang ?

Imperturbable, Sam désigna la face interne de son propre bras, juste au-dessus du coude.

— Il lui a sectionné l'artère brachiale à cet endroit. En regardant de plus près, vous verrez que la peau s'est recroquevillée autour de la plaie.

— Il lui a entaillé le bras ? demanda Mitchell en jetant un coup d'œil intrigué à Reed avant de regarder de nouveau Sam. Combien de temps a-t-elle mis pour se vider de son sang ?

— Entre deux et cinq minutes.

Les traits de Mitchell se durcirent.

— L'ordure ! Il tenait à ce qu'elle meure lentement. Lui tirer une balle dans la tête aurait été trop charitable.

— Il voulait qu'elle souffre, ajouta Reed avec un long soupir. Il l'a brûlée vive.

— Combien de temps est-elle restée consciente ? demanda Mitchell entre ses dents.

— Sans être droguée ? Quelques minutes. C'est difficile à dire.

— Ses mains sont intactes, dit Reed. Vous les avez examinées ?

— Oui, mais je n'ai rien trouvé. Si elle l'a griffé, elle ne lui a pas arraché de peau.

— Vous avez vérifié ses dents ? voulut à son tour savoir Mitchell.

— Non, répondit Sam en secouant la tête, mais je vais le faire.

Elle exhala un soupir.

— Quel genre de couteau devons-nous chercher ?

— Vraisemblablement pas une lame en dents de scie, mais un couteau très aiguisé. Il n'y a pas de trace de sciage, seulement une coupure.

Mitchell s'écarta du cadavre.

— Nous allons vérifier s'il manque un couteau dans la maison de Penny Hill. Avec un peu de chance, sa fille saura nous dire ce qu'elle possédait dans sa cuisine.

Reed consulta sa montre.

— Votre service d'archives devrait avoir sorti les dossiers de Burnette à l'heure qu'il est. Allons chercher les dossiers de Mme Hill aux services sociaux. Ensuite nous pourrons commencer à les comparer.

Les mâchoires crispées, Mitchell regarda longuement le corps de Mme Hill.

— Ouais, allons voir qui haïssait Penny Hill suffisamment pour lui faire une chose pareille.

Mardi 28 novembre, 15 h 15

Malgré les élancements qui lui transperçaient le bras, Mia serra les dents et ne lâcha pas le carton contenant les dossiers confiés par les Affaires sociales. Solliday portait le carton le plus lourd, le visage empreint d'une farouche détermination, tout comme le sien devait l'être d'ailleurs. On aurait dit que leur humeur à tous les deux s'était fondue en un seul nuage sombre. Au sortir de la morgue, une colère noire l'avait envahie. A présent, elle se sentait complètement vidée.

Penny Hill avait été appréciée par ses collègues. Leur chagrin était palpable. Les téléphones continuaient à sonner, les travailleurs sociaux vaquaient à leurs occupations quotidiennes, mais un lourd silence pesait sur les bureaux. Comme sur une église avant une cérémonie funèbre. Ou lors d'un enterrement.

Les portes de l'ascenseur s'ouvrirent et Mia entra dans le bureau paysager, comptant mentalement les secondes qui lui restaient avant de pouvoir se débarrasser de son fardeau. Elle s'arrêta net. Sur son bureau, des piles de classeurs s'entassaient jusqu'à une hauteur décourageante. A côté, le bureau d'Abe était toujours aussi bien rangé, impeccablement propre. Pas une feuille de papier en vue.

— Le ciel me préserve des employées irascibles ! maugréa-t-elle.

Stacy s'était offusquée de ce que Mia n'eût pas manifesté davantage de reconnaissance envers ses efforts pour nettoyer son bureau. Résultat : Mia ne voyait plus du tout sa table de travail ! Sans un mot, elle laissa tomber son carton par terre. Plus placidement, Solliday déposa le sien sur le bureau d'Abe et s'affala sur le siège de ce dernier. D'un geste instinctif, Mia tendit le bras, tout en poussant un cri de protestation.

— Non !

Reed leva la tête et croisa son regard.

— Je suis désolée, s'excusa-t-elle, les joues empourprées. C'était idiot de ma part.

— Je vous promets de ne pas mettre mes bottes crottées sur son bureau, dit-il en retroussant les lèvres.

L'ironie de son ton lui arracha un sourire. Elle se laissa à son tour tomber sur sa chaise.

— Je regrette. Abe voudrait certainement que vous vous mettiez à l'aise. C'est juste que je ne me suis pas sentie aussi fatiguée depuis longtemps.

— Je sais, répondit-il en sortant une pile de dossiers de son carton. Nous sommes restés debout une bonne partie de la nuit. Et puis… un chagrin pareil, ça vous vide l'âme de toute vie.

Mia cligna des yeux.

— C'est extrêmement poétique, Solliday. Je veux dire… on dirait un poème. Rien à voir avec mon « malabar nommé Bubba ».

Il baissa les yeux sur les classeurs.

— Comment voulez-vous procéder ?

Piquée de curiosité, elle se pencha en avant. Les joues de Solliday s'étaient indéniablement enflammées.

— Solliday, vous rougissez.

Il se mordit la lèvre, refusant avec obstination de la regarder en face. Mia en fut totalement subjuguée.

— Commençons par les dossiers que le patron de Mme Hill a choisis en priorité, suggéra-t-il.

— Ah oui, tous ces pyromanes que Penny Hill a essayé de placer dans des familles d'accueil. Il faudrait mettre au point un système, sans quoi nous n'arriverons jamais à trouver de lien. Je propose que vous notiez tous les noms relevés dans les dossiers de Hill. Je ferai de même avec ceux de Burnette. Et dans une heure, nous nous arrêtons pour comparer nos listes. A condition, bien sûr, que je sache par où commencer, ajouta-t-elle en considérant les cartons d'un air accablé.

Solliday plongea la main dans sa poche et en extirpa un flacon d'antalgiques.

— Commencez par prendre ceci. J'ai mal, rien qu'à vous regarder. Pourquoi avez-vous insisté pour porter ce fichu carton à bout de bras, comme si vous n'aviez jamais eu de trou dans l'épaule ?

Il lança le flacon par-dessus les deux bureaux et Mia l'attrapa au vol.

— Vous vous conduisez toujours comme une mère poule ? demanda-t-elle.

— Non, je suis un père, c'est tout, répliqua-t-il, surpris. Pourquoi les mères seraient-elles les seules à vous faire prendre vos médicaments ?

— Parce que…

Elle se mordit la langue. *Parce que c'est à cause des pères que les médicaments sont nécessaires. Les mères se contentent de vous donner un comprimé et de vous conseiller de ne plus les provoquer.* Elle saisit le premier dossier de la pile et commença à lire.

— Mettons-nous au travail, d'accord ?

Elle sentit le regard de Solliday qui l'observait, mais il demeura silencieux. Il finit par se caler sur la chaise d'Abe et se plongea dans la lecture des documents.

Mardi 28 novembre, 16 heures

Bart Secrest était un homme à la mine patibulaire. Un peu dans le genre de M. Propre, mais en plus méchant. Dans son bureau sombre et austère, il n'y avait pas la moindre photo ni le moindre souvenir personnel pour adoucir son image.

Brooke prit le siège qu'il lui offrait d'un geste silencieux.

— Vous avez bien fait, mademoiselle Adler, dit-il sans préambule.

— Je ne voulais pas contrecarrer le travail de Julian.

La fouille de la chambre de Manny avait en effet mis le conseiller psychologique hors de lui.

— Julian s'en remettra, répondit Bart d'un ton qui donna à penser à Brooke que les deux hommes n'étaient pas dans les meilleurs termes. Vous aviez raison de vous inquiéter au sujet de Manny Rodriguez, mademoiselle Adler.

— Avez-vous découvert quelque chose dans sa chambre ?

— Quantité de documents traitant d'incendies, dit-il avec un hochement de tête.

— Comme les deux articles que je l'ai vu découper ?

— Non, ceux-là étaient les seuls relatant des incendies locaux. Les autres constituaient plutôt des modes d'emploi.

— Seigneur ! Il collectionnait des articles sur l'art et la manière d'allumer un feu ?

— Exactement, dit Secrest en se renversant dans son fauteuil. Et nous avons aussi trouvé une boîte d'allumettes cachée dans l'une de ses chaussures. Elle a manifestement été introduite dans le Centre en fraude.

— Mais nous sommes pratiquement bouclés ici. Comment est-il possible de faire entrer quoi que ce soit en fraude ?

— Chaque forteresse a une faille, mademoiselle Adler.

— Pardon ? s'étonna-t-elle avec un clignement d'yeux.

Il eut un sourire bref qui, curieusement, le fit paraître encore plus redoutable.

— Dans chaque institution, il existe une filière d'approvisionnement en marchandises de contrebande. Cette école ne fait pas exception. Mais je la trouverai, je vous le garantis.

Il se leva, et elle comprit que l'entretien était terminé.

— Eh bien… bonsoir.

Comme elle sortait à reculons, il la salua d'un bref signe de tête. Elle venait de tourner l'angle du couloir en direction de la sortie principale lorsqu'elle s'entendit appeler par son prénom. Planté devant la porte de son bureau, Julian fulminait.

— Brooke, qu'est-ce que vous avez fichu ?

Elle redressa les épaules. Elle avait agi comme il convenait, Bart Secrest le lui avait affirmé.

— J'ai signalé un comportement suspect, Julian. Comme vous étiez censé le faire vous-même.

Le psychologue s'approcha jusqu'à se trouver pratiquement nez à nez avec elle. Il se pencha en avant, envahissant son espace vital et chatouillant ses narines de l'arôme du tabac à pipe qui imprégnait sa veste.

— Espèce d'insolente petite…, siffla-t-il entre ses dents. Comment osez-vous me dire ce que j'aurais dû faire ? Vous avez gâché plusieurs mois de thérapie avec ce garçon. *Des mois !* Grâce à vous, toute la confiance que j'avais réussi à établir avec lui est perdue.

Le cœur de Brooke cognait si fort que, sûrement, il ne pouvait manquer de l'entendre. Il était trop grand, trop près, et, en plus, il respirait sa part d'oxygène. Pourtant, elle releva le menton et le défia du regard.

— Vous aviez dit qu'il n'allumerait pas d'incendie dans cette école.

— Et il ne l'aurait pas fait.

Elle secoua la tête.

— Secrest a trouvé des allumettes dans sa chambre.

Julian plissa les paupières.

— C'est impossible !

— Demandez à Secrest, il vous le dira. Manny aurait pu déclencher un feu qui aurait mis en danger la vie de tous les professeurs et élèves. J'ai pris la bonne décision, même si vous n'êtes pas de cet avis.

Tremblant de la tête aux pieds mais fière de ne pas s'être dégonflée ni excusée, elle regagna sa voiture et boucla sa ceinture de sécurité avec un profond soupir. Les mains agitées de tremblements, elle prit les deux articles qu'elle avait photocopiés au cours des deux derniers jours. L'un était extrait du *Chicago Tribune* du lundi précédent, l'autre, du *Bulletin* du jour. Les deux rapportaient des incendies locaux. Il y avait eu deux morts. Manny s'était montré renfermé, le matin en classe. Préoccupé. Et pour couronner le tout, on avait découvert des allumettes dans sa chambre.

Que Manny ait pu être impliqué dans ces incendies était impossible. Il n'avait aucun moyen de quitter le Centre.

Mais quelqu'un avait réussi à faire entrer des allumettes en cachette. Ces deux sinistres qui faisaient l'objet des seuls articles de la presse régionale qu'il avait découpés, qu'est-ce qui les rendait si particuliers à ses yeux ? Ou bien Brooke avait-elle, sans le vouloir, rallumé en Manny ses pulsions et, dans ce cas, n'importe quelle allusion à un incendie aurait alors fait l'affaire ?

Elle esquissa une grimace. *Rallumé.* Plutôt mal choisi comme terme ! Deux personnes avaient perdu la vie dans ces sinistres. Elle ne trouverait pas le sommeil tant que la tourmenterait la pensée qu'elle était, d'une façon ou d'une autre… *Coupable* n'était pas non plus le mot approprié. *Impliquée* convenait davantage. Il fallait qu'elle découvre si Manny était mêlé à ces incendies et, par son intermédiaire… si elle-même était en cause !

Pourquoi ne pas appeler la police ? Ne serait-ce pas l'attitude la plus sage à adopter ? Mais, tout bien réfléchi, il était plus que probable que ses craintes relevaient d'une obsession ridicule et qu'il n'y avait aucun rapport entre son élève et les incendies. La police risquerait seulement de se lancer sur une fausse piste, et cela serait du plus mauvais effet.

Pourtant si un lien existait, les autorités devaient être prévenues. Il n'y avait qu'un moyen de s'en assurer. Le deuxième incendie avait eu lieu dans un quartier proche de l'école. Elle en aurait le cœur net.

Mardi 28 novembre, 16 h 15

— Mia ! Mia !

Avec un sursaut, elle releva le nez des dossiers de Burnette et cligna des paupières d'un air furieux, essayant de focaliser son regard sur Solliday. *Enfer et damnation !* Elle s'était endormie à son bureau !

— Quoi ? Vous êtes prêt à comparer nos listes ?

Il secoua la tête.

— Nous avons de la visite, dit-il calmement en désignant une femme qui traversait le bureau paysager, les yeux rouges et gonflés. Elle correspond à la description de la fille de Mme Hill.

Soudain tout à fait réveillée, Mia bondit sur ses pieds. La femme tenait à la main un exemplaire du *Bulletin*.

— Je suis Margaret Hill. Je cherche l'inspecteur Mitchell. Elle m'a laissé un message.

— C'est moi. Vous venez au sujet de votre mère.

— Est-ce vrai ? Ce que le journal dit au sujet de ma mère ?

— Je suis navrée, mademoiselle Hill. Allons quelque part où nous pourrons discuter tranquillement.

Mia conduisit la femme dans une petite pièce à côté du bureau de Spinnelli. Sans lâcher son journal, Margaret Hill s'effondra dans un fauteuil et ferma les yeux. Solliday referma la porte derrière lui.

— Mademoiselle Hill, je suis sincèrement navrée à propos de la perte que vous venez de subir. Voici le lieutenant Solliday du Bureau des enquêtes sur les incendies. Nous enquêtons ensemble sur le décès de votre mère.

Margaret hocha la tête et s'essuya les joues du bout des doigts. Solliday déposa un paquet de mouchoirs en papier sur ses genoux et s'appuya sur le bord de la table en sorte que Margaret se trouvât entre Mia et lui.

— Mademoiselle Hill, commença-t-il d'une voix si douce que Mia sentit sa gorge se serrer. Vous avez appris par le journal que la maison de votre mère a brûlé hier soir.

Margaret leva les yeux, les joues sillonnées de larmes.

— Le journal dit… Il dit que la police pense qu'elle a été assassinée.

— C'est exact, répondit Solliday.

— Excusez-moi, murmura Margaret qui s'était remise à pleurer. Je ne peux… Oh, mon Dieu. Maman !

Mia lui effleura la main.

— Vous a-t-elle parlé de quelqu'un ou de quelque chose qui lui aurait causé des inquiétudes ?

— Maman était assistante sociale, répondit Margaret avec un effort visible pour se maîtriser. Chaque semaine, pendant vingt-cinq ans, elle a retiré des enfants à des mères droguées et à des pères qui les maltraitaient.

— Craignait-elle ces parents-là ? demanda Solliday.

— Pas vraiment. Mais parfois, elle redoutait d'aller chez eux. Une fois, on lui a tiré dessus et elle a failli en mourir. J'étais tellement contente qu'elle prenne sa retraite ! Je pensais qu'elle allait enfin pouvoir dormir tranquille la nuit.

— Elle ne dormait pas ? s'étonna Mia. Vous venez de dire qu'elle n'avait aucune inquiétude à propos des parents.

— C'est vrai, convint Margaret, avec un sourire amer. Mais elle était terrifiée à l'idée d'avoir manqué quelque chose. Un seul détail qui passe inaperçu et c'est un enfant qui va en pâtir. Elle se réveillait souvent en hurlant. Ça n'a fait qu'empirer après son agression. A l'époque, nous avons cru la perdre. Je n'avais que quinze ans alors.

— Qu'est-il advenu de son assaillant ?

— Il a été condamné à une peine de prison. Ma mère, il l'a seulement blessée, mais sa femme, il l'a tuée.

— Est-il toujours incarcéré ?

— Je crois. Ils devaient nous prévenir s'il était libéré.

Mia en prit note.

— Mademoiselle Hill, quelqu'un d'autre avait-il un problème personnel qui l'opposait à votre mère ?

Margaret opina de la tête. Avec lenteur.

— Mon ex-mari voulait la tuer.

Solliday haussa les sourcils.

— Pourquoi ?

— Parce qu'elle m'a finalement convaincue de le quitter. Il y a deux mois, j'ai entamé une procédure de divorce. Ma mère aurait très bien pu se vanter de m'avoir prévenue. Mais elle n'en a rien fait.

— Pourquoi avez-vous quitté votre mari ? voulut savoir Mia.

Margaret remonta ses manches et Solliday ne put réprimer un tressaillement. Ses avant-bras étaient parsemés de petites cicatrices rondes. Des brûlures de cigarettes. Mia se mordit la lèvre.

— Okay, c'est une explication suffisante.

— Où se trouve votre ex-mari à l'heure actuelle ? s'enquit Solliday d'un ton brusque.

Visiblement, il était profondément irrité, Mia s'en rendit compte. Mais cela ne l'empêchait pas de conserver sa maîtrise de soi. Ce qui, malgré tout, était bon signe.

— A Milwaukee, répondit Margaret.

Mia redescendit la manche sur le bras de la jeune femme.

— Votre mère était au courant qu'il vous maltraitait ?

— J'ai réussi à le lui cacher pendant un temps. Mais elle a fini par le découvrir.

— Qu'a fait votre ex-mari quand il s'est aperçu que vous étiez partie ?

— Doug a essayé d'entrer de force chez ma mère, mais elle l'a menacé d'appeler les flics, et il est reparti en la traitant de tous les noms. Je suis restée cachée dans la pièce du fond pendant toute la scène. En fin de compte, j'ai fini par fuir Doug comme j'avais voulu échapper à ma mère.

— Que voulez-vous dire ? se rembrunit Solliday.

— Ma mère et moi entretenions des rapports difficiles. Je crois que j'ai épousé Doug uniquement pour la punir. Une assistante sociale qui se donnait de grands airs mais était incapable de se faire obéir de son propre enfant ! Vous ne pouvez pas comprendre.

Mia pensa à sa propre sœur. *Il faut que je dise à Kelsey ce qui s'est passé à l'enterrement de Bobby.*

— Si, je comprends parfaitement. Nous aurons besoin du nom et de l'adresse de votre mari.

— Il s'appelle Davis, répondit Margaret en notant le nom sur un bout de papier. Je déteste ce fumier.

— Ça aussi, je le comprends, dit Mia.

Elle sentit le regard de Solliday braqué sur elle, lisant plus profondément en son âme qu'elle ne l'aurait souhaité. Un frisson lui parcourut l'échine. Résolument, elle focalisa de nouveau son attention sur Margaret Hill.

— Mademoiselle Hill, votre ex-mari aime-t-il les bêtes ?

— Non, il a horreur des chiens. Quand je suis partie, j'ai emmené Milo chez ma mère et… Oh non ! Est-ce que Milo est mort aussi ?

— Il semblerait qu'il ne se trouvait pas dans la maison au moment de l'incendie, la rassura Solliday.

Soulagement et embarras mêlés s'affrontèrent un instant dans le regard de Margaret.

— Ma mère ne le sortait jamais sans sa laisse.

— Nous vous appellerons si nous le retrouvons, promit Mia. Votre frère arrive demain.

Margaret ferma les yeux.

— Il ne manquait plus que ça !

— Vous ne vous entendez pas avec votre frère ? interrogea Solliday.

— Mon frère est un homme bien, mais nous ne sommes pas en bons termes. Il m'a prévenue qu'un jour je causerais plus de problèmes à maman qu'elle ne pourrait en résoudre. Je suppose qu'il avait raison. Comme d'habitude ! Quand pourrai-je voir ma mère ? demanda-t-elle en se levant d'un mouvement mal assuré.

— C'est impossible, répondit Mia avec douceur. Je suis désolée.

Une expression de souffrance intolérable tordit les traits de la jeune femme, puis elle hocha la tête et s'éloigna.

— Bon, remarqua Mia, ce Doug est peut-être un enfoiré qui maltraitait sa femme, mais je ne crois pas qu'il soit notre coupable.

— Moi non plus, reconnut Solliday. Mais plus vite nous l'aurons écarté de la liste des suspects potentiels, plus vite Margaret pourra se débarrasser de son sentiment de culpabilité. Vous n'avez qu'à appeler la police de Milwaukee pendant que je conduis, ajouta-t-il en jetant un coup d'œil à sa montre.

— Où allons-nous ?

— Nous retournons à l'université. Il nous faut encore interroger les amis de Caitlin. J'ai téléphoné à la responsable de son club d'étudiantes. Elle va réunir toutes les filles là-bas à 17 h 30.

— Quand avez-vous organisé ça ?

— Pendant que vous dormiez, répondit-il en coupant court à toute velléité de protestation. Ne vous excusez pas. Vous êtes restée debout toute la nuit, vous avez capturé cette petite crapule hier et vous devriez encore être en invalidité. Je crois même que vous avez besoin de dormir, Mia.

Sous son analyse ironique de la situation, elle perçut une pointe d'admiration.

— Merci. Enfin, je crois.

Mardi 28 novembre, 16 h 30

— Bonjour, dit-il d'une voix traînante. Puis-je parler à Emily Richter, s'il vous plaît ?

— C'est elle-même, répondit-elle avec un soupir agacé. A qui ai-je l'honneur ?

— Je m'appelle Tom Johnston. Je travaille pour le *Bulletin* de Chicago.

— Comment les journalistes se débrouillent-ils toujours pour obtenir mon numéro de téléphone ?

— Votre nom figure dans l'annuaire, m'dame, répondit-il poliment.

Fichue imbécile !

— Bon, ronchonna-t-elle. J'ai déjà parlé à l'une de vos collègues. Elle s'appelle Carmichael. Si vous voulez des détails à propos de l'incendie, vous n'avez qu'à les lui demander.

— C'est-à-dire, m'dame, que je n'assure pas la couverture de l'incendie lui-même. J'écris pour une autre rubrique. J'aimerais réaliser un petit reportage sur les habitants de votre quartier. Pour faire savoir à la collectivité qu'il y a un réel besoin de solidarité. Pour fournir aux gens un moyen de donner un coup de main en cette période de fêtes. Je dois remettre mon papier dans quelques heures. Si vous pouviez m'aider, je vous en serais très reconnaissant.

— Qu'attendez-vous de moi ?

Que tu la fermes, vieille teigne ! s'écria-t-il intérieurement avant d'injecter un sourire nonchalant dans sa voix.

— J'essaie de joindre les Dougherty, mais personne ne sait où ils se trouvent. J'aimerais m'entretenir avec eux pour savoir ce dont ils ont le plus besoin en ce moment. Vous voyez, ce genre de chose…

— Ils sont rentrés de Floride ce matin, répondit-elle avec une grimace. Ils ont parlé à la police. Je suis allée les voir après le départ des policiers, pour leur proposer mon aide, naturellement.

Naturellement.

— Vous ont-ils dit où ils logeaient, par hasard ?

— Je ne leur ai pas demandé. Mais ils avaient un permis de stationner de l'hôtel Beacon Inn.

Que Dieu soit remercié pour les vieilles commères bavardes, songea-t-il avec un sourire.

— Merci, m'dame. Passez de bonnes fêtes.

Et, satisfait, il raccrocha.

Mme Dougherty, vous et moi avons un rendez-vous. Ça va être chaud ! Il émit un petit ricanement. Ça va être chaud ! *Parfois, je m'amuse moi-même.* Il tira l'énorme annuaire de sous le téléphone et y chercha les coordonnées de l'hôtel. Après avoir ajouté quelques pièces de monnaie dans la fente de l'appareil, il composa le numéro.

Une voix enjouée lui répondit :

— Beacon Inn, Tania à votre service. Que puis-je faire pour vous ?

— Je voudrais le numéro de chambre de Joe Dougherty, je vous prie, dit-il d'une voix qu'il s'efforça de rendre plus grave.

— Je regrette, monsieur. Nous ne donnons pas le numéro de chambre de nos clients. Mais je peux vous mettre en communication avec lui si vous le souhaitez.

Il sentit une vague de colère lui brûler la nuque.

— En fait, je voudrais lui faire livrer des fleurs, à lui et à sa femme. Et j'ai besoin du numéro de chambre pour le fleuriste.

— Vous n'avez qu'à lui indiquer le nom et l'adresse de notre hôtel. Nous nous chargerons de leur remettre le bouquet en main propre.

Le ton suffisant de la réceptionniste l'exaspéra. *Nous nous chargerons de leur remettre le bouquet en main propre !* Ce n'était pas cette garce prétentieuse qui lui dirait ce qu'il devait faire. Il grinça des dents de rage impuissante.

— Merci pour votre aide, Tania.

Et, les yeux étrécis, il raccrocha.

Il fallait acheter des fleurs ? Qu'à cela ne tienne ! Mais Tania regretterait de ne s'être pas montrée plus obligeante.

9

Mardi 28 novembre, 18 h 45

Avec un bâillement, Reed se gara derrière la petite Alfa de Mitchell.

— Ne faites pas ça ! protesta-t-elle. J'ai encore des tonnes de lecture à terminer ce soir.

— Il est hors de question que vous retourniez à votre bureau. J'ai besoin de dormir, et vous aussi, Mia.

— Je ne vais pas y retourner tout de suite. Il y a autre chose dont je dois m'occuper avant. Mais il faut absolument que j'épluche encore quelques dossiers. Pour l'instant, nous n'avons toujours rien trouvé.

— C'est vrai, concéda-t-il d'un air sombre. Ce que les étudiantes du club de Caitlin avaient à nous apprendre s'est révélé plutôt décevant.

— Elles ne peuvent nous dire ce qu'elles n'ont pas vu. Si ce type filait Caitlin, il s'est montré rudement prudent. Du moins, pouvons-nous écarter Doug Davis et Joel Rebinowitz.

— Heureusement pour Doug qu'il a un sale caractère. Le fait d'être incarcéré sans caution pour violence avec voie de fait dans une prison de Milwaukee lui fournit un alibi en béton. Nous allons pouvoir dire à Margaret Hill qu'il n'est pour rien dans la mort de sa mère.

— Et par chance pour Joel, la salle d'arcade est équipée d'une caméra de surveillance.

L'enregistrement vidéo avait en effet montré Joel occupé à jouer au flipper au moment de l'assassinat de Caitlin. Mitchell se frotta les joues de la paume de ses mains et lança un pauvre sourire à Reed.

— Rentrez chez vous auprès de votre fille, Solliday. Fluffy est mort. Il n'a plus autant de conversation qu'avant. Il n'y a plus rien qui me retienne chez moi.

Il ne lui rendit pas son sourire. Une frustration mêlée de lassitude l'envahit et, avec elle, sa mauvaise humeur.

— Pas question ! Les chances d'accident augmentent avec la fatigue. Et les accidents mortels, qui plus est. Alors, rentrez chez vous, sacré bon sang !

Déconcertée, elle tiqua.

— Je ne suis pas si fatiguée que ça.

— C'est aussi ce qu'a dit le type qui a brûlé un feu rouge et heurté la voiture de ma femme de plein fouet.

Il regretta immédiatement ses paroles, mais trop tard !

Une lueur de compassion vacilla dans les yeux bleus de Mitchell.

— Et elle est morte ?

— Oui.

Il y avait tellement de colère dans ce seul mot, qu'il en fut lui-même interloqué. Pourtant, en cet instant précis, il n'était pas certain de savoir après qui il était le plus en fureur.

— Je suis désolée, soupira-t-elle.

Lui aussi, et comment !

— C'est arrivé il y a longtemps, dit-il d'une voix radoucie. Je vous en prie, Mia, rentrez chez vous.

Elle hocha la tête.

— D'accord, j'y vais.

Mais elle avait abdiqué trop facilement. Nul besoin d'être grand détective pour savoir qu'elle n'en ferait rien.

Un sentiment obsédant commençait à le tenailler. Elle allait se faire tuer et, fichtre, elle lui plaisait de plus en plus ! Il comprenait à présent pourquoi Spinnelli la tenait en si haute estime. Et force lui était aussi de reconnaître qu'elle avait piqué sa curiosité.

Reed attendit que sa voiture s'éloigne, puis entreprit de la filer. Au premier feu rouge, elle n'avait toujours pas repéré sa présence. *Elle doit vraiment être vannée*, songea-t-il. Il sortit son portable, prononça le mot « maison » et attendit que le système de reconnaissance vocale accomplît son travail.

— Salut, papa ! dit Beth, en le faisant sursauter.

Il ne s'était toujours pas habitué à cette fonctionnalité des mobiles qui permettait d'afficher automatiquement le nom de votre correspondant.

— Bonsoir, ma chérie. Comment ça s'est passé à l'école aujourd'hui ?

Le feu passa au vert et Mitchell poursuivit sa route, sans tenter de le semer. Jusque-là, tout allait bien.

— Pas mal. Quand rentres-tu ?

— Pas avant un petit moment. Il y a du nouveau dans l'enquête.

— *Quoi ?* Mais tu avais promis de m'amener chez Jenny Q ce soir. Tu devais rencontrer sa mère. Pour que je puisse aller à sa fête ce week-end, tu te rappelles ?

La véhémence dans la voix de sa fille le décontenança.

— Eh bien, j'irai demain.

— C'est *ce soir* que j'ai besoin de travailler avec elle, vitupéra Beth furibonde.

— Beth, qu'est-ce qui ne va pas ?

— Tu ne tiens pas tes promesses, voilà ce qui ne va pas ! s'indigna-t-elle dans un sanglot étouffé.

Quelque peu désemparé, il se redressa. C'était encore ces satanées hormones qui lui jouaient des tours ! Il n'arrivait jamais à se souvenir à quel moment du mois sa fille n'était pas à prendre avec des pincettes.

— On va s'arranger, ma puce. Si c'est tellement important pour toi, je vais demander à ta tante Lauren de rencontrer la mère de Jenny.

— D'accord, répondit-elle, la voix tremblante. Excuse-moi, papa.

— Ce n'est rien, ma chérie. Passe-moi tante Lauren.

— Que s'est-il passé ? demanda Lauren une minute plus tard.

— Elle veut aller à une fête chez une amie ce week-end, et je devais rencontrer la mère ce soir, mais je suis obligé de travailler tard.

Ce qui n'était après tout qu'un demi-mensonge. Un tout petit et pieux mensonge. Il n'empêche qu'il frissonna. Mais ne se rétracta pas pour autant.

— Peux-tu la conduire là-bas et cuisiner un peu la mère en question ?

— J'ai la permission de lui braquer un projecteur dans les yeux et d'utiliser un tuyau de caoutchouc ?

— Fais-toi plaisir ! s'esclaffa-t-il. Je ne sais pas à quelle heure je rentrerai.

— Reed, enquêtes-tu sur cet incendie qui a coûté la vie à une assistante sociale ?

— Comment le sais-tu ? grimaça-t-il.

— Tous les journaux télévisés en parlent. Mon Dieu ! La pauvre femme !

— Quels journaux ?

— La télévision locale. Ça a fait la une des informations. Tu veux que je t'enregistre le journal de 22 heures ?

— Bonne idée. Et n'oublie pas ! Je veux que Beth soit rentrée pour 21 heures.

— Je sais, Reed, j'ai l'habitude, répondit Lauren avec patience. Tu n'as pas à t'inquiéter de la manière dont je m'occupe de Beth. Par contre, tu pourras te faire du souci le jour où je me marierai.

— Tu as l'intention de te marier bientôt ? la taquina-t-il.

— Je parle sérieusement. Un de ces jours, je partirai, Reed. Tu devras songer à me remplacer.

— Oh, je vois ! Tu vas encore me dire que je devrais sortir.

Lauren s'y connaissait en discussions oiseuses.

— Il est beaucoup plus facile de trouver une bonne épouse que d'engager une bonne nounou. Et mon horloge biologique s'accélère. Il faut que je me déniche un mari avant qu'ils ne soient tous pris. A tout à l'heure !

Reed raccrocha, les sourcils froncés. Comment se débrouillerait-il avec Beth lorsque Lauren aurait quitté le nid ? L'idée de se marier uniquement dans le dessein de disposer d'une gouvernante/femme de ménage à domicile était inacceptable, il le savait. Il avait eu un mariage heureux autrefois. Pas question de se contenter de moins. Tout en suivant la voiture de Mitchell, il laissa ses pensées vagabonder. Le souvenir de Christine s'imposa à son esprit. Elle avait été une épouse parfaite. Belle, intelligente, sexy. Il poussa un soupir. Oui, très sexy. Mieux valait empêcher ses réflexions de partir à la dérive, car immanquablement elles revenaient à la question du sexe.

Or, il lui était difficile de garder la maîtrise de son esprit — pour ne rien dire de son corps —, quand il était à ce point fatigué. Il se souvenait de tout avec une telle acuité ! Le corps de sa femme, les sensations qu'il éprouvait quand il lui faisait l'amour dans le silence de la nuit. Le toucher de sa peau, de ses cheveux. La façon qu'elle avait de chuchoter son nom quand elle approchait de la jouissance, quand elle le suppliait de l'emmener au plaisir suprême. Et ce qu'il ressentait quand, l'entraînant avec lui, elle atteignait l'orgasme. Mais plus que tout, il se rappelait l'incroyable sentiment de paix qui l'envahissait quand ils reposaient ensuite, serrés l'un contre l'autre.

Stop ! Quelque chose ne tournait pas rond dans ce fantasme. Un changement était survenu, mais lequel ? Reed cligna des yeux, dans un effort pour focaliser de nouveau son attention sur les feux arrière des véhicules devant lui. *Hummm !* Troublé, il battit encore une fois des paupières, mais l'image qui s'était insinuée dans son esprit demeurait inchangée. La femme qui hantait ses divagations n'était plus celle qu'il avait connue, grande, brune, dotée d'un physique de danseuse. La femme de son rêve éveillé était blonde, avec un corps solide et vigoureux. Ses seins… ses jambes… étaient différents. Ses yeux n'avaient rien de sombre ni de mystérieux. Ils s'ouvraient grand sur un regard bleu comme un ciel d'été.

Bon sang ! La femme à qui il venait de faire l'amour en pensée n'était pas Christine. C'était Mia Mitchell ! D'un geste nerveux, il changea de vitesse. L'image de Mitchell occupait obstinément son esprit. Nue et offerte. Dès lors qu'il l'avait vue ainsi, quand bien même ce n'était que dans son imagination, il serait désormais bougrement difficile de la regarder d'un autre œil.

— Il ne manquait plus que ça ! grommela-t-il.

A faire l'amour à un souvenir, il ne risquait rien. Mais rêver d'une femme bien vivante comportait trop de dangers. Aussi devait-il chasser cette idée de son cerveau. De cela, il était capable. Il l'avait déjà fait. Ce n'était qu'une question de discipline.

Quatre véhicules plus loin, le clignotant de Mia signala qu'elle allait s'engager sur l'autoroute, en direction du sud. S'il avait eu la moindre parcelle de bon sens, il aurait dépassé la bretelle d'autoroute, fait demi-tour au prochain carrefour et serait rentré chez lui. Mais il ne fit rien de tout cela. Pour quelque raison mystérieuse qu'il ne tenta même pas de comprendre, il suivit la voiture de Mia, se demandant où elle le conduirait.

Mardi 28 novembre, 19 heures

Il déposa le vase empli de fleurs sur le comptoir de la réception.

— C'est pour une livraison, m'dame.

Une femme de petite taille, debout derrière le comptoir, tapait sur un clavier. Son badge indiquait son nom — Tania — et au-dessous, en caractères plus petits, sa fonction — Assistante de direction. Autour du cou, elle portait une photo d'identité au dos de laquelle était accrochée une carte magnétique. Probablement un passe-partout, il était prêt à le parier. Exactement ce qu'il lui fallait.

Elle leva les yeux et esquissa un sourire las.

— Je suis à vous dans une minute.

Il bâilla puis remonta la monture noire de ses lunettes sur son nez. Ce n'était qu'une simple paire de lunettes de lecture, mais elle modifiait considérablement son apparence. Ajouter à cela la perruque bon marché qu'il s'était procurée, et la métamorphose était complète, suffisante en tout cas pour tromper la vigilance des caméras de surveillance.

— Prenez votre temps.

— Vous travaillez tard, remarqua-t-elle, une pointe de compassion dans la voix.

Son bâillement n'avait pas été feint. Il avait effectivement peu dormi ces deux dernières nuits.

— Nous avons eu quelques commandes de dernière minute. Mais c'est ma dernière livraison de la journée. Ensuite, je rentre chez moi.

— Vous avez de la chance ! lâcha-t-elle avec un sourire contrit.

Il la laissa pianoter encore trente secondes.

— Les routes sont très glissantes, je vous conseille d'être prudente au volant. Ils annoncent encore de la neige pour ce soir.

— Merci de me prévenir, mais je ne suis pas près de rentrer à la maison. Je reste ici toute la nuit.

— Toute la nuit ? répéta-t-il avec une grimace. C'est moche !

Toute la nuit ? Bon sang ! Il lui fallait cette clé à tout prix !

Sans cesser de travailler, elle haussa les épaules.

— Avec deux employés cloués au lit à cause de la grippe,

je suis bien obligée de mettre les bouchées doubles. J'en ai pour jusqu'à 7 heures demain matin.

Elle s'arrêta de taper et se tourna vers lui.

— Oh, les jolies fleurs !

Jolies ? Et comment ! Elles lui avaient coûté cinquante dollars.

— Elles sont pour..., commença-t-il avant de sortir une feuille de papier de sa poche. Dougherty. Pouvez-vous me confirmer que je suis à la bonne adresse ?

— C'est exact. Les Dougherty sont bien descendus dans notre hôtel.

— Elles leur seront remises ce soir, sans faute ?

— Je m'en chargerai personnellement dès que je pourrai m'absenter une minute.

Mardi 28 novembre, 20 h 15

Au bout de douze ans, Mia aurait dû finir par s'habituer à voir sa sœur cadette traverser le parloir de la prison dans son uniforme carcéral. Kelsey se laissa tomber sur une chaise et attendit.

Mia saisit le combiné et, après un moment d'hésitation, Kelsey fit de même de l'autre côté de la vitre en Plexiglas.

— On l'a enterré, annonça Mia.

Les lèvres de Kelsey se retroussèrent.

— J'espère bien. Il doit être dans un état de décomposition avancée à l'heure qu'il est.

— J'aurais voulu que tu sois là, dit Mia avec un sourire triste.

— Tu avais Dana pour te tenir compagnie.

— C'est vrai, et je lui en suis reconnaissante. Mais c'est de toi que j'avais besoin.

Le regard de Kelsey chancela.

— Je serais venue pour toi. Pas pour lui.

Ce qui était, somme toute, très compréhensible.

— Je sais.

— Pourquoi es-tu venue, M ?

C'était toujours « M », jamais « Mia ». Kelsey se donnait un mal fou pour affecter le détachement, au cas où une détenue aurait reconnu en Mia le flic qu'elle était. Heureusement, il n'y avait entre elles aucun air de famille pour les trahir. Kelsey ressemblait à leur mère, tandis que Mia était le portrait craché de Bobby Mitchell. Leur père avait été un charmeur dans sa jeunesse, avec ses cheveux blonds et ses yeux bleus dont il savait si bien cligner pour mettre de la sincérité dans son regard quand la situation l'exigeait. Mia l'avait toujours soupçonné d'être un homme à femmes. Maintenant, elle n'en doutait plus.

— Il s'est passé quelque chose qu'il faut que tu saches. Pendant que j'étais au cimetière pour l'enterrement de Bobby…

Le souvenir de la petite stèle funéraire surgit dans son esprit. Le choc lui avait fait l'effet d'une douche glacée. Une trahison de plus à ajouter à toutes celles qu'elle avait déjà essuyées.

— L'emplacement à côté de sa tombe était déjà occupé, reprit-elle.

Kelsey renversa la tête en arrière, les yeux plissés.

— Par ce cher Liam.

Mia demeura un instant interdite.

— Tu le *savais* ? demanda-t-elle enfin.

— Tu n'étais pas au courant ? répliqua froidement sa sœur. C'est intéressant.

— *Comment* l'as-tu appris ?

— J'ai découvert une photo dans un coffret à l'intérieur de son armoire, un jour que je cherchais de l'argent. Un mignon petit gosse ! Assis dans notre fauteuil à bascule. *L'héritier légitime*.

Mia était abasourdie.

— J'ai trouvé la boîte en triant ses vêtements, mais je ne l'ai ouverte qu'en rentrant du cimetière. J'ai vu le nom de Liam sur la pierre tombale à côté de celle de Bobby au moment de la mise en terre. Jusque-là, je n'avais jamais entendu parler de son existence.

A MON FILS BIEN-AIMÉ, LIAM CHARLES MITCHELL.

Une ombre passa sur le visage de Kelsey.

— Je regrette. Je ne voulais pas que tu l'apprennes de cette façon. Je croyais vraiment que tu étais au courant. Alors, qu'est-ce qu'*elle* a fait ?

Elle, c'était leur mère.

— Au cimetière ? Elle s'est enfermée dans sa bulle.

Plus tard, *elle* avait parlé. Mia ne s'était pas montrée très patiente envers sa mère. Beaucoup d'eau passerait sous les ponts avant que les deux femmes soient de nouveau capables d'engager une discussion amicale. *Et pourtant, ça ne me contrarie pas plus que ça !*

— Il est né quand j'avais dix mois. Il est mort un an plus tard. J'ai vérifié le nom de sa mère sur son acte de naissance. Elle s'appelait Bridget Condon.

— Je sais.

— C'est Bobby qui te l'a dit ?

Kelsey haussa une épaule.

— Un jour, j'ai attendu qu'il soit soûl pour l'interroger.

Mia ferma les yeux.

— C'était à quel moment ?

— Juste avant Noël. J'avais treize ans.

— On a dû te poser six points de suture sur la lèvre, se souvint Mia.

— Oui, et *elle* a raconté à l'hôpital que j'étais tombée en faisant de la planche à roulettes.

C'était bien dans le style de leur mère d'inventer pareilles histoires, aucun doute là-dessus. Jongler avec les services d'urgence des hôpitaux, jongler avec les mensonges. Tous les subterfuges étaient bons pour taire les secrets inavouables.

— Quelle saloperie, Kelsey !

— C'est du passé, M. A présent, il brûle dans son petit enfer personnel.

— Il avait reconnu l'enfant.

Cette pensée avait tourmenté Mia trois semaines durant.

— Il s'était mis en ménage avec Bridget. Il allait épouser la mère de son fils.

— Il n'aurait pas hésité à nous abandonner, simplement parce que Bridget lui avait donné un fils. Et pas Annabelle.

— Et il est revenu après la mort du bébé.

— Oui, je sais. Annabelle a quand même fini par l'admettre.

Non sans peine, toutefois. En rentrant du cimetière, Mia avait dû pousser sa mère dans ses derniers retranchements pour lui faire avouer la vérité.

— Et elle a accepté de le reprendre.

— Et neuf mois plus tard, surprise ! Encore une fille ! Moi.

— Il a rejeté ses deux enfants parce qu'elles n'avaient pas de pénis, gronda Mia, soudain submergée par une rage qui la fit grincer des dents. Dire que toutes ces années j'ai essayé de lui plaire, de le calmer ! soupira-t-elle. Que sais-tu au sujet de son autre fille ?

Kelsey sursauta.

— Pardon ?

— Au cimetière… j'ai vu une femme, hésita Mia. Elle me ressemblait trait pour trait, en un peu plus jeune. Elle avait mes yeux, ajouta-t-elle en songeant aux yeux de Bobby. C'était troublant.

— Ça, je l'ignorais, répondit Kelsey, visiblement perplexe. Je ne peux rien faire pour toi, M.

— Merci de me croire, au moins. J'ai bien conscience que toute cette histoire a l'air loufoque.

— Tu ne m'as jamais menti, dit Kelsey, songeuse. Ainsi, nous sommes trois à n'être que des rejetons femelles sans légitimité.

— Pour autant qu'on le sache. Il y en a peut-être d'autres. Dieu sait combien de fois il a essayé d'engendrer un fils.

Kelsey eut une moue amusée.

— On dirait que Bobby a surtout produit des chromosomes X. Pas de petits Y pour fabriquer des petits Bobby.

Malgré le poids qui lui écrasait les épaules, Mia ébaucha un sourire.

— Seigneur ! tu me manques tellement !

Kelsey déglutit douloureusement.

— Arrête, ne me fais pas…, murmura-t-elle avant de jeter un regard furtif autour d'elle. C'est inutile.

— Dans trois mois tu repasses devant la commission de mise en liberté conditionnelle.

— Comme si je ne connaissais pas l'heure exacte, à la minute près ! Mais ça ne servira à rien.

— Je serai là, je te le promets.

— Tu es toujours venue, à toutes les audiences. Et je t'en suis reconnaissante. Mais Shayla Kaufmann aussi est toujours là, et son deuil pèse plus lourd que tes bonnes paroles.

— Ça fait douze ans, Kelsey, protesta Mia en serrant les poings.

— Il n'empêche que son mari et son fils sont toujours morts.

— Ce n'est pas *toi* qui les as tués. L'enregistrement vidéo du magasin l'a clairement prouvé.

Kelsey était restée pétrifiée, les mains tremblant si fort qu'elle avait failli lâcher le revolver. C'était son petit ami, Stone, qui avait ouvert le feu. A présent, il purgeait une peine de prison à vie sans possibilité de libération conditionnelle. Kelsey s'était montrée coopérative, ce qui lui avait valu un allègement de sa condamnation. De huit à vingt-cinq années d'emprisonnement. A l'époque, Mia s'était sentie soulagée que la peine prononcée contre Kelsey n'eût pas été plus lourde. Mais au bout de douze ans, elle savait exactement avec quelle lenteur le temps pouvait s'écouler.

Bien que le visage de Kelsey demeurât impassible, ses yeux s'étaient assombris d'une souffrance que Mia lui avait rarement vue.

— Je n'ai pas tiré, mais j'étais là quand Stone l'a fait. Je n'ai rien essayé pour sauver la vie de cet homme et de son fils. Le dernier geste de ce père a été de protéger son fils en lui faisant un rempart de son corps.

Elle se tenait raide, immobile, le regard fixé sur un point au-dessus de l'épaule de Mia. Et celle-ci comprit que la même pensée leur était venue : ce qu'avait tenté cet homme, leur propre père ne l'aurait jamais fait.

— Bon sang, Kelsey ! Tu n'étais qu'une gamine. Tu avais peur. Tu étais défoncée.

— J'étais *coupable*, voilà ce que j'étais ! répliqua Kelsey, les lèvres tremblantes. Et je le suis toujours.

Mia se mordit l'intérieur de la joue.

— Je viendrai quand même à l'audience.

Les yeux de Kelsey se fermèrent un long instant, et quand elle les rouvrit, son regard avait retrouvé toute sa froideur et son indifférence.

— J'ai appris que tu avais reçu une balle.

Le sujet de la mise en liberté conditionnelle était clos.

— Oui, il y a deux semaines.

— Comment va ton copain ?

— Abe ? Il est à l'hôpital, mais il va s'en tirer.

— Fais attention à toi. Tu es la seule personne qui vienne me rendre visite ici. Je n'aimerais pas qu'il t'arrive malheur.

Mia s'éclaircit la gorge.

— D'accord.

— Et remercie Dana de ma part, mais ce n'était pas la peine.

— Pour quoi ?

— Elle m'a envoyé une carte postale de ses vacances à la mer. On y voyait des crabes énormes et hideux. Elle disait qu'elle aurait bien voulu que je sois là pour les manger avec elle. On aurait dit de gros insectes.

— Je le lui dirai. Il faut que je m'en retourne maintenant. J'ai encore des heures de lecture qui m'attendent, mais d'abord je dois aller infliger à quelqu'un une bonne correction.

Kelsey haussa nonchalamment les sourcils, une vague lueur d'intérêt dans son regard perçant.

— Brutalité policière ?

— Non. C'est mon équipier intérimaire. Il m'a suivie tout le long du chemin et maintenant il attend dehors, sur le parking. Il croit peut-être que je ne m'en suis pas aperçue.

C'était un éclair amusé qui brillait dans les yeux de Kelsey à présent.

— Pourquoi aurait-il fait une chose pareille ?

— Parce qu'il…

Mia se remémora toutes les petites attentions que Reed Solliday lui avait prodiguées au cours des deux derniers jours. Il lui avait apporté du café, donné des antalgiques, ouvert les portes comme si elle avait été… une vraie dame. Tout bien pesé, il apparaissait que Reed Solliday était un gentleman de la vieille école et un chic type de surcroît. Un homme qui avait joué au football, aimait la poésie, et semblait partager la souffrance des victimes avec la même intensité qu'elle la ressentait elle-même.

Elle exhala un soupir puis enchaîna :

— Parce qu'il est inquiet à mon sujet. Apparemment, un type a percuté la voiture de sa femme alors qu'il était trop fatigué pour conduire.

— Donc, il est marié ? demanda Kelsey d'un ton de reproche.

— Il est veuf, avec un enfant. Et ce n'est pas la peine de me regarder comme ça ! Il fait équipe avec moi temporairement, jusqu'au retour d'Abe.

— A quoi ressemble-t-il ?

Grand, bien bâti…

— Il a un petit air démoniaque, répondit Mia en effleurant les contours de ses lèvres de son pouce et de son index. Il a une sorte de petite barbiche autour de la bouche.

Une bien jolie bouche, ma foi !

— Intéressant. Et cet être satanique, il ressemble plutôt à un ange déchu ou à une gargouille ?

Mia se tortilla sur son siège, mal à l'aise.

— Il est… assez agréable à regarder.

Kelsey hocha la tête, perdue en conjectures.

— Et ?

Et c'est un homme bien. Et il me plaît. Mia retint son souffle.

— C'est tout.

Kelsey se leva.

— Okay, puisque c'est comme ça, j'attendrai la prochaine lettre de Dana. Elle me racontera tout dans les détails.

Et sans ajouter un mot, elle raccrocha le combiné et s'éloigna. Elle ne disait jamais au revoir, elle partait, tout simplement.

Pendant une minute, Mia resta figée sur son siège, le cœur déchiré. Puis elle raccrocha avec précaution et s'en fut donner à Solliday la leçon qu'il méritait.

Mardi 28 novembre, 20 h 30

Elle avait pris tout son temps, songea-t-il avec aigreur, tandis que Tania sortait du hall de l'hôtel en emportant les fleurs. Il faisait bon à l'intérieur de la voiture qu'il avait volée, et il avait failli s'endormir en attendant la jeune femme. Comme toutes les chambres du motel donnaient sur l'extérieur, il savait qu'elle finirait tôt ou tard par passer par là. Impossible de la manquer.

Sans la quitter des yeux, il traversa le parking en roulant au pas. Finalement, elle s'arrêta et frappa à une porte. Celle-ci s'ouvrit, pas assez toutefois pour lui permettre de glisser un regard à l'intérieur. Mais ce n'était pas grave. Après avoir réglé ses jumelles, il fut à même de discerner : Chambre 129. *Bingo !*

De nouveau, il bâilla. Il était fatigué. Certes, il voulait se venger de la mère Dougherty, mais pas question que l'épuisement l'empêche de savourer ce moment tant attendu ou, pire encore, le pousse à commettre une erreur. Il fallait être stupide pour prendre des risques quand on était exténué de fatigue. Par ailleurs, il avait besoin d'une clé magnétique, et Tania ne quitterait pas son poste avant 7 heures le lendemain matin. Bien sûr, il aurait pu s'en emparer dès maintenant, mais quelqu'un ne manquerait pas ensuite de remarquer l'absence de la jeune femme. Parce que, une fois qu'il aurait pris la clé, cette chère Tania qui se croyait si maligne n'irait plus nulle part.

Il avait le temps. Ce n'était pas comme si les Dougherty avaient un autre endroit où se réfugier. Il n'avait qu'à rentrer à la maison, dormir un peu et revenir le lendemain matin pour veiller à ce que Mlle Tania regagne son domicile en toute sécurité.

Mardi 28 novembre, 20 h 45

Reed rêvait. Au cœur même de son sommeil, il avait conscience qu'il faisait un songe, mais celui-ci n'en était que plus agréable. Parce qu'il savait que ce rêve ne se réaliserait jamais. Jamais il n'attirerait Mia Mitchell dans son lit, il ne dénuderait pas son corps. Il ne couvrirait pas de baisers chaque centimètre de sa peau laiteuse. Et il ne jouirait certainement jamais en elle avec une force à éteindre le regard de ses yeux bleus.

Aussi, puisque rien de tout cela n'adviendrait jamais, autant profiter de ce rêve pendant qu'il durait. Et il ne se privait pas de le savourer. Tout comme elle, d'ailleurs. Les reins arqués, chacun de ses muscles tendus, elle s'agrippait à lui de toutes ses forces tandis qu'il se mouvait au-dessus d'elle. « Oh, mon Dieu ! Reed ! » gémissait-elle si bruyamment — rien à voir avec les doux murmures de Christine — que ses cris couvraient sa propre volupté.

— Reed !

Il se réveilla en sursaut, le regard instantanément tourné vers la vitre de sa voiture sur laquelle Mitchell tambourinait de ses deux poings. Le voyant recouvrer ses esprits, elle roula des yeux.

— Bon sang, Solliday ! J'ai cru que vous vous étiez évanoui en inhalant du monoxyde de carbone.

Il ouvrit la vitre, encore sous le choc de ce rêve qui lui avait semblé bien trop réel pour être anodin. Il se retint de tendre le bras pour la toucher, devinant désormais quelle sensation il éprouverait à sentir son visage entre ses mains. Pourtant, non, il n'en savait rien du tout. Et il ne le saurait jamais.

— J'ai dû m'endormir.

Elle avait l'air furieuse. Pour quelle raison ?

— Que diable faites-vous ici ?

Ici ? Il regarda autour de lui, vit la clôture, le poste de sécurité. Une prison. *Ah, oui !* Le trajet en voiture depuis la ville lui revint à la mémoire. Tu parles d'une filature discrète ! *Nom d'un chien !* Il s'était fait mener en bateau.

— Euh…, bredouilla-t-il, l'esprit totalement vide, le corps rigide.

Elle le fixa d'un regard ulcéré.

— Vous avez vraiment cru que je ne vous avais pas remarqué ?

Le sang de Reed recommença à irriguer son cerveau, soulageant ses désagréments, tant sur le plan mental que physique.

— Peut-être. Bon, d'accord. Je n'y ai pas pensé. J'ai tout raté, n'est-ce pas ?

Le visage de Mitchell se radoucit.

— En effet, mais ça partait d'une bonne intention. Vous avez bien dormi ?

Il sentit le feu lui monter aux joues, comme si son rêve lui avait marqué au fer rouge une lettre écarlate sur le front.

— Oui, dit-il en jetant un regard vers le bâtiment de la prison dont les lumières illuminaient crûment le ciel nocturne. Si je vous demande ce qui vous amène ici, je suppose que vous me direz que ça ne me regarde pas ?

— Vous êtes l'homme le plus curieux que je connaisse.

— Désolé.

— Mais vous me paraissez également gentil et plutôt inoffensif.

Le rêve de Reed fulgura de nouveau dans son esprit, clair et net. Et en Technicolor, de surcroît. Qu'importe ! Tant qu'elle en ignorerait tout, il n'y aurait aucun mal.

— Je le suis, la plupart du temps.

— Et vous m'avez apporté un café à deux reprises aujourd'hui, et hier, un hot dog.

Voilà qui semblait encourageant.

— Je vous ai aussi laissé chaque fois le choix de l'endroit où nous irions déjeuner.

— C'est vrai, répondit-elle avec un pâle sourire qui s'évanouit aussitôt. Je suis allée rendre visite à ma sœur.

A dire vrai, il ne s'était pas attendu à pareille réponse.

— Quoi ?

— Vous m'avez très bien entendue. Ma sœur est en prison pour vol à main armée. Ça vous choque ?

— Oui, je dois l'avouer. Depuis combien de temps est-elle incarcérée ?

— Douze ans. Je viens aux heures de visite comme tout un chacun. Je ne veux pas que qui que ce soit dans cette prison apprenne que sa sœur est flic.

Abasourdi, Reed demeurait coi.

— Comme vous l'avez dit hier, reprit-elle, parfois c'est encore pire pour les enfants de flics. Ma sœur paie très cher les conséquences de quelques mauvaises décisions.

Si elle n'obtient pas sa mise en liberté conditionnelle, elle va continuer de payer pendant encore treize ans.

— C'est pour cela que vous comprenez réellement les sentiments de Margaret Hill envers sa mère.

Elle se contenta de le considérer fixement, sans rien dire.

Il se passa la main sur le visage où de nouveaux poils de barbe commençaient à le gratter.

— Qu'est-ce qu'on fait maintenant ?

— Je vais examiner encore quelques dossiers.

— Nous pourrions aussi aller dîner, proposa-t-il.

Elle le scruta avec attention.

— Pourquoi ?

— Parce que mon estomac crie famine, vous ne l'entendez pas ?

— En effet, répondit-elle avec une moue amusée. Mais je voulais dire : pourquoi m'avez-vous suivie ?

— Parce que vous êtes fatiguée et que vous vous sentez coupable de ne pas avoir traité en un soir toutes les informations contenues dans ces dossiers, alors qu'il nous faudra probablement plusieurs jours pour en venir à bout.

Puis, voyant qu'elle n'acceptait pas son explication, il lui donna la seule réponse susceptible de les contenter tous les deux.

— Je ne sais pas pourquoi, mais je vous aime bien. Je ne voulais pas qu'il vous arrive quelque chose de fâcheux, c'est tout.

Elle tressaillit, ses yeux s'allumèrent d'une lueur de méfiance qui le secoua au plus profond de son être, tandis qu'elle s'écartait de la portière. Elle tourna la tête vers la prison. Quand elle reporta son regard sur lui, ses yeux étaient limpides, son sourire légèrement moqueur.

— Allons manger un morceau. Mais pas ici, d'accord ?

— D'accord, acquiesça-t-il d'un signe de tête. Cette fois, c'est vous qui me suivez.

*
* *

Mardi 28 novembre, 22 h 15

Reed sortit de son garage et attendit que la petite Alfa de Mitchell s'engageât dans l'allée. Il était quelque peu surpris qu'elle n'eût pas regimbé lorsqu'il était devenu évident qu'il avait pris la direction de sa propre demeure. Mais non, la voilà qui arrivait, avec son blouson pitoyable et le reste à l'avenant. Après tout, il avait déjà invité des collègues à dîner par le passé. Foster, célibataire qui ne possédait pour tout ustensile de cuisine qu'un chauffe-plat, était un habitué de la maison.

Mais il fallait avouer que Foster ne ressemblait en rien à Mia Mitchell. Le cœur de Reed cogna violemment dans sa poitrine, cependant qu'elle descendait de voiture. De l'endroit où il se trouvait, il pouvait distinguer chaque courbe de son corps. *Tu es complètement cinglé*, se réprimanda-t-il. *C'est une très mauvaise idée que tu as eue là*. Pourtant, il avait lu quelque chose dans ses yeux, une sorte de fragilité. La veille encore, il croyait qu'il n'y avait nulle douceur en elle. Il s'était lourdement trompé, il s'en rendait compte à présent.

Elle s'arrêta à un mètre de lui, ses sourcils blonds arqués.

— Il s'appelle *Chez Solliday,* ce café ?

— Je ne sais pas ce que vous en pensez, mais la seule idée d'un autre hamburger dans un sac en papier me révulse.

— Vous allez cuisiner pour moi ? interrogea-t-elle, goguenarde.

— Ça dépend de ce que vous entendez par cuisiner. Venez, entrez.

Il la conduisit à travers le garage jusqu'à la cuisine où Beth se préparait du pop-corn dans le four à micro-ondes.

— Bonsoir, ma chérie !

Beth se borna à tourner la tête pour lui jeter un coup d'œil, puis détourna le regard.

Conscient que Mitchell, derrière lui, l'observait, il fit un pas vers sa fille.

— Beth ?

— *Quoi ?*

— Qu'est-ce qui ne va pas, maintenant ?

— Rien, répondit la jeune fille, les mâchoires crispées.

— Je crois que je ferais mieux de partir, murmura Mitchell.

Il l'arrêta d'un geste de la main.

— Non, ça ira. Beth, voici l'inspecteur Mitchell, mon équipière à titre temporaire. Et voici Beth, ma fille *bien élevée.*

Beth secoua la tête, vexée.

— Ravie de faire votre connaissance, inspecteur.

— Enchantée, Beth. Ecoutez, Solliday, je peux…

— Asseyez-vous, coupa-t-il avec un sourire contraint. S'il vous plaît. Beth, si tu refuses de m'expliquer de manière rationnelle ce qui ne va pas, tu peux retourner dans ta chambre.

— Ce qui ne *va pas,* c'est que tout le monde continue à me traiter comme si j'avais quatre ans. Tout ce que je voulais, c'était dormir chez Jenny ce soir. J'avais même emporté ma *brosse à dents* ! Mais Lauren… elle m'a fait honte devant *tout le monde.*

— C'était qui tout le monde ?

— Peu importe !

Les grains de maïs continuaient d'éclater, chaque petit bruit sec accentuant la tension ambiante.

— Lauren a agi selon mes instructions. Tu sais très bien que tu n'as pas le droit de passer la nuit chez tes amies quand tu as cours le lendemain.

La sonnerie du four à micro-ondes retentit ; Beth en sortit le sac de pop-corn.

— Très bien.

Elle referma la porte du four avec violence et, une

minute plus tard, claquait la porte de sa chambre. Reed se tourna vers Mitchell, la mine maussade.

— Elle était gentille avant, je vous jure.

— Ce doit être à cause des extraterrestres, des cyborgs, ou des mutants, je ne vois pas d'autre explication, suggéra-t-elle d'un air penaud.

Avec un rire las, il ôta son pardessus et son veston et les déposa soigneusement sur le dossier d'une chaise.

— Je vais la laisser se calmer un peu avant de lui annoncer ce que sa petite incartade va lui coûter en termes de prérogatives. Retirez votre blouson, Mia. Restez un moment.

Venir chez lui était vraiment une très mauvaise idée. Mais en regardant Solliday s'affairer dans sa cuisine, Mia se dit que cela importait peu à présent. Il avait enlevé son manteau et sorti ses chaussures crottées dans le garage. Elles portaient encore des taches de boue, mais Mia ne doutait pas une seconde que dès 8 heures le lendemain matin, elles brilleraient de nouveau comme des sous neufs.

Par contre, rencontrer sa fille avait constitué une expérience assez intéressante. Mais Beth avait quatorze ans, ce qui, supposait Mia, expliquait bien des choses. Plus révélatrice avait été la manière dont Solliday avait réagi à la situation. Avec patience, fermeté et perplexité. A sa place, Bobby l'aurait envoyée à terre d'une seule gifle. Même Kelsey n'avait jamais osé le défier devant des invités. Mia chassa Bobby de ses pensées et les concentra sur le sujet, tout aussi perturbant, de Reed Solliday.

En le regardant tirer sur le nœud de sa cravate, elle eut l'impression d'avoir dangereusement pénétré son intimité. A voir le jeu de ses muscles sous l'étoffe de sa chemise tandis qu'il dégageait la cravate du col, elle se sentit un fourmillement dans le ventre et comme une décharge électrique le long de l'échine.

Reed Solliday était un homme très agréable à regarder, et dans le silence de sa cuisine, Mia dut reconnaître qu'il l'intéressait au plus haut point. *Prends garde*, se houspilla-t-elle. *Tu ne sors pas avec des flics. Mais il n'est pas flic*, objecta son esprit, cependant qu'elle luttait pour résister à l'envie de contempler les poils bruns qui s'échappaient de son col ouvert. *Ne joue pas sur les mots et ressaisis-toi.* Elle se força à lever les yeux et s'aperçut qu'il la fixait de son regard presque noir.

— Quelque chose vous tracasse ? demanda-t-il d'une voix basse et rauque, comme s'il avait deviné ses pensées.

Ce qui la tourmentait, c'était que Reed Solliday était beaucoup trop séduisant, debout devant elle, sans cravate, que cela faisait trop longtemps qu'elle n'avait pas eu d'homme et que le désir frappait à sa porte de manière soudaine et fort *inopportune*. Cognait avec un fracas épouvantable, même. Cependant, vu qu'aucune de ces explications n'aurait été appropriée, elle haussa les épaules.

— Je ne suis pas certaine de savoir ce que je suis venue faire ici.

Il haussa les sourcils d'un air de défi.

— Dîner ?

— Je croyais que nous allions nous arrêter quelque part près de mon bureau.

Il détourna le regard, rompant le lien invisible qui les avait un instant unis. Il sortit un plat à gratin de verre du réfrigérateur.

— Je préfère manger un vrai repas quand j'en ai l'occasion.

Mia n'avait rien non plus contre un vrai dîner, cela allait sans dire.

— Qu'est-ce que c'est ?

Il retira le papier d'aluminium.

— On dirait des lasagnes.

— Ce n'est pas vous qui les avez préparées ?

— Non, répondit-il en glissant le plat dans le four. C'est ma sœur Lauren. Elle fait très bien la cuisine.

Ainsi, c'était sa sœur qui s'occupait de Beth quand il travaillait tard. Et dire que Mia s'était torturé les méninges avec cette question. Enfin, elle était soulagée. Et un rien contrariée de s'en être tellement souciée, il fallait l'avouer. D'un regard oblique, elle l'observa en train de fourrager dans le réfrigérateur à la recherche d'une laitue.

— Je peux vous aider ?

— Non, merci. Je ne suis pas aussi bon cuisinier que l'était ma mère, mais j'arrive à me débrouiller pour les salades.

Etait ?

— Votre mère est morte ?

— Oui, il y a cinq ans. Elle avait un cancer.

La nostalgie qui perçait dans sa voix ne laissait aucun doute quant à l'attachement qui l'avait lié à sa mère. Elle lui manquait, c'était indéniable. Mia pensa à son propre père. Si seulement elle avait pu éprouver ne serait-ce qu'une infime fraction du chagrin de Solliday. Mais elle n'en ressentait aucun, et il en serait toujours ainsi.

— Je suis désolée, dit-elle avec sincérité. Et votre père ?

— Il s'est remarié et a pris sa retraite à Hilton Head. Il joue au golf tous les jours.

A ces paroles empreintes de tendresse, elle ressentit une pointe de jalousie qui lui fit honte.

Il posa le saladier de côté et sortit une cruche de thé glacé du réfrigérateur.

— J'ai interrogé ma messagerie vocale pendant que je vous attendais devant… enfin, là-bas. Ben m'a donné les résultats de l'analyse de l'accélérant prélevé dans la maison de Mme Hill. Il s'agit de nitrate d'ammonium, comme chez les Dougherty. De celui qu'on trouve dans le commerce. On peut s'en procurer dans n'importe quel magasin d'engrais et d'alimentation animale. Je n'ai pas du tout envie que Ben perde son temps à courir partout tant que nous n'aurons pas davantage d'éléments.

— Dès que les dossiers nous auront fourni des pistes, nous pourrons montrer des photos aux fournisseurs d'engrais de la région pour voir si ça leur évoque des souvenirs. Quoi de neuf au sujet des œufs en plastique ? J'essaie de me rappeler la dernière fois où j'ai vu des collants vendus dans ce genre d'emballage. Bien que je n'utilise pas moi-même pareils instruments de torture, ajouta-t-elle avec une grimace.

— J'ai fait une recherche sur Google, dimanche. Le fabricant de collants a abandonné ce type de conditionnement. Il est revenu aux boîtes en carton en 91.

— Mais notre homme possédait au moins trois de ces œufs.

— Les sites que j'ai vérifiés disent qu'on s'en sert maintenant pour des travaux d'artisanat d'art, mais là encore, sans suspect, c'est comme chercher une aiguille dans une botte de foin. J'ai demandé à Ben d'appeler les magasins de loisirs créatifs, mais il est revenu bredouille. Il arrive parfois qu'on trouve ces œufs en vente sur eBay. Ce qui signifie que notre pyromane ne se fournit pas forcément dans la région. Tout ce que nous avons, c'est un peu de sang et de cheveux appartenant à la victime et des empreintes de pas qui peuvent provenir de n'importe qui.

Il y avait de la frustration dans sa voix, elle ne pouvait l'ignorer.

— Laissez un peu de temps à Jack. Si notre homme a laissé tomber une miette, Jack la trouvera, affirma-t-elle sans pouvoir toutefois réprimer l'inquiétude qui la tenaillait. Il est presque minuit. Vous pensez qu'il va encore frapper ?

— Si ce n'est pas cette nuit, ce sera bientôt. Il aime trop le feu pour se retenir.

Mia se mordit la langue.

— Pourquoi le feu ? Pourquoi aime-t-il tant le feu ?

— Les flammes peuvent être fascinantes, elles exercent

un attrait irrésistible. Le feu détient le pouvoir de détruire avec une apparente facilité.

— C'est une question de puissance, supputa-t-elle.

— Exactement ! Et déployer cette puissance rend l'incendiaire invincible, pendant un bref instant. Il est capable de provoquer le chaos, de faire accourir des compagnies entières de pompiers. Le pyromane a la haute main sur les actions des autres. A ses yeux, c'est comme manipuler des marionnettes à fils.

— Il agit par compulsion, murmura Mia.

Elle vit ses yeux lancer des éclairs.

— Non. Ça voudrait dire qu'il ne peut pas s'en empêcher. Il en est tout à fait capable. C'est juste qu'il ne le veut pas.

Mia se souvint de ce qu'il avait dit à Miles.

— Vous ne croyez pas aux pulsions ?

— Les gens invoquent les pulsions pour se justifier quand ils trouvent que la satisfaction de leurs désirs leur importe plus que ceux qu'ils font souffrir. Quand ils ne veulent pas être tenus responsables de leurs actes.

— Vous ne croyez donc pas aux maladies mentales ? demanda-t-elle, soudain rembrunie.

— Ne me faites pas dire ce que je n'ai pas dit, Mia. Je crois que certaines personnes sont psychiquement malades. Qu'elles entendent réellement des voix ou se croient persécutées. Mais je n'ai jamais vu un pyromane qui ne soit reconnu en possession de toutes ses facultés mentales. Il ne s'agit pas de compulsion, il s'agit de choix.

Il y avait quelque chose de très profond dans ses paroles, Mia en avait vaguement conscience. Mais pour l'heure, elle était trop fatiguée pour le percevoir clairement. Aussi renonça-t-elle à creuser la question.

— Il doit y avoir longtemps que vous faites ce métier, remarqua-t-elle calmement.

Il fit un effort visible pour se détendre.

— Environ treize ans.

Elle traça un trait sur l'humidité de son verre de thé glacé.

— Vous étiez pompier avant d'intégrer le BEI. Si je vous demandais pour quelle raison vous avez changé, vous me diriez que ça ne me regarde pas ?

— Je dirais que je vous dois un secret, inspecteur. C'est Christine qui me l'a demandé. Elle craignait qu'il ne m'arrive un accident. Je m'étais toujours intéressé au côté investigation de ce métier et je venais d'obtenir mon diplôme. Le moment était propice. Christine en a été très heureuse.

Christine avait dû être sa femme. De nouveau, la jalousie mordit le cœur de Mia, ce qui était tout à fait irrationnel, elle s'en rendit compte.

— Je pensais que ça avait à voir avec vos mains.

— Ça fera deux secrets ! Mais, bon, d'accord. Ce n'est pas une chose dont je sois particulièrement fier. J'ai perdu pied pendant quelque temps après la mort de Christine. Je buvais plus que de raison. Une nuit où je réparais ma voiture — je n'aurais pas dû boire, je le sais — j'ai laissé tomber la batterie. Elle s'est fendue et l'acide m'a éclaboussé les mains et causé des lésions sur les nerfs des doigts. Stupide, non ?

Oui, la stupidité, Mia la comprenait.

— On fait tous des choses stupides quand on est distrait.

Il accrocha son regard dans le sien et le retint un long moment.

— Qu'est-ce qui vous distrait, Mia ?

Elle ouvrit la bouche, incertaine, troublée par le brusque désir de tout lui dire, de lui raconter tous ses secrets. Mais, à point nommé, une voix ensommeillée la dispensa de répondre.

— Reed ?

Une femme se tenait sur le seuil, se frottant les yeux, une cassette vidéo à la main. Mia la dévisagea une seconde avant de reporter son regard sur Solliday. Affirmer qu'il n'existait aucun air de famille entre eux aurait constitué la plus belle litote de l'année !

La femme traversa la cuisine, la main tendue, un sourire d'un blanc éclatant sur son visage couleur d'ébène.

— Vous devez être l'inspecteur Mitchell. Je suis Lauren Solliday.

Revenant de sa surprise, Mia lui serra la main.

— Je suis ravie de vous rencontrer. J'espère que je ne vous dérange pas, si tard.

— Pas du tout. Vous avez trouvé les lasagnes ?

Solliday hocha la tête.

— Oui, et j'ai fait une salade.

— Des talents domestiques chez un homme, que demander de plus ? ironisa Lauren.

— Ses talents surpassent les miens, reconnut Mia.

— Nous avons grandi dans une famille nombreuse. Chacun devait faire la cuisine à son tour. Même Reed.

Elle tendit la cassette à son frère et expliqua :

— J'ai programmé le magnétoscope pour enregistrer tout le journal au cas où je m'endormirais. Ce qui, bien sûr, n'a pas manqué.

— Qu'avez-vous enregistré ? voulut savoir Mia.

— Lauren m'avait signalé qu'on avait parlé de l'incendie de la maison de Mme Hill aux informations. Jetons-y un coup d'œil.

Il précéda les deux femmes dans le séjour et introduisit la cassette dans le lecteur pendant que Mia promenait son regard dans la pièce. Il y régnait une élégance dénuée de toute volonté d'intimidation — équilibre délicat s'il en était, se fit-elle la réflexion. Elle se demanda si c'était Lauren ou Christine qui s'était chargée de la décoration. Le manteau de la cheminée disparaissait sous une multitude de photos et une demi-douzaine de broderies au point de croix encadrées, dont l'une représentait des roses sauvages avec les lettres « CS » brodées dans un coin. Preuve qu'il s'agissait du domaine de l'épouse défunte. Solliday surprit le regard curieux de Mia et s'imagina à tort qu'elle avait fixé son attention sur une photo de groupe.

— C'était notre dernière réunion de famille avant la mort de maman, précisa-t-il. Mes parents et… nous tous.

Mia se livra à un décompte rapide.

— Sacré nom ! souffla-t-elle, sidérée.

— Nous formions une équipe impressionnante, s'esclaffa-t-il.

— Je vois que vos parents ont recueilli un grand nombre d'enfants.

Un sourire illumina le visage de Lauren.

— Ils en ont adopté six officiellement. Reed a été le premier.

Mia repoussa une pensée nostalgique.

— Ma meilleure amie est mère nourricière.

— Celle dont les enfants ont baptisé votre poisson rouge Fluffy ? dit Reed d'un ton pince-sans-rire.

— Oui. C'est exactement ce que Dana aspire à construire. Vous étiez une famille heureuse.

Lauren prit la photo et, d'un geste plein de tendresse, la reposa sur le manteau de la cheminée.

— C'est vrai, soupira-t-elle, avec un sourire en direction de son frère. Et nous le sommes toujours.

Elle jaugea Mia d'un regard scrutateur puis reprit :

— Je suis très heureuse de faire votre connaissance, Mia Mitchell. Puis, dédaignant la protestation étouffée de Reed, elle ajouta : Regardons les infos, maintenant.

Solliday s'assit à une extrémité du canapé tandis que Lauren s'empressait de s'installer à l'autre bout, ne laissant à Mia d'autre choix que se placer au milieu, fâcheusement proche de Solliday. Elle se faisait manipuler, elle en avait la conviction. Toutefois, son attention fut bientôt détournée par l'image d'une maison calcinée qui apparut à l'écran.

Au premier plan, une journaliste à la mine effrontée se tenait sur le trottoir. Le pouls de Mia s'accéléra.

— Holly Wheaton, marmonna-t-elle d'un air dégoûté.

Elle détestait cette femme au plus haut point.

— Elle a failli me rendre fou l'année dernière pendant

que j'enquêtais sur l'incendie d'une maison, dit Solliday. Elle ne m'aime pas beaucoup.

— Alors, nous sommes deux, remarqua Mia. Lauren, est-ce que ce reportage a été diffusé en direct à 18 heures ou à 22 heures ?

— Je sais qu'il est passé en direct à 18 heures. On dirait une rediffusion.

Holly Wheaton présentait à la caméra son visage le plus grave.

— Derrière moi se trouve tout ce qui reste de la demeure de Penny Hill. La nuit dernière, cette maison a été incendiée par un pyromane. Et non seulement celui-ci a détruit la maison de Mme Hill, mais, selon des témoins, la police pense qu'il s'en est également pris à sa vie.

L'image fut coupée net et remplacée par une vidéo amateur.

— Voici à quoi ressemblait la scène hier soir au moment où les flammes ravageaient la maison, commenta Wheaton en voix off. Un voisin a eu le réflexe de filmer les événements, malgré la terreur qu'il éprouvait à l'idée que le feu puisse se propager à sa propre demeure.

Ainsi, l'un des voisins si serviables de Penny Hill avait réalisé une vidéo et l'avait vendue à la presse. Mia grinça des dents.

— Quel salaud !

A ses côtés, Solliday exhala un soupir.

— Tout à fait d'accord avec vous.

— Il s'agit du deuxième incendie suspect en moins d'une semaine, poursuivit la journaliste tandis que le film prenait fin et qu'à l'écran revenait l'image de la maison en ruines. Dans les deux cas, on déplore des victimes. Nous savons de source sûre que la police considère les deux décès comme des homicides.

Cependant que la journaliste continuait de parler, la caméra effectua un zoom arrière, s'attarda sur la maison entourée du ruban jaune délimitant la scène du crime puis balaya les résidences voisines ainsi que les badauds qui se retournaient au fur et à mesure pour lui faire face. Brusquement, Mia sursauta. Dans un coin de l'image, une femme debout près de sa voiture observait les ruines calcinées. Dans son maintien particulier, la caméra avait capté une tension qui allait bien au-delà de la simple curiosité.

— Regardez ! s'exclama Mia.

— Oui, je l'ai vue, répondit Solliday.

— Cet après-midi encore, le lieutenant de police Marc Spinnelli ne souhaitait pas s'exprimer. Mais il a depuis lors convoqué une conférence de presse pour demain matin. Nous vous tiendrons naturellement informés des dernières nouvelles. C'était Holly Wheaton en direct pour *Action News.*

Mia ne quittait pas l'écran des yeux.

— Revenez en arrière, s'il vous plaît.

Solliday rembobina la bande puis la repassa image par image.

— On ne voit pas le numéro d'immatriculation de sa voiture, dit-il. C'est une Hyundai bleue. Elle doit avoir dans les quatre-cinq ans.

— Ce n'est peut-être qu'une passante curieuse ou en quête de sensations, remarqua Lauren.

Toute fatigue envolée, Mia se sentait des fourmillements dans le corps.

— Je ne crois pas. Vous ne voulez pas qu'on aille rendre visite à Holly Wheaton demain ? Il se peut qu'ils aient d'autres enregistrements.

En voyant Solliday ébaucher un sourire carnassier, Mia comprit que cette découverte avait réveillé son instinct de chasseur.

— Elle doit se trouver encore au studio. Appelons-la tout de suite.

— Il est presque 11 heures, objecta Mia en secouant la tête. Il n'y aura plus personne pour répondre au téléphone.

L'expression de Solliday changea.

— J'ai sa ligne directe et le numéro de son portable, avoua-t-il. Et son téléphone privé.

— Je croyais qu'elle ne vous aimait pas, grommela Mia.

— Tu m'avais dit qu'elle t'avait rendu dingue l'année dernière, renchérit Lauren d'un ton plus désinvolte, avant d'ajouter devant le regard furieux de son frère : Bon, je vais emballer votre dîner pour que vous puissiez l'emporter avec vous.

Une fois Lauren partie, Solliday se tourna vers Mia.

— Cinq personnes sont mortes dans un incendie l'année dernière, dit-il, une lueur d'amertume dans ses yeux sombres. Trois étaient des enfants, dont un bébé dans son berceau. Wheaton s'en moquait bien. Elle a essayé de m'entortiller pour obtenir une interview en exclusivité. Mais je n'étais pas intéressé. Et même si je l'avais été, j'aurais vite changé d'avis après ce qui s'est passé. Je ne suis pas ce genre d'homme, Mia. Je n'ai gardé sa carte que parce que je ne jette jamais rien, conclut-il brusquement.

C'était l'un de ces instants magiques, se dit Mia, où la sincérité d'une personne se révèle dans toute sa profondeur. Solliday ne s'intéressait pas aux femmes dont l'unique souci consistait dans l'angle de leur prise de vue ou leur temps d'antenne. Il n'était pas homme à cela. En elle, la contrariété s'évanouit et fit place à un profond sentiment de respect en même temps qu'à un regain de désir. Le terrain devenait glissant, elle en avait conscience. Mentalement, elle battit en retraite.

— D'accord, appelons-la.

Il hocha la tête avec brusquerie.

— Tout de suite, acquiesça-t-il.

10

Mardi 28 novembre, 23 h 15

Wheaton attendait Solliday à la porte du studio, un grand sourire aux lèvres — sourire qui s'effaça dès qu'elle aperçut Mitchell. Elle pinça les lèvres ; des rides plissèrent son illustre visage.

Le visage de Wheaton possédait une beauté classique. Quant à son corps… Eh bien, Reed n'était pas de pierre. Il n'éprouvait que dégoût pour la personne qu'elle était, mais visiblement ses hormones ne connaissaient aucun sens moral. Pas plus d'ailleurs que l'année précédente, lorsqu'elle s'était faufilée jusqu'à lui pendant qu'il enquêtait sur l'incendie qui avait coûté la vie à cinq personnes. Elle avait déboutonné son chemisier afin de lui offrir une vue plongeante sur la dentelle de son soutien-gorge et la rondeur de ses seins. Puis elle avait ouvert la bouche, et l'affaire s'était arrêtée là.

— Nous avons vu votre reportage sur l'incendie de la maison de Penny Hill, dit-il.

— C'était bon, n'est-ce pas ? se rengorgea-t-elle.

— Oui, excellent. Nous voulons la bande, en fait tous les enregistrements que vous avez faits là-bas ce soir.

Wheaton le scruta.

— Qu'est-ce que j'y gagne ?

— De ne pas diffuser votre prochain reportage depuis une cellule, rétorqua Mia d'un ton acide.

— Je ne me laisse pas intimider par les menaces, inspecteur, répliqua Wheaton, les yeux plissés.

— Je n'ai même pas encore commencé, mademoiselle Wheaton, dit Mia avec un sourire mauvais. Nous nous intéressons particulièrement à la vidéo amateur réalisée par un résident du quartier. Comment s'appelle-t-il ?

— Vous savez bien que je ne vous le dirai pas. Je dois protéger mes sources d'information.

— Il s'agit d'une enquête criminelle, mademoiselle Wheaton. Deux personnes innocentes sont mortes. Vous feriez mieux de coopérer, sinon je reviens demain matin avec une ordonnance du tribunal vous interdisant de rediffuser cette cassette. Je veux l'enregistrement de tout ce que vous avez filmé ainsi que la bande vidéo réalisée par le voisin. Immédiatement !

— Holly, intervint Solliday d'une voix apaisante, nous avons eu une dure journée. Ça fait vingt-quatre heures que nous travaillons non-stop sur cette enquête. Il nous serait facile d'obtenir un mandat, mais personne ne veut en arriver là, n'est-ce pas ?

— Moi, si, grommela Mia.

Relevant le menton, Holly s'apprêta à riposter.

— Non, coupa Reed sans laisser à l'une ou l'autre femme le temps de protester. Sérieusement. Nous essayons de mettre un assassin hors d'état de nuire, Holly. Vous pouvez nous y aider.

— En échange de quoi ?

Reed lança un regard oblique vers Mia.

— Une interview lorsque tout sera terminé.

Wheaton eut un regard rusé.

— Ça peut durer des semaines. Que diriez-vous d'une petite conversation chaque matin ?

— Une fois par semaine ? proposa Reed, prêt à tout pour obtenir cette vidéo.

Ce qu'il voulait par-dessus tout, c'était appréhender le meurtrier.

— Deux fois par semaine, au jour et à l'endroit que je déciderai, répondit Wheaton, intraitable.

Reed ravala un soupir.

— Entendu, capitula-t-il avec lassitude. On peut avoir la bande, maintenant ?

— Je vous l'enverrai demain, si j'ai le temps, dit-elle avec un sourire félin. Jeudi au plus tard.

A côté de lui, Mia ouvrit la bouche :

— Sal…

Aussitôt Reed se racla la gorge pour étouffer le juron qu'elle était sur le point de proférer.

— Non, je la veux ce soir. Sinon, notre accord ne tient plus, et l'inspecteur Mitchell demande son mandat, exigea-t-il. Puis, coupant court aux objections de la journaliste d'un geste de la main, il poursuivit : Et je veillerai personnellement à ce que toutes les compagnies de pompiers de la ville vous interdisent l'accès à toute scène d'incendie, quelle qu'elle soit, et, ajouta-t-il doucement, votre patron en connaîtra la raison.

Le visage de Wheaton s'assombrit, et Reed comprit que l'affaire était conclue.

— Attendez-moi ici, dit-elle.

Lorsqu'elle se fut éloignée, Reed se tourna vers Mia.

— Je suis désolé, murmura-t-il.

— Je vous attends dehors, lâcha-t-elle, son regard bleu devenu glacial.

Avec un soupir, il la regarda s'éloigner. Au bout d'une demi-heure, Wheaton réapparut, une cassette vidéo à la main.

— Elle contient le film réalisé par le voisin ? voulut s'assurer Reed.

Ne voyant plus Mia dans les parages, la journaliste sourit.

— Je n'essaierais pas de vous duper, lieutenant.

— Bien sûr que vous le feriez, si vous y trouviez votre avantage. S'il manque quoi que ce soit sur cette vidéo, je résilie notre marché.

Le sourire de la journaliste s'effaça.

— Et comment le saurez-vous, s'il manque quelque chose ?

— L'inspecteur Mitchell sera en mesure de le dire une fois qu'elle aura saisi toutes les bandes enregistrées depuis samedi dernier. Elle devrait obtenir son mandat avant 10 heures demain matin.

Un éclair de rage étincela dans les yeux de Wheaton.

— Je pourrais toutes les effacer.

Avec un sourire, Reed sortit son mini-magnétophone de sa poche, appuya sur la touche de rembobinage et rejoua les dernières paroles de la journaliste, tandis que les yeux de celle-ci étincelaient de colère.

— Je ne ferais pas ça à votre place. Mitchell serait ravie de vous voir derrière les barreaux. Je ne pense pas que vous trouveriez les conditions carcérales à votre goût.

— Salaud, siffla-t-elle entre ses dents.

Il remit le magnétophone dans sa poche et coinça la cassette sous son bras. En un sens, la journaliste ne se trompait guère dans son appréciation.

— Bonsoir, dit-il. Inutile de me raccompagner, je connais le chemin.

Appuyée sur le capot de sa petite voiture, Mia mangeait les lasagnes dans le récipient en plastique que Lauren leur avait préparé. En le voyant arriver, elle jeta la boîte sur le siège passager. Son visage était de marbre. Reed lui tendit la cassette, mais elle secoua la tête.

— Nous la visionnerons demain, dit-elle. 8 heures.

Et sur ces mots, elle s'apprêta à partir lorsqu'il la rattrapa.

— Mia, ne faites pas l'enfant.

Elle pivota sur ses talons, le regard empli de fureur.

— Vous avez sapé mon autorité, gronda-t-elle. La prochaine fois que j'essaierai d'obtenir des pièces à conviction, je serai obligée de me donner deux fois plus de mal. Bon sang ! j'aurais pu obtenir un mandat dès demain matin.

— Mais vous êtes en possession de l'enregistrement

maintenant, répliqua-t-il avec un soupir de frustration. Vous n'aviez aucune chance de remporter ce que vous vouliez en agissant de la sorte, Mia. Parfois, il s'avère profitable de se montrer…

Il s'interrompit, mais elle avait déjà reculé d'un pas, comme sous l'effet d'une gifle.

— … complaisant, acheva-t-elle d'un ton cassant. Je tâcherai de m'en souvenir.

La tête rentrée dans les épaules pour résister au vent, elle contourna sa voiture. Elle avait l'air si frêle. Si meurtrie.

Laisse-la partir, avertit une voix dans la tête de Reed tandis que Mia faisait démarrer le moteur de son véhicule. *Elle ira mieux demain.* Impossible, cependant, d'ignorer le regard qu'elle lui avait lancé. *Elle s'en remettra vite. Demain, elle aura oublié.* L'ennui, c'était qu'il n'y croyait pas. *Je ne suis pas ce genre d'homme.*

Il grimpa dans son 4x4, récapitula mentalement tout ce qu'il avait appris sur Mia Mitchell. Elle se souciait des autres — un peu trop même —, mais elle dissimulait ses sentiments sous un vernis de sarcasme afin que personne ne les devine. Il se remémora cet instant dans la cuisine où il avait surpris son regard rivé sur lui… Elle avait éprouvé de l'intérêt à son égard, il en était certain. Puis lorsqu'il avait dénié toute attirance envers les femmes du genre de Holly Wheaton — *Je ne suis pas ce genre d'homme*, lui avait-il affirmé — il avait perçu du respect dans ses yeux. Mais au fait, quel genre d'homme était-il donc ? Peut-être le moment était-il venu de le découvrir.

Mercredi 29 novembre, 0 h 30

Mia vivait dans une petite rue tranquille, bordée de dizaines de logements identiques. Les appartements n'avaient rien de luxueux, mais ils paraissaient bien entretenus. Des jardinières fleuries étaient accrochées à la plupart des fenêtres. Mia n'en possédait probablement pas, supposa Reed. Il ne la voyait pas davantage prendre le temps de soigner des fleurs qu'elle n'en avait pris pour s'occuper de Fluffy le poisson rouge. Christine, elle, s'y connaissait en jardinage. Elle avait cultivé ses roses avec amour…

Mia avait laissé si peu d'espace derrière sa voiture que Reed avait dû réaliser un véritable exploit pour manœuvrer son 4x4. Il ne put toutefois éviter que son pare-chocs avant frôlât l'arrière de la petite Alfa. La situation présentait trop d'ambiguïtés à son sens. *Laisse tomber.* Il la regarda sortir de sa voiture d'un air las. *Laisse-la tranquille.*

Il aurait dû renoncer, il le savait. Mais pour quelque raison incompréhensible, il en semblait incapable. Elle l'observa sans ciller. Puis elle s'approcha et attendit qu'il descende sa vitre.

— Dites-moi, Solliday. Est-ce que vous suivez toujours vos équipiers partout ?

Question pertinente, s'il en était.

— Non, répondit-il.

— Alors, pourquoi moi ? Suis-je d'une incompétence si lamentable que vous vous sentiez obligé de me surveiller ?

— Non.

L'ennui, c'était qu'il n'était pas absolument certain de connaître la raison de sa présence en ce lieu. Non, cela non plus n'était pas exact. Il le savait parfaitement. Seulement, l'idée ne lui plaisait pas. *Rentre chez toi, Reed. Ne sors pas de ce véhicule.* Il descendit du 4x4.

— Je ne voulais pas en rester là, se justifia-t-il.

— Ce n'est pas grave, répondit-elle, les mâchoires serrées. Nous sommes allés chercher la cassette, et nous l'avons obtenue, c'est tout ce qui compte.

Plus exactement, *il* avait obtenu la bande, pas elle. Holly Wheaton avait veillé à ce que la distinction fût très claire. En regardant les yeux de Mia, il s'avisa à quel point elle souffrait encore de l'affront subi.

— Mia, cette femme n'est qu'une sale vipère rancunière.

— N'ayez pas peur, dit-elle, les joues empourprées. Je vous promets de ne pas pleurer avant de m'endormir.

— Allez-vous dormir ?

— Peut-être, si vous vous décidez enfin à rentrer chez vous, rétorqua-t-elle, agacée. J'ai déjà eu affaire à des teignes bien pires que Wheaton, croyez-moi. Sacré nom ! *Je suis* plus teigne qu'elle. Ecoutez, j'apprécie votre sollicitude. Mais pour l'amour du ciel, rentrez chez vous ! Nous examinerons ce maudit film à la loupe demain, je vous le promets.

Elle tourna les talons et se faufila entre les deux véhicules.

Tout en se répétant qu'il devait respecter sa volonté de le voir partir, il lui emboîta le pas. *Rentre à la maison.* Mais ses jambes refusèrent d'obéir et, s'appuyant d'une main sur le capot du 4x4, il sauta lestement par-dessus les deux pare-chocs avant d'atterrir sur un pied.

— Nom d'un chien, Solliday ! s'écria-t-elle en ouvrant sa portière côté passager. Pour la dernière fois, je vous assure que je vais très bien. Et pour la dernière fois, rentrez chez vous !

Elle se pencha à l'intérieur et tâtonna sous le siège.

L'espace d'un instant, il maudit le blouson râpé qui la couvrait très efficacement jusque sous les hanches. Puis il s'en félicita.

— Que faites-vous ?

— J'essaie de récupérer le saladier en plastique de votre sœur.

— Ce n'est pas la peine de le lui rendre aujourd'hui. Elle en a plein d'autres.

— Je n'avais pas l'intention de le lui rendre. Je n'ai mangé que la moitié de ma part. Je finirai le reste pour mon petit déjeuner.

— Des lasagnes au petit déjeuner ? répéta-t-il avec une grimace de dégoût.

— Il se trouve que ce plat couvre les quatre principaux groupes alimentaires. Alors, pas la peine de dénigrer !

Elle se redressa, brandit le saladier en plastique comme un trophée et déclara, triomphante :

— Et voici le petit déjeuner des champions !

Il leva le regard vers le récipient, puis, percevant un mouvement du coin de l'œil, tourna légèrement la tête vers la gauche. Une voiture approchait à vive allure, bien trop rapidement pour la limitation de vitesse en vigueur dans cette rue. La vitre descendit, un visage apparut. Il ne fallut à Reed qu'une fraction de seconde pour prendre conscience du danger, avant même de percevoir l'éclair lumineux qui jaillit au moment où la lueur d'un réverbère tomba sur le canon d'acier d'un revolver.

— Reed ! Ne…

Il entendit à peine les paroles de la jeune femme. Réagissant au quart de tour, il fit un bond, et l'instant d'après se retrouvait affalé sur le trottoir, son corps recouvrant celui de Mia.

Un coup de feu déchira l'air ; la vitre du côté passager de la petite Alfa vola en éclats. Reed maintint Mia à plat ventre tandis qu'un deuxième tir fracassait le pare-brise et qu'une troisième balle ricochait sur le capot à quelques centimètres de sa tête. La voiture accéléra et s'éloigna dans un crissement de pneus et une odeur de caoutchouc brûlé. Dieu soit loué ! Ils étaient partis. Du moins la voiture était-elle hors de vue. Aucun bandit armé ne serait assez stupide pour renoncer à l'abri procuré par son véhicule. Restait que ce type avait tiré sur un flic devant son domicile, ce qui en disait long sur son bon sens.

Toujours effondré sur le sol, s'efforçant de distinguer les battements précipités de son propre cœur d'éventuels bruits de pas, Reed attendit un quatrième coup de feu qui n'arriva jamais. Son corps enveloppait complètement celui de Mia, un de ses bras lui enlaçait la taille, son visage était enfoui dans ses cheveux. C'était son épaule qui avait essuyé le plus gros du choc au moment de sa chute. Dans la petite main tendue de Mia qui émergeait de sous lui, son arme paraissait énorme. Elle avait sorti son revolver au moment où il l'avait plaquée au sol. Il avait fait de même. Sans lâcher son 9 mm, il releva la tête.

— Vous n'êtes pas blessée ?

— Si… par vous, répondit-elle en lui donnant un coup de coude dans les côtes. Faites suer, Solliday ! Je n'arrive même plus à respirer.

Il n'y a pas de quoi, songea-t-il avec aigreur avant de se redresser d'un centimètre pour lui permettre de prendre une inspiration.

Avec un frisson, elle aspira une longue goulée d'air.

— Et vous, ça va ?

— Oui.

Il reprit son souffle. Maintenant que tout était fini, il lui semblait que ses muscles étaient complètement tétanisés.

— J'ai eu le temps d'entrevoir son visage. Je crois que c'était votre Getts.

— Je sais, je l'ai vu, ce petit fumier. Il a encore utilisé sa bonne vieille méthode. On ouvre le feu depuis une voiture et on tue des passants. C'est comme ça qu'il s'est retrouvé dans le pétrin la première fois. On pourrait penser que cet enfoiré avait retenu la leçon, mais non ! Il continue à flinguer au hasard, sans se soucier des innocents pris dans la fusillade. A l'heure qu'il est, il a sûrement abandonné sa voiture dans un coin. C'est ce qu'il fait toujours.

Le corps de Mia s'affaissa sous celui de Reed. Elle posa sa joue contre son avant-bras.

— Vacherie ! murmura-t-elle, à bout de forces.

Reed s'écroula à son tour. N'importe laquelle de ces balles aurait pu les atteindre. S'il avait réagi une seconde plus tard, Mia serait morte. Et si l'Alfa avait été un rien plus petite, lui-même aurait été touché. Ce dernier coup de feu les avait manqués de peu. Il inclina la tête et prit une autre inspiration, humant cette fois le parfum citronné des cheveux de Mia au lieu de l'odeur de poudre et de caoutchouc brûlé. A mesure que l'adrénaline commençait à refluer, il reprit peu à peu ses esprits. Des éclats de verre jonchaient le sol autour d'eux. Le trottoir lui meurtrissait les coudes, et son genou gauche devait être salement abîmé. Mais sous lui, le corps de Mia était menu, rond et doux. Et pour l'heure, elle se blottissait contre lui. C'était une vulnérabilité, supposa-t-il, à laquelle elle devait rarement s'abandonner devant qui que ce fût.

Le fait qu'elle ne s'en défendît pas avait quelque chose de charmant. Et, combiné avec la sensation produite par la courbe délicieuse de son postérieur plaqué contre lui d'indéniablement excitant. *Relève-toi, Solliday, avant de*... Mais trop tard ! L'éveil de son désir lui arracha une grimace. Avec effort, il prit appui sur ses mains et ses genoux, espérant qu'il avait été suffisamment rapide pour qu'elle n'ait rien remarqué. Il se releva avec précaution. La douleur dans son genou détourna son esprit de toute autre perception. Il secoua les morceaux de verre brisé de ses épaules, puis inclina la tête et se passa la main dans les cheveux pour en faire tomber les fragments de verre feuilleté.

Mia se redressa et s'assit, le dos appuyé contre sa voiture. Chacun de ses mouvements était lent et hésitant. C'était la seconde fois en deux jours qu'elle recevait un coup sur son épaule blessée. Reed avait eu beau essayer d'amortir sa chute, il l'avait tout de même visiblement meurtrie.

— Je suis désolé, murmura-t-il. Je ne voulais pas vous faire mal.

Elle extirpa la radio de l'étui de sa ceinture.

— Ça va. C'est juste que le choc m'a coupé le souffle.

Mais elle ne lui accorda pas un regard cependant qu'elle appelait le PC radio de Chicago. Avait-elle remarqué l'intensité de son désir ou bien était-elle simplement embarrassée qu'il l'ait démasquée et compris qu'elle n'était pas Wonder Woman après tout ?

— Ici, l'inspecteur Mitchell, brigade des Homicides. Nous venons d'essuyer plusieurs coups de feu au 1342 Sedgewick

Place. Le tireur et le conducteur se sont enfuis dans une Ford marron, modèle récent.

Elle débita sans hésiter le numéro de la plaque minéralogique du véhicule, ce qui ne manqua pas de laisser Reed admiratif quant à sa présence d'esprit. Puis elle continua :

— Vous trouverez probablement la voiture abandonnée à proximité du pâté de maisons. Envoyez une équipe de la police scientifique. Et prévenez les unités qui répondront à l'appel qu'il y a des officiers en civil sur les lieux.

Elle raccrocha la radio à sa ceinture.

— Que comptez-vous faire ? interrogea-t-il.

Des hurlements de sirène retentissaient déjà au loin.

— Il a filé, dit-elle.

Reed se releva et plia le genou.

— S'il est à pied, nous pouvons partir à sa poursuite, proposa-t-il.

Elle secoua la tête.

— Laissons la police fouiller le quartier. Je vais appeler Spinnelli.

Elle leva vers lui un regard indulgent.

— Il n'y avait rien que vous puissiez faire, ajouta-t-elle. Et ce n'est pas à vous de le prendre en chasse. Vous n'êtes pas flic.

Il n'y a pas de quoi, se répéta-t-il intérieurement, deux fois plus agacé qu'avant. Il n'appartenait pas à la police, certes, mais il était représentant de la loi, que diable ! Il portait un revolver. L'attitude de Mia était si typiquement celle d'un flic qu'il sentit la moutarde lui monter au nez. Mais cela valait-il vraiment la peine de se disputer ce soir ?

Elle se tenait debout, chancelante.

— Vous êtes en colère, constata-t-elle.

— En effet, me faire tirer dessus comme un lapin me met en général de mauvaise humeur, rétorqua-t-il avec rudesse.

Il attendit qu'elle dise quelque chose… comme *merci*,

par exemple, mais elle demeura silencieuse. Il fronça les sourcils et s'éloigna.

Elle le rattrapa et le saisit par le bras.

— Merci, Reed. Vous m'avez sauvé la vie.

Il baissa les yeux sur elle, frémissant à la pensée qu'ils avaient tous deux été à deux doigts de se faire descendre. Elle était saine et sauve, le ciel en soit remercié, mais ses joues étaient dans un triste état, couvertes d'écorchures à vif. Avec douceur, il prit son menton entre ses mains en coupe, effleura sa mâchoire de son pouce, la sentit frissonner. Il comprit alors que la tendresse, davantage que la douleur physique, pouvait la faire trembler.

— Je regrette, je ne voulais pas vous faire de mal, dit-il. Ni maintenant ni au studio de télévision.

Tout aussi doucement, elle s'écarta.

— Je sais, convint-elle. Puis entendant le hurlement des sirènes qui se rapprochait, elle ajouta : Voilà la cavalerie qui arrive.

Une à une, les fenêtres des appartements s'ouvrirent. A présent que tout danger semblait écarté, les habitants du quartier sortaient prudemment la tête. Deux véhicules de police, gyrophares allumés, s'arrêtèrent devant la voiture de Mia.

— Oh non, c'est pas vrai ! s'écria-t-elle.

Reed se retourna et fouilla les alentours du regard. Mais tout ce qu'il vit, ce fut du verre cassé et un attroupement qui commençait à se former.

— Qu'est-ce qu'il y a ? interrogea-t-il.

Elle désigna l'une des voitures de patrouille. Derrière la roue avant gisaient les restes du saladier de Lauren, brisé en mille morceaux.

— Je vais devoir me contenter de Pop-Tarts pour mon petit déjeuner.

Reed ne put se retenir. Il éclata de rire.

*
* *

Mercredi 29 novembre, 6 heures

Après une bonne nuit de sommeil, son esprit fonctionnait de nouveau à plein régime. Young était le prochain nom sur sa liste. Il y en avait quatre. L'un avait toujours su ce qui se passait, mais ce n'était qu'un froussard. Sa mort serait moins douloureuse. Deux autres avaient fait semblant de ne rien voir. Ils allaient souffrir. Quant au dernier… c'était lui la cause de tout le mal. Il avait tué Shane. *Il souhaitera mourir mille fois avant que j'en aie terminé avec lui.*

Mais il avait eu beau les chercher partout, il n'avait réussi à localiser aucun des Young. Jusqu'à maintenant. Comment avait-il pu le manquer ? Les agences immobilières affichaient leur nom partout — y compris sur les sites internet d'associations d'anciens élèves. Tyler Young vendait à présent de l'immobilier et vivait à Indianapolis. Le retrouver serait facile. Il mettrait la dernière main au cas Dougherty cette nuit, puis prendrait la route du sud.

Toutefois, il lui restait encore à dépister les autres Young. S'il le fallait, il y retournerait. Il n'en avait aucune envie, mais il devait à tout prix retrouver le reste de la famille. Il avait déjà affronté un grand nombre de spectres. Un de plus ne coûterait rien. Or, il ne s'agissait pas d'un fantôme quelconque. C'était celui de Shane. Et le sien.

Mercredi 29 novembre, 7 h 25

Debout sur le trottoir, sa housse à vêtements sur l'épaule, Mia attendait. Le 4x4 s'arrêta devant elle, Solliday se pencha pour lui ouvrir la portière.

— Vous avez une tête épouvantable, lui dit-il en guise de salut.

Elle plia le sac en deux et le jeta à l'arrière du véhicule, puis grimpa sur le siège passager avec une grimace de douleur. Elle avait mal à la tête, son épaule lui brûlait et tout son côté droit la faisait horriblement souffrir. Tout cela malgré la tentative de Solliday la veille pour amortir leur chute avec son propre corps.

— Bonjour à vous aussi, mon rayon de soleil ! murmura-t-elle tout en bouclant sa ceinture de sécurité.

— Vous avez pu dormir ?

— Un peu.

Une heure en tout, peut-être, étalée sur quatre heures. Elle s'était réveillée à plusieurs reprises, ce qui, après un tel débordement d'adrénaline, n'avait en soi rien de surprenant. Mais ce n'était pas le souvenir des coups de feu ni du fracas de verre cassé qui l'avait arrachée au sommeil, c'était celui du corps de Reed allongé sur le sien, frémissant de désir. Et chaque fois qu'elle s'était réveillée, elle avait tendu le bras vers lui. C'était encore ça le pire.

— Et vous ?

— Moi aussi, un peu. Vous croyez qu'on peut se permettre d'arriver en retard pour la réunion chez Spinnelli ?

— Pourquoi ? demanda-t-elle en le dévisageant d'un air las.

Il détourna la tête, mais elle eut le temps de voir ses joues s'enflammer. Soudain, la température monta de plusieurs degrés dans l'habitacle du véhicule. Lui aussi devait se remémorer les événements de la veille. Ce qui était précisément la raison pour laquelle entretenir des relations extraprofessionnelles avec des équipiers allait à l'encontre du règlement. Ce qui était la raison pour laquelle cela ne se produirait pas.

— J'ai visionné la cassette hier soir en rentrant chez moi. Sur la vidéo amateur, le type qui filmait criait à quelqu'un de se mettre derrière lui pour s'éloigner du brasier.

— Il voulait probablement que l'autre ne lui bloque pas son champ de vision, répondit-elle d'un ton sardonique. Et alors ?

— Il a appelé la personne par son nom : Jared. Il s'agissait peut-être d'un voisin. Ou de son gosse.

— Super ! Il ne nous reste plus qu'à découvrir qui est ce fameux Jared, avant que tout le quartier ne parte au travail. Je vais appeler Marc, mais il ne pourra pas ajourner la réunion très longtemps. Il m'a téléphoné hier soir, après votre départ. Il voulait s'assurer que nous étions sains et saufs. Il a dit qu'il y avait une conférence de presse à 10 heures. Nous sommes censés faire une apparition.

— Pourquoi ? demanda-t-il avec une moue dégoûtée.

— Parce que c'est nous qui menons l'enquête. Spinnelli répondra à toutes les questions, et nous ferons de la figuration, comme les enfants sur les affiches des organisations humanitaires. Pas la peine de vous stresser. Vous avez déjà ciré vos chaussures. De mon côté, je vais devoir porter mon uniforme et, en plus, mes chaussures me serrent horriblement.

— C'est donc uniquement pour la façade, grimaça-t-il.

— Je dirais plutôt que nous servirons d'appât.

Il haussa les sourcils de surprise.

— Qui est invité ?

— Spinnelli a recommandé qu'on ne soit pas trop regardant en ce qui concerne les cartes de presse.

— Il espère que le pyromane montrera le bout de son nez ?

— En tout cas, ce n'est certainement pas pour le plaisir de s'exhiber en public. Spinnelli déteste porter son uniforme, encore plus que moi.

— Je sens que je vais m'amuser.

— En route, Solliday, rit-elle. J'ai des appels à passer.

Mercredi 29 novembre, 7 h 25

Tania Sladerman descendit l'escalier en titubant, épuisée par sa double journée de travail. Le gérant de l'hôtel Beacon Hill ne la remercierait même pas pour avoir assuré le remplacement des employés absents, elle le savait parfaitement, mais du moins la rémunération de ses heures supplémentaires l'aiderait-elle à payer les frais de scolarité du semestre prochain.

Elle dut s'y prendre à deux fois avant de pouvoir insérer sa clé dans la serrure. C'est à cet instant précis qu'une main la saisit par les cheveux et lui tira la tête en arrière. *Un couteau. Sur ma gorge.*

Elle parvint à émettre un cri, mais l'autre main se plaqua aussitôt sur sa bouche, l'étouffant presque.

— Pas un mot, souffla-t-il. Ou je te tranche la gorge.

Mercredi 29 novembre, 7 h 55

— C'était plus facile que je ne le pensais, constata Reed tandis qu'ils remontaient l'allée conduisant à la maison du père de Jared.

Des gamins qui attendaient à l'arrêt de bus leur avaient donné leur camarade sans un battement de cils.

— C'est toujours plus simple de demander aux enfants. Ils n'hésitent pas à vendre leur vidéo au plus offrant.

Mia tambourina à la porte et attendit, la tête inclinée dans une attitude de tranquillité apparente. Mais Reed savait à quoi s'en tenir. Elle avait pâli de colère en apprenant l'identité du père de Jared. La porte s'ouvrit. Les yeux de M. Wright s'ouvrirent tout grands.

Le sourire de Mia n'avait rien d'aimable, il s'en fallait de beaucoup.

— J'espère que vous vous souvenez de moi, monsieur Wright. Ou peut-être devrais-je vous appeler Oliver Stone ? J'ai entendu dire que vous vous étiez lancé dans le cinéma.

Le regard de Wright se durcit.

— Je n'ai rien fait de mal.

— D'illégal, non. Mais d'immoral, si. Enormément.

C'était votre voisine et vous avez exploité sa mort. Vous aviez les larmes aux yeux la dernière fois que je vous ai vu. Ça aussi, c'était pour la caméra ?

— Je vous ai dit ce que vous vouliez savoir. De toute façon, c'est mon fils qui a filmé. Duane. Il est lycéen. C'était… pour un devoir scolaire.

— Vous pouvez appeler ça comme vous voulez du moment que vous me remettez la cassette.

— Vous n'avez pas le droit. C'est un bien personnel.

— C'est une pièce à conviction ! Il y a plusieurs façons de régler cette question, monsieur Wright. Vous pouvez attendre ici pendant que je demande un mandat. Ou bien…

Elle leva un doigt, réprimant d'avance toute protestation, et continua :

— Ou vous pouvez vous rendre à votre bureau, où je vous rejoindrai avec mon mandat, dans une heure ou deux, une fois que tous vos collègues seront arrivés. Comme je dois participer à une conférence de presse ce matin, je serai encore en uniforme pour vous embarquer. Sinon, vous pouvez aussi me remettre la vidéo sans discuter et vaquer à vos occupations comme d'habitude.

— Vous me menacez, inspecteur ? demanda-t-il, les mâchoires serrées.

Reed se rappela alors la scène de la veille avec Wheaton. C'était la même chanson, le deuxième couplet. Et plus il pensait à Wheaton, plus il se rendait compte que Mia avait eu raison. Il avait usurpé son autorité. Ce n'était pas ainsi que devaient se conduire des équipiers entre eux.

— En effet, elle vous menace, intervint-il. Alors, quelle solution choisissez-vous, monsieur Wright ? A votre place, je n'essaierais pas de détruire cette vidéo, parce que vous fâcheriez l'inspecteur, et je la crois fort capable de vous boucler et de vous faire inculper pour un délit beaucoup plus grave. Entrave à la justice, par exemple.

Mia hocha la tête.

— Oui, entrave à la justice me paraît bien, lieutenant.

— Attendez ici.

Et sur ces mots, Wright leur claqua la porte au nez.

Mia leva les yeux, le regard une fois de plus empreint de respect.

— Bien joué, maestro !

La porte se rouvrit et Mia reporta son attention sur Wright. L'homme flanqua la cassette vidéo dans la main de Reed et attendit à peine que Mia lui donne un reçu avant de refermer sa porte avec une violence qui fit trembler les murs.

— Merci d'avoir accompli votre devoir de citoyen avec un tel enthousiasme, marmonna-t-elle. Emportons cette bande au bureau et voyons si nous pouvons découvrir l'identité de la femme mystérieuse.

Reed suivit Mia jusqu'à son 4x4. Elle fronça les sourcils.

— Ça va, Solliday ?

Il hocha la tête, heureux d'avoir recouvré quelque peu ses esprits. Car à la seconde où elle avait levé le regard vers lui, il avait senti sa bouche se dessécher. Il serra les dents tandis qu'ils se remettaient en route. S'attacher à cette femme était décidément une très mauvaise idée. Cependant, les images qui l'avaient hanté toute la nuit s'imposèrent de nouveau à son esprit et, avec elles, un désir si ardent qu'il en eut le souffle coupé.

C'était la faute de Lauren, décida-t-il. Elle lui avait insinué l'idée qu'il avait besoin d'une femme, qu'il allait se retrouver seul. Elle lui avait rappelé combien de temps s'était écoulé depuis sa dernière aventure féminine. Et si, au même moment, le sort le liait à une femme flic, ce n'était que par un malheureux concours de circonstances. Il maudit Lauren et le destin. Et se demanda ce que Mia pensait des attaches affectives.

— Solliday, vous avez une mine de papier mâché. Si vous avez envie de vomir, passez-moi le volant.

Il eut un rire amer. Mia Mitchell avait décidément une manière bien à elle de formuler les évidences.

— Je vais très bien. De toute façon, vos jambes ne sont pas assez longues pour atteindre les pédales.

— Frimeur ! railla-t-elle. Allez, roulez, Solliday !

Mercredi 29 novembre, 10 h 10

Mia promena son regard sur la foule qui attendait impatiemment l'arrivée de Spinnelli. Il faisait froid dehors, mais son chef avait tenu à laisser les portes de la salle grandes ouvertes. La presse était présente, ainsi qu'une demi-douzaine de flics en civil. Spinnelli avait mis sur pied un système de surveillance, et plusieurs caméras filmaient l'événement sous différents angles. Holly Wheaton était assise au premier rang, ses yeux braqués sur Solliday lançaient des éclairs. Debout à côté de Mia, celui-ci se tenait, pieds écartés, bras croisés sur la poitrine, pareil à un garde du corps.

— On dirait que Wheaton vous en veut, murmura-t-elle.

— Elle a prononcé des paroles après votre départ… Je lui ai suggéré… de changer d'attitude.

Mia sentit quelque chose en elle se réchauffer.

— Vous avez pris ma défense ?

— On peut dire ça, répondit-il avec un sourire.

— Merci.

— Il n'y a pas de quoi.

Tout en examinant les visages dans l'assistance, Mia se balançait doucement sur ses pieds endoloris.

— Vous reconnaissez quelqu'un ?

— Aucun pyromane, si c'est ce que vous voulez dire. Mais regardez au dernier rang, à 10 heures.

Mia retint une grimace de mauvaise humeur.

— Une vipère blonde avec une tresse, ronchonna-t-elle. Je n'ai toujours pas digéré le fait qu'elle ait publié le nom de Penny Hill avant que nous ayons pu informer la famille.

— Mais elle vous a livré DuPree. Vous m'avez dit qu'elle figurerait éternellement sur votre liste de Noël.

— J'ai menti, murmura-t-elle.

Il émit un petit rire étouffé. Qu'elle le voulût ou non, elle sentit une vague de chaleur se répandre en elle, apaisante.

Spinnelli monta sur le podium. Les membres de l'auditoire se redressèrent sur leurs sièges.

— La presse a rapporté une série d'incendies et d'homicides. Nous sommes ici aujourd'hui pour mettre les choses au clair. Nous avons eu affaire à deux incendies au cours de la semaine passée, vraisemblablement déclenchés par le même individu. Sur les lieux de chaque sinistre, on a découvert le corps d'une victime. Nous traitons ces deux affaires comme des homicides. A l'heure actuelle, nous tenons un certain nombre de pistes. L'inspecteur Mitchell, de la brigade des Homicides, et le lieutenant Solliday, du BEI, sont chargés de l'enquête. Tous deux sont des officiers chevronnés, plusieurs fois décorés, et ont à leur actif de nombreuses années d'expérience. Ils bénéficient du soutien total de leurs services respectifs, lesquels ont mis à leur disposition toutes les ressources nécessaires. Maintenant, si vous avez des questions…

Un journaliste du *Chicago Tribune* se leva.

— Pouvez-vous confirmer que la première victime était la fille d'un policier ?

— C'est exact. La défunte était une étudiante de dix-neuf ans et s'appelait Caitlin Burnette. Nous vous demandons de respecter le deuil de la famille. Une autre question ?

En voyant Holly Wheaton se lever avec grâce, Mia serra les dents.

— La seconde victime était assistante sociale. Il est difficile de ne pas établir de rapport entre les deux meurtres. La fille d'un flic et une assistante sociale. S'agirait-il d'une histoire de vengeance ?

— A l'heure qu'il est, le mobile des meurtres n'est pas connu. Autre question ?

— Bien parlé, murmura Solliday.

— C'est pour cela qu'il porte des galons.

Mia scrutait attentivement le public, cependant que les journalistes posaient la même question de dix manières différentes. Spinnelli demeurait calme et imperturbable. Il prolongeait la séance, elle le savait, pour leur donner le temps d'observer l'assistance et de repérer tout comportement suspect. Mais rien ne leur sautait aux yeux. Rien ne semblait…

Brusquement, elle se figea. A côté d'elle, Reed se crispa.

— Qu'y a-t-il ? demanda-t-il dans un chuchotement.

Mia déglutit, incapable de détacher son regard de la blonde qui se tenait au milieu de l'auditoire, de même qu'elle n'avait pu détourner la tête lorsqu'elle avait croisé son regard par-dessus la tombe de son demi-frère. La femme se contentait de la fixer, le visage indéchiffrable.

— Vous voyez quelqu'un ? insista Solliday. C'est la femme de la vidéo ?

Mia réussit à secouer la tête.

— Non.

Il exhala un soupir frustré.

— Alors, qui est-ce ? siffla-t-il entre ses dents.

La femme effleura sa tempe du bout des doigts en guise de salut et s'esquiva.

— Je ne sais pas, répondit Mia. Couvrez-moi.

Elle se glissa derrière Solliday, se félicitant au passage de sa large carrure, et se faufila vers les allées latérales de la salle, sa radio à la main.

— Ici, Mitchell. Une femme se dirige vers la sortie ouest. Un mètre soixante-sept. Cheveux blonds, mi-longs. Tailleur foncé. Arrêtez-la.

Mia atteignit les derniers rangs et regarda autour d'elle. Les flics postés là paraissaient perplexes.

— Aucune femme correspondant à votre description n'est passée par ici, inspecteur.

Mia poussa un juron et s'élança au pas de course. C'est

alors qu'elle la vit. La tête enveloppée d'un foulard, elle s'éloignait d'un pas pressé. En la voyant monter dans une Chevrolet blanche, Mia accéléra son allure, mais la voiture s'arracha du bord du trottoir et disparut avant que Mia ait eu le temps de noter le numéro complet de la plaque minéralogique. Elle n'avait distingué que les trois premières lettres : DDA…

Mia s'arrêta net au milieu de la chaussée. Malédiction ! Cette femme était un véritable fantôme. Dépitée, elle regagna la conférence de presse. Spinnelli n'avait pas quitté l'estrade.

Solliday rejoignit Mia dans l'allée latérale.

— La femme sur la cassette était brune, remarqua-t-il. Pourquoi vous êtes-vous lancée à la poursuite d'une blonde ?

— Franchement, je ne sais pas. Mais ça ne servira à rien de vous fâcher contre moi, ça, je vous le garantis.

— Ecoutez, inspecteur, nous menons cette enquête ensemble, répliqua-t-il, tâchant de maîtriser la tension perceptible dans sa voix. Ne me redemandez jamais de vous *couvrir* pour ensuite filer je ne sais où. Et s'il avait fallu poursuivre cette personne ? Je n'avais aucun moyen de savoir si vous aviez besoin de renforts.

— C'est une affaire privée, d'accord ? Elle n'a aucun rapport avec notre enquête.

Le regard de Solliday vacilla.

— Vous êtes partie en plein milieu d'une conférence de presse destinée à piéger un assassin pour vous occuper d'une affaire *privée* ?

Vue sous cet angle, son explication était sans conteste indéfendable, elle s'en rendit compte.

— Exact.

Spinnelli s'approcha d'eux, les yeux étrécis.

— Qu'est-ce que c'est que cette histoire, Mia ?

Elle pinça les lèvres.

— Je… je vous expliquerai.

— J'y compte bien, rétorqua Spinnelli. Au rapport

dans la salle de réunion dans dix minutes. Et ne soyez pas en retard.

Mia le regarda partir en réprimant une grimace. Solliday continuait de la fusiller de son regard sombre.

— Je regrette, dit-elle. Ça ne se reproduira plus.

— Comme le dit si bien votre chef, j'y compte bien !

Et il s'en fut à son tour.

— Sacré nom !

Pour autant, Mia n'était pas certaine de savoir qui elle maudissait ainsi. Une minute plus tard, elle entrait au poste de police et décidait que c'était après elle-même qu'elle en avait.

11

Mercredi 29 novembre, 10 h 45

Tous les regards se braquèrent sur elle lorsqu'elle entra dans la salle de réunion — Spinnelli, Jack, Miles. Et Solliday. L'estomac noué, elle s'assit à côté de Jack.

— Est-ce que la femme de la vidéo s'est montrée ? aboya Spinnelli sans préambule.

Solliday s'éclaircit la voix.

— Non. Mia a cru reconnaître quelqu'un, mais il se trouve que ce n'était pas la femme en question. Nous avons saisi une autre vidéo amateur hier soir. Nous espérons y découvrir une piste.

Il prenait sa défense, Mia ne pouvait l'ignorer. Elle se mordit l'intérieur de la joue. Si furieux qu'il eût été, il plaidait en sa faveur. Il se comportait en véritable équipier. *Et moi, pas du tout !*

Spinnelli insista.

— Ce devait être quelqu'un de votre connaissance pour que vous soyez partie comme une flèche à sa poursuite, dit-il, la mine sombre. Sans prévenir de vos intentions. Qui avez-vous vu ?

Mia croisa le regard sévère de son chef.

— Ce n'était pas la femme de la vidéo, monsieur.

Spinnelli tambourina sur la table.

— Alors, qui était-ce ?

Mia croisa les doigts.

— Il s'agit d'une affaire personnelle.

Il plissa les yeux.

— Eh bien, c'est devenu une affaire publique désormais. Son nom ?

Mia sentit son estomac chavirer. *Maintenant, tout le monde serait au courant.*

— Je ne sais pas comment elle s'appelle. Je l'ai vue pour la première fois, il y a trois semaines. Elle a réapparu plusieurs fois au cours de ces derniers jours. Et encore aujourd'hui.

— Elle vous suit ? demanda Spinnelli, les yeux écarquillés.

— Oui.

Mia ravala sa salive, le goût amer de la bile lui brûlait le fond de la gorge.

— Que vous dit-elle, Mia ? interrogea Solliday d'un ton calme.

— Rien. Elle se contente de me regarder. Et elle s'enfuit avant que j'aie le temps de découvrir ce qu'elle me veut.

— Elle vous a saluée, aujourd'hui, insista Solliday.

Elle revit en pensée le petit salut que l'inconnue lui avait adressé en même temps qu'un sourire réticent.

— Je sais.

Miles s'appuya sur le dossier de son siège, le regard perçant.

— Vous savez qui elle est.

— J'en ai une petite idée, mais elle n'a rien à voir avec notre enquête.

— Elle vous file, et hier soir on vous a tiré dessus, observa Spinnelli.

— Ça, c'est différent, s'empressa de répondre Mia. C'était Getts.

— Rien ne vous permet de l'affirmer. J'attends une explication, Mia.

Spinnelli ne demandait plus, il ordonnait.

— Très bien. Le jour de l'enterrement de mon père, j'ai découvert qu'il avait eu un fils avec… avec une autre femme que ma mère. L'enfant est enterré juste à côté de lui. La femme qui me suit était là aussi, pour l'enterrement. Elle ressemble tout à fait à mon père. Je suppose qu'elle aussi est sa fille, conclut Mia en relevant le menton.

Un silence pesant s'abattit sur la salle. Puis Jack tendit le bras et posa sa main sur celle de Mia. Elle ne s'était pas rendu compte à quel point elle avait froid jusqu'à ce qu'elle sentît la chaleur de cette main amie.

— Tu vas te désarticuler les doigts, murmura-t-il en lui desserrant le poing.

Spinnelli s'éclaircit la voix.

— Si je comprends bien, vous n'étiez pas au courant de l'existence de… cette autre fratrie.

— Non, monsieur. Mais ce n'est pas vraiment important. Il reste que je me suis laissé distraire de ma mission pour des raisons personnelles. J'en accepte les conséquences.

Spinnelli la fixa un instant d'un regard dur, puis poussa un soupir.

— Tout le monde dehors, ordonna-t-il. Sauf vous, Mia. Restez ici.

Miles, Solliday et Jack se levèrent dans un vacarme de chaises.

Une fois la porte close, Mia ferma les yeux.

— Allez-y, Marc. Qu'on en finisse.

Elle l'entendit faire les cent pas dans la pièce. Puis il s'immobilisa.

— Regardez-moi, Mia.

Rassemblant son courage, elle rouvrit les yeux. Il se tenait de l'autre côté de la table, les poings sur les hanches, la moustache froncée.

— Bon sang, Mia ! Pourquoi vous ne m'en avez pas parlé ?

— Je…, bredouilla-t-elle en secouant la tête. Je ne savais pas.

— Abe m'a dit que vous lui aviez avoué avoir été distraite ce soir-là. Je comprends pourquoi maintenant. Je ne suis pas certain que j'aurais moi-même agi différemment, reconnut-il avec un soupir.

Le cœur de Mia fit un bond dans sa poitrine.

— Pardon ?

— Mia, nous nous connaissons depuis trop longtemps. Si vous avez un problème personnel, vous le réglez en dehors de vos heures de travail, d'accord ? Cela dit, à votre place et vu les circonstances, j'aurais moi aussi suivi cette femme. Croyez-vous qu'elle représente un danger pour vous ?

Pour la première fois en une heure, Mia respira librement.

— Je ne pense pas. Comme l'a rappelé Solliday, elle m'a saluée aujourd'hui. C'était presque… une marque de respect. Ce qui m'a troublée, c'est qu'elle est arrivée juste au moment où nous guettions la présence d'individus suspects. Mais elle est apparue avant que les incendies ne commencent.

— Il n'empêche qu'elle vous fait froid dans le dos.

— C'est vrai. Du coup, je me demande combien il y en a d'autres comme elle dans la nature.

— Eh bien, essayez de le découvrir pendant votre temps libre, dit-il, sans animosité. Pour l'instant, remettez-vous au travail. Je veux connaître l'identité de la femme que l'on voit dans le film vidéo, le plus tôt possible. Vous pouvez disposer.

Mia se dirigea vers la porte, puis s'arrêta, la main sur la poignée.

— Merci, Marc.

— Enlevez-moi ces chaussures ridicules, Mitchell, grogna-t-il.

Mia regagna son bureau et s'arrêta net. Dana l'attendait, une boîte en carton à la main.

— Que se passe-t-il ? demanda Mia en se laissant tomber sur sa chaise.

La jeune femme haussa les sourcils.

— Je viens signaler un homicide.

Elle posa le carton sur le bureau et en extirpa un crabe

dont les pinces étaient attachées avec des élastiques. L'animal ne bougeait pas.

Mia fronça le nez.

— Bonté divine, Dana ! Qu'est-ce que c'est que ce truc ?

— C'*était* un crabe du Maryland. Je l'ai pêché de mes propres mains. Il *était* vivant et il l'*aurait* encore *été* si tu étais venue dîner hier soir. Maintenant, il est mort, et c'est ta faute. Je réclame justice.

— Je ne peux pas croire qu'il y ait des gens pour manger ça. On dirait des bestioles géantes sorties d'un mauvais film des années 50.

Dana remit le crabe mort dans sa boîte.

— Ils sont très savoureux, comme tu l'aurais constaté si nous avions pu faire cuire celui-ci pour toi. J'ai appris qu'une conférence de presse allait avoir lieu, alors j'ai pensé que je te trouverais là. J'étais inquiète. Comment va ton épaule ?

— Elle est comme neuve.

— Je vois que tu as un nouveau bobo. Qu'est-ce que tu t'es fait, cette fois ?

— J'ai failli prendre une balle, répondit Mia avec désinvolture tandis que Dana plissait les yeux.

— A cause de ta nouvelle enquête ?

— Non.

— Tu me raconteras plus tard. Pour l'instant, je veux savoir ce qui se passe dans cette affaire d'incendies criminels.

— Tu sais très bien que je n'ai pas le droit de te révéler les détails.

Un éclair de chagrin traversa les yeux bruns de Dana.

— Je connaissais Penny Hill.

Et elle déplorait sa perte, Mia en prit conscience.

— C'était quelqu'un de bien, reprit Dana. Tu vas attraper celui qui a fait ça ?

— Oui, tu peux compter sur moi.

Enfin, toujours est-il que si elle avait tenu une piste ou

deux, elle se serait sentie plus confiante quant à la promesse qu'elle venait de faire.

— Très bien, conclut Dana. Et le reste ? Ça va ?

— J'ai été obligée de tout dire à Spinnelli. Elle est venue à la conférence de presse.

Dana tiqua.

— Mince, alors !

— Elle a encore réussi à s'éclipser, mais cette fois j'ai pu relever la moitié de sa plaque minéralogique.

— Tu veux qu'Ethan essaie de retrouver sa trace ?

Le mari de Dana était détective privé et particulièrement doué en informatique.

— Pas tout de suite. Je vais d'abord essayer de mon côté.

Le regard de Mia se détourna vers l'extrémité du bureau paysager, où Solliday venait de faire son entrée, un petit poste de télévision sous un bras et un magnétoscope sous l'autre. Il avait pris sa défense alors qu'il n'y était pas obligé, se rappela-t-elle.

Dana tourna la tête pour suivre le regard de son amie et émit un sifflement discret. Son appréciation ne laissait place à aucune ambiguïté.

— Qui est-ce ?

— Qui ? demanda Mia dans une pauvre tentative pour jouer l'innocente. Oh, lui ?

— Oui, lui, répéta Dana, les lèvres pincées. Tu veux que j'effectue des recherches sur son passé ?

Mia sentit ses joues s'enflammer. Elle savait très bien à quoi son amie faisait allusion. Elle avait elle-même procédé à ce genre d'investigation sur Ethan lorsque Dana était tombée raide amoureuse de lui. Quelques mois plus tard, les deux tourtereaux étaient mariés. Pas la peine d'être un fin limier pour établir le rapprochement.

— Inutile. C'est mon nouvel équipier.

— Tu as été plutôt avare de détails, ma belle, ironisa Dana, amusée.

Elle regarda Solliday installer l'équipement vidéo sur le bureau d'Abe.

— Bonjour ! Je suis Dana Buchanan, l'amie de Mia. Et vous êtes ?

Solliday serra la main tendue.

— Reed Solliday, son équipier à titre provisoire, se présenta-t-il. Puis, avec un regard bienveillant, il ajouta : C'est vous qui accueillez des enfants dans votre foyer ?

— En effet, répondit Dana avec un large sourire. Pour le moment, j'en ai cinq, mais je vais bientôt en avoir un autre.

— J'ai moi-même été adopté. Mes parents ont servi de famille d'accueil pendant des années. Je vous félicite.

Tenant toujours sa main dans la sienne, Dana dévisagea Solliday avec une insistance qui fit de nouveau monter le feu aux joues de Mia.

— Merci, dit-elle en lâchant enfin sa main. Appelle-moi, ajouta-t-elle à l'adresse de son amie. Sinon, je reviens te chercher, tu peux compter sur moi.

Et sur un petit signe de la main, elle prit congé.

Mia saisit la cassette de Wright.

— Merci pour la télé, dit-elle.

— De rien, répondit Solliday en suivant Dana du coin de l'œil. Branchez-la, je vais l'installer.

Parvenue au seuil de la pièce, la rousse amie de Mia s'arrêta et regarda par-dessus son épaule. Ses sourcils s'arquèrent sur une interrogation silencieuse, puis elle disparut dans le hall. Il y avait eu quelque chose de réconfortant dans sa voix et dans la façon dont elle avait tenu la main de Reed, comme s'ils avaient été de vieux amis.

— Elle a oublié sa boîte, dit-il.

Mia leva les yeux et éclata de rire.

— Ça ne m'étonne pas ! Il y a un crabe mort dedans.

— Votre amie vous a apporté un crabe mort ?

— C'était censé être un délice gastronomique.

Elle rampa sous le bureau pour brancher le câble électrique, puis se releva, tirant sur les pans de son uniforme d'un geste brusque.

— Voyons un peu l'œuvre cinématographique de M. Wright.

Reed introduisit la cassette dans le lecteur.

— C'est la séquence sur l'incendie que nous avons vue hier soir.

Ils regardèrent le film en silence. Lorsque leur propre image apparut à l'écran, Reed réprima une grimace. La caméra l'avait surpris alors qu'il se battait avec les fermoirs de ses bottes et que Mia les lui prenait des mains.

— Je suis désolée, murmura-t-elle.

Il se souvint alors de son regard au moment où il l'avait rabrouée. Distant, comme si elle s'était écartée sous l'effet d'une gifle. *Vous êtes bien obligé de me supporter.* Ses paroles en disaient long à la lumière de ce qu'elle venait de révéler. Comme elle avait dû être bouleversée en découvrant que son père entretenait une famille parallèle ! Reed se creusa la cervelle pour trouver quelque chose à dire.

— Mia, à propos de ce qui s'est passé dans le bureau de Spinnelli…

Sans quitter le petit écran des yeux, elle contracta les muscles de ses mâchoires.

— Merci d'avoir pris ma défense. Vous n'aurez pas à le faire une seconde fois.

— Ce n'est pas ce que je voulais dire. Cette femme. Votre…, balbutia-t-il. Cela a dû être un choc.

Les yeux de Mia se plissèrent tandis qu'une jeune femme coiffée d'une tresse emplissait brièvement l'écran.

— Voilà Carmichael, en train de fureter partout comme d'habitude.

Pour elle, le sujet était clos.

— Elle est restée à l'arrière-plan, remarqua Reed.

— J'aurais dû la voir.

— Peut-être. La prochaine fois, vous ne la manquerez pas.

Elle lui lança un regard circonspect.

— Carmichael, certainement !

Il soutint un instant son regard avant qu'elle ne reporte les yeux sur l'écran. La scène avait changé. Wheaton se tenait à présent sur le trottoir, ébouriffant ses cheveux et vérifiant son maquillage.

— Le frère de Jared a filmé de beaucoup trop loin, regretta Reed.

— S'il ne s'approche pas un peu, ça va être difficile de distinguer quoi que ce soit.

— D'après l'horodateur, il est 6 heures moins le quart. La femme n'est pas encore arrivée. Asseyez-vous. Ça risque de durer un moment.

L'image se fixa sur Wheaton avant de finalement exécuter un zoom arrière. Reed se redressa sur sa chaise, soudain sur le qui-vive.

— La voilà !

La Hyundai bleue était visible dans un coin du cadre et la femme, debout à côté de sa portière, regardait fixement la maison, exactement comme dans le film d'*Action News*.

Mitchell s'était penchée en avant.

— Est-ce qu'on peut faire un zoom sur la plaque minéralogique ?

— Peut-être que les gars de votre labo informatique y arriveront, dit Reed d'un air de doute. Duane est trop éloigné pour que je puisse discerner quelque chose, et l'angle de la prise de vue est mauvais.

C'est alors que, comme pour répondre à leur vœu, la caméra s'approcha des voitures et des badauds qui se tenaient en bordure de la scène d'incendie. Reed retint son souffle.

— Encore un peu plus près.

— Holly est à l'antenne, observa Mitchell. Tous les gens de la télé ont les yeux braqués sur elle. Duane s'enhardit. Allez, mon gars, approche-toi.

Le jeune garçon fit encore quelques pas, la caméra s'avança centimètre par centimètre vers la voiture bleue, avant de finalement s'immobiliser. La plaque d'immatriculation était bien en vue, mais toujours trop petite pour être déchiffrée.

— Plus près, murmura Mia.

La caméra hésita quelques secondes puis revint brusquement sur l'équipe de télévision qui commençait à démonter son matériel. Enfin, l'image se brouilla et la bande s'arrêta net.

— Nous n'obtiendrons rien de plus, j'en ai peur, dit Reed. Allons porter ce film aux gars de l'informatique. Nous aurons peut-être de la chance.

Mia repoussa sa chaise.

— Le labo se trouve au cinquième étage. Vous n'avez qu'à y aller pendant que je me change. Je vous retrouverai là-bas. Et ne vous amusez pas avant que j'arrive.

Il la regarda quitter le bureau au pas de course. Elle s'était refermée sur elle-même, comme lorsqu'il lui avait pris le visage entre ses mains. Il aurait dû renoncer. Mais il n'était pas certain d'en être capable.

Mercredi 29 novembre, 13 h 05

Mia regardait par la vitre du 4x4 tandis que Solliday roulait au pas le long du parking réservé au personnel enseignant.

— La voilà ! La petite Hyundai bleue enregistrée au nom de Brooke Adler, professeur d'anglais.

— Vos gars ont fait du bon travail en agrandissant cette image.

— La technologie est une chose merveilleuse, convint-elle comme il se garait sur une place de stationnement destinée aux visiteurs. Adler a un casier vierge. Il est peu probable qu'elle fasse un suspect possible.

— Je suis tout à fait d'accord. Mais elle sait quelque chose. Ou du moins, elle croit savoir.

— Je le pense aussi. Si c'était elle qui avait allumé ces incendies, elle aurait paru satisfaite en voyant le résultat. Or, elle avait seulement un air coupable.

— Le fait qu'elle travaille avec de jeunes délinquants constitue un lien comme un autre avec les éléments dont nous disposons jusqu'à présent.

— Notre pyromane n'est pas un novice. Vous l'avez dit vous-même. Se pourrait-il vraiment que ce soit un gamin ?

— J'ai dit que ses méthodes incendiaires étaient sophistiquées. Je ne pense pas que nous ayons affaire à un jeune enfant. Mais un adolescent correspondrait certainement au profil. Qu'y a-t-il, Mia ? demanda-t-il en inclinant la tête.

— Penny Hill a été brûlée vive, rappela-t-elle, l'air préoccupée. Intentionnellement.

— Et une partie de vous refuse de croire qu'un enfant soit capable d'un tel acte, observa-t-il avec calme. Alors que l'autre partie sait à quoi s'en tenir.

Elle hocha la tête. La vérité avait un goût amer dans sa bouche.

— En résumé, c'est un peu ça.

— Il se peut que nous fassions fausse route, essaya-t-il de la rassurer.

— J'espère que non. C'est la première piste valable que nous tenions. Allons-y, dit-elle en sautant à bas du véhicule.

En franchissant la porte de l'école qu'il lui tenait ouverte, elle se dit qu'elle n'aurait pas grand mal à s'habituer à quelqu'un comme Reed Solliday. Les portes, les chaises, les cafés… Elle devenait gâtée.

Une femme était assise derrière la vitre. Son badge indiquait qu'elle s'appelait Marcy.

— Puis-je vous aider ?

— Je suis l'inspecteur Mitchell et voici le lieutenant Solliday. Nous avons déjà montré nos insignes au garde chargé de la sécurité à l'entrée. Nous aimerions parler à Mlle Adler, je vous prie.

— J'ai peur qu'elle ne soit en cours pour l'instant. Puis-je prendre un message pour elle ?

— Non, sourit Mia, affable. Mais vous pouvez aller lui dire de venir nous rejoindre ici sur-le-champ.

Un homme apparut sur leur gauche.

— Je suis le Dr Bixby, le directeur du Centre. Que puis-je pour vous ?

Dès le premier regard, Mia éprouva une méfiance instinctive à l'égard de cet homme.

— Seulement nous aider à parler à Mlle Adler. Tout de suite.

— Marcy, ordonna aussitôt le directeur, trouvez quelqu'un pour remplacer Mlle Adler dans sa classe.

Puis il les conduisit dans une petite pièce à l'ameublement spartiate.

— Vous pouvez attendre ici. Vous serez plus tranquilles que dans le hall d'entrée. En tant que son employeur, je dois vous poser la question. Mlle Adler aurait-elle des ennuis ?

— Nous voulons simplement nous entretenir avec elle, répondit Mia sans se départir de son sourire.

Avec hésitation, l'homme ferma la porte et les laissa seuls entre un vieux bureau et deux fauteuils déglingués. L'unique fenêtre était condamnée par des barreaux noirs. L'endroit était exactement ce à quoi il ressemblait — une prison pour mauvais garçons.

— Je me demande toujours s'ils ont des micros cachés dans ce genre d'établissement.

— Nous n'aurons qu'à lui demander de sortir, se contenta de suggérer Solliday.

— Vous ne me dites pas : « Ne soyez pas si parano, Mitchell » ?

— C'est Abe qui vous parle comme ça ?

— Non, jamais. Lui, il se borne à jouer notre déjeuner à pile ou face. Face, on mange bien. Pile, on mange végétarien.

Reed arpentait la petite pièce de long en large, et une fois de plus Mia fut impressionnée par la grâce féline de sa démarche. Un homme de cette taille aurait dû paraître à l'étroit et inopportun dans une pièce aussi exiguë. Au lieu de quoi, il se mouvait comme un chat, se balançant sur la plante des pieds. Gracieux, certes… mais un brin agité.

— On dirait que la nourriture végétarienne ne vous plaît pas beaucoup.

— En effet. Chez moi, on mangeait plutôt de la viande et des pommes de terre.

Il s'arrêta devant la fenêtre et regarda entre les barreaux, l'air pensif.

— Moi aussi. Après.

Son humeur s'était considérablement altérée depuis leur arrivée.

— Après quoi ?

Il jeta un coup d'œil par-dessus son épaule.

— Après que je suis allé vivre chez les Solliday.

La réserve qu'elle lut dans son regard l'avertit qu'elle devait avancer avec précaution.

— Ils vous ont adopté à l'Assistance publique ?

Il hocha la tête, se retourna vers la fenêtre.

— J'avais été placé dans quatre familles avant qu'ils ne m'adoptent. J'avais fugué des deux dernières. J'ai bien failli me retrouver dans un endroit comme celui-ci.

— Alors, nous devons aux Solliday une fière chandelle, dit-elle d'une voix douce.

Il ravala sa salive.

— C'est vrai. En tout cas, moi je leur dois beaucoup.

— Il s'en faut parfois d'un cheveu qu'une personne tourne mal. Une expérience salutaire, une bonne âme rencontrée en chemin peuvent faire toute la différence.

— Je continue à croire que les gens honnêtes essaient de s'en sortir et les autres pas.

— C'est beaucoup trop simpliste. Mais nous reprendrons cette discussion plus tard. J'entends quelqu'un.

La porte s'ouvrit et Mia se trouva nez à nez avec la femme de la vidéo. Elle paraissait très jeune.

— Mademoiselle Adler ?

La jeune femme opina de la tête, les yeux écarquillés. Effrayée. Elle entra dans la pièce, Bixby sur ses talons.

— Oui, que me voulez-vous ?

— Je suis l'inspecteur Mitchell et voici mon équipier, le lieutenant Solliday. Nous aimerions avoir une petite conversation avec vous, débita Mia d'une voix égale. Vous voulez bien sortir ?

Bixby se racla la gorge.

— Il fait froid dehors, inspecteurs. Vous serez plus à l'aise ici.

— Je ne suis pas inspecteur, rétorqua Solliday d'une voix tranquille. Je suis *fire marshal*.

Le visage d'Adler blêmit. Bixby la regarda avec un froncement de sourcils.

— Mademoiselle Adler, que se passe-t-il ?

Elle se tordit les mains.

— Bart Secrest ne vous a rien dit, hier ?

Les lèvres de Bixby se crispèrent presque imperceptiblement.

— Qu'avez-vous fait, mademoiselle Adler ?

Pas très subtile comme manière de se distancier de son employée ! La jeune femme eut un mouvement de recul et se passa la langue sur les lèvres.

— Je suis juste allée voir une des maisons incendiées dont parlent les journaux. C'est tout.

Mia s'avança d'un pas.

— Hé ho ? Nous aimerions bien savoir de quoi il retourne ici.

Le Dr Bixby décocha à Mia un regard noir qui, songea-t-elle, aurait fait éclater la tremblante Mlle Adler en sanglots. Puis, d'un geste brusque, il s'empara du téléphone qui se trouvait sur la table de bois.

— Marcy, pouvez-vous appeler Bart et Julian ? Dites-leur de nous retrouver dans mon bureau immédiatement.

— Mademoiselle Adler, insista Mia, nous aimerions

vous parler en privé. Ce ne sera pas long. Si vous le voulez, nous vous attendrons, le temps que vous alliez chercher votre manteau.

Elle tint la porte pour la jeune femme, faisant mine d'ignorer le directeur qui avait ouvert la bouche puis l'avait refermée sans dire un mot.

Adler secoua la tête.

— Non, ça ira.

Mercredi 29 novembre, 13 h 25

De la fenêtre, il pouvait voir le parking. Il observait les trois silhouettes qui étaient sorties du bâtiment et se tenaient maintenant en plein soleil. Il avait vu deux d'entre elles entrer quelques instants auparavant. Une femme et un homme. La femme était l'inspecteur Mia Mitchell. Il l'avait reconnue d'après sa photo dans le journal. L'homme ne pouvait donc être que le lieutenant Solliday. Et quand bien même ! Il ne laisserait pas les battements de son cœur s'affoler. Il garderait la tête froide.

S'ils discutaient avec Brooke Adler, c'était parce qu'elle s'était rendue sur les lieux du sinistre, cette idiote. Pas parce qu'ils savaient quelque chose. Ils ne tenaient aucune piste. Aucun indice. Aucun suspect. Aussi n'y avait-il pas lieu de s'affoler. Ils pourraient fouiller toute l'école, ils ne trouveraient rien. Pour la bonne raison qu'il n'y avait rien, ici. Il ébaucha un sourire. *A part moi.*

Mitchell et Solliday auraient leur petite conversation avec Adler, apprendraient ce que tout le monde savait déjà — que le nouveau professeur d'anglais était une insignifiante tête de linotte. Dotée, il fallait le reconnaître, de seins superbes. Il avait souvent songé à son corps — à la jouissance qu'il en tirerait, et même à celle qu'il lui permettrait de ressentir. Mais à présent, tout cela devrait changer. Du moins, en ce qui concernait son plaisir à elle. Elle allait payer cher l'erreur de les avoir attirés ici.

Cependant, mieux valait remettre les réjouissances à plus tard. Pour l'heure, il y avait des flics dans l'enceinte de l'école. Mais ils ne resteraient pas longtemps. Une fois qu'ils se seraient avisés qu'ils étaient venus pour rien, Mitchell et Solliday s'en retourneraient. *Et je pourrai continuer.* Ce soir, il en finirait avec Mme Dougherty. La seule pensée de ce nouveau défi l'excitait par avance.

Mais là encore, il faudrait patienter avant de s'amuser. Dans l'immédiat, on l'attendait quelque part.

Mercredi 29 novembre, 13 h 25

Brooke se retenait de claquer des dents tandis que la femme flic la toisait de haut en bas d'un regard chargé de dédain.

— Vous vous trouviez sur une scène d'incendie hier soir, commença Mitchell avec brusquerie. Pourquoi ?

— Je…, bredouilla-t-elle, en humectant ses lèvres desséchées par le froid. C'était par curiosité.

— Quelque chose vous tracasse ? demanda le *fire marshal* d'une voix douce.

Brooke ne regardait pas souvent la télévision, mais elle en avait vu assez pour comprendre qu'il jouait le rôle du flic gentil. Quant à la petite femme blonde, elle faisait un très bon méchant flic.

— Je n'ai rien fait de mal, dit-elle, consciente que le ton de sa voix la faisait paraître coupable, même à ses propres oreilles. Si vous entriez, nous pourrions tout vous expliquer.

— Tout à l'heure, dit le *fire marshal*.

Il s'appelait Solliday, elle tâcherait de s'en souvenir. Elle ne devait pas oublier qu'elle n'avait rien fait de mal et cesser de se conduire comme une idiote.

— Mais tout d'abord, poursuivit-il avec un gentil

sourire, dites-nous pour quelle raison vous êtes allée voir la maison qui a brûlé la nuit dernière. Nous vous avons repérée sur le film des informations de 22 heures.

Elle avait eu un mauvais pressentiment en se voyant au journal télévisé. Sa plus grande peur avait été que Bixby ou Julian s'en aperçoivent. Or, ce qui lui arrivait maintenant s'avérait encore pire.

— Je vous l'ai dit, j'étais curieuse. J'avais lu les articles sur les incendies et je voulais les voir de mes propres yeux.

— Qui est Bart Secrest et qu'a-t-il dit à Bixby ? interrogea la femme.

— Demandez-le au Dr Bixby.

Elle regarda par-dessus son épaule. Le directeur se tenait à la porte, la mine renfrognée.

— Vous allez me faire renvoyer, murmura-t-elle.

Solliday sourit, toujours avec douceur.

— Nous allons vous embarquer si vous continuez à nous faire perdre notre temps.

En percevant le contraste entre la douceur du ton et la dureté des paroles, elle eut un tressaillement.

— Vous n'avez pas le droit. Je n'ai rien fait.

— Ecoutez bien, mademoiselle Adler, dit-il tranquillement. Deux femmes sont mortes. Peut-être savez-vous quelque chose qui nous serait utile. Peut-être pas. Dans le premier cas, vous nous le dites. Dans le second, vous cessez votre petit jeu, quel qu'il soit, parce que chaque minute que nous passons ici est une minute qui va profiter au meurtrier pour mettre au point son prochain crime. Je vous pose une dernière fois la question : pourquoi vous êtes-vous rendue sur les lieux du sinistre ?

Brooke sentit une boule lui étrangler la gorge. Mon Dieu ! Deux femmes étaient mortes.

— L'un de nos élèves a découpé les articles de journaux qui relataient les incendies. Je l'ai signalé à Bart Secrest, notre responsable de la sécurité. Pour le reste, vous n'avez qu'à lui demander.

Les yeux de la femme flic s'étrécirent.

— Lui, qui ? Secrest ou l'élève ?

Brooke ferma les paupières. Elle revit l'expression de froideur qu'elle avait détectée sur le visage de Manny le matin même. Personne ne serait capable de tirer quoi que ce soit du garçon à l'heure qu'il était, elle en avait la certitude.

— Secrest, lâcha-t-elle, tremblant de tout son corps. Je vous ai dit franchement tout ce que je pouvais.

Les deux enquêteurs échangèrent un regard ; le lieutenant Solliday hocha la tête.

— Très bien, mademoiselle Adler, dit l'inspecteur. Allons voir le Dr Bixby.

Mercredi 29 novembre, 13 h 30

Bixby les attendait dans le hall. Le regard qu'il darda sur Adler était glacial et Mia ne put s'empêcher d'éprouver quelque pitié pour la jeune femme.

Il les conduisit à un bureau aussi richement décoré que l'autre petite pièce était austère. D'un geste, il les invita à s'asseoir dans des fauteuils de cuir autour d'une table de conférence en acajou. Deux hommes y étaient déjà installés. L'un, la quarantaine, avait un visage aimable. Quant à l'autre, on aurait dit que son passe-temps favori consistait à cogner sa tête chauve contre les murs.

— Voici le Dr Julian Thompson et M. Bart Secrest, annonça Bixby.

L'homme à la mine affable se leva, un sourire plissant son visage. D'emblée, Mia se défia de lui tout autant que du directeur.

— Je suis le Dr Thompson, conseiller psychologique de cette école.

La mine bourrue, Secrest demeurait silencieux.

— Asseyez-vous, dit Bixby.

Il tambourina sur la table en attendant que tous aient

pris place. Mia s'ingénia à faire durer l'instant, uniquement pour le plaisir de le voir se rembrunir.

Elle regarda tour à tour chacun des hommes présents dans la salle.

— Qui est cet élève et où sont les articles ?

Le conseiller psychologique réfréna, sans succès d'ailleurs, un sursaut. Secrest continuait d'afficher un air maussade.

— Nous avons interrogé l'élève en question et n'avons pas cru utile d'approfondir le sujet, dit Bixby. Mlle Adler a éprouvé le désir… personnel de voir les lieux du sinistre par elle-même, mue probablement par un sentiment de compassion envers les victimes. N'est-ce pas exact, mademoiselle Adler ?

La jeune femme hocha la tête, d'un air quelque peu réticent.

— Oui, monsieur.

— Hmm, hmm, sourit Mia. Vous travaillez sous contrat avec l'Etat, n'est-ce pas, docteur Bixby ? Vous êtes donc soumis à des audits et à des visites surprises de la part de l'inspection académique ?

Les mâchoires de Bixby se contractèrent.

— Ne me menacez pas, inspecteur.

Mia jeta un regard amusé à Solliday.

— J'ai l'impression d'entendre un écho. Il y a de plus en plus de gens qui me demandent de ne pas les menacer.

— Peut-être parce qu'ils savent tous quelque chose et refusent de nous le dire, répondit Solliday d'une voix tranquille qui ne présageait rien de bon.

— Ça doit être ça, en effet.

Elle se pencha en avant, faisant glisser la paume de sa main sur la table jusqu'à ce que son regard se plantât droit dans celui de Bixby. C'était un geste qui se révélait d'ordinaire très efficace. A voir la lueur d'agacement dans les yeux du directeur, elle comprit que sa tactique avait une fois de plus porté ses fruits.

— Je me demande ce que vous savez, docteur Bixby.

Vous dites avoir interrogé ce garçon. Vous ne pensiez donc pas qu'il découpait ces articles pour préparer un compte rendu de lecture.

— Comme je l'ai mentionné à Mlle Adler, intervint encore Solliday du même ton inquiétant, nous avons deux cadavres de femmes à la morgue. Notre patience est à bout. Si votre élève n'a rien à voir avec cette histoire, nous prenons congé immédiatement. Mais s'il est impliqué, il représente un danger pour vos autres pensionnaires. J'imagine que vous ne tenez pas à ce genre de publicité.

En voyant un muscle de la mâchoire de Bixby se durcir, Mia s'avisa que Solliday avait touché une corde sensible.

— L'élève en question n'a pas le droit de quitter l'école. Il est impossible qu'il soit mêlé à cette affaire.

— Très bien, dit Mia en se détendant quelque peu. Parlez-nous de votre école. Tous les élèves logent-ils sur place ?

— Vingt pour cent sont externes, répondit le Dr Thompson. Les autres sont internes.

— Internes, sourit Mia. Cela signifie qu'ils sont enfermés ?

— Cela veut dire qu'ils n'ont pas le droit de sortir, répondit le conseiller avec un sourire forcé. Ils ne sont pas confinés dans des cellules, comme s'ils étaient en prison, non.

Mia tiqua.

— Vous ne les laissez pas aller dehors ? Jamais ?

— Les internes sont autorisés à sortir sous surveillance, protesta Bixby, ses yeux lançant des éclairs.

— Dans la cour, pour faire de l'exercice, observa Mia tandis que les joues du directeur s'empourpraient. Je sais que votre centre n'est pas une prison. Mais vos voisins seraient certainement très mécontents d'apprendre qu'un meurtrier vit à moins d'un kilomètre de chez eux. Et de leurs enfants.

— Ce qui n'est pas le cas, rétorqua Bixby d'une voix tendue. Je vous l'ai déjà dit.

— Et nous vous avons bien compris, nota Solliday calmement avant de s'adresser à Mia, un sourcil levé : Je vous rappelle que vous avez promis à Carmichael l'exclusivité de l'info.

Le visage de Mia s'épanouit en un large sourire.

— C'est exact.

Secrest plissa les yeux.

— C'est du chantage.

— Qui est Carmichael ? demanda Bixby.

— La journaliste qui a écrit l'article dans le *Bulletin* d'hier, répondit Secrest.

— Vous n'avez pas le droit de divulguer de fausses informations, s'insurgea Thompson.

Mia haussa les épaules.

— Elle veut toujours savoir où je vais. Je lui dirai que je suis venue ici. Ce n'est pas un mensonge. Parfois, elle me suit partout, à l'affût de scoops. Si ça se trouve, en ce moment même, elle rôde devant l'école. Je suppose que ce serait du plus mauvais effet pour votre image de marque. De plus, votre refus de coopérer aura des conséquences fâcheuses sur votre réputation auprès des autorités. J'y veillerai personnellement.

Bixby semblait près d'exploser. Il enfonça une touche de l'Interphone.

— Marcy, apportez-moi le dossier de Manuel Rodriguez ! hurla-t-il, puis à Mia : J'espère que vous êtes satisfaite ?

— Je l'espère aussi, répondit Mia avec sincérité. Ainsi que les familles des deux victimes.

Le visage de Thompson était devenu écarlate.

— Manny est innocent.

Mia haussa un sourcil.

— S'il est *ici*, docteur Thompson, c'est qu'il n'est pas aussi innocent que ça.

— Il n'a pas allumé ces incendies, insista le conseiller.

— Vous avez fouillé la chambre de Manny, monsieur Secrest ? demanda Solliday, ignorant le psychologue.

— Exact, répondit Secrest, impassible.

— Et alors ? demanda Mia.

— J'y ai trouvé une pochette d'allumettes.

— En manquait-il ? le pressa Solliday. Et pour gagner du temps, dites-nous combien.

— Plusieurs. Mais la pochette avait déjà été utilisée par quelqu'un d'autre.

Mia remarqua un tressaillement sur la joue de Thompson.

— Savez-vous où il se l'est procurée ?

— Il l'a prise dans le bureau du Dr Thompson, répondit le responsable de la sécurité. Il fume la pipe.

Mia se renversa dans son fauteuil.

— Faites venir M. Rodriguez, je vous prie, dit-elle. Puis voyant que tous se levaient, elle ajouta : Pas vous, mademoiselle Adler. Vous restez avec nous. Vous seule.

Une fois la porte refermée, elle se tourna vers la jeune enseignante qui était devenue toute pâle.

— Maintenant, vous allez nous dire *pourquoi* vous vous êtes rendue à la maison de Penny Hill.

Adler se passa la langue sur les lèvres.

— Je vous l'ai déjà dit. J'étais curieuse. A cause des articles.

Solliday secoua la tête.

— Non, mademoiselle Adler. Nous vous avons vue sur la vidéo. Vous n'aviez pas l'air curieuse. Vous aviez l'air de vous sentir coupable.

Dans les yeux de la jeune femme, Mia lut une détresse sincère.

— C'est la faute du livre. Je leur ai donné à lire *Sa Majesté des mouches* juste avant Thanksgiving. Juste avant le premier incendie. Avant que la première femme ne soit assassinée.

— Le moment était plutôt mal choisi, maugréa Solliday. Mais pourquoi aller voir la maison de la victime ?

— Il fallait que je sache ce qu'avait appris la police. Si c'était lui qui avait… provoqué…

— Je ne vois pas le rapport avec le livre, grommela Mia en regardant Solliday.

— *Sa Majesté des mouches*, expliqua-t-il. Des ados abandonnés sur une île qui sombrent dans l'anarchie. Ils font un feu pour signaler leur présence. Ils finissent par faire flamber presque toute l'île.

— Oh, je vois, dit Mia en reportant son attention sur Adler dont le visage était inondé de larmes. Vous pensez que c'était une bonne idée de choisir ce livre dans un endroit pareil ?

— Le Dr Bixby m'a donné son accord, il m'a même encouragée. Il voulait observer la réaction des élèves. J'ai proposé de changer de livre, mais Julian a dit qu'il serait bénéfique pour la thérapie de Manny. Je n'ai pas arrêté de me demander si ce n'était pas moi qui avais poussé Manny à faire cela, si ce n'était pas le livre qui lui avait donné des idées. Et puis, il y a eu un nouvel incendie et une autre femme est morte. Et si ces femmes avaient perdu la vie à cause de moi ?

Solliday poussa un soupir.

— Si Manny a allumé ces feux, vous n'êtes pas responsable, mademoiselle Adler.

— Je vous croirai lorsque vous aurez trouvé le véritable coupable. Je peux partir, maintenant ?

— Bien sûr, dit Mia, plus disposée désormais à se montrer bienveillante. Mais ne quittez pas la ville, d'accord ?

Adler eut un petit sourire amer.

— Je ne sais pas pourquoi, j'étais sûre que vous diriez cela.

Elle claqua la porte derrière elle, laissant Mia et Solliday assis côte à côte. Le lieutenant balaya la pièce du regard puis brusquement se pencha tout près de l'oreille de Mia.

— Tout cela pourrait n'être qu'un coup d'épée dans l'eau, chuchota-t-il. Une perte de temps.

Un frisson tout aussi violent qu'inattendu traversa Mia de part en part, tandis que la chaleur dégagée par

Solliday l'envahissait et que son odeur lui emplissait la tête. Instinctivement, son corps se raidit, et le souvenir de l'homme allongé sur elle bouscula sa raison. Elle se força à focaliser sa pensée et lui glissa à l'oreille :

— Peut-être, mais à part des piles de cartons pleins de dossiers, c'est la seule piste dont nous disposions. Des flics, des assistantes sociales et des gosses enragés… Et ces types-là nous cachent quelque chose, j'en ai le pressentiment.

Et cela, songea-t-elle, venait de son instinct de flic et non du fait que sa joue lui picotait encore à l'endroit où le petit bouc de Solliday avait frôlé sa peau.

La porte se rouvrit sur Bixby.

— On est allé chercher Manny, annonça-t-il. Je resterai à ses côtés pendant que vous l'interrogez, car il est mineur. Y a-t-il autre chose que vous souhaitiez ?

Solliday se leva.

— Nous aimerions fouiller la chambre du garçon nous-mêmes.

Le directeur hocha la tête avec raideur.

— Comme vous voulez.

— Nous prenons note de votre… coopération, docteur Bixby. Restez ici avec Manny pendant que nous effectuons la fouille. Nous reviendrons lui parler lorsque nous serons prêts.

Mercredi 29 novembre, 14 h 45

Reed étouffa un soupir tandis que le directeur emmenait Manny Rodriguez. La fouille de la chambre n'avait rien donné et Manny s'était montré aussi fermé que n'importe quel adolescent de son âge.

— S'il est coupable, il ne lâchera rien. Mais je ne crois pas que ce soit lui. A mon avis, nous avons perdu un après-midi à courir après une prof d'anglais affligée d'un sentiment exagéré de culpabilité.

— On ne peut pas gagner à tous les coups, répondit Mia en se glissant dans son affreux blouson qui paraissait encore plus minable depuis sa chute sur le trottoir, la veille. Retournons décortiquer nos dossiers.

Reed lui tint la porte, puis la suivit jusqu'au comptoir d'accueil où une Marcy au visage morose se tenait prête à leur faire signer le registre de sortie. Passant devant la vitrine qui trônait dans le hall, il s'arrêta net, l'œil attiré par les reflets scintillants d'un objet coloré. Il recula de quelques pas, regarda fixement. Son pouls s'accéléra.

— Mia, regardez !

Elle examina les œuvres d'art des élèves exposées dans la vitrine.

— Intéressante, cette peinture, remarqua-t-elle en contemplant la toile qui se trouvait à hauteur de ses yeux.

C'était une œuvre sombre, dans laquelle transparaissait un brin de folie.

— Non, plus haut, dit Reed. Tout en haut.

Clignant des yeux, elle se haussa sur la pointe des pieds pour mieux distinguer, posée sur la dernière étagère, la reproduction proposée par un artiste en herbe d'un œuf de Fabergé. L'objet était émaillé de perles et de cristaux étincelants disposés en motifs géométriques compliqués.

— C'est joli. J'aimerais m'approcher pour mieux voir.

— Vous voulez que je vous fasse la courte échelle ?

— C'est malin ! marmonna-t-elle. Il a fallu une drôle de poule pour pondre un œuf pareil !

— A mon avis, on l'a aidée, dit Reed avant de se pencher pour chuchoter : C'est la bonne taille.

— Et la bonne couleur. Je crois qu'un mandat s'impose. Je m'en occupe.

— De mon côté, je préviens le Dr Bixby que nous allons rester un peu plus longtemps, ajouta Reed, l'air satisfait.

— Ce n'est pas juste, s'indigna-t-elle en ouvrant d'un

coup de pouce son téléphone mobile. C'est toujours les mêmes qui s'amusent.

Mercredi 29 novembre, 15 h 15

Le professeur d'arts plastiques était bâti sur le même modèle que Reed Solliday, songea Mia tout en balayant la pièce du regard. Ses muscles saillaient sous son T-shirt éclaboussé de peinture, son crâne chauve luisait comme une pierre d'onyx polie et ses doigts étaient plus gros que des hot dogs, de ceux qui coûtent le plus cher. Il s'appelait Atticus Lucas et n'avait pas du tout l'air ravi de les voir.

— Quel est le nom de l'élève qui a réalisé cet œuf ? demanda Solliday.

— Je ne suis pas obligé…

— Hmm, hmm, le coupa Mia. Si, vous êtes obligé de nous le dire. N'est-ce pas, monsieur Secrest ?

— Dites-leur, ronchonna ce dernier.

Lucas paraissait légèrement embarrassé.

— Ce n'est pas un élève, avoua-t-il.

— S'agirait-il d'un authentique Fabergé ? ironisa Solliday.

— Je me passerai de vos sarcasmes, lieutenant, répliqua Lucas. C'est moi qui l'ai fabriqué.

Mia tiqua.

— Vous ?

Il hocha la tête, raide comme un piquet.

— Moi.

Elle considéra ses doigts boudinés.

— Un travail aussi délicat ? Vraiment ?

Il lui jeta un regard noir.

— Vraiment.

— Avez-vous exécuté toutes les œuvres exposées dans la vitrine ? demanda-t-elle.

— Bien sûr que non. J'ai essayé de faire comprendre

à ces gosses que l'art pouvait revêtir différentes formes. Je voulais qu'ils croient qu'un élève l'avait fait pour que…

— … pour qu'ils ne trouvent pas ça gay, termina Mia à sa place avec un soupir.

— Quelque chose comme ça, marmonna Lucas, les lèvres pincées.

— Eh bien, maintenant que vos talents artistiques ont été révélés au grand jour, dites-nous où se trouve le reste des œufs.

— Dans le placard des fournitures.

Il se dirigea vers une armoire métallique, ouvrit les portes, sortit un seau en plastique dont il souleva le couvercle. Et battit des paupières.

— Ils étaient là-dedans. Ils ont disparu !

— Nous devons faire relever les empreintes sur le seau et le placard, dit Reed en s'adressant à Mia.

— J'appelle Jack, tout de suite. Mais dites-nous d'abord, monsieur Lucas, quand avez-vous ouvert ce récipient pour la dernière fois ?

— J'ai confectionné l'œuf en août dernier. Depuis, je n'y ai pas touché. Pourquoi ?

— Combien d'œufs y avait-il ? le pressa Mia.

Lucas avait l'air perplexe.

— Ce ne sont que des œufs en plastique. Je ne vois pas où est le problème.

— Contentez-vous de répondre à sa question, intervint Reed sèchement.

— Une douzaine, peut-être. Ils étaient déjà là quand je suis arrivé, il y a deux ans. Personne n'y a jamais touché, sauf moi et seulement quand j'ai fait cet œuf.

— Une douzaine, murmura Solliday. Il en a utilisé trois. Il lui en reste neuf pour se livrer encore à son petit jeu.

Mia sortit son portable pour téléphoner à Jack.

— Vacherie !

Solliday fit un signe à Secrest.

— Conduisez-moi au labo. Je veux examiner les produits chimiques dont vous disposez.

Mia les retint d'un geste de la main.

— Nous allons emmener Manny. Trouvez-lui un représentant légal ou un avocat.

Les mâchoires serrées, Secrest opina.

Mercredi 29 novembre, 15 h 45

Solliday se tenait de biais dans la petite réserve où étaient entreposés les produits chimiques, sa carrure ne lui ayant pas permis d'entrer de front. A tout autre que lui, les grosses lunettes de protection qu'il avait chaussées auraient conféré un air ridicule. Or, elles ne nuisaient pas le moins du monde à son charme. Mais foin de ces réflexions ! songea Mia. Le moment était mal choisi.

— Vous vous y connaissez en laboratoire de chimie, remarqua-t-elle.

— Beaucoup d'enquêteurs experts en incendie sont diplômés de chimie.

— Vous aussi ?

— En quelque sorte, dit-il sans cesser de comparer les flacons avec la liste d'inventaire qu'il avait trouvée sur une écritoire à pince accrochée à l'intérieur de la porte. Mon père était ingénieur chimiste, et je suppose que j'avais quelque chose à prouver. Alors j'ai choisi la même spécialité.

Qu'il fût en train de parler de son père adoptif, Mia l'avait compris.

— Mais, je croyais que vous étiez pompier avant de rejoindre le BEI.

Il s'accroupit pour inspecter l'étagère du bas.

— C'est exact. Combattre le feu était ce que j'avais toujours rêvé de faire. J'ai postulé à l'école des pompiers dès que j'ai quitté l'armée.

Ce qui expliquait son obsession des chaussures bien cirées.

— Mais ?

— Mon père m'a encouragé à poursuivre des études pendant que j'étais encore jeune, avant que je me retrouve avec une famille à nourrir. J'ai donc étudié à l'université à plein temps grâce à ma pension militaire, jusqu'à ce que je sois accepté à l'école des pompiers, puis à mi-temps après cela. Ça m'a pris un paquet d'années, mais ça valait la peine. Et vous ?

— J'ai fait l'école de police grâce à une bourse d'études que j'ai décrochée en tant que footballeuse. Que cherchez-vous exactement ?

— Il y a deux façons de se procurer du nitrate d'ammonium. On peut le trouver tout prêt, en bouteille, comme celle-ci. Mais ce flacon a encore son bouchon d'origine et l'inventaire indique que le labo n'en possède qu'un seul.

— A quelle date a-t-il été livré ?

— En août, il y a trois ans, répondit Solliday en plissant les paupières. Je suis vraiment étonné qu'une école de cette taille dispose d'un stock de fournitures aussi complet.

— C'est mon prédécesseur qui nous l'a laissé. Je n'ai pas eu besoin d'acheter quoi que ce soit d'autre depuis que je suis arrivé.

Mia fit volte-face. A quelques pas derrière elle, le professeur de sciences les observait.

— Depuis combien de temps enseignez-vous ici ?

— Ça fait environ un an. Je me présente : monsieur Celebrese.

— Inspecteur Mitchell, et voici mon équipier, le lieutenant Solliday.

— Vous trouverez l'acide nitrique dans le placard fermé à clé, lieutenant. Voici la clé.

— J'imagine que l'autre façon d'obtenir du nitrate d'ammonium consiste à se servir d'acide nitrique, hasarda Mia.

— Exactement ! reconnut Solliday qui, après avoir inspecté le placard, le verrouilla de nouveau. Il n'a pas été ouvert.

— Nous ne faisons pas beaucoup usage des produits dangereux ici, dit Celebrese.

— Vous craignez que les gosses ne s'aspergent mutuellement d'acide ? interrogea Mia.

Le visage du professeur se ferma.

— Avez-vous trouvé ce que vous cherchiez ?

Solliday émergea du placard, les lunettes de protection toujours sur le visage.

— Pas encore.

Ignorant la mine maussade de Celebrese, Solliday se dirigea vers le mur du fond où se trouvait une sorte de cabine protégée par une paroi de verre.

— On dirait un buffet de crudités équipé d'un pare-haleine surdimensionné, plaisanta Mia.

— C'est une hotte de laboratoire. On s'en sert quand on manipule des produits volatiles.

Il sortit le détecteur de gaz qu'il avait utilisé pour mesurer le taux d'hydrocarbure dans la maison de Penny Hill, souleva légèrement le panneau de verre et glissa le détecteur sous la hotte. Immédiatement, l'appareil se mit à émettre un son aigu. Solliday eut un sourire crispé. A l'évidence, il avait trouvé ce qu'il cherchait.

— Bingo ! murmura-t-il. Celebrese, quand avez-vous utilisé la hotte pour la dernière fois ?

— Je… je ne m'en suis jamais servi. Je vous l'ai dit, je n'utilise pas de produits dangereux.

Solliday abaissa la vitre.

— Inspecteur, pouvez-vous demander au sergent Unger de venir ici le plus vite possible ? Il va devoir effectuer des prélèvements.

Le sourire que lui adressa Mia était empreint d'admiration et de respect.

— Avec plaisir, lieutenant.

Derrière les lunettes de protection, le regard sombre vacilla.

— Merci.

12

Mercredi 29 novembre, 17 heures

En sortant de la salle d'interrogatoire, Reed trouva Spinnelli, Westphalen et le procureur d'Etat Patrick Hurst qui attendaient de l'autre côté du miroir sans tain.

— Vous m'avez appelé ?

Dans la salle, Manny demeurait affaissé sur sa chaise, les bras croisés sur sa poitrine. Assise près de lui, Mia le harcelait, essayant de l'intimider pour l'inciter à fournir des détails susceptibles de rectifier les inexactitudes qui subsistaient. Jusqu'à présent, tout ce qu'elle avait obtenu était un regard ennuyé.

— C'est lui ? demanda Spinnelli.

Reed hocha la tête.

— Manuel Rodriguez, il a quinze ans.

— Qui est la femme ? voulut savoir Patrick en désignant la femme à l'allure frêle qui se tenait de l'autre côté de Manny, paraissant tour à tour exaspérée et mal à l'aise.

— Sa représentante légale commise par la cour. Nous sommes plutôt choqués qu'elle nous ait laissés faire aussi longtemps.

— C'est tout à notre avantage, dit Patrick. Quels sont ses antécédents ?

— Manny est au Centre depuis six mois. Avant cela, il a incendié la maison de sa famille d'accueil. Il s'est servi d'essence et d'allumettes, rien de très sophistiqué. Sa mère nourricière a été grièvement brûlée. Il semble éprouver des remords de l'avoir blessée, mais pas d'avoir allumé le feu.

— On a fouillé sa chambre hier soir ? demanda Hurst. Et on a trouvé des allumettes ?

— Exact. Tout d'abord, ils n'ont reconnu que la présence des allumettes, mais après que nous avons trouvé les œufs, ils ont admis avoir découvert la cachette où il gardait sa documentation. De véritables modes d'emploi sur la façon de déclencher un incendie. Cependant, tous concernaient les accélérants liquides, tel le mélange idéal d'essence et d'huile. Aucun article ne mentionnait le nitrate d'ammonium ni les œufs en plastique comme possible vecteur.

— Ont-ils aussi trouvé des magazines pornographiques ? s'enquit Westphalen calmement, sans quitter le garçon des yeux.

— Oui, mais cela n'a rien d'étonnant, c'est courant chez les pyromanes, répondit Reed qui ajouta en voyant le procureur hausser les sourcils : La plupart des incendiaires allument des feux, et ensuite… se donnent du plaisir.

— Je vois, répliqua Hurst sèchement. Pensez-vous qu'il soit coupable ?

— Je n'en ai pas eu l'impression la première fois que je lui ai parlé à l'école, répondit Reed, mal assuré. Et je ne le crois toujours pas. Ce garçon est fasciné par le feu. Les photos d'immeubles en flammes le font pratiquement saliver. S'il avait déclenché un incendie, il serait resté sur place pour le contempler. Je ne pense pas qu'il aurait été capable de s'arracher à un tel spectacle. De plus, je ne perçois aucune rage dans ce gosse. Le fait qu'il ait causé les blessures de sa mère nourricière semble avoir été un accident.

— Pourtant notre homme a utilisé de l'essence sur Caitlin Burnette, remarqua Spinnelli.

— Mais asperger un corps humain d'essence n'est pas la même chose que d'en répandre sur le sol, répliqua Reed.

Manny n'a aucun antécédent d'actes de violence sur des personnes, seulement sur des bâtiments.

Spinnelli se tourna vers Westphalen.

— Miles, qu'en pensez-vous ?

— Je serais assez d'accord. Mais tout d'abord, avez-vous en votre possession des photos des cadavres, lieutenant ? J'aimerais savoir comment il réagit en voyant le résultat de son œuvre si, bien sûr, il en est effectivement l'auteur.

— Mia les a dans son porte-documents. Nous ne voulions pas lui montrer les photos des sinistres ni des corps sans l'approbation de Patrick.

Le procureur réfléchit un instant.

— Allez-y. Je serai, moi aussi, intéressé d'observer sa réaction.

Spinnelli tapota sur le miroir. Mia s'approcha de Manny et tira une dernière salve verbale. Sans se départir de son expression de mécontentement, le garçon affichait toujours le même ennui.

— Jusqu'à présent, le tueur a dirigé sa fureur sur des femmes, expliqua Reed. Nous avons voulu voir si Mia pouvait le faire sortir de ses gonds.

— Mais il ne mord pas à l'hameçon, commenta Westphalen. Raison de plus pour que je partage votre opinion.

Mia ferma la porte derrière elle.

— Il ne bronche pas. Par contre, sa représentante légale tremble comme une feuille.

— Quel est votre avis, Mia ? demanda Spinnelli.

— Je crois qu'il cache quelque chose. Tout concourt à l'accuser : le mobile, les antécédents pyromanes, la possession d'allumettes et tous ces articles sur l'art et la manière de déclencher un incendie. Pourtant, il y a une chose qui coince : les circonstances. Je veux dire, ce gosse est confiné. Comment aurait-il pu sortir pour aller tuer Caitlin et Penny ? Et à supposer qu'il en ait eu l'occasion, pourquoi diable aurait-il pris la peine de revenir ?

Argument tout à fait valable s'il en était. Elle en avait déjà fait part à Reed en rentrant du Centre, et il y avait longuement réfléchi depuis.

— S'il a trouvé un moyen de sortir, il est peut-être revenu tout simplement parce que c'était plus commode, supputa-t-il. Il fait froid dehors ; le Centre est bien chauffé et lui procure trois repas par jour. Ainsi, il a le beurre et l'argent du beurre.

Mia plissa le front.

— C'est possible. Mais je le croirais plus volontiers impliqué dans cette affaire si nous pouvions établir un rapprochement entre lui et Caitlin ou Penny. Qu'est-ce qu'on fait maintenant ?

— Le docteur veut lui montrer les photos des corps, répondit Reed.

— D'accord, mais vous devriez y aller. A vous, il vous parle. Moi, il se contente de reluquer ma poitrine.

Cela, songea Reed, il n'y aurait pas un homme sur terre pour le reprocher au garçon.

— Autre chose, docteur ?

Westphalen réfléchit une seconde.

— Essayez de faire en sorte qu'il relâche sa méfiance avant de lui montrer les photos. Je veux qu'il abandonne cette expression d'ennui. Il cache beaucoup trop de choses derrière ce regard.

— Je ferai de mon mieux.

Reed entra dans la salle d'interrogatoire et referma la porte.

La femme releva le menton.

— Manny est fatigué. Il vous a dit tout ce que vous vouliez savoir. Quand allez-vous cesser cette absurdité et le laisser rentrer au Centre ?

— Je ne suis pas certain qu'il y retourne. Il se peut qu'on le garde ici cette nuit.

Manny redressa brusquement la tête.

— Vous n'avez pas le droit ! Je suis mineur.

— Nous avons un endroit spécial pour les jeunes de moins de dix-huit ans accusés de crimes capitaux.

Tout en surveillant le garçon du coin de l'œil, Reed prit tout son temps pour chercher les photos.

Une expression affolée passa sur le visage de Manny.

— Qu'est-ce que c'est un crime capital ?

— C'est un crime passible de la peine de mort.

Manny se leva d'un bond.

— Je n'ai tué personne ! Je vous le jure, ajouta-t-il en se tournant vers la représentante légale.

— Lieutenant, commença celle-ci en se redressant, la voix tremblante, vous ne faites que l'effrayer. Il n'a rien fait. Il lui faut un avocat. Immédiatement.

— Il n'est pas en état d'arrestation, répliqua Reed avec nonchalance. Y aurait-il une raison pour qu'on l'inculpe ?

— Non ! explosa Manny.

Reed se planta derrière lui, se pencha et posa les photos des corps carbonisés sur la table.

— Devrions-nous te mettre en examen ?

A côté de lui, la représentante se couvrit la bouche de sa main et étouffa un haut-le-cœur.

Manny, qui s'était rassis, repoussa sa chaise. Reed le retint par le bras.

— Regarde-les, ordonna-t-il avec rudesse. Voici le résultat des incendies que tu as allumés, Manny. C'est toi qui as fait ça. Et c'est à ça que tu ressembleras une fois qu'on t'aura détaché de la chaise électrique.

Agrippant le rebord de la table, Manny la poussa de toutes ses forces.

— Laissez-moi partir !

Devant l'affolement du garçon, Reed recula d'un pas. La chaise se renversa, mais trop tard ! Manny vomit.

Par bonheur, ils possédaient des doubles des photos. Et encore plus heureusement, Reed avait une paire de chaussures de rechange dans son 4x4. Le garçon tomba à genoux, haletant et sanglotant. Avec une grimace, Reed rejoignit les autres dans la petite pièce contiguë.

Mia lui lança un regard embarrassé.

— Je regrette. Si j'avais su qu'il réagirait ainsi…

Il plissa les paupières.

— Vous m'auriez quand même demandé d'y aller.

Elle hocha la tête avec philosophie.

— Probablement. Mais je dois avouer, Solliday, que vous vous en êtes bien tiré. Surtout avec l'histoire de la chaise électrique. Il faudra que je m'en souvienne.

— Je n'étais pas certain qu'il sache que la chaise électrique n'a pas été utilisée depuis des années, répondit Reed distraitement tout en observant ce qui se passait dans la salle d'interrogatoire.

La représentante légale essayait d'aider Manny qui la repoussait et demeurait prostré, le corps agité de frissons.

Reed secoua la tête.

— Ce n'est pas lui. S'il était coupable, il aurait manifesté de l'intérêt pour les photos, de la fascination, même.

Manny rampa vers le mur contre lequel il s'effondra, les bras serrés autour de ses genoux. Il se mit à se balancer, les yeux clos, en remuant les lèvres.

— Ce n'est pas lui, répéta Reed.

— Non, murmura Mia. Mais il a peur. Ecoutez-le.

Elle augmenta le volume du haut-parleur.

— Peux rien dire, marmonnait Manny pour lui-même. Peux rien dire. Dirai rien.

Tous se tournèrent vers Patrick.

— Eh bien ? demanda Spinnelli. Pouvons-nous le maintenir en garde à vue ?

Le procureur poussa un soupir de frustration.

— Qu'avez-vous contre lui, exactement ?

— Nous avons des œufs en plastique qui manquent à l'appel et tout un tas d'empreintes digitales, répondit Mia. Jack a relevé plus d'une vingtaine d'empreintes différentes dans les salles de sciences et d'arts plastiques. Il est en train de les comparer avec celles des enseignants et des détenus. Je veux dire, des enfants, se corrigea-t-elle en levant un sourcil.

Patrick n'avait pas l'air convaincu.

— C'est tout ?

Mia décocha un regard à Reed.

— C'est vous qui l'avez trouvé, dit-elle. A vous l'honneur !

C'était la cerise sur le gâteau.

— Nous avons aussi découvert des restes des produits chimiques utilisés dans les engins incendiaires.

— Expliquez-vous, exigea aussitôt Patrick, son intérêt soudain éveillé.

Que les yeux de Mia fussent emplis d'admiration et de respect n'aurait pas dû lui remonter le moral à ce point. Mais force fut à Reed d'admettre qu'il se sentit tout à coup pousser des ailes.

— Nous avons inspecté le labo de la salle de sciences. Sous la hotte, j'ai recueilli des traces de vapeur d'hydrocarbure et sur la paillasse j'ai trouvé des restes de poudre à canon et de sucre.

— Qui servent à quoi ? interrogea Spinnelli.

— Qu'est-ce qu'une hotte ? demanda en même temps Patrick.

— Une hotte est un dispositif réservé à la manipulation des produits dangereux et muni d'un conduit de ventilation. Je parie que les échantillons que Jack a prélevés aujourd'hui révéleront des traces de pétrole. L'analyse de l'accélérant solide a montré que notre homme en avait mélangé avec du nitrate d'ammonium. Mélangé à un combustible liquide, cet engrais devient explosif.

Patrick afficha, comme de juste, un air impressionné.

— Et la poudre à canon et le sucre ?

— Pour des mèches fabriquées maison. Il a utilisé la poudre et le sucre pour enduire de banals lacets de chaussures, expliqua Reed avec un haussement d'épaules. Je l'ai déjà vu faire. Rien de plus simple que d'en trouver la recette sur internet. C'en est terrifiant. L'un des documents cachés par Manny donnait le mode d'emploi.

— Et malgré cela, vous ne le croyez pas coupable ? insista Spinnelli.

— En tout cas, pas lui seul, répondit Mia. Ecoutez-le. A moins qu'il ne soit un excellent comédien…

Derrière le miroir sans tain, Manny n'avait cessé de se balancer et de murmurer les mêmes plaintes à l'infini.

— Patrick, est-ce suffisant pour le garder en détention ? s'enquit Spinnelli.

— Et comment ! Je vais demander une nouvelle audience auprès du juge des affaires familiales sur la base de ce que vous avez découvert. Cela vous laissera quelques jours pour lui faire avouer ce qu'il sait et le nom de ses complices.

— Il ne lui faudra qu'une seule nuit en détention pour se convaincre de parler, dit Mia.

— Nous verrons, intervint Westphalen d'une voix tranquille sans détacher son regard du garçon. J'espère que vous avez raison.

— Et maintenant ? demanda Spinnelli.

— Jack a demandé au labo d'analyser les empreintes digitales et la poudre que Solliday a prélevée dans la salle de sciences. Quant à nous, nous retournons éplucher les dossiers pour essayer de détecter un lien quelconque entre Burnette, Penny et qui que ce soit d'autre dans cette maudite école.

Mia pointa ensuite le doigt vers le procureur.

— Quand tout sera fini, vous feriez bien d'inspecter ce centre. Il y a quelque chose de louche, là-bas.

— J'en prends note, rétorqua Patrick d'un ton sec. Appelez-moi demain pour me tenir au courant.

— J'essaierai de trouver du temps pour examiner Manny de manière plus approfondie demain, proposa Westphalen.

— Merci, Miles, dit Spinnelli en sortant à leur suite. J'apprécie votre aide.

De l'autre côté du miroir, un officier de police reconduisit Manny en cellule tandis que la représentante légale les fusillait du regard à travers la vitre avant de sortir par la même porte que le garçon.

Reed et Mia se retrouvèrent seuls dans la petite pièce sombre. Mia poussa un soupir.

— Nous n'avons plus qu'à retourner à nos dossiers.

— Je vais d'abord changer de chaussures.

— Je suis vraiment désolée, sourit-elle.

Il ne put retenir un petit rire.

— Ça m'étonnerait !

— Vous avez raison.

Il chercha le regard de Mia avec la ferme intention de lui asséner une réplique bien sentie, mais il s'arrêta net. Et la regarda pour de bon. Le rire s'était évanoui dans ses yeux, remplacé par le doute. Tandis qu'il la dévisageait, l'incertitude se mêla d'émotion. Il sentit une boule lui remonter dans la gorge. Une fois de plus, un lien invisible les unissait, exactement comme la veille dans la quiétude de sa cuisine. Doucement, il lui prit le menton et tourna son visage vers la lumière. L'ecchymose sur sa pommette commençait à jaunir, l'écorchure à se cicatriser.

Mia n'avait pas ce que l'on appelle une beauté classique, mais quelque chose sur son visage attirait Reed. Ce qui n'était pas très sage de sa part, il en avait conscience. Mais il avait beau se répéter qu'il devait renoncer, il en semblait incapable. Ou plutôt, non. Il ne le voulait pas. Et cela ne lui était pas arrivé depuis si longtemps qu'il en avait perdu le souvenir. Il effleura sa mâchoire de son pouce et observa l'émotion s'intensifier dans ses yeux.

— Vous auriez dû aller voir un médecin. Il va peut-être vous rester une cicatrice.

— Je n'ai pas une peau qui marque facilement, murmura-t-elle, si bas qu'il l'entendit à peine. Je suppose que j'ai de la chance.

Reculant d'un pas, elle s'écarta, tant physiquement qu'émotionnellement.

— Il faut que je retourne à ces maudits dossiers, ajouta-t-elle.

Et avant qu'il ait eu le temps de lui ouvrir la porte, elle était partie.

Mercredi 29 novembre, 17 heures

Tremblant de tous ses membres, Brooke s'immobilisa devant la porte du bureau de Bixby. Le directeur l'avait convoquée. Ce qui ne présageait rien de bon. Retenant son souffle, elle frappa du poing sur la porte.

— Entrez ! répondit Bixby en levant sur elle un regard sévère. Asseyez-vous.

Elle obéit, aussi promptement que le lui permettait l'entrechoquement de ses genoux. Elle ouvrit la bouche pour parler, mais le directeur lui imposa silence d'un signe de la main.

— Allons droit au but, mademoiselle Adler. Vous avez agi de façon stupide. A présent, mon école grouille de policiers et cela sera du plus mauvais effet sur le comité consultatif. Vous avez compromis toute mon œuvre. Je devrais vous renvoyer sur-le-champ.

Interdite, Brooke se contenta de le regarder fixement. Les lèvres de Bixby se retroussèrent sur un ricanement.

— Mais je ne le ferai pas, reprit-il. Parce que mes avocats m'en ont dissuadé. Il semble que l'inspecteur Mitchell ait parlé de vous pendant qu'elle fouillait nos locaux cet après-midi. Elle a dit que vous redoutiez un licenciement. Que toute mesure de ma part pour résilier notre contrat aurait de fâcheuses conséquences en cas de procès. Avez-vous l'intention de me poursuivre en justice, mademoiselle Adler ?

Brooke parvint enfin à retrouver un semblant de voix.

— Non, monsieur. Je ne savais pas que l'inspecteur Mitchell avait mentionné mon nom.

— Nous sommes en train de monter un dossier contre vous, mademoiselle Adler. Nous serons très bientôt en mesure de résilier votre contrat pour faute grave. Pourtant, il serait préférable pour nous tous que vous démissionniez. Immédiatement.

Brooke refoula une vague de nausée hystérique. Des images de loyers à payer, de factures et de remboursements de prêts étudiants affluèrent à son esprit.

— Je… je ne peux pas. J'ai des charges.

— Vous auriez dû y penser avant d'aller faire votre petite virée sans autorisation. Je vous donne deux semaines. Passé ce délai, j'aurai assemblé suffisamment d'éléments contre vous pour vous congédier.

Et d'un air important, il se renversa dans son fauteuil. Alors quelque chose en Brooke se brisa. Elle se releva d'un bond, le visage écarlate.

— Je n'ai rien fait de mal et tout ce que vous arriverez à réunir contre moi ne sera qu'un tissu de mensonges !

Elle ouvrit la porte, s'arrêta, la main crispée sur la poignée.

— Si vous essayez de me licencier, j'irai trouver la presse, si vite que vous en resterez comme deux ronds de plan.

Les lèvres de Bixby se pincèrent.

— De flan, railla-t-il d'un ton sec. J'en resterai comme deux ronds de *flan*.

Elle faillit chanceler, puis, voyant blanchir les jointures des doigts de Bixby qui serraient son stylo, elle releva le menton.

— Peu importe ! N'essayez pas, docteur Bixby, ou c'est vous qui le regretterez.

Elle sortit du bureau en claquant la porte et se retrouva nez à nez avec Devin White, qui attendait dans le couloir. Il esquissa un sourire.

— Deux ronds de *plan* ? demanda-t-il.

Maintenant que tout était fini, elle sentit des larmes lui brûler les yeux.

— Il va me renvoyer, Devin.

L'expression amusée du professeur de maths s'évanouit aussitôt.

— Pour quelle raison ?

— Il en inventera, répondit-elle, une boule de panique lui étranglant la gorge.

D'un geste nerveux, Devin lui pétrit les épaules.

— Il veut seulement vous faire peur, Brooke. Je connais un ou deux excellents avocats. Allons prendre une bière. Vous allez vous calmer et ensuite nous déciderons de ce qu'il convient de faire.

Mercredi 29 novembre, 18 h 05

Reed avait pensé qu'une demi-heure serait largement suffisante. Cela donnerait à Mia le temps de recouvrer son sang-froid, lui permettrait à lui de changer de chaussures et d'aller leur chercher un café correct. Il aurait dû rentrer directement chez lui, il était plus de 18 heures et il lui fallait mettre les choses au point avec Beth. Il repensa à la manière dont il avait géré la situation avec sa fille la veille au soir ainsi que celle dont il s'était comporté avec Mia, une demi-heure plus tôt. Il se demanda si les femmes atteignaient jamais un âge où les hommes de leur vie savaient immanquablement ce qu'ils devaient dire ou faire.

Mais avec Mia, il ne s'était pas trompé. Cela pouvait sembler un brin ringard, mais il avait tellement le sentiment d'avoir pris la bonne décision qu'il ne pouvait imaginer avoir fait fausse route. Bien sûr, elle se méfierait, hésiterait. Cependant, il n'avait pas perdu la main au point de ne pas s'apercevoir que le courant passait entre eux. Une liaison avec un flic ne serait pas de tout repos, il ne l'ignorait pas. Des obligations professionnelles s'interposeraient parfois entre eux. Pourtant, plus il y réfléchissait, plus il lui devenait évident que s'il existait une femme au monde qui refuserait toute attache, c'était bien Mia Mitchell.

Et si ce n'était pas le cas ? La question s'insinua sournoisement dans son esprit, le déconcerta. Si, sous cette apparence rude et sarcastique, battait le cœur d'une femme qui aspirait à avoir un foyer, un mari et des enfants ? Alors, soit ! Il se retirerait, avec regret et néanmoins respect. Il n'y avait pas de quoi en faire une montagne.

Reed traversa le bureau paysager, ralentissant le pas à mesure qu'il s'approchait du bureau vide de Mia. Les dossiers qu'elle avait compulsés avaient disparu, et elle avec.

— Elle est rentrée chez elle, dit un flic en costume froissé qui tenait entre les dents quelque chose de mince et d'orange.

Une carotte, décida Reed. Installé en face de lui, un autre homme, plus jeune, tapait à toute vitesse sur un clavier. A côté de lui trônait un paquet-cadeau enveloppé dans une feuille d'aluminium et surmonté d'une douzaine de roses en papier.

— Vous devez être Solliday, dit l'homme fripé d'un ton placide que démentait son regard vigilant. Je suis Murphy. Et voici Aidan Reagan.

Reed reconnut le jeune homme.

— Nous nous sommes déjà rencontrés, en quelque sorte.

Murphy manifesta sa surprise.

— Quand ?

Reagan jeta un coup d'œil à son équipier.

— A la morgue, lundi. Je t'ai dit que je l'avais déjà vu là-bas.

Il baissa de nouveau les yeux sur son clavier. Les lèvres de Murphy s'étirèrent.

— Ne vous offusquez pas des mauvaises manières de mon partenaire. Il vient de se marier, il y a tout juste un mois aujourd'hui.

Aidan releva la tête, les sourcils froncés.

— En fait, c'était hier que cela faisait un mois, mais

j'ai été obligé de travailler tard et je n'ai pas pu fêter ça. Si je rate encore ce soir… Non, impossible, conclut-il en secouant la tête.

Murphy émit un gloussement malicieux.

— J'espère bien que non. Rien qu'à l'idée de l'humeur massacrante dans laquelle tu seras demain si Tess n'essaie pas ce qu'il y a dans cette boîte cette nuit, j'en suis malade.

— Tu essaies de me déconcentrer, répliqua Reagan sans quitter des yeux son clavier. Mais ça ne marchera pas.

Il pianota encore sur quelques touches, puis appuya sur le bouton de sa souris d'un air triomphant.

— Et voilà ! Mon rapport est terminé et expédié. Je m'en vais dîner avec ma femme.

— N'oublie pas le dessert, ironisa Murphy.

Levant les yeux au ciel, Reagan enfila son manteau.

— Compte sur moi. Et surtout, ne travaille pas trop tard, Murphy. Content de vous avoir revu, Solliday.

Il s'éclipsa, les roses sous un bras, le paquet emballé sous l'autre.

Murphy laissa échapper un gros soupir.

— Je suis allé avec lui pour acheter ce qu'il y a dans ce paquet. Ça m'a presque donné envie de me remarier. Vous êtes marié, Solliday ?

— Non, répondit Reed, donnant libre cours à son imagination pour lui représenter une certaine petite blonde bien en chair vêtue du contenu de la boîte en question. Vous non plus, si j'ai bien compris.

— En effet.

Murphy croqua distraitement son bâton de carotte, mais de vigilant, son regard s'était fait perçant, et Reed eut l'impression de l'importuner.

— Comment Mia est-elle rentrée ?

— Spinnelli lui a donné une voiture de service.

— Elle allait bien quand elle est partie ?

— Bien sûr. Elle a emporté ses dossiers pour les lire chez elle. Elle m'a dit de vous donner rendez-vous dans le bureau de Spinnelli demain matin, à 8 heures. Oh, et elle a noté un message pour vous.

Avec un soupir, Reed lut :

« Holly Wheaton a appelé. Elle vous retrouvera pour dîner à 7 heures ce soir chez Leonardo's sur Michigan Avenue. Mettez une cravate. Elle dit que leurs pâtes sont divines et qu'elle vous invite. »

— Le chameau ! Elle avait mon numéro de portable. Pourquoi a-t-elle appelé Mia ?

— J'imagine qu'elle voulait enfoncer le clou. Obliger Mia à prendre un message comme si elle était votre secrétaire a dû la faire jubiler. Il y a quelque chose entre Wheaton et vous ?

Reed tressaillit.

— Mon Dieu, sûrement pas ! Cette femme est une vipère. J'ai conclu un marché avec elle pour qu'elle nous donne la vidéo qu'elle avait réalisée sur l'une de nos scènes d'incendie. Ce n'était pas la première fois que j'échangeais une interview contre des informations. Mais je ne m'attendais pas à ce que Mia le prenne si mal.

— La plupart du temps, Mia se comporte comme n'importe lequel d'entre nous, de façon assez prévisible. Mais quand sa route croise celle de Wheaton… Il vaut mieux s'écarter, parce que alors elle sort ses griffes.

Reed avait en effet assisté à une scène de ce genre la veille.

— Pourquoi ?

— Vous n'avez qu'à le lui demander. C'est une histoire personnelle. Ce café, c'était pour elle ?

— Oui, répondit Reed en tendant à Murphy l'un des gobelets. Vous la connaissez depuis longtemps ?

— Depuis dix ans. Avant que Ray Rawlston ne devienne son équipier.

— Que lui est-il arrivé ?

— Il est mort, laissa tomber Murphy en détournant la

tête. En service. Mia a descendu le type qui l'a tué. Elle a reçu une balle. Nous avons failli la perdre, ajouta-t-il en se retournant, une expression peinée sur le visage.

Abasourdi, Reed s'assit sur le bord du bureau d'Aidan, incapable d'imaginer que Mia eût pu y rester.

— Seigneur ! Et maintenant, c'est Abe et elle qu'on essaie de supprimer ? Quelles sont ses chances ?

— Je ne sais pas. Ce que je sais, c'est qu'elle est très… vulnérable, en ce moment.

Mise en garde sans ambiguïté, s'il en était. Reed eut assez de bon sens pour ne pas s'y tromper.

— Elle a reçu un choc ce matin en voyant cette femme dans la foule. Mais je crois que le pire pour elle a dû être de nous l'avouer.

Murphy approuva d'un hochement de tête.

— Elle est solide, le plus souvent. Mais elle a du cœur, et parfois ça la fait souffrir. Ne la faites pas souffrir, Solliday.

— Bien sûr que non.

— Parfait. Maintenant, passez-moi le paquet de Pop-Tarts qu'il y a dans son tiroir. J'en ai marre de ces maudits bâtons de carotte. Arrêter de fumer est un véritable enfer.

Reed lui lança la boîte.

— Elle ne sera pas contente que vous mangiez ses réserves.

Murphy haussa les épaules.

— Je dirai que c'est votre faute.

Mercredi 29 novembre, 19 h 15

— C'était délicieux, dit Reed. Il faudra que tu utilises de nouveau cette recette.

— Nous l'avons apprise à l'école, répondit Beth, rayonnant de fierté.

— En cours d'économie domestique, précisa Lauren. Il a raison, Beth. C'était succulent. Tu ne vas pas tarder à me remplacer dans la cuisine, ajouta-t-elle en levant un sourcil taquin.

Beth laissa échapper un petit rire.

— Je ne crois pas. Du reste, c'était un exercice. Je gagne des points si vous remplissez le questionnaire.

Elle sortit deux stylos de sa poche.

— Si vous en rajoutez trop, reprit-elle, Mme Bennett croira que vous mentez. Donnez-moi seulement d'assez bonnes notes pour que j'obtienne un A. Quelques neuf sur dix seraient bien, mais surtout mettez un dix pour la propreté. Bennett est une maniaque de l'hygiène.

— Et moi qui pensais que tu essayais de m'extorquer quelque chose, murmura Reed en parcourant des yeux le questionnaire. Ou peut-être de t'excuser.

La bouche de Beth se tordit en une moue de désapprobation.

— Papaaa !

Il lui avait infligé la punition la plus sévère qu'il avait trouvée : pas de fête ce week-end.

— Quoi ?

— Tu pourrais me laisser sortir ce week-end. Juste pour aller chez Jenny Q.

Reed tendit le bras et lui tapota le nez.

— Inutile d'essayer de me soudoyer, Bethie. Tu n'as que deux mots à dire : Excuse-moi.

— Excuse-moi, lâcha-t-elle trop vite et beaucoup moins sincèrement qu'il ne l'eût souhaité.

— Pour quoi ?

— Papa ! s'écria-t-elle avec un soupir exaspéré qui souleva les papiers sur la table. Je suis désolée d'avoir été difficile hier soir.

— Tu n'as pas été difficile, Beth. Tu as été carrément grossière. Et devant une invitée, qui plus est.

Les yeux de la jeune fille s'étrécirent.

— Ta nouvelle équipière ? Ça veut dire que Foster

ne viendra plus dîner à la maison ? Ce serait vraiment dommage !

— Evidemment qu'il continuera à venir ! L'inspecteur Mitchell est mon équipière à titre temporaire. Pourquoi t'inquiètes-tu à propos de Foster ?

— Sais pas. Il est plutôt sexy… dans le genre artiste. Avec ses appareils photo, ses caméras, tout ça. Peut-être qu'il pourrait faire des portraits de moi. Pour ma carrière de mannequin.

Devant l'air ébahi de son père, elle éclata de rire.

— C'était pour blaguer, ajouta-t-elle en posant son menton sur son poing. Et alors, cette nana ?

Lauren s'était elle aussi mise à pouffer.

— Oui, Reed, qu'en est-il de cette *nana* ?

Mais Reed n'avait pas encore digéré le commentaire de sa fille sur l'allure sexy de Foster.

— Ôte-moi d'un doute. Tu plaisantais à propos de Foster et de ta carrière de mannequin, n'est-ce pas ?

Elle leva les yeux du questionnaire.

— Tu me donnes dix pour la propreté et neuf pour le goût ?

Reed plissa les paupières. Les femmes et leurs chantages ! La pensée de devoir affronter Holly Wheaton autour d'une table de restaurant le glaçait presque autant que celle du qualificatif appliqué à son collègue.

— Marché conclu.

Beth esquissa un sourire.

— Bien sûr que c'était pour rire. Je regrette, papa. J'ai été impolie. Mais j'étais tellement en colère que tu ne veuilles pas me laisser dormir chez Jenny que je…

Le voyant hausser les sourcils, elle n'acheva pas sa phrase.

— Je suis désolée, c'est tout.

— J'accepte tes excuses.

Il remplit le questionnaire et le lui rendit.

— Voilà.

Le visage de Beth s'illumina.

— Alors, je peux aller chez Jenny ce week-end ?

Lauren posa une tasse de café à côté de l'assiette de son frère. L'expression de son visage laissait clairement entendre qu'elle éviterait de prendre parti dans l'affrontement qui s'annonçait.

— Non, répondit-il. La punition tient toujours.

Beth demeura interdite.

— Papa ! protesta-t-elle en se levant d'un bond. Je le crois pas !

— *Assieds-toi*, ordonna-t-il. Tu t'es montrée d'une inconvenance inacceptable. Tu m'as parlé avec insolence et tu as claqué la porte si fort que tu as fait tomber un tableau du mur. D'habitude, je suis fier de toi, mais hier soir tu m'as fait honte.

Elle baissa les yeux.

— Je comprends, dit-elle.

Lorsqu'elle releva la tête, son regard était calme.

— Ce projet que Jenny et moi préparions pour le cours de sciences, nous devons le remettre demain. Est-ce que je peux au moins aller chez elle pour le terminer ? Ce ne serait pas juste qu'elle récolte une mauvaise note par ma faute.

Reed lança un regard à Lauren qui haussa les épaules.

— Très bien. Va chercher tes affaires. Je dois me rendre à une réunion, je te reprendrai au passage quand j'aurai terminé.

Les dents serrées, Beth hocha la tête et s'éloigna.

Reed laissa échapper un soupir.

— Je me suis encore fait avoir, n'est-ce pas ?

— Ouaip, convint Lauren, mais tu l'aimes tant ! Je suis heureuse pour elle, même si parfois j'aimerais qu'elle comprenne combien il est difficile de dire non. Ma mère biologique ne s'en est jamais souciée.

— La mienne non plus, se mit-il à ruminer. Elle n'a jamais dessoûlé assez longtemps.

Une expression de regret douloureux passa sur le visage de Lauren.

— Je suis désolée, je ne voulais pas raviver de mauvais souvenirs.

— Ce n'est rien. Mais Mia et moi avons dû aller dans un centre de détention pour délinquants juvéniles aujourd'hui.

— Alors, maintenant, tu l'appelles Mia ? Eh bien, Reed, pour emprunter les mots de ta fille, où en es-tu avec cette *nana* ?

— Elle et moi faisons équipe, Lauren.

— Tu n'ajoutes pas : « c'est tout » ? Ma foi, il y a du progrès !

— Je suis prête, lança Beth depuis le seuil.

Reed se leva.

— C'est parti !

Mercredi 29 novembre, 19 h 45

Dana regarda l'assiette vide de Mia et hocha la tête.

— Enfin, tu as fini !

Elles étaient les dernières à table. Les enfants adoptifs de Dana avaient depuis longtemps terminé leur repas.

Mia leva les yeux au ciel.

— C'est de la tyrannie ! Tu sais que je déteste les légumes.

— Si tu viens ici, c'est précisément parce que tu as besoin que je te malmène. Et je me ferai toujours un plaisir de te rendre ce service.

La mauvaise humeur de Mia causée par le coup de téléphone de Holly Wheaton s'était presque envolée pendant le dîner. La présence des enfants de Dana avait toujours le don de dissiper sa colère. Toutefois, il lui en restait suffisamment pour lancer une dernière pique.

— Tu ferais une excellente dominatrice, marmonna-t-elle.

— Dana la Dominatrice, répliqua son amie en riant. Ça me plaît assez !

— A moi aussi, dit une voix derrière elles.

Ethan, le mari de Dana, entra d'un pas nonchalant dans la cuisine et déposa un baiser dans le cou de sa femme.

— Ça me donne des idées.

Dana lui donna une petite tape espiègle.

— Tu n'as pas besoin de nouvelles idées.

Elle attira vers elle la tête d'Ethan pour lui rendre son baiser, et Mia ressentit le même pincement au cœur que chaque fois qu'elle les voyait ensemble. Sauf que ce soir, il était différent. Plus aigu, en quelque sorte. Plus douloureux. D'habitude, il ne dénotait qu'un certain désir nostalgique de sa part devant le bonheur de Dana.

Mais ce soir, c'était de la jalousie et… du ressentiment. Troublée, elle s'éclaircit la gorge.

— Hé ! je ne vous dérange pas, au moins ?

Ethan fut le premier à s'écarter, surpris par la dureté de son ton.

— Désolé, Mia. Je vais vérifier qu'ils ont bien fait leurs devoirs, chérie. Je vous laisse tranquilles, toutes les deux.

D'un geste plein de tendresse, il effleura du bout des doigts le visage de Dana puis quitta la pièce. Mia ne put refouler le souvenir du pouce de Reed Solliday lui caressant la joue.

Ce soir, elle s'était enfuie. Elle avait pris peur et s'était sauvée comme une petite fille. Le coup de téléphone de Wheaton n'était qu'une excuse pour en vouloir à Solliday. C'était plus facile que de reconnaître ce qu'elle avait éprouvé quand il lui avait frôlé le visage. Déjà la veille, il avait eu le même geste. Et elle s'était esquivée de la même façon.

— Je suis prête, c'est quand tu veux, annonça Dana tranquillement.

Mia fit glisser une pièce de cinq cents sur la table en direction de Dana qui sourit.

— Ça coûte vingt-cinq cents, maintenant. A cause de l'inflation. Mais je le noterai sur ton ardoise. Vas-y, dis-moi ce que tu as sur le cœur.

— Je suis une imbécile.

— D'accord.

Mia se rembrunit.

— Ça ne vaut pas vingt-cinq cents !

Dana eut un rire apaisant.

— Mets-moi sur la voie, Mia. Je n'ai pas de don de divination. Bon, je vais t'aider : a) c'est à cause de la femme que tu crois être ta sœur ; b) tu es bouleversée parce que deux personnes sont mortes et que tu ne peux pas les ramener à la vie puisque tu n'es pas Dieu ; c) tu as failli te faire tuer hier soir, ce que, soit dit en passant, tu n'as même pas daigné me raconter ; et d) c'est à propos de Reed Solliday.

— Toutes tes hypothèses sont valables, répondit Mia avec un soupir. Mais en ce moment, c'est surtout la dernière qui m'occupe.

— Il est méchant avec toi ? interrogea Dana comme si elle consolait une enfant de cinq ans.

Mia ouvrit la bouche pour lancer une réplique sarcastique, mais se trouva à court de mots.

— Non, il se conduit comme un parfait gentleman. Il m'ouvre la porte, m'offre un siège, m'abrite sous son parapluie.

— Il mériterait d'être fusillé, prononça Dana d'une voix traînante.

— Je suis sérieuse, Dana !

— Je sais, mon chou. Mais à part te mettre mal à l'aise en te traitant comme tu y as droit, que fait-il d'autre de si terrible ?

— Oooh, tu sais t'y prendre, toi !

— Oui, on me l'a déjà dit. Cesse de te dérober.

— Hier soir, il m'a suivie à la prison. J'y étais allée pour tout raconter à Kelsey à propos de Liam et de *l'autre*.

— C'est intéressant. Comment va Kelsey ?

— Toujours aussi têtue au sujet de sa demande de liberté conditionnelle. Elle était au courant pour Liam et sa mère, mais pas pour cette femme. Oh, et elle te fait dire que tes crabes, tu peux te les garder.

— Je ne relèverai pas cette remarque. Okay, fini de s'amuser. Il est beau, gentil, et je parie qu'il s'intéresse à toi, mais ça te fait peur.

Toutes les années qu'elle avait passées comme assistante sociale avaient affûté les talents d'observation de Dana. Et toutes celles où elle avait été la meilleure amie de Mia les avaient rendus aussi aiguisés qu'une lame de rasoir.

— En gros, c'est ça, avoua Mia.

Dana se pencha en avant avec une mine de conspirateur.

— Alors, il t'a déjà embrassée ?

Mia étouffa un rire.

— Non, soupira-t-elle. Mais ça ne va pas tarder.

— Et ?

— Et… je n'ai pas envie d'une liaison.

— Moi non plus, je n'en voulais pas.

— Toi, c'est différent.

— Et pourquoi donc ?

— Tu aimes Ethan. Tu l'as *épousé*.

Ce qui, pour Dana, avait représenté un immense pas en avant.

— Au début, j'avais seulement l'intention de me servir de lui pour le sexe et de le laisser partir ensuite quand j'en aurais eu assez.

Mia tiqua. C'était la première fois qu'elle entendait son amie lui raconter cette histoire.

— Oh ?

— Mais je ne me suis jamais lassée de lui. Et je ne crois pas que ça arrivera un jour. Il est trop performant au lit. Tous ces muscles, toute cette force…

Elle fit le geste de s'éventer le visage.

Mia s'aperçut qu'elle resserrait les cuisses pour étouffer la pulsation qu'elle ressentait entre ses jambes.

— Ce n'est pas juste. Tu sais que ça fait longtemps que

je n'ai pas eu de rapports sexuels, et tu remues le couteau dans la plaie.

Dana éclata de rire.

— Excuse-moi, je n'ai pas pu résister, dit-elle avant que son sourire ne s'assombrît. Oh, Mia ! Regarde-toi. Tu as trente-quatre ans et il n'y a que ton travail qui compte. Quand tu rentres chez toi, c'est pour retrouver un appartement sombre et froid et un lit vide. Pareil quand tu te réveilles le matin. Ta vie s'écoule et tu ne fais que regarder passer les jours.

Mia déglutit, mais la boule dans sa gorge continuait de l'étrangler.

— Ce n'est pas juste, murmura-t-elle.

— J'en ai assez d'être juste, répliqua Dana de la même voix chuchotante. Je suis fatiguée de te regarder gâcher ta vie parce que tu crois ne pas mériter mieux. Bon sang ! Ton père est mort, Mia. Kelsey est en prison et ta mère… Dieu seul sait où elle en est. Mais toi, je te connais. Je me soucie de toi. Et si tu penses que ce n'est pas juste de mener une vie comme la tienne, mets-toi à la place de ceux qui te regardent faire. Ça me fend le cœur, Mia. Et *ça* non plus, ce n'est pas juste, ajouta-t-elle d'une voix brisée.

Chagrinée, Mia leva le menton et baissa les yeux.

— Je suis désolée.

Dana frappa un grand coup sur la table.

— Pour l'amour du ciel, Mia ! Arrête de faire ta tête de mule et écoute-moi. Tu mérites une vie meilleure. Ne me dis pas que tu n'en veux pas.

Elle ouvrit grand les bras et ajouta :

— Que tu n'as pas envie de tout ça ! Regarde-moi dans les yeux et ose me dire que ça ne t'intéresse pas.

Mia promena son regard sur la cuisine, sur les couleurs vives, l'évier rempli de vaisselle, le réfrigérateur couvert de dessins d'enfants. Et tout cela, elle le désira, avec une telle violence qu'elle en eut le souffle coupé.

— Si, lâcha-t-elle. Je le veux.

— Alors, prends-le, répondit Dana en se penchant vers elle, le regard étincelant. Trouve-toi quelqu'un et sers-toi.

— Je ne peux pas.

— Tu veux dire que tu ne *veux* pas.

— D'accord, je ne veux pas.

Dana se renversa sur sa chaise, les épaules affaissées.

— Pourquoi pas ?

— Parce que je gâcherais tout.

Elle détourna son regard du visage consterné de son amie et poursuivit :

— Et que je sois maudite si je détruis deux enfants comme il nous a démolies !

Il y eut un silence, puis Mia entendit la pièce de monnaie glisser vers elle en travers de la table.

— Je ne peux pas t'aider, Mia, murmura Dana. Je regrette.

Pendant quelques minutes, elles demeurèrent silencieuses, puis Dana soupira.

— Je peux te donner un conseil ?

— Je peux t'en empêcher ?

— Non. Les relations humaines constituent un besoin vital, au même titre que la nourriture. Si tu ne manges pas, tu meurs. Si tu te prives de contacts humains, c'est ton âme qui risque de périr. Est-ce que tu es attirée par Reed ?

Mia retint son souffle.

— Oui.

— Alors, ne le fuis pas. Vois où cela va te mener. Tu n'as pas besoin d'une maison avec des gosses et un mari pour entretenir une relation. Et malgré ce que disent les cartes de la Saint-Valentin, toutes les liaisons ne sont pas destinées à durer éternellement.

— Tu accepterais, toi, que ce ne soit pas pour toujours ?

— Non, parce que j'y ai pris goût et que je ne pourrais plus me contenter de moins. Mais si tu es déterminée à ne pas manger de filet mignon, ne refuse pas pour autant le hamburger. Si tu joues franc-jeu avec Solliday, il se peut que le hamburger te procure suffisamment de valeur nutritive pour te faire vivre. Et qui sait ? Peut-être qu'il n'aime que les hamburgers, lui aussi.

— Tu vois, c'est là que tu te trompes. Il n'y a que les minables qui préfèrent les hamburgers.

— Et Reed Solliday n'est pas un minable, insista Dana lourdement.

Non, certainement pas !

— Dana, je ne veux pas faire de mal à quelqu'un comme j'ai déjà blessé Guy. Reed est un homme bien. Alors, bas les pattes ! Il faut que je parte. Merci pour le dîner.

De la fenêtre de sa cuisine, Dana regarda Mia s'éloigner au volant de sa voiture. Ethan se glissa derrière elle, lui enlaça la taille. Elle se laissa aller contre lui, plus que jamais en proie au besoin de sa présence.

— Tu lui as annoncé la nouvelle ? murmura-t-il.

Elle secoua la tête.

— Non, ce n'était pas le moment.

Ethan posa les mains sur le ventre de sa femme.

— Il faudra bien lui dire un jour ou l'autre, Dana. C'est une grande fille, et elle a tellement d'affection pour toi. Elle sera heureuse pour nous.

C'était bien là le problème.

— Je sais qu'elle *voudra* se réjouir pour nous, Ethan. Mais je suis assez égoïste pour vouloir attendre d'être sûre qu'elle se réjouit vraiment.

— N'attends pas trop longtemps. Je veux que tout le monde soit au courant. J'ai envie d'aller acheter un berceau, des petits chaussons, tout le tralala.

Il la fit pivoter entre ses bras et l'embrassa avec fougue.

— Mais d'abord, parlons un peu de cette histoire de dominatrice.

Comme il s'y était attendu, Dana laissa échapper un rire.

— Je t'aime.

Il l'attira contre lui, la serra fort.

— Je sais.

*
* *

Mercredi 29 novembre, 19 h 55

Holly Wheaton regardait Reed approcher comme un chat en colère observe une souris récalcitrante. Certes, Reed n'avait rien d'une souris, mais Holly Wheaton ne s'en apparentait pas moins aux chats. Une créature féline vêtue d'un fin chemisier au décolleté plongeant, d'une minijupe de daim et chaussée d'escarpins sexy en diable.

Ce qu'elle avait en tête apparaissait on ne peut plus clairement. Reed s'avisa qu'il en était étrangement affecté, dégoûté et… qu'il ne pouvait éviter d'établir des comparaisons. Il aurait aimé que Mia fût présente pour remettre cette femme à sa place. Mais aussi, tout bonnement, parce qu'il la voulait à ses côtés, il devait l'admettre. Mia ne possédait pas la physionomie rayonnante de Wheaton, ce visage qui figeait les doigts des hommes sur la télécommande quand ils zappaient à la recherche d'une émission à regarder. Mais Mia avait quelque chose de plus… naturel. De plus attirant. De plus, tout simplement. Il laissa glisser un bref regard sur le décolleté de la journaliste. Sur ce terrain, aucun doute, Mia l'emportait. Pas touche ! *Concentre-toi, Solliday ! Le chasseur est à l'affût.* Il s'assit en face de Wheaton et secoua la tête lorsque le garçon vint remplir son verre d'eau.

— Non, merci, dit-il en tendant le menu au serveur. Je ne reste pas.

Les joues de la jeune femme s'empourprèrent.

— Si je me souviens bien, nous avions un accord. Et à ce propos, vous êtes en retard.

— J'avais un autre rendez-vous pour dîner.

— Vous auriez pu décliner l'invitation.

— Non, c'était impossible. De toute façon, je ne le voulais pas. Je dispose de peu de temps, mademoiselle

Wheaton. Je vous ai promis une interview. Commençons, s'il vous plaît.

— Très bien, dit-elle en posant son magnétophone sur la table. Parlez-moi de l'enquête.

— Je ne peux faire aucun commentaire sur une enquête en cours.

Les yeux de la journaliste s'étrécirent.

— Vous ne respectez pas notre accord ?

— Bien sûr que si. Vous m'avez demandé une interview. Je ne vous ai jamais promis de répondre à vos questions. Mais je le ferai volontiers, pourvu que vous m'interrogiez sur quelque chose que je sois en droit de divulguer.

Pendant un instant, elle sourit, et Reed sentit les poils de sa nuque se hérisser.

— Qui était la femme que l'inspecteur Mitchell a poursuivie aujourd'hui ?

Reed se contenta de la dévisager, affichant un air intrigué. Mais à l'intérieur, il bouillonnait de fureur.

— Oh, vous voulez dire pendant la conférence de presse ? Elle a cru voir quelqu'un à qui nous voulions parler, mais elle s'est trompée. Il n'y a rien de mystérieux là-dedans.

Wheaton étouffa un ricanement avant d'extraire un lecteur de DVD portable du sac de cuir posé à ses pieds. Elle le lui tendit.

— Appuyez sur le bouton de mise en marche. Vous verrez, la ressemblance est troublante.

Il obtempéra. La rage qui l'avait envahi s'intensifia tandis qu'il regardait la caméra effectuer un panoramique sur la foule et s'attarder sur la femme qui vraisemblablement était la demi-sœur de Mia. Or, Wheaton n'avait pas à se mêler de cette histoire. Cela ne la regardait absolument pas. Il s'agissait de la souffrance de Mia, et Reed voulait bien être pendu s'il laissait la journaliste en tirer un profit quelconque. Elle lui reprit le lecteur des mains.

— Dites-moi ce que je souhaite savoir ou je divulgue ceci.

— Quoi, au juste ? sourit-il doucement. Cette personne n'a aucun intérêt. C'est juste un visage parmi tant d'autres.

Elle haussa une épaule.

— Très bien, je trouverai par moi-même.

— C'est cela ! Et quand vous aurez trouvé, faites-le-moi savoir. Ça me plairait peut-être de dîner avec *elle*.

Mercredi 29 novembre, 20 heures

Assis à son bureau, il maudissait Atticus Lucas alors qu'il aurait dû passer une dernière fois en revue les détails logistiques de la soirée. A cause d'un malheureux œuf exposé dans une vitrine, l'école avait grouillé de policiers. Quelle fichue idée avait eue cet homme de jouer avec des perles ?

Il était allé dans la salle d'arts plastiques. Les flics ne manqueraient pas de trouver tôt ou tard ses empreintes. Et s'ils faisaient leur travail un tant soit peu correctement, ils s'apercevraient que quelque chose ne tournait pas rond. Mais ça leur prendrait… oh, plusieurs jours au moins avant d'en arriver là.

Malheureusement, ils avaient également trouvé des traces de ses activités dans le laboratoire. Comment était-ce possible ? Il avait tout nettoyé si soigneusement, il avait même actionné le système de ventilation tout le temps qu'il avait travaillé sous la hotte. Et pourtant, ils avaient découvert quelque chose. Surtout ne pas céder à la panique ! Il avait besoin de temps pour achever son œuvre. Proprement. Mais maintenant, à cause d'Adler et de sa stupidité, il lui fallait hâter les choses.

Or, il ne devait pas se laisser distraire. Il avait une tâche à accomplir. Bientôt, le moment viendrait de déménager. Il savait exactement où il irait et ce qu'il ferait. Une énergie nouvelle le gonflait à bloc. Enfin, du nouveau ! De toute façon, les maisons commençaient à l'ennuyer. Il était temps de se remettre en route.

Il avait tout parfaitement minuté, mais il lui faudrait agir promptement avant que les extincteurs automatiques et les détecteurs de fumée n'alertent le personnel du motel. Lequel, à cette heure de la nuit, se résumerait à une personne assise à la réception, occupée à boire du café pour se maintenir éveillée.

Il avait déjà effectué une reconnaissance des lieux la veille. Il était fin prêt. M. Dougherty ne souffrirait pas. Ce n'était pas sa faute s'il avait épousé une telle harpie. Par contre, Mme Dougherty, elle… elle avait bien des comptes à rendre. Très bientôt, elle s'y mettrait.

Elle commencera par s'expliquer devant moi.

La sonnerie du téléphone le ramena brutalement à la réalité. Sa première réaction fut une certaine panique, immédiatement suivie de rage. De la colère contre Adler pour avoir attiré la police jusqu'à sa porte. *Ce qui a fait naître la peur en moi.* Etait-ce la police ? Que savaient-ils ? Il décrocha à la quatrième sonnerie.

— Oui ?

— Il faut que je te voie.

Il tiqua, non tant à cause des paroles elles-mêmes que de la virulence du ton.

— D'accord. Pourquoi ?

— J'ai parlé à Manny. Il m'a tout dit.

Son poing se serra sur le combiné, mais il s'obligea à garder son calme. Il teinta sa voix d'une note d'incrédulité amusée.

— Et tu l'as cru ? Voyons !

— Je ne sais pas. Nous devons parler.

— Okay. Retrouvons-nous pour discuter de tout cela de façon rationnelle.

Il y eut un long silence.

— Chez Flannagan's dans une demi-heure.

Il jeta un coup d'œil sur sa liste. Il avait coché presque

tous les points, mais il lui restait quelques détails à régler avant de rendre visite aux Dougherty à leur hôtel.

— Disons plutôt dans quarante-cinq minutes.

Il rangea avec précaution les œufs dans son sac à dos. Puis il extirpa le couteau de son étui, le fit tourner sous la lumière pour en capter les reflets, admira son éclat. Il en avait aiguisé la lame après l'épisode avec Penny Hill. Un détenteur d'armes responsable prenait soin de ses outils.

Le garçon observait, une peur terrible lui broyait le cœur. Il savait d'expérience ce dont ce couteau était capable. Il savait aussi ce que le couteau ferait si jamais il était découvert. Il se pelotonna encore plus fort pour échapper au monstre qui hantait ses rêves.

13

Mercredi 29 novembre, 20 h 40

L'œil sur son rétroviseur, Reed la regardait approcher. Il n'aurait pas dû se trouver là, il en avait conscience. Mieux aurait valu simplement attendre le lendemain matin pour lui annoncer la nouvelle. De toute façon, il n'y avait rien qu'elle pût faire ce soir. Mais elle voudrait savoir, il en était sûr. Elle n'était pas le genre à… quelle expression avait-elle employée ? Se cacher sous les couvertures comme une petite fille !

Elle ralentit, immobilisa son véhicule de service à la hauteur du tout-terrain. Pendant un instant, elle le fixa sans bouger, puis se gara le long du trottoir. Il descendit de voiture et, les mains dans les poches, se dirigea vers elle. Il avait l'impression de traîner un lourd fardeau.

Tout en le guettant du coin de l'œil, elle ouvrit son coffre.

— Il y a du nouveau sur l'affaire ? s'enquit-elle.

Dans le coffre, il y avait une demi-douzaine de sacs en papier remplis de provisions.

Il secoua la tête.

— Non, rien.

— Vous avez besoin de quelqu'un pour lacer vos chaussures ou pour ouvrir vos sachets de moutarde ?

— Non.

Il la poussa légèrement de côté et, des deux mains, s'empara des sacs.

— C'est tout ?

Elle referma le coffre avec un claquement.

— Je mange peu.

Et sans un mot, elle le devança dans l'escalier, grimpa trois étages et entra dans son appartement. Comme il s'y était attendu, le logement était sommairement décoré. Aucun tableau n'ornait les murs, l'ameublement était réduit au strict minimum. Un minuscule poste de télévision était posé sur une glacière en polystyrène. On ne pouvait pas vraiment qualifier un tel endroit de foyer. Ce n'était que le lieu où elle dormait quand elle ne travaillait pas.

Ses yeux eurent à peine le temps de s'arrêter sur le petit coffret de bois et le drapeau plié en triangle posés sur la table du coin-repas, qu'elle s'en saisit d'un geste vif et les fourra dans sa penderie, tout aussi vide que le reste. Inutile de posséder une imagination débordante pour conclure que ce drapeau était celui de son père. En tant que flic, il avait eu droit à des obsèques de flic. Le drapeau revenait à sa veuve.

De même, il était tout aussi logique de déduire que la boîte lui avait également appartenu. Que ce fût la fille et non la veuve qui se trouvât en possession de l'objet en disait long. Mais étant donné ce qu'elle lui avait confié le matin même, c'était tout à fait compréhensible. Comme il avait dû lui être pénible d'apprendre les infidélités de son père au moment où elle enterrait celui-ci ! Et combien plus difficile encore pour la veuve ! Reed essaya de se représenter ce qu'il aurait ressenti lui-même s'il avait découvert que Christine l'avait trahi. Il ne pouvait tout simplement pas se l'imaginer.

La capacité de Mia Mitchell à demeurer un tant soit peu concentrée sur son devoir témoignait du genre de flic qu'elle était.

— Vous pouvez poser les provisions sur la table, dit-elle.

Reed obéit, tout en se demandant comment lui annoncer que sa vie privée était sur le point de se voir menacée.

Il vida l'un des sacs, empila les plats surgelés sur la table.

— Je sors d'un entretien avec Holly.

Les yeux de Mia lancèrent des éclairs.

— Je suppose qu'elle a été enchantée de votre visite.

Reed sentit la moutarde lui monter au nez.

— Je ne l'aime pas non plus, Mia. Et je n'apprécie pas vos insinuations.

Elle haussa les épaules.

— Vous avez raison, excusez-moi, murmura-t-elle. De toute façon, ça m'est égal.

Elle tendit la main vers le tas de plats surgelés ; il lui saisit le bras.

— Bon sang, Mia ! Qu'est-ce qui ne va pas ?

L'espace d'un instant, la colère dans les yeux de Mia se changea en peur. Laquelle disparut tout aussi rapidement pour faire place à une lueur de bravade. D'une secousse, elle essaya de dégager son bras et, décontenancé, il la relâcha immédiatement.

— Allez-vous-en, Reed. Je ne suis pas d'une compagnie très agréable en ce moment.

Elle attrapa le reste des sacs et disparut dans la cuisine. Il l'entendit ouvrir la porte du congélateur puis la refermer violemment. Elle revint, les mains sur les hanches.

— Vous êtes encore là ?

— On dirait.

Elle resta plantée là, la mine renfrognée, ses yeux bleus flamboyant, étrangement plus sexy dans son pantalon kaki et ses bottes éraflées que Holly Wheaton dans sa minijupe de daim et ses souliers de star. Et Reed la désira, avec sa mauvaise humeur et tout le reste.

— Ecoutez, vous m'avez l'air d'un homme sympathique, dit-elle avec un sourire visiblement contraint. Vous méritez mieux que la manière dont je vous ai traité. Je n'ai rien d'aimable ni de charmant, mais d'habitude je ne me conduis pas avec autant de grossièreté. Je vais essayer de me montrer plus agréable. Une fois que nous aurons résolu cette affaire, vous pourrez repartir de votre côté et, avec un peu de chance, il n'y aura pas trop de dégâts.

Elle se dirigea vers la porte d'entrée dans l'intention manifeste de lui donner congé.

Pas encore !

— Mia, il faut que je vous parle de Holly Wheaton. C'est important.

Lui tournant le dos, elle s'arrêta à un mètre cinquante de lui.

— Je m'en moque éperdument.

— Pas de ce que j'ai à vous dire, soupira-t-il.

Méfiante, elle se retourna pour lui faire face.

— Qu'a-t-elle fait ?

— Elle a remarqué votre absence à la conférence de presse ce matin.

Elle ferma les yeux.

— Oh, c'est pas vrai !

— Elle est au courant pour la femme que vous avez suivie, elle sait quelle importance elle a pour vous. Elle l'a filmée au milieu de la foule. J'ai cru de mon devoir de vous prévenir afin que vous soyez sur vos gardes.

Elle rouvrit les yeux, les plissa.

— Nom d'un chien ! Je déteste cette bonne femme !

— Je dois dire que le sentiment est réciproque. Pourquoi vous hait-elle à ce point ?

— Il y a quelque temps, nous enquêtions sur un viol d'enfant avec meurtre, et elle a essayé de cajoler Abe pour obtenir des tuyaux en exclusivité, exactement comme elle l'a fait avec vous. Ça lui était complètement égal qu'Abe soit marié. D'un commun accord, Abe et moi avons décidé que le meilleur moyen de le débarrasser de Wheaton était de donner la primeur à quelqu'un d'autre. Nous nous sommes donc adressés à Lynn Pope qui nous a reçus sur le plateau de son émission *Chicago on the Town*.

— Je l'ai déjà vue à la télé, mais je ne l'ai jamais rencontrée.

— Lynn est une femme qui a beaucoup de classe. J'ai toute confiance en elle. Lorsque Holly l'a appris, elle est allée se plaindre auprès de Spinnelli. Bien sûr, il nous a soutenus, et plus tard, lorsqu'il a été chargé d'une nouvelle affaire, c'est *lui* qui a donné l'exclusivité à Lynn. Du coup, Holly me reproche d'avoir essayé de ruiner sa carrière.

— Pourquoi vous en particulier ?

— Parce qu'elle estimait impossible que des hommes aient pu lui résister de leur propre gré. C'était forcément moi qui les avais montés contre elle. Cette femme est une plaie. Elle sait aussi très bien dénicher les informations dont elle a besoin. La plupart des hommes sont incapables de ne pas craquer devant un joli minois comme le sien. Et encore moins devant une minijupe ou un derrière qui se tortille.

Il y avait une sorte d'éloge enfoui dans ces paroles, Reed en était conscient, un compliment qu'elle lui adressait de manière indirecte pour n'avoir pas cédé aux charmes de Wheaton. Mais il percevait également autre chose, l'acceptation qu'elle, Mia Mitchell, ne possédait pas les mêmes attraits que sa rivale et s'en trouvait en quelque sorte moins désirable. Ce qui le mit en rogne, car il était la preuve vivante de la séduction qu'elle exerçait sur les hommes.

— Personne ne connaît vos liens avec la femme blonde, excepté ceux qui ont assisté à notre réunion ce matin. Je ne dirai rien et je suis sûr que Spinnelli, Jack et le psy tiendront aussi leur langue.

Elle pressa le bout de ses doigts sur ses paupières.

— Je sais. Je vous suis reconnaissante d'être venu m'avertir. Je regrette vraiment de m'être montrée un peu rude avec vous.

Reed aurait voulu s'approcher d'elle, la prendre dans ses bras et la serrer contre lui. Mais elle s'était dérobée à deux reprises déjà, et il craignit qu'elle ne s'esquive une troisième fois. Il n'aurait alors plus qu'à partir. Aussi resta-t-il sans bouger, les mains dans les poches.

— Ce n'est pas grave, dit-il en essayant de teinter sa voix d'une note d'humour. Si j'avais su à quel point vous la détestiez, je vous aurais laissée demander votre ordonnance au tribunal.

Elle eut un petit sourire triste.

— Je savais bien que vous étiez un gentleman.

Tu as dit ce que tu avais à dire, maintenant, va-t'en. Mais ses pieds refusaient de bouger. Il ne pouvait la quitter alors que tout son visage affichait une telle expression de défaite.

— Mia, ça fait trois jours que je vous observe. Vous vous souciez des victimes et de leur souffrance. Vous essayez de faire en sorte que justice leur soit rendue. Le sort des familles vous affecte également. Vous leur offrez votre soutien et leur rendez leur dignité. Tout cela compte beaucoup à mes yeux. Je trouve que c'est bien plus important que d'être aimable ou charmante et surtout beaucoup plus essentiel qu'un derrière qui se tortille dans une minijupe.

Elle le dévisagea d'un regard grave.

— Merci. C'est la chose la plus gentille qu'on m'ait jamais dite.

Maintenant, tu peux partir. Fiche le camp! Mais il demeura immobile.

— Il n'empêche que vous seriez tout aussi séduisante en jupe courte.

Le regard de Mia s'adoucit, et le cœur de Reed chavira.

— Ça aussi, c'est gentil.

Il avança d'un pas, pour voir. Elle ne broncha pas, mais il vit son pouls battre dans le creux de sa gorge. Ses mains, qu'elle laissait pendre le long de son corps, se crispèrent. Alors seulement il se rendit compte avec stupéfaction qu'il la troublait. Ce fut comme une révélation, une découverte propre à flatter son amour-propre, à lui redonner courage.

— A propos d'hier soir, dit-il, je vous ai jetée par terre un peu brutalement.

Elle releva le menton.

— Je m'en suis aperçue, en effet.

— Je ne me suis pas fait tirer dessus depuis que j'étais à l'armée. Mes réflexes sont un peu rouillés.

Elle se mordit l'intérieur de la joue.

— Pas tous.

Exactement l'entrée en matière qu'il espérait !

— Alors, vous avez remarqué ?

— Difficile de faire autrement, répliqua-t-elle avec flegme. S'agissait-il d'un réflexe ou d'une marque d'intérêt ?

Elle avait retrouvé tout son aplomb, toute sa désinvolture insolente. Ce qui d'une certaine manière conférait à ce qui allait suivre un caractère de plus grande… équité. Car il n'aurait pas été juste de profiter de son avantage alors qu'elle était en proie à un sentiment de tristesse et d'accablement.

— Et si je disais les deux ?

— Au moins, vous seriez franc.

Elle le considéra calmement pendant un instant puis reprit :

— Vous auriez pu attendre demain pour me parler de Wheaton. Pourquoi êtes-vous venu ce soir ?

Le temps sembla se figer tandis qu'il réfléchissait à sa réponse, puis brusquement, en deux enjambées, il effaça la distance qui les séparait encore. Il glissa sa main autour de sa nuque, ses doigts dans ses cheveux et fit ce qu'il mourait d'envie de faire depuis plusieurs jours. Lorsque sa bouche se posa sur la sienne, il sentit Mia se raidir, puis elle l'entoura de ses bras et se haussa sur la pointe des pieds pour lui rendre son baiser.

Il frémit, se sentant tout aussi soulagé que libéré. Il y avait longtemps qu'il n'avait pas tenu ainsi une femme dans ses bras. Longtemps qu'il n'avait pas goûté les lèvres d'une femme, qu'il n'avait pas senti une femme s'abandonner à la montée du plaisir. C'était une sensation délicieuse, il s'en rendait compte. Et aussi familière que s'il s'était déjà trouvé maintes fois dans cette situation. Attentif à ne pas meurtrir sa joue tuméfiée, il se résigna pourtant à écourter leur étreinte. Ignorant stoïquement le désir enfoui dans ses tripes, il mit fin à leur baiser, mais la garda serrée contre lui.

— Je n'étais pas certain que vous en ayez envie, avoua-t-il. Vous m'aviez repoussé.

Elle posa son front contre sa poitrine.

— Je sais.

Il perçut une telle lassitude dans ces mots qu'il s'écarta pour scruter son visage.

— Pourquoi m'avoir rembarré ?

— Parce que je ne voulais pas avoir envie de ça. Mais j'avais tort.

Elle leva les cils sur ses yeux bleus brillant de désir, et il eut l'impression de recevoir un coup de poing dans l'estomac. Les battements affolés de son cœur se répercutaient dans sa gorge ; il dut faire un effort pour respirer.

— Pourquoi ? Pour quelle raison ne voulez-vous pas en avoir envie ?

Elle hésita.

— De combien de temps disposez-vous ?

Au diable le temps !

— Quelle heure est-il ?

— Un peu plus de 9 heures, pourquoi ?

— J'ai promis à Beth d'aller la chercher à 9 heures, et elle est à l'autre bout de la ville.

Elle hocha la tête.

— Je comprends. Nous poursuivrons cette conversation plus tard.

Il attrapa son manteau, fit deux pas en direction de la porte d'entrée, puis s'arrêta et pivota sur ses talons pour lui faire face.

— Elle peut attendre encore quelques minutes. En fait, elle est probablement en train de se réjouir de mon retard.

— Que proposez-vous pour occuper ces quelques minutes supplémentaires ?

— Nous pourrions faire ce que vous refusez de vouloir.

Il lui saisit le menton et leva son visage vers lui. Cette fois, elle n'attendit pas et prit les devants. Elle lui donna un baiser brûlant, lascif, passionné qui fit frémir Reed de la tête aux pieds et éveilla en lui un besoin irrépressible. Conscient du temps qui s'écoulait, il s'écarta brusquement et s'aperçut avec satisfaction qu'elle avait le souffle aussi court que lui.

— Préviens-moi quand tu commenceras à vouloir en avoir envie, dit-il en la tutoyant soudain. Je veillerai à apporter un défibrillateur.

Elle éclata de rire.

— Rentre chez toi, Solliday. Nous reprendrons ça demain. Mais pas au bureau, d'accord ? ajouta-t-elle, son sourire devenu grave.

— D'accord.

Il se pencha pour cueillir un autre baiser, puis tourna les talons en poussant un juron.

— Il faut que je parte. Ferme la porte à clé derrière moi.

— Je le fais toujours.

Il marqua un temps d'arrêt sur le palier.

— Je te vois à 8 heures demain matin, dit-il, l'esprit plus clair depuis qu'il s'était physiquement éloigné d'elle. Ne sors pas seule cette nuit, okay ?

— Solliday, je suis flic, rétorqua-t-elle, amusée. C'est moi qui suis censée dire cela aux gens.

— Mia, s'il te plaît, insista-t-il, sans plaisanter le moins du monde.

— Je serai prudente.

Elle ne céderait rien de plus, il le comprit.

— Bonne nuit, Mia.

L'espace d'un instant, une expression mélancolique passa sur son visage.

— Bonne nuit, Reed, répondit-elle.

*
* *

Mercredi 29 novembre, 22 h 05

Enfin, il était revenu ! Il y avait assurément mis le temps.

Il avait cru que sa proie attendrait un quart d'heure au bar, chez Flannagan's, mais l'homme y était resté une heure. Et pendant tout ce temps, il avait rongé son frein, caché à l'arrière de la voiture de sa victime.

La première partie de son plan s'était déroulée sans encombre. Il était arrivé en avance. Dissimulé dans l'ombre, il avait regardé l'homme verrouiller les portières de sa voiture. Quelle blague ! Il ne lui avait fallu que quinze secondes pour faire sauter le verrou à l'aide d'un bon vieux cintre en fil de fer. Puis il avait enfilé son passe-montagne, s'était allongé sur le siège arrière, et avait attendu, repassant dans sa tête chaque étape de son plan.

Ce ne serait peut-être pas joli, mais au moins ce serait rapide. Et sans douleur. Pour la bonne raison que sa victime était son ami et ne méritait pas d'endurer les affres de l'agonie, comme Mme Dougherty ne manquerait pas de les connaître cette nuit. Mais il fallait commencer par le commencement. *Se concentrer.* Ils roulaient depuis maintenant quinze minutes. Ce ne serait plus long.

Il eut envie de pousser un soupir, mais se retint. Il n'avait encore jamais tué quelqu'un qu'il aimait bien. Il y avait un début à tout. N'empêche, l'idée de ce qu'il avait à faire ne lui souriait guère.

Il se souleva sur un coude et jeta un coup d'œil par la vitre. Parfait ! Ils se trouvaient sur une petite route à une voie. Non loin de là, il y avait un centre commercial qui restait ouvert toute la nuit. Il pourrait y voler une voiture quand tout serait terminé. Il sortit son couteau.

Il en avait encore aiguisé la lame. Il tenait à ce que ça se passe vite. D'un bond, il s'accroupit sur le siège et, tenant son ami par le cou, lui posa le couteau sur la gorge.

— Sors au prochain feu, ordonna-t-il à voix basse.

L'homme leva des yeux pleins de terreur vers le rétroviseur, mais il savait que sa victime ne pouvait distinguer que sa cagoule noire.

— Si c'est la voiture que vous voulez, je vous la donne. Mais ne me faites pas de mal.

Le malheureux croyait avoir affaire à un pirate de la route, exactement comme il l'avait escompté. Inutile de courir le risque d'être reconnu au cas où son plan échouerait. Ils avaient quitté la route principale. L'endroit était encore un peu trop fréquenté à son goût, mais ça irait.

Il agrippa les cheveux de sa victime et lui tira la tête en arrière.

— Ralentis. C'est bien. Doucement. Gare-toi sur le bas-côté. Plus loin. Maintenant, arrête-toi.

— Ne me tuez pas, je vous en prie, hoqueta l'homme. Par pitié, ne me tuez pas.

Il fronça les sourcils. Il avait espéré que l'autre ferait preuve de plus de cran. Quelle mauviette ! Peut-être n'allait-il pas lui épargner la douleur après tout. Mais sa lame était trop bien affûtée. A la plus petite pression, elle trancherait profondément les chairs.

— Mets le frein à main. Voilà. Maintenant, baisse la vitre.

L'air froid s'engouffra dans le véhicule, procurant à sa peau surchauffée une délicieuse sensation de fraîcheur.

— Retire la clé de contact.

Comme l'homme hésitait, il lui appuya le couteau sur la gorge.

— Dépêche-toi !

Le moteur se tut.

— Jette la clé par la fenêtre.

La clé tomba dans la neige avec un cliquetis étouffé.

— Vous ne vous en tirerez pas comme ça, dit la victime d'une voix emplie de désespoir.

Voilà un cliché pour le moins usé jusqu'à la corde !

Dans sa nouvelle vie, il prendrait soin de choisir ses amis avec davantage de discernement.

— Je crois que si, répondit-il en reprenant sa voix normale.

Il eut le temps, l'espace d'un éclair, de savourer le regard horrifié de l'homme qui l'avait enfin reconnu, avant de se redresser complètement et de lui trancher la gorge d'un seul geste.

Le sang jaillit, remplit la voiture de son odeur métallique. Il fit bouger la tête d'un côté et de l'autre et s'aperçut qu'il avait presque décapité sa victime. Super ! Il n'avait jamais réussi ce coup-là auparavant.

Il lâcha les cheveux et sortit de la voiture. Il nettoya la lame de son couteau à l'aide d'une poignée de neige, puis ramassa la clé de contact. Les clés faisaient de bons souvenirs.

Il allait devoir se débarrasser de sa veste. Les manches étaient couvertes de sang. Il lui faudrait s'en procurer une nouvelle. Peut-être dans le centre commercial trouverait-il une voiture avec un manteau à l'intérieur. Il irait jusqu'au centre à pied, volerait un véhicule et aurait même le temps de faire un somme avant de régler l'affaire Dougherty. Il tenait à être en pleine forme pour l'occasion.

Mercredi 29 novembre, 23 h 15

La maison était silencieuse. Beth dormait et Lauren avait regagné ses quartiers. Assis sur le bord de son lit, Reed se torturait l'esprit, essayant de se représenter ce qui serait arrivé s'il n'avait pas été obligé de partir. Il avait senti la bouche de Mia, douce, chaude et avide sous la sienne. Plus délicieuse encore que ce qu'il avait imaginé. Et pourtant, il ne s'agissait que de quelques baisers rapides. Lorsqu'il la mettrait dans son lit…

Elle le désirait, cela ne faisait aucun doute. Et il la

posséderait. Un frisson le parcourut. Bonté divine ! Il la voulait si fort que c'en était douloureux. Il retira la chaîne qu'il portait autour du cou et la leva à hauteur de ses yeux. L'alliance qui y était suspendue luisait doucement. Il avait porté cet anneau au doigt pendant les cinq années les plus heureuses de sa vie, puis deux autres pendant lesquelles il avait pleuré la mort de sa femme. Ce n'était que sur l'insistance inquiète de sa famille qu'il l'avait finalement retiré. Cependant, il n'avait pu se résoudre à s'en séparer entièrement et l'avait depuis lors porté autour du cou. En l'ayant toujours sur lui, il avait l'impression de conserver un peu de Christine. Tout comme les poèmes de Christine, cette bague gardait sa femme en vie dans son cœur. Mais ce soir, les rêves qui le hantaient ne concernaient pas Christine. C'était Mia qui l'habitait, fermement implantée dans son esprit. Et elle y demeurerait jusqu'à ce qu'il se délivre de cette obsession, où que cela les conduisît l'un et l'autre, quel qu'en fût le prix.

Tel un hypnotiseur, il fit balancer l'alliance au bout de sa chaîne. Qu'est-ce qui l'empêchait de retourner là-bas immédiatement ? Et de prendre Mia ? Le sang battait dans son cerveau, noyant toutes les raisons de ne pas céder à la tentation. Il abaissa lentement l'anneau, puis laissa tomber la chaîne dans le tiroir du chevet.

Il saisit le téléphone, enfonça la touche du numéro préenregistré de Lauren.

— J'ai besoin que tu viennes garder Beth.

— Donne-moi deux minutes, j'arrive, répondit-elle avec un bâillement.

Il raccrocha, en proie à un sentiment de culpabilité bientôt éclipsé par une fièvre qui le fit trembler. Elle l'avait désiré, quand bien même elle en avait refusé l'idée. Il découvrirait pourquoi.

*
* *

Mercredi 29 novembre, 23 h 50

Mia cligna des yeux. Ce nom-là, elle l'avait déjà lu, elle s'en souvenait. Ses yeux étaient fatigués, il était temps d'arrêter.

Elle se laissa aller en arrière contre le dossier de sa chaise et effectua une rotation à 180° de la tête afin de détendre les muscles de son cou. Elle venait de passer au crible les dossiers de Burnette correspondant au mois précédant l'arrivée de Manny Rodriguez au centre de détention juvénile. Elle avait soigneusement relevé tous les noms, tous les lieux figurant dans chacune des enquêtes sur lesquelles Burnette avait travaillé.

C'était un ramassis de sales affaires. Elle ne lui enviait certainement pas les individus auxquels il devait se frotter dans le cadre de son travail à la Brigade des mœurs. Mais à part ça, elle n'avait rien trouvé dans cette liste d'utile ou d'insolite. Aucun nom qui sortît du lot. La tâche était fastidieuse, et il lui restait encore des tonnes de papier à décortiquer.

Toutefois, pour ennuyeuse qu'elle fût, cette corvée avait presque suffi à bannir Reed Solliday et sa bouche ensorcelante au fin fond de son esprit. Enfin, pas tout à fait au fin fond. Plutôt… en plein milieu. Au premier rang, pour tout dire. Peste !

Elle l'avait embrassé. Elle savait maintenant quel goût avaient ses baisers, ses lèvres sur les siennes. Elle connaissait désormais la grisante sensation de se presser contre ce mur de muscles qu'était la poitrine de Reed. Elle n'avait plus qu'une envie : en faire de nouveau ses délices. Elle le voulait absolument.

Fichu hamburger ! C'était la faute de Dana. Elle avait été joyeusement malheureuse avant de commencer à ressentir cette irrésistible envie de hamburger. Que se passerait-il lorsque Solliday ne s'en contenterait plus et exigerait du filet mignon ? Elle en aurait le cœur brisé, voilà ce qui arriverait !

Et peut-être lui déchirerait-elle le sien du même coup. Ce qui donnait à réfléchir. Pas suffisamment, toutefois, pour museler son désir. Ce n'était pas seulement à l'embrasser qu'elle aspirait. Maintenant qu'elle avait sauté le pas… eh bien, disons que s'il devait arriver là, tout de suite, elle ferait de lui un homme très heureux. Elle était plutôt douée pour le sexe, elle ne l'ignorait pas. Le sexe n'avait jamais constitué un problème. C'était d'entretenir une relation intime qui lui causait des soucis.

Elle se releva, étira les muscles de son dos. Elle se ressentait encore du plaquage de la veille, mais elle n'avait pas envie de dormir. Son organisme était trop saturé de caféine pour qu'il lui fût possible de trouver le sommeil. La seule chose qui lui restait à faire était de s'allonger sur son lit, contempler le plafond, et rêver que Reed lui faisait l'amour.

Maudite Dana ! Elle se donnait probablement du bon temps en ce moment. Ce n'était pas juste !

Mia tournait comme un lion en cage. Solliday dormait-il à cette heure ? Elle espérait bien que non. Elle aurait voulu que…

Un coup à la porte la fit sursauter. Avec précaution, elle sortit son arme du baudrier qu'elle avait jeté sur le dossier d'une chaise. Tenant le revolver contre sa cuisse, elle se haussa sur la pointe des pieds et jeta un coup d'œil furtif à travers le judas de la porte.

Avec un soupir de soulagement, elle ouvrit. Reed Solliday se tenait sur le paillasson, affichant un air sévère.

— Tu m'as fait une peur bleue ! s'exclama-t-elle sans préambule, avant de se rendre compte qu'il était plus de minuit. Que se passe-t-il ? ajouta-t-elle, soudain inquiète.

— Je peux entrer ?

Elle s'effaça aussitôt pour le laisser passer. Il entra

d'un pas presque agressif. Elle referma la porte, s'appuya contre le chambranle.

— Il est arrivé quelque chose ?

Il retira son trench-coat qu'il laissa tomber sur le canapé. A un moment ou à un autre, il s'était déjà débarrassé de son veston et de sa cravate. Sa chemise déboutonnée découvrait de façon provocante les poils noirs de sa poitrine. Le cœur de Mia se mit à battre la chamade lorsqu'il lui prit le revolver des mains et le remit dans son étui. Et au moment où il s'approcha d'elle avec un regard de prédateur, les pulsations précipitées se répandirent au plus profond de son ventre.

Sans la quitter des yeux, il posa ses mains à plat sur la porte, de chaque côté de sa tête. Elle était prise au piège, mais n'éprouvait aucune crainte. Seulement de l'excitation et le frisson du désir. Quand il baissa la tête pour prendre sa bouche, son geste eut quelque chose de sauvage et d'avide qui ne laissait aucun doute quant aux raisons de son retour. Mia s'abandonna, tout au plaisir de sentir ses lèvres sur les siennes. Elle poussa un gémissement, et il releva la tête. Les yeux fermés, elle resta ainsi, adossée à la porte. Le souffle de Reed caressait ses cheveux, et elle savait que si elle posait sa main sur sa poitrine, elle sentirait son cœur cogner contre sa paume.

— Je n'arrivais pas à dormir, murmura-t-il d'une voix rauque. Je ne faisais que penser à toi. T'imaginer sous moi. Je te veux. Mais si ce n'est pas ce que tu souhaites, dis-le-moi tout de suite et je partirai.

Elle sentait son cœur battre douloureusement, son corps tout entier palpiter. C'était lui qu'elle désirait, c'était cela dont elle avait besoin. Séance tenante !

— Ne t'en va pas.

Elle leva les yeux vers lui, puis attira son visage contre le sien pour cueillir un autre de ces baisers enflammés qui lui coupaient les jambes. Il laissa ses mains s'aventurer sur ses hanches, ses seins, comme pour mémoriser chaque courbe de son corps. Lorsque de ses pouces il effleura la pointe de ses seins, un violent frisson la secoua.

Cela faisait trop longtemps que des mains d'homme ne s'étaient pas posées sur elle. Trop longtemps qu'elle n'avait pas touché un homme. Elle saisit les boutons de sa chemise et tira sur le tissu d'un coup sec. Une minute entière, elle fit courir ses mains sur le torse puissant puis glissa ses doigts dans les poils drus qui le recouvraient.

Avec un grognement étouffé, il l'empoigna par les hanches et la souleva de terre, puis, la maintenant ainsi à bout de bras, pressa avec force son bas-ventre contre le sien. Ce fut une sensation brutale, brûlante, qui l'atteignit là où elle en avait besoin.

Non, pas exactement. Pas encore. Les lèvres de Reed quittèrent sa bouche puis descendirent le long de son cou. Il la souleva un peu plus et lui noua les jambes autour de sa propre taille.

Elle s'apprêtait à protester, lorsqu'il referma sa bouche sur la pointe dressée d'un sein. Elle poussa un râle de plaisir, son cri d'indignation s'étouffa dans sa gorge. Enfonçant ses doigts dans les cheveux de son compagnon, elle l'attira sur son autre sein et renversa la tête en arrière, comblée.

Brusquement, il se redressa.

— Passe-moi ma veste, souffla-t-il.

— Quoi ? s'étonna-t-elle.

Cramponnée à ses épaules, elle se pencha pour attraper le vêtement.

— Pour quoi faire ? interrogea-t-elle.

Il se dirigeait déjà vers la chambre.

— Prends les préservatifs dans la poche.

Elle plongea la main dans une poche, puis dans l'autre et en sortit un sac en plastique du drugstore. Elle rejeta la veste sur le sol et mordilla les lèvres de son amant.

— Je les ai.

Il s'agenouilla au pied du lit, la déposa doucement sur le matelas. Avant qu'elle ait eu le temps de dire ouf, il fit glisser son pantalon le long de ses jambes tandis que, ne voulant pas être en reste, elle retirait son chemisier. Les bras derrière le dos, elle cherchait les agrafes de son soutien-gorge lorsqu'il posa sa bouche sur le triangle de soie de son string. Elle se renversa sur l'oreiller, les poings serrés sur la courtepointe, et s'absorba tout entière dans le plaisir de l'instant.

— Tu es prête, murmura-t-il en levant la tête, les yeux brillants. C'est ce que j'espérais.

— Je pensais à toi.

Les sourcils haussés, il ressemblait plus que jamais au diable en personne, ce qui n'était pas pour déplaire à Mia.

— Et que pensais-tu ?

Instinctivement, elle se cambra, brûlant de le voir reprendre ce qu'il venait d'interrompre. De toute sa vie, elle n'avait éprouvé de sensation plus sublime.

— S'il te plaît, Solliday !

— Réponds-moi d'abord.

Elle s'appuya sur ses coudes.

— C'est du chantage.

Avec un sourire, il lécha de nouveau le petit morceau de tissu.

— Fais-moi un procès.

Elle joua le jeu.

— Je me rappelais ce que j'avais ressenti hier soir, quand tu étais contre moi. Tu es… incroyablement bien pourvu, Solliday !

Il plissa les yeux.

— Enlève ton soutien-gorge.

Sans trembler, elle obéit et, par la même occasion, retira sa chaîne et les plaques d'identification qu'elle portait autour du cou.

Il retint son souffle.

— Toi aussi, à ce que je vois.

Et, poussant le string de côté, il continua de s'activer, lui arrachant un gémissement guttural.

— Dès le premier jour, ta bouche m'a fait rêver, murmura-t-elle, haletante.

Un coup de langue plus audacieux lui fit fermer les yeux.

— S'il te plaît !

— Dis-moi si je fais quelque chose que tu n'aimes pas.

— Je n'aime pas quand tu t'arrêtes, chuchota-t-elle.

Il émit un petit rire puis se remit à l'œuvre, l'entraînant dans les affres d'un plaisir toujours plus vertigineux. Elle cambra les reins, le corps tendu comme un arc. La jouissance déferla en elle, telle une décharge électrique, la laissa épuisée et à bout de souffle.

Il lui déposa d'autorité un préservatif dans la main.

— Mets-le, ordonna-t-il en ôtant son pantalon.

Mia écarquilla les yeux. Rassasiée, elle pouvait enfin le contempler tout à loisir.

— Oh, je sens que ça va me plaire !

— Mia, je t'en prie, je ne vais pas pouvoir me retenir plus longtemps.

Doucement, elle l'effleura du bout des doigts.

— Mia ! siffla-t-il entre ses dents.

Elle s'exécuta puis, de nouveau, eut le souffle coupé lorsqu'il s'enfonça en elle d'un solide coup de reins. Il demeura un instant immobile, comme s'il avait voulu lui aussi s'absorber dans la volupté.

— Je t'ai fait mal ? s'enquit-il.

— Non, c'est juste que… non, répondit-elle en lui caressant les épaules. Ne t'arrête pas maintenant.

Il esquissa une grimace.

— Je ne crois pas que j'en serais capable, de toute façon.

Il commença à se mouvoir en elle tandis qu'elle nouait ses chevilles autour de ses hanches. Puis il accéléra le rythme de ses à-coups et les sensations se firent plus intenses, plus violentes. Plus profondes. Et elle se sentit de nouveau emportée par une vague qui enfla progressivement jusqu'à l'extase suprême. Elle se laissa enfin retomber en arrière sur l'oreiller, pantelante, sans forces.

Au-dessus d'elle, Reed s'était figé, la tête en arrière, les lèvres retroussées, chaque muscle de sa poitrine et de ses bras, tremblant. Dieu, qu'il était beau ! Inutile de s'en défendre. Il était superbe, tout simplement. Il prit lentement appui sur ses avant-bras et poussa un soupir.

Avec un doigt, elle traça le contour de la petite barbe qui entourait la bouche de son amant, trop essoufflée pour pouvoir prononcer une parole. Ce qu'elle venait de vivre lui semblait incroyable, tout bonnement stupéfiant.

Cela n'avait certes rien à voir avec du hamburger ! Elle ferma les yeux, trop exténuée pour se mettre martel en tête. Elle en aurait tout le temps plus tard. Pour l'instant, elle allait profiter de son bonheur au maximum. Le garder en réserve pour les futures périodes de disette. Reed déposa une cascade de baisers sur son front, sa joue, son menton.

— Il faut qu'on parle.

Elle hocha la tête.

— Oui, mais pas maintenant, répondit-elle, peu désireuse de gâcher l'euphorie du moment.

— Alors, plus tard, acquiesça-t-il en posant son front contre le sien. Mia, je ne peux pas rester toute la nuit.

— Je sais.

— Mais… j'aimerais rester encore un peu.

Ne le fuis pas. Vois où cela peut te mener.

— Moi aussi, j'aimerais bien, dit-elle en esquissant un sourire. Tu devais être drôlement sûr de toi pour faire un crochet par le drugstore.

Il releva la tête, croisa son regard, et elle eut la conviction qu'il dirait la vérité.

— Détrompe-toi. Tout ce dont j'étais sûr, c'était que j'allais exploser si je ne t'avais pas. J'espérais que tu dirais oui. Et j'espère que tu le diras encore.

Elle hocha la tête d'un air grave.

— Oui. Encore.

*
* *

Jeudi 30 novembre, 0 h 30

Il était paré. Il sentait une puissante énergie déferler dans son corps, pareil à un bourdonnement. Il avait soigneusement peaufiné son plan. L'emplacement de leur chambre d'hôtel n'aurait pu être plus idéal. Toutes les chambres s'ouvraient sur l'extérieur, mais la leur se trouvait au rez-de-chaussée, à quelques mètres seulement des emplacements de parking.

Il chargea avec précaution le sac à dos sur son épaule. Le sac contenait trois œufs. L'un était destiné au lit des Dougherty. Pour avoir soigneusement étudié le problème, il savait exactement comment contourner l'obstacle présenté par l'extincteur automatique installé dans leur chambre. Il avait inspecté les cages d'escalier, les issues de secours et la buanderie afin de déterminer avec précision les endroits où il placerait les deux autres bombes en sorte que les flammes embrasent l'immeuble dans sa totalité et transforment l'hôtel en un brasier infernal. Ce serait une belle pagaille au moment où, poussant des hurlements de terreur, les clients fuiraient leurs chambres en pyjama ! Puisque l'absence de gaz dans les chambres le priverait du spectacle d'une explosion, il se sentait en droit de provoquer un sauve-qui-peut général à titre de compensation. La compagnie des pompiers enverrait trois, peut-être quatre camions. Il y aurait des ambulances, avec gyrophares, sirènes et tout le tremblement. Les journalistes viendraient, on filmerait la scène. Ils fouilleraient désespérément les bâtiments pour s'assurer que tout le monde avait pu s'échapper. Puis ils découvriraient deux cadavres.

Il se sentait fin prêt, son organisme encore chargé à bloc depuis son dernier exploit. Il avait déjà tué une fois ce soir. Il avait le vent en poupe. Quelques heures auparavant, il s'était débarrassé de son vêtement trempé de sang et portait à présent une salopette volée dans la buanderie de l'hôtel. Les passe-partout se révélaient toujours des outils infiniment précieux.

Il se tenait devant la porte des Dougherty, persuadé que personne ne le remarquerait. Non que cela eût une quelconque importance. Une perruque et un peu de rembourrage avaient suffi à faire de lui un autre homme. De sa main droite, il tenait le couteau, de la gauche, la carte magnétique de Tania. Il fit glisser le passe dans la serrure et doucement essaya de pousser la porte, fronça les sourcils en la sentant résister. Les Dougherty avaient tiré le verrou de sécurité. Pas de problème ! Il s'y connaissait en mécanismes de ce type. Aucun système de protection n'était inviolable quand on savait s'y prendre. Glissant la fine lame de son couteau dans l'étroite ouverture de la porte, il souleva la barre du verrou, puis s'introduisit dans la pièce, prenant soin de refermer la porte derrière lui. La chambre était silencieuse, à l'exception d'un léger ronflement en provenance du lit. Il s'immobilisa, laissa ses yeux s'accoutumer à l'obscurité.

Et prit instantanément conscience de deux choses. Il n'y avait pas de fleurs dans la chambre. Et une seule personne dormait dans le lit. Une jeune femme, d'à peine vingt-cinq ans. Une vague de panique déferla en lui. Il n'était pas dans la bonne chambre. *Sauve-toi !*

C'est alors que la femme ouvrit les yeux et s'apprêta à pousser un cri. Il fut plus rapide qu'elle. Et plus fort. Il lui tira la tête en arrière, comme il l'avait déjà fait quelques heures auparavant, et lui posa le couteau sur la gorge.

— Ne crie pas. Tu as compris ?

Elle fit un signe de tête, laissa échapper un gémissement de frayeur.

— Comment tu t'appelles ?

— N… N… Niki Markov. Je vous en prie…

Sa main empoigna les cheveux de la jeune femme avec plus de force.

— Quel est le numéro de cette chambre ?

— Je… je ne sais pas.

Il lui secoua la tête avec violence. Elle poussa un autre cri plaintif.

— Je ne me rappelle pas. S'il vous plaît. J'ai deux enfants. Ne me faites pas de mal. Par pitié !

Son sang battait dans ses tempes, martelait son cerveau cependant qu'il s'efforçait de contenir un brusque accès de fureur. Maudites bonnes femmes ! Il n'y en avait pas une pour s'occuper de ses enfants ?

— Si tu as des enfants, tu devrais être chez toi, vocifèra-t-il en lui tirant les cheveux. Avec tes gosses.

Il alluma la lumière et regarda le téléphone. Le numéro de la chambre collé sur le combiné était le bon.

— Quand es-tu arrivée ?

— Ce… ce soir. Je vous en supplie. Je ferai ce que vous voulez, mais ne me faites pas de mal.

Ils étaient partis ! Nom d'un chien, ils avaient déjà quitté l'hôtel ! Il les avait manqués. La colère bouillonna en lui, déborda, le rongeant comme un acide.

— Viens avec moi, lança-t-il d'un ton hargneux.

Il la traîna, trébuchante, vers la salle de bains.

— Pitié ! hoqueta-t-elle, à présent folle d'épouvante.

D'une secousse, il la força à se hausser sur la pointe des pieds.

— La ferme !

Les sanglots de la jeune femme redoublèrent. Il ne pouvait se permettre d'abîmer ses vêtements encore une fois, songea-t-il. Mais pas question non plus de la laisser vivre. Elle le dénoncerait, et il se ferait coffrer. En aucun cas, les choses ne devaient se dérouler ainsi.

Alors, il la poussa dans la baignoire, gardant la pointe de la lame pressée contre sa gorge. Il ouvrit en grand le robinet de la douche, lequel ne laissa en réalité couler qu'un minable filet d'eau. Il l'empoigna de nouveau par les cheveux et la retourna à plat ventre. Puis, d'un geste plein de sauvagerie, il lui trancha la gorge.

Et il resta là, à regarder l'eau ruisseler et disparaître

dans la bonde de la baignoire en emportant tout le sang avec elle.

Tandis que le sang de sa victime s'écoulait, le sien brûlait dans ses veines. La colère bouillait si fort qu'il en tremblait. Il n'avait pas obtenu réparation. On l'avait encore privé de sa vengeance.

Les Dougherty avaient réussi à lui échapper une fois de plus. Il les retrouverait, certes, mais le temps pressait. Les mâchoires serrées, il attendit que la femme se vidât de son sang. Il avait disposé de tout le temps nécessaire jusqu'à ce que les flics interviennent.

Et cela, à cause de Brooke Adler. A cause de sa bêtise, il serait démasqué. Ce n'était qu'une question de temps. Il n'avait pas mis la main sur les Dougherty, mais, que le diable l'emporte, il obtiendrait satisfaction ! Il lui restait trois œufs dans son sac à dos, et il voulait bien être pendu s'il les gaspillait.

Tout d'abord, il lui fallait s'occuper de celle-là. S'il la laissait dans sa baignoire, on la découvrirait dès le lendemain matin. Les flics n'étaient pas assez bêtes pour ne pas faire le rapprochement entre le cadavre d'une femme qui avait occupé l'ancienne chambre des Dougherty et celui d'une femme qui avait surveillé leur maison en leur absence. Il devait se débarrasser d'elle au plus vite.

Il aurait pu la traîner au-dehors, mais sa trop grande taille lui rendrait la tâche difficile. Il fallait la raccourcir. Il tint le couteau sous le misérable jet d'eau et nettoya la lame avant d'en éprouver le fil sur son pouce. Parfait ! Elle était encore suffisamment affûtée pour l'usage qu'il voulait en faire.

14

Jeudi 30 novembre, 3 h 15

— Mais qu'est-ce que tu fabriques ?

Surprise, Brooke sursauta et leva les yeux de son ordinateur. Sa colocataire se tenait dans le couloir, son iPod à la main.

— Il est 3 heures du matin, remarqua Roxanne.

— Je ne sais pas quoi faire, marmonna Brooke.

Roxanne poussa un soupir.

— Il n'y a rien d'autre que tu puisses faire cette nuit, Brooke. Va te coucher.

— J'ai essayé, je n'y arrive pas. Je n'arrête pas de penser à tous les remboursements de prêts, les dettes, les factures qui vont me tomber dessus. Ça m'empêche de dormir.

L'expression de Roxanne s'adoucit en marque de sympathie.

— Ne t'inquiète pas, tu trouveras un autre travail.

— Je ne crois pas. J'ai cherché toute la soirée. Il n'y a rien dans le coin.

— Tu finiras bien par dénicher quelque chose. Pour l'instant, va te coucher, Brooke. Tout ce que tu vas gagner, c'est de te rendre malade d'angoisse, et alors c'est sûr que tu seras incapable de dégotter un poste.

— Tu as raison. Je sais que tu as raison. Mais sans lettre de recommandation de Bixby, ça va être pratiquement impossible de trouver quelqu'un qui veuille bien ne serait-ce qu'examiner ma candidature.

— Je persiste à croire que tu devrais le poursuivre en justice, ce sale type. Quoi qu'en dise l'ami de Devin.

Devin avait appelé son ami depuis le bar, mais l'avocat l'avait prévenu qu'il serait difficile d'étayer l'accusation et que la procédure prendrait beaucoup de temps. Brooke ne pouvait se permettre d'attendre si longtemps. Il lui restait en tout et pour tout quarante-deux dollars sur son compte en banque.

— C'est vrai, je pourrais porter plainte, mais ça ne me servirait à rien maintenant. Je suis presque fauchée. Tu vas devoir trouver une autre colocataire, ajouta-t-elle en fermant les yeux.

— On avisera le moment venu. Il faut que j'aille dormir. Les berceuses de Bach marchent très bien, tu devrais essayer.

Et réajustant les écouteurs sur ses oreilles, Roxanne regagna sa chambre.

Il me faudrait davantage que Bach pour me détendre, songea Brooke. Elle se rendit dans la cuisine et sortit le brandy qu'elle gardait pour les grandes occasions. Il n'était pas de première qualité, à vrai dire, mais son degré d'alcool suffirait pour faire l'affaire. Elle vida un verre, puis s'en versa un autre et s'installa à la table de la cuisine. Elle sirota son deuxième verre, en proie à un désespoir grandissant.

Elle n'avait pas d'argent. Quant à ses parents, il était hors de question de les appeler — ils avaient déjà le plus grand mal à subvenir à leurs propres besoins. Une vague de haine monta en elle. Bixby n'était qu'un salaud. *Je n'ai rien fait de mal.* Avec une résignation amère, elle avala d'un trait une autre gorgée de brandy. Quelle importance ? Elle allait perdre son travail, de toute façon.

Elle ne savait pas depuis combien de temps elle broyait ainsi du noir lorsqu'elle l'entendit.

Clic. Elle leva la tête, essaya de localiser le bruit. Puis elle sortit de la cuisine pour aller vérifier la porte d'entrée. La porte qui était en train de s'ouvrir. Avec une clé ! *Quelqu'un a la clé de chez moi.*

Appelle la police. Où était le téléphone sans fil ? Elle se précipita en titubant vers le comptoir de la cuisine, s'empara d'un couteau à découper. *Oh, mon Dieu !* Elle courut vers le séjour. *Où était donc passé ce fichu téléphone ?*

C'est alors qu'elle vit l'homme franchir le seuil, et elle en demeura bouche bée. Il brandissait un couteau. Elle l'avait instantanément reconnu, mais n'eut même pas le temps de prononcer son nom. La main de l'homme se plaqua sur sa bouche cependant qu'il lui tordait le poignet. Le couteau de cuisine tomba sur le sol.

Les yeux agrandis d'horreur, elle vit la longue, fine lame métallique s'approcher de sa gorge. *Il va me tuer.* Elle se débattit, sentit la froideur métallique se presser sur son cou. Elle cessa de résister. L'homme ricana.

Il retira la main de sa bouche, mais continua d'appuyer sur le couteau. La gorge de Brooke émit un sanglot étouffé.

— J'ai égorgé deux personnes ce soir, dit-il. Tu prononces un mot, et tu seras la troisième.

Sans ménagement, il la força à se mettre sur la pointe des pieds et la poussa dans sa chambre. Il la jeta sur le lit, lui enfonça son genou dans les côtes et lui fourra un morceau d'étoffe dans la bouche.

Elle tenta de se défendre lorsqu'il lui attacha un poignet à la tête du lit, poussa un cri en recevant son coup de poing en plein visage. Mais son cri s'étrangla, elle l'entendit à peine. Pesant de tout son poids sur son corps, il lui ligota l'autre poignet.

— Tu as saboté mon œuvre, Brooke, lui siffla-t-il au visage.

Il avait une lueur sauvage dans les yeux, un regard de dément. Impossible que ce fût le même homme, celui qu'elle connaissait. Pourtant, c'était bien lui !

— A cause de toi, je n'aurai pas le temps de terminer, mais tu vas me le payer. Je t'avais dit de laisser tomber, tu n'as pas voulu écouter. Tu vas bien être obligée, maintenant.

Il se releva ; elle en profita pour lancer des coups de

pied, espérant faire assez de bruit pour réveiller Roxanne. Il fouilla dans son sac à dos et lorsqu'il se redressa, il tenait une clé anglaise dans sa main.

Non ! Elle hurla, mais personne ne l'entendit. Le premier coup qu'il lui asséna lui arracha un gémissement. Au deuxième, elle souhaita mourir. Au troisième, elle comprit que la mort ne tarderait pas à venir la prendre.

Satisfait, il enferma le deuxième préservatif dans le sac en plastique, tout comme il l'avait fait pour Penny Hill. Il se rappela la façon dont les yeux de Hill étaient devenus vitreux sous l'effet de la douleur, et comment elle les avait fermés avant la fin, le privant ainsi du plaisir de la voir souffrir.

Il se tenait debout au-dessus de Brooke, le visage ruisselant de sueur. D'un geste plein de hargne, il la gifla. Une plainte assourdie s'échappa de la gorge de sa victime. Parfait ! Elle était encore consciente. Il voulait être certain qu'elle avait ressenti tout ce qu'il lui avait fait subir et entendu chaque mot qu'il lui avait asséné.

— Tu as tout gâché. Je ne serai peut-être plus en mesure de me faire justice. Alors, cette nuit, tu vas payer à sa place.

Il s'activa à enduire le corps de Brooke de gel, comme il l'avait fait avec Penny Hill. Il lui plaça un œuf entre les genoux, déroula la mèche jusqu'à ses pieds. Il n'y avait pas le gaz dans cette maison, uniquement l'électricité — il lui faudrait transiger.

Il avait déjà décidé de poser un deuxième œuf à l'entrée de l'immeuble. Histoire de compliquer un peu plus le travail des pompiers. Il déroula une autre mèche et posa l'œuf près de son couteau sur la table de chevet. Puis il sortit son briquet et se pencha sur le visage de Brooke.

— Tu es comme les autres. Tu dis que tu te soucies d'eux, mais tu trahis leur confiance. Tu prétends vouloir aider ces garçons et, à la première occasion, tu les donnes à la police. Tu es aussi hypocrite et coupable que les autres. Dès que j'aurai allumé cette mèche, tu pourras commencer à compter.

Brooke cligna des yeux, le regard fixé derrière lui. Il se retourna, une fraction de seconde avant qu'un violon ne s'abatte sur son crâne. Au lieu de quoi, l'instrument se fracassa sur son épaule. Une femme se tenait devant lui, les yeux écarquillés, sa poitrine se soulevait au rythme de sa respiration saccadée. Tenant le manche du violon brisé, elle le brandit pour l'en frapper une nouvelle fois. Il l'attrapa par le bras, mais elle réussit à se dégager. Il évita de justesse la chaise qu'elle jeta de toutes ses forces dans sa direction.

Il empoigna son couteau et d'un seul geste, sans la quitter des yeux, le plongea dans le ventre de la violoniste. Le visage de la jeune femme se tordit, elle s'effondra à terre sur son instrument disloqué. Il eut conscience des battements accélérés de son cœur, du sang qui se précipitait dans ses veines, de la vie qui palpitait en lui. Il se sentit invulnérable, invincible. D'un petit coup de pouce, il alluma son briquet, enflamma la mèche aux pieds de Brooke, puis se pencha vers son oreille.

— Compte jusqu'à dix, Brooke. Et va en enfer.

Il récupéra son sac à dos, le couteau et l'autre œuf, sortit en courant de l'appartement et dévala l'escalier. Il mit le feu à la deuxième mèche et posa l'œuf dans un coin du hall d'entrée. Le tapis était usé jusqu'à la corde, mais il brûlerait facilement. Enfin, il sortit de l'immeuble en coup de vent.

Et faillit tomber d'un arrêt cardiaque. Deux voitures de police tournaient l'angle de la résidence, gyrophares allumés, sirènes hurlantes. *La violoniste avait appelé les flics. La salope !* La tête dans les épaules, il se rua vers le parking situé derrière l'immeuble voisin. Du moins avait-il été assez malin pour repérer les lieux avant de venir. Une minute plus tard, il s'enfuyait au volant d'une voiture volée.

Il avait manqué se faire pincer. S'efforçant de reprendre

son souffle, il huma l'odeur du sang de la musicienne. Son manteau et ses gants en étaient tout imprégnés. Elle n'avait pas fait partie du plan, mais… wouaouh ! Quelle merveilleuse sensation que de prendre une vie de cette façon, de plonger son regard dans les yeux de sa victime tandis qu'on lui vole son âme. Il émit un petit gloussement. Diantre ! La prof d'anglais avait déteint sur lui.

Et brusquement il se dégrisa. Avait-il laissé des traces sur le corps de la jeune enseignante ? La maison devait flamber à l'heure qu'il était, mais sans gaz, le feu ne suffirait peut-être pas à tout effacer. Certes, il avait utilisé un préservatif et porté des gants, mais il se pouvait qu'il eût perdu un cheveu ou un poil. Tant pis ! Il faudrait d'abord qu'ils l'attrapent avant de pouvoir s'en servir comme preuve contre lui.

Il ne lui restait que peu de temps et il devait encore trouver Laura Dougherty. Ensuite, il y en aurait quatre autres. C'étaient eux les pires. Ils n'étaient pas seulement mêlés à la mort de Shane, *ils l'avaient tué*. L'un d'eux vivait dans l'Indiana. Une fois qu'il aurait débusqué les trois autres, il en aurait terminé.

Une vie nouvelle commencerait alors pour lui. Il se ferait de nouveaux amis, se trouverait une autre femme pour satisfaire ses besoins. Il devrait également réfléchir à un autre travail. Le poste qu'il occupait en ce moment s'était présenté au bon moment, et il avait sauté sur l'occasion. Il ne lui était jamais venu à l'idée de travailler dans ce domaine, mais il s'était montré à la hauteur.

Quel besoin avait-il de diplômes universitaires ? Il était maître de l'imposture. Comme dans ce film où le type se fait passer tour à tour pour un médecin, un avocat et un pilote. Peut-être s'essaierait-il à l'une de ces professions la prochaine fois.

*
* *

Jeudi 30 novembre, 3 h 50

— Nom d'un petit bonhomme ! souffla Mia d'une voix rauque alors que, comblée, elle reposait, le corps délicieusement ramolli.

A côté d'elle, Solliday eut un petit rire.

— J'adore ta manière de parler, Mia.

Elle prit appui sur un coude et lui sourit.

— Nous ressemblerons à de véritables épaves demain. Enfin, aujourd'hui, rectifia-t-elle en jetant un coup d'œil au réveil près de son lit.

— Je sais, mais ça valait la peine. Je ne m'étais pas rendu compte à quel point ça me manquait.

Elle fit courir sa main sur le ventre dur de son amant, sentit les muscles frémir sous ses doigts.

— Ça faisait combien de temps ? demanda-t-elle posément.

— Six ans, répondit-il en accrochant son regard.

Elle haussa les sourcils.

— Diantre !

Caressant les poils drus de la poitrine de son compagnon, elle retrouva soudain son sérieux.

— Moi aussi, j'en avais besoin.

Un long instant, il scruta son visage.

— Je veux savoir pourquoi tu refusais de le vouloir.

— Je vais te le dire, mais pas maintenant, consentit-elle, le regard grave.

— Ce soir ? la pressa-t-il. Il serait préférable que tu viennes chez moi une fois que Beth sera couchée. Comme ça, je n'aurai pas à demander à Lauren de venir la garder, comme ce soir.

— Je ne sais pas pourquoi, mais j'étais certaine qu'elle ne te refuserait pas ce service, dit Mia, avec flegme.

L'expression de Solliday changea brusquement. Il n'avait pas dit à Lauren où il allait. Sa sœur croyait qu'il avait été appelé sur les lieux d'un incendie. Cette pensée lui causa quelques remords.

— Il vaut mieux qu'elle n'en sache rien.

— Pas encore.

Il se redressa en position assise ; elle roula sur le dos. La nuit avait officiellement pris fin.

— Demain, commença-t-elle, je veux dire, aujourd'hui, nous sommes collègues, rien de plus.

Le regard qu'il lui décocha était serein.

— Rien de plus.

Et, à la surprise de Mia, il se pencha et l'embrassa avec une ardeur qui la laissa pantelante.

— Par contre, ce soir, ce sera infiniment plus.

Il bouclait déjà sa ceinture lorsque son téléphone mobile sonna.

— Solliday.

Il se baissa pour chercher ses chaussettes.

— Y a-t-il eu une explosion de gaz ?... Très bien. Quelle adresse ? 2026 Chablis Court ? Merci, Larry. Je pars immédiatement. Je devrais être là d'ici à vingt minutes.

— Il est minuit largement passé, remarqua Mia.

Il jeta un regard par-dessus son épaule.

— Il n'y a pas eu d'explosion de gaz, ce n'est donc probablement pas notre homme. Il s'agit d'un incendie dans un immeuble. Ils ont appelé quatre compagnies sur place — Larry en fait partie. Inutile d'y aller tous les deux. Je vais faire un tour là-bas, ensuite je t'appellerai. Tu peux m'aider à boutonner ma chemise ?

— Je me débrouille aussi avec les hot dogs, dit-elle en s'activant sur les boutons.

Il haussa un sourcil, et elle s'avisa que c'était cette mimique qui l'avait attirée dès le premier instant.

— Mia, tu es une très vilaine fille.

— Pense à la moutarde, Solliday.

— Très vilaine, répéta-t-il en s'éloignant.

Il était presque parvenu à la porte d'entrée lorsqu'une pensée la frappa — *2026 Chablis.*

— Reed, attends ! Tu as bien dit 2026 Chablis Court ?

Il fronça les sourcils.

— Oui, pourquoi ?

Le cœur de Mia fit un bond. En un éclair, elle revit les dossiers qu'elle avait décortiqués la veille.

— C'est l'adresse de Brooke Adler.

Le visage de Reed s'assombrit.

— Retrouve-moi là-bas, dit-il. Dépêche-toi.

Jeudi 30 novembre, 4 h 15

L'incendie avait été circonscrit et ne s'était pas propagé au-delà de l'immeuble, dernier bâtiment d'une rangée de cinq. A un œil non exercé, la scène eût paru chaotique, pourtant la situation était parfaitement maîtrisée. Blottis les uns contre les autres, les résidents évacués se tenaient en bordure du parking. Un grand nombre d'entre eux pleuraient, enfants et adultes pareillement. L'incendie sur lequel Reed avait enquêté l'année précédente lui revint à la mémoire, en même temps que l'horreur qu'il avait causée parmi les victimes.

Et bien que chacune fût importante, une victime en particulier occupait son esprit. Dès qu'il aperçut Larry Fletcher, Reed mesura immédiatement la gravité de la situation.

— Que s'est-il passé ?

— Nous étions encore en route quand tu as rappelé à propos de cette femme, Adler, répondit Larry d'une voix sourde. La 186e compagnie effectuait des reconnaissances dans le bâtiment, mais Mahoney et Hunter tenaient à tout prix à entrer. Ils voulaient arriver à temps, cette fois. Le commandant de la 186e a dit que c'était à moi de décider. Alors je les ai laissés faire. J'aurais dû refuser.

— Ils sont blessés ?

— Non, du moins, pas physiquement. Ils ont sorti Adler et sa colocataire. C'était moche, Reed.

Reed regarda par-dessus son épaule. Mia venait d'arriver sur les lieux du sinistre.

— Elles sont vivantes ?

— L'une était déjà morte, l'autre a été transportée à l'hôpital du comté.

Une dizaine de voitures de patrouille sécurisaient le périmètre, des policiers contenaient la foule et distribuaient des couvertures aux victimes.

— Et les premiers sur place, qui sont-ils ?

Larry pointa du doigt la voiture de police la plus éloignée.

— Jergens et Petty.

— Merci.

Reed courut vers les véhicules de patrouille.

— Solliday, du BEI, se présenta-t-il. C'est vous, Jergens et Petty ?

— Je suis Jergens et voici Petty, dit l'un des deux officiers de police. Nous sommes arrivés les premiers sur les lieux.

Mia s'avançait vers le petit groupe. Reed lui fit signe de presser le pas ; elle franchit les derniers mètres qui les séparaient au pas de course, tandis qu'il sortait son magnétophone.

— Voici l'inspecteur Mitchell, annonça-t-il avant de se tourner vers elle. On a sorti deux femmes de l'immeuble en feu. L'une est morte, l'autre, en route pour l'hôpital.

— C'est le type qui a tué la gosse de Burnette, gronda Jergens, les lèvres crispées. Le fumier !

— Laquelle des deux femmes est-elle morte ? voulut savoir Reed.

Les deux hommes secouèrent la tête.

— Elles sont toutes les deux gravement brûlées. Les voisins disent qu'elles avaient à peu près la même taille, brunes également, mais personne n'a pu les identifier. Voici celle qui est morte.

Un chariot emportait un brancard vers l'ambulance. Le sac qui enveloppait le corps était fermé.

Mia fit signe au médecin légiste de s'arrêter.

— Eh bien, voyons qui c'est.

Comme le légiste ouvrait la fermeture Eclair, ils eurent un mouvement de recul et laissèrent ensemble échapper un soupir horrifié. Les blessures dues aux brûlures offraient une vision atroce.

— Ce n'est pas Adler, murmura Mia, puis s'adressant aux deux policiers : Est-ce que les voisins vous ont au moins donné un nom ?

Jergens consulta ses notes.

— Roxanne Ledford. C'est elle qui a appelé les secours.

— Racontez-nous ce qui est arrivé, demanda Mia avec calme. A partir de l'appel au 911.

Jergens hocha la tête.

— Quelqu'un a appelé à 3 h 38 pour signaler un viol. Les services de secours lui ont dit de quitter les lieux, mais elle ne l'a pas fait. Nous sommes arrivés ici à 3 h 42. Nous avons vu des flammes à l'étage et dans le hall d'entrée. Petty a appelé les pompiers par radio. J'ai attrapé l'extincteur de la voiture et j'ai essayé d'entrer, mais le feu dans le hall était déjà trop violent. Une autre voiture nous a rejoints. J'ai fouillé les alentours pour voir si l'incendiaire était encore sur place pendant que Petty et les autres commençaient à évacuer l'immeuble.

— Mais vous n'avez trouvé personne ? demanda Mia.

— Non, je suis désolé, inspecteur. Il n'y avait pas un chat dans les parages.

— La dernière fois, notre homme s'est enfui avec la voiture de sa victime. Alors trouvez quelles voitures appartenaient à Adler et Ledford et voyez si elles sont toujours là. Dans le cas contraire, lancez un avis de recherche.

— Que pouvons-nous faire d'autre ? demanda Petty. Nous voulons absolument coincer cette ordure.

Mia jeta un regard circulaire autour d'elle.

— Est-ce que le gardien de l'immeuble se trouve parmi ces gens ?

— C'est lui, là-bas, répondit Petty. Le grand type avec des chaussons en peluche rose.

— Vérifiez si l'immeuble est doté d'un système de vidéosurveillance. Je veux toutes les bandes enregistrées au cours de la semaine passée. Au fait, qu'est-ce qui est prévu pour ces malheureux ? Ils vont mourir de froid.

— Deux autobus vont venir les chercher, dit Jergens. Nous allons les installer dans l'école élémentaire au bout de la rue jusqu'à ce qu'on organise des hébergements d'urgence.

— Il faut que chacun d'entre eux fasse une déposition. Je veux savoir si un inconnu a été vu en train de rôder dans le coin. Je vous remercie pour votre aide. Et je suis sûre que Roger Burnette vous en sera aussi reconnaissant.

Elle regarda les deux policiers s'éloigner.

— Nous devons parler à Brooke. Elle pourra peut-être nous dire quelque chose.

— Hunter et Mahoney les ont toutes les deux sorties des flammes, remarqua Reed.

Elle lui décocha un coup d'œil incrédule, puis se dirigea d'un pas rapide vers les camions.

— Pour l'amour du ciel ! Il y avait quatre compagnies de pompiers sur place ! Pourquoi a-t-il fallu que ce soit eux ?

Reed se rappela le regard affectueux dont elle avait gratifié Hunter au moment de l'incendie chez Mme Hill. Une petite voix mauvaise chuchota à son oreille, mais il la chassa. Quoi qu'il y ait eu entre Mia et Hunter, c'était lui qui avait occupé son lit cette nuit.

— Ils ont tenu à y aller eux-mêmes, parce qu'à force de retirer des cadavres des décombres, on a besoin parfois de se redonner du courage en sauvant la vie d'une personne. Le commandant de l'autre compagnie l'a très bien compris et a laissé les gars de Larry participer à l'opération de sauvetage.

— De même que Howard et Brooks m'ont permis d'arrêter DuPree.

— Exactement.

Hunter et Mahoney étaient assis à l'arrière de leur camion, l'air fortement ébranlés.

Mia posa la main sur l'épaule de Hunter.

— Ça va aller, tous les deux ?

Le regard vide, il acquiesça d'un signe de tête.

— Très bien, marmonna-t-il.

Mahoney esquissa une grimace.

— Ouais, bien sûr, tout à fait bien, renchérit-il, la douleur dans son regard contredisant le ton sarcastique de sa voix. Je hais ce type, ajouta-t-il en fermant les yeux.

— Que s'est-il passé exactement ? interrogea Reed avec calme. Dites-nous tout ce que vous avez vu.

— Nous sommes entrés par la porte de devant, commença Mahoney. Il avait allumé un foyer à cet endroit aussi, mais la 186e en est tout de suite venue à bout. L'appartement d'Adler était rempli d'une épaisse fumée. La cuisinière n'avait pas été déplacée.

— Où avez-vous trouvé les corps ? demanda Mia.

— Dans la chambre du fond, répondit Mahoney avant de s'éclaircir la voix. Le lit était en flammes, de même que les murs, la moquette, tout.

Sa voix se brisa ; il poursuivit :

— Il y avait deux femmes dans la chambre. L'une était par terre, je l'ai ramassée et emportée dehors. J'ai appelé Hunter en renfort. Quand je suis sorti de l'immeuble, les secouristes m'ont dit qu'elle était déjà morte. Comme elle portait un pyjama en tissu ignifugé, son corps n'a pas été trop brûlé, seulement ses mains et son visage. Par contre, elle a été poignardée, éventrée.

Avec une moue de dégoût, il détourna la tête.

— Et l'autre femme ? demanda Reed.

Hunter ravala sa salive.

— Elle était ligotée sur le lit. Entièrement nue. Son

corps était en flammes. J'ai attrapé une couverture et l'ai enroulée dedans. Elle avait les jambes brisées, tordues de côté.

Mia se raidit soudain. Une femme à la tresse blonde s'avançait vers eux. Deux policiers la retinrent.

— Sacré nom d'un chien !

Carmichael, encore elle !

— Elle t'a suivie, observa Reed.

En voyant les yeux de Mia lancer des éclairs, il comprit que la même pensée lui était venue. Carmichael, qui s'était postée devant l'immeuble de Mia, avait vu Reed en sortir quelques minutes avant cette dernière. A tous les coups, le fait qu'ils avaient passé la nuit ensemble ne tarderait pas à faire les manchettes des journaux. *La peste soit de cette femme !*

Mais l'attention de Mia s'était déjà reportée sur Hunter.

— Qu'est-il arrivé ensuite, David ?

— J'ai dû couper ses liens pour la sortir de là. Mais je n'ai touché à rien d'autre. Elle était salement brûlée. Les urgentistes n'étaient pas certains qu'elle survivrait.

Mia pressa la main de Hunter.

— Si elle s'en tire, ce sera grâce à vous deux. Il faut que tu te cramponnes à cette pensée, David. Je vais aller lui parler.

Reed contempla l'immeuble. Le feu était presque éteint.

— Je vais rester ici en attendant de pouvoir entrer. Foster et Ben devraient arriver d'une minute à l'autre. Tu peux appeler Jack ?

— Ouais, grommela-t-elle en donnant un coup de pied dans le gravier. Maudite poisse ! Il nous a encore filé entre les doigts.

*
* *

Jeudi 30 novembre, 4 h 50

— Je suis l'inspecteur Mitchell. On vient de vous amener une victime de viol et d'incendie. Elle s'appelle Brooke Adler.

L'infirmière du service des urgences secoua la tête.

— Vous ne pouvez pas la voir.

— Je dois lui parler. Elle est la seule à avoir vu le tueur. C'est sa quatrième victime.

— J'aimerais pouvoir vous aider, inspecteur, mais c'est impossible. On l'a mise sous tranquillisant.

Un médecin s'approcha, les sourcils froncés.

— On lui a administré un sédatif très puissant, mais elle est encore assez lucide pour marmonner. Elle présente des brûlures au troisième degré sur quatre-vingt-dix pour cent du corps. Si je croyais qu'elle avait une chance de survivre, je vous ferais attendre. Alors dépêchez-vous. Nous étions sur le point de l'intuber.

Mia suivit le médecin à grandes enjambées.

— Nous devons procéder à l'examen habituel en cas de viol présumé.

— Je l'ai déjà noté dans mon dossier. Ce n'est pas beau à voir, vous savez, inspecteur.

— J'ai déjà vu les deux premières victimes à la morgue, docteur. Ce n'était pas joli non plus.

— Je voulais juste vous prévenir, dit-il en lui tendant un masque et une blouse chirurgicale. Après vous.

Mia s'arrêta, chancelante. Une vague d'acidité lui brûla la gorge, lui coupa le souffle. *Seigneur !* Pendant plusieurs secondes, elle fut incapable de se concentrer sur autre chose.

— Doux Jésus !

— J'ai essayé de vous avertir, murmura le médecin. Je vous donne deux minutes, pas plus.

L'infirmière qui se tenait au chevet de Brooke les fusilla du regard.

— Qu'est-ce qu'elle fait là ?

— C'est elle le méchant flic, répliqua le médecin impassible. Laissez-la entrer.

Mia lui lança un regard incisif.

— Quoi ?

Il haussa les épaules.

— C'est comme ça qu'elle n'arrête pas de vous appeler. Le méchant flic.

— Elle grommelait aussi quelque chose à propos de dix, ajouta l'infirmière.

— Dix ? Comme le nombre ?

— Oui.

— Brooke, c'est moi ! L'inspecteur Mitchell.

Les yeux de la malheureuse s'ouvrirent, et Mia y lut une terreur folle en même temps qu'une insupportable douleur. Elle leva la main, mais ne sut où la reposer.

— Qui vous a fait ça, Brooke ?

— Compte jusqu'à dix, souffla la jeune femme.

Elle poussa un gémissement de souffrance. Le cœur de Mia se serra.

— Brooke, dites-moi qui vous a fait cela. C'est quelqu'un du Centre ? Bixby ?

— *Va en enfer.*

Mia tressaillit. Cette femme avait refusé de leur parler, par crainte des représailles. Ils l'avaient forcée, Reed et elle. *Et maintenant, je vais devoir vivre avec cette idée toute ma vie.* Et bien qu'elle sût que ce n'était pas sa faute, elle comprit la colère de Brooke à son égard.

— Je suis vraiment désolée, Brooke, mais j'ai besoin de votre aide.

— Compte jusqu'à dix.

La blessée tenta désespérément de prendre une inspiration. Les machines reliées à son corps martyrisé se mirent à émettre des signaux sonores.

— La tension est en train de chuter, annonça l'infirmière d'un air soucieux. Le taux d'oxygène aussi.

— Injectez-lui une ampoule d'adrénaline, ordonna le

médecin, et commencez le goutte-à-goutte. Préparez-vous à l'intuber. Inspecteur, vous devez partir.

— Non ! protesta Brooke pauvrement. Compte jusqu'à dix. Va en enfer.

L'infirmière introduisit le contenu d'une seringue dans la perfusion.

— Sortez, inspecteur, répéta-t-elle.

— Encore une minute, insista Mia en s'approchant du visage de Brooke. C'était Bixby ? Thompson ? Secrest ?

Le médecin se pencha avec un grondement.

— Otez-vous de là, inspecteur.

Mia recula, impuissante, horrifiée, tandis que le médecin et l'infirmière luttaient pour maintenir la jeune femme en vie.

Trente minutes — interminables et exténuantes — plus tard, le médecin s'écarta du lit, les épaules affaissées.

— C'est fini. Heure de la mort : 5 h 25.

Il devait y avoir un mot pour décrire ce qui chavira en Mia. Mais il refusa de remonter à la surface de sa conscience. Elle leva les yeux vers le médecin. Il avait l'air exténué.

— Je ne sais pas quoi dire.

— Dites-moi que vous allez attraper celui qui a fait ça, lâcha-t-il, les lèvres crispées.

Roger Burnette avait demandé la même chose au nom de Caitlin. De même Dana, pour Penny Hill.

— Je vous le promets. Nous sommes bien obligés. Il a déjà tué quatre femmes. Merci d'avoir fait tout votre possible.

Il hocha la tête, le visage sombre.

— Je suis désolé.

— Moi aussi.

Elle gagna la porte, s'arrêta. Elle s'obligea à se retourner pour regarder Brooke Adler une dernière fois. Puis elle se signa et sortit de la pièce à reculons.

*
* *

Jeudi 30 novembre, 5 h 45

De sa cachette, l'enfant *l*'observait. Il ne savait pas ce que l'homme enterrait, mais c'était sûrement quelque chose d'horrible. Parce qu'*il* était horrible. *Est-ce que personne ne s'en rend compte ? Est-ce que je suis le seul à savoir à quel point cet homme est mauvais ?*

La pensée de sa mère, qui devait en ce moment se tourner et se retourner dans son lit, le remplit d'une soudaine et violente colère. Il fallait qu'elle sache ! Elle n'ignorait pas que, chaque nuit, *il* disparaissait, et pourtant chaque matin elle lui faisait bonne figure. Elle lui préparait des œufs au bacon et souriait comme si de rien n'était. Leur relation n'était pas normale.

Pourquoi ne partait-*il* pas ? Pourquoi ne les laissait-*il* pas tranquilles ? Il aurait tant voulu que sa mère le jette dehors, lui dise de ne jamais revenir. Mais elle le craignait trop. Et elle avait de bonnes raisons d'avoir peur. *Moi aussi.*

Jeudi 30 novembre, 7 h 20

— Papa ?

Reed leva les yeux de sa chemise, un tire-bouton à la main.

— Oui, Beth ?

Elle se tenait sur le seuil de sa chambre, le front plissé d'inquiétude.

— Ça ne va pas ?

Non, ça n'allait pas. Deux victimes de plus. Il en était malade.

— Je suis juste fatigué, ma chérie. Très fatigué.

Elle hésita.

— Papa, j'ai encore besoin d'argent pour la cantine.

Il fronça les sourcils.

— Je t'en ai déjà donné lundi.

— Je sais, répondit-elle avec une petite moue. Mais j'avais une amende à payer à la bibliothèque. Excuse-moi.

Désarçonné, il lui tendit vingt dollars.

— La prochaine fois, tu rends les livres à temps, compris ?

— Merci, papa, dit-elle en glissant le billet dans la poche de son jean. Je vais te préparer ton café.

— J'en aurais bien besoin, en effet.

D'un air las, il s'assit sur le bord de son lit. Mia avait raison. Il se faisait l'effet d'une épave ce matin. Il se demanda où elle se trouvait en cet instant, l'imagina de retour chez elle, seule. Il aurait dû prendre son mal en patience, attendre qu'ils établissent ensemble les règles du jeu : pas d'attaches. Mais il en avait été incapable. Son esprit avait été trop imbu d'elle, son corps à la limite de l'incontrôlable. Or, il devait à tout prix se maîtriser ; il était hors de question de la blesser.

Il balaya sa chambre du regard. Malgré le passage du temps, tout était resté comme Christine l'avait laissé, élégant et de bon goût. La chambre de Mia, par contre, était un fatras de couleurs criardes — orange et violet vifs — de couvertures rayées et de rideaux à carreaux. Le tout, venant probablement d'une vente de charité.

Pourtant le lit avait parfaitement rempli sa fonction. Faire l'amour avec Mia pourrait facilement devenir une drogue s'il n'y prenait garde. Toutefois, il ne se permettait aucune accoutumance. Il était trop fort pour cela. Il frotta distraitement le bout de ses doigts engourdis. Il avait arrêté de boire au moment où il avait senti que sa volonté lui échappait, ce que sa mère biologique n'avait jamais fait, elle. C'était une maladie, prétendait-elle. Un choix, il le savait. Son penchant pour l'alcool avait été bien plus puissant que son amour pour son fils, ou pour n'importe quoi d'autre, d'ailleurs. Avec une grimace, il chassa de son esprit l'image de sa mère. En une semaine, il avait pensé à elle plus souvent qu'au cours des dernières années.

Il devait garder la maîtrise de soi, ne pas laisser cette

relation naissante avec Mia le distraire de ce qui était important — la vie qu'il avait construite pour Beth, pour lui-même. Il sortit la fine chaîne en or du tiroir de son chevet et la remit autour de son cou. Comme un talisman, peut-être. Un rappel à sa mémoire, plus certainement.

Il lui fallait se dépêcher, sinon il arriverait en retard pour la réunion de ce matin.

15

Jeudi 30 novembre, 8 h 10

— Compte jusqu'à dix et va en enfer ? répéta Spinnelli, la mine sombre.

Jack était là, ainsi que Sam et Westphalen. Spinnelli devait avoir mobilisé ses troupes car Murphy et Aidan aussi les avaient rejoints. Mia s'était installée à l'extrémité de la table, seule, les yeux clos. Mais Reed la savait en proie à de violentes émotions. Elle l'avait appelé en quittant l'hôpital, la voix emplie de désespoir.

— Ce sont ses dernières paroles, dit-elle d'un ton à présent monocorde. Mot pour mot.

Westphalen l'observait attentivement.

— Que signifient-elles, à votre avis ?

— Je ne sais pas. Au début, j'ai cru qu'elle me vouait aux flammes de l'enfer, répondit-elle avec un soupir amer. Dieu sait qu'elle en aurait eu le droit.

— Mia ! la coupa Spinnelli.

Elle leva la main, se redressa sur son siège.

— Je sais, ce n'est pas notre faute. Je crois qu'il s'agit de ce qu'*il* lui a dit, Miles, juste avant de la transformer en torche vivante. Je n'ai jamais rien vu de pareil. J'espère que je n'en aurai plus jamais l'occasion.

— Alors, mettons-nous au travail, dit Spinnelli en se dirigeant vers le tableau blanc. Que savons-nous ?

— Eh bien, pour commencer, il est impossible que

Manny Rodriguez soit le coupable, dit Mia. Il se trouvait en garde à vue au moment des faits.

— Vous aviez raison à son sujet, admit Spinnelli. Maintenant, il est encore plus urgent de découvrir ce qu'il sait et refuse de dire. Quoi d'autre ? Qui sont les victimes ?

— Brooke Adler et Roxanne Ledford, dit Mia. Toutes deux étaient professeurs. Brooke enseignait l'anglais, Roxanne, la musique. Roxanne avait vingt-six ans. Brooke venait d'en avoir vingt-deux.

Le visage de Spinnelli afficha une expression de sombre résignation.

— Cause de la mort ?

— La mort d'Adler a été causée par une défaillance cardio-vasculaire résultant de l'étendue et de la gravité de ses brûlures, expliqua Sam. Celle de la deuxième victime a été provoquée par un coup de couteau dans l'abdomen.

— Quel genre de lame ? demanda Mia sèchement.

— Environ quinze centimètres. Fine. Bien aiguisée. Il l'a plongée dans la cavité abdominale et a sectionné sur douze centimètres à peu près, ajouta-t-il en faisant le geste de trancher horizontalement.

— L'utilisation d'un couteau concorde avec l'agression sexuelle commise sur les victimes, intervint Westphalen. Beaucoup pensent que le couteau est un prolongement du pénis.

— J'aimerais bien lui faire tâter du couteau, à son prolongement, grommela Mia.

Reed eut un sursaut de recul. Et il ne fut pas le seul.

— Inhalation de fumée ? interrogea-t-il.

— Aucune. Ledford est morte au bout de quelques minutes, tout au plus. Bien avant que l'incendie ne démarre.

Spinnelli inscrivit les réponses sur le tableau puis se retourna.

— Autre chose ?

— La voiture d'Adler a disparu, dit Mia en consultant

ses notes. Nous avons lancé un avis de recherche, mais aucune piste pour l'instant.

— Ça fait partie de son mode opératoire, remarqua Spinnelli, songeur. Qu'y a-t-il d'autre de similaire dans son M.O. ?

— L'engin incendiaire était le même, répondit Reed. J'en ai ramassé quelques fragments dans la chambre de Brooke et dans le hall d'entrée de l'immeuble.

— Les jambes d'Adler ont été brisées, tout comme celles des deux premières victimes, ajouta Sam. Mais contrairement à Mme Hill, elle n'a pas été lacérée. Sinon, elle n'aurait probablement pas survécu jusqu'à l'arrivée des secours. Quant à Ledford, elle ne présentait que la blessure au ventre et les brûlures causées par les flammes.

— Je pense que nous pouvons affirmer sans risque de nous tromper que Roxanne Ledford l'a surpris pendant qu'il commettait son forfait, avança Jack. Nous avons trouvé des morceaux de son violon à l'endroit où les pompiers ont découvert son corps. Elle a dû se servir de son instrument pour le frapper.

— Après avoir appelé les secours, murmura Mia.

— Et nous pouvons lui en être reconnaissants, déclara Spinnelli. Sans cela, Adler n'aurait pas survécu aussi longtemps et nous aurions à déplorer de nombreuses autres victimes.

— Trente locataires habitaient l'immeuble, dit Reed. Ledford leur a sans doute sauvé la vie.

— Je parie que cette idée a été d'un grand réconfort pour la famille de Roxanne, laissa tomber Mia d'une voix sourde.

— Vous les avez prévenus ? s'enquit Westphalen avec douceur.

— Oui, il y a environ deux heures. Ils ne l'ont pas très bien pris.

Mia non plus, visiblement, songea Reed.

Murphy lui pressa le bras.

— C'est moche, mon petit, maugréa-t-il, un bâton de carotte dans la bouche.

Elle émit un petit rire plein d'amertume.

— Sans blague ?

Reed aurait voulu pouvoir la toucher, lui aussi, lui tenir la main, mais c'était hors de question, il en avait conscience. Il fixa son regard sur le tableau blanc.

— Il n'y a pas eu d'explosion de gaz, observa-t-il. Les appartements étaient équipés en tout électrique. J'ai aussi remarqué une différence dans les fragments d'œuf.

Il fit glisser en travers de la table un flacon de verre contenant un morceau de plastique fondu et ajouta :

— J'ai trouvé ça non loin de la porte de la chambre. Je crois que l'œuf s'est désagrégé avant que la mèche ne soit totalement consumée. Il n'a pas explosé.

Les moustaches de Spinnelli se recourbèrent vers le bas.

— Intéressant. Qu'est-ce que vous en concluez ?

— Eh bien, à sa place, j'aurais posé ce genre de dispositif sur le matelas. L'engin aurait pris feu plus vite et se serait trouvé plus près du corps d'Adler. Or, je ne crois pas qu'il était sur le lit.

Aidan Reagan griffonnait sur son calepin.

— Et pourquoi pas ?

— Parce que si l'œuf avait été sur le lit, Hunter et Mahoney n'auraient pas trouvé Brooke encore vivante en arrivant dans la chambre. Elle aurait ressemblé à Penny Hill et Caitlin Burnette. De plus, les traces de combustion indiquent que le feu a pris sur le sol, près de la porte. Il a donc mis plusieurs minutes avant d'atteindre le lit.

— Ce qui expliquerait les brûlures graves sur la seconde victime, dit Sam. Son corps n'était pas enduit d'accélérant, mais elle se situait plus près du foyer initial.

— Enfin, j'ai retrouvé ce qui ressemble à du nitrate d'ammonium profondément enfoui dans les fibres de la moquette. Pour une raison ou pour une autre, l'œuf a été projeté sur le sol, avec suffisamment de force pour le faire éclater.

— Elle l'aurait fait tomber d'un coup de pied ? hasarda Mia.

— C'est possible.

Sam secoua la tête.

— Elle avait les jambes brisées. Difficile de croire qu'elle ait pu donner un coup de pied.

— Le médecin, aussi, avait du mal à croire qu'elle soit capable de prononcer quoi que ce soit alors qu'elle était sous tranquillisant, objecta Mia. Elle souffrait le martyre et, malgré tout, elle a tenu à me parler.

— Elle a essayé de se défendre avec un couteau, remarqua Jack. Nous avons ramassé un couteau de cuisine par terre, dans le séjour, avec les empreintes d'Adler dessus. Malheureusement, il n'y a pas de trace de sang. Elle l'a raté.

— J'ai l'impression que Brooke Adler était beaucoup plus forte que j'ai bien voulu le reconnaître hier, admit Mia avec un sourire amer. Ça aussi, ça a dû consoler ses parents.

— Mia, dit Westphalen d'un ton empreint d'empathie, vous avez averti les deux familles coup sur coup ?

— Je suis sûre que la nouvelle les a fait souffrir bien davantage que moi. Mais, à propos d'enfer, je crois que le meurtrier a prononcé ces paroles — « Va en enfer » — comme une sorte de lien symbolique avec le feu.

— C'est parfaitement logique, convint Westphalen. Les personnes qu'il a assassinées auraient donc commis un acte pour lequel il les a condamnées à l'enfer. Mais que veut dire « Compte jusqu'à dix » ?

— La mèche, répondit Reed. Le voisin de Penny Hill, M. Wright, a dit qu'il avait entendu un crissement de pneus et vu la voiture s'éloigner sur les chapeaux de roues et qu'une seconde plus tard la maison avait explosé. Alors, supposons que le témoignage de Wright soit véridique et que l'assassin de Mme Hill se soit enfui aussitôt après avoir allumé la mèche, cela lui aurait laissé environ dix à quinze secondes pour décamper. J'ai fait l'essai.

— Mais pourquoi « dix » ? insista le psychologue, songeur. Ce nombre doit avoir une signification plus profonde, au-delà d'une simple cascade à la Clint Eastwood.

Les traits de Mia se crispèrent.

— J'espère qu'il ne s'agit pas du nombre de personnes qu'il a l'intention d'assassiner.

Il y eut quelques secondes de silence.

— Voilà une pensée réjouissante, marmonna enfin Jack.

— Quelqu'un a-t-il des nouvelles encourageantes ? demanda Spinnelli en haussant la voix. Jack ?

— Nous avons comparé des empreintes toute la journée et toute la nuit. Normalement, toutes celles laissées dans la salle de dessin et le labo de science devraient être identifiables. On dispose des empreintes de toutes les personnes appartenant au Centre, le personnel comme les pensionnaires. Mais certaines ne correspondent à aucune des empreintes fichées. Et, bien que ce ne soit plus de circonstance, elles n'appartiennent pas à Manny. Elles ne concordent avec aucun des dossiers de l'AFIS[1], ce qui veut dire que notre homme n'a pas de casier.

— Quelqu'un a eu accès à l'école sans que ses empreintes soient fichées, conclut Spinnelli tout haut.

— Peut-être, reconnut Mia dont le cerveau fonctionnait à plein régime. Pourtant Secrest ne m'a pas fait l'effet d'être un empoté. Il n'est pas très bavard, mais il est au courant de tout ce qui se passe dans cette boîte. Je l'imagine mal laisser un inconnu rôder sur son territoire. Bixby conserve une fiche d'empreintes pour chaque professeur et délin-

1. AFIS : *Automated Fingerprint Identification System.* Système automatique d'identification des individus à l'aide de leurs empreintes digitales.

quant, passés et présents. On devrait pouvoir identifier toutes les empreintes.

Reed crut deviner où elle voulait en venir.

— Ce qui veut dire que soit quelqu'un a échappé à la vigilance de Secrest, soit l'une des fiches que Bixby nous a données est fausse. Intentionnellement ou par inadvertance.

Les mâchoires de Spinnelli se contractèrent.

— Reprenez les empreintes de tout le monde dans l'école. Et s'ils se montrent récalcitrants, embarquez-les !

Mia esquissa un sourire carnassier.

— Avec plaisir.

— Avez-vous découvert un lien entre les dossiers de Burnette et ceux de Hill ? demanda son chef.

— Euh, non.

L'espace d'un instant, elle perdit contenance, et Reed ne put s'empêcher de songer à quoi elle s'était occupée au lieu d'examiner les dossiers en question. Mais ils avaient bien le droit de se détendre un peu de temps en temps, que diable ! Pour sa part, il refusait de se sentir coupable et espérait qu'elle ferait de même.

Elle s'éclaircit la gorge.

— Nous allons continuer à chercher. Les journaux télévisés ont-ils divulgué les noms des victimes ?

— J'ai regardé les bulletins d'information de deux chaînes locales, dit Aidan. La 4 et la 7 affirment qu'elles ne révéleront l'identité des victimes qu'une fois les familles informées.

— J'ai vu les actualités sur la 9, ajouta Westphalen. Ils disent la même chose.

— Et l'incendie a démarré après l'heure de mise sous presse de tous les journaux, dit Mia.

— Nous pouvons donc en déduire que Bixby et ses amis n'ont pas encore entendu parler du meurtre, dit Reed qui avait suivi le cours des pensées de Mia. A moins qu'ils ne soient impliqués d'une façon ou d'une autre.

Elle approuva d'un hochement de tête.

— Je crois que nous devrions refaire un tour au Centre ce matin. Je veux voir si l'Axe du mal osera nous regarder dans les yeux.

Les lèvres de Reed se retroussèrent.

— L'Axe du mal ? Bixby, Thompson et Secrest. Ça marche !

Elle lui rendit son sourire, puis son visage redevint grave.

— Et je veux informer Manny de la mort de Brooke. Peut-être que ça le déstabilisera suffisamment pour l'inciter à nous dire ce qu'il s'obstine à taire.

— Attendez que je lui aie parlé, conseilla le psychologue. J'ai peur que si vous vous acharnez sur lui il ne craque, et alors nous n'obtiendrons rien de lui. J'aurai terminé avant le déjeuner.

— Très bien, mais pas plus tard. Je ne veux pas qu'il ait le temps d'échafauder une histoire à dormir debout.

— A propos de l'appartement d'Adler, demanda Murphy. Y avait-il des caméras de surveillance ?

— Non, répondit Reed. C'est un immeuble modeste, et les seuls équipements qu'il possède ne sont pas convenablement entretenus. Au moins deux des appartements n'avaient pas de détecteur de fumée en état de marche. Nous allons devoir interroger tous les résidents selon les bonnes vieilles méthodes pour savoir si quelqu'un a aperçu notre homme dans les parages.

— Murphy et Aidan, vous enregistrerez les dépositions, ordonna Spinnelli. Rien d'autre ? demanda-t-il une dernière fois tandis que tous se levaient. Alors, retrouvons-nous ici à 17 heures. Mia, je veux un nom de suspect.

Elle soupira.

— On peut toujours espérer.

*
* *

Jeudi 30 novembre, 8 h 15

Il cligna des yeux en lisant les gros titres. Il était fatigué. Peut-être aurait-il mieux valu se faire porter malade, mais cela aurait risqué de paraître quelque peu suspect. Etant donné les circonstances.

Et, sacré nom de nom, quelles circonstances ! Il avait eu le vent en poupe, la nuit passée. Et de quatre ! Eliminées. Réduites à néant. Il avait dû battre un record. Pour lui, en tout cas, c'en était un. *Ma plus belle réussite.* Avec un ricanement, il tourna la page du *Bulletin*. Les journalistes de ce quotidien semblaient être les plus rapides pour dénicher les scoops, aussi avait-il commencé par leur journal. Mais il n'y avait rien de nouveau sur lui en première page. Juste du réchauffé de la conférence de presse de la veille. Il redressa les épaules. Il avait tout de même eu droit à une conférence de presse. *Super !*

Il parcourut rapidement les autres manchettes. Et s'arrêta au bas de la page trois sur deux noms qui lui étaient familiers : Joanna Carmichael et l'inspecteur Mia Mitchell en personne.

Apparemment, on avait ouvert le feu sur Mitchell le mardi soir, devant son domicile situé au 1342 Sedgewick. Voilà quelque chose qu'on ne voyait pas tous les jours ! L'adresse d'un flic imprimée dans le journal. Ce devait être le destin, ou le karma. Qu'importe ! Il commençait à croire fermement en sa bonne étoile. Manifestement, ce bandit armé avait une dent contre le brave inspecteur, à propos d'une autre fusillade qui avait eu lieu près de trois semaines auparavant. Et à l'évidence, ce malfaiteur était un piètre tireur. Il avait pris la fuite.

Il découpa soigneusement l'article. Mitchell était certes une femme très occupée, qui comptait de nombreux ennemis. Elle n'était pas passée loin la veille. Et maintenant que Brooke Adler était morte, elle allait devenir encore plus dangereuse. Bien sûr, si elle se faisait descendre, ils mobiliseraient davantage de flics sur l'affaire, mais ce serait alors ce type-là qu'ils pourchasseraient. Il souligna du doigt le nom du malfrat. *Melvin Getts.* Si Mitchell mourait, ils mettraient tout en œuvre pour débusquer ce pauvre minable. La chasse à l'homme distrairait leur attention, et c'était tout ce dont il avait besoin pour l'instant. Gagner un peu de temps.

Il fourra l'article dans son livre, avec les autres. Quand tout serait terminé, il pourrait enfin dormir sur ses deux oreilles. Il lui restait encore un détail à régler, sans oublier une expression de tristesse à arborer. Pauvre Brooke ! Il se montrerait anéanti par sa disparition. Et empressé à offrir son aide aux flics.

C'était bien le moins qu'il pût faire.

Jeudi 30 novembre, 8 h 35

Mia bâilla à s'en décrocher la mâchoire.

— Je suis vannée.

— Moi aussi, admit Solliday qui pianotait sur le clavier de son ordinateur avec une lenteur méthodique.

Il paraissait frais comme un gardon, au mieux de ses aptitudes professionnelles et pas fatigué le moins du monde. Pendant une seconde, Mia s'offrit le luxe de se le représenter, tel qu'elle l'avait vu la nuit précédente, vautré dans son lit, après le troisième round des plus délicieux ébats sexuels qu'elle eût jamais connus.

— Que fais-tu ?

— Je crois qu'avant de retourner au Centre, nous devrions nous renseigner un peu sur le passé des acteurs. Je veux dire de l'Axe du mal, ajouta-t-il avec un sourire goguenard.

— J'aurais dû m'en charger, murmura-t-elle, se forçant à quitter sa chaise.

— Mais tu ne l'as pas fait, dit-il avec douceur. C'est

pour cette raison que tu as un équipier, Mia, pour ne pas être obligée de tout faire toi-même.

Elle s'appuya sur le bureau de Reed et, retenant son souffle, huma le parfum de sa lotion après-rasage. La peau de son visage était douce autour du petit bouc qui lui avait voluptueusement chatouillé les cuisses. Elle laissa échapper un soupir.

— Alors, c'est pour *ça* que j'ai un équipier ? murmura-t-elle juste assez fort pour que lui seul l'entende.

Les doigts de Reed s'immobilisèrent une seconde sur le clavier, puis reprirent leur allure régulière.

— Mia ! gronda-t-il entre ses dents.

— Désolée, tu as raison.

Secouant la tête, elle reporta son attention sur l'écran. Il en connaissait un rayon pour retrouver son chemin dans le labyrinthe des bases de données des forces de l'ordre. Il ne lui était jamais venu à l'idée que les *fire marshals* aient l'occasion de s'en servir. Elle avait appris beaucoup de choses à leur sujet ces derniers temps.

— Qu'as-tu trouvé ?

Il appuya encore sur quelques touches et lut avec intérêt les informations affichées à l'écran.

— Secrest est un ancien flic.

— Ça ne m'étonne pas. Beaucoup de policiers se reconvertissent dans le privé au moment de la retraite.

— Oui, mais écoute ça : il a démissionné et est parti travailler pour Bixby il y a quatre ans, juste deux ans avant de prendre sa retraite de la police de Chicago.

— Il a perdu au change. Il aurait pu bénéficier d'une bonne pension. Je me demande ce qui s'est passé.

— Tu pourras peut-être l'apprendre en discutant avec quelques-uns de ses vieux amis.

— Je demanderai à Spinnelli de s'en charger. Il est plus à même que moi d'obtenir des informations. Et Thompson ?

— Notre aimable psychologue scolaire ? Il ne figure

pas dans la base de données, mais d'après Google, il est titulaire d'un doctorat de l'université de Yale.

Mia fronça les sourcils.

— Que fait un diplômé de Yale dans un centre de détention pour jeunes délinquants ? Il doit gagner un salaire misérable là-bas.

— Il a écrit un livre, *La Réinsertion des délinquants juvéniles*. J'ai consulté le dossier que le Centre a établi sur Manny. Le gamin suit une thérapie avec Thompson depuis un bon moment.

— Je me demande si le Dr Thompson a l'intention d'écrire une suite à son bouquin.

— Ça expliquerait la crise qu'il a piquée quand on a emmené Manny. Pouvons-nous avoir accès à ses dossiers ?

— Probablement pas sur nos seules présomptions, mais on peut toujours demander. Et qu'en est-il de Bixby ?

— Il a publié quelques articles sur l'éducation, répondit Reed sans quitter son écran des yeux.

— Deux de ces papiers traitent de l'utilité de l'instruction dans la réinsertion, remarqua Mia.

— Lui non plus, je ne comprends pas pourquoi il n'essaie pas d'obtenir un poste avec un meilleur salaire.

— Nous allons tirer ça au clair. Fais une recherche sur Atticus Lucas, le prof d'arts plastiques.

Reed s'exécuta.

— Il a déjà exposé ses œuvres, dit-il en parcourant la page Web. Dans des galeries d'art prestigieuses. Là encore, je me demande ce qu'il fait ici.

— Et le Centre ? C'est une organisation à but non lucratif, n'est-ce pas ? Tu sais comment faire pour examiner ses finances ?

Reed lui lança un regard d'une infinie patience.

— Oui, Mia.

Celui qu'elle lui décocha était froid.

— Alors, vois si tu peux trouver quelque chose pendant que je consulte ma boîte vocale. Ensuite, il faudra nous mettre en route. Tous les professeurs ont été convoqués pour 9 heures.

C'est alors qu'un journal atterrit sur son bureau. Murphy la fixait d'un air narquois.

— On parle encore de toi dans les journaux, tu es une vraie star ! Regarde, page trois du *Bulletin*, en bas à droite.

Sur le moment, Mia se demanda si Carmichael avait déjà écrit un article sur sa folle nuit avec Reed, mais chassa bientôt cette idée. Le *Bulletin* mettait sous presse à 1 heure du matin et, lorsque Reed avait quitté son appartement, il était presque 4 heures. Elle baissa le regard sur le quotidien et sentit son sang déserter son visage.

C'était encore pire ! Bien pire. Une colère noire s'empara d'elle et elle eut grand-peine à réprimer l'envie irrésistible et barbare d'étrangler la journaliste.

— Je vais…

Faire la peau à cette vipère. Elle se mordit la langue et regarda Solliday qui l'observait d'un air inquiet.

— Carmichael a appris la fusillade de mardi soir. Elle a publié l'adresse de mon domicile dans le journal. D'abord, Wheaton, et maintenant, elle. Je n'ai plus aucune vie privée. Je hais les journalistes !

— Wheaton ? Qu'a-t-elle fait ? demanda Murphy.

— Elle a remarqué la blonde mystérieuse hier et elle a essayé de s'en servir pour obliger Reed à lui donner des tuyaux sur l'enquête.

— Mais vous ne vous êtes pas laissé faire, Solliday, dit Murphy en tambourinant du bout des doigts sur le bureau.

Reed lui jeta un coup d'œil impatienté.

— Bien sûr que non !

Il ramassa le journal d'un geste calme, mais ses mâchoires se crispaient convulsivement et son regard lançait des éclairs.

— Il faut l'empêcher de continuer.

— Elle se réfugiera derrière le premier amendement de la Constitution, répondit Mia. Je la retire de ma liste de Noël, Reed. Ça m'est égal qu'elle m'ait offert DuPree sur un plateau.

Les yeux de Reed étincelaient de rage.

— Ce n'est sûrement pas ça qui va l'arrêter. Toutes les canailles de bas étage de la ville vont maintenant camper sur ton paillasson.

— Les canailles de bas étage ? répéta-t-elle avec un sourire amusé. Je vois que je commence à déteindre sur toi, Solliday.

— Je parle sérieusement, Mia. Il faut que tu trouves un autre appartement.

— Il a raison, Mia, renchérit Murphy. C'est comme si Carmichael t'avait peint une cible dans le dos.

— Il n'est pas question que je déménage, et je ne tiens pas à en parler maintenant. Je vais écouter mes messages, ensuite je me remets au boulot.

Et, sans prêter attention aux regards noirs des deux hommes, elle saisit son téléphone. Puis son visage se rembrunit.

— J'ai reçu un message du Dr Thompson hier soir.

— Il fait partie de l'Axe du mal, n'est-ce pas ? demanda Murphy, toujours furieux après Mia. Lequel est-ce, déjà ?

— Le psychologue de l'école. Il dit qu'il veut nous voir. Que c'est urgent.

— Je ne crois pas un traître mot qui sort de sa bouche, siffla Reed en grinçant des dents.

— Moi non plus. Mais allons tout de même voir ce qu'il veut.

Jeudi 30 novembre, 9 h 15

— Nous souhaitons nous entretenir avec le Dr Bixby et le Dr Thompson, annonça Reed.

Marcy pinça les lèvres.

— Je vais prévenir le Dr Bixby.

Le directeur apparut en compagnie de Secrest. Visiblement, ni l'un ni l'autre n'étaient au courant de la mort de Brooke Adler, se dit Reed. Ou alors, ils étaient de sacrés bons comédiens.

— Puis-je vous aider ? s'enquit Bixby avec raideur.

— Nous avons également demandé à voir le Dr Thompson, insista Mia. Nous aimerions lui parler.

— Impossible, répliqua Bixby, la mine renfrognée. Il n'est pas là.

Reed et Mia échangèrent un regard.

— Comment ça, pas là ? interrogea Reed. Où est-il donc ?

— Nous ne savons pas. D'habitude, il est à son bureau dès 8 heures, mais il n'est pas encore arrivé.

Reed haussa un sourcil.

— Ça lui arrive souvent de ne pas venir travailler ?

— Non, en général, il appelle pour prévenir, répondit Bixby, l'air exaspéré.

— Quelqu'un a téléphoné chez lui ? voulut savoir Mia.

Secrest opina d'un bref hochement de tête.

— J'ai appelé. Personne ne répond. Pourquoi vouliez-vous le voir ?

— Il m'a passé un coup de fil. Je crois que ça pourrait concerner le meurtre de Brooke Adler.

Pendant un moment, aucun des deux hommes ne broncha. Puis la bouche de Secrest se tordit sur le côté tandis que le visage de Bixby devenait blême. Derrière lui, Reed entendit Marcy pousser un petit cri.

— Quand ? demanda Secrest. Comment ?

— Tôt ce matin, répondit Reed. Elle a succombé à ses blessures, suite à un incendie.

Hébété, Bixby baissa les yeux.

— Je n'arrive pas à le croire.

— Eh bien moi, si ! affirma Mia en relevant le menton. J'étais présente à ses côtés quand elle est morte.

— A-t-elle dit quelque chose avant de mourir ?

Mia esquissa un sourire mauvais.

— Une foule de choses, docteur Bixby. A titre d'information, où étiez-vous ce matin entre 3 et 4 heures ?

— Vous ne me considérez tout de même pas comme suspect ? fulmina le directeur.

— Répondez simplement à la question, Bix, soupira Secrest.

Bixby plissa les yeux.

— J'étais chez moi. En train de dormir. Interrogez ma femme, elle vous le confirmera.

— Je n'en doute pas, rétorqua Mia sèchement. Et vous, monsieur Secrest ?

— Chez moi, en train de dormir, avec ma femme, répondit le responsable de la sécurité, une pointe de sarcasme dans la voix.

— Et elle le confirmera, précisa Mia, ironique. Messieurs, je vous remercie.

Reed retint un sourire. Elle se moquait d'eux et y prenait manifestement un plaisir fou.

— Nous allons devoir nous entretenir avec vos employés et consulter leurs dossiers personnels. Si vous pouviez mettre une salle à notre disposition ?

— Marcy, appela Bixby d'un ton sec. Préparez la salle de réunion numéro deux. Si vous avez besoin de moi, je serai dans mon bureau.

Secrest leur lança un regard plein d'amertume avant d'emboîter le pas à son patron.

— Je me demande si nous allons entendre le bruit des déchiqueteuses en action d'ici à quelques minutes, murmura Reed.

— Patrick dit que nous n'avons pas assez d'éléments de preuve pour obtenir un mandat couvrant tous les dossiers, chuchota Mia, dégoûtée. Nous serons peut-être en mesure d'exiger de voir celui de Thompson si nous pouvons prouver qu'il a quitté la ville. Allons passer quelques coups de fil. Dehors, ça vaut mieux, ajouta-t-elle en coulant vers Marcy un regard en biais.

Une fois sortie, elle extirpa son téléphone portable de sa poche.

— J'appelle Patrick pour voir si nous pouvons réclamer un mandat pour perquisitionner l'ordinateur et les dossiers de Thompson, ici et chez lui. Peux-tu demander à Spinnelli d'envoyer une patrouille au domicile de Thompson pour vérifier s'il est là ?

— Je vais aussi réclamer que des policiers viennent surveiller chaque issue de cet établissement. Je n'ai pas envie que quelqu'un nous fausse compagnie.

Ils passèrent leurs appels, puis, avec un ensemble parfait, rempochèrent leurs mobiles.

— Bientôt, tu termineras mes phrases à ma place, remarqua Mia.

Au plus profond de son être, Reed eut un mouvement de recul. L'évocation d'une telle complicité entre eux le mettait mal à l'aise. La dernière personne qui avait achevé ses phrases à sa place, c'était Christine.

— Tu l'as eu, ton mandat ? lâcha-t-il d'un ton cassant.

En la voyant battre des paupières, il eut immédiatement mauvaise conscience. Cette intimité entre eux existait bel et bien, désormais, il ne pouvait le nier. Du moins sur le plan physique. Pourvu qu'il ne se fût pas trompé à son sujet, et qu'elle refusât toute attache ! Sinon, elle souffrirait.

— Excuse-moi, je ne voulais pas me montrer aussi brusque.

Elle balaya sa remarque d'un haussement d'épaules.

— Patrick va essayer de s'en faire délivrer un. Et toi, tu as parlé à Spinnelli ?

— Oui, il nous préviendra lorsque la voiture de patrouille arrivera chez Thompson. Il dit aussi que Jack est en route avec un technicien du labo des empreintes et un autre pour détecter la présence éventuelle de micros cachés.

Elle fronça les sourcils.

— Je me triture les méninges pour savoir s'il ne faudrait pas embarquer tout le personnel au poste. Mais ça prendrait des heures. Et je tiens absolument à parler à ces gens sans attendre.

— Eh bien, au travail, répondit-il avec un sourire forcé. Tu es prête à en découdre avec l'Axe du mal ?

Elle laissa échapper un petit rire qui le réconforta.

— Allons-y !

Une pile de dossiers dans les bras, Secrest les attendait pour les conduire dans la pièce même où Bixby les avait fait attendre un million d'années plus tôt, semblait-il.

— Veuillez prier les membres du personnel d'entrer un par un, dit Mia une fois qu'ils se furent installés sur les inconfortables sièges de bois. Nous souhaitons parler en premier à ceux qui connaissaient le mieux Mlle Adler.

Secrest laissa tomber la pile sur la table.

— Bien, *m'dame*.

Avec une grimace, Reed le regarda s'éloigner.

— Aïe !

Un homme s'avança sur le pas de la porte, le visage terriblement pâle.

— Excusez-moi, dit-il. Vous êtes les inspecteurs de police ? Il faut que je vous parle, ajouta-t-il en jetant un coup d'œil par-dessus son épaule.

Mia interrogea Reed du regard.

— Tu crois qu'on devrait attendre le détecteur de micros ? chuchota-t-elle entre ses dents.

— Il a l'air nerveux. On ne devrait peut-être pas lui laisser le temps de changer d'avis. De toute façon, si Bixby le voulait vraiment, il lui suffirait d'écouter notre conversation à travers la porte, avec ou sans micro.

— Tu as raison. Ne posons que des questions directes et pertinentes. Et tous ceux qui ont quelque chose d'intéressant à dire, on les emmène au poste.

D'un signe de tête, elle invita l'homme à entrer.

— Je suis l'inspecteur Mitchell et voici le lieutenant Solliday. Je vous en prie, essayez-vous.

— Je m'appelle Devin White.

L'homme posa sur la table le manuel qu'il tenait à la main et s'assit, le regard hébété et empli de chagrin.

— Je viens d'apprendre la nouvelle, continua-t-il. Ce n'est pas possible ! J'ai vu au journal télévisé qu'il y avait eu un incendie, mais je n'aurais jamais imaginé que Brooke fasse partie des victimes.

— Nous compatissons à votre malheur, monsieur, dit Mia avec douceur. Mais nous avons besoin de vous poser quelques questions.

Il agita nerveusement les mains et jeta un regard furtif vers la porte.

— Oui, oui, bien sûr.

Reed installa le magnétophone sur la table.

— Vous connaissiez bien Mlle Adler ?

— Non, elle n'était là que depuis peu. Je n'ai fait sa connaissance que la semaine dernière. Enfin, je veux dire, je l'avais croisée dans l'école, bien sûr, mais cette semaine, pour la première fois, nous avons eu l'occasion de bavarder.

— Depuis quand enseignez-vous, ici, monsieur White ? demanda Mia.

— Cela fait cinq mois. Depuis le début de l'été dernier.

— Quand l'avez-vous vue pour la dernière fois ?

— Hier soir, répondit-il avec un soupir. Puis se penchant en avant, il ajouta à voix basse : Ecoutez, inspecteur, je dois avouer que j'éprouve quelque appréhension, rien qu'à l'idée de vous parler.

— Pourquoi ?

— Parce que Brooke s'est entretenue avec vous et maintenant elle est morte, répliqua-t-il d'un ton brusque avant de baisser la voix jusqu'au chuchotement. Elle s'est querellée avec Bixby hier. Je n'ai pu entendre que la fin de la dispute, mais il a menacé de la licencier. Il a exigé que Brooke démissionne. Elle l'a averti qu'elle irait tout dire à la presse. Elle était tellement contrariée et inquiète à l'idée de se retrouver sans un sou que je l'ai emmenée chez Flannagan's pour la calmer. C'est un bar où plusieurs d'entre nous ont l'habitude de se retrouver après le travail.

— A quel moment avez-vous pris congé d'elle ? s'enquit Reed.

— A 19 h 30, répondit-il, sa voix redevenue normale. Brooke avait bu trop de bière, alors je l'ai raccompagnée chez elle en voiture. Ensuite, je suis rentré directement chez moi. Brooke m'a dit qu'elle demanderait à une amie de la conduire à l'école et que je pourrais la ramener chez Flannagan's après le travail pour récupérer sa voiture. Mais elle n'est pas venue, ce matin. Je pensais qu'elle s'était peut-être fait une raison et qu'elle avait démissionné.

Ainsi le meurtrier n'avait-il pas pris la voiture de Brooke, finalement, et même si on la retrouvait, elle ne contiendrait aucun indice susceptible de révéler l'identité de l'assassin.

— Il est loin, ce bar ? interrogea Reed.

— A environ un kilomètre et demi d'ici. Brooke se faisait tellement de souci à cause de ce maudit livre qu'elle avait donné à lire à ses élèves ! *Sa Majesté des mouches*. Elle angoissait à l'idée d'avoir poussé Manny à allumer des incendies. Il lui faisait peur.

— Craignait-elle d'autres personnes ? demanda Reed.

White haussa les épaules.

— Jeff DeMartino lui donnait la chair de poule, mais il fait peur à tout le monde.

Mia nota le nom dans son carnet.

— C'est un élève ?

— Ouais. Un gosse intelligent. Un fauteur de troubles. Julian dit que c'est un sociopathe.

— Qui d'autre ? insista Mia.

— Bart Secrest aussi lui faisait froid dans le dos. Mais c'est tout.

— Encore une question, ajouta Mia en forçant l'homme à la regarder droit dans les yeux. Où étiez-vous cette nuit entre 3 et 4 heures du matin ?

Il pâlit.

— Je fais partie des suspects ? Je suppose que c'est logique. J'étais chez moi. En train de dormir.

— Quelqu'un peut le confirmer ? demanda Mia aimablement.

— Ma fiancée.

Mia tiqua.

— Mais je croyais que Mlle Adler et vous…

— Nous étions amis. Je l'ai soutenue à un moment où elle était bouleversée et affolée. Mais il n'y avait rien là-dedans de romantique.

Mia lui donna sa carte.

— Merci. Appelez-moi si vous vous rappelez quoi que ce soit d'autre.

White se leva et coinça son livre sous son bras.

— Surveillez Bixby, murmura-t-il. Il ne m'était jamais venu à l'idée que cet homme puisse être… mauvais, mais à présent je n'en suis pas si sûr.

Mia ne manifesta aucune réaction à l'opinion désastreuse émise par White au sujet de son directeur.

— Merci, monsieur White. Nous faisons grand cas des informations que vous nous avez fournies.

Elle ouvrit la porte et se trouva face au visage austère de Marcy qui faisait le pied de grue sur le seuil. L'air profondément ébranlé, le regard oblique, White s'éclipsa. Marcy fronça les sourcils.

— Il y a un certain sergent Unger qui attend dehors. Il dit que vous l'avez fait appeler.

— En effet. Pouvez-vous mettre une autre salle à notre disposition ? Le sergent Unger va reprendre les empreintes digitales de tout le personnel et de tous les élèves.

Marcy redressa les épaules.

— Le Dr Bixby n'a pas donné son accord.

— Le Dr Bixby n'a pas à le faire, répliqua Mia d'une voix douce. Les autorités de l'Etat exigent que vos empreintes soient fichées. Nous avons quelques raisons de croire que… certaines erreurs se sont glissées dans vos dossiers. Aussi, je vous prie de trouver une salle pour le sergent. Il va avoir besoin d'une table et d'une prise électrique.

Reed se renversa contre le dossier de sa chaise.

— Je pense qu'on devrait relever les empreintes de Bixby en premier.

— Tu as raison, soupira Mia. Pas étonnant qu'il veuille savoir ce que Brooke a dit avant de mourir. La nouvelle de sa mort a fait l'effet d'une bombe. Continuons à interroger les professeurs pendant que Jack s'installe.

Elle passa la tête par l'entrebâillement de la porte.

— Prochaine personne, s'il vous plaît.

Jeudi 30 novembre, 10 h 15

— Je vous en prie, mademoiselle Kersey, asseyez-vous.

Le visage rouge et bouffi, Jackie Kersey semblait avoir pleuré toutes les larmes de son corps.

— Je suis l'inspecteur Mitchell et voici mon équipier, le lieutenant Solliday. Croyez que nous compatissons à votre malheur, mais nous devons vous poser quelques questions.

Ces paroles, elle les avait déjà prononcées à l'intention du professeur de maths, du professeur d'histoire et de la bibliothécaire qu'ils venaient d'interroger, mais pour autant, la sincérité de son ton n'avait jamais faibli. Tremblante, Kersey hocha la tête.

— Excusez-moi, je ne peux pas m'empêcher de pleurer.

Mia lui pressa le bras.

— Ça ne fait rien. Quelle matière enseignez-vous ici, mademoiselle Kersey ?

La jeune femme renifla et prit une longue inspiration.

— J'enseigne la géographie aux élèves du collège.

— Que pouvez-vous nous dire au sujet de Mlle Adler ?

Jackie Kersey se tordit les mains.

— Brooke était encore jeune. Tellement pleine de…

d'optimisme. C'est une chose qu'on perd vite ici. Elle voulait tant bien faire, arriver à toucher ces gosses.

— Certains, en particulier ?

— Elle s'inquiétait pour Manny, et elle avait peur de Jeff.

Tous les professeurs interrogés avaient mentionné ce Jeff, songea Reed.

— Et vous ? demanda Mia avec douceur.

— Disons que je suis contente de le savoir enfermé. Mais quand il aura atteint ses dix-huit ans, alors, oui, j'aurai peur.

— Vous connaissiez bien Mlle Adler ? interrogea Reed.

— Aussi bien que n'importe qui. Elle commençait tout juste à sortir de sa coquille. Je l'ai convaincue de venir avec nous chez Flannagan's lundi soir, après le travail. Devin était de la partie, et elle le trouvait à son goût.

— Et elle lui plaisait, à lui ? s'enquit Mia.

— Devin aime bien tout le monde, répondit Jackie en esquissant un pâle sourire. Et il vous aime d'autant plus qu'il peut vous embobiner pour vous faire parier sur les matchs de football. Cela dit, oui, il l'aimait bien.

— Comme une petite amie ?

— Je l'ai vu reluquer ses seins plus d'une fois. J'imagine qu'il ressentait une certaine attirance pour elle, mais à ma connaissance, ils ne se voyaient pas en dehors de l'école. Ecoutez, nous savons tous que vous êtes venus hier. D'une façon ou d'une autre, c'était à propos de Brooke, et maintenant, elle est morte. Je ne voudrais pas me montrer égoïste, mais courons-nous un danger quelconque ?

Mia hésita, juste assez longtemps pour faire blêmir Jackie Kersey.

— Ne vous déplacez pas seule, finit-elle par laisser tomber.

— Oh, mon Dieu ! marmonna l'enseignante. Cet endroit est un cauchemar. Je le savais.

— Vous saviez quoi ? répéta Reed, le front plissé.

— Je suis venue ici parce que mon ancienne école avait

fermé et que j'avais besoin d'un travail. Mais j'ai toujours eu un mauvais pressentiment. Je ne peux pas vous expliquer, il ne s'agit que d'une impression.

Mia serra fortement la main de Kersey avant de lui donner sa carte de visite.

— Faites confiance à votre instinct, mademoiselle Kersey. C'est à cela qu'il sert. A vous inciter à rester vigilante.

Une fois l'enseignante partie, Mia rejoignit Reed de l'autre côté de la table sur laquelle elle s'appuya.

— Kersey n'était pas au courant que White avait déjà une fiancée, observa-t-elle.

— Je sais, dit Reed en sortant le dossier de Kersey. Elle ne travaille ici que depuis huit mois. As-tu remarqué que tous les professeurs de cette école sont là depuis moins de deux ans ? Or, l'école a ouvert il y a cinq ans. Et cela fait cinq ans que Bixby et Thompson y sont. Quatre ans pour Secrest.

— Hmm…

Seulement alors, Reed s'avisa qu'elle n'avait pas réfléchi à la question. Pourtant, contrairement à ce matin, elle ne paraissait pas contrariée qu'il eût remarqué ces coïncidences avant elle.

— Tu as raison, convint-elle. Lucas, Celebrese, le prof d'histoire, la bibliothécaire, White, Kersey, Adler, tous sont ici depuis moins de deux ans.

Elle effleura du doigt la pile de dossiers.

— Il y en a environ deux douzaines, ajouta-t-elle. Jetons-y un coup d'œil avant de continuer à interroger les professeurs, histoire de vérifier si cette affaire d'ancienneté s'applique à tous.

Puis, avec un signe de tête admiratif :

— Bravo ! dit-elle.

Ses paroles allèrent droit au cœur de Reed. Or, un simple compliment de sa part n'aurait pas dû le mettre dans un tel état, il en était conscient, mais qu'y pouvait-il ? Il éprouva une irrésistible envie de faire la roue.

16

udi 30 novembre, 10 h 55

— Fichtre !

ia esquissa une grimace tandis qu'elle s'approchait
a Saab de Thompson.

'était le premier mot qu'elle prononçait depuis qu'ils
ent quitté le Centre. Reed l'avait énervée, à intervenir
pour calmer le jeu. Une fois de plus ! Certes, il était
pensable que Secrest garde son sang-froid, et cela,
était pas Mia qui pouvait l'obtenir, elle aurait dû
ettre. Cependant, Secrest s'effaça de son esprit dès
nt où elle aperçut Thompson derrière son volant. La
ndait en arrière, pareille à celle d'une poupée de
qui perdrait sa bourre. Il y avait du sang partout.
précaution, Mia passa la tête par la fenêtre.

h, mon Dieu ! Il a tranché jusqu'à l'os.

a tête ne tient que par un lambeau de peau d'en-
t centimètres, précisa le technicien médico-légal.

per ! grommela-t-elle. Sa ceinture de sécurité est
tachée. Comme ça, il reste bien droit.

hnicien prenait des notes.

paraît que la ceinture sauve des vies. La sienne
s servi à grand-chose.

n'est pas drôle, rétorqua Mia avec brusquerie.
de bonsoir !

médico-légal lança à Reed un regard inter-

Repoussant cette tentation, il ouvrit la première chemise.

— Je lis et tu prends des notes ?

Elle agita son stylo.

— Au travail !

Il venait d'éplucher trois des dossiers — trois membres du personnel embauchés moins d'un an auparavant — lorsque Jack frappa à la porte.

— Voici l'officier de police, James. Il va vérifier que l'endroit n'est pas truffé de micros espions. L'officier Willis est presque prêt à relever les empreintes. Je suis venu m'assurer que tout était en ordre. Par tous les diables ! On a intérêt à trouver à qui appartiennent ces fichues empreintes !

Reed et Mia suivirent le regard de Jack. Dans une salle de réunion contiguë, un policier branchait un scanneur sur un ordinateur portable.

— Vous allez devoir relever les empreintes de Thompson dans son bureau, annonça Reed. Il a disparu de la circulation.

— Intéressant. Je vais le faire moi-même, comme ça Willis pourra commencer avec le personnel.

— Spinnelli a-t-il envoyé des hommes pour surveiller toutes les issues ? s'enquit Mia.

— Je ne les ai pas vus en venant, répondit Jack.

Willis leva la tête.

— Ils sont arrivés juste après moi. J'étais quelques minutes derrière vous.

— Willis s'est arrêté à un feu orange, ironisa Jack.

— Il était rouge, protesta Willis en gratifiant Mia d'un clin d'œil entendu. J'aurais été obligé de me donner une contravention.

— Qu'est-ce que ça veut dire ? fulmina Bixby d'un air mauvais, debout dans l'encadrement de la porte. Venir relever nos empreintes comme pour de vulgaires criminels. C'est scandaleux !

— Pas du tout, rétorqua Reed, qui perdait patience. Nous avons quatre cadavres de femmes à la morgue, docteur Bixby. L'une d'elles était votre employée. J'aurais cru que vous souhaiteriez savoir qui était le coupable. Je pensais même que vous craindriez un peu pour votre vie.

Bixby devint blême.

— Pourquoi devrais-je avoir peur ?

— Je ne peux croire que vous n'ayez pas d'ennemis, laissa tomber Reed avec calme. Alors, facilitez-vous la tâche et ne venez pas nous gêner. Mieux encore, conduisez le sergent Unger au bureau du Dr Thompson et laissez-le faire son travail.

Bixby acquiesça avec raideur.

— Par ici, sergent.

Mia adressa un nouveau sourire à Reed.

— Bravo ! approuva-t-elle.

Au même instant, son téléphone portable sonna.

— C'est Spinnelli, souffla-t-elle. Mitchell à l'appareil, je vous écoute… Hum hum… Oh, bon sang, Marc ! C'est pas vrai !… Non, pas encore. Willis allait commencer. Merci.

Elle referma son mobile avec un claquement sec.

— Il semble qu'on ait retrouvé Thompson.

Penchant la tête en arrière, Reed scruta le visage exaspéré de Mia. Alors, il comprit.

— Il est mort ?

— Complètement. On lui a tranché la gorge. C'est un type qui se rendait à son travail qui l'a trouvé. Il a remarqué une voiture sur le bas-côté de la route, avec quelque chose qui ressemblait à de la boue collée sur le pare-brise. En fait de boue, c'était du sang. La voiture est immatriculée au nom du Dr Julian Thompson. Allons-y.

Avant de quitter l'établissement, Mia s'arrêta au bureau de Secrest.

— Nous devons nous absenter un moment, le prévint-elle.

— Désolé, mais je ne vous regretterai pas, ricana-t-il, les bras croisés sur la poitrine.

— Vous ne voulez même pas savoir pourquoi ?

— Je devrais ?

— Nom d'un chien, quel genre de flic étiez-
Secrest ? siffla-t-elle d'une voix rageuse.

— Un ex-flic, inspecteur, rétorqua-t-il, les yeux étin

— Thompson est mort.

L'espace d'un éclair, il tressaillit, puis son visa
vint de marbre.

— Quand ? Comment ?

— Je ne sais pas quand et je ne peux pas
comment, riposta-t-elle. Pendant notre absence
Unger va prendre les empreintes du personnel e

Il se raidit.

— Pour quoi faire ?

Reed s'éclaircit la gorge.

— Parce que nous avons trouvé une en
dossiers, monsieur Secrest, dit-il d'une v
Nous vous serions reconnaissants de nou
aide à ce sujet.

Il hocha la tête.

— Autre chose, lieutenant ?

Reed faillit se laisser décontenance
affabilité de sa voix, en contraste fr
railleur dont il avait usé à l'adresse de

Ignorant l'affront, Mia inclina la t

— Ouais, personne, je dis bien
entrer ou sortir de l'enceinte de ce
tentera de partir sera embarqué sur
police. Vous êtes tous confinés jus
réglé cette histoire d'empreintes di
suffisamment clairs, Secrest ?

— Tout à fait, répliqua-t-il
dans une parodie de sourire. M

— Voilà qui est bien. Nous re

rogateur : la mauvaise humeur de Mia serait-elle due au syndrome prémenstruel ? Telle était, de toute évidence, la question qu'il se posait. Reed secoua la tête.

— Non, articula-t-il silencieusement.

— Heure de la mort ? demanda-t-elle d'un ton acide.

— Entre 9 heures et minuit. Prévenez-moi quand je pourrai le déplacer. Je suis désolé, ajouta l'expert. Parfois, faire une plaisanterie est un moyen d'évacuer la tension, surtout quand on découvre un corps dans cet état.

Mia inspira à fond, puis exhala l'air de ses poumons et se tourna vers le jeune technicien avec un sourire contrit. Elle plissa les paupières pour déchiffrer le nom inscrit sur son badge.

— Excusez-moi, Michaels. Je suis fatiguée et énervée et je n'aurais pas dû me montrer aussi brusque avec vous.

Elle tendit le cou à l'intérieur du véhicule et ajouta :

— Quelqu'un a-t-il trouvé ses clés ?

— Non.

Une femme en uniforme de la police scientifique se releva de l'autre côté de la voiture qu'elle était en train d'examiner à la loupe.

— Nous n'avons pas encore touché au corps. Les clés se trouvent peut-être sous lui.

Mia ouvrit la portière arrière du côté conducteur.

— L'assassin était assis là. Il l'a empoigné par les cheveux, lui a tiré la tête en arrière et tranché la gorge. Y a-t-il des traces de choc ou de dérapage sur la voiture ? Le conducteur a-t-il été contraint de s'arrêter ?

Le technicien médico-légal secoua la tête.

— J'ai inspecté la carrosserie. Pas une éraflure. Cette voiture est neuve. Vu son prix, il est étrange qu'elle n'ait pas été volée.

— Une voiture de luxe payée avec un salaire de centre de détention juvénile, marmonna Mia. Vous pouvez l'emmener dès que vous serez prêts.

Obtempérant sur-le-champ, les experts médico-légaux

immobilisèrent la tête de Thompson pour l'empêcher de se détacher du corps.

— Il porte une bague, remarqua Reed.

Mia souleva la main du cadavre.

— Un rubis. Je parie qu'il est véritable. Nous n'avons pas affaire à un vol.

— Tu ne le croyais pas, si ? demanda Reed.

— Non, bien sûr, répondit-elle en secouant la tête. Son portefeuille est encore dans sa poche arrière et son mobile dans celle de devant.

Elle sortit l'appareil et pressa quelques touches.

— Il a passé six appels hier après-midi. Quatre au 708-555-6756, un à mon numéro et un à… C'est le numéro du centre de garde à vue.

Elle sortit rapidement son propre téléphone et composa un numéro.

— Bonjour, ici l'inspecteur Mitchell de la brigade des Homicides. Est-ce qu'un Dr Thompson est venu rendre visite à un détenu hier soir ?… Merci.

Elle fourra son téléphone dans sa poche et, levant les yeux, croisa le regard de Reed pour la première fois depuis leur départ du Centre.

— Il est allé voir Manny Rodriguez, dit-elle. Il a signé le registre des visites cinq minutes avant d'appeler ma messagerie.

— Tu peux localiser l'autre numéro ? s'enquit Reed.

— Vu l'indicatif, je parie que c'est un téléphone jetable.

Michaels, occupé à maintenir la tête du cadavre en place, intervint :

— Vous n'avez qu'à l'appeler.

Elle le gratifia d'un sourire.

— En effet, mais alors il saurait que nous avons trouvé Thompson. Je ne suis pas sûre de vouloir abattre mes cartes tout de suite. Mais, merci du conseil.

Elle tapota l'épaule du jeune homme et ajouta :

— Et, hum, Michaels ? Votre blague à propos de la

ceinture de sécurité ? Elle était assez drôle, dans le genre ado-qui-se-la-joue-cool. J'aurais aimé y penser la première, conclut-elle avec un lourd soupir de lassitude.

Le visage de Michaels était empreint d'empathie.

— Ne vous gênez pas pour la resservir, inspecteur.

Jeudi 30 novembre, 11 h 45

Solliday gara son 4x4 devant le Centre.

— Tu te fâcheras si je risque une plaisanterie d'ado ?

Le front soucieux, elle leva les yeux. Il venait d'interrompre le cours de ses pensées.

— Quoi ?

— Mia, tu me fais la tête depuis deux heures. Qu'est-ce que tu veux ? Que je me prosterne à tes pieds ?

Les lèvres de Mia se retroussèrent.

— Tout à l'heure, c'est vrai, je boudais. Mais maintenant, je réfléchis, c'est tout. Cela dit, un peu de génuflexion ne me déplairait pas.

— Tu as délibérément énervé Secrest, soupira-t-il. Ce n'était pas nécessaire.

— Peut-être, mais ça m'a fait un bien fou.

— Nous pourrions avoir besoin de lui.

— Bon, d'accord. Mais j'aimerais bien savoir pourquoi il a quitté la police de Chicago avant la retraite.

— Et moi, j'aimerais qu'il te respecte.

Elle haussa les épaules.

— Mon père se conduisait toujours ainsi avec moi.

Et sans lui donner le temps de poser les questions qui visiblement lui brûlaient les lèvres, elle se laissa glisser à bas du véhicule.

— Allons voir où en est Jack.

Secrest les attendait à la porte d'entrée principale.

— Eh bien ?

— Il est mort, confirma Mia. Egorgé. Nous allons devoir contacter ses proches.

Cette fois, le tressaillement de Secrest fut davantage prononcé. Il ouvrit la bouche pour parler, se racla la gorge.

— Il était divorcé, murmura-t-il avant de détourner le regard, pâle comme un linge. Mais je connais son ex-femme. Je vais vous chercher son numéro.

— Apportez-le-nous dans la salle de réunion, demanda-t-elle d'une voix qu'elle s'efforça de rendre aimable. Merci.

L'officier de police Willis s'affairait à prendre les empreintes des doigts boudinés d'Atticus Lucas lorsqu'ils entrèrent dans la pièce.

— Monsieur Lucas, dit Mia, je vous remercie de votre coopération.

— Je n'ai rien à cacher.

Le professeur d'arts plastiques sortit d'un pas tranquille, et Mia ferma la porte derrière lui.

Le dispositif portable de saisie d'empreintes digitales reposait sur un système numérique, sans encre. Une fois l'empreinte scannée, elle était aussitôt confrontée à la base de données du fichier central. Jack leva les yeux de l'écran de son ordinateur portable.

— Nous avons passé les deux salles au peigne fin. Pas de micro caché. Et vous, qu'avez-vous trouvé ?

— Thompson est mort, égorgé. Il a rendu visite à Manny Rodriguez hier soir.

— Intéressant.

Solliday tira une chaise à lui et examina l'écran de Jack.

— Alors ?

— J'ai relevé les empreintes de tous les membres du personnel, à l'exception d'un seul. J'ai demandé à la dragonne du bureau d'accueil d'aller le chercher. Elle vient de l'appeler par haut-parleur. Quand nous aurons ses empreintes, nous pourrons commencer avec les élèves.

Mia grimaça un sourire. Marcy-la-Dragonne-de-l'accueil !

Ce surnom lui plaisait. Mais elle reprit bien vite son air grave et s'empara de la pile de fiches.

— Y a-t-il des différences notables ?

— Désolé, Mia. Toutes les empreintes correspondent à celles enregistrées dans le fichier de l'Etat.

— Et les fiches que nous a données Bixby ? demanda Solliday.

— En réalité, ce ne sont que de charmants petits souvenirs laissés par l'organisme qui a saisi les empreintes. Je me base sur les empreintes officielles conservées dans les archives de l'Etat d'Illinois. Et aucune ne coïncide avec celles que nous avons trouvées dans la salle de dessin.

— Qui est le professeur dont vous n'avez pas encore pris les empreintes ? s'enquit Solliday.

A cet instant précis, un coup fut frappé à la porte, et Mia ouvrit à Marcy, la Dragonne-de-l'accueil.

— J'ai cherché M. White partout. Je ne le trouve nulle part dans l'école.

Secrest arriva derrière elle, le visage sombre.

— Et sa voiture n'est plus au parking.

Le cerveau de Mia entra en ébullition.

— Nom de… !

— Il n'a pas pu s'enfuir, hasarda Jack. Une patrouille était en faction à l'entrée toute la matinée.

— Il était là quand Marcy nous a annoncé la venue de Jack, se rappela-t-elle. Il a dû nous entendre dire que nous nous apprêtions à prendre les empreintes. Willis est arrivé quelques minutes plus tard et c'est à ce moment-là seulement que la patrouille s'est postée devant l'entrée.

— Thompson ! marmonna Reed entre ses dents. Le numéro de portable. C'est White qu'il a appelé hier soir.

Il se précipita dans l'autre salle de réunion pour reprendre les dossiers du personnel enseignant qu'il y avait laissés. Mia s'empressa de le suivre pour lire par-dessus son épaule.

— Pourvu que le numéro de portable de White ne soit pas 708-555-6756 !

— Si, malheureusement !

Reed releva la tête. La frustration de Mia se reflétait dans son propre regard.

— C'était bien White. Et il nous a échappé.

Le menton sur la poitrine, elle serra les poings.

— Sacré nom d'un chien !

Une vague de désespoir impuissant déferla sur son visage.

— Il nous a proprement filé entre les doigts, gémit-elle.

L'image de Brooke Adler fulgura dans son esprit, telle qu'elle l'avait vue quelques heures auparavant, atrocement brûlée et en proie à une douleur intolérable. La jeune femme s'était accrochée à la vie suffisamment longtemps pour lui fournir une information essentielle. *Compte jusqu'à dix. Va en enfer.*

Ils s'en serviraient pour coincer ce salaud.

— Retrouvons-le avant qu'il ne tue quelqu'un d'autre.

Jeudi 30 novembre, 12 h 30

— Hôtel Beacon Hill, River Forest. Kerry à l'appareil. Que puis-je faire pour vous ?

Adossé à la cabine téléphonique, il scrutait la rue du regard, prêt à prendre la fuite.

— Bonjour, pourriez-vous me passer la chambre de Joseph Dougherty, s'il vous plaît ?

— Je suis désolée, monsieur, mais M. et Mme Dougherty sont partis hier.

Ça, je l'avais deviné tout seul.

— Quel dommage ! Ici le garage de Mike Drummond, spécialiste du véhicule d'occasion. Nous avons appris que les Dougherty avaient perdu leur maison et nous voulions leur proposer l'une de nos voitures en attendant que leur assurance remplace la leur. Vous serait-il possible de me donner leur nouvelle adresse ou un numéro de téléphone ?

— Voyons… Ah voilà ! M. Dougherty a demandé que toutes les livraisons soient réexpédiées au 993 Harmony Avenue.

— Merci.

Satisfait, il raccrocha. Il se rendrait sur place sans délai afin de vérifier qu'ils se trouvaient bien à l'adresse indiquée. Pas question de les laisser lui fausser compagnie une troisième fois.

Il regagna la voiture qu'il venait de voler. Bien qu'en son for intérieur, la rage bouillonnât, à l'extérieur, il se sentait glacé. Il avait dû s'enfuir à pied du Centre, n'emportant que les habits qu'il avait sur le dos et le livre dans lequel il avait fourré tous ses articles de presse. Et il s'en était fallu d'une minute qu'il ne se fasse pincer. A peine avait-il parcouru la moitié du pâté de maisons que la voiture de patrouille était arrivée au portail de l'école. Un peu plus, et il était fait comme un rat ! Il n'avait pas tardé à abandonner sa première voiture pour en voler une autre au cas où son absence serait immédiatement découverte.

Saleté de femme flic ! Elle avait remarqué la dissimilitude entre les empreintes plus tôt qu'il ne l'avait escompté. Il avait cru pouvoir disposer d'une journée supplémentaire, à tout le moins. Fait suer ! Pour l'instant, il allait devoir se contenter de voyager léger. Il repasserait chez lui en coup de vent, juste le temps de laisser une surprise à la maîtresse de maison et de récupérer les sept œufs qui lui restaient. Mieux valait s'assurer que la femme qui lui avait préparé ses repas et lavé son linge tout au long de ces derniers mois ne le donnerait pas aux flics, car il avait encore de grands projets pour ses petites bombes. Quand les choses se seraient un peu tassées, il retournerait à la maison pour reprendre le reste de ses affaires, les souvenirs de la vie qu'il laissait derrière lui. Ensuite, il commencerait une nouvelle existence. Toutes les sources de sa colère auraient été éliminées, il serait enfin libre.

***

Jeudi 30 novembre, 14 h 45

— Tu manges tes frites ? demanda Murphy.

Pour toute réponse, Mia lui donna sa boîte en polystyrène.

Ils étaient tous installés autour de la table de Spinnelli, Reed et Mia, Jack et Westphalen, Murphy et Aidan. Leur chef faisait les cent pas dans la salle de réunion, sa moustache retroussée sur une moue de mauvaise humeur.

— Alors, nous n'avons aucune idée de l'endroit où il est, répéta-t-il pour la troisième fois.

— Non, Marc, répondit Mia, agacée. L'adresse figurant dans son dossier personnel était fausse. Il nous a dit qu'il avait une fiancée, mais personne à l'école ne connaît son nom. Il ne possède pas de carte de crédit. Il a vidé son compte en banque domicilié dans une boîte postale du bureau de poste central, à l'instar d'un million d'autres individus qui ne tiennent pas à être découverts. Nous avons lancé un avis de recherche sur sa voiture, mais jusqu'à présent, ça n'a rien donné. Alors, non, nous ne savons pas où il se trouve.

— Ne prenez pas ce ton sarcastique avec moi, Mia, aboya Spinnelli, le regard noir.

Elle se hérissa.

— Je n'oserais jamais, Marc.

— Que savons-nous de Devin White ? intervint Westphalen d'un ton qui laissa à penser à Reed que le vieil homme s'était déjà plusieurs fois entremis pour pacifier les esprits.

— Il a vingt-trois ans, répondit Reed. Il a commencé à enseigner les mathématiques au Centre en juin dernier. Avant cela, il était étudiant à Drake University, dans le Delaware. D'après son CV, il est titulaire d'un diplôme qui lui permet d'enseigner les maths et il faisait partie de l'équipe de golf de l'université. Le service des inscriptions confirme qu'il a bien été étudiant là-bas.

— Il habitait forcément quelque part, remarqua Spinnelli. Où son salaire était-il envoyé ?

— Il était viré directement sur son compte, répondit Reed.

— Nous avons relevé des empreintes sur la tasse qui se trouvait dans sa salle de classe, dit Jack. Elles correspondent à celles que je cherchais. J'ai donc jugé inutile de reprendre les empreintes des élèves.

— Comment s'est-il débrouillé pour passer au travers de l'enquête de moralité ? s'étonna Aidan.

Jack haussa les épaules.

— J'ai parlé à l'organisme qui se charge du fichage des empreintes pour le Centre. Ils jurent qu'ils ont pris celles de White et les ont téléchargées dans le fichier central.

— J'ai travaillé avec des anciens détenus dans le cadre d'un programme de réinsertion, observa Westphalen. Les jours où on leur faisait passer des tests pour détecter d'éventuelles traces de drogue, ils achetaient les urines de quelqu'un d'autre. Nous avons été obligés de modifier notre dispositif. L'un de nous devait les accompagner aux toilettes pour les surveiller pendant qu'ils fournissaient leur échantillon.

Tous autour de la table esquissèrent une grimace.

— Je vous remercie pour cette belle image, Miles, dit Spinnelli d'un ton pince-sans-rire.

Le psychologue sourit.

— Ce que je veux dire, c'est que si White ne tenait pas à figurer dans le fichier, il existait des moyens de l'éviter, à condition bien sûr que l'organisme chargé de saisir les empreintes ne soit pas trop regardant.

Spinnelli s'assit.

— Il a bonne réputation, cet organisme ?

De nouveau, Jack haussa les épaules.

— C'est une société privée. Elle s'occupe de prendre les empreintes des employés pour un grand nombre d'entreprises dans la région. Il est possible que White ait demandé à quelqu'un de le remplacer. Mais pourquoi l'aurait-il fait ? Ses empreintes ne sont pas enregistrées au fichier central de l'AFIS.

— Il craignait peut-être qu'elles n'y figurent, supputa Murphy.

— Il a pu se faire déjà arrêter pour un délit quelconque, hasarda Mia, l'air songeur. Mais dans ce cas, il aurait un casier. A moins… ce type n'a pas de carte de crédit, et toutes les adresses qu'il a données sont fausses. On dirait qu'il s'efforce par tous les moyens de passer inaperçu. Et si Devin White était un imposteur ?

— L'université a confirmé qu'il avait été inscrit dans leur établissement, rappela Reed qui, épuisé, se frotta le visage de ses mains. Il a même obtenu son diplôme avec mention.

— Ouais, ils ont dit qu'ils avaient eu Devin White comme étudiant. Mais est-ce qu'ils peuvent nous fournir une photo de lui ? Celle de sa carte d'étudiant, par exemple.

Aidan se leva.

— Je vais vérifier tout de suite. Murphy, tu les mets au courant de ce que nous avons découvert.

— Nous avons déniché un voisin qui se rappelle avoir vu un type répondant à la description de White en compagnie d'Adler hier soir, raconta Murphy. Il l'aidait à monter jusqu'à son appartement.

— Ça colle avec le récit que White nous a fait, coupa Mia avec impatience. Le barman a dit qu'elle avait bu trois bières. Sa voiture est restée garée devant le bar. Tout cela, nous le savions déjà. Quoi d'autre ?

— Tu es bien grincheuse, aujourd'hui, reprit Murphy en secouant la tête. Pendant que nous faisions du porte-à-porte pour interroger les voisins, une femme est arrivée en criant que quelqu'un lui avait volé sa voiture. Une Honda vieille d'une dizaine d'années.

— La voiture avec laquelle il s'est enfui.

— Attendez, ce n'est pas tout, continua Murphy. Elle était équipée d'un GPS récemment installé.

Mia se redressa sur son siège.

— Pas possible ! Il a sûrement choisi une vieille voiture en pensant justement qu'elle n'aurait pas de GPS. Où l'avez-vous trouvée ?

— Garée sur le parking d'une supérette près de Chicago Avenue et Wessex Road.

Reed fronça les sourcils.

— Attendez ! dit-il en extrayant la liste des opérations bancaires effectuées par White de la pile de papiers entassés devant lui. Ça se trouve à un pâté de maisons de l'endroit où il a encaissé plusieurs chèques.

Une mimique de triomphe illumina le visage de Mia.

— C'est là qu'il habite. Ce salaud a assassiné deux femmes, puis s'est servi de la voiture pour regagner son quartier. Ensuite il est tranquillement rentré à pied pour aller se coucher.

Spinnelli se leva à son tour.

— J'envoie des policiers ratisser le quartier avec des photos de White.

— On pourrait s'adresser à la presse, suggéra Westphalen.

Mia esquissa une moue de dégoût appuyée.

— On est obligés ? gémit-elle.

— Ce serait le moyen le plus direct, dit Spinnelli.

— Alors, pas Wheaton ni Carmichael, d'accord ? Et si on donnait seulement l'info à Lynn Pope ? Elle est très appréciée parmi nous.

— Je regrette, Mia, mais cette information-là, je vais devoir la donner à toutes les chaînes. J'essaierai toutefois d'éviter Mlle Wheaton.

Et sur ces paroles, Spinnelli s'en fut organiser les opérations de recherche.

— Bon sang de bois ! s'exclama Mia avant de se tourner vers le psychologue. Avez-vous parlé à Manny aujourd'hui ?

— Oui.

— Thompson est allé lui rendre visite, hier soir, juste avant de m'appeler. Quelques heures avant de se faire assassiner.

Westphalen ôta ses lunettes pour les essuyer.

— Tout se tient. Manny a dit que son médecin lui avait conseillé de ne parler à personne. Ni aux flics, ni aux avocats, ni aux psys.

— Il ne vous a donc rien dit, conclut Reed.

— Pas grand-chose, en effet. Il était littéralement terrorisé, mais pas à cause de Thompson. Il m'a tout de même avoué que ce n'était pas lui qui avait eu l'idée de découper les articles. Qu'on les lui avait donnés, mais il a refusé de dire qui et comment. Je lui ai demandé où il s'était procuré les allumettes. Il a affirmé qu'il ne les avait pas prises, qu'on les avait dissimulées dans ses affaires. Quand je lui ai demandé pour quelle raison quelqu'un voudrait lui faire ça, il n'a pas répondu. Malgré tous mes efforts, je n'ai pu lui arracher un mot de plus.

— Est-il paranoïaque ? s'enquit Mia, le front plissé.

— Difficile à dire sans examen plus approfondi. Comme vous l'avez remarqué, lieutenant, il est fasciné par le feu. Même enfermé dans son silence, il est pratiquement entré en transe lorsque je lui ai montré la vidéo d'une maison en flammes. C'était comme s'il était incapable de se maîtriser. A mon avis, s'il avait su que des allumettes se trouvaient dans sa chambre, il n'aurait pas pu se retenir de les utiliser. Savez-vous exactement à quel endroit on les a trouvées ?

Reed sentit la moutarde lui monter au nez. Comme si Manny ne pouvait pas se contrôler ? Ce gosse adorait le feu. Il avait fait le mauvais choix, c'était tout. Le psy levait enfin le masque. Excédé, Reed se mordit la langue et s'abstint de tout commentaire.

— Secrest dit qu'elles étaient dans ses baskets, précisa Mia.

— Ce n'est pas exactement l'endroit le plus discret

pour cacher quelque chose, observa le psychologue avec un hochement de tête.

— Vous pensez qu'on a dissimulé des allumettes dans ses chaussures pour l'incriminer ? interrogea Mia, perplexe. Pourquoi quelqu'un ferait-il une chose pareille ?

— Je ne sais pas. C'est vous, l'inspecteur. Mais je vois que j'agace votre lieutenant, Mia.

— En effet, rétorqua Reed d'une voix qu'il voulait toutefois calme.

— Pour quelle raison ? demanda Westphalen.

Reed retint un soupir de contrariété.

— Manny Rodriguez n'est pas un zombie décérébré que l'on peut téléguider à sa guise, répliqua-t-il. C'est un gamin qui a fait de mauvais choix. Chaque fois qu'il craquait une allumette, il savait que c'était mal et pourtant cette idée ne l'arrêtait pas. Peut-être qu'il n'a pas volé ces allumettes, je n'en sais rien. Mais insinuer qu'il ne pourrait pas s'empêcher de les utiliser n'est pas seulement ridicule, c'est dangereux.

L'expression amusée de Westphalen s'évanouit.

— Je suis d'accord avec vous.

Reed plissa les yeux, se refusant à croire à la sincérité d'une capitulation si soudaine.

— Vous essayez de me piéger.

— Pas du tout, répondit Westphalen avec un sourire en coin. Je vous assure, Reed. Je ne crois pas que la décision de certains de violer la loi les affranchisse de toute responsabilité. Ils doivent être punis. Mais leur capacité à maîtriser leurs impulsions se trouve parfois entravée.

— Par la manière dont ils ont été élevés ? conclut Reed, péremptoire.

— Entre autres choses, répondit le psychologue. Cela non plus, vous n'y croyez pas ?

— Absolument pas.

— Et vous ne voulez pas m'expliquer pourquoi.

Les traits de Reed se détendirent, il se força à sourire.

— Ça n'a pas vraiment d'importance, n'est-ce pas ?

— Au contraire, murmura Westphalen, je pense que c'est essentiel. Pour l'instant, je cherche à savoir quel est l'élément déclencheur qui a poussé White à agir. L'assassinat de Brooke était une affaire de vengeance, mais quel rôle les autres victimes ont-elles joué dans sa vie pour qu'il les haïsse à ce point ?

Mia exhala un gros soupir.

— Il faut donc que nous continuions à éplucher les dossiers.

Westphalen lui décocha un sourire paternel.

— J'en ai peur. Appelez-moi si vous avez besoin de mon aide.

Mia le regarda quitter la pièce puis tourna vers Reed un regard chargé d'interrogations. Interrogations qu'elle se garda pourtant de formuler verbalement.

— Allons rendre visite à Manny. Ensuite, nous retournerons à nos dossiers.

Jeudi 30 novembre, 15 h 45

Reed attendit que le garçon fût assis en face de lui. Derrière le miroir sans tain, Mia les observait.

— Salut, Manny !

L'adolescent ne broncha pas.

— Je serais venu te voir plus tôt, mais nous avons été très occupés.

Aucune réaction.

— Dès 4 heures ce matin, l'inspecteur Mitchell et moi avons été appelés sur les lieux d'un énorme incendie.

Le menton de Manny ne trembla pas d'un poil, mais son regard vacilla.

— Des flammes gigantesques, Manny. Le ciel tout entier en était illuminé.

Il marqua une pause pour laisser au garçon le temps de contrôler sa salivation.

— Mlle Adler est morte.

— Quoi ? s'exclama Manny, déconcerté.

— Ta prof d'anglais est morte. Elle habitait l'immeuble qui a été ravagé par le feu.

Manny baissa les yeux.

— Ce n'est pas moi qui ai fait ça.

— Je sais.

— Je ne voulais pas qu'elle meure.

— Je sais.

— Je ne vous dirai rien.

— Manny, dit Reed en essayant d'accrocher le regard du garçon. Le Dr Thompson est mort.

Manny pâlit, les traits décomposés.

— Ce n'est pas vrai, vous mentez !

— Pas du tout. J'ai vu son cadavre. On lui a tranché la gorge.

Manny tressaillit.

— Non !

Reed fit glisser sur la table la photo de Thompson prise à la morgue.

— Regarde toi-même.

Manny détourna les yeux.

— Enlevez-la ! hoqueta-t-il. Reprenez votre photo de malheur !

Reed reprit le cliché et le tourna à l'envers sur la table.

— Nous connaissons le coupable.

Un éclair de doute traversa les yeux de l'adolescent.

— Je ne veux pas vous parler. Sinon, je finirai comme le Dr Thompson.

— Nous savons que c'est M. White.

— Alors pourquoi vous m'interrogez ?

— Le Dr Thompson a appelé l'inspecteur Mitchell juste après t'avoir rendu visite hier soir. Il a dit qu'il s'agissait d'une affaire urgente. Ensuite, il a téléphoné à M. White.

Et quelques heures plus tard, il est mort. Je veux savoir ce que tu lui as dit et dont il tenait à nous mettre au courant.

— Vous n'avez pas attrapé White.

— Non, et il se peut que nous ne l'arrêtions jamais si tu ne te montres pas franc envers nous.

— Pas question, répondit le garçon en secouant la tête.

— D'accord. Alors, à propos des allumettes, comment penses-tu qu'elles sont arrivées dans ta chaussure ?

Le visage de l'adolescent se rembrunit.

— Vous ne me croirez pas de toute façon.

— Comment pourrais-je te croire ? Tu ne me dis rien. Tes chaussures n'ont pas bougé de ta chambre ?

Manny réfléchit un instant.

— Si, finit-il par dire. Je les ai emportées avec moi toute la journée. C'était au tour de ma classe d'utiliser le gymnase.

— A quel moment es-tu allé au gymnase ?

— Après le déjeuner. Je ne vous dirai rien de plus. Laissez-moi retourner dans ma cellule.

— Manny, tu sais que White ne peut pas te faire de mal ici.

L'adolescent esquissa un rictus.

— Vous voulez parier ?

Jeudi 30 novembre, 16 h 45

— Tu as passé tes coups de fil ? demanda Mia tandis qu'avec Solliday elle s'arrêtait devant le bureau d'Aidan.

— J'ai appelé le bureau des inscriptions de l'université où White a étudié dans le Delaware, mais ils étaient déjà partis — ils ont une heure de décalage par rapport à nous. Par contre, j'ai réussi à joindre la secrétaire du département des sciences de l'éducation. Une dame très aimable.

Mia s'assit sur un coin du bureau.

— Et qu'a dit cette très aimable dame ?

Aidan lui tendit une photo en noir et blanc imprimée sur une feuille de papier.

— Elle m'a faxé ceci, il y a vingt minutes. Il s'agit d'une photo parue dans le bulletin du département, prise à l'occasion d'une fête de charité du club de golf, l'année dernière. Elle a entouré Devin White. L'image est floue, mais on distingue bien son visage.

Solliday se pencha par-dessus l'épaule de Mia, si proche qu'en tournant la tête elle aurait pu l'embrasser. Plus la journée s'éternisait, plus elle attendait la soirée avec impatience. Cependant, ils avaient conclu un marché, et de surcroît, Aidan les tenait à l'œil.

— Ça lui ressemble, tu ne trouves pas ? murmura Reed. Même taille, même couleur de cheveux.

Il se redressa, et elle put enfin reprendre sa respiration normale.

— Pourtant, ce n'est pas l'homme que nous avons interrogé ce matin, observa-t-elle. Les traits du visage ne collent pas. Mais à moins de faire vraiment attention, la plupart des gens ne remarquent que la taille et la couleur des cheveux. Je dois dire qu'il a bien choisi l'homme dont il a usurpé l'identité. Je parie que le vrai Devin White est mort. Est-ce que la secrétaire t'a donné des numéros de téléphone pour contacter sa famille ou ses proches ?

— D'après elle, il n'a pas rempli la section relative à la famille dans son dossier. Elle ne pense pas qu'il ait des proches parents encore en vie. Sa mère est morte, et il n'a jamais connu son père.

— Et cette aimable dame avait-elle d'autres renseignements utiles à te fournir ?

— Devin était l'un de ses préférés. Il avait promis de l'appeler dès qu'il se serait installé quelque part. Mais il ne l'a jamais fait, et elle supposait qu'il était trop occupé dans sa nouvelle vie. Il avait quitté le Delaware pour se rendre à un entretien d'embauche à Chicago, mais il avait l'intention de s'arrêter en chemin quelques jours à Atlantic City. C'était au début du mois de juin.

Une énergie nouvelle commença à filtrer dans les veines de Mia.

— Nous pouvons vérifier auprès des hôtels, leur demander si White est descendu dans l'un d'eux.

— J'ai déjà commencé, annonça Aidan en leur donnant à chacun une feuille de papier. Voici la liste des principaux hôtels d'Atlantic City. On ira plus vite en se partageant le travail.

Mia se dirigeait vers son propre bureau lorsqu'elle se figea, la mine sombre. Une enveloppe matelassée de la taille d'une cassette vidéo était posée sur le dessus de la pile des dossiers de Burnette. Son nom y était écrit en grosses lettres. Il n'y avait pas d'adresse d'expéditeur.

— Qu'est-ce que c'est que ça ?

Aidan se remit lentement debout.

— Je ne sais pas. Elle n'était pas là quand je suis allé au télécopieur tout à l'heure. Demande à Stacy.

Mia enfila une paire de gants.

— Nous l'avons vue partir en venant.

Elle secoua l'enveloppe pour en faire tomber la cassette puis glissa celle-ci dans le magnétoscope de Solliday.

Le visage de Holly Wheaton apparut, triste et grave.

— A la suite du meurtre tragique de la fille d'un officier de la police locale, nous avons souhaité nous pencher sur le lourd tribut payé par les familles des policiers tués en service. Ce prix est souvent très élevé. Certains, telle Caitlin Burnette, sont la cible de représailles pour la seule raison que leurs parents consacrent leur vie à lutter contre le mal.

— Maudite peste ! grommela Mia. Elle se sert de la souffrance de Burnette pour faire grimper son fichu indice d'écoute.

— D'autres, continuait Wheaton avec sérieux, trouvent les attentes nourries à l'égard des enfants de policiers trop insupportables et s'écartent du droit chemin.

La caméra fit un panoramique, et Mia sentit son estomac se retourner. Elle ouvrit la bouche, mais nul son n'en sortit. Solliday lui saisit le bras et la força à s'asseoir.

Il posa les mains sur ses épaules.

— Respire, Mia.

Elle se couvrit la bouche de sa main tremblante.

— Oh, mon Dieu !

Wheaton désignait le bâtiment de briques derrière elle.

— Voici la prison pour femmes de Hart. Les crimes commis par les femmes qui purgent leur peine dans cet établissement pénitentiaire vont de la possession de drogue au meurtre. Ces femmes sont issues de tous les milieux sociaux et familiaux.

La caméra zooma sur l'expression chagrinée de Wheaton.

— Certaines viennent même de familles de policiers. L'une de ces détenues s'appelle Kelsey Mitchell.

— Qu'est-ce que c'est ? interrogea Spinnelli dans leur dos. Oh, Seigneur !

Mia lui fit signe de se taire tandis que la photo de Kelsey emplissait l'écran. La jeune femme avait la mine défaite, le visage vieilli, l'air d'une droguée en état de manque.

— Elle n'avait que dix-neuf ans, murmura Mia.

— Kelsey Mitchell a été condamnée à vingt-cinq ans de réclusion pour vol à main armée. Elle est fille et sœur d'officiers de police. Son père est décédé récemment, mais sa sœur, l'inspecteur Mia Mitchell, est un officier de la brigade des Homicides plusieurs fois décoré et, ironie du sort, responsable de l'arrestation de plusieurs codétenues de Kelsey.

— Elles vont la tuer, gémit Mia d'une voix à peine audible. Elles vont massacrer Kelsey.

Elle se releva brusquement, le cœur battant à tout rompre.

— Il ne faut pas qu'elle diffuse cette vidéo. Ce n'est ni plus ni moins que du chantage. Tout ce qui l'intéresse, c'est son maudit reportage. Elle ne se soucie pas de savoir si quelqu'un va en souffrir.

— Je sais, dit Spinnelli en éjectant la cassette. J'appelle immédiatement le producteur de l'émission. Essayez de vous calmer, Mia.

Il regagna son bureau, la mine soucieuse.

Mia attrapa le téléphone de Solliday.

— Je vais téléphoner moi-même à cette sale vipère !

Solliday la prit par les épaules et la fit pivoter sur ses talons pour la regarder en face.

— Laisse Spinnelli s'en occuper, Mia.

Elle tenta de se dégager, mais il la tenait fermement. Une douleur lui transperça l'épaule et la fit tressaillir.

— Tu me fais mal !

Il desserra aussitôt sa poigne, sans pour autant la relâcher.

— Promets-moi de ne pas appeler Wheaton. De ne pas la menacer et de laisser Spinnelli régler cette affaire. Jure-le-moi, Mia !

Elle hocha la tête. Il avait raison. Soudain trop lasse pour continuer de lutter, elle inclina la tête et appuya son front contre la poitrine de Reed. Il crispa les poings puis ouvrit grand les mains, hésitant un instant avant de l'enlacer et de la serrer contre lui.

— Ça va s'arranger, ne t'inquiète pas, chuchota-t-il dans ses cheveux.

Elle opina, refoulant les larmes qui lui montaient à la gorge. Les flics ne pleuraient pas. Elle aurait dû le savoir. Bobby ne s'était pas privé de le lui répéter.

— Elles vont la tuer, Reed.

Sans un mot, Solliday se contenta de la tenir dans ses bras jusqu'à ce qu'elle eût recouvré la maîtrise de ses émotions. Redevenue calme, elle s'écarta.

— Ça va mieux, maintenant.

— Non, je ne crois pas. Ces trois dernières semaines ont été un enfer. Et tu as tenu bon, mieux que ce qu'on aurait pu attendre.

Elle se sentit réconfortée par son regard empli de

compassion et de respect. Puis, reculant d'un pas, elle s'avisa qu'Aidan les observait. Le feu lui monta aux joues.

Désireuse de détourner l'attention de ce qui avait manifestement constitué une étreinte publique, elle fixa son regard sur Aidan en plissant les paupières.

— Tu sais, je pense que Jacob Conti avait raison finalement.

L'espace d'une seconde, les yeux d'Aidan s'agrandirent, puis il ne put retenir un sourire en coin. Retrouvant son sérieux, il lui décocha un regard sévère de circonstance.

— Mia Mitchell, tu devrais avoir honte !

Solliday afficha un air perplexe.

— Qui est Jacob Conti ?

Mia s'installa de nouveau à son bureau avec la liste des hôtels d'Atlantic City.

— Un méchant, un très méchant.

Conti était un homme dangereux qui s'était fait justice lui-même sur la personne d'un journaliste, lequel, en remuant la fange des bas-fonds de la ville à seule fin de faire les gros titres des journaux, avait mis le fils de Conti dans la ligne de mire d'un tueur. Les représailles de Conti s'étaient révélées efficaces et radicales. Et malheureusement pour lui, tout aussi illégales. Mia serait bien avisée d'emprunter une voie plus conventionnelle pour assouvir sa vengeance.

— C'est une vieille affaire, précisa Aidan.

Solliday s'assit à son bureau et commença à pianoter sur le clavier de son ordinateur, de son allure lente et méthodique. Puis il releva la tête, les yeux écarquillés.

— Il était vraiment méchant.

— Je te l'avais bien dit.

— Et Reagan a raison, tu devrais avoir honte, dit-il, une lueur de malice dans les yeux. Tu es une très vilaine fille, Mia.

Au souvenir de la dernière fois qu'il avait prononcé ces paroles, elle rit doucement. Mais bientôt, l'instant de répit envolé, la peur et la soif de vengeance s'emparèrent de nouveau d'elle. Elle porta son regard sur la porte de Spinnelli. Si le reportage de Wheaton était diffusé, la vie de Kelsey courrait un réel danger. Elle décida cependant de laisser son chef régler le problème. Pour le moment.

— On appelle les hôtels, ensuite, on rentre.

Jeudi 30 novembre, 17 h 30

Le camping-car des Dougherty venait enfin de s'engager dans l'allée qui conduisait au 993 Harmony Avenue. Pendant un instant, il avait cru que la fille de l'hôtel lui avait menti. Ce qui aurait été très fâcheux.

Il avait écouté la radio. Personne n'avait signalé la disparition de Tania. Et personne n'avait mentionné le nom de Niki Markov, la femme qui aurait dû rester chez elle auprès de ses deux enfants et qui, au lieu de cela, avait eu la malchance de dormir dans la chambre d'hôtel précédemment occupée par les Dougherty. Si les femmes demeuraient à leur place, elles ne se mettraient pas dans de tels pétrins. A présent, Niki Markov était morte et enterrée, ses propres valises lui tenant lieu de dernière demeure. Il ébaucha un sourire. *Demeures*, plus exactement. Au pluriel. Les flics ne la retrouveraient jamais entière.

Les Dougherty descendirent de leur véhicule et se dirigèrent vers la porte située à l'arrière de la maison. Vu les sacs du magasin JC Penney qu'ils portaient à la main, ils avaient dû effectuer quelques emplettes pour remplacer leur garde-robe partie en fumée. Dommage ! Ils n'en auraient pas l'utilité.

Une fois sa besogne achevée, il en aurait terminé avec Chicago. Il partirait vers le sud pour s'occuper des derniers noms qui figuraient sur sa liste. Son estomac émit un gargouillement, lui rappelant qu'il n'avait rien mangé depuis le petit déjeuner. Il quitta les lieux, conscient qu'à son retour le moment serait venu de passer à l'acte. Et la dernière heure de la mère Dougherty aurait enfin sonné.

Jeudi 30 novembre, 17 h 55

— Mia, pouvez-vous venir une minute ? demanda Spinnelli, debout sur le seuil de son bureau.

Jetant un coup d'œil inquiet à Solliday et Aidan, elle s'avança vers son patron.

— Qu'y a-t-il ?

— Entrez et fermez la porte. Ces journalistes sont vraiment les formes de vie les moins évoluées de la planète !

Le cœur de Mia chavira.

— Ils vont diffuser le reportage ? Oh, Marc !

— Détendez-vous. J'ai parlé à Wheaton. Elle affirme que la vidéo que vous avez en votre possession était une erreur. Elle avait l'intention de vous envoyer une copie de la conférence de presse, puisque visiblement vous guettiez quelqu'un dans la foule. Elle voulait vous aider, conclut-il avec une grimace dégoûtée.

— Et en ce qui concerne Kelsey ? demanda-t-elle, les dents serrées.

— Je vous ai dit de ne pas vous stresser ! Wheaton m'a donné à entendre qu'elle souhaitait l'exclusivité sur cette affaire. J'ai refusé et lui ai fait comprendre que menacer un officier de police constituait un délit. Elle s'est vexée et m'a soutenu qu'il n'y avait aucune menace intentionnelle. Le reportage sur votre sœur était programmé pour dimanche soir, avec ou sans notre participation. Nous avons affaire à un ultimatum en bonne et due forme.

Bien que le cœur de Mia battît à tout rompre, sa confiance en son chef la retint de ruer dans les brancards.

— Et alors ?

— Je ne peux pas l'empêcher de diffuser ce reportage, Mia, mais je veux bien être pendu si cette… J'ai appelé

Patrick. Il est en train de faire jouer ses relations pour que Kelsey soit transférée dans une autre prison dès demain matin. Elle sera incarcérée sous un nom différent. Tout se déroulera dans la plus totale discrétion. C'est le mieux que je puisse faire.

Mia ravala sa salive, une vague de soulagement et de gratitude la submergea.

— Beaucoup de gens n'en auraient pas fait autant.

— Vous avez consenti d'innombrables sacrifices pour la police de cette ville. Que je sois damné si je laisse Wheaton ou qui que ce soit d'autre utiliser notre service pour vous menacer, vous ou votre famille.

Emue, elle ferma les paupières.

— Merci, murmura-t-elle.

— De rien, répondit-il avec douceur.

Puis sa voix retrouva bientôt toute sa brusquerie.

— Murphy ratisse toujours le secteur pour retrouver la voiture avec laquelle White s'est enfui en quittant l'appartement de Brooke Adler, mais il n'a encore rien découvert. Ils vont continuer pendant encore une heure à interroger les voisins, puis ils reprendront demain. J'ai faxé la photo de White aux stations de télévision locales et à la presse. C'est encore la meilleure façon de le coincer.

— Je sais.

— Avez-vous retrouvé la trace du véritable White dans les hôtels d'Atlantic City ?

— Pas encore, mais nous poursuivons nos recherches.

La tête inclinée sur le côté, Spinnelli scruta le visage de Mia.

— Où allez-vous dormir cette nuit ?

— Quoi ?

Il ne pouvait être au courant de sa liaison toute neuve avec Solliday, c'était impossible ! Elle s'apprêtait déjà à fournir une pauvre explication — « C'était une accolade à titre purement amical » — lorsqu'il poursuivit :

— Votre adresse est parue dans le journal, Mia. Vous devez trouver un autre logement. C'est un ordre !

— Vous n'avez pas à me dire où je dois habiter. Aux dernières nouvelles, j'étais flic. Je suis capable de m'occuper de moi-même.

— Et aux dernières nouvelles, j'étais votre chef ! Déménagez, Mia. Je n'ai pas envie de me ronger les sangs toute la nuit à votre sujet.

Et brusquement, devant la mine butée de Mia, il explosa :

— Bon sang de bonsoir, Mia ! Pendant des jours et des jours, je suis resté au chevet d'Abe, à me demander où vous étiez passée. J'ai cru perdre deux de mes meilleurs officiers. Ne m'obligez pas à revivre ça !

Elle baissa la tête, se sentant soudain minuscule.

— Bon, puisque vous le dites.

Il laissa échapper un soupir.

— C'est juste pour un petit moment. Howard et Brooks ne vont pas tarder à mettre la main sur Getts. Ils ont bouché presque tous les trous à rat dans lesquels ce gibier de potence pourrait trouver refuge.

— Il connaissait déjà mon adresse.

— C'est vrai, mais maintenant tous les apprentis voyous la connaissent aussi. Vous vous inquiétez au sujet de Kelsey à l'intérieur de sa prison. Mais ils sont bien plus nombreux à l'extérieur qui adoreraient pouvoir se vanter de vous avoir fait la peau.

— Je suis armée, pas Kelsey.

— Et vous avez besoin toutes les deux de dormir de temps à autre.

— Mais à qui voudriez-vous que je fasse courir des risques ? A Dana ? Elle a des gosses. A Abe ? Il a Kristen et le bébé.

A cet instant précis, la porte s'ouvrit et Solliday apparut dans l'encadrement.

— Elle peut dormir chez moi.

— Quoi ? s'exclama Mia, interdite.

— Quoi ? répéta Spinnelli en clignant des yeux.

Reed haussa ses larges épaules.

— Ce serait tout à fait raisonnable. J'ai un duplex dont ma sœur me loue la moitié. De toute façon, Lauren est plus souvent chez moi pour s'occuper de ma fille que chez elle. L'inspecteur Mitchell pourrait habiter l'autre partie de la maison. Elle serait indépendante.

Mia retrouva l'usage de la parole.

— Tu étais *encore* en train de m'espionner !

— J'attendais de m'entretenir avec Spinnelli. Ce n'est pas ma faute si j'ai l'ouïe fine.

Elle le fusilla du regard.

— Il n'est *pas* question que j'habite chez toi.

— Pas chez moi, répliqua-t-il avec un sourire innocent. Chez Lauren. C'est une très bonne idée, Mia. Et comme ça, nous pourrons continuer à décortiquer les dossiers de Burnette et de Hill après le dîner. Ça fera accélérer les choses.

Tu parles ! La seule pensée de ce que cet arrangement pourrait accélérer lui empourpra les joues. Et Solliday qui la regardait en souriant comme un fichu enfant de chœur !

Cependant, si Spinnelli conçut le moindre soupçon quant aux arrière-pensées de Reed, il n'en laissa rien paraître.

— Il a raison, Mia. Et il est vrai que vous n'avez jamais le temps de compulser ces dossiers dans la journée.

Elle prit une longue inspiration.

— Je tiens à exprimer formellement mon opposition à cette idée stupide.

Spinnelli hocha la tête.

— J'en prends formellement note. Mais pliez-vous-y tout de même.

— Et la fille de Solliday ? Je vais mettre sa vie en danger. Ils me suivront partout.

— Mia, si vous ne savez pas encore semer vos poursuivants…, dit Spinnelli en la poussant doucement dehors.

Finissez d'appeler les hôtels, et ensuite vous ferez une pause pour dîner. Après, vous vous replongerez dans les dossiers.

— Comme c'est gentil à vous !

La moustache de Spinnelli retomba, ses yeux s'assombrirent, signe indubitable que sa patience était à bout.

— Il nous faut absolument trouver un lien entre White, Burnette et Hill. Sinon, nous n'avons rien de plus que des présomptions. Nous ne sommes pas en mesure de prouver la présence de notre homme sur aucune des trois scènes de crime. Nous devons donc au moins fournir un mobile irréfutable. Trouvez-le. Arrêtez de vous faire du souci pour votre appartement et concentrez-vous sur ce qui est important. Mettez la main sur White avant qu'il ne tue de nouveau.

Elle s'avisa alors qu'elle avait bel et bien perdu la partie.

— D'accord. Mais vous veillez à ce qu'ils transfèrent Kelsey.

— Vous avez ma parole.

— Très bien. Alors, je vais m'installer chez Lauren.

Spinnelli exhala un léger soupir de soulagement.

— Merci. Et merci à vous, Reed. Je vous suis reconnaissant de votre offre.

Les mâchoires crispées, Mia lança à son équipier un coup d'œil assassin.

— Ouais, merci infiniment, Solliday.

Une lueur vacilla dans les yeux noirs de Solliday. Il avait compris qu'elle était en pétard, elle en eut conscience.

— Il n'y a pas de quoi, répondit-il à Spinnelli, avant de grommeler dans sa moustache : Enfin, je crois.

Jeudi 30 novembre, 18 h 15

Il avait presque terminé son dîner lorsque la brusque apparition d'un visage sur l'écran faillit lui faire régurgiter tout son repas. Ce visage était le sien. Saisi d'horreur, il se figea, les yeux fixés sur le poste de télévision. Il savait qu'ils le recherchaient, mais pour une raison ou pour une autre, il ne lui était jamais venu à l'idée qu'ils afficheraient son portrait à la télévision.

S'efforçant de recouvrer son sang-froid, il sentit une colère noire monter en lui. Sale charogne ! C'était l'œuvre de cette femme, Mitchell. Désormais, il lui serait impossible de se déplacer en ville sans que tout le monde sache qui il était. Aujourd'hui, il s'agissait d'une chaîne locale de Chicago. Demain, CNN, peut-être ? D'un bout à l'autre de ce fichu continent, on le reconnaîtrait, où qu'il aille.

Il devait sortir de ce restaurant. *Sur-le-champ.* Avec une désinvolture que seule une maîtrise de soi exceptionnelle pouvait permettre, il se leva, jeta le contenu de son plateau dans la poubelle, sortit du restaurant sans se presser et regagna sa voiture.

Il tâta la poche dans laquelle il portait encore le revolver de la jolie Caitlin. Il fallait éliminer Mitchell. Une fois qu'elle aurait été mise hors circuit, l'attention générale se focaliserait sur le malfrat qui avait déjà essayé de la tuer. Melvin Getts, c'était ainsi qu'il s'appelait. Ce serait le visage de Getts que l'on verrait alors aux informations télévisées.

A n'en pas douter, un tueur de flic éclipsait un incendiaire.

17

Jeudi 30 novembre, 18 h 45

Reed raccrocha.

— On a retrouvé sa trace, annonça-t-il.

Mia et Aidan reposèrent aussitôt leurs téléphones.

— Où ça ? demanda Mia.

— A l'hôtel Willow Inn d'Atlantic City. D'après leur ordinateur, Devin White est arrivé le 1er juin et reparti le 3. Il a payé en espèces. Le type à la réception ne se souvenait pas de lui.

— Mais nous ne savons pas s'il s'agissait du véritable Devin White ou de notre petit génie des mathématiques, remarqua Mia. Et nous ignorons toujours dans quel casino il est allé. Il y a tellement de monde qui fréquente ce genre d'endroit. Difficile d'imaginer que quelqu'un puisse se rappeler un étudiant en particulier.

— Tous les casinos sont équipés de caméras de surveillance, précisa Reed. Puisque nous connaissons les dates de son séjour à Atlantic City, nous devrions être en mesure de le repérer sur les enregistrements vidéo. Nous pourrons au moins être sûrs d'avoir affaire à Devin White ou… à notre crack en mathématiques. On ne pourrait pas lui trouver un autre surnom ?

— Celui-là convient parfaitement, pour le moment, répondit Mia, le front plissé. Il existe une douzaine de casinos dans cette ville. Par où commencer ?

— Vous connaissez Atlantic City ? s'enquit Aidan.

— Je n'y ai jamais mis les pieds, répondit Reed tandis que Mia secouait la tête.

— Il y a quelques semaines, Tess et moi avons passé notre lune de miel sur la côte atlantique, dans le New Jersey. Un jour, nous avons poussé jusqu'à Atlantic City et sommes allés dans plusieurs casinos. C'est encore tout frais dans ma mémoire.

Aidan apporta une carte qu'ils étalèrent sur le bureau.

— Le Willow Inn se trouve ici, près du Silver Casino. Le Harrah's et le Trump's Marina sont tout là-haut, et tous les autres grands casinos se situent à l'autre bout de la ville, sur la plage.

— Vu que son hôtel était tout près, il a probablement tenté sa chance au Silver Casino, au moins une ou deux fois, hasarda Mia.

— C'est l'un des plus petits établissements. Ils ne devraient pas avoir de mal à le localiser.

Reed regarda la photo de White.

— L'université possède un cliché de meilleure qualité du véritable Devin. Soit nous demandons à la police d'Atlantic City de se servir de celui-ci pour commencer les recherches, soit nous attendons demain matin.

— Quatre femmes sont mortes, rappela Mia. Nous ne pouvons pas nous permettre d'attendre.

— Je suis d'accord, approuva Aidan. S'ils ne trouvent rien d'ici à demain matin, nous pourrons toujours leur fournir une autre photo et leur demander de recommencer.

— J'envoie les portraits de White et de notre matheux à la police d'Atlantic City. Peut-être que quelqu'un aura signalé la disparition du véritable Devin. Merci pour ton aide, Aidan. Vous pouvez rentrer chez vous, les gars.

Aidan s'empressa d'obtempérer et quitta le bureau en leur adressant un signe de la main. Reed ne bougea pas.

— Tu rentres avec moi, Mia.

Elle le regarda, les yeux plissés.

— C'est un sale coup que tu m'as fait, Solliday.

Exaspéré, il inclina la tête.

— Quoi ? Que je veuille te garder en vie ?

Les lèvres serrées, elle se tourna vers son ordinateur.

— Tu aurais pu me demander d'abord.

— Ouais, c'est vrai, concéda-t-il. Je suis désolé.

— Bon, ça va. Rentre, Solliday. Je te rejoindrai plus tard. Quand Beth sera couchée.

— Tu pourrais venir pour dîner.

— J'ai promis à Abe de dîner avec eux, répondit-elle sans quitter des yeux l'écran de son ordinateur. De toute façon, il vaut mieux que tu passes un peu de temps avec ta fille. Rentre chez toi. Je te verrai tout à l'heure.

Il se pencha sur son bureau, plus près que la sagesse ne l'eût conseillé, mais que diable ! il se la rappelait encore, toute tremblante dans ses bras. Elle avait beau se prendre pour Wonder Woman, elle était bigrement plus humaine qu'elle ne voulait bien l'admettre.

— Mia, j'étais présent l'autre soir, tu te souviens ? Je t'ai vue à deux doigts de te faire descendre. Ça ne te fait pas peur ?

— Si, répondit-elle, impassible. Mais il s'agit de mon travail et de ma vie. Je n'ai pas l'intention de prendre mes jambes à mon cou chaque fois qu'un voyou brandit un revolver sous mon nez. Autrement, je ne serais d'aucune utilité à qui que ce soit.

— Une fois morte, tu ne seras d'aucune utilité à personne, rétorqua-t-il.

— J'ai dit que je te rejoindrais tout à l'heure, répéta-t-elle en fermant les yeux. Je te le promets. Maintenant, rentre chez toi, auprès de ta fille.

Mia attendit qu'il fût parti pour appeler les services de police d'Atlantic City. Elle leur expliqua ce qu'elle voulait, répondit à toutes leurs questions dans la mesure du possible. Ils lui assurèrent qu'ils allaient organiser une investigation en collaboration avec la direction du Silver

Casino. En revenant de faxer les photos, elle trouva Roger Burnette qui l'attendait à son bureau.

Il avait l'air mécontent. Peut-être quelque peu éméché, aussi. Ses yeux étaient emplis d'un chagrin et d'une colère si désespérés qu'elle ralentit le pas. Instinctivement, elle posa les photos sur le premier bureau devant lequel elle passa, en sorte d'avoir les mains vides en s'approchant de lui. Inutile de révéler à un père accablé de douleur l'identité du meurtrier de son enfant. Surtout quand ce père se trouvait être un flic.

— Sergent Burnette, que puis-je faire pour vous ?

— Vous savez qui a assassiné ma fille.

— En effet, nous croyons le savoir. Mais nous ne pouvons ni l'identifier ni le localiser de façon catégorique.

— Autrement dit, vous savez que dalle.

— Sergent, dit-elle en avançant d'un pas prudent, je vais demander qu'on vous raccompagne chez vous.

— Bon sang ! Je n'ai besoin de personne pour me ramener chez moi. Tout ce que je veux, c'est que vous me disiez que vous connaissez celui qui a tué Caitlin.

D'un geste plein de rage, il envoya valser la pile de dossiers sur le bureau de Mia. Les feuilles de papier s'éparpillèrent sur le sol.

— Vous restez assise toute la journée à lire. Pourquoi vous ne sortez pas pour chercher l'assassin ?

Et, sans crier gare, il l'empoigna, lui serrant l'épaule comme dans un étau. Pour la deuxième fois en une heure, une douleur fulgurante la transperça. Elle s'était trompée — Burnette était complètement ivre.

— Vous n'avez rien d'un flic, cracha-t-il. Votre père en était un, lui. Il aurait eu honte de vous.

— Asseyez-vous, sergent, ordonna-t-elle en le repoussant.

Les poings serrés, il la domina de toute sa hauteur.

— J'enterre ma fille demain. Vous comprenez ce que cela veut dire ?

Bien qu'elle fût obligée de lever la tête pour le regarder, elle ne céda pas un pouce de terrain.

— Je comprends très bien, sergent. Certes, nous n'avons pas encore attrapé l'assassin, mais nous sommes à deux doigts de le faire. Je suis désolée.

— Roger !

Spinnelli, qui avait jailli de son bureau, s'interposa entre eux avec une promptitude que Mia ne lui avait jamais vue.

— Qu'est-ce que vous fabriquez ici ?

Burnette recula.

— Je veux savoir comment avance l'enquête sur le meurtre de ma fille. Mais je vois que vous n'avez rien de nouveau, dit-il d'un air dégoûté.

— L'inspecteur Mitchell travaille sur ce dossier pratiquement sans interruption depuis lundi.

— Alors, c'est qu'elle fait mal son travail.

— Vous ne savez plus ce que vous dites ! aboya Spinnelli.

Agitant les bras, Burnette pivota sur ses talons.

— Allez au diable, tous autant que vous êtes !

Spinnelli scruta le visage de Mia.

— Il vous a fait mal ?

— Ça ira, mais lui, il est soûl, murmura Mia. Assurez-vous qu'il ne prendra pas le volant.

— Rentrez chez vous, Mia. Je veux dire, chez Reed. Enfin, chez sa sœur, dont je ne me rappelle plus le nom.

— Lauren.

Du doigt, elle désigna Burnette qui, les épaules voûtées, s'était arrêté sur le seuil du bureau paysager.

— Allez l'aider, Marc. On se revoit demain.

Jeudi 30 novembre, 20 h 05

— Ce dîner était délicieux, Kristen.

Avec un sourire, Mia s'efforçait d'essuyer la sauce

spaghetti du petit visage barbouillé de Kara Reagan, sans arracher la peau délicate de l'enfant.

— Toi aussi, ça t'a plu, hein, bout de chou ?

Kara sauta sur les genoux de Mia, une lueur espiègle dans les yeux.

— Je veux de la glace, s'il te plaîîît !

Mia éclata de rire. Elle adorait cette petite fille autant que si elle avait été la sienne. Par jeu, elle tira sur l'une des boucles rousses de la fillette.

— Pour ça, tu dois demander à ta maman.

— Et maman a dit non, intervint Abe, dont le visage, bien qu'encore émacié, avait repris des couleurs. Mais papa et Kara comptent sur tante Mia pour lui faire changer d'avis.

Kristen poussa un soupir théâtral.

— Deux contre un ! Tous les soirs, ils se liguent contre moi. Je t'ai préparé la chambre d'amis, Mia. Tu dors ici, cette nuit.

Kara se mit à sautiller sur place.

— Reste avec nous, exigea-t-elle.

Et d'appliquer un baiser mouillé sur la joue de Mia.

Kristen souleva l'enfant.

— C'est l'heure du bain, mon bébé. Et ensuite, au lit. Dis bonne nuit à tante Mia.

Kara déposa un baiser sonore sur l'autre joue de Mia, puis, zézayant une berceuse, se laissa emporter dans les bras de sa mère.

— Tu as de la sauce sur les joues, remarqua Abe avec flegme.

— Ça en valait la peine, répondit Mia en s'essuyant.

Avec un sourire mélancolique, elle les regarda s'éloigner, heureuse de savoir que l'innocente enfant n'aurait jamais à s'interroger sur l'amour de ses parents.

— Je ne sais pas comment Kristen arrive à lui résister.

— En réalité, c'est une bonne pâte. Elle essaie de jouer les dures, mais ne t'y fie pas, dit Abe en se renversant dans son siège. Tu ne dors pas ici cette nuit, n'est-ce pas ?

— Non, mais ne préviens pas Kristen avant mon départ. Elle a menacé de me ligoter pour m'empêcher de partir.

— Ne me dis pas que tu retournes à ton appartement.

— Solliday a un duplex, répondit Mia, en levant les yeux au ciel. Je vais en occuper une moitié. J'aurai ma chambre, ma propre cuisine et une entrée privée.

— Et un passage secret pour te rendre à tes rendez-vous nocturnes de l'autre côté de la maison, acheva Abe avec une mimique amusée.

Mia se mordit la lèvre. Abe riait franchement à présent. A tous les coups, Aidan avait vendu la mèche à propos de ce qui s'était passé au bureau.

— Ton frère a encore perdu une occasion de se taire. C'était tout à fait innocent.

— Aidan a toujours été trop bavard, gloussa Abe. Tu devrais te voir en ce moment. Tu es plus rouge que Kara couverte de sauce spaghetti.

Elle lui jeta une serviette de table.

— Quand je pense que tu m'as manqué !

— Je reviendrai bien assez tôt, tu verras. Et tu auras droit de nouveau au curry, aux sushis et aux délices de la cuisine végétarienne.

Elle plissa les yeux.

— Solliday me laisse choisir, lui.

— Choisir quoi ? demanda-t-il avec un sourire malicieux en voyant ses joues s'empourprer.

Il se pencha en arrière, l'expression soudain grave.

— Tu me préviendras s'il… si tu as besoin d'aide.

— Tu veux dire que s'il se montre méchant avec moi, tu lui casseras la figure ?

— Quelque chose comme ça.

Abe avait l'air tout à fait sérieux ; Mia en fut touchée.

— A part son côté un tantinet dominateur, il se conduit comme un parfait gentleman. Mais c'est vrai qu'il m'énerve. Il essaie tout le temps de me régenter.

— On dirait bien qu'il y réussit. Enfin, tu n'es pas dans

ton appartement à l'heure qu'il est, et pour moi, c'est déjà positif. Peut-être arrivera-t-il à te persuader de déménager.

— Tu ne vas pas t'y mettre, toi aussi ! Abe, c'est *mon* chez-moi. Tu ne vendrais pas ta maison, n'est-ce pas ? Si je déménageais chaque fois que je mets un voyou en pétard, je n'aurais plus qu'à me faire nomade et à vivre sous une tente.

— Nous n'avons pas simplement affaire à un seul petit voyou. Que fait Spinnelli pour empêcher Carmichael de nuire ?

— Que peut-il faire ? Elle n'a pas affirmé formellement que c'était mon adresse. Elle a seulement dit que des coups de feu avaient été tirés et que j'en étais la cible. Libre au lecteur d'en tirer ses conclusions. Elle n'a violé aucune loi.

— Comment savait-elle où trouver Getts et DuPree ?

— Elle l'a appris par l'un de ses informateurs.

— Et si c'était elle, l'informateur ?

— Tu veux dire qu'elle aurait été présente la nuit où tu t'es fait descendre ? demanda Mia, envisageant soudain cette possibilité. Elle les aurait suivis ? Cela signifierait que depuis le début elle connaissait leur planque et ne disait rien.

— Et elle a attendu ton retour pour te donner le tuyau.

Mia sentit la moutarde lui monter au nez.

— Nom d'un chien ! Elle voulait que ce soit moi qui les arrête pour s'assurer l'exclusivité du reportage. Et en capturant DuPree, je lui ai offert la moitié de ce qu'elle attendait.

— Grâce à toi, elle a fait les manchettes des journaux. Méfie-toi d'elle, Mia.

Elle se leva, les jambes tremblantes.

— Alors, là, pour une journée pourrie !

— Reste encore un peu. Tu as l'air fatiguée.

— C'est vrai. Mais il faut encore que j'épluche les dossiers de Burnette. Nous n'avons…

Elle hésita un instant avant de se résoudre à répéter les paroles du sergent :

— Nous n'avons que dalle en matière d'indices matériels. Il nous faut trouver un lien.

— Mais puisque vous ne connaissez pas son vrai nom, que cherchez-vous ?

Elle frotta son front douloureux.

— N'essaie pas de me piéger avec ta logique, grommela-t-elle. Je vais dormir un peu, ensuite je retourne à mes dossiers.

Elle se dirigea vers la porte d'entrée.

— Apporte-m'en quelques-uns, proposa Abe. Je pourrai t'aider.

Avec une grimace de douleur, elle enfila son blouson. Elle aurait de la chance si Burnette ne lui avait pas causé un bleu supplémentaire.

— Tu es en invalidité, mon vieux.

— Je suis tout à fait capable de lire. Je deviens dingue à rester ici toute la journée. S'il te plaîîît !

— Je comprends maintenant d'où Kara tient cette mimique. Si Spinnelli est d'accord, je t'embauche. Je t'appellerai demain. Remercie Kristen pour le dîner et embrasse Kara pour moi.

Installée au volant de sa voiture, Mia vit son collègue l'observer de sa fenêtre, tout comme Dana l'avait regardée partir la veille. Une fois encore, elle ressentit la vilaine morsure de la jalousie, mêlée à un sentiment de rancœur. Pourtant, elle n'en voulait pas à Abe, ni à Dana. Pas vraiment. C'était l'intimité qu'ils entretenaient avec leur famille qui lui restait sur le cœur, elle le reconnaissait. Ce qu'elle leur enviait, c'était de retrouver tous les soirs une maison pleine de bruits joyeux et d'êtres chers qui les aimaient, quoi qu'il arrive. De ne pas être obligés de rentrer seuls.

Et malgré le changement de lieu, elle se retrouverait tout de même seule, ce soir, chez Lauren, tandis que la famille de Reed serait réunie dans l'autre partie de la maison. Elle pensa à sa propre famille. Kelsey en prison. Sa mère… Elles ne s'étaient pas reparlé depuis l'enterrement. Annabelle lui avait interdit de revenir, interdiction qu'elle n'avait de toute façon aucun mal à respecter. Elle se demanda qui était la mystérieuse blonde, si elle avait une famille. Si elle aimait *sa* mère.

Elle n'avait pas encore effectué les recherches nécessaires sur le numéro d'immatriculation qu'elle avait relevé. Quand les choses se seraient un peu calmées, elle s'attellerait à la tâche. *Quand les choses se seraient calmées. Quand ça irait mieux.* L'éternelle excuse dont elle se servait pour remettre sans cesse à plus tard. Retarder le moment d'acheter de nouveaux meubles, de repeindre sa chambre. Différer son emménagement avec Guy, lorsqu'il le lui avait proposé l'année précédente. Repousser son mariage avec lui. Quand les choses se seraient tassées…

Quand cela arrivera-t-il, Mia ? Et quel âge auras-tu alors ?

Dépitée, elle chassa ses tristes pensées de son esprit. Pour l'heure, elle avait à s'occuper de choses autrement plus importantes. Il fallait qu'elle retourne à son appartement pour faire son balluchon. Aussi devait-elle garder l'esprit clair, les sens en alerte, au cas où quelque individu malveillant et armé d'un revolver rôderait dans les parages. Elle réfléchirait à ses angoisses existentielles plus tard. Elle rit tout haut, d'un rire crispé et amer. *Quand les choses se seront tassées.*

Jeudi 30 novembre, 20 h 15

— Ce repas était excellent, Lauren, dit Reed en aidant sa sœur à débarrasser la table.

Lauren lui lança un regard perçant.

— Je suis étonnée de t'entendre dire ça. Pendant tout le dîner, tu as eu l'air d'en vouloir à ton assiette.

S'en vouloir à lui-même eût été plus exact. Il n'aurait pu s'y prendre plus mal avec Mia, il en avait la désagréable conviction.

— Excuse-moi, je pensais à autre chose.

— Je m'en doute.

D'un geste apaisant, elle lui pressa le bras avant de déposer les assiettes dans l'évier.

— Hé ! s'exclama-t-il, arrêtant au passage Beth qui quittait la pièce en catimini. Où vas-tu ?

Beth lui décocha son regard noir.

— Là-haut, répliqua-t-elle comme si elle s'adressait à un débile mental.

Elle n'avait pas ouvert la bouche de tout le repas, affichant une mine renfrognée et irascible. Une fois de plus, elle avait demandé la permission de dormir chez une amie pendant le week-end, et une fois de plus, il avait refusé. Toujours la même histoire !

— Reviens ici et donne un coup de main à ta tante. Je ne comprends pas quelle mouche te pique, Beth.

Les dents serrées, elle entreprit de jeter les couverts sur les assiettes avec fracas.

— Beth !

Elle leva les yeux, et il s'aperçut avec stupeur qu'ils étaient baignés de larmes.

— Quoi ? grogna-t-elle.

— Beth, ma chérie, qu'est-ce qui ne va pas ?

D'un geste brusque, elle balaya les miettes sur la table.

— Rien, tu ne comprendrais pas.

Et après s'être débarrassée des miettes dans la poubelle, elle sortit de la pièce en courant, laissant Reed abasourdi.

— Qu'est-ce que j'ai fait ? demanda-t-il.

Armée du balai, Lauren ramassa les miettes tombées sur le sol.

— Quelque chose l'a tracassée toute la semaine. C'est peut-être un garçon.

Frissonnant, Reed ferma les yeux.

— Elle n'a que quatorze ans, Lauren. Ne dis pas de bêtises.

— Elle a quatorze ans, Reed. Il faut que tu t'y habitues.

— Je vais lui parler.

— Laisse-lui le temps de se remettre, conseilla Lauren en le toisant par-dessus son balai. Toi non plus, tu n'es pas dans ton assiette, ces jours-ci. Tu veux qu'on en parle ?

Reed la considéra un instant. De tous ses frères et sœurs, c'était Lauren dont il se sentait le plus proche. Les autres, il les aimait, mais un lien très fort les avait toujours rapprochés tous les deux.

— Je ne sais pas.

— Quand tu te seras décidé, sourit-elle, tu sais où j'habite.

— Aah, au fait ! se rappela-t-il en se frottant la nuque d'un air gêné. J'ai, pour ainsi dire, offert ton appartement. Pour une noble cause, cela va de soi.

Elle hocha la tête, les yeux étrécis en deux minces fentes.

— Tu as proposé mon appartement ? Mais pour quelle raison ?

— Mitchell a besoin d'un logement pour quelques jours. Je lui ai suggéré de s'installer chez toi. Je me suis dit que tu ne verrais pas d'inconvénient à dormir dans la chambre d'amis, puisque la plupart de tes affaires sont déjà ici de toute façon.

Elle réfléchit un instant.

— Pourquoi ne pourrait-elle pas tout simplement partager mon appartement avec moi ?

Il ouvrit la bouche. La referma. Certes, il avait, l'espace d'une seconde, envisagé cette possibilité, mais l'avait immédiatement repoussée. Il préférait que Mia soit seule. Il la désirait nue, il voulait l'entendre crier dans les moments de jouissance. Sans avoir à redouter que sa sœur les surprenne ni devoir laisser sa fille seule à la maison. Le feu lui monta aux joues.

Un éclair de compréhension traversa les yeux de sa sœur.

— Tu suis enfin mes conseils.

— Non, pas du tout.

— Mais…

— Lauren, ceci ne te regarde pas, mais puisque tu es au courant, sache que c'est temporaire. Tout comme le fait que nous travaillons provisoirement en équipe.

Le regard de Lauren s'assombrit.

— Tu es sûr de ce que tu fais, Reed ?

Il tiqua.

— Pardon ?

— Je ne veux pas dire techniquement, je suppose que tu maîtrises la chose assez bien.

— Lauren !

— Je veux dire cet… arrangement avec Mia. N'oublie pas que les cachotteries n'enlèvent rien à la portée des actes. Tu auras beau te persuader que c'est temporaire, ça n'en sera pas vrai pour autant. Et même si elle a l'air d'une dure à cuire, ça ne l'empêche pas d'avoir des sentiments.

Cela, il le savait.

— Je ne veux pas lui faire de mal.

— Ce n'est pas tout de vouloir, répliqua-t-elle en secouant les miettes dans la poubelle. Je vais préparer sa chambre.

Une expression peinée sur le visage, elle effleura du doigt la chaîne que son frère portait sous sa chemise.

— Tu l'as retirée hier soir.

— Tu as fouillé dans ma chambre ?

— Je cherchais de l'aspirine. Ta chaîne était sur ta table de chevet, bien en évidence. Fais attention, Reed. Aucune femme n'a envie de vivre dans l'ombre d'une autre. Même à titre provisoire.

Il demeura silencieux. Par chance, la sonnerie de son portable lui évita de devoir répondre. Le numéro du correspondant lui était inconnu.

— Solliday, j'écoute.

Lauren secoua la tête, puis s'en fut préparer la chambre de Mia.

— Abe Reagan à l'appareil, l'équipier de Mia.

— Enchanté, dit Reed avec réserve. Mais dites-moi, juste par curiosité, comment avez-vous eu mon numéro ?

— Par Aidan qui lui-même l'a obtenu de Jack. Mia vient de partir de chez moi. Elle a dit qu'elle dormait à votre domicile ce soir, mais je sais qu'elle va passer par son appartement. Si je le pouvais, j'irais m'assurer qu'il ne lui arrive rien.

— Entendu, j'y vais. Merci de m'avoir prévenu.

Reed rempocha son téléphone mobile. Tout d'abord, il devait s'expliquer avec Beth. Il grimpa les marches deux par deux, frappa à la porte de sa fille. Dans la chambre, la musique hurlait si fort qu'il n'entendit pas la réponse.

— Beth ? Il faut que nous parlions.

— Va-t'en !

Il secoua légèrement la poignée de la porte. Elle était fermée à clé.

— J'ai quelque chose à te dire. Ouvre-moi immédiatement.

Une minute s'écoula avant que la porte ne s'entrouvrît. Beth le considéra fixement, un regard hostile dans ses yeux sombres encore tout gonflés de larmes.

— Quoi ?

Avec douceur, il tendit la main pour repousser quelques cheveux mouillés collés sur sa joue. Elle tressaillit et s'écarta, ce qui le froissa encore davantage que les mots durs qu'elle lui avait assénés.

— Je t'en prie, Beth, dis-moi ce qui ne va pas. Je ne peux pas comprendre si je ne sais pas de quoi il retourne.

— Ce n'est rien. Je suis juste fatiguée.

Désemparé, il fronça les sourcils.

— Tu es malade ? Dois-je appeler un médecin ?

Elle eut un sourire amer.

— Tu veux savoir si j'ai besoin de voir un psy ? Non, je ne crois pas. C'est toi qui n'arrêtes pas de les traiter de nuls.

Touché !

— C'est vrai, je l'ai dit. Peut-être que je n'aurais pas dû. Peut-être qu'il y a une foule de choses que je devrais faire différemment. Mais je ne peux pas le savoir si tu ne me parles pas, mon bébé.

Elle le fusilla du regard.

— Je ne suis plus un bébé ! s'insurgea-t-elle.

Puis la tristesse envahit de nouveau son regard, non sans une certaine lueur rusée toutefois.

— Si tu voulais vraiment me faire plaisir, tu me laisserais aller à la soirée pyjama.

Il recula d'un pas, les poils de sa nuque hérissés. Cette manipulatrice ne pouvait être sa fille, elle était l'enfant de quelqu'un d'autre !

— Pas question ! J'ai dit que tu étais confinée à la maison, et rien ne me fera changer d'avis. Bien au contraire ! Je ne sais pas ce qu'il y a de si important à propos de cette soirée pyjama, mais tu n'iras pas. A partir d'aujourd'hui, je ne veux plus que tu mettes les pieds chez Jenny.

Les narines dilatées, Beth souffla bruyamment par le nez.

— Elle m'avait prévenue que tu t'en prendrais à elle, vociféra-t-elle. Tu n'as pas bientôt fini de me gâcher la vie ?

A court d'arguments, il secoua la tête.

— Beth, je dois sortir quelques minutes. Nous reprendrons cette conversation à mon retour.

— Pas la peine, lâcha-t-elle d'un ton glacial. Je dormirai quand tu reviendras.

Et sur ce, elle lui claqua la porte au nez.

Reed croisa les mains sur sa nuque, comme pour maintenir sa tête en place. Sa fille avait-elle un problème ? Avait-il affaire à un simple caprice ? Ou à quelque chose de plus grave ? Non, impossible ! Beth était une fille intelligente, une gentille gosse. Elle n'avait que quatorze ans. Pourtant, il savait d'expérience dans quelles situations fâcheuses les adolescents de cet âge pouvaient se laisser entraîner. Mais c'était de sa fille qu'il s'agissait, que diable ! Elle n'était pas le rejeton d'une alcoolique droguée qui se préoccupait davantage de sa prochaine dose que de nourrir son enfant.

Beth avait de la chance. *Elle m'a, moi*. Il soupira. *Et pour l'instant, elle me déteste*. Désorienté, il ne savait que faire. Bien sûr, il pouvait démolir la porte, ce n'était pas l'envie qui lui en manquait, mais cela ne résoudrait rien, il ne l'ignorait pas. Il avait besoin d'aide. Dès le lendemain matin, il téléphonerait au conseiller d'orientation du lycée.

Pour l'heure, il devait se rendre auprès d'une femme qui allait probablement l'accueillir avec autant de bienveillance que sa fille.

— Pourquoi ne laisses-tu pas tomber, Solliday ? grommela-t-il entre ses dents tandis qu'il descendait l'escalier.

En sortant de la maison, il croisa Lauren qui traversait le jardin, un sac de toile sur l'épaule.

— Je dois m'absenter, annonça-t-il d'un ton brusque. Beth est dans sa chambre.

— Tu lui as parlé ? demanda Lauren.

— Pour ce que ça a servi ! J'appellerai le conseiller de l'école demain.

— Bonne idée !

— A tout à l'heure.

Et avec raideur, il se dirigea vers son véhicule tout-terrain, conscient de ce que son attitude avait de grossier.

— Reed ?

Sans se retourner, il s'arrêta net.

— Quoi ?

— Retire ta chaîne avant d'y aller.

Il grimpa à bord de son 4x4, descendit l'allée jusque sur la chaussée et tourna l'angle du pâté de maisons. Puis il ralentit, ôta la chaîne de son cou, contempla un instant l'anneau dans la paume de sa main, et avec précaution déposa le bijou dans le boîtier à côté de son siège.

— Fait suer !

*
* *

Jeudi 30 novembre, 20 h 45

Enfin, elle arrivait ! Il se remit sur ses pieds dans l'allée de l'autre côté de la rue, hissa le sac sur son dos. On gagne toujours à voyager léger. S'il était obligé de s'enfuir en courant, il avait tout ce qu'il lui fallait dans son sac. La voiture qu'il avait volée était garée à une rue de là, il n'aurait aucun mal à la reprendre dès qu'il aurait accompli sa tâche. Ensuite, Melvin Getts ferait la une des journaux. *Pas moi.*

Mitchell sortit de sa voiture, portant une sacoche à l'épaule. Elle resta immobile un instant, sur le qui-vive, scrutant l'obscurité autour d'elle, mais elle ne pouvait le voir, tapi dans l'ombre comme il l'était. Elle formait une cible parfaite. D'une main ferme, il braqua le revolver dans sa direction. Impossible de la rater à cette distance. Il visa…

C'est alors qu'un véhicule tout-terrain s'arrêta à côté d'elle, bloquant son champ de vision. *Enfer et damnation !* C'était le lieutenant Solliday !

Le *fire marshal* abaissa sa vitre et ils se mirent à parler, pas assez fort toutefois pour qu'il puisse saisir un seul mot de leur conversation. Solliday se cala dans son siège et fouilla à son tour les environs du regard.

Pas de chance ! Elle montait à son appartement. Qui savait quand elle allait en redescendre à présent ? Ce pouvait être une affaire de deux minutes ou de deux heures. Nom d'un chien, elle allait peut-être rester chez elle toute la nuit ! Il n'avait pas que ça à faire, que diable ! Il lui restait encore les Dougherty à assassiner. Pas question d'attendre ici. C'était maintenant ou jamais. Maintenant ! Le sort en était jeté. Il sortit de l'ombre, leva le revolver. Et tira.

— Police ! Jetez votre arme !

Il fit un bond en arrière. Qui avait crié ? Ce n'était pas

Mitchell, elle avait disparu de sa vue, ni Solliday, qui jaillissait de son véhicule, une arme à la main.

Il recula d'un pas, de deux pas. Son cœur s'arrêta de battre. Solliday l'avait aperçu.

— Arrêtez !

Le *fire marshal* fonça sur lui.

Sauve-toi. Il fit demi-tour et prit ses jambes à son cou.

Mia se redressa, sa radio dans une main, son arme dans l'autre.

— Fusillade au 1342 Sedgewick Place. Un officier en civil est parti à la poursuite du tireur. Demande des renforts d'urgence.

Debout sur le trottoir, elle tenta de focaliser son esprit à travers le brouillard de l'adrénaline. Quelqu'un avait crié, juste après le coup de feu. Or, la rue était déserte. Elle appuya le récepteur radio contre son front, puis le redescendit à hauteur de sa bouche.

— Solliday ?

Pas de réponse. Prise de panique, elle se mit à courir.

— Solliday !

— Je suis là.

En entendant sa voix grésiller dans la radio, elle s'arrêta, reprit son souffle, soulagée.

— Il m'a échappé, grogna-t-il. Lance un avis de recherche sur White.

Elle se figea.

— Quoi ?

— White. Le matheux. Dépêche-toi, Mia. Il est encore dans le coin, quelque part, et il est à pied.

Il a essayé de me tuer.

— Inspecteur Mitchell, Homicides. Nous pourchassons un individu de sexe masculin, race blanche, âgé de vingt-trois ans environ. Un mètre soixante-treize, soixante-huit kilos. Cheveux blonds, yeux bleus. Le suspect est armé et recherché pour quatre affaires de meurtres. Il se fait appeler Devin White. Je répète, le suspect est armé.

— Bien reçu, inspecteur, répondit le PC radio. Avez-vous besoin d'un médecin ?

— Non, seulement de renforts. Il faut boucler tout le quartier. Il s'est enfui à pied. Envoyez une patrouille à la station du métro aérien qui se trouve à deux rues d'ici, vers le sud.

Elle leva les yeux et aperçut Solliday qui émergeait de l'obscurité de l'allée au pas de course. Il s'arrêta net. Ses yeux lançaient des éclairs.

— Tu es blessée !

Elle porta la main à sa joue, essuya le sang qui coulait.

— Une simple éraflure. Ce n'est rien.

Il lui prit le menton dans sa main, hocha la tête, la relâcha.

— Qui a crié « Police » ?

— Je ne sais pas, répondit-elle en regardant autour d'elle. C'était lui, tu es sûr ?

Il confirma d'un signe de tête, le souffle encore un peu court.

— Ouais, il est rapide, le petit salopard. Je l'avais presque rattrapé, mais il a balancé des poubelles en travers de mon chemin.

— Toi aussi, tu cours vite.

— Pas assez. Il a encore réussi à nous fausser compagnie.

— On va installer des barrages. Mais il y a une station de métro à deux rues d'ici. Il se pourrait qu'il y soit encore. Nom d'une pipe ! J'ai l'impression que quelqu'un nous observe…

Un bruit dans son dos la fit pivoter sur ses talons, les deux poings crispés sur son arme.

— Sortez, les mains en l'air !

— Ça alors ! murmura Solliday.

Mia cligna des yeux. De l'allée plongée dans la pénombre, non loin de l'endroit où White avait disparu… *elle* sortit. Sa tête blonde était coiffée d'un béret noir et, au lieu du tailleur sombre qu'elle avait porté lors de la conférence de presse, elle arborait un blouson de cuir noir, semblable à celui que Mia avait revêtu la nuit où Abe avait été abattu. Sur ses lèvres dansait un sourire d'autodérision. D'une main, elle tenait un revolver, posé à plat dans sa paume levée. De l'autre, elle brandissait un insigne.

Mia poussa un soupir.

— Seigneur, c'est de mieux en mieux !

Jeudi 30 novembre, 21 h 15

Il descendit du métro deux stations plus loin et se dirigea tout droit vers une petite Ford, son cintre en fil de fer à la main. Quelques instants plus tard, il s'installait au volant et se retrouvait bientôt sur la route, son sac à dos sur le siège à côté de lui.

Une fois de plus, il disparaissait de la scène publique. Dans le wagon où il avait trouvé refuge, il s'était demandé si quelqu'un l'observait, essayait de trouver une quelconque ressemblance avec la photo diffusée par les journaux télévisés. Cependant, évitant de croiser les regards, il avait gardé son sang-froid, ne s'était pas ratatiné sur son siège. Il s'était comporté de manière tout à fait normale.

Avait-il atteint sa cible ? Mitchell était-elle morte, sa cervelle répandue sur le trottoir ? Il n'en était pas certain. La balle était passée tout près. Et lui avait bien failli se faire pincer, il n'y avait aucun doute là-dessus ! Solliday l'avait vu. Il l'avait reconnu. Son stratagème avait échoué.

Retire-toi, reste dans l'ombre quelque temps. Fais ce que tu as à faire ce soir et, demain, quitte la ville au plus vite. *Trouve les quatre derniers, ensuite tu auras terminé.*

*
* *

Jeudi 30 novembre, 21 h 15

— Posez votre arme par terre, doucement, ordonna Mia.

La femme obtempéra, déposa le revolver sur le trottoir.

— Vous avez été touchée, remarqua-t-elle.

Mia rengaina son arme de service.

— Une égratignure.

Deux voitures de patrouille s'arrêtèrent à leur hauteur. Mia regarda par-dessus son épaule. Quatre autres véhicules les suivaient.

— Je m'en occupe, proposa Solliday. Je vais leur demander d'établir des barrages.

— Merci, murmura-t-elle, puis se tournant vers la femme blonde : A nous deux !

Elle prit le badge de l'inconnue et le leva en pleine lumière.

— Olivia Sutherland, police de Minneapolis, lut-elle.

La bouche de Sutherland se retroussa sur le même petit sourire moqueur.

— Salut, sœurette !

Mia lui rendit sa plaque.

— Pourquoi ne pas être venue me parler, tout simplement ? Pourquoi me suivez-vous partout depuis des semaines ? Vous essayez de me rendre dingue ?

— Non, mais je n'étais pas certaine de savoir si je voulais vraiment vous parler. Ni même vous *connaître*. Je pensais plutôt qu'il ne valait mieux pas.

Mia hésita une seconde.

— Et pour quelle raison ?

— C'est avec vous qu'il voulait vivre. Pas avec moi. Avec votre mère. Pas avec la mienne.

Mia tiqua puis, tout à coup, éclata de rire.

— Vous plaisantez, n'est-ce pas ?

Le sourire ironique s'évanouit.

— Ça ne me viendrait jamais à l'idée.

De toute évidence, quelqu'un avait peint à cette femme

une image de Bobby Mitchell plus flatteuse qu'il ne le méritait.

— Reprenons depuis le début, décida Mia. Olivia Sutherland, je te remercie d'avoir sauvé ma peau.

Le petit sourire revint.

— J'espérais que tu aurais remarqué.

— Pourquoi l'as-tu fait ?

— Je n'avais pas du tout l'intention de t'aimer. Je voulais te détester. Mais je t'ai observée et je me suis rendu compte que je m'étais peut-être trompée. Je m'apprêtais à partir cet après-midi lorsque j'ai vu ton adresse publiée dans le journal. Tu ne devrais pas te laisser faire par cette bonne femme, tu sais. Cette Carmichael est une peste.

— Ouais, c'est ce que j'ai cru comprendre. Alors, comme ça… tu as traîné dans le quartier toute la journée.

— Oui, presque. J'espérais te rencontrer pour te dire bonjour et au revoir. Mais tu ne rentres pas souvent chez toi.

— Je sais, d'habitude, le soir, je rends visite à des amis.

— Comme la rousse qui était à l'enterrement ?

— Entre autres. Ecoute, j'aimerais que nous bavardions toutes les deux, mais il faut d'abord que je m'occupe de ça, dit Mia en désignant du doigt Solliday qui avait étalé une carte sur le capot d'une voiture de patrouille et s'affairait à organiser des barrages de police.

Sutherland sourit.

— Quand les choses se seront tassées, nous pourrons parler.

Quand les choses se seront tassées. La phrase frappa Mia en pleine figure. Elle avait déjà tant perdu, à attendre que les choses se calment ! Une occasion se présentait maintenant, qui ne reviendrait peut-être jamais.

— Non, ce ne sera jamais fini. Quel âge as-tu ?

Sutherland cligna des yeux.

— Vingt-neuf ans, répondit-elle, puis avec un sourire : Ce n'est pas poli de demander.

Mia lui rendit son sourire.

— Je sais. Tu peux rester en ville encore quelque temps ?

— Impossible. J'ai pris plusieurs jours de congé, mais mon supérieur me tanne pour que je revienne. Je suis obligée de rentrer.

— Juste une journée, je t'en prie. Il y a trois semaines, je n'étais même pas au courant de ton existence. Il semble bien que nous ayons plusieurs points communs, en plus de Bobby. Où loges-tu ?

Sutherland scruta le visage de Mia, puis hocha la tête.

— Ma mère a déménagé dans le Minnesota après ma naissance, mais ma tante vit toujours ici. C'est elle qui m'héberge.

Elle griffonna une adresse et un numéro de téléphone au dos de sa carte.

— Je sais où *tu* habites.

— Il est probable que je vais me déplacer assez souvent au cours des prochains jours. Mais voici mon numéro de portable.

Sutherland fourra dans sa poche la carte que lui tendait Mia, puis déclara d'un air songeur :

— Toute ma vie, j'ai souhaité être à ta place. Je te haïssais. Mais tu n'as rien à voir avec celle que j'imaginais.

— Parfois, je m'étonne moi-même, ironisa Mia. Nous allons devoir prendre ta déposition. Le type que tu as mis en fuite a assassiné quatre femmes.

Les yeux bleus de la jeune femme s'agrandirent, et Mia eut l'impression de se regarder dans un miroir.

— Alors, c'est… ?

A l'évidence, la petite sœur lisait les journaux.

— Exactement. Bon, au travail !

Jeudi 30 novembre, 22 heures

Le petit génie des mathématiques lui avait échappé. Reed fulminait en silence, tout en regardant les policiers faire du porte-à-porte pour interroger les voisins. Dire qu'il s'en était fallu d'un cheveu ! Il s'était trouvé si près de ce fumier qu'il avait pu distinguer l'expression méprisante de son visage. Et son air triomphant lorsqu'il lui avait filé entre les doigts. Il aurait suffi d'un pas de plus…

— Si tu continues à froncer les sourcils comme ça, ton visage restera figé dans la même expression jusqu'à la fin de ta vie, l'avertit Mia en s'adossant à la carrosserie du 4x4.

— Je le tenais, gronda-t-il entre ses dents. Bon sang ! Je l'avais presque.

— Les « presque », ça ne compte pas. Nous perdons notre temps, Reed. Il ne va pas s'attarder dans le coin. Il a sûrement déjà mis les voiles.

— Je sais, répondit-il d'une voix pleine d'amertume.

— Je me demande quelle raison l'a poussé à faire cela. Pourquoi moi ?

Reed haussa les épaules.

— Nous approchons du but, et il le sait. De plus, s'il connaît ton adresse, il sait aussi qu'on t'a tiré dessus mardi soir.

Du bout des doigts, elle effleura sa joue à l'endroit que la balle avait égratigné et qu'un urgentiste avait refermé à l'aide de deux points de suture.

— Un moment d'inattention.

— Mia !

D'un même mouvement, ils se retournèrent. Jack se tenait près de l'entrée de l'immeuble, un projectile dans la paume de la main.

— S'il avait mieux visé, ne serait-ce que de quelques millimètres…

Pour la dixième fois au cours de l'heure écoulée, Reed sentit son sang se glacer. Quelques millimètres de plus sur le côté, et la balle se serait logée dans le crâne de Mia au lieu de simplement lui érafler la joue. A quelques millimètres près, il avait failli la perdre.

— Ouais, je sais, dit-elle, je serais morte. Merci, Jack.

— En fait, rétorqua sèchement son collègue, sur une tête aussi dure que la tienne, la balle aurait probablement rebondi. Parfois, je préférerais que tu ne sois pas aussi chanceuse. Tu commences à croire que tu *es* blindée. Mais, tu te trompes lourdement.

En effet, elle en était loin. Reed ravala la peur qui lui enserrait la gorge chaque fois qu'il revivait en esprit le moment où elle s'était écroulée sur le trottoir.

— Jack, nous sommes vannés. Est-ce que Mia peut faire sa valise et partir d'ici ?

Jack le scruta d'un regard perçant, et Reed comprit que les appels téléphoniques entre Abe, Aidan et Jack n'avaient pas eu pour unique but d'échanger des numéros de portable.

— D'accord, répondit Jack. Gardez un œil sur elle jusqu'à ce qu'elle soit arrivée… là où elle va.

Sur ces mots, tous trois jetèrent un regard à l'entour, conscients que les murs pouvaient avoir des oreilles.

— Entendu, dit Reed en ouvrant la porte de l'immeuble pour laisser passer Mia. Allons préparer ta valise.

Dès qu'elle eut pénétré dans son appartement, il la poussa contre la porte. Son cœur battait la chamade. D'un geste désespéré, il plaqua sa bouche sur celle de la jeune femme. Mais au moment où elle l'entoura de ses bras et lui rendit son baiser, en proie au même profond désarroi, plus rien ne lui sembla important.

Il s'écarta, la respiration aussi haletante que lors de sa course-poursuite sur les talons de cette infecte petite crapule d'assassin.

— Merci, murmura-t-elle, j'en avais besoin.

Il appuya son front contre le sien.

— Bon sang, Mia, j'ai eu si…

— Moi aussi, le coupa-t-elle, le souffle court.

Il fit un pas en arrière.

— Dépêche-toi de faire ton sac. Je veux que tu sortes d'ici au plus vite.

Puis, incapable de résister, il lui entoura le visage de ses mains en coupe et doucement caressa les points de suture.

— Je te veux, un point c'est tout. Viens chez moi.

— On dirait bien que je n'ai pas le choix, répondit-elle avec un demi-sourire. C'est un sale tour que tu m'as joué là, en me manipulant ainsi. Et en expulsant Lauren de sa propre maison, par-dessus le marché !

Reed effleura du pouce sa lèvre inférieure.

— En théorie, la maison m'appartient. Lauren n'est que locataire. Il y a un lit très confortable dans sa chambre d'amis. Avec un matelas bien ferme.

— Le mien me convient tout à fait. Quoi d'autre ?

— Eh bien… il y a une perche de feu et aussi un trapèze et même un trampoline.

Elle éclata de rire.

— Tu as gagné ! J'emballe mes affaires.

Il la suivit dans sa chambre. L'endroit semblait avoir été dévasté par une tornade. Un amas désordonné de draps et de couvertures jonchait le sol. Exactement dans l'état où il les avait laissés le matin même. Le regard de Reed se posa sur le lit, puis sur Mia. Elle secoua la tête.

— Non, dit-elle. Pas avec une équipe de la police scientifique occupée à ratisser la rue sous mes fenêtres.

En hâte, mais sans agitation inutile, elle bourra un sac de paquetage des effets personnels dont elle pourrait avoir besoin, puis hésita, la main sur une petite photo encadrée. Deux adolescentes souriaient devant l'objectif, debout côte à côte, sans toutefois se toucher.

— C'est toi et Kelsey ?

— Oui, répondit-elle en fourrant le cadre dans son sac. Il faut que je la mette au courant à propos d'Olivia, mais j'ai peur d'aller lui rendre visite dans sa nouvelle prison. Je redoute même de savoir où elle se trouve.

Reed lui prit le menton et leva son visage vers lui. C'était la première fois qu'elle prononçait le nom de cette femme, pour un autre motif que celui de prendre sa déposition et de lui souhaiter une bonne soirée. Jack avait deviné de qui il s'agissait, mais Reed savait que Mia ne tenait aucunement à clamer son identité à la ronde.

— Parle-moi d'Olivia.

Elle haussa les épaules.

— Tu en sais autant que moi. Nous allons essayer de nous rencontrer demain soir pour bavarder un peu.

Elle hissa son sac sur son épaule, mais il le lui prit des mains.

— Laisse-moi faire, dit-il, avant d'ajouter lorsqu'elle le foudroya du regard : Je t'en prie.

Elle avait toujours autant de mal à accepter de l'aide, sous quelque forme que ce fût. Pourtant, il lui faudrait bien apprendre à se résigner.

Pendant combien de temps ? Cela dépendrait de la conversation qu'ils auraient dès qu'ils seraient arrivés chez lui. Et bien sûr, de ce qu'elle attendait. Pour l'instant, il priait le ciel de ne pas s'être mépris sur son besoin d'indépendance. Et sur son sentiment à l'égard de tout ce qui ressemblait, de près ou de loin, à des liens affectifs.

Elle hocha la tête, gagna la porte d'entrée, et s'immobilisa.

— J'allais oublier ! marmonna-t-elle en ouvrant d'un geste brusque le placard qui n'abritait en tout et pour tout que le petit coffret et le drapeau plié en triangle.

Les dents serrées, elle s'empara de la boîte et l'enfouit dans son sac.

— Allons-y !

18

Jeudi 30 novembre, 22 h 40

— Olivia Sutherland ? répéta Dana d'un ton songeur à l'autre bout du fil.

Mia était installée à la table de cuisine de Lauren. La sœur de Reed lui avait préparé la chambre d'amis, veillant à ce qu'elle ne manque de rien, et surtout pas de serviettes de toilette assorties et de savons parfumés. Mia avait failli dédaigner les savons puis s'était ravisée. Elle ne le regrettait pas. Leur senteur délicate s'était avérée apaisante et, si ridicule que cela pût paraître… féminine.

En se prélassant dans le bain à la mousse délicieusement embaumée, elle avait songé à Reed. Aurait-il trouvé cette fragrance à son goût ? Sans aucun doute. Vu que Lauren avait probablement prémédité toute l'affaire. Ah, les sœurs ! Celle de Reed et maintenant… la *mienne*.

— Elle portait un blouson exactement pareil au mien, mais, je ne sais pas pourquoi, le sien lui allait mieux.

— Veux-tu qu'Ethan effectue des recherches à son sujet ?

— Pas la peine. Elle m'a donné tous les renseignements nécessaires au moment de faire sa déposition. Si elle a menti, nous le saurons tout de suite. Elle me détestait. Enfin, du moins, jusqu'à maintenant.

— Ce devait être difficile de grandir dans un foyer sans père, tout en sachant qu'il avait choisi quelqu'un d'autre.

— Et moi, j'ai grandi en souhaitant être quelqu'un d'autre.

— Tu ne vas pas laisser échapper cette occasion, n'est-ce pas ? Rassure-moi !

— Non, bien sûr. J'ai réfléchi à ce que tu m'as dit. A propos du filet mignon et des hamburgers.

— Ça ne s'appliquait qu'aux hommes, s'empressa de rectifier Dana. Pas aux femmes et surtout pas à celles qui ont un lien de parenté avec toi. Tu fais fausse route, Mia !

— Non, je voulais dire que j'ai médité sur la différence qui existe entre se contenter de ce que l'on a et désirer tout avoir. Je suis déjà passée à côté de beaucoup de choses à force d'attendre que ma vie devienne normale. Peut-être qu'Olivia et moi pourrons entretenir une relation amicale, peut-être pas. Elle a fait le premier pas. A moi de faire le prochain. Et si ça ne sert à rien d'autre, ça aura au moins le mérite de la guérir de son opinion erronée au sujet de son père.

Dana garda un instant le silence avant de demander :

— Que comptes-tu lui dire exactement ?

— Je ne sais pas. J'imagine que je ne lui raconterai pas tout.

— Veux-tu que je t'accompagne ?

Mia sourit. Dieu merci, elle avait une amie sur qui elle pouvait compter.

— Je verrai.

— As-tu pensé à ce que je t'ai dit sur les hamburgers en ce qui concerne les *hommes* ?

— Oui, répondit Mia en levant les yeux au ciel.

— Et alors ?

— Cet homme n'a rien d'un hamburger, Dana, soupira-t-elle.

— Vraiment ? s'exclama son amie, une pointe de malice dans la voix. Raconte !

— Ce serait plutôt une entrecôte de premier choix, répondit Mia, la tête encore pleine du souvenir de ce qu'elle avait ressenti en savourant le morceau en question. De tout premier choix.

C'est alors que, comme si elle l'avait fait apparaître par la seule force de son évocation, Reed surgit derrière la porte vitrée de la cuisine.

— Oups, il faut que j'y aille, dit-elle.

— Attends, protesta Dana. Tu ne m'as toujours pas dit où tu étais ce soir.

De l'autre côté de la fenêtre, Reed faisait des grimaces pour attirer son attention.

— Ne t'inquiète pas, je suis en sécurité, répondit Mia pour rassurer son amie. Et je vais de ce pas… me sustenter.

— Appelle-moi demain. Et j'espère que tu seras un peu moins avare de détails, cette fois.

Mia raccrocha et fit entrer Reed. Il s'était douché et avait troqué ses vêtements pour une paire de blue-jeans usés et un vieux chandail. Ses pieds nus étaient chaussés de mocassins de cuir luisant. Décidément, cet homme prenait grand soin de ses chaussures. Il frissonnait.

— J'ai perdu ma clé.

Dans la quiétude de la cuisine, ils se tinrent un instant, face à face, se mesurant du regard. Puis Mia inclina la tête.

— Tu m'as menti. Il n'y a pas de perche de feu, ni de trapèze.

— Mais il y a un trampoline dans le jardin, objecta-t-il sans sourire.

Elle devint grave.

— Vide ton sac, Solliday.

Il ne fit même pas mine de ne pas comprendre.

— Nous devons établir les règles du jeu.

Des règles ? Qu'à cela ne tienne ! Elle n'avait rien contre. Elle pouvait même en proposer quelques-unes.

— D'accord.

Il fronça les sourcils, détourna le regard un instant, puis la scruta de nouveau.

— Pourquoi es-tu célibataire ?

La question eut le don de la hérisser.

— J'ai un emploi du temps très chargé, rétorqua-t-elle,

sarcastique. Je n'ai jamais réussi à trouver le temps de retenir une date pour les essayages de ma robe de mariée.

— Je parle sérieusement, soupira-t-il.

L'ennui, c'était qu'elle non plus n'avait jamais été plus sérieuse. Pourtant, ce fut une autre justification qu'elle avança, tout aussi véridique.

— Je suis flic.

— Il y a beaucoup de flics qui se marient.

— Et un grand nombre qui divorce. Ecoute, je suis un bon flic. C'est déjà assez difficile de vivre en couple dans des circonstances idéales. Je ne me crois pas capable d'être aussi performante dans les deux rôles à la fois.

Sa réponse sembla le rassurer.

— Tu l'as déjà été ?

— Quoi, mariée ? Non. J'ai été fiancée une fois, mais c'est tout. Et toi, pourquoi ne t'es-tu jamais remarié ?

Il planta ses yeux dans les siens, attentifs et graves.

— Tu crois à l'âme sœur ?

— Non.

Et pourtant... Dana avait trouvé l'âme sœur en Ethan, Abe en Kristen. Oh, bien sûr, ce n'était pas le cas de Bobby et Annabelle...

— Pour certaines personnes, peut-être, se corrigea-t-elle.

— Mais pas pour toi ?

— Non, en effet. Pourquoi ? Christine était-elle ton âme sœur ?

— Oui, répondit-il, d'un ton d'inébranlable conviction.

— Et on n'a droit qu'à une seule ?

— Je ne sais pas, avoua-t-il avec sincérité. Mais je n'ai jamais rencontré une autre femme comme elle et je ne suis pas disposé à me contenter d'un pis-aller.

Elle ne put réprimer un tressaillement.

— Au moins, c'est franc.

— Je n'ai pas envie de te mentir ni de te donner une fausse image de moi. Tu me plais et je te respecte. Je n'ai pas l'intention de te faire du mal.

— Tout ce que tu veux, c'est coucher avec moi.

La réplique avait jailli d'un seul coup, plus acerbe qu'elle ne l'avait souhaitée.

— En gros, c'est ça, admit-il prudemment.

— Alors pourquoi ne pas draguer une femme quelconque dans un bar ? s'indigna-t-elle, une pointe d'exaspération dans la voix.

Les yeux sombres de Reed étincelèrent.

— Je n'ai pas envie d'une aventure sans lendemain. Nom d'un chien, Mia ! Je ne veux pas me marier, mais ça ne veut pas dire que je suis prêt à me satisfaire de… Laisse tomber. J'ai eu tort d'aborder le sujet.

— Attends !

Il s'arrêta, la main sur la poignée de la porte, silencieux.

— Mettons les choses au clair, résuma-t-elle. Tu veux avoir des relations sexuelles avec une femme que tu respectes, dont tu apprécies la compagnie à petites doses. Tu refuses le mariage et tout ce qui ressemble à un engagement officiel. Je crois que le terme approprié pour définir ce genre d'arrangement est « aventure sans attaches ». Correct ?

Il inspira un grand coup, puis laissa tomber sa réponse dans un souffle.

— Exact. Et ma fille ne doit pas être au courant.

Mia se crispa.

— Naturellement, nous ne voudrions pas donner le mauvais exemple, n'est-ce pas ?

— Elle est trop jeune pour comprendre. Je ne veux pas qu'elle s'imagine qu'il est normal d'avoir des rapports sexuels avec n'importe qui. Parce que ce ne sera pas le cas.

Mia se rassit à la petite table et se passa la main dans les cheveux.

— Il s'agit donc d'une relation physique, mutuellement profitable, sans attaches, mais bénéficiant tout de même des charmes de la conversation sur l'oreiller.

— Si tu l'acceptes, confirma-t-il sans bouger.

Elle releva le menton.

— Et si je refuse ?

— Je rentre chez moi et je dors seul. Mais je n'ai vraiment pas envie de dormir seul.

— Hmm. Tu as déjà eu ce genre de liaison, avant ?

— Pas souvent, admit-il.

Ce qui expliquait sa longue abstinence.

— C'est pour cela que tu n'avais pas fait l'amour depuis six ans ?

— Essentiellement. Tu préfères te lier à quelqu'un, Mia ?

Enfin elle se présentait, l'offre qu'elle attendait ! Du filet mignon sur un petit pain à hamburger. Toute la saveur, sans les chichis de l'argenterie, de la vaisselle en porcelaine et des serveurs obséquieux à qui il faut ensuite laisser un pourboire. Vingt-quatre heures plus tôt, dans la cuisine de Dana, c'était exactement ce qu'elle avait affirmé appeler de ses vœux. A présent, dans la cuisine de Lauren, elle reconnaissait que c'était là ce que le destin lui avait réservé. Il n'y aurait pas de cœur à briser, pas d'enfant à ravager. Tout serait pour le mieux.

— Non, je ne veux pas d'attaches non plus.

Il la regarda en silence. De toute évidence, il ne la croyait pas. Elle n'était même pas certaine d'ajouter foi à ses propres paroles. C'est alors qu'il tendit la main. Elle lui donna la sienne, et il l'invita à se relever. Avec lenteur tout d'abord, il l'attira contre lui, l'enlaça. Une seconde plus tard, il l'embrassait, de sa bouche tiède, exigeante… irrésistible. Le désir se déchaîna en elle instantanément, avec une puissance telle qu'il lui fut impossible de le nier.

Elle noua ses bras autour de son cou, les doigts enfoncés dans ses cheveux, et prit ce à quoi elle aspirait. Les mains posées sur ses fesses, il la souleva jusqu'à lui, contre son sexe durci sous la toile usée du blue-jean. Le corps parcouru de frissons incontrôlables, elle se cambra contre lui. *Encore, s'il te plaît.* La supplication résonna dans son cerveau, sans toutefois franchir ses lèvres. Ce qu'elle désirait, elle le lui fit comprendre avec son corps, par l'ardeur avec laquelle elle lui rendit son baiser.

Il détacha sa bouche de ses lèvres, la fit courir le long de son cou, avide, vorace.

— Je te veux, gronda-t-il d'une voix rauque. Donne-toi à moi.

Sa bouche se referma sur l'un de ses seins, lui arrachant un cri de plaisir.

— Dis-moi oui. Maintenant.

Elle arqua le dos, s'abandonnant au plaisir qu'il lui offrait.

— Oui.

Il frémit, comme s'il n'avait pas été certain de sa réponse. Puis il l'emporta dans ses bras, vers la chambre où le grand lit confortable les attendait.

— Maintenant.

Vendredi 1er décembre, 2 h 30

La voiture qu'il surveillait depuis deux heures d'un regard mauvais démarra. Enfin ! Il avait fini par croire que ces deux adolescents ne cesseraient jamais leurs galipettes sur le siège arrière de la Chevrolet. Et lorsqu'ils s'étaient finalement décidés à y mettre un terme, le garçon avait raccompagné la fille devant la porte du 995 Harmony Avenue — la maison voisine de celle qu'il visait — et avait passé encore une demi-heure à l'embrasser sur le seuil. Mais à présent la fille était rentrée chez elle, et son petit ami était parti.

Le visage dissimulé sous son passe-montagne, il se glissa derrière la maison. Le propriétaire avait fait construire un studio en annexe, équipé d'une cuisine et d'une entrée indépendante. Que faisaient Joe et Laura Dougherty dans cet endroit ? Il n'en savait rien, et peu lui importait. Tout ce qu'il voulait, c'était les tuer afin de pouvoir poursuivre sa route. Armé d'une pince-monseigneur, il arracha sans difficulté le verrou de la porte de derrière et se faufila à l'intérieur.

C'est alors qu'une tache blanche attira son regard. C'était le chat qu'il avait fait sortir de la maison la nuit où il avait tué Caitlin Burnette. D'un geste vif, il ramassa l'animal, le caressa de la tête à l'extrémité de la queue, et de nouveau le déposa sur le pas de la porte. Puis il se retourna pour examiner la cuisine. En apercevant les plaques électriques de la cuisinière, il se renfrogna. Pas de gaz, une fois de plus ! Il serait encore privé d'explosion. Il poussa un soupir d'agacement.

Mais pas question de se laisser décourager pour si peu ! Il n'aurait qu'à se consoler en regardant Laura Dougherty se tordre de douleur tout le temps qu'il lui restait à vivre. Ensuite, il mettrait le feu à son corps, comme il l'avait fait avec les autres. Sans bruit, il s'approcha de la chambre à coucher. Parfait ! Deux personnes dormaient dans le lit. Il les tenait à sa merci. Ils ne lui échapperaient pas une nouvelle fois.

Il se tapota le dos pour s'assurer que le revolver était bien en place. Il n'avait pas l'intention de s'en servir, mais mieux valait se tenir prêt à toute éventualité. Certes, il aurait été bien inspiré d'utiliser son arme contre le *fire marshal*, songea-t-il avec amertume. Avoir raté cette occasion le vexait autant que d'avoir failli se faire pincer.

Solliday l'avait complètement déboussolé. Il ne s'était pas attendu à une vélocité aussi surprenante chez un type de cette carrure. Cependant, au cours de ces interminables minutes durant lesquelles il avait couru pour sauver sa peau, l'idée de faire usage de son revolver ne l'avait pas même effleuré. De toute façon, il préférait de beaucoup les armes blanches.

Il s'approcha du lit. Joe Dougherty était couché sur le ventre, Laura, en chien de fusil. Ses cheveux étaient plus foncés qu'autrefois.

Cela l'irritait de voir les femmes tenter par tous les

moyens de rester jeunes. Mais il s'occuperait d'elle plus tard. Tout d'abord, il devait se charger de Joe. Ce qu'il fit. D'un geste prompt et adroit, il plongea la lame dans le dos de l'homme allongé, avec une précision telle que la victime succomba instantanément. Seul, un léger gargouillis s'échappa de ses poumons. Quant à la vieille Dougherty, elle était probablement devenue trop sourde pour l'entendre.

Pourtant, elle bougea.

— Joe ? chuchota-t-elle.

Avant qu'elle ait eu le temps de se retourner, il la plaqua sur le lit, lui enfonça la tête dans l'oreiller, son genou dans les reins. Elle se débattit avec une force surprenante. Il sortit un chiffon de sa poche et le lui fourra dans la bouche. Puis il lui ligota les mains dans le dos à l'aide d'une cordelette.

Ensuite, il la retourna et, d'un coup de couteau, fendit la chemise de nuit de flanelle avant de lever les yeux vers son visage. Son cœur cessa de battre. *Ce n'était pas elle !*

Malédiction, ce n'était pas elle ! Les dents serrées, il appuya la pointe de la lame sur la gorge de la femme.

— Si tu cries, je te saigne comme un porc. Compris ?

Les yeux agrandis par la terreur, elle hocha légèrement la tête. Il lui retira le bâillon.

— Qui es-tu ?

— Donna Dougherty.

Il inspira profondément. *Toujours garder la maîtrise de soi, c'était indispensable.*

— Donna Dougherty, où est Laura ?

Les yeux de la femme s'écarquillèrent davantage.

— Morte, souffla-t-elle d'une voix gutturale. Elle est morte.

Il lui empoigna les cheveux et tira d'un coup sec.

— Ne mens pas !

— C'est la vérité, hoqueta-t-elle. Elle est morte, je le jure.

Il sentit un rugissement sauvage remonter du plus profond de sa poitrine.

— Quand ?

— Il y a deux ans. D'une crise cardiaque.

Une rage féroce le submergea presque. Il se tourna vers l'homme couché à côté de la femme. Du sang s'écoulait de la commissure de ses lèvres. Donna poussa un gémissement.

— Joe, oh non ! C'est pas vrai !

Cet homme paraissait trop jeune. Ce devait être le fils de Joe. Joe *junior.* Il fallait se débarrasser de la femme. Elle l'avait vu. Furieux d'avoir été trompé *une fois de plus*, il la retourna sur le ventre et, la tenant par les cheveux, lui trancha la gorge d'un seul coup.

Les mains tremblantes, il posa l'œuf sur le lit. Il aurait dû avoir des soupçons dès la première fois, lorsqu'il ne les avait pas trouvés chez eux. Il aurait dû l'accepter comme un signe du destin. Laura Dougherty n'avait pas autant d'importance que les autres, mais elle constituait une pièce manquante du puzzle qui, aussi longtemps qu'elle aurait vécu, ne lui aurait pas laissé l'esprit en paix. Or, elle était morte. Morte et enterrée depuis longtemps. Et désormais hors d'atteinte.

Il alluma la mèche, non pour punir ou fêter sa victoire, cette fois, mais pour se cacher.

Vendredi 1er décembre, 3 h 15

Reed sut exactement à quel moment elle s'éveilla. Son corps ferme blotti contre lui, elle s'étira, se cambra.

— Bonjour ! marmonna-t-elle.

Le visage enfoui dans la courbe délicate de son épaule, il fouillait la chaleur humide entre ses jambes.

— Je t'ai réveillée ? demanda-t-il.

Elle retint son souffle, tandis qu'il effleurait du pouce le point le plus sensible de son intimité.

— Je me demandais comment tu arriverais à faire ça, dit-elle. Je veux dire, étant donné… cette histoire de maladresse de tes doigts et tout ça, ajouta-t-elle en se retournant brusquement pour lui faire face.

— Je me débrouille très bien, affirma-t-il, savourant le spectacle de son corps souple. J'avais envie de toi.

A son réveil, il avait tendu le bras pour la toucher et, à son grand soulagement, sa main ne s'était pas refermée sur du vide.

Elle essaya de rouler sur elle-même, mais il la retint fermement et l'attira contre lui.

— Laisse-moi faire.

Elle s'abandonna complètement, poussa un gémissement lorsqu'il la pénétra. Elle le saisit par la nuque et se mit à mouvoir ses hanches au rythme des à-coups de ses reins.

Elle l'avait laissé faire à sa guise, avait répondu à ses attentes avec une intensité qui lui donnait l'impression d'avoir conquis un continent. Cette fois ne serait en rien différente. Elle parvint au plaisir suprême, l'entraînant vers la jouissance avec une force telle qu'il s'étonna de ne pas sentir son cœur s'arrêter de battre. A bout de souffle, ils demeurèrent un instant allongés, haletants. Le rire de Mia remplit soudain la chambre.

— Tu m'as réveillée !

Il lui déposa un baiser nonchalant sur le cou.

— Devrais-je m'excuser ?

— Tu serais sincère ?

— Non.

De nouveau, elle rit.

— Alors, pas la peine !

Il la serra dans ses bras, lui caressa la cuisse, lorsque tout à coup, à la lueur du réverbère qui éclairait faiblement la rue, il remarqua la meurtrissure sur son bras. Horrifié, il alluma la lumière.

— C'est moi qui ai fait ça ?

— Quoi ? Oh, ça ? Non. Je me suis cognée en sortant du bureau hier soir.

— Ouf, je n'aurais pas voulu me montrer brutal avec toi.

— Tu as été parfait, soupira-t-elle, comblée. Je crois que nous avons tous les deux accumulé beaucoup de besoins non satisfaits. Ça ne fait pas six ans pour moi, mais tout de même pas mal de temps.

Comment oublier, en effet, qu'elle avait été fiancée ? Reed éprouva une brusque envie de savoir pourquoi elle n'y avait pas donné suite.

— Mia, pourquoi ne t'es-tu pas mariée ?

Elle demeura silencieuse, si longtemps qu'il crut qu'elle refusait de répondre. Il se maudissait déjà d'avoir posé la question lorsqu'elle poussa un soupir songeur.

— Tu veux que je te parle de mon ex ?

— Ce que j'aimerais vraiment savoir, c'est pourquoi tu tenais tant à ne pas vouloir cela.

Il lui embrassa l'épaule et, d'un ton qu'il s'efforça de rendre plus léger, ajouta :

— Après tout, tu es si douée !

Mais son air taquin fut impuissant à faire perdre à la voix de Mia sa gravité.

— Je n'ai jamais eu de problème avec le sexe, Reed. Guy ne s'en est jamais plaint.

Ainsi, il s'appelait Guy. Un nom français. Il ne pouvait imaginer Mia avec un Français nommé Guy. Elle n'était pas le genre à apprécier les roses et tout le tralala romantique. N'empêche, une pointe de jalousie lui transperça le cœur, qu'il repoussa aussitôt. Après tout, Guy n'existait plus.

— De quoi se plaignait-il alors ?

— De mon travail, de mes horaires. Sa mère aussi trouvait à redire. Elle ne m'estimait pas digne de son petit chéri.

— Comme la plupart des mères.

— Ta mère pensait-elle que Christine te méritait ?

Il se remémora avec tendresse la relation que les deux femmes avaient entretenue.

— Oh, oui, Christine et ma mère étaient très amies. Elles sortaient souvent ensemble pour déjeuner ou faire du lèche-vitrines.

— Bernadette et moi n'avons jamais eu ce genre de rapports, soupira Mia. J'ai rencontré Guy à une fête. Il était fasciné par mon travail, le côté *expert* des enquêtes criminelles. De mon côté, je trouvais le sien intéressant.

— Que faisait-il ?

Elle roula sur le dos et le regarda dans les yeux.

— C'était Guy LeCroix.

— Le joueur de hockey ? Waouh !

Reed devait admettre qu'il était impressionné. Le champion, qui s'était retiré de la compétition sportive à la fin de saison précédente, avait littéralement ébloui son public en évoluant sur la glace.

Les lèvres de Mia se retroussèrent.

— Comme tu dis, waouh ! J'avais droit aux meilleurs sièges, juste derrière la surface de réparation. Il adorait me présenter à ses copains comme sa petite amie de la brigade des Homicides, conclut-elle, son sourire brusquement évanoui.

— Pourquoi t'es-tu fiancée ?

— Il me plaisait vraiment. Guy est un type bien et tant qu'il jouait au hockey, c'était parfait. Il ne restait pas assez longtemps à la maison pour devenir exigeant. Ensuite, il a pris sa retraite, et tout a changé. Il a voulu se marier et m'a entraînée avec lui dans ce projet. Puis Bernadette s'en est mêlée. Elle avait des idées bien arrêtées sur le rôle des épouses et le mariage en général.

— J'imagine que tu ne remplissais pas ses conditions.

— En effet. En tout cas, j'ai annulé une séance d'essayage de trop, et Bernadette a piqué une crise. Je l'ai appris le lendemain soir lorsque Guy m'a emmenée dans un restaurant chic avec nappes blanches, verres en cristal et maîtres d'hôtel stylés.

Elle esquissa une grimace. De toute évidence, c'était le genre d'endroit qu'elle avait en horreur. Reed lui caressa le menton et l'invita à poursuivre :

— Et alors ?

— Alors Guy m'a informée que j'avais annulé soixante-treize pour cent des rendez-vous que sa mère avait fixés pour les préparatifs du mariage. Ensuite, il m'a annoncé sans rire que j'avais aussi manqué soixante-dix-sept pour cent de *nos* rendez-vous. Que ça en disait long sur l'importance que je leur accordais. Il a exigé une « amélioration de mes performances ». Oui, je crois que c'est le terme qu'il a employé.

— Et avait-il des conseils d'entraîneur à te donner pour atteindre ce résultat ?

— Bien sûr. Mais, pour l'essentiel, ce que je devais faire avant tout, c'était de demander mon transfert dans une autre brigade, ou mieux encore, démissionner. Car de toute façon, je ne pourrais plus travailler une fois que je serais enceinte.

D'un air de défi, elle fixa Reed droit dans les yeux et reprit :

— Je ne lui avais jamais caché mon opinion à ce sujet. Je ne voulais pas d'enfant. Comme par hasard, il l'avait oublié ou bien avait cru pouvoir m'entortiller pour me faire changer d'avis. Je lui ai rappelé ce que je pensais de tout ça, et nous nous sommes querellés. A la fin, je lui ai rendu sa bague. Il n'avait pas imaginé que j'oserais le faire en public, et dans un endroit si distingué par-dessus le marché.

— Il avait tort, reconnut Reed, admiratif.

— C'est vrai. N'empêche que je l'ai blessé. Je n'en avais pas eu l'intention, ni le désir, reste que je lui ai fait du mal. Il rêvait d'un foyer et d'une épouse, et au bout du compte, il se retrouvait avec un flic.

Reed ne put s'empêcher d'éprouver une certaine sympathie pour le dénommé LeCroix.

— Je devrais peut-être dire que tu m'en vois navré.

— Sincèrement ?

Il fit courir ses doigts sur la rondeur d'un sein, observa l'aréole se froncer et le mamelon se durcir. Décidément, elle avait des seins splendides !

— Non, répondit-il d'une voix rauque.

— Alors, abstiens-toi. De toute façon, je crois que Guy a été moins affecté par notre rupture que Bobby.

Ah, nous y voilà ! se dit Reed.

— Bobby, ton père ?

— Exactement. L'idée d'avoir Guy LeCroix comme gendre lui plaisait. Je crois que pour lui, c'était la meilleure chose que j'avais jamais faite.

En percevant la pointe d'hostilité dans sa voix, Reed fronça les sourcils.

— Mieux que de devenir flic ?

— Il ne m'a jamais considérée comme un flic. A ses yeux, je n'étais qu'une… *fille*, cracha-t-elle, comme s'il s'était agi de la pire épithète possible. Tout juste bonne pour le mariage. Et tant mieux si, en plus, il gagnait dans l'affaire de bons sièges pour les matchs de hockey.

Reed se pencha pour attraper la chaîne et les plaques d'identification qu'il avait posées sur le chevet quelques heures plus tôt. Il avait certes trouvé étrange que Mia les portât alors qu'elle n'avait jamais servi dans l'armée. Il les leva en pleine lumière. *MITCHELL, ROBERT B.*

— Elles sont à lui. Pourquoi les portes-tu si tu le détestes tellement ?

Elle se renfrogna.

— Ta mère… tout le monde le savait qu'elle te maltraitait ou bien ne se montrait-elle aux autres que sous son meilleur jour ?

Le besoin de savoir qui l'avait poussé à l'interroger le paralysa soudain.

— Mia, est-ce que ton père… ?

Elle détourna les yeux, le regard voilé et empli de culpabilité.

— Non.

Il ne la crut pas. Devant les images qu'il venait de susciter, il sentit son estomac chavirer.

— Non, répéta-t-elle avec davantage de fermeté. Il se contentait surtout de cogner. Quand il était soûl.

Effrayé à l'idée de la meurtrir, Reed eut un mouvement instinctif de recul, qu'il réprima aussitôt. Il ravala la nausée qui lui était montée à la gorge. Et parce qu'il pensait qu'elle en avait besoin, il déposa un baiser sur sa tempe.

— Tu n'es pas obligée de m'en dire davantage, Mia.

Mais, sans quitter des yeux les plaques d'identification qu'il tenait toujours à la main, elle poursuivit :

— Quand j'étais gosse, je croyais que si je courais assez vite, si j'étais assez maligne, assez gentille… il cesserait de boire. Qu'il deviendrait le père qu'il faisait semblant d'être devant les autres. J'étais la vedette de l'équipe d'athlétisme du lycée. J'espérais qu'il s'intéresserait à moi. Quand j'ai compris qu'il ne changerait pas, le sport est devenu pour moi le moyen de m'échapper.

— Tu as fait tes études à l'université grâce à une bourse sportive, se rappela-t-il. Tu as réussi à t'en sortir.

— Oui, mais Kelsey était toujours à la maison. Elle devenait de plus en plus incontrôlable. C'était sa manière à elle de se venger de Bobby. Elle ne pouvait pas l'empêcher de boire, mais elle avait le pouvoir de lui faire sacrément honte. Et quand Kelsey a une idée en tête, rien ne peut l'en faire démordre.

Un trait de famille, songea-t-il.

— Elle s'est attiré des ennuis ?

— Et comment ! Elle s'est mise en ménage avec un drogué nommé Stone. J'ai essayé de la raisonner, mais elle… ne voulait rien avoir à faire avec moi. A dix-sept ans, elle était devenue accro. A dix-neuf, elle s'est retrouvée en prison. Les trois premières années de son incarcération, elle a refusé de me voir. Ensuite, elle a accepté et…

Laissant sa phrase en suspens, elle déglutit péniblement.

— Elle est tout ce qui me reste. Si Marc ne réussit pas à la faire transférer…

— Marc Spinnelli t'a-t-il déjà menti ?

— Non. J'ai plus confiance en lui qu'en n'importe quel homme que j'ai jamais connu. Excepté peut-être Abe.

Elle prit une longue inspiration et ajouta :

— Et toi, je suppose. Je t'ai révélé des choses que j'aurais dû taire.

— Je ne les répéterai pas, je te le promets.

— Je te crois. Ce qui s'est passé ce soir m'a secouée plus que je ne voudrais l'admettre. Je déteste vraiment me faire canarder. Mais je n'ai pas encore répondu à ta question. Le jour où j'ai reçu mon insigne, mon père m'a emmenée dans un bar avec ses copains flics. Je faisais partie de la bande, désormais. Partie de… quelque chose. Tu comprends ce que ça veut dire ?

Il hocha la tête. Il savait ce que signifiait appartenir à un groupe uni qui vous soutient, quand on a été seul pendant si longtemps. C'était ce qu'il avait trouvé auprès des Solliday, et plus tard, chez les pompiers. Ensuite, avec Christine.

— C'était comme avoir une famille. Enfin.

— Exactement. Bobby était dans son élément, il frimait. C'était un grand jour, disait-il. Et devant tout le monde, il m'a donné ses plaques d'identification. Il a affirmé qu'elles lui avaient sauvé la vie au Viêt-nam et qu'il espérait qu'elles me protégeraient dans la police. Que pouvais-je faire ? J'avais grandi parmi la plupart de ces types, mais aucun n'avait jamais su ce qui se passait réellement à la maison.

— Ou plutôt, ils avaient préféré ne pas le savoir, murmura-t-il.

— Qui sait ? En tout cas, j'ai mis la chaîne autour de mon cou, avec l'intention de l'enlever plus tard, mais en rentrant chez moi, j'ai eu un accident. Ma voiture a été complètement démolie et je m'en suis tirée sans une égratignure. Je me suis dit que peut-être les plaques m'avaient porté chance après tout. Et au fil des années, j'ai été chanceuse plus souvent qu'à mon tour.

Il embrassa son épaule, à l'endroit où une cicatrice lui plissait la peau.

— Murphy m'a raconté ce qui est arrivé l'autre fois. Quand ton premier équipier a été tué. Il dit que tu as bien failli y passer.

— Ce jour-là aussi, j'ai eu de la veine. J'ai reçu une balle en plein ventre, mais aucun organe vital n'a été touché. C'est à ce moment-là qu'on a découvert qu'il me manquait un rein, depuis ma naissance. La balle n'a donc rencontré que du vide et je m'en suis sortie sans plus de dommage.

Elle détourna le regard et poursuivit :

— Mais Ray est mort. Après ça, j'ai dû porter une médaille d'alerte médicale à cause du rein manquant. Plusieurs fois, j'ai été à deux doigts de retirer les plaques, mais je ne m'y suis jamais résolue. J'imagine que c'est par pure superstition.

Se rendait-elle seulement compte qu'elle avait placé la médaille d'alerte médicale *derrière* les plaques de son père ? s'interrogea Reed.

— Ou peut-être qu'une partie de toi essaie encore de faire plaisir à ton père.

Le regard de Mia s'obscurcit. Elle remit la chaîne autour de son cou.

— On croirait entendre parler Dana. Tu as peut-être raison. Ce qui, lieutenant Solliday, explique pourquoi je ne veux pas de liens. Je suis tellement déglinguée, j'aurais envie de me pendre avec.

Elle s'assit sur le bord du lit. Le cœur de Reed se serra.

— Je suis désolé, Mia.

— Vraiment ? répliqua-t-elle d'un ton empreint de rudesse.

— Cette fois, oui, je suis sincère. Je…

La sonnerie du portable de Mia l'interrompit. Elle attrapa le téléphone posé sur le chevet.

— C'est Spinnelli.

Les yeux fixés sur Reed, elle ouvrit le clapet et porta le mobile à son oreille.

— Je l'appelle tout de suite. Nous serons là-bas d'ici à vingt minutes.

Elle referma l'appareil d'un claquement sec.

— Habille-toi.

— Encore un ?

— Joe et Donna Dougherty sont morts.

— Quoi ?

— Apparemment, ils ont quitté le Beacon Hill.

Les yeux étincelants, elle enfila sa chemise.

— Il semblerait qu'après tout, c'étaient eux les premiers visés à l'origine.

Vendredi 1er décembre, 3 h 50

Il n'était pas rentré. Roulé en boule dans son lit, l'enfant écoutait les sanglots étouffés qui lui parvenaient de l'extrémité du couloir. Ce n'était pas la première fois que sa mère pleurait la nuit. Et ce ne serait pas la dernière, il le savait. A moins qu'il ne se décide à agir.

Il n'était pas revenu à la maison, mais on avait montré son visage au journal télévisé. Il l'avait vu de ses propres yeux. Sa mère aussi. Voilà pourquoi elle avait pleuré toute la nuit. *Nous devons le dénoncer, maman*, avait-il supplié. Mais elle l'avait saisi par le bras, les yeux pleins d'une terreur panique. *Non, ne dis rien. Il l'apprendrait.*

Il avait regardé fixement le cou de sa mère, la marque encore visible au-dessus de l'échancrure de la robe. L'incision, longue et profonde, avait laissé une cicatrice. C'était *lui* qui l'avait infligée à sa mère, dès le premier soir. Et il avait menacé de faire pire s'ils parlaient. Elle avait été trop terrorisée pour protester.

Tout tremblant, il se blottit sous ses couvertures. *Moi aussi, j'ai trop peur.*

*
* *

Vendredi 1er décembre, 3 h 55

La façade de la maison était intacte. Une odeur de fumée flottait dans l'air. Mia se dirigea vers les deux policiers qui, derrière le camion des pompiers, discutaient avec le technicien médico-légal. C'était Michaels, celui qui était déjà intervenu lors de l'assassinat du Dr Thompson, moins de vingt-quatre heures auparavant. Derrière lui attendaient deux brancards vides et sur chacun, un sac à cadavre en plastique noir plié.

— Qu'avons-nous là, Michaels ? s'enquit-elle.

— Deux adultes, un homme et une femme. La cinquantaine, chacun. L'homme a été poignardé dans le dos avec une lame longue et fine. La femme a été égorgée. Ils étaient au lit quand ça s'est passé. On a mis le feu à la literie, mais comme les extincteurs automatiques ont éteint le plus gros des flammes, les corps ont été brûlés mais pas carbonisés. Je les ai laissés sur le lit en attendant que les *fire marshals* viennent inspecter les lieux. Si j'ai bien compris, ils ne vont pas tarder.

— J'ai appelé le lieutenant Solliday dès que j'ai appris la nouvelle, répondit Mia en jetant un coup d'œil par-dessus son épaule. En fait, je crois que c'est lui qui arrive.

Le 4x4 de Solliday s'arrêta à l'extrémité de la file des voitures garées le long du trottoir. Il attrapa sa trousse à outils et se rendit directement auprès du commandant des pompiers avec lequel il s'entretint un moment, tout en levant de temps à autre les yeux vers la maison. L'air de rien, il salua Mia d'un signe de la main. Comme si elle ne venait pas juste de sortir de son lit ! Comme si elle ne lui avait pas, à peine quelques instants plus tôt, raconté l'histoire de sa fichue vie, de la manière la plus embarrassante et la plus humiliante possible. *Qu'est-ce qui m'a pris ?* Que devait-il penser d'elle à présent ?

Sans doute, la façon dont il gérait la situation était-elle

la plus appropriée, songea-t-elle. Elle se tourna vers les deux policiers :

— Qui a identifié les victimes comme étant les Dougherty ? Aux dernières nouvelles, ils logeaient au Beacon Inn.

— C'est la propriétaire de la maison, Judith Blennard, répondit l'un des hommes en bleu.

Il conduisit Mia à la voiture de patrouille dans laquelle était assise une femme âgée. Se penchant vers la vitre, il l'interpella d'une voix forte :

— Madame, voici l'inspecteur Mitchell. Elle aimerait vous parler.

Judith Blennard devait avoir dans les soixante-dix ans et peser guère plus de trente-deux kilos. Mais son regard était acéré et sa voix tonitruante.

— Bonjour, inspecteur.

— Il faudra parler fort, inspecteur, conseilla le policier. Ils l'ont sortie de la maison sans son appareil auditif.

— Merci, dit Mia en s'accroupissant devant la portière. Vous n'avez rien, madame ? ajouta-t-elle en forçant sa voix.

— Je vais très bien. Qu'est-il arrivé à Joe junior et Donna ? Personne ne veut me répondre.

— Je suis désolée, madame. Ils sont morts.

Le visage de la vieille dame se décomposa. Elle se couvrit la bouche de sa petite main décharnée.

— Oh, mon Dieu !

Mia lui prit la main. Elle était glacée.

— Comment se fait-il qu'ils logeaient chez vous ?

— Je connaissais Joe Junior depuis qu'il avait cinq ans. Il n'y avait pas de meilleures personnes au monde que Joe senior et Laura Dougherty. Ils s'occupaient très activement d'œuvres caritatives et recueillaient souvent des jeunes en difficulté. Quand j'ai vu ce qui était arrivé à Joe junior et Donna, je me suis dit que je devais leur rendre la pareille et les héberger. Je leur ai proposé de loger dans le studio aussi longtemps que nécessaire. Ils ont d'abord refusé, mais… Il ne s'agit pas d'une coïncidence, inspecteur.

Mia lui pressa la main.

— Non, je ne crois pas. Avez-vous vu ou entendu quoi que ce soit ?

— Sans mon appareil auditif, je n'entends pas grand-chose. Je me couche à 22 heures et je ne me réveille pas avant 6 heures. Si ce gentil pompier n'était pas venu me chercher, je dormirais encore.

Ce n'était pas la brigade de David Hunter qui était intervenue sur place, Mia l'avait immédiatement remarqué. Tandis que les pompiers remballaient leur équipement, Reed termina sa conversation avec leur commandant et rejoignit le petit groupe, tout en parlant dans son mini-magnétophone. Il s'arrêta devant la voiture et Mia lui fit signe de se baisser.

— Voici Mme Blennard, la propriétaire de la maison. Elle connaissait les parents de Joe Dougherty.

Solliday s'agenouilla à son côté.

— Le feu n'a détruit que l'annexe de votre maison, annonça-t-il d'une voix sonore. Quelqu'un a eu la très bonne idée de l'équiper de murs pare-feu et d'extincteurs automatiques.

— Mon gendre est entrepreneur. Nous avions construit l'annexe pour ma mère. Comme nous avions tout le temps peur qu'elle ne laisse une plaque électrique allumée, nous avons installé des extincteurs supplémentaires.

— Grâce à cela, votre maison a été épargnée. Vous pourrez probablement retourner chez vous dans quelques jours, mais, si vous n'y voyez pas d'inconvénients, nous aimerions que vous passiez le reste de la nuit autre part.

Elle fixa sur eux un regard perçant.

— Mon gendre va venir me chercher. Je ne suis pas une vieille folle, vous savez. Quelqu'un a assassiné Joe junior et Donna, cette nuit. Je n'ai pas l'intention de rester ici à attendre qu'il revienne pour me tuer, moi aussi. Pourtant, j'aimerais bien récupérer mon appareil auditif.

— J'envoie tout de suite quelqu'un vous le chercher.

Solliday chargea un pompier d'accéder à la demande de la vieille dame, puis se tourna vers Mia.

— Les extincteurs ont causé beaucoup de dégâts en matière de destruction d'indices, mais au moins les corps ne sont pas carbonisés.

— C'est aussi ce que dit Michaels. Pouvons-nous entrer ?

— Oui. Ben est déjà à l'intérieur, et j'attends que Foster apporte son appareil photo.

— J'ai appelé Jack. Il envoie une équipe.

Mia suivit Solliday dans la maison où Ben Trammell installait ses projecteurs.

— Seule la chambre a brûlé, annonça ce dernier. Et encore, pas complètement. Nous pourrions avoir de la chance cette fois et dénicher une preuve de la présence de notre suspect sur la scène d'incendie.

— Espérons, répondit Solliday en pointant le faisceau lumineux de sa torche vers le plafond. Joli travail ! Je suis sûr que White n'a même pas remarqué les extincteurs.

Les projecteurs allumés, tous tournèrent le regard vers le lit. M. Dougherty était couché à plat ventre, la tête tournée sur le côté, tandis que le visage de Mme Dougherty était enfoui dans l'oreiller. La literie était trempée de sang.

— Il est mort sur le coup, dit la voix de Michaels derrière eux. La lame lui a transpercé le cœur. Quant à Mme Dougherty, ses blessures montrent qu'elle s'est débattue.

Il souleva la chemise de nuit pour dévoiler une large ecchymose foncée au bas du dos du cadavre.

— Il a probablement fait cette marque avec son genou, observa-t-il.

— C'est vous qui avez fendu la chemise de nuit ? interrogea Mia.

Michaels secoua la tête.

— Nous l'avons trouvée comme ça. Le tissu a été coupé proprement.

— Vérifiez s'il y a eu viol, d'accord ?

— Il ne semble pas y avoir trace de violence, inspecteur. Cette femme devait être sujette aux bleus, et il n'y en a aucun sur les cuisses. Mais nous ferons l'examen nécessaire, si vous y tenez.

— Merci, répondit-elle avant de demander à Solliday : Il peut les emmener, maintenant ?

Debout au pied du lit, elle regarda avec tristesse et frustration Michaels emporter les corps. Puis, se ressaisissant, elle secoua la tête.

— Il a tué M. Dougherty en premier, remarqua-t-elle.

— Pour l'empêcher de venir au secours de sa femme.

— Sûrement. Il est mort sans douleur. Par contre, Mme Dougherty… Il l'a ligotée, lui a enfoncé son genou dans les reins et, à un moment donné, l'a retournée sur le dos et lui a déchiré sa chemise de nuit.

— Pourtant, il ne l'a pas violée, apparemment. Je me demande pourquoi. Je le vois mal manifester tout à coup de la pitié.

— Il a peut-être été dérangé. Il l'a alors de nouveau retournée et lui a tranché la gorge par-derrière. Puis il a pris peur et s'est enfui. Mais pour quelle raison ?

— Je ne sais pas. Et d'abord, pourquoi s'en est-il pris aux Dougherty ?

— Ça n'a aucun sens, admit-elle. Les Dougherty ne connaissaient même pas Penny Hill.

— Dire que nous avons cherché toute la semaine des liens qui n'existent pas ! conclut-il sombrement.

Mais plus qu'aux heures perdues à décortiquer des dossiers, Mia pensait à Roger Burnette et à la douleur qu'elle avait lue dans ses yeux lorsqu'il l'avait accusée de n'avoir accompli aucun progrès dans son enquête.

— Il faut prévenir Burnette, lui dire qu'il n'est pas responsable de la mort de Caitlin.

— Veux-tu que je t'accompagne ?

Le souvenir de la colère avinée du policier traversa l'esprit de Mia. Peut-être la présence de Solliday s'avérerait-elle en effet judicieuse.

— Si tu peux, répondit-elle.

— Je viendrai dès que j'aurai terminé ici.

— Je vais appeler le père de Joe Dougherty en Floride.

Mia regagnait sa voiture lorsqu'elle s'entendit appeler par son nom. Un officier de police la rejoignit, un chat blanc dans les bras.

— Inspecteur ? Nous avons trouvé ce chat dehors et Mme Blennard dit qu'il appartenait aux Dougherty. Elle ne peut pas l'emmener avec elle chez sa fille.

Décontenancée, Mia regarda l'animal.

— Que voulez-vous que j'en fasse ?

L'homme haussa les épaules.

— Je pourrais appeler la fourrière ou bien… Vous ne voulez pas adopter un chat ? suggéra-t-il avec un sourire.

Mia poussa un soupir et prit l'animal. La médaille d'identification qu'il portait à son collier ressemblait étonnamment à ses propres plaques.

— Tu es un petit veinard, Percy. Tu as évité de te faire tuer deux fois cette semaine.

Le chat cligna des yeux.

— Comme moi, d'ailleurs, murmura-t-elle. Tu peux t'installer dans ma voiture, pour l'instant.

Vendredi 1er décembre, 5 h 05

Reed sentit sa présence dans son dos avant même d'entendre sa voix.

— Tu as trouvé quelque chose ? interrogea Mia.

Il secoua la tête.

— Non. Il n'a pas pu se servir du gaz, vu qu'il n'y en avait pas dans le studio. Et il n'a pas enduit la poitrine de Donna Dougherty d'accélérant solide comme il l'a fait avec Penny et Brooke.

— Mais il a tout de même utilisé un œuf et une mèche, intervint Ben qui, dans un coin de la pièce, s'affairait à passer les décombres au crible. C'est à peu près tout ce qu'il a fait de similaire par rapport aux autres fois.

— J'ai informé Joe senior, annonça Mia.

Rien qu'à voir son visage, Reed comprit combien cette tâche avait dû lui coûter.

— Tu lui as demandé s'il y avait un rapport quelconque entre Joe Junior et Donna et Penny Hill ?

— J'ai essayé. Mais après que je lui ai annoncé leur mort, il s'est brusquement tu. J'ai prévenu le shérif local et ils l'ont retrouvé évanoui sur le sol, le téléphone toujours à la main. Ils l'ont conduit dare-dare à l'hôpital. Ils pensent qu'il a eu une crise cardiaque.

— De mieux en mieux ! s'exclama Reed. Pauvre homme !

— Si seulement j'avais su qu'il avait le cœur fragile ! Je vais demander les coordonnées de la famille de Donna dès que son bureau sera ouvert. La seule bonne nouvelle, c'est qu'un véhicule suspect a été repéré dans la rue aux environs de 2 heures du matin, par une jeune fille et son petit ami qui s'embrassaient sur le siège arrière de la voiture du garçon. Il s'agirait d'une Saturn bleu clair.

— Ont-ils au moins noté le numéro de la plaque minéralogique, quand ils ne s'embrassaient pas ? demanda Jack d'un ton ironique.

— La moitié seulement. Et au fait, il a encore une fois laissé sortir le chat.

— Où est ce pauvre Percy ? voulut savoir Reed.

— Dans ma voiture. Cette fois, il est tout propre. Si tu es prêt, j'aimerais aller voir Burnette maintenant.

— Allons-y.

Dès qu'ils furent sortis, il poussa un grognement d'exaspération. Une camionnette de télévision venait de se garer sur le trottoir. Holly Wheaton, tirée à quatre épingles, en descendit. Reed sentit Mia se raidir.

— Ne dis rien, murmura-t-il. S'il te plaît. Quelle que

soit ton envie de lui arracher les yeux ! Et surtout, ne parle pas de Kelsey. Laisse-moi lui clouer le bec.

Holly s'avança vers eux, une lueur sauvage dans les yeux.

— C'est le quatrième incendie allumé par le pyromane, cette semaine. Que fait la police pour protéger les habitants de Chicago ?

— Nous n'avons rien à dire, lança Reed en pressant le pas.

Mais Holly n'était pas femme à renoncer.

— Les victimes seraient M. et Mme Joe Dougherty, ce même couple dont la maison a été ravagée par les flammes dans la nuit de samedi dernier.

Mia s'immobilisa. Reed allait protester lorsqu'il y renonça. Il lui avait déjà coupé l'herbe sous le pied la dernière fois que les deux femmes s'étaient affrontées. Cette fois, il ne s'en mêlerait pas. Autant que faire se pouvait, en tout cas.

— La police ne révèle pas les noms des victimes avant d'avoir informé leurs familles, dit Mia calmement en regardant la caméra sans ciller. C'est la politique de nos services et c'est aussi un simple acte d'humanité. J'espère que vous partagez notre avis. Maintenant, si vous nous le permettez, nous avons à travailler.

— Inspecteur Mitchell, l'enterrement de Caitlin Burnette aura lieu aujourd'hui. Comptez-vous y assister ?

Mia reprit sa marche, et Reed commença à respirer plus à l'aise.

— Inspecteur Mitchell, certains prétendent que le meurtre de Caitlin Burnette est lié à la carrière de son père. Pensez-vous qu'un enfant doive payer pour les fautes de ses parents ?

Mia se figea. Elle tourna la tête, s'apprêtant à asséner ce qui, de toute évidence, s'avérerait une réplique assassine, lorsqu'elle s'arrêta net. Reed ne fut pas sans percevoir le brusque changement qui s'opéra en elle.

— Suis-moi, lui dit-elle à voix basse. Holly vient de me donner une idée.

19

Vendredi 1er décembre, 5 h 40

Mia le rejoignit au bord du trottoir.

— Je suis désolée, mais je ne voulais pas qu'elle nous suive jusqu'ici.

Reed jeta un regard circulaire autour de lui. Le quartier semblait paisible.

— Et où sommes-nous, *ici* ?

— Chez la fille de Mme Blennard. Ce que Wheaton a dit à propos des fautes du père m'a fait réfléchir.

— Elle cherchait seulement à te provoquer, Mia.

— Je sais, admit-elle en se dirigeant vers l'allée qui conduisait à la maison. Mais imaginons qu'on ait assassiné les Dougherty à cause de fautes commises par les *parents* de Joe junior. Si on se fie à la manière dont Donna Dougherty a été tuée, on peut assumer qu'il s'agit des fautes de la *mère* de Joe. Mme Blennard a dit que les Dougherty recueillaient des jeunes à problèmes.

La vérité se fit brusquement jour dans l'esprit de Reed.

— Des parents nourriciers ! Et les deux hommes avaient le même prénom ! Joe junior n'avait même pas eu besoin de changer de nom sur sa boîte aux lettres. L'assassin s'est trompé de cibles.

— C'est exactement ce que je pense. J'ai essayé de rappeler Joe senior, mais les flics de Floride m'ont dit que son état était très sérieux. On l'a intubé, il ne peut plus parler. Mais peut-être que Mme Blennard se souvient de quelque chose.

Elle pressa le bouton de la sonnette d'entrée. Un homme vint ouvrir la porte.

— Je suis l'inspecteur Mitchell et voici mon équipier, le lieutenant Solliday. Nous aimerions parler à Mme Blennard.

— Clyde, qui est-ce ? s'enquit la vieille dame qui venait d'apparaître à côté de son gendre, son appareil auditif dans l'oreille.

Ses yeux s'agrandirent.

— En quoi puis-je vous être utile, inspecteur ?

— Madame, commença Mia, vous nous avez dit que les Dougherty hébergeaient souvent des jeunes à la dérive. Vous voulez dire qu'ils servaient de famille d'accueil ?

— En effet. Ils ont fait cela pendant dix ans ou plus, après que Joe junior a quitté la maison et s'est marié. Pourquoi ? L'autre femme qui a été tuée, Penny Hill… elle était assistante sociale, non ?

Une expression de respect admiratif passa sur le visage de Mia.

— C'est exact. Vous rappelez-vous s'ils ont eu des ennuis avec l'un de ces garçons ? Ou peut-être avec leurs parents biologiques ?

La vieille femme réfléchit, fronça les sourcils.

— Ça fait si longtemps ! Je sais qu'ils en ont recueilli un grand nombre. Je regrette, inspecteur, je ne me souviens pas. Vous devriez demander à Joe senior. Je vais vous donner son numéro…

— Ce n'est pas la peine, madame. Je l'ai déjà appelé. J'ai peur qu'il n'ait très mal pris la nouvelle.

Les joues fripées de Mme Blennard pâlirent.

— Son cœur n'est plus très solide depuis quelques années. Il est mort ?

— Non, mais il ne va pas bien du tout, reconnut Mia en déchirant une page de son calepin sur laquelle elle griffonna quelques mots. Voici le nom de l'officier de police à qui j'ai parlé en Floride. Nous devons repartir maintenant. Merci, madame.

Ils prirent congé et, une fois dehors, Mia poursuivit ses réflexions à haute voix :

— Il a épargné Joe junior et s'est arrêté en plein milieu de ses représailles sur la femme qu'il croyait être Laura Dougherty.

— Il s'est rendu compte qu'il s'était trompé de personne. C'est logique. Bien vu, Mia !

— Ce serait encore mieux si j'avais compris plus tôt.

Elle s'arrêta devant sa voiture dans laquelle le chat blanc s'était roulé en boule sur le siège du conducteur.

— Nous n'avons plus qu'à trouver une liste de tous les gosses que Penny Hill a placés chez les Dougherty.

— Et découvrir lequel a un lien avec White.

— Ou quel que soit son véritable nom. Pousse-toi, Percy !

Elle jeta le chat sur le siège du passager et s'installa au volant.

— Mais d'abord, il faut aller voir Burnette.

— Je te suis.

Vendredi 1er décembre, 6 h 05

Mia attendait devant la maison.

— Il n'y a pas de lumière, remarqua Reed. Ils doivent dormir.

Elle lui décocha un regard sévère.

— Reed, Burnette va enterrer sa fille tout à l'heure. Il se croit coupable de sa mort. S'il s'agissait de Beth… tu crois que tu pourrais dormir ?

Il se racla la gorge.

— Non, c'est vrai.

Ils remontèrent l'allée jusqu'à la porte d'entrée sur laquelle l'image de la dinde était toujours accrochée. Ce n'était qu'un infime détail, mais Reed sentit son cœur se serrer.

Le temps s'était arrêté pour la famille Burnette. Depuis une semaine, un père vivait, torturé par la conviction qu'il avait été un instrument dans le sauvage assassinat de son enfant. Si ça avait été Beth…

Mia frappa à la porte. Roger Burnette apparut, le visage hagard, ravagé.

— Pouvons-nous entrer ? demanda Mia.

Le policier hocha la tête sans un mot et s'effaça pour les laisser passer.

Dans son salon, Burnette s'immobilisa. Reed ne put s'empêcher de remarquer que la pièce qu'ils avaient vue si propre et bien tenue quelques jours plus tôt ne l'était plus du tout. Un fouillis indescriptible y régnait. Dans l'un des murs, un trou de la taille d'un poing trahissait la douleur d'un père rongé par le chagrin et la culpabilité.

Burnette se tourna lentement vers eux.

— Vous l'avez attrapé ? murmura-t-il d'une voix à peine audible.

Mia secoua la tête.

— Non, pas encore.

Le sergent leva le menton, son regard était devenu glacial.

— Alors, pourquoi êtes-vous venus ?

Mia soutint son regard sans faiblir.

— Cette nuit, nous avons découvert que les véritables cibles que visait le meurtrier chez les Dougherty étaient les précédents propriétaires. Les parents de Joe Dougherty.

Elle s'interrompit un instant pour lui laisser le temps de digérer l'information.

— Ce n'était pas Caitlin. Ni vous.

Pendant un moment, Burnette demeura immobile. Puis il inclina la tête.

— Merci.

— Essayez de dormir, maintenant. Inutile de nous raccompagner à la porte.

Ils avaient fait demi-tour lorsque Reed entendit le premier sanglot. Une plainte ressemblant davantage au cri d'un animal blessé qu'à celui d'un homme. Pourtant, ce ne fut pas l'expression du visage de Burnette qui transperça le plus profondément le cœur de Reed. Ce fut celle de Mia. Une nostalgie éperdue et désespérée qu'avant cette nuit encore il n'aurait pas comprise.

Roger Burnette avait aimé son enfant. Bobby Mitchell, non.

Bouleversé, Reed prit Mia par le bras et l'entraîna dehors avec douceur.

— Partons, chuchota-t-il.

— Inspecteur !

Elle prit une longue inspiration et pivota sur ses talons.

— Monsieur ?

— Je regrette, inspecteur. J'ai eu tort.

Reed fronça les sourcils, mais Mia semblait savoir de quoi il retournait.

— Ce n'est pas grave.

— Si, ça l'est. Je vous ai dit des choses horribles. Vous êtes un bon flic. Tout le monde le sait. Votre père aurait été très fier de vous, et je n'aurais jamais dû affirmer le contraire.

Elle inclina la tête d'un mouvement brusque.

— Merci, monsieur.

Dans la main de Reed, celle de Mia tremblait violemment.

— Il faut partir, à présent, dit-il. Encore toutes nos condoléances, sergent.

Et dès qu'ils se retrouvèrent dans la rue, il ajouta :

— Qu'a-t-il voulu dire ?

— Il est passé au bureau hier soir, répondit Mia sans le regarder. Après ton départ. Il était furieux que je n'aie pas encore arrêté l'homme qui avait mutilé et tué son enfant.

— Le bleu sur ton bras, c'était lui ? demanda Reed, soudain saisi de colère.

— Ce n'était rien. C'est un père accablé de douleur.

— Ça ne lui donnait pas le droit de porter la main sur toi ! fulmina Reed, les poings serrés de rage.

— Non, c'est vrai. Mais au moins, ça montre qu'il ne s'en fichait pas.

— Tandis que ton père, lui, s'en serait désintéressé. Je suis navré, Mia.

La main sur la portière de sa voiture, elle hésita, renifla sa manche.

— Bonté divine ! Je sens la fumée et la cendre. Je vais rentrer chez Lauren prendre une douche avant la réunion de tout à l'heure. Tu crois que ça la dérangera si j'amène Percy avec moi ? Il a eu une semaine assez éprouvante.

Manifestement, le sujet de Bobby Mitchell était clos. Qu'à cela ne tienne ! Du moins, pour l'instant.

— Elle n'aura rien contre, j'en suis sûr.

— Parfait. On se retrouve chez Spinnelli à 8 heures.

La mine maussade, il regarda sa voiture s'éloigner. Elle était partie, et il refusait d'admettre que ça lui faisait mal. Et pourtant… Ainsi donc, voilà le revers de la médaille d'une relation sans attaches. Il était libre de partir quand il voulait. Et elle aussi.

Certes, c'était ce à quoi il aspirait. Et ce qu'elle prétendait souhaiter. Mais force lui était à présent de se demander si l'un et l'autre avaient vraiment conscience de ce qu'ils faisaient.

Vendredi 1er décembre, 7 h 10

— Tiens ! marmonna Mia en versant de la litière dans le bac en plastique sous l'œil attentif de Percy. Et ne viens pas te plaindre que je ne t'achète jamais rien.

Elle ouvrit une boîte de pâtée pour chats et en transvasa le contenu dans une gamelle sur laquelle était inscrit le mot CHAT et que, mue par une soudaine impulsion, elle avait achetée au supermarché avant de regagner la maison de Lauren. Elle déposa l'écuelle par terre et s'assit tandis que Percy commençait à manger.

— Quelle idiote je fais ! grommela-t-elle à voix haute.

A la seule pensée de tout ce qu'elle avait confié à Reed la veille, il lui prenait l'envie de rentrer sous terre. Pourtant, dans les bras de son amant, il lui avait semblé tout naturel de raconter sa vie la plus intime. Il savait écouter et… nom d'un petit bonhomme ! Elle était devenue comme ces femmes prêtes à vider leur sac sur l'oreiller au moindre rapport sexuel un tant soit peu époustouflant. Elle leva les yeux au ciel, accablée de honte.

— Je suis une imbécile !

Elle s'était mise à nu devant un homme qui avait eu l'honnêteté de la prévenir qu'il ne désirait rien de plus que de coucher avec elle. Et, ce matin, dans le salon de Roger Burnette, Solliday avait vu et compris davantage que ce qu'elle aurait souhaité. Et il avait eu pitié d'elle.

Cette pensée lui restait sur le cœur, la brûlait au plus profond de son être. Elle avait désiré cet homme pour les mêmes raisons et aux mêmes conditions que lui. Une relation purement sexuelle, et surtout, sans liens affectifs. La pitié de Solliday avait complètement chamboulé ce bel arrangement.

Du regard, elle balaya la cuisine de Lauren. Elle n'avait pas sa place dans cet endroit. Qu'il l'ait manipulée pour l'attirer ici prouvait bien qu'ils ne s'étaient jamais réellement trouvés sur un pied d'égalité. Elle aurait dû remballer ses affaires et partir sans explication, elle le savait. Son regard s'arrêta sur le chat. Peut-être Dana accepterait-elle de l'adopter.

A vrai dire, son amie lui devait bien cela, après son maudit discours sur les hamburgers et l'envie de tout posséder qu'elle lui avait débité.

Elle se leva. Dana prendrait ce satané chat, elle ne lui laisserait pas le choix. Et demain, elle se trouverait un nouveau logement. Elle rendrait sa maison à Lauren. Quant à Solliday… Autant être franche avec elle-même, il n'y avait nul besoin de jeter le bébé avec l'eau du bain. Elle avait encore envie de ces rapports sexuels étourdissants. Aussi lui faudrait-il avant tout rétablir l'égalité dans leur relation. Plus de confidence sur l'oreiller. Plus de pitié.

Vendredi 1er décembre, 8 h 10

— Eh bien, au moins, nous avons enfin trouvé le lien, annonça Spinnelli, l'air morose.

— Nous devrions avoir une liste de noms avant midi, dit Mia à l'autre bout de la table où elle s'était volontairement installée. Les Services sociaux sont en train de passer en revue tous les dossiers datant de la période pendant laquelle les Dougherty ont servi en tant que parents nourriciers.

— Jusque-là, nous n'avions pris en compte que les dossiers de Penny Hill remontant à deux ans, ajouta Reed, s'efforçant d'ignorer que Mia ne lui avait pas accordé un seul regard depuis leur arrivée. Nous ne risquions pas de trouver quoi que ce soit. Une fois que nous aurons les noms, nous pourrons commencer à établir des rapprochements avec White.

Spinnelli s'approcha du tableau blanc.

— Parfait, nous tenons enfin quelques atouts en main. Je veux savoir qui est ce type et où il habite. Je veux prouver sa présence sur les lieux des deux premiers incendies, autrement que par le fait qu'il a eu accès aux œufs en plastique, et je veux savoir pourquoi il fait tout ça.

Il se mit à coucher ses ordres par écrit et poursuivit :

— Murphy et Aidan, vous me trouvez où il se cache. Continuez à montrer sa photo aux alentours de l'endroit où l'on a découvert la voiture qu'il a utilisée pour s'enfuir de chez Brooke Adler. Dénichez-moi quelqu'un qui le connaît, en dehors du Centre. Jack, avons-nous une preuve matérielle de sa présence dans la maison des Dougherty ou dans celle de Penny Hill ?

— Nous avons tout passé au peigne fin, répondit Jack.

— On n'a toujours pas localisé la voiture de Penny Hill, précisa Reed. Il a peut-être laissé des indices à l'intérieur.

— Le patron de Penny nous a donné une liste des cadeaux qu'elle a reçus lors de son pot de départ, intervint Mia en se massant la nuque d'un geste las. Si quelqu'un a repéré la voiture, il les a probablement revendus.

— Je vais faire vérifier toutes les boutiques d'occasions, dit Spinnelli. Quoi de neuf du côté de la police d'Atlantic City ?

— Rien encore. Je vais les appeler pour leur demander s'ils ont reconnu l'un ou l'autre de nos deux types sur leurs enregistrements vidéo. Mais il y a quelque chose qui nous échappe. Il nous faut comprendre pourquoi il fait cela, mais aussi pourquoi *maintenant* ? Miles dit qu'un événement a dû se produire qui a tout déclenché.

— Que suggérez-vous ? demanda Spinnelli.

— Je ne sais pas. Mais je ne peux m'empêcher d'avoir un pressentiment curieux à propos de l'école. Notre homme y enseigne pendant six mois et, tout à coup, il est pris d'une folie meurtrière et incendiaire. Pourquoi ?

— Vous avez interrogé les professeurs sur Brooke. Demandez-leur ce qu'ils connaissent de White.

— Entendu.

— J'aimerais bien savoir comment il a appris où se trouvaient les Dougherty hier soir, dit Reed. Ils sont descendus au Beacon Inn, mardi. Judith Blennard dit qu'ils ont débarqué chez elle mercredi après-midi. Et il a retrouvé leur trace dès jeudi soir. Il n'a pu attendre toute la journée qu'ils quittent l'hôtel puisqu'il donnait ses cours au Centre.

— L'hôtel a dû l'informer, hasarda Mia. Nous n'avons qu'à y passer avant de retourner à l'école.

— Aidan, vous restez en contact avec la police d'Atlantic City. Mia et Reed s'occuperont de l'hôtel et de l'école.

Aidan griffonna dans son petit calepin.

— Ça marche !

— Autre chose ? demanda Spinnelli.

— L'enterrement de Caitlin Burnette a lieu à 10 heures, ajouta Mia. Vous croyez qu'il ira ? Et nous, on devrait ?

— Je m'en charge, dit Spinnelli. Jack a prévu une surveillance vidéo, et je serai présent dans l'assistance. Mais franchement, je ne pense pas qu'il vienne. Caitlin a été un accident de parcours. Toutefois, ça ne m'empêchera pas de rester aux aguets. Rompez ! Appelez-moi dès que vous avez du nouveau. Je tiendrai une conférence de presse à 14 heures, et j'aimerais ne pas passer pour un incapable. Mia, restez ici une minute.

Reed attendit de l'autre côté de la porte et tendit l'oreille.

— Kelsey a été transférée à 7 heures ce matin. Elle est en sécurité.

Reed entendit Mia pousser un soupir de soulagement.

— Merci.

— De rien. Oh, et, Mia, essayez de dormir un peu. Vous avez une mine épouvantable.

Elle eut un petit rire narquois.

— Merci.

Reed lui emboîta le pas dès qu'elle sortit du bureau de son chef.

— Moi, je te trouve très bien, murmura-t-il.

Il avait espéré la dérider, mais le regard presque austère qu'elle lui décocha lui transperça le cœur d'une flèche de panique. C'était la première fois qu'elle le regardait réellement depuis qu'ils avaient quitté le domicile de Burnette.

— Merci, dit-elle d'une voix calme.

Il garda le silence jusqu'à ce qu'ils soient installés dans le 4x4.

— Qu'est-ce qui ne va pas ?

— Je suis fatiguée, c'est tout. Il va falloir que je trouve un peu de temps pour me mettre en quête d'un appartement dès demain.

Il en eut le souffle coupé.

— Quoi ?

Elle lui adressa un pauvre sourire.

— Je n'ai jamais eu l'intention de m'incruster chez Lauren plus d'une nuit ou deux. Ce n'était qu'une solution provisoire, Reed. Tu le savais aussi bien que moi.

Provisoire. Il commençait à détester ce mot. Pourtant, elle avait raison. Il n'avait pas prévu de chasser définitivement Lauren de sa moitié du duplex. *Alors, pendant combien de temps comptais-tu garder Mia chez toi ? Jusqu'à ce que ton désir soit assouvi ? Jusqu'à ce que tu te lasses d'elle ?*

Oui. C'est-à-dire que, non ! *Diable !*

— Et nous ?

Elle semblait parfaitement calme, alors que son cœur à lui cognait violemment dans sa poitrine, ce qui avait pour effet de l'agacer d'autant plus.

— Ça durera aussi longtemps que nous en aurons envie. Maintenant, au travail ! A l'hôtel Beacon Inn, s'il te plaît.

Les mâchoires serrées, il démarra. Ils étaient arrivés aux premiers feux, lorsque le portable de Mia sonna.

— Mitchell… ouais, passez-le-moi. Monsieur Secrest, que puis-je pour vous ?

Elle se redressa d'un seul coup.

— Quand ?… Vous n'avez rien touché, n'est-ce pas ? J'arrive tout de suite.

Reed s'engagea dans la file de gauche pour effectuer un demi-tour en direction du Centre.

— Que se passe-t-il ?

— Jeff DeMartino est mort.

Vendredi 1er décembre, 8 h 55

— Il n'a pas répondu à l'appel de ce matin, alors le gardien a prévenu l'infirmière, expliqua Secrest. Elle m'a appelé et je vous ai tout de suite téléphoné.

Le garçon était allongé sur le dos, le teint cireux, ses yeux sans vie fixés au plafond. L'équipe de la police scientifique était déjà à l'œuvre et prenait des photos.

— Quand a-t-il été vu en vie pour la dernière fois ? interrogea Mia.

— Les gardiens vérifient les chambres de cette section chaque demi-heure tout au long de la nuit, répondit Secrest, la mine contrariée. Il était dans son lit. La dernière fois que qui que ce soit l'ait vu marcher, parler ou respirer, c'était hier soir à 21 h 30. C'est l'heure à laquelle les garçons de son groupe prennent leur douche.

— Excusez-moi, intervint Sam Barrington en entrant dans la pièce.

— Nous avons droit à l'artillerie lourde, cette fois, murmura Mia avant que Reed n'ait eu le temps de lui intimer le silence.

— Personne n'y a touché, Sam, s'empressa-t-il d'affirmer.

— Où est l'infirmière ? Je veux son dossier médical sur-le-champ.

Secrest lui tendit le document.

— Elle a sorti son dossier dès qu'elle m'a appelé.

— Où est-elle ? répéta le médecin légiste en enfilant ses gants. Je la veux *ici*, tout de suite !

D'un air renfrogné, Secrest donna la chemise cartonnée à Mia.

— Elle est à l'infirmerie. Je vais l'appeler.

Sam se pencha pour examiner le corps.

— Spinnelli m'a demandé de venir. La victime est morte depuis au moins dix heures. Pas de blessure ni de lésion apparente… excepté…

Reed et Mia se postèrent de chaque côté du légiste.

— Excepté quoi ? demanda-t-elle.

— Ceci, répondit le médecin en soulevant la main du garçon. Il a une coupure au pouce, et elle est récente.

— Elle a été faite avant le décès ou après ?

— Avant. *Juste* avant. Passez-moi son dossier médical.

Il parcourut rapidement des yeux le document que Mia lui donna.

— Il était en bonne santé, conclut-il. Pas de problème cardiaque ni d'asthme.

— Seulement une petite coupure, dit Mia d'un air songeur. Y a-t-il des traces de sang ?

— Il y a une tache sur le bord de la couverture, indiqua le technicien de la police scientifique.

— En plein milieu, constata Mia. Comme s'il s'était essuyé avec la couverture. Voyez-vous un couteau quelque part ?

Le technicien secoua la tête.

— Il est peut-être sous le corps.

— Si vous en avez terminé avec les photos, dit Sam, nous pouvons le retourner. Doucement.

En apercevant la lame ouverte du canif, Mia exulta.

— Le voilà !

— N'y touchez pas, ordonna Sam comme elle tendait sa main gantée pour s'en saisir. Si c'est ce que je pense, il ne faut surtout pas y toucher.

— Du poison ? demanda-t-elle, le front plissé.

Sam se pencha, braqua sa lampe électrique sur le dos nu du garçon.

— D'après les lividités et les hématomes, je dirais qu'il était couché sur le manche du couteau avant de mourir.

— Il serait tombé dessus, dit Mia, pensive. Mais où Jeff se serait-il procuré un couteau ?

— Là où Manny a trouvé ses allumettes ? suggéra Reed.

— Manny aurait donc dit la vérité. As-tu examiné ces fameuses allumettes ?

— Non, mais je vais le faire.

— Vous croyez qu'elles étaient piégées ? interrogea le légiste.

— Oui, confirma Reed avant de se tourner vers la porte où attendait Secrest. Avez-vous toujours en votre possession les allumettes qu'on a trouvées dans la chambre de Manny ?

— Elles sont dans mon bureau, répondit Secrest. Je vais vous les chercher.

Mia leva la main.

— Monsieur Secrest, attendez une minute, s'il vous plaît. Qui faisait partie du groupe de Jeff ? Les garçons qui ont pris leur douche en même temps que lui ?

— Il y avait Jeff, Manny, Regis Hunt et Thaddeus Lewin. Les autres appellent Thad « Lopette », expliqua Secrest, visiblement mal à l'aise. Thad a été conduit à l'infirmerie le soir de Thanksgiving.

— Pour quelle raison ? demanda Mia.

— Il se plaignait de douleurs abdominales, répondit l'infirmière. Mais en réalité, il a été agressé.

Secrest s'effaça pour la laisser passer. Elle regarda Jeff avec un curieux mélange de mépris et de… satisfaction qui fit froncer les sourcils à Reed.

— De quelle manière, agressé ? interrogea-t-il.

Elle le fixa, droit dans les yeux.

— Thad a été sodomisé. Il y a eu déchirement rectal. Mais il a refusé de le reconnaître.

— Et vous pensez que Jeff est le coupable ? demanda Reed avec douceur.

Elle hocha la tête.

— Thad ne voulait pas le dénoncer. Tous les garçons avaient peur de Jeff.

— Et c'est pour ça que vous êtes contente qu'il soit mort, conclut Mia.

Le regard de l'infirmière se durcit.

— Je ne me réjouis pas de sa mort en soi, répliqua-t-elle en haussant les épaules. Mais Jeff était un garçon détestable, méchant, enragé. Nous étions tous terrifiés à l'idée de ce qu'il ferait dès sa libération le mois prochain. Maintenant, nous n'aurons plus besoin d'avoir peur.

Soudain, elle planta son regard sur Secrest.

— Thad a reçu une visite le soir de Thanksgiving. Devin White est venu à l'infirmerie. C'est Thad qui l'a appelé.

— Le voilà le déclic qui a tout déclenché ! murmura Reed.

— Tu as raison, chuchota Mia avant de s'éclaircir la gorge. J'aimerais emmener Thad et Regis Hunt pour avoir une petite conversation avec eux. Convoquez vos avocats et demandez-leur de nous retrouver au poste de police.

Elle jeta un regard autour d'elle.

— Où est Bixby ? J'aurais pensé qu'il viendrait voir ça.

De nouveau, Secrest eut l'air gêné.

— Il n'est pas encore arrivé.

Mia leva les yeux au ciel.

— Super ! J'envoie une patrouille chez lui et je lance un avis de recherche sur sa voiture.

Vendredi 1er décembre, 10 h 10

Le directeur du Beacon Inn était visiblement agacé.

— Excusez-moi, dit Mia.

— Désolé, m'dame, vous allez devoir attendre votre tour, dit-il sans lever les yeux.

Le client qui attendait au comptoir ébaucha un petit sourire narquois.

— Faites la queue, comme tout le monde.

— Tu veux que je lui apprenne les bonnes manières ? chuchota Reed derrière Mia.

S'efforçant d'ignorer le frisson qui lui parcourut le dos, elle étouffa un fou rire. Voilà justement la raison pour laquelle elle ne sortait pas avec des flics et pourquoi le règlement interdisait les liaisons entre équipiers. Même ceux qui ne l'étaient qu'à titre temporaire. Ce genre de relation vous compliquait trop les choses et interférait avec votre capacité de concentration. Elle avait réussi à garder son sang-froid et à paraître sereine lorsque Reed avait demandé « Et nous ? », mais, pour ce faire, elle avait dû mobiliser toute sa volonté. A présent, elle tâchait de se focaliser sur le directeur de l'hôtel qui avait malencontreusement choisi de ne pas lui prêter attention.

— Non, laisse-moi faire, répondit-elle.

Elle abattit brusquement son insigne sur le comptoir.

— Regardez-moi quand je vous parle, lâcha-t-elle.

Le directeur lui lança un regard assassin.

— Qu'y a-t-il encore ?

Elle fronça les sourcils.

— Comment ça, *encore* ?

Elle se tourna vers le client pressé, lequel avait perdu toute son arrogance.

— Vous, vous attendez ici. Je suis l'inspecteur Mitchell, de la brigade des Homicides. Et voici mon équipier, le lieutenant Solliday du BEI. Que voulez-vous dire par *encore* ?

— Les Homicides ? répéta le gérant, les yeux emplis soudain d'une lassitude résignée. C'est ce que je craignais. Je suis désolé. La moitié de mes employés est en congé maladie à cause de la grippe et mon assistante n'est pas venue travailler ce matin. Je m'appelle Chester Preble. Que puis-je faire pour vous ?

— Tout d'abord, dites-moi ce qui s'est passé ici ? demanda Mia, d'un ton radouci.

— Des policiers en uniforme sont venus ce matin. Ils recherchaient une personne disparue, une certaine Niki Markov. Elle a pris une chambre mercredi, et son mari a appelé jeudi matin parce qu'elle ne répondait pas au téléphone. Je lui ai dit qu'elle était peut-être sortie.

A l'évidence embarrassé, il haussa les épaules.

— Il y a des gens qui viennent ici pour fuir leur conjoint, si vous voyez ce que je veux dire. Nous essayons de faire preuve de discrétion.

— Néanmoins, le mari a signalé la disparition de son épouse, ajouta Mia dont l'instinct venait de déclencher une sonnette d'alarme. Et elle n'est pas rentrée.

— Elle ne devait rendre la chambre qu'aujourd'hui. Ses vêtements sont toujours dans le placard.

— Quel est le numéro de la chambre ?

— C'est le 129. Je vais vous y conduire, mais donnez-moi d'abord une petite minute pour préparer la note des clients qui ont un avion à prendre.

— Il s'agit d'une enquête criminelle, coupa Mia d'un ton sec. Ces personnes attendront.

— Vous avez trouvé son… corps ? bredouilla-t-il, perdant tout à coup ses couleurs.

— Non, j'enquête sur un autre assassinat. Deux de vos clients, qui ont quitté l'hôtel mercredi, ont été tués cette nuit. Joe et Donna Dougherty. Pouvez-vous me dire quelle chambre ils occupaient ?

L'homme tapota quelques touches sur un clavier ; son visage devint encore plus pâle.

— La chambre 129.

— C'est pas vrai ! marmonna Reed.

Mia se passa la main dans les cheveux. Elle sentit la montée d'un atroce mal de tête.

— Comme tu dis !

Vendredi 1er décembre, 10 h 50

— Tu m'as appelé ? demanda Jack en entrant dans la chambre 129, accompagné de son équipe d'experts scientifiques vêtus de leurs combinaisons blanches.

— Niki Markov est portée disparue, expliqua Mia. Et cette chambre était celle de Joe et Donna Dougherty jusqu'à mercredi.

— Tu crois qu'il est venu en pensant les trouver ici ? Et qu'il est tombé sur Markov à la place ?

— Ses vêtements sont encore dans le placard, précisa Reed. Mais toutes ses valises sont parties. La marchandise qu'elle vendait est entassée sur le lit.

— Oh mon Dieu ! s'exclama Jack qui venait de comprendre ce que Mia et Solliday avaient déjà déduit.

Il adressa un signe de tête à son équipe.

— Commencez à fouiller la chambre, ordonna-t-il.

Je vais inspecter la salle de bains. Il faut rechercher des cheveux et… tout le reste.

D'un geste rapide et sûr, il retira la trappe sous la baignoire. Puis il pulvérisa du luminol sur le carrelage de la douche. Trente minutes plus tard, il éteignit les lumières. Toutes les surfaces traitées devinrent luminescentes. Pendant quelques secondes, les trois enquêteurs demeurèrent comme pétrifiés.

— Ça fait une sacrée quantité de sang, remarqua finalement Jack. Etant donné que les valises ont disparu, nous pouvons raisonnablement supposer que…

— … qu'il l'a démembrée, compléta Mia sombrement. Seigneur ! Je ne sais plus à combien nous en sommes.

Elle pressa ses doigts sur ses tempes.

— Caitlin, Penny, Thompson, Brooke et Roxanne…

— Joe et Donna, ajouta Reed. Jeff et, maintenant, Niki Markov. Ça fait neuf.

Elle leva les yeux vers lui.

— Compte jusqu'à dix ? Tu crois que c'est ce qu'il voulait dire ?

— Peut-être. Cependant, il n'avait aucune raison d'en vouloir à cette femme.

— Un accident de parcours, murmura-t-elle. Comme Caitlin. Elle s'est trouvée au mauvais endroit, au mauvais moment.

— Je vais voir ce que je peux dénicher, dit Jack. Dans tout ce gâchis, il a forcément laissé des traces.

— Pendant ce temps-là, je préviens les familles. Le patron de Donna m'a déjà donné un numéro de téléphone.

Elle soupira, appréhendant plus que toute autre la tâche qui l'attendait.

— Je dois informer le mari de Markov et la mère de Donna Dougherty de leur mort.

— Je m'en charge, proposa Reed. Tu n'es pas obligée de tout faire seule, Mia.

A sa grande surprise, elle acquiesça d'un signe de tête las.

— D'accord. Appelle-nous dès que tu as trouvé quelque chose, Jack. Nous allons vérifier s'il a aussi volé la voiture de Markov. Avec un peu de chance, nous retrouverons son corps.

Vendredi 1er décembre, 11 h 50

Jenny Q fit glisser son plateau à côté de celui de Beth et s'assit.

— Alors, qu'est-ce que tu comptes faire ?

— Je ne sais pas. Mais en tout cas, il n'est pas question que je loupe cette occasion, Jenny. Il est tellement têtu, tu n'imagines pas !

Jenny soupira.

— Et moi qui avais réussi à convaincre ma sœur de nous couvrir. En plus, ça m'a coûté un paquet !

Les mâchoires de Beth se crispèrent.

— Tant pis, je… m'en irai, c'est tout.

Jenny éclata de rire.

— Ça m'étonnerait ! Tu n'oseras jamais partir s'il te court après en hurlant.

— Non, c'est vrai, convint Beth. Je trouverai un autre moyen.

Vendredi 1er décembre, 13 h 30

— J'avais espéré tenir un suspect en garde à vue, déclara Spinnelli tranquillement. Certainement pas deux cadavres de plus sur les bras.

Ils s'étaient de nouveau tous rassemblés. Mia avait pris place entre Murphy et Aidan, et Reed avait été rejoint par Miles Westphalen. Sam était assis à l'extrémité de la table, tandis que Jack continuait à inspecter la scène du crime au Beacon Inn. Reed broyait du noir. Il se remettait mal d'avoir dû annoncer aux familles que les personnes qu'ils aimaient ne reviendraient jamais plus.

En tant qu'enquêteur spécialisé dans les incendies, il n'avait pas souvent affaire à la mort. L'incendie de l'année précédente constituait la plus grosse perte en termes de vies humaines à laquelle il avait été confronté au cours de toute sa carrière. Il ne pouvait imaginer comment Mia arrivait à s'en sortir avec les familles des victimes, jour après jour, depuis des années.

Elle poussa un soupir.

— Nous ne savons pas où il se trouve, mais nous commençons à comprendre ses mobiles. Cela a à voir avec l'agression de ce garçon, Thad. Nous l'interrogerons, lui et Regis Hunt, séparément dès la fin de la réunion.

— J'ai décelé des traces d'accélérant solide sur les allumettes que Secrest a trouvées dans la chaussure de Manny, expliqua Reed. Si le gosse en avait gratté une seule, il se serait grièvement brûlé.

— Secrest a visionné les cassettes vidéo du système de surveillance enregistrées dans la classe de White dans la journée de mardi, c'est-à-dire le jour où on a fouillé la chambre de Manny, ajouta Mia. Il a vu White s'arrêter près du bureau de Manny. Il se peut qu'il ait glissé les allumettes dans les chaussures à ce moment-là, ce n'est pas sûr. Par contre, il a bel et bien vu White mettre le couteau dans le sac à dos ouvert de Jeff.

— Ont-ils inspecté la chambre du troisième garçon, Regis Hunt ? interrogea Aidan.

— Secrest a découvert un autre couteau dans sa chambre, répondit Mia.

— La lame était enduite de d-tubocurarine, précisa Sam. De même que l'autre couteau. Et j'en ai identifié des traces dans les urines de la victime.

Reed fronça les sourcils.

— De la tubocurarine ? Vous en êtes sûr ?

— J'ai effectué les analyses d'urines moi-même, affirma

Sam. Je n'avais jamais vu de victime empoisonnée au curare auparavant. Ça m'intéressait. D'emblée, je dirais que la victime a succombé à une défaillance respiratoire.

Les yeux de Mia s'agrandirent, un hoquet d'incrédulité s'échappa de ses lèvres.

— Du curare ? Comme dans les tribus de la jungle amazonienne, les flèches empoisonnées, et tout ça ? Vous plaisantez ?

— Absolument pas, répliqua le légiste. On l'utilise aujourd'hui en chirurgie. On peut s'en procurer dans les hôpitaux, les cliniques vétérinaires… Votre bonhomme n'a eu qu'à en voler un flacon et le faire réduire dans un récipient de verre sur le brûleur d'une cuisinière toute bête.

Il se leva.

— Merci pour le déjeuner. Il faut que je me sauve.

— Aidan ? demanda Spinnelli, une fois Sam parti. Des nouvelles d'Atlantic City ?

— Oui, le Silver Casino a retrouvé le véritable Devin White sur leurs enregistrements. Il a perdu beaucoup d'argent jusqu'au moment où sa chance a brusquement tourné. Pas assez pour le faire expulser, mais suffisamment tout de même pour qu'ils le tiennent à l'œil. Les agents de sécurité se souviennent de lui parce qu'à la fin de son séjour, il a rencontré un certain compteur de cartes bien connu qui *lui* s'était fait bannir des casinos.

— Notre crack en mathématiques ! grommela Mia.

— Exactement. Il se faisait appeler Dean Anderson, mais ils ont ensuite découvert que le véritable Anderson était mort deux ans plus tôt. Les agents de sécurité du casino disent que notre homme était très doué. Il était capable de calculer les probabilités dans sa tête, comme un ordinateur. Mais les employés du casino n'étaient pas les seuls à se souvenir de lui. Il figurait parmi les individus dans le collimateur de la police depuis un an.

— Quelque chose me dit que je sais pourquoi, hasarda Spinnelli.

— Pour viol, laissa tomber Aidan brièvement. Une série de viols commis au cours des six mois qui ont précédé juin dernier. Les flics du New Jersey surveillaient de près Anderson, mais ils pensent qu'il les avait repérés. Puis en juin, les agressions ont cessé. Ils n'avaient aucune idée de l'endroit où il avait disparu.

— Il a rencontré le vrai Devin White, l'a aidé à gagner au jeu, s'est attiré sa confiance, continua Mia. Ensuite, il l'a tué et a pris sa place.

— Ce qui expliquerait pourquoi il s'est arrangé pour fournir de fausses empreintes digitales à l'école, ajouta Murphy d'un air songeur. Il savait qu'il était recherché et ne tenait pas à ce qu'on retrouve sa trace.

— C'est ce que je pense aussi, dit Aidan. La plupart des victimes qu'il a violées ont eu les jambes brisées pour qu'elles ne puissent pas s'enfuir ni se débattre. Quand nous mettrons le grappin sur lui, la police du New Jersey veut sa part.

— Ils attendront leur tour, grogna Mia.

— Il nous faut d'abord l'attraper, dit Spinnelli. Et nous ne connaissons toujours pas le véritable nom de ce salopard. Murphy ?

— Nous avons déjà ratissé la moitié de la zone de recherche. Personne ne l'a vu.

Tel un éclair, une idée jaillit dans le cerveau de Reed.

— Vous avez vérifié dans les animaleries ?

— Non, pourquoi ?

— Parce que notre homme aime les animaux et qu'il a accès à des produits pharmaceutiques utilisés en chirurgie. Certaines grandes animaleries disposent de cabinets vétérinaires. Je viens de faire vacciner le chien de ma fille dans l'un de ces endroits. Ça vaut le coup d'essayer.

— En effet, convint Murphy. J'irai dès que nous aurons terminé.

Spinnelli se leva, tira sur les pans de son uniforme.

— Je dois me rendre à cette fichue conférence de

presse. Nous avons reçu environ trois cents appels, suite à la diffusion de la photo dans les journaux télévisés. Tracy a effectué un premier tri pour éliminer les canulars les plus évidents. Aidan en a écarté quelques autres. J'ai laissé la liste sur votre bureau, Mia.

Elle se tourna vers Westphalen qui était demeuré silencieux.

— Qu'en pensez-vous, Miles ?

— Je crois que nous avons affaire à un schéma spécifique ainsi qu'à une très bonne connaissance de la nature humaine.

— Bon, d'accord. Et en quoi consiste ce schéma ?

— Les nombres. Rappelez-vous ses paroles — *compte jusqu'à dix* — et son talent pour compiler mentalement des statistiques qui lui permettent d'engager des paris. Dans toutes ces actions, il s'est montré extrêmement précis. Et n'oubliez pas que s'il a usurpé l'identité de Devin White, il n'avait pas besoin d'assumer son rôle d'enseignant. Il aime les maths, il aime les chiffres.

— Il organisait des paris sur les matchs de football à l'école, remarqua Mia en consultant les feuilles de statistiques récupérées dans l'ordinateur de White. Il perdait souvent.

Reed fit le tour de la table pour venir regarder par-dessus son épaule.

— Mais seulement lorsque l'équipe des Lions se faisait battre. Il misait sur les Lions, même quand ses propres calculs les donnaient perdants.

Elle le regarda, un sourire aux lèvres.

— Par loyauté envers son équipe ?

— Notre homme a des liens avec Detroit, confirma Reed.

— Envoyons sa photo à la police de Detroit pour voir si quelqu'un le reconnaît.

— Envoyez-la aussi aux services sociaux de là-bas, suggéra Miles. Je parie qu'il a déjà eu des ennuis. Et il connaît la façon dont l'esprit de ces gosses fonctionne. Regardez les pièges qu'il a tendus à Manny et à Jeff. Il les a appâtés avec ce dont il était sûr qu'ils seraient incapables de refuser.

Il agita la main avant que Reed ait le temps de protester.

— Qu'ils décideraient de ne pas refuser, se corrigea-t-il.

— Merci, laissa tomber Reed froidement. Mais vous avez raison. Il a bel et bien choisi ce qui les tenterait le plus sûrement. Et même si Manny n'a pas gratté les allumettes, il s'est fait prendre pour avoir fait pénétrer des marchandises prohibées dans l'enceinte de l'école. Il savait aussi que la première chose que ferait Jeff serait de tester le tranchant de la lame. Et que même dans le cas contraire, lui aussi se ferait pincer et expédier dans une vraie prison. Vous avez tout à fait raison. Il connaît parfaitement les règlements. Il a déjà séjourné en centre de détention pour délinquants juvéniles, ou bien il connaît quelqu'un qui l'a fait.

— Merci, répondit le psychologue tout aussi sèchement. Je voudrais souligner autre chose. La façon dont il s'est focalisé sur les Dougherty. Il les a ratés deux fois et est revenu une troisième fois pour les tuer.

— Il se sentait obligé d'achever son œuvre, avança Mia. Soit ils représentaient quelque chose d'extrêmement important à ses yeux, soit il est du genre hyper-compulsif.

— Je crois qu'il s'agit en partie de la première raison mais davantage de la seconde, proposa Miles. Peut-être pouvons-nous tirer profit de sa nature compulsive.

— Mais, comme le dit Spinnelli, il faut d'abord l'attraper, soupira Mia.

Murphy tapota la table de son éternel bâton de carotte.

— Mia, tu as dit que tu aurais la liste des gosses que Penny Hill a placés chez les Dougherty avant midi.

— Exact. Ils auraient déjà dû me la faire parvenir. Je les appelle. Aidan, tu peux nous aider avec les trois cents appels téléphoniques ?

— Pas de problème.

Elle se leva.

— Alors, allons-y.

20

Lido, Illinois
Vendredi 1er décembre, 14 h 15

Il avait oublié à quel point il détestait la vue du maïs. Des kilomètres de champs de maïs. Quand il était enfant, les épis jaunes l'avaient sans cesse nargué, avec leur doux balancement, comme si tout n'était que perfection en ce monde. Cet endroit, cette maison, ce maïs… étaient devenus le tombeau de Shane.

Ils avaient rebâti la maison sur les mêmes fondations. La nouvelle demeure était claire et pimpante. Il y avait un tricycle d'enfant dans le jardin ; une jeune femme s'affairait à l'intérieur. Il la voyait passer devant les fenêtres tandis qu'elle vaquait à ses tâches ménagères.

Le travail de la ferme, il l'avait eu en horreur. Il avait haï l'homme qui l'avait amené ici pour pouvoir profiter gratuitement d'une autre paire de bras et l'avait affecté à l'entretien de la porcherie. Il avait exécré la femme qui avait toujours su ce qui se passait sous son toit et n'avait rien fait pour lui venir en aide. Il avait abhorré le fils cadet pour sa lâcheté, le fils aîné pour… Ses lèvres se retroussèrent, un frisson de rage lui hérissa le poil. Il avait abominé le fils aîné. Et il avait maudit Penny Hill d'avoir été trop stupide pour voir la vérité et trop paresseuse pour revenir s'assurer de leur bien-être.

Penny Hill avait payé pour ses fautes. La famille Young

allait faire de même. Il descendit de sa toute nouvelle voiture au moment où la jeune femme sortait de la maison, un bambin sur la hanche. Dès qu'elle le vit, elle s'arrêta, apeurée.

Il arbora son plus gracieux sourire.

— Excusez-moi, m'dame. Je ne voulais pas vous faire peur. Je cherche un ami. Il habitait ici avant, mais nous nous sommes perdus de vue. Il s'appelle Tyler Young.

Il savait pertinemment où se trouvait Tyler Young. A Indianapolis, où il vendait des biens immobiliers. Mais il ne connaissait pas l'adresse des autres Young. La femme demeura immobile, la main posée sur la poignée de la porte, prête à prendre la fuite. Une femme assez futée, en somme.

— Nous avons acheté cette maison aux Young, il y a quatre ans de cela, dit-elle. Le mari était mort et sa femme ne voulait pas conserver la ferme. Je ne sais pas ce que sont devenus les fils.

Il sentit sa colère s'attiser. Encore un qui était mort avant qu'il ait pu assouvir sa vengeance. Son visage resta cependant de marbre, ne trahissant qu'à peine un brin de désappointement.

— Quel dommage ! J'aimerais rendre visite à Mme Young pour lui présenter mes respects. Savez-vous où je peux la trouver ?

— Aux dernières nouvelles, elle était entrée en maison de retraite, à Champaign. Il faut que je vous laisse, maintenant.

Et sur ces mots, elle rentra précipitamment chez elle. Il aperçut ses doigts entre les lames des stores, alors que, postée derrière sa fenêtre, elle guettait son départ.

Il regagna sa voiture. Champaign n'était qu'à une heure de là.

*
* *

Chicago, vendredi 1er décembre, 16 h 20

— Je n'ai plus les yeux en face des trous ! gémit Mia que la fatigue et la migraine accumulées rendaient irascible.

— Qu'as-tu trouvé ? interrogea Solliday, étouffant un bâillement.

— Sur les vingt-deux gosses que Penny Hill a placés chez les Dougherty, trois sont décédés, deux sont en prison et six sont toujours dans des familles d'accueil. Quant aux autres, je n'ai des adresses récentes que pour deux d'entre eux.

— Y en a-t-il un qui vienne de Detroit ?

— Pas d'après les certificats de naissance.

Elle se leva, s'étira puis, voyant les yeux de Reed suivre chacun de ses mouvements, laissa retomber ses bras.

— Désolée.

— Ne t'arrête pas pour moi, murmura-t-il.

Réprimant un sourire, elle contourna le bureau. Il s'était chargé de filtrer tous les appels téléphoniques du Beacon Hill.

— Alors, qu'est-ce que ça donne ? demanda-t-elle.

— Cet hôtel reçoit un nombre incroyable de coups de fil. Aucun ne provient du Centre, mais je m'y attendais. J'imagine que s'il a appelé pour parler aux Dougherty, il l'a fait d'un téléphone jetable ou d'une cabine. Voici les numéros que je n'ai pas fini d'identifier.

Mia parcourut la liste du doigt.

— Celui-ci vient du secteur que Murphy est en train de ratisser.

Il tapa le numéro sur l'écran de l'annuaire inversé.

— Tu as l'œil, Mia ! C'est le numéro d'une cabine téléphonique.

Il composa le numéro du Beacon Hill et activa le haut-parleur.

— Beacon Inn, Chester à l'appareil. Que puis-je faire pour vous ?

— Chester, c'est le lieutenant Solliday du BEI. L'inspecteur Mitchell et moi avons encore une question à vous poser. La réception de l'hôtel a apparemment reçu un appel mardi, à 16 h 38. Il se peut qu'il s'agisse de quelqu'un qui a essayé d'obtenir le numéro de la chambre des Dougherty.

— Personne n'aurait fourni ce renseignement, répondit Chester. Notre règlement l'interdit.

— Chester, intervint Mia. Essayez de savoir qui a pris cet appel.

— Mardi après-midi, ce devait être Tania Sladerman. Mais je ne peux pas vous la passer. Elle n'est pas venue… Oh, mon Dieu ! Elle n'est pas venue travailler aujourd'hui.

— Donnez-nous son adresse, ordonna Solliday d'un ton brusque. Tout de suite !

Vendredi 1er décembre, 17 h 35

— Nom d'un chien, Reed ! s'exclama Mia dans la chambre de Tania Sladerman, les yeux rivés sur le cadavre que les techniciens médico-légaux déposaient sur le brancard avant de refermer le sac en plastique. Ça fait dix.

L'assistante du directeur du Beacon Inn avait été violée, les mains et les pieds ligotés, les jambes brisées, la gorge tranchée.

— J'aimerais que ce soit cela qu'il comptait, Mia, parce qu'à ce moment-là il aurait terminé. Mais je ne le crois pas.

— Comment se fait-il que personne n'ait signalé sa disparition depuis mercredi matin ? s'indigna Mia d'une voix étranglée par l'émotion. Cette pauvre fille n'a donc manqué à personne ?

Reed voulut lui entourer les épaules de son bras, mais y renonça.

— Viens, je te ramène à la maison.

Elle se redressa.

— Pas la peine. Je vais rentrer au poste avec l'équipe

scientifique. Tu retournes chez toi, Reed. Tu as une fille qui aimerait bien te voir de temps en temps.

Il se rembrunit.

— Ça m'étonnerait ! Nous avons eu une dispute assez vive hier.

— A quel sujet ?

— Une fête qui doit avoir lieu ce week-end, chez Jenny Q. Je n'ai pas du tout apprécié son attitude et je lui ai interdit d'y aller.

— Tu es dur. Rentre chez toi, Reed. Passe un peu de temps avec elle. Je t'appellerai s'il y a du nouveau.

Comme il hésitait, elle le poussa doucement vers la sortie.

— Je parle sérieusement. Ça me rassurerait de savoir que Beth et toi vous êtes réconciliés. Elle a besoin de son père.

En la voyant se diriger vers la porte, il comprit qu'elle le congédiait. Or, il n'était pas prêt à se laisser jeter aux oubliettes.

— Où en es-tu avec Olivia ? s'enquit-il d'un ton innocent.

— Nous avons échangé des messages vocaux. Je crois que nous allons essayer de nous rencontrer ce soir. De toute façon, je t'appelle, promis.

Elle se pencha légèrement en avant, se balança sur un pied. Reed fut saisi d'une brusque envie de la prendre dans ses bras, de la rassurer. Et de se faire réconforter en retour.

Il baissa la voix.

— J'ai retrouvé ma clé pour l'autre partie de la maison.

Une lueur s'alluma dans les yeux de Mia. Satisfait à l'idée de l'avoir incitée à tenir sa promesse, il reprit de sa voix normale.

— Très bien. On se voit demain.

*
* *

Vendredi 1er décembre, 18 h 20

Lorsque Mia regagna le bureau, Aidan était parti, mais Murphy se trouvait encore là, occupé à taper son rapport avec deux doigts.

— Reed avait raison, remarqua-t-il. Il y a trois animaleries dans le quartier. Deux d'entre elles possèdent leur propre cabinet vétérinaire. La dernière que je suis allé voir s'appelle Petsville. Et devine ce qui manque dans leur armoire à pharmacie ?

— Du d-tubo-machin, répondit Mia avec une grimace. Du poison de la forêt amazonienne.

— Gagné ! J'ai dû les menacer d'une assignation à comparaître, mais j'ai finalement obtenu la liste des employés et je viens de localiser leurs domiciles sur la carte. Ils habitent tous dans un rayon d'un kilomètre et demi de l'endroit où notre homme a abandonné la voiture après les meurtres de Brooke et Roxanne. Il a très bien pu se rendre chez n'importe lequel de ces employés à pied.

— Il n'y a que quatorze personnes. Je devrais pouvoir rendre visite à cinq ou six d'entre elles ce soir.

Murphy se leva.

— Allons-y.

— Murphy…

— Mia, tu ne peux pas y aller seule. Que ferais-tu si tu tombais nez à nez avec lui ?

La pensée de tous les corps qu'elle avait vus cette semaine traversa l'esprit de Mia.

— Tu as raison. Si j'y vais seule, je serais capable de le buter moi-même. Il faudrait que j'appelle Solliday, mais il est avec sa fille.

— Tandis que toi et moi, nous sommes libres comme l'air.

Elle fronça les sourcils. Libre, sans attaches, sans lien. C'était ce qu'elle voulait, non ?

— Murphy, ça ne te manque jamais ?

Le visage de son collègue devint grave.

— Je vois que ça commence à te peser, n'est-ce pas ? Tous tes amis qui se mettent en ménage…

Abe, Dana, Jack, Aidan… Il ne restait plus qu'elle et Murphy.

— Ouais. Et toi ?

Il hocha la tête.

— Moi aussi. Mais j'ai déjà été marié, souligna-t-il en lui entourant les épaules d'un geste fraternel. Et tu connais le dicton : « Tu m'y prends une fois, tu es une fripouille… »

— Tu m'y prends deux fois, je suis une andouille », conclut-elle.

— Au travail !

Vendredi 1er décembre, 18 h 55

Le coup frappé à la porte brisa le silence. Sa mère leva les yeux, le regard empli d'effroi.

— Ce n'est pas lui, maman. Il a les clés.

Qu'elle les lui ait données, il n'avait jamais compris pourquoi. Et à présent, il était trop tard pour revenir en arrière.

Elle se leva, lissa ses cheveux. Et ouvrit la porte.

— Puis-je vous aider ?

— Excusez-nous de vous déranger, m'dame. Je suis l'inspecteur Mitchell et voici l'inspecteur Murphy. Nous fouillons le quartier à la recherche de cet individu.

Réfugié dans la pièce voisine, il tendit l'oreille derrière la porte. La femme qui parlait avait l'air… gentille.

— C'est l'homme qu'on a montré à la télévision ? demanda sa mère d'une petite voix apeurée.

— Oui, m'dame, répondit la femme inspecteur. Est-ce que vous l'avez vu ?

— Non, désolée.

— Bon, si jamais vous l'apercevez, pourriez-vous

appeler ce numéro ? Et surtout ne lui ouvrez pas votre porte. Il est très dangereux.

Je sais qu'il est dangereux. Je le sais très bien. Maman, s'il te plaît, dis-leur !

Mais sa mère se contenta de hocher la tête et de prendre le bout de papier que l'inspecteur lui tendait.

— Comptez sur moi, dit-elle en refermant la porte.

Elle demeura immobile une minute, puis froissa la feuille dans son poing serré et gagna le canapé sur lequel elle se recroquevilla avant d'éclater en sanglots.

Il retourna dans sa chambre, ferma la porte derrière lui et se mit à pleurer.

Adossée contre sa voiture, Mia observait la minuscule maison. Murphy s'appuya à son tour contre la portière.

— Elle sait quelque chose, dit-il.

— Ouais, et elle est terrifiée. Elle a un gosse.

— Je sais, je l'ai aperçu qui nous guettait.

— Moi aussi. *Il* y est peut-être, en ce moment.

— Le couvert était mis pour deux personnes seulement. S'il est là, il se cache. Elle travaille dans une animalerie, donc en principe elle a accès à un cabinet vétérinaire. Mais nous ne pourrons jamais obtenir un mandat de perquisition au seul motif qu'elle a l'air terrorisée.

— Vérifions les autres maisons de la rue. Peut-être que quelqu'un l'a vu. Dans ce cas-là, ce serait suffisant pour réclamer un mandat.

Elle s'écartait de la voiture lorsqu'un mouvement attira son regard.

— Murphy, regarde la fenêtre !

Des petits doigts soulevaient les lames des stores.

— Le gosse nous surveille.

Avec un sourire chaleureux, Mia fit un signe de la main. Immédiatement, les petites mains disparurent ; les stores retombèrent. Son sourire s'évanouit.

— Je veux parler à ce gamin.

— Il faut d'abord pouvoir entrer. Allons frapper à quelques portes.

Vendredi 1er décembre, 19 h 30

— Eh bien ? demanda Murphy. Moi, je n'ai trouvé que des clopinettes.

— Personne ne l'a vu. Il n'y a même pas un seul voisin qui connaisse les habitants de cette maison. Quelqu'un se souvient d'avoir vu le gosse aller à l'école en vélo, mais c'est tout. Tu sais, quand j'étais petite, tout le monde se connaissait. On avait peur de faire des bêtises parce que les parents étaient immédiatement mis au courant. Qu'est-ce qu'on fait, maintenant ?

— Tu rentres et tu vas dormir. Je vais rester ici pour surveiller le coin. Je t'appellerai s'il arrive quoi que ce soit.

— Je ne devrais pas te laisser faire ça, mais je suis trop fatiguée pour discuter.

— Ça en dit long, remarqua Murphy avec douceur. Mia, tu te sens bien ?

Ils étaient amis depuis longtemps.

— Pas vraiment.

A sa grande honte, Mia sentit des larmes lui piquer les yeux. Elle les chassa d'un clignement de paupières.

— Je dois être plus fatiguée que je ne le pensais.

Il lui prit le bras.

— Si tu as besoin de moi, tu sais où me trouver.

Elle esquissa un pauvre sourire.

— Ouais, ici même, en train de te geler les fesses toute la nuit. Merci, Murphy.

Murphy avait beau être un ami fidèle, ce soir, ce n'était pas d'un ami qu'elle avait besoin. Ce soir, elle voulait… davantage. *Des attaches*, lui suggéra une petite voix. *Allez, avoue-le !*

Eh bien, soit ! Elle aspirait à des liens affectifs. Mais Dieu sait qu'elle n'obtenait pas toujours ce qu'elle désirait.

Vendredi 1er décembre, 20 h 15

Mia reconnut la voiture garée le long du trottoir et poussa un grognement. Nom de nom ! Elle n'avait aucune envie d'un tête-à-tête avec sa petite sœur ce soir. Olivia la rejoignit devant le duplex de Solliday, un carton de pizza à la main.

— Comment m'as-tu trouvée ?

— J'ai dû faire jouer mes relations pour obtenir l'adresse de ton équipier. J'espère que ça ne te dérange pas.

Si, ça me dérange ! voulut-elle hurler. *Reviens quand les choses… se seront tassées.* Mais les choses ne se calmeraient pas, elle le savait, et Olivia devrait bientôt retourner chez elle. Quant à l'autre enfant de Bobby, il restait encore à lui apprendre la vérité. Ou du moins, une partie.

— Non, ça ne m'ennuie pas. Entre.

L'appartement de Lauren était sombre et silencieux, mais dans celui d'à côté on entendait de la musique et le son de la télévision. Reed était là. Or, elle devait traiter cette autre priorité avant tout.

Reed l'entendit entrer. Assis devant son poste de télévision, il avait suivi d'un œil distrait une émission totalement futile, dans l'attente du claquement de la porte d'entrée voisine. Beth boudait dans sa chambre. Lauren étudiait. Il était seul. Et, force lui était de l'admettre, il se sentait seul. Or, Mia se trouvait de l'autre côté du mur, et même s'il devait se contenter de la regarder manger des restes de pain de viande, il savait qu'il ne se sentirait plus seul dès lors qu'il serait avec elle.

Les mains protégées par des maniques, il retira le plat

de verre du four et sortit par la porte de derrière. Portant le récipient brûlant sous un bras, comme un ballon de football, il saisit la poignée de la porte et s'immobilisa. Elle n'était pas seule. L'autre voix appartenait à Olivia Sutherland.

Bien sûr, il aurait dû s'en retourner, respecter sa vie privée. Mais il se rappela ses yeux au moment où elle lui avait dévoilé ses secrets. Et la manière dont elle s'était écartée de lui, emmurée dans sa solitude.

Tous deux étaient des solitaires, errant à travers la vie, chacun de son côté. Il se demanda pourquoi deux êtres doués d'intelligence tenaient à tout prix à faire ce choix.

Mia conduisit Olivia dans la cuisine et lui prit la pizza des mains.

— Elle est complètement gelée, observa-t-elle.

— Ça fait un moment que je t'attends.

— Je suis désolée, soupira Mia. Avec cette enquête…

— Je sais.

Olivia ouvrit la fermeture à glissière de son blouson et retira le foulard qui lui enveloppait la tête, un peu à la manière d'une actrice dans les vieux films d'autrefois. Elégante et un brin timide. Et si jeune !

Indemne, aussi. Une pointe d'amertume transperça le cœur de Mia. Elle en eut honte. Ce n'était pas la faute d'Olivia si elle avait échappé à Bobby Mitchell. Elle fit glisser la pizza sur un plat et l'enfourna.

— Ainsi, tu es inspecteur, toi aussi. Dans la police de Minneapolis.

— Je n'ai reçu mon insigne que l'année dernière. Toi, il y a plus longtemps.

Mia s'assit et poussa l'autre chaise du pied.

— Je suis beaucoup plus âgée que toi.

D'un mouvement gracieux, Olivia prit place sur le siège.

— Tu n'as même pas trente-cinq ans.

— Aujourd'hui, j'ai l'impression d'en avoir soixante-dix.

— Ce doit être une affaire très difficile, alors.

En un éclair, dix visages défilèrent devant les yeux de Mia.

— Ouais, en effet, mais si ça ne te fait rien, je préférerais ne pas y penser pour l'instant, répondit-elle. Puis, jetant un coup d'œil sur la main d'Olivia, elle ajouta : Tu n'es pas mariée ?

— Pas encore, sourit la jeune femme. J'essaie de me bâtir une carrière, d'abord.

— Humm. N'attends pas trop longtemps, d'accord ?

— C'est un conseil de grande sœur ?

— Certainement pas ! J'ai été plutôt nulle la première fois que je m'y suis risquée.

— Tu veux dire, avec Kelsey ?

Quelque chose dans le regard d'Olivia hérissa Mia.

— Tu es au courant ?

— Je sais qu'elle est en prison, pour vol à main armée, précisa Olivia d'un ton légèrement réprobateur.

Mia serra les dents.

— Elle paie sa dette à la société.

— Très bien.

Non, ce n'était pas très bien ! Pas du tout ! Rien n'allait comme il fallait aujourd'hui.

— Toi, par contre, reprit Olivia, tu as été décorée et tu as même été fiancée à un joueur de hockey super-sexy.

Mia tiqua.

— Tu t'es renseignée sur moi ?

— Depuis peu. Il n'y a encore pas longtemps, je ne connaissais même pas ton existence.

— Mais tu as dit que tu m'avais détestée toute ta vie.

— C'est vrai. Mais je n'avais pas de nom ni de visage auxquels me raccrocher jusqu'à ce qu'il meure.

— Que t'a dit ta mère ?

— Pendant des années, rien du tout. Nous ne parlions jamais de mon père. Je rêvais qu'il était là, quelque part, et qu'un jour il viendrait me chercher. Quand j'ai eu huit ans, maman m'a avoué la vérité. Enfin, en partie !

Dans la voix de sa demi-sœur, Mia perçut du chagrin. Quelle vérité lui avait-on racontée ?

— Et c'était ?

— Ma mère avait dix-neuf ans lorsque je suis née. Elle avait rencontré mon père dans un bar de Chicago où elle travaillait comme serveuse. Elle m'a dit que c'était un homme bien, un policier. Ils ont commencé à bavarder et de fil en aiguille… Elle croyait être amoureuse, puis elle s'est aperçue qu'elle était enceinte. Quand elle le lui a annoncé, il lui a avoué qu'il était marié. Elle n'en avait jamais rien su.

— Ça ne m'étonne pas, commenta tranquillement Mia, puis voyant les épaules d'Olivia s'affaisser : Et toi, tu l'as crue.

— Je refusais d'admettre que ma mère avait pu fréquenter un homme marié. Mais, qu'elle le veuille ou non, c'était bien ce qui s'était passé. Il lui a promis de quitter sa femme, de l'épouser.

— Mais il ne l'a pas fait.

— Non. Après ma naissance, il est venu la voir et lui a dit qu'il ne pouvait pas abandonner sa femme et ses filles. Qu'il le déplorait.

Bobby avait regretté qu'une petite Olivia fût née, à la place du garçon qu'il espérait, songea Mia.

— C'est à ce moment-là que ta mère t'a emmenée dans le Minnesota.

— Peu après. Elle avait coupé les ponts avec ses parents. Ils voulaient qu'elle me donne en adoption, mais elle m'a gardée. J'ai mis longtemps à renouer avec mes grands-parents. Mais finalement, les choses se sont arrangées. Je venais à Chicago pendant les vacances d'été et, devant chaque flic que je croisais, je me demandais si c'était lui.

— Tu ne connaissais pas son nom ?

— Non, je l'ai ignoré jusqu'au jour de sa mort. Maman refusait de me le dire, et personne d'autre ne semblait le savoir.

— Ta mère est encore en vie ?

Une expression de douleur traversa le regard bleu d'Olivia.

— Non, elle est morte l'année dernière. J'ai cru que l'identité de mon père avait disparu avec elle, mais ma mère avait tout raconté à sa sœur. Tante Didi m'a appelée le jour où la notice nécrologique de mon père est parue dans le journal. J'ai foncé directement au cimetière, dès ma descente d'avion.

Elle exhala un soupir avant de poursuivre :

— Et c'est alors que je t'ai vue, dans ton uniforme, à côté de ta mère. Elle t'a donné son drapeau, et tu m'as aperçue. Tu ne me connaissais pas.

— Non, ça m'a fait… plutôt un coup.

Olivia baissa les yeux.

— J'imagine. La première fois que j'ai lu ton nom, c'était dans la rubrique nécrologique. Celui de Kelsey n'était pas mentionné.

— J'ai demandé qu'on le retire de la notice. Je ne tenais pas à ce qu'on fasse le rapprochement.

— Normal. Ça ne peut que nuire à ta carrière d'avoir une sœur en prison.

Mia se raidit.

— Ça ne peut que nuire à sa santé d'avoir une sœur flic. Ne juge pas Kelsey, Olivia. Pas avant de la connaître. *Pas avant de tout savoir.*

— Bon, d'accord. En te voyant, j'ai eu un choc. Il y a une certaine… ressemblance.

— J'ai remarqué, laissa tomber Mia sèchement. Pourquoi n'es-tu pas venue me parler ?

— Au début, j'étais tellement bouleversée, je ne savais pas quoi faire. Tu étais celle que j'avais haïe toute ma vie. Tu avais eu un père, un vrai foyer, une famille. Maman et moi, nous n'avions rien eu, ni personne. Et de te voir, habillée en flic, me regarder… Me *ressembler*. Après, je suis allée chez tante Didi et j'ai surfé sur internet pour découvrir tout ce que je pouvais te concernant.

Elle se leva et vérifia la pizza.

— Tu as oublié d'allumer le four ! s'exclama-t-elle en tournant le bouton d'un geste agacé.

— Je ne suis pas très bonne cuisinière.

Olivia se retourna, le regard grave.

— Quel genre de personne es-tu ?

— Tu as fait des recherches. A toi de me le dire !

— Je me suis soigneusement renseignée sur toi, cette semaine. Avant tout, tu es un flic.

— Maintenant et pour toujours, compléta Mia, d'une voix aussi sérieuse que l'étaient les yeux de sa sœur.

— Mais tu as de la compassion, tu es dévouée. Les journalistes te détestent, ce qui prouve que tu dois être dans la bonne voie.

Mia étouffa un gloussement. Olivia sourit et reprit :

— Tu as quelques amis très proches, tu es farouchement fidèle. Tu as eu plusieurs petits amis et un fiancé. Très sexy, d'ailleurs.

— Merci.

— Tu viens d'entamer une liaison avec le lieutenant Solliday et tu ne veux pas que cela se sache. Mais je crois que tout le monde est au courant.

Mia fronça les sourcils.

— Que veux-tu dire ?

— Difficile de ne pas s'en apercevoir. On dirait qu'il y a des pancartes lumineuses au-dessus de ta tête qui disent : « Il me plaît. Bas les pattes ! Il est à moi. » Oh, je vois que j'ai enfin touché une corde sensible ! Tu rougis. Lui aussi est très sexy, à propos.

— Merci, répondit Mia en levant les yeux au ciel.

— De rien.

Olivia se tourna vers le réfrigérateur, l'ouvrit, en inspecta le contenu puis le referma.

— Je suis impressionnée, jalouse et, en même temps, je t'en veux, poursuivit-elle en tournant son regard vers Mia. J'ai été assez franche avec toi, grande sœur ?

Mia acquiesça d'un signe de tête.

— Ouais, mais je ne suis pas sûre que tu vas apprécier ce que je vais te dire à mon tour.

Olivia inspira calmement.

— Je suis prête.

— Ton père n'était pas l'homme que tu aurais aimé qu'il soit.

— Nul n'est parfait.

— Non, mais Bobby Mitchell en était plus loin que la moyenne. Il buvait trop et frappait ses enfants.

— Non ! se récria Olivia, les yeux étrécis.

— Si. Tu sais à quoi j'ai pensé en te voyant ce soir ? Que j'étais impressionnée, jalouse et qu'en même temps je t'en voulais. Tu n'as peut-être rien eu, mais c'était tout de même mieux que ce que nous avons enduré chez nous.

— Comment est-ce que ne rien avoir pourrait être préférable à quoi que ce soit ? demanda Olivia avec amertume.

— Je guéris vite, ce qui est une bonne chose, car Bobby avait de gros poings et il s'en servait souvent. Pas tellement sur moi. Surtout sur Kelsey. Elle a eu droit aux points de suture, aux os brisés, et aux mensonges qu'il fallait débiter aux médecins. La voilà, la vérité !

Olivia écarquillait des yeux horrifiés.

— C'est…

— Quoi ? Horrible ? Incroyable ? Impardonnable ?

— Oui, il n'a pas pu être…

— Si mauvais ? Tu crois que je mens ?

— Ce n'est pas ce que je voulais dire, se défendit Olivia en secouant la tête. Kelsey était une enfant difficile. Peut-être que…

Mia bondit sur ses pieds.

— Peut-être qu'elle le *méritait* ?

Olivia leva le menton.

— Elle est en prison, Mia. Elle a plaidé coupable.

— C'est exact. Elle s'est enfuie de la maison quand elle avait seize ans et s'est mise à fréquenter des individus louches. Elle n'était certainement pas blanche comme neige, mais elle ne leur ressemblait pas.

— Pourtant, elle a commis un crime. Bien sûr, c'est ta sœur, il est normal que tu éprouves de la pitié à son égard.

Mia déglutit péniblement, ferma les yeux.

— Tu ne sais pas ce que je ressens.

— Tu es flic depuis suffisamment longtemps pour savoir que les gens font des choix. Elle a choisi de fuguer. Et le fait d'avoir un père qui la battait ne justifiait pas qu'elle brandisse un revolver sous le nez d'un vendeur pendant que son petit ami tuait deux personnes. Un père et son petit garçon sont morts, et Kelsey en est responsable. Tu ne vas tout de même pas l'excuser !

Le sang battait aux tempes de Mia. A la bonne heure ! La petite sœur avait lu les journaux, même les plus vieux.

— Non, je ne cherche pas à l'innocenter. Et Kelsey non plus, d'ailleurs. Ça t'étonnera peut-être, mais elle ne veut même pas demander sa libération conditionnelle. Elle va purger sa peine jusqu'au bout. Et quand elle sortira, elle aura passé plus de la moitié de sa vie derrière les barreaux.

Olivia afficha une expression de surprise, mais ses mâchoires demeurèrent crispées.

— C'est ce qu'elle mérite.

— Tu n'as aucune idée de ce qu'elle *mérite*, lâcha Mia, les dents serrées. Tu ne sais *rien*.

Les yeux d'Olivia lancèrent des éclairs.

— Je sais qu'elle avait une famille, une maison, qu'elle mangeait à sa faim. Et qu'elle avait une sœur qui l'aimait. Davantage que ce que j'ai jamais eu. Mais moi, je n'ai pas mal tourné.

— Ouais, mais tu n'as pas eu non plus un père qui exigeait des faveurs sexuelles en échange de sa protection !

A la seconde où ces paroles s'échappèrent de sa bouche, Mia les regretta.

— Bon sang de bonsoir ! siffla-t-elle.

Livide, Olivia la regardait fixement.

— Quoi ?

Mia empoigna le bord de l'évier et pencha la tête par-dessus, mais Olivia la saisit à bras-le-corps pour la forcer à la regarder en face.

— Qu'est-ce que tu as dit ?

— Rien, je n'ai rien dit. La conversation est terminée. Je n'en peux plus.

— C'est Kelsey qui t'a *raconté* ça ?

Un silence de mort s'abattit alors sur la cuisine. Le temps sembla s'arrêter. L'accusation implicite de mensonge de la part de Kelsey pesait une tonne sur les épaules des deux femmes.

— Exactement, c'est elle qui me l'a dit, articula enfin Mia. Et je le sais.

Les yeux d'Olivia brillaient d'un éclat sombre dans son visage pâle.

— Ce n'est pas vrai, c'est impossible !

— Crois ce que tu veux à propos de ton père, mais en ce qui concerne le mien, c'est la vérité.

Tremblante, Olivia recula d'un pas.

— Dans ce cas, pourquoi es-tu devenue flic, comme lui ?

Mia éprouva alors la douleur de la perte que venait de subir Olivia, avec autant d'intensité que s'il s'était agi de la sienne propre.

— Non, pas comme lui, répondit-elle avec lassitude. J'ai grandi parmi les flics. C'étaient des hommes bien. Ils avaient un sens de la famille que j'ignorais et auquel j'aspirais. Et puis, je suppose que je voulais sauver les jeunes comme ma petite sœur, puisque je ne pouvais pas la protéger, elle. Il y en a tant comme elle de par le monde ! Tu es flic, tu les as vus. J'ai commencé à aider des gosses comme Kelsey, des fugueurs. Ensuite, je suis devenue experte pour attraper les crapules qui leur faisaient du mal. Maintenant, c'est tout ce que je suis, et rien de plus.

— Je suis désolée, murmura Olivia, le visage inondé de larmes. Je ne savais pas.

— Tu ne pouvais pas savoir. De toute façon, je ne voulais pas que tu l'apprennes. Je croyais pouvoir te faire comprendre quel genre d'homme il était sans tout te raconter en détail. Mais je ne voulais pas que tu pleures la mort d'un homme qui ne mérite même pas qu'on crache sur sa tombe. Ni que tu te sentes inférieure parce qu'il ne t'avait pas choisie.

— Il faut que je parte, dit brusquement Olivia, en s'emparant de son blouson et de son foulard.

Mia la regarda se ruer vers la porte d'entrée, sursauta lorsque celle-ci claqua. Puis elle sortit la pizza du four. Elle aurait voulu la jeter, mais elle n'était pas chez elle dans cette cuisine. C'était la cuisine de Lauren, avec ses théières et ses petites fleurs au point de croix joliment encadrées. Dans le coin inférieur, des initiales — CS — étaient brodées. Vraisemblablement, l'œuvre de la femme de Reed. Celle qu'il n'avait jamais pu remplacer.

Même moi, je n'en suis pas digne. Tremblante, elle posa soigneusement le plat sur la cuisinière, ouvrit en grand le robinet d'eau puis alluma le broyeur électrique. Et, à l'abri de ce vacarme assourdissant, elle s'autorisa à pleurer.

Reed se tenait derrière la fenêtre, le cœur battant à tout rompre. *Mon Dieu !* Avant que les Solliday ne l'accueillent chez eux, sa vie avait été froide, lugubre et misérable. Il avait connu la faim et la peur. Sa mère n'avait pas été avare de coups. Mais *ça* ! Déjà, la veille, il en avait eu le pressentiment — elle l'avait nié avec trop de véhémence. Le père de Mia avait bel et bien abusé de ses filles. Reed sentit la rage bouillonner en lui, mêlée à une haine féroce. Que n'eût-il donné pour ressusciter Bobby Mitchell pour le seul plaisir de pouvoir le tuer de nouveau. Pourtant, ce n'était pas ce dont Mia avait besoin. En voyant les épaules de la jeune femme secouées par les sanglots, il ne put empêcher des larmes de lui piquer les yeux. Se pouvait-il qu'elle pleure ainsi, sans que personne ne l'entende, ne vienne la consoler ?

Ce soir, elle serait forcée d'accepter son aide. Il ouvrit la porte, posa le récipient sur la cuisinière, éteignit le broyeur et ferma le robinet. Puis il la serra dans ses bras. Elle se raidit, tenta de se dérober, mais il la retint fermement. S'abandonnant quelque peu, elle agrippa sa chemise de ses doigts crispés.

Avec douceur, il s'assit et la prit sur ses genoux. Elle lui enlaça le cou et se cramponna à lui, pleurant si pitoyablement qu'il crut que son propre cœur allait se briser. Il l'étreignit, la berça, lui embrassa les cheveux jusqu'à ce que les larmes se tarissent. Elle s'affaissa, le front pressé contre sa poitrine, le visage enfoui dans son épaule. C'était sa dernière défense, et cela, il le respecterait.

Elle demeura silencieuse un long moment.

— Tu m'as encore espionnée, chuchota-t-elle enfin.

— J'étais venu t'apporter du pain de viande. Ce n'est pas ma faute si les murs sont si minces.

— Je devrais me fâcher, mais je n'en ai plus la force.

Il lui caressa le dos.

— S'il n'était pas déjà mort, je le tuerais.

— Tu ne comprends pas.

— Alors, explique-moi. Laisse-moi t'aider.

Elle secoua la tête.

— Nous avons conclu un marché, Solliday. Il y a déjà bien trop de liens entre nous.

Il lui leva le menton, l'obligea à le regarder en face.

— Tu souffres. Je veux t'aider.

Elle soutint son regard.

— Ce n'est pas ce que tu crois. Il ne m'a jamais touchée.

— Kelsey, alors ?

— Oui.

Elle se leva, se dirigea vers la porte de la cuisine et regarda par la vitre.

— Je me rappelle le jour où j'ai compris que Bobby ne

changerait jamais. J'avais quinze ans, et il était ivre mort. Kelsey avait fait une bêtise et il lui avait déjà administré une raclée. Quand je l'ai supplié de ne plus lui faire de mal, il m'a proposé un arrangement. Il a mis son bras autour de moi... Je ne sais pas pourquoi, mais j'ai compris tout de suite. Il m'a dit que si je coopérais, il laisserait Kelsey tranquille.

Reed déglutit douloureusement.

— Tu n'as pas accepté !

— Non. A la place, je me suis tuée au travail pour décrocher une bourse d'études. La nuit, je dormais avec l'un de ses revolvers caché sous mon oreiller. Il se soûlait tellement ! Je pensais qu'il avait oublié, mais je ne voulais prendre aucun risque. J'ai essayé de prévenir Kelsey, de la mettre en garde pour qu'elle ne le provoque pas. Elle n'a pas voulu m'écouter. Elle me détestait à cette époque. Du moins, c'est ce que je croyais.

Elle fit brusquement volte-face.

— Sais-tu ce que veut dire se sacrifier, Reed ?

— Je suis bien en peine de te répondre.

Elle esquissa une moue amère.

— Sage réponse. Vois-tu, je m'étais toujours imaginé que j'avais échappé aux corrections de mon père parce que j'étais plus rapide que Kelsey. Meilleure qu'elle, en quelque sorte. Plus intelligente. Je m'arrangeais pour ne pas me le mettre à dos et il me laissait en paix. Ce que Kelsey ne m'a avoué que bien plus tard, c'est qu'il lui avait fait la même proposition.

Elle haussa les sourcils et se tut.

— Mon Dieu ! s'exclama Reed, hébété. Oh, Mia !

— Ouais, pendant que je lui conseillais de se tenir à carreau, d'arrêter de le provoquer, tout ce temps-là...

Sa voix se brisa.

— Elle l'a fait, pour moi. Jusqu'à ce que j'entre à l'université. Ensuite, elle s'est enfuie avec un voyou appelé Stone et s'est démoli la vie. Maintenant, elle est en prison.

Olivia avait raison. Kelsey est coupable. Mais je suis bien obligée de me demander si, dans des circonstances différentes, elle serait quand même devenue une criminelle. Si les rôles avaient été inversés, serait-elle devenue flic ? Et moi, serais-je en prison ?

— Non, pas toi.

— *Qu'en sais-tu ?* explosa-t-elle, la voix emplie de fureur. Je t'ai écouté débattre toute la semaine de la différence entre l'inné et l'acquis, avec Miles. Eh bien, moi, je te dis que ce n'est pas si simple, Reed. Parfois, les gens tournent mal alors que, dans des conditions différentes, ils resteraient dans le droit chemin. Tu reconnais toi-même que tu as failli échouer dans un endroit comme le Centre. Et si c'était arrivé ? Si les Solliday ne t'avaient pas adopté ? Où serais-tu aujourd'hui ?

— Je n'ai jamais enfreint la loi, rétorqua-t-il sèchement. Même quand j'avais faim, je n'ai jamais volé un centime. Ce que je suis devenu, je l'ai construit moi-même.

— Et les Solliday n'ont rien à voir avec ça ?

— Ils m'ont donné un foyer. J'ai fait le reste.

Elle le dévisagea, une lueur proche du mépris dans les yeux. Reed se sentit obligé de lui expliquer :

— Je fuguais régulièrement depuis trois ans et j'avais rencontré des petits voleurs à la tire. Pourtant, je refusais de les imiter. Et puis, un jour, l'un d'eux a volé un sac à main et me l'a lancé. La vieille dame a appelé les flics et m'a accusé. J'ai failli me faire embarquer au poste, mais une passante est intervenue en ma faveur. Elle avait tout vu et a juré que j'étais innocent. Elle s'appelait Nancy Solliday. Son mari et elle m'ont recueilli.

— Et je leur en suis reconnaissante, ajouta Mia avec calme, son regard apaisé. Mais Reed, sois réaliste. Combien de temps aurais-tu duré dans la rue ?

— J'aurais trouvé un autre moyen, n'importe lequel.

— Bon, écoute. Merci de m'avoir prêté ton épaule, mais pour l'instant j'ai besoin d'être un peu seule. Je n'ai pas eu le temps de courir ces derniers jours. Je vais faire quelques tours du pâté de maisons.

Une fois de plus, elle venait de clore la discussion.

— Tu ne dînes pas ? demanda-t-il.

— Je me ferai réchauffer quelque chose plus tard, répondit-elle en lui déposant un baiser sur la joue. Merci. Sincèrement. Je t'appelle dès que je rentre.

Reed s'assit tandis qu'elle se précipitait à l'étage pour se changer. Puis, sans un mot, elle ressortit en trombe, le laissant seul, le regard fixé sur les murs de la cuisine. Christine avait décoré cette pièce, comme toutes les autres de la maison. Tout n'était que grâce et élégance, avec juste ce qu'il fallait de simplicité domestique. Confiée aux soins de Mia, cette pièce aurait dû se contenter d'un four à micro-ondes, d'un grille-pain et d'une pile d'assiettes en papier.

Il se leva pour ranger le plat dans le réfrigérateur. Après tout, un homme avait-il réellement besoin de beaucoup plus ?

Vendredi 1er décembre, 21 h 15

Tournant le coin de la rue, Mia se dirigeait vers la maison des Solliday pour la deuxième fois. Lorsqu'elle se mettrait en quête d'un appartement le lendemain, elle orienterait ses recherches dans les vieux quartiers comme celui-là. Au moins trois personnes qui promenaient leur chien lui avaient souri en passant et l'avaient saluée d'un petit signe de la main. Ce qui représentait un contraste frappant avec son propre quartier où personne ne se regardait en face, ou encore avec ceux où les petits garçons jetaient des coups d'œil furtifs à travers les stores et où personne ne connaissait ses voisins. Cette dernière pensée lui rappela qu'elle avait oublié de dire à Solliday que son intuition à propos des animaleries allait peut-être porter ses fruits. Elle sortit son téléphone mobile avec l'intention d'appeler Murphy lorsque son œil capta un mouvement étrange.

La fenêtre de l'une des chambres de la maison des Solliday venait de s'ouvrir et une tête sombre pointait dehors pour lancer des regards furtifs à droite et à gauche. Puis une silhouette se glissa à l'extérieur et se laissa tomber le long du tronc d'arbre qui poussait sous la fenêtre. Il semblait bien que Beth Solliday eût malgré tout bravé l'interdiction de son père et décidé de se rendre à sa fête. Kelsey faisait la même chose à son âge, se souvint Mia. Passer par la fenêtre pour retrouver Dieu savait qui et faire Dieu savait quoi. *Mais Beth, ma chérie, pas toi !*

Vendredi 1er décembre, 21 h 55

— Tu es en retard, siffla une fille qui portait un anneau dans le nez. Tu as failli rater ton tour.

Ce devait être la fameuse Jenny Q, se dit Mia.

Elle avait suivi Beth dans le métro aérien jusqu'au centre-ville, dans un club appelé *Le Rendez-vous*. La gamine lui avait donné du fil à retordre et avait bien failli la semer en route. Peut-être Mia devrait-elle envisager de se mettre sérieusement à la course à pied.

Beth retira son manteau.

— J'ai dû attendre. Mon père est allé dans l'autre partie de la maison, et je croyais qu'il allait rentrer d'un moment à l'autre. Mais il n'est pas revenu. J'imagine qu'il va encore y passer la nuit.

Encore ? Voilà ce qui s'appelle de la discrétion ! Et Solliday qui croyait sa fille aussi innocente que l'enfant qui vient de naître ! Elle n'était peut-être pas allée à une fête, mais elle s'était tout de même éclipsée sans permission. Mia n'était pas certaine de savoir dans quel genre d'endroit elle se trouvait. Ce n'était pas un bar, car personne ne contrôlait les identités à l'entrée. Il y avait une scène et une cinquantaine de petites tables autour desquelles se prélassaient des groupes d'individus divers. Jenny et Beth se fondirent dans la foule. Lorsque Mia essaya de leur emboîter le pas, un homme lui tapota le bras.

— Ça fera dix dollars, s'il vous plaît.

A en juger d'après son badge, il devait appartenir au service de sécurité. Il n'avait pas l'air d'un drogué.

Mia fouilla dans sa poche et en extirpa le billet de vingt dollars qu'elle gardait pour les urgences.

— Que se passe-t-il, ici ?

Il lui rendit sa monnaie et lui tendit un programme.

— C'est ce soir le concours.

— Et qui est en lice ?

Il sourit.

— Tous ceux qui le souhaitent. Vous voulez que je regarde s'il reste un créneau ?

— Non, merci. Je cherche quelqu'un. Beth Solliday.

Il vérifia sa liste d'inscrits.

— Nous avons une Liz Solliday. Vous feriez bien de vous dépêcher. C'est à son tour de passer.

Avec le sentiment d'être une sorte d'Alice au pays des merveilles, Mia se hâta d'entrer. Les lumières s'éteignirent, un projecteur illumina la scène centrale. Et Beth Solliday, en minijupe de cuir, fit son apparition au milieu d'applaudissements polis.

— Je m'appelle Liz Solliday, se présenta-t-elle. Mon poème s'intitule *Casper.*

Un poème ? Mia leva son programme à la lueur rouge qui signalait la sortie de secours et cligna des yeux. Quelle que fût la signification de cette « poésie *Slam* », Beth était arrivée en demi-finales. A la seconde où la jeune fille ouvrit la bouche, Mia comprit pourquoi. Cette gosse témoignait d'une réelle présence sur scène.

Vous ai-je dit que je vivais avec un fantôme ?
Nous l'appellerons Casper
Elle me suit
Me regarde fixement
Ses yeux, mes yeux, ses yeux

Elle m'a volé mes yeux
Mon père, c'est lui qui l'a invitée
Parfois, quand il me regarde, il sursaute
Comme s'il la voyait, mais ce n'est que moi
Et je suis prête à parier qu'il aimerait
Faire l'échange, ne serait-ce que pour une journée

Casper était Christinc. Mia sentit sa gorge se nouer. Pareille à une musique, la voix de Beth portait loin. Ses mots atteignirent Mia à l'endroit qui la faisait le plus souffrir.

Je ne suis que le sosie
Qui rappelle au monde celle qui fut
Je traverse la vie de mon père
Presque invisible
Ses yeux à elles sont plus sombres
Tandis que chaque jour les miens pâlissent
Chaque jour ma raison d'être fléchit
Je finis par me demander qui est le fantôme
Et qui mérite mieux que ça.

La lumière du projecteur faiblit ; Mia laissa échapper un soupir. *Waouh !* Heureuse de l'obscurité qui la dissimulait aux regards, elle s'essuya les joues. La fille de Reed possédait un don réel. Un talent exquis, précieux.

Et la fille de Reed s'était mise dans de beaux draps. Dans un sacré pétrin, pour tout dire ! Mia se leva, repoussa sa chaise sous la table et s'en fut à la recherche de cette *Liz* qui allait devoir s'expliquer.

*
**

Vendredi 1er décembre, 22 h 15

Le policier était encore là, mais la dame était repartie depuis plusieurs heures. Il ne savait que faire. Enfin, si, il avait bien une idée, mais il était trop effrayé.

Pourtant, les policiers étaient nos amis. Son institutrice le lui avait affirmé. Quand on avait des ennuis, on pouvait toujours les appeler. Il se détourna de la fenêtre et s'assit sur son lit. Il devait réfléchir. S'il prévenait la police, *l'autre* reviendrait pour leur faire du mal. Mais peut-être qu'il reviendrait de toute façon. La dame du journal télévisé avait dit qu'il avait tué des gens. De cela il n'avait aucun doute.

Soit j'attends qu'il revienne et j'ai peur pour le restant de ma vie, soit je raconte tout en espérant que les policiers sont vraiment mes amis. Quel dilemme terrifiant ! Mais quand on a sept ans, le restant de sa vie semble devoir durer un siècle.

Vendredi 1er décembre, 22 h 45

Beth s'appuya contre la vitre du métro aérien qui les ramenait chez elles. *Je suis trop fichue !* Chaque fois qu'elle pensait à la réaction probable de son père, son estomac se retournait. Elle jeta un coup d'œil à Mitchell, tranquillement assise, les bras croisés. Sous le blouson de son jogging, elle aperçut la bosse formée par l'étui de son revolver. Elle était armée. Normal, après tout. C'était un flic.

Elle n'arrivait toujours pas à croire que cette femme l'eût suivie. Bonté divine ! C'était l'instant dont elle avait tant rêvé, le moment où elle était descendue de scène sous les acclamations. Et pas des applaudissements de politesse, non plus. Une véritable ovation. Jenny Q et toute la bande étaient là, bondissant de joie, la serrant dans leurs bras. C'est alors qu'elle avait vu Mitchell, légèrement en retrait, les sourcils levés. Elle n'avait rien dit, mais le cœur de Beth avait flanché. Encore maintenant, elle le sentait tout affaibli.

Je suis trop fichue. L'alternative que la femme flic lui avait proposée avait eu le mérite d'être claire : la suivre sans protester ou elle provoquerait un scandale. Et voilà comment elle se retrouvait là, dans un wagon du métro aérien qui l'emportait tout droit vers un sombre et inéluctable destin.

— Croyez-moi si vous le voulez, mais c'est la première fois que je fais ça, marmonna-t-elle.

Mitchell la regarda du coin de l'œil.

— Quoi ? Pratiquer le slam ou sortir par la fenêtre pour aller te balader en ville alors que ton père te l'a interdit ?

— Les deux, répliqua Beth, abattue. Je suis *trop* fichue.

— Ça aurait pu effectivement arriver, à aller traîner toute seule en ville, à cette heure de la nuit.

Beth fusilla Mia du regard.

— Je ne suis pas une gamine. Je sais ce que je fais.

— Okay.

— C'est vrai !

— Okay.

Beth leva les yeux au ciel.

— Bon, d'accord, *Le Rendez-vous* n'est pas dans le quartier le plus sûr de la ville…

— Non.

— Vous ne pouvez pas parler autrement que par monosyllabes ?

Mitchell se tourna pour lui faire face. Son regard était glacial.

— Tu es une idiote. Une idiote très douée. Ça te suffit comme nombre de syllabes ? Encore que *okay*, à strictement parler, ne soit pas monosyllabique.

Malgré le réconfort procuré par le compliment inattendu, Beth s'insurgea :

— Je ne suis pas une idiote ! Je n'ai que des bonnes notes à l'école. Je fais partie des meilleurs élèves de ma classe.

Elle secoua la tête, dégoûtée. Puis soupira :

— C'est vrai, vous avez aimé ?

Le regard de Mia changea. De froid, il devint douloureux.

— Oui, beaucoup.

— Je n'aurais pas cru que vous étiez fan de poésie.

— Moi non plus. Les limericks[1] seraient davantage mon genre.

Beth étouffa un gloussement.

— Moi aussi, ils me font rire, dit-elle avant de recouvrer son sérieux. Vous allez tout dire à mon père ?

— Je ne devrais pas ?

— Il va piquer une crise.

— Et il aurait raison. C'est un bon père, Beth, et il t'aime.

— Il m'enferme comme si j'étais en prison.

Le regarde de Mitchell vacilla.

— Tu n'es pas prisonnière, crois-moi. Tu aimes ton père ?

Beth sentit des larmes lui picoter les yeux.

— Oui, chuchota-t-elle.

— Dans ce cas, pourquoi ne lui as-tu pas parlé de cette histoire de slam ?

— Ce n'est pas son truc. Ce qui lui plaît, c'est le sport. Il n'aurait pas compris.

— Je crois qu'il aurait essayé. Ecoute, je ne veux pas m'immiscer entre vous deux. Je te donne jusqu'à demain pour tout lui dire. Sinon, c'est moi qui m'en chargerai.

1. *Limericks* : poèmes burlesques, grotesques ou licencieux (NdE).

21

Indianapolis, vendredi 1er décembre, 23 heures

Enfin, il l'avait trouvée ! La maison de ville où habitait Tyler Young. Assis dans sa voiture garée au bout de la rue, il observait le quartier. Il lui faudrait attendre encore un peu avant que tous ces gens aillent se coucher.

Il se sentait presque calme à présent. Il avait dû faire un effort pour se maîtriser là-bas, à Champaign. Il avait attendu trop longtemps pour exorciser ses fantômes, maintenant ils étaient tous morts. Laura Dougherty et aussi Bill Young et sa femme Bitsey. Celle-ci venait de décéder, lui avait annoncé tristement l'infirmière de la maison de retraite. Et leurs dossiers étaient confidentiels, avait-elle ajouté d'un air sombre, aussi lui était-il impossible de lui fournir les coordonnées de la famille proche.

Il s'en était fallu de peu qu'il perde patience. Ce n'est qu'en s'avisant de la lueur de suspicion dans les yeux de l'infirmière qu'il s'était ressaisi. Il s'était alors poliment excusé, avait repris le volant, roulé jusqu'au milieu de nulle part, puis mis le feu à un champ de maïs. Histoire de se défouler.

Il n'en restait plus que deux, désormais. Tyler et Tim. Il semblait que Tim Young eût disparu de la surface de la terre. A la rigueur, il aurait pu épargner Tim. Mais, bien que celui-ci eût été assez grand et assez fort à l'époque, il n'avait pas eu le courage d'arrêter Tyler. Aussi devait-il les retrouver tous les deux. Et en finir.

Si Tyler sait où son frère se trouve, il fera bien de me le dire. Parce que cette fois, c'est moi qui suis en position de force. Je l'écouterai me supplier. Ensuite je le regarderai mourir. Tu compteras jusqu'à dix, fumier, puis tu iras en enfer.

Chicago, vendredi 1er décembre, 23 h 05

Mia referma la porte. La maison était plongée dans l'obscurité et le silence.

— Reed ?

Pas de réponse. Elle traversa l'appartement, espérant presque le trouver endormi sur le canapé ou, mieux encore, sur le lit. Mais la maison était vide. *Il n'y a que moi ici.*

Malgré la fatigue, elle se sentait encore trop surexcitée. Elle leva le trousseau de clés de Lauren à la lumière. Il y avait deux clés, l'une devait permettre d'accéder à l'autre partie de la maison. Elle aurait pu se glisser à l'intérieur pour chercher Reed. Beth avait réintégré sa chambre en grimpant dans l'arbre sous sa fenêtre.

Mia envisagea d'ailleurs un instant d'emprunter le même chemin pour atteindre la chambre de Reed, mais ne tarda pas à abandonner cette idée, non sans pouffer de rire. A tous les coups, elle tomberait et se casserait quelque chose. Elle tripota la chaîne autour de son cou. Peut-être pas, après tout. Elle semblait particulièrement résistante ces jours-ci.

Enfin, pas tout à fait ! Elle se revit assise sur les genoux de Reed, pleurant toutes les larmes de son corps, lui racontant une fois de plus des secrets qu'elle n'aurait jamais dû lui confier. Mais il savait si bien écouter ! Et elle avait tenu à ce qu'il sache. Pour la première fois, elle avait souhaité extérioriser ses faiblesses.

Peut-être s'agissait-il d'un test — pour voir s'il la rejetterait. Jusqu'à présent, il n'en avait rien fait.

Elle se faufila dans la maison de Reed. Tout était tranquille. Le cœur battant la chamade, elle grimpa l'escalier. Si cette partie de la maison était symétrique à celle de Lauren, la dernière porte à droite au bout du couloir devait s'ouvrir sur la chambre de maître. Et, en effet, Reed était là, affalé tout habillé sur la courtepointe, profondément endormi, avec la lumière allumée et ses chaussures impeccablement cirées aux pieds.

Il avait eu une journée difficile, lui aussi. Mia se contenterait de l'installer plus confortablement, puis regagnerait sa chambre de l'autre côté. Et dès demain, elle se chercherait un appartement aussi proche que possible de cette maison. Parce que, non, décidément, il était hors de question de faire l'amour dans cette pièce. Tout ici appartenait à Christine, jusqu'à la dentelle du couvre-lit.

Elle fronça les sourcils devant la photographie posée sur le chevet. Christine, encore elle ! Mais quoi de plus normal qu'il conservât un portrait de sa femme ? Il l'aimait toujours. *Il n'a jamais trouvé quelqu'un qui lui arrive à la cheville*, lui rappela une petite voix. Et à ce sujet, Beth éprouvait les mêmes ressentiments qu'elle. C'est en débouclant la ceinture de Reed que Mia aperçut le livre. Avec d'infinies précautions, elle le lui prit des mains et, curieuse, chercha le titre. Il n'y en avait pas. Il s'agissait d'un carnet dont chaque page était manuscrite.

Elle jeta un coup d'œil furtif sur le visage de Reed. Il dormait toujours. Elle aurait dû reposer le livre, elle le savait. Sur-le-champ. Mais lui-même n'avait-il pas écouté sa conversation avec Olivia ? Ce ne serait que justice. Elle ouvrit le carnet à la première page. Dessus, une simple inscription : « Mes poèmes, par Christine Solliday ». Mais en lisant la page suivante, Mia sentit sa gorge se nouer. « Pour Reed, mon amour. Je t'ai promis mon cœur. Le voici. »

Des poèmes. Sur chaque page, des vers de la main même de Christine. Quoi d'étonnant, dès lors, que Beth fût si douée ? Et la pauvre gosse qui croyait son père incapable d'apprécier la poésie ! Toutes les pages étaient usées, certaines écornées. A l'évidence, ce carnet avait été lu et relu mille fois, avec passion. Il représentait le cœur de Christine. Et celui de Reed, aussi.

Les mots devinrent flous tandis que Mia lisait, essayant de refouler les larmes ridicules qui lui montaient aux yeux. Après tout, Reed avait été honnête avec elle. Il l'avait prévenue qu'il ne voulait pas d'attaches. *Et comme une imbécile, j'ai cru que ça suffirait !*

Les mains tremblantes, elle reposa le carnet sur la table de nuit et entreprit de déboutonner la chemise de l'homme endormi. L'éclat d'une fine chaîne d'or brilla parmi les poils noirs de sa poitrine. Il ne l'avait pas portée lorsqu'ils avaient fait l'amour, mais elle se rappela vaguement l'avoir sentie contre sa joue, au moment où elle avait pleuré dans ses bras. Plus question de sangloter, pour l'heure. Du moins, pas encore. Elle allait le mettre au lit, puis s'en retourner et… Elle arriva au dernier bouton de la chemise, ses doigts se figèrent.

Au bout de la chaîne était suspendue une bague. Un simple anneau d'or. *Il porte toujours son alliance.* Son cœur se serra douloureusement, mais sa main, décidée à lui infliger cette torture délibérée, souleva la chaîne. L'anneau se balança, réfléchissant la lumière de la lampe de chevet.

C'est à cet instant que Reed se réveilla en sursaut, attrapa d'une main l'anneau, de l'autre, le poignet de Mia avec une force qui la fit tressaillir.

— Tu me fais mal, gémit-elle.

Il la relâcha immédiatement, mais garda l'alliance serrée dans son poing. Son visage affichait une expression dure et courroucée.

— Que fais-tu ici ?

Mia recula d'un pas.

— Une terrible erreur, visiblement. Bonne nuit, Reed.

Elle quitta la chambre en trombe, dévala l'escalier et sortit. Les mains agitées d'un incontrôlable tremblement, elle réussit à introduire la clé de Lauren dans la porte qu'elle verrouilla derrière elle. Sa respiration était aussi haletante que si elle avait couru un kilomètre. Contre toute attente, il ne l'avait pas suivie ; manifestement, sur ce point aussi, elle s'était trompée. Tout son corps était agité de violents soubresauts.

Quelle bêtise ! Elle n'avait rien mangé depuis… Elle ne se souvenait même pas de son dernier repas. Elle engloutit une part de pizza froide ; son estomac protesta. Au moment où elle avalait le deuxième morceau, la porte d'entrée s'ouvrit. Le visage de Reed était empreint d'une peine indicible. S'il portait encore son alliance autour du cou, du moins avait-il eu la décence de la cacher sous sa chemise boutonnée. Mais, qu'il la gardât ou pas, cela ne regardait que lui après tout. Qu'avait-elle besoin de s'en mêler ? *Il t'avait prévenue, Mia. Pas d'attaches.*

— Nous avons à parler tous les deux, Mia.

Elle secoua la tête.

— Pas la peine. Retourne te coucher, Reed.

Il ne bougea pas. Elle perdit patience.

— J'ai eu une journée épouvantable, tu sais. J'aimerais être seule, maintenant.

Il s'approcha, prit son menton dans ses mains en coupe.

— Je regrette, je ne voulais pas te faire de mal.

— Ce n'est rien, murmura-t-elle en ravalant la boule qui lui étranglait la gorge. Dès le début, tu m'as prévenue de ce que tu recherchais. C'est moi qui m'obstine à franchir les limites que nous avons fixées. Je suis incapable de respecter les règles du jeu, Reed. Je ne peux entretenir une liaison sans m'engager. J'ai eu tort d'essayer.

Il se figea.

— Dans ce cas, nous pourrions changer les règles.

Une lueur d'espoir s'alluma dans le cœur de Mia. Elle

glissa sa main dans la chemise de Reed et tira sur la chaîne à laquelle était suspendu l'anneau d'or. L'étincelle dans son cœur s'éteignit.

— J'ai passé la plus grande partie de ma vie à essayer de rivaliser avec un petit garçon mort dont je n'avais même pas idée de l'existence, et tout ça pour l'amour d'un père qui ne valait pas la corde pour le pendre. Je n'ai pas l'intention de concurrencer ta femme décédée, Reed, même si le jeu en vaut la chandelle. Je pense que je mérite mieux que ça. Tu devrais t'en aller. Je quitterai cette maison dès demain.

Mais au lieu d'argumenter comme elle s'y attendait, il demeura immobile, le visage empreint d'une expression hagarde et désespérée.

— Je te verrai tout de même au travail ?

— A 8 heures, dans le bureau de Spinnelli. J'y serai.

Elle ne le raccompagna pas jusqu'à la porte. Poussant un gros soupir, elle détourna le regard vers le jardin. Si seulement les choses s'étaient passées autrement, si seulement elle avait été différente ! C'est alors qu'elle sentit une boule de poils lui effleurer les jambes. Elle sursauta.

Percy la fixait d'un regard accusateur.

— Miaou !

Avec un pauvre sourire, elle le prit dans ses bras.

— Je t'avais oublié. Mais toi au moins, tu peux réclamer ton dîner. Ce n'est pas comme ce malheureux Fluffy.

Elle frotta sa joue contre la douce fourrure du chat, le sentit ronronner.

— D'accord, Percy, on mange, et ensuite, au lit !

Indianapolis, samedi 2 décembre, 2 h 15

Difficile d'imaginer qu'un agent immobilier n'ait pas installé un système d'alarme plus efficace chez lui, se dit-il en franchissant la porte-fenêtre de la maison de Tyler Young. Tant pis pour lui ! Remontant sur son épaule son lourd fardeau, il grimpa l'escalier à pas feutrés, l'oreille aux aguets. Dans le silence total qui régnait, le seul bruit provenait des battements de son propre cœur. *Enfin !*

Il allait enfin se retrouver face à face avec celui qui avait tué Shane. Mais en tant qu'adulte cette fois, et non plus comme le gamin sans défense qu'il avait été alors. Deux personnes dormaient dans le lit, dont une femme. Le bourdonnement du ventilateur qui tournait au plafond, joint aux ronflements de Tyler, couvrit le bruit de ses pas tandis qu'il s'approchait de la femme endormie. Un coup de couteau et, sans douleur, elle rendit son dernier soupir dans un gargouillis.

Tyler ronflait bruyamment, et d'où il se trouvait, il pouvait sentir l'alcool qui imprégnait son haleine. A la bonne heure ! Les hommes ivres faisaient des cibles faciles. Tyler se laisserait dominer d'autant plus aisément.

Il avait tant rêvé de ce moment quand il était gosse, dans l'enfer de la maison des Young. Chaque nuit, il avait imaginé sa vengeance tandis que Tyler… Il déglutit. Encore maintenant, au bout de dix ans, les souvenirs lui chaviraient l'estomac. A l'époque, ses fantasmes l'avaient empêché de sombrer dans la folie. A présent, ils étaient sur le point de se réaliser. C'était à son tour d'infliger à Tyler ce qu'il leur avait fait subir. Jusque dans les moindres détails. Calmement, il accrocha à la tête du lit la chaîne qu'il avait apportée. A son extrémité se trouvaient des menottes qu'il referma avec un claquement sec sur le poignet charnu du dormeur. Il retint son souffle.

Les ronflements de Tyler continuaient. Le bâillon qu'il projetait de fourrer dans la bouche de sa victime était trempé d'urine, un autre petit truc qu'il avait appris de l'homme maintenant à sa merci. Mais il avait également ses propres astuces, désormais. Avec le plus grand soin, il sortit le troisième de ses couteaux qu'il avait enduits de pâte de curare. C'était si facile et si… exotique ! Son pistolet dans la main gauche, il sectionna de sa main droite une veine dans le bras de Tyler. Les yeux de l'homme s'ouvrirent d'un seul coup, mais l'arme était déjà braquée sur son visage. L'horreur envahit son regard, à mesure qu'il prenait conscience du revolver, de la chaîne et de son bras ensanglanté.

Cependant Tyler ne semblait toujours pas le reconnaître, ce qui eut le don de l'exaspérer.

— C'est moi, Andrew !

L'homme eut l'air de se rappeler enfin. Pas trop tôt ! Il rit doucement.

— Dans deux minutes, tu seras incapable de bouger, mais tu sentiras tout ce que je te ferai, chuchota-t-il en se penchant. Et cette fois, c'est *toi* qui compteras jusqu'à dix, Tyler. Et c'est *toi* qui iras en enfer. Mais d'abord, tu dois répondre à ma question. Je vais retirer ton bâillon. Si tu cries, tu es mort. Compris ?

Tyler hocha la tête, le front inondé de sueur.

Il ôta le bâillon avec une moue de dégoût.

— Où est Tim ?

Tyler se passa nerveusement la langue sur les lèvres.

— Si je te le dis, tu me laisseras partir ?

Il ne s'était même pas enquis de sa femme.

— Bien sûr.

— Il est au Nouveau-Mexique, à Santa Fe. Maintenant, détache-moi.

Avant que Tyler ait eu le temps de réagir, il lui enfonça de nouveau le chiffon dans la bouche.

— Tu es devenu bête avec l'âge, Tyler. Tiens, je vais t'aider. Un, deux, trois…

A mesure qu'il comptait, le corps de l'homme se raidit.

— Dix. Le spectacle va commencer !

Il savait qu'il disposait de peu de temps. Dans des conditions normales, Tyler perdrait connaissance en moins de dix minutes. Or, après dix années d'attente, il voulait davantage que dix minutes, et il tenait à ce que sa victime fût pleinement consciente. Il avait envie que Tyler Young souffre, qu'il paie.

Aussi avait-il tout prévu. Posant son revolver sur la table de chevet, il déballa son matériel. Comme d'habitude, il transportait son couteau, son tuyau de plomb ainsi que le reste des œufs en plastique. Et ce soir il avait apporté un petit supplément. Il sortit de son sac une bouteille d'oxygène et un masque. En lui insufflant de force de l'oxygène dans les poumons, il serait en mesure de tripler le temps qui restait avant que Tyler ne s'évanouît. Peut-être même celui-ci succomberait-il en premier à la douleur.

Cette pensée lui arracha un sourire.

— Eh bien, Tyler, commença-t-il sur le ton de la conversation, tout en plaçant le masque à oxygène sur le visage glacé de l'homme. Comment vas-tu, depuis tout ce temps ? Tu as abusé d'autres enfants, récemment ?

Tyler et sa femme n'avaient pas d'enfant, du moins aucun ne vivait dans la maison. Il avait vérifié toutes les pièces avant de trouver la chambre de maître. Nulle trace d'enfant. Pas d'animaux de compagnie, non plus. Il pouvait donc se concentrer pleinement sur sa besogne.

— Tu ne peux pas parler ? Dommage ! Il va donc falloir que tu m'écoutes. Ne t'inquiète pas, je te tiendrai au courant du déroulement des opérations. D'abord, je vais te briser les jambes. Pour la simple raison que j'en ai le pouvoir.

Et, joignant le geste à la parole, il se délecta de la façon dont les yeux de Tyler louchèrent de douleur. Puis il fit passer le tuyau d'une main à l'autre.

— Normalement, j'en aurais terminé avec le tuyau à ce stade-là, dit-il avec désinvolture. Mais aujourd'hui, je vais encore m'en servir pour autre chose. Vois-tu, je n'aime pas les hommes, seulement les femmes. Mais je ne voudrais pas que ça m'empêche de te rendre le plaisir que tu me donnais quand j'étais gosse.

Tyler avait compris, il s'en rendit compte.

— Excellent ! Oh, et le couteau ? D'habitude, je ne

l'utilise que pour égorger, mais là encore, j'ai prévu d'en faire un autre usage, juste pour toi.

Avec un rictus de mépris, il contempla sa victime, cet homme qui vivait encore parce qu'il le voulait bien. Tyler mourrait lorsqu'il en déciderait ainsi.

— Tu nous traitais de femmelettes à l'époque. Eh bien, tu vas enfin comprendre ce que ça veut dire. Que le spectacle commence ! Pressons-nous, avant qu'il n'y ait plus d'oxygène.

Chicago, samedi 2 décembre, 6 h 35

Murphy regardait Mia s'approcher de sa voiture. Bien qu'il se sentît parfaitement frais et dispos, il n'en fixait pas moins avec convoitise les gobelets de café qu'elle tenait à la main. Il sortit de son véhicule, s'étira les membres puis s'empara de l'une des tasses en plastique.

— Merci.

Elle s'adossa contre le véhicule, le regard rivé sur la maison.

— Du nouveau ?

— White n'est pas revenu, mais le gosse surveille toujours par la fenêtre. Tiens, justement, le voilà !

Des stores s'écartèrent et de petits doigts apparurent entre les lames. Une fois encore, Mia lui adressa un sourire amical accompagné d'un petit signe de la main. Et encore une fois l'enfant disparut.

— Je crois que nous devrions demander un mandat. On en a déjà obtenu pour moins que ça.

— Je vais appeler une voiture de patrouille pour nous remplacer ici pendant la réunion. Nous ferons le point avec les autres.

Les autres. Cela incluait Reed. Qu'importe ! Elle ne faillirait pas à son devoir.

— Allez, crache le morceau, ordonna Murphy d'une voix douce. Qu'a-t-il fait, le beau Solliday ?

Elle sourit, surprise d'en être encore capable.

— Rien. Il n'a rien promis, Murphy, il n'a rompu aucun serment. Et j'ai tout de même profité de deux nuits torrides dans l'histoire.

Murphy tressaillit.

— Vas-y, retourne le couteau dans la plaie, surtout ne te gêne pas ! grogna-t-il, puis inclinant la tête : Si tu as besoin, je me ferai un plaisir de lui casser sa jolie petite figure.

— Mon héros ! s'esclaffa Mia avant de redevenir soudain sérieuse. Regarde qui arrive.

La porte d'entrée de la maison s'ouvrit et le petit garçon sortit, vêtu de son costume sombre du dimanche. Il s'arrêta un instant sur le perron, prit une profonde inspiration et traversa la rue pour rejoindre la voiture de Murphy. Dans sa petite main, il serrait l'avis de recherche qu'ils avaient donné à sa mère. Le papier avait visiblement été chiffonné puis défroissé.

L'enfant devait avoir dans les sept ou huit ans. Sous ses cheveux blond-roux soigneusement peignés, son visage était couvert de taches de rousseur. Mia avait toujours eu un faible pour les taches de son. D'un geste grave, elle tendit la main.

— Je suis l'inspecteur Mitchell, et voici l'inspecteur Murphy.

Il lui rendit son salut.

— Je m'appelle Jeremy.

— Jeremy Lukowitch ? demanda Murphy.

Le garçon acquiesça.

— Où est ta maman, Jeremy ? interrogea Mia.

— Elle dort encore. Je crois que nous devrions aller au poste de police, dit l'enfant avec sérieux.

— Tu as peut-être raison, répondit Mia en mettant un genou à terre. Dis-moi, Jeremy, tu as vu cet homme qui est sur la photo ?

— Oui.

— Quand ?

Il ravala sa salive.

— Plein de fois. Il habite ici de temps en temps.

Bingo !

— Tu te rappelles la dernière fois que tu l'as vu, bonhomme ?

— Jeudi matin, avant d'aller à l'école, mais il est rentré tard ce matin-là.

— Tu te souviens quelle heure il était ?

— 5 h 45. J'ai regardé mon réveil. Vous devriez demander un mandat pour perquisitionner notre jardin.

Bien que le cœur de Mia battît à grands coups dans sa poitrine, sa voix restait calme.

— Qu'allons-nous y trouver, à ton avis ?

— Il y a enterré des trucs, répondit Jeremy qui se mit à compter sur ses doigts. Jeudi, mardi, dimanche et vendredi dernier.

Mia tiqua.

— Vendredi dernier ?

L'enfant opina gravement.

— Oui, m'dame. Je suis prêt à témoigner si vous nous garantissez, à ma mère et à moi, une protection en tant que témoins. Nous aimerions changer de nom et déménager… en Iowa.

Mia leva les yeux vers Murphy qui tentait en vain de réprimer un sourire, puis regarda de nouveau Jeremy.

— Tu regardes beaucoup la télévision, dis-moi.

— Et je lis aussi, répliqua-t-il. Mais surtout la télé.

Son petit menton se mit à trembler, fissurant son pauvre masque de maturité.

— J'ai absolument besoin de cette protection pour ma mère, reprit-il. Il lui a déjà fait mal une fois. Très mal. Elle a peur.

Ses yeux se remplirent de larmes.

— Elle pleure tout le temps. S'il vous plaît, madame, empêchez-le de faire du mal à ma maman.

Ses taches de rousseur inondées de larmes, il se tenait devant eux, si brave et si seul que Mia se mordit la langue pour ne pas éclater en sanglots.

Des pleurs nuiraient à la bonne image de la police que l'enfant s'était forgée. Néanmoins, elle ne put se défendre de le prendre dans ses bras et de le serrer fort contre elle.

— Nous protégerons ta mère, Jeremy. Ne t'inquiète pas, mon petit.

Murphy avait déjà sorti sa radio et appelait des renforts.

Mia s'écarta et essuya de son pouce les joues du garçon.

— Tu as faim ?

Il hocha la tête en reniflant.

— On n'a pas terminé notre dîner hier soir.

— J'ai un *burrito* dans ma voiture. Je vais le partager avec toi en attendant les gars de la police scientifique.

Jeremy opina avec componction.

— Demandez-leur d'apporter des détecteurs de métaux, ils en auront besoin.

Les lèvres de Mia s'étirèrent en un sourire amusé.

— Je le leur dirai de ta part.

Samedi 2 décembre, 7 h 15

Reed se gara derrière une file de voitures de patrouille et de véhicules de la police scientifique. Les opérations n'avaient visiblement pas encore commencé. Ils devaient attendre le mandat, songea-t-il. Il s'approcha de Mia adossée à sa portière, ne sachant trop de quelle façon l'aborder ni comment elle réagirait.

Pour tout dire, il ne savait plus où il en était. Il n'était plus certain de ce qu'il souhaitait, ni même de ce qu'il ressentait. Et pour tout arranger, il n'avait pas dormi de la nuit. Elle lui adressa un sourire amical qui n'en illumina pas pour autant son regard.

— Lieutenant Solliday, dit-elle d'un ton formel, j'ai ici quelqu'un que je souhaite vous présenter.

A l'intérieur de la voiture était assis un petit garçon aux cheveux blond vénitien.

— Lieutenant, voici monsieur Jeremy Lukowitch, annonça Mia. Jeremy, voici le lieutenant Solliday. Il est enquêteur en incendies.

La peur voilait les yeux du garçon.

— L'inspecteur Mitchell a dit qu'elle protégerait ma mère.

— Elle tiendra parole. C'est un bon flic.

Mia déglutit, mais son sourire ne faiblit pas.

— Jeremy, tu attends dans ma voiture. Tu y seras au chaud, d'accord ? Je te fais confiance pour ne toucher à rien.

— Promis.

Elle s'éloigna de quelques pas, puis, se ravisant, repassa la tête par la fenêtre.

— Jeremy, nous ne pouvons pas entrer tant que nous n'avons pas de mandat, mais crois-tu que ta mère pourrait sortir ?

— Elle doit encore dormir. Quelquefois, elle prend des cachets.

Mia hocha vivement la tête.

— Bon, je reviens tout de suite.

Elle s'éloigna lentement de la voiture, mais son expression s'était assombrie.

— Tu as une formation de secouriste, Reed ?

— Bien sûr. Tu crois qu'elle aurait pu faire une overdose de barbituriques ?

Mia s'était mise à courir, pour aller rejoindre Jack qui, derrière la maison, se tenait prêt à passer à l'action.

— Peut-être pas volontairement, lâcha-t-elle. Mais elle a vu White. Elle a vécu avec lui. Il ne va pas l'épargner.

— Tu as le mandat ? interrogea Jack.

— Pas encore. Mais je crois que la mère a avalé des somnifères. On y va !

Et d'un coup d'épaule, elle se jeta contre la porte d'entrée. Le bois émit un craquement ; Mia grimaça de douleur.

— Aïe ! Je me suis fait mal.

— Pas possible ! s'exclama Reed. Pousse-toi.

Il prit son élan, et une fraction de seconde plus tard, la porte se fendit en deux. Arme au poing, ils s'engouffrèrent tous deux à l'intérieur.

— Mme Lukowitch, police !

Mia se précipita dans la chambre. La femme était allongée sur le lit, recroquevillée en position fœtale.

— Nom d'un chien ! Ça sent le cyanure.

Mia rengaina son revolver et tâta le pouls de la femme. Elle recula d'un pas.

— Elle est morte, Reed. La rigidité cadavérique a déjà commencé à s'installer.

— Ça fait onze, soupira-t-il.

— Tu avais raison. Ce ne sont pas les cadavres qu'il comptait. Comment vais-je annoncer à ce pauvre gosse que sa mère est morte ?

— Nous le lui dirons ensemble.

— D'accord. Allons-y.

Samedi 2 décembre, 8 h 10

Mia et Reed firent à l'enfant un rempart de leurs corps tandis que le médecin légiste emportait sa mère dans un sac. Toutefois, le garçon ne voyait rien. Son regard restait fixé droit devant lui, dans le vague. Une fois l'ambulance repartie, Mia s'accroupit à ses côtés.

— Jeremy, mon petit bonhomme, il faut que je fouille ta maison.

— Qu'est-ce qui va m'arriver, maintenant ? demanda-t-il d'une voix si basse qu'elle dut se pencher pour l'entendre. Ma maman est morte. Mon père est parti. Qui va s'occuper de moi ?

Moi, eut envie de dire Mia. Mais elle se retint. Il s'agissait d'un enfant, que diable, pas d'un chat !

— J'ai appelé une assistante sociale. Ils vont te placer dans une famille en attendant de trouver une solution.

— Une famille d'accueil, répéta-t-il d'une voix morne. J'en ai vu à la télévision. On maltraite les enfants dans ces endroits-là.

Reed signifia d'un coup d'œil à Mia de s'écarter. Il s'agenouilla près du garçon.

— Ecoute, fiston, je sais ce que tu as vu à la télévision. Mais il faut que tu comprennes que ce ne sont que les mauvais exemples qu'on y montre. Et ils sont rares.

Comme l'enfant n'était visiblement pas convaincu, Reed fit une nouvelle tentative.

— Jeremy, tu es un petit garçon très intelligent. A ton avis, combien d'avions survolent l'Amérique chaque jour ?

Jeremy détourna la tête.

— Des milliers, répondit-il, impassible.

— Exact. Et combien d'accidents d'avion mentionne-t-on aux informations télévisées ? Pas beaucoup, n'est-ce pas ? On n'entend parler que des deux ou trois avions qui s'écrasent, mais jamais des milliers d'autres qui arrivent chaque jour à destination sans problème. C'est la même chose pour les familles d'accueil. Il en existe des mauvaises, mais elles sont très peu nombreuses. J'ai grandi dans une famille d'accueil tout à fait respectable, je sais de quoi je parle.

Les épaules de Jeremy s'affaissèrent.

— Okay, murmura-t-il, puis s'adressant à Mia : Je pourrai toujours vous voir ?

Le cœur de Mia se serra.

— Naturellement. Maintenant, nous devons nous mettre au travail, Jeremy. Tu restes assis bien tranquillement et surtout tu ne pars pas sans moi, ou sans le lieutenant Solliday, ou un officier de police.

Le regard du petit garçon semblait bien trop réfléchi pour un enfant de sept ans.

— Je ne suis pas bête à ce point, inspecteur Mitchell.

Elle lui ébouriffa les cheveux.

— Je sais.

Murphy leur fit un signe de la main.

— J'ai le mandat.

— Tu as bien fait de lui parler comme ça, chuchota Mia à Reed. Merci.

— Mia…

— Pas maintenant, Reed. Je ne peux pas.

Et elle s'éloigna en hâte, le laissant désemparé. Quelques secondes après, il la suivit au pas de course pour voir quels trésors enfouis Jack allait bien pouvoir déterrer.

Samedi 2 décembre, 10 h 30

Il faisait bon être en vie ces jours-ci. Enfin, les choses commençaient à prendre bonne tournure. Un petit sourire ! Il grimaça au ridicule de cette expression. Il avait laissé Tyler vivant en proie aux flammes. Quelle satisfaction ce spectacle ne lui avait-il pas procurée ! Dans la foulée, il avait failli se mettre immédiatement en route pour Santa Fe, mais le flux d'adrénaline était bientôt retombé. Epuisé, il avait cherché un motel bon marché et s'était couché. A son réveil, il avait de nouveau les idées claires. Mieux valait gagner Santa Fe en empruntant les petites routes secondaires. Une fois là-bas, et aussitôt sa besogne achevée, il se rendrait au Mexique. Ce pays frontalier semblait encore le meilleur endroit pour se faire oublier. Sa photo dans les journaux finirait bien par devenir un jour de l'histoire ancienne. Alors il pourrait rentrer.

Pour l'heure, il fallait qu'il disparaisse de la circulation, qu'il se terre comme un rat, et cela à cause de Mitchell qui avait fait placarder son portrait dans tout le pays.

La haine envers la femme flic bouillonna en lui ; il la refoula. N'avait-il pas une fois déjà tenté de se débarrasser d'elle ? Il devait retenir la leçon de ce qui s'était passé avec Laura Dougherty. Comprendre qu'il s'agissait d'un avertissement du destin. *Laisse tomber.*

Il recouvra sa maîtrise de soi et du même coup son aptitude à organiser la logistique nécessaire à son plan. A son retour du Mexique, il ne reviendrait pas à Chicago. Il s'installerait dans le Sud, sous des climats moins rigoureux. Aussi avait-il besoin de récupérer ses affaires. Cela lui avait pris encore huit heures de sa vie pour retourner à Chicago. Mais il avait bien attendu dix ans. Que lui coûtaient quelques heures de plus ? Il tenait à ses souvenirs.

Dès qu'il atteignit les derniers pâtés de maisons, son instinct se mit en alerte. Il ralentit, tourna l'angle de la rue et s'arrêta. Devant sa maison, il y avait un attroupement de voitures de police et d'hommes armés de pelle.

Mitchell avait découvert où il habitait. *Elle avait fait main basse sur ses trésors.* Imperturbable, il tourna les talons. Au diable le destin ! Cette femme allait payer. Deux fois cette semaine, elle avait réussi à esquiver des balles meurtrières. Chanceuse, la garce ! Mais sa bonne fortune était sur le point de l'abandonner.

Samedi 2 décembre, 11 h 45

Les poings sur les hanches, Mia se balançait sur ses talons. Sur la table s'étalait tout ce qu'ils avaient déterré dans le jardin des Lukowitch. Et les détecteurs de métaux ne s'étaient pas révélés superflus, Jeremy pouvait en être fier.

— C'est incroyable !

Spinnelli examinait les objets un à un.

— Il y a le sac à main de Caitlin, un collier de Penny,

quatorze trousseaux de clés… des chaussures, encore des colliers… mon Dieu !

— Ces clés appartiennent au Dr Thompson, remarqua Reed. Celles-ci sont à Brooke. Nous pensons qu'il les a prises mercredi soir en profitant de ce qu'elle avait bu quelques bières de trop. Ces clés-là appartiennent à Tania, celles-ci à Niki Markov. Quant aux autres, on n'en sait rien.

— Nous sommes maintenant en mesure de faire le lien entre lui et les meurtres de Burnette et Hill, constata Spinnelli d'un air satisfait. Je veux que le labo analyse tout ça. En tout cas, voici des preuves autrement plus solides que ce que nous avions jusqu'à présent.

— Atlantic City envoie quelqu'un pour jeter un coup d'œil sur les pièces à conviction, annonça Aidan. Les femmes qu'il a violées là-bas disent qu'il leur a confisqué leurs clés, histoire de leur faire comprendre qu'il pouvait revenir à tout moment.

— Petit fumier ! gronda Reed.

— Je pense que nous sommes tous de votre avis, dit Spinnelli. Sam a appelé. L'analyse toxicologique des urines d'Yvonne Lukowitch montre du Valium additionné de cyanure. Rien à voir avec l'Ambien prescrit sur son ordonnance.

— Nous avons trouvé un reçu d'un magasin de photo, intervint Jack. C'est là qu'il a acheté le cyanure. On s'en sert pour développer les clichés. Sam assure qu'elle n'a rien senti.

Mia soupira.

— Plus tard, Jeremy sera soulagé d'apprendre que sa mère ne s'est pas suicidée. Mais pour l'instant, ce n'est qu'une piètre consolation pour un gosse de sept ans terrorisé. Jeremy dit que sa mère a rencontré White pendant qu'elle donnait un cours de dressage de chiens dans le parc, en juin dernier. En rentrant à la maison, elle lui a parlé d'un homme dont elle venait de faire la connaissance. White lui a offert des roses. Trois semaines plus tard, elle lui a proposé d'emménager chez elle.

— C'était rapide ! s'exclama Jack.

— Elle se sentait seule, répliqua Mia. Nous avons trouvé une cicatrice sur son corps, provenant d'une blessure par arme blanche, entre la clavicule et le sein. Jeremy affirme que c'est White qui la lui a infligée dès le premier soir où il s'est installé chez eux. Il l'a menacée de faire pire, à elle et au petit, si elle le dénonçait. Depuis le mois de juin, Jeremy et sa mère vivaient dans la terreur.

— Et nous ne connaissons toujours pas son nom, conclut Murphy avec amertume.

— J'ai peut-être quelque chose pour vous, annonça Spinnelli d'un ton encourageant. J'ai reçu ce matin un appel de la fourrière. Ils ont repéré une voiture dont on avait signalé le vol jeudi. Elle se trouvait dans le secteur ratissé par Murphy. Il y avait un livre sous le siège.

— Un manuel de maths ? hasarda Reed.

— Un livre d'algèbre, précisa Spinnelli avec un sourire triomphant. De première année. On va nous l'apporter dans quelques minutes. En attendant, où en êtes-vous, tous ?

— Je remonte toutes les pistes ouvertes suite à la diffusion du portrait aux journaux télévisés, dit Aidan. Et j'assure la liaison avec la police d'Atlantic City. J'ai envoyé la photo à la police de Detroit, mais pour l'instant, ça n'a rien donné.

— Continuez, ordonna Spinnelli. Mia ?

— Les services sociaux nous ont fourni une liste de tous les enfants placés par Penny Hill chez les Dougherty. Nous allons poursuivre nos recherches dans ce domaine. Il nous reste à retrouver la trace de neuf noms pour lesquels nous ne disposons pas d'adresse et vérifier les alibis de certains autres.

— Okay, dit Spinnelli. Avons-nous tiré quelque chose des deux garçons du Centre ?

— Miles leur a parlé, répondit Mia. Une fois qu'il a appris

la mort de Jeff, Thad a reconnu que c'était lui qui l'avait agressé. Il affirme que Jeff et Regis l'ont violé pendant que Manny faisait le guet à la porte. Ils l'ont menacé de l'étriper comme un porc s'il caftait. Alors, il s'est tu. Regis Hunt va être expédié dans une prison pour adultes en attendant les conclusions de l'enquête et le procès. Thad sera transféré dans un autre centre pour délinquants juvéniles. Quant au Dr Bixby, il manque toujours à l'appel.

— Il n'est pas chez lui, dit Spinnelli. J'ai lancé un avis de recherche sur sa voiture.

— Et il ne semble pas que ses clés fassent partie du butin, ajouta Reed.

— Soit il est vivant et il se cache, soit il est mort et on l'a caché, déduisit Spinnelli. Quoi d'autre ?

— Jeremy a mentionné quelque chose qui me chiffonne, proposa Mia, songeuse. Rappelle-toi, Murphy. Il a dit que White avait enterré un objet vendredi dernier, le lendemain de Thanksgiving. S'il a tué quelqu'un ce soir-là, nous ne l'avons pas encore appris.

On frappa à la porte ; un homme glissa la tête dans l'entrebâillement.

— Lieutenant Spinnelli ? Je viens de la fourrière. Je vous apporte une pièce à conviction.

— Merci. Espérons qu'elle nous sera utile, dit Spinnelli qui tendit le livre à Mia dès que l'homme fut reparti. A vous l'honneur, Mia.

Elle enfila une paire de gants et fit tomber le livre du sac en papier.

— Un livre de maths, et à l'intérieur… des coupures de presse. Sur les affaires Hill et Burnette. Et sur moi ! ajouta-t-elle avec une grimace. Voici celle qui relate l'arrestation de DuPree et celle où figure mon adresse. Merci, Carmichael ! Et… oh, mais, qu'est-ce que c'est ? Un article de la *Gazette* de Springdale, Indiana : DEUX MORTS DANS L'INCENDIE DE THANKSGIVING. Le journal est daté du lendemain.

— La première fois que Jeremy a vu White enterrer quelque chose dans le jardin, murmura Murphy. Qui a-t-il assassiné ce jour-là ?

Le cœur battant, Mia parcourut rapidement l'article.

— L'une des victimes s'appelait Mary Kates. Seigneur ! Ce nom fait partie de la liste des services sociaux.

Elle feuilleta fébrilement le document.

— Voilà, j'y suis. Deux frères : Andrew et Shane Kates. L'âge d'Andrew correspond à celui de notre homme.

— Excellent ! applaudit Spinnelli qui faisait les cent pas. Maintenant que nous savons qui il est, nous devons découvrir où il se cache et où il va frapper la prochaine fois. Vous quatre, vous vous en chargez. Je vais prévenir le capitaine que l'enquête avance enfin.

Emplie d'un regain d'enthousiasme, Mia se sentit revigorée. Elle considéra fixement les objets éparpillés sur la table. Son cœur cognait à grands coups.

— Andrew Kates, tes jours sont comptés, petit salopard !

Samedi 2 décembre, 17 h 15

La perruque le faisait transpirer.

— Combien pour le loyer ?

C'était un appartement inoccupé dans l'immeuble où habitait Mitchell. La gardienne tenait la clé serrée dans sa main. Il n'attendait que le moment propice pour lui extorquer l'information dont il avait besoin. Si elle ne pouvait pas la lui fournir, il s'emparerait de la clé et fouillerait l'appartement de Mitchell lui-même.

— Huit cent cinquante dollars, répondit la vieille femme. Payables le premier de chaque mois.

Il se fit un devoir d'inspecter les placards.

— Le quartier est-il sûr ?

— Tout à fait.

Et comment ! Pas plus de deux fusillades en pleine rue

par semaine ! La vieille mentait comme un arracheur de dents.

— J'ai lu dans le journal quelque chose à propos de cet inspecteur de police…

— Oh, ça ! Elle a déménagé. Ce sera beaucoup plus tranquille désormais.

Il sentit une boule de panique lui enserrer la gorge. Mais probablement mentait-elle encore.

— Déjà !

— C'est-à-dire, les déménageurs ne sont pas encore venus. Mais en tout cas, elle n'habite plus ici. Il n'y a aucune crainte à avoir.

Mais si, justement, il y avait tout lieu de s'inquiéter ! Mitchell ne devait absolument pas lui échapper. Il devait s'introduire chez elle avant qu'elle n'emporte toutes ses affaires. Elle avait sûrement laissé un indice quant à l'endroit où elle était partie. Il envisagea un instant d'abattre la vieille sur place, mais le nouveau revolver qu'il portait accroché à sa ceinture ferait trop de bruit. Tyler s'était constitué une assez belle collection d'armes à feu, il devait le reconnaître. Il aurait aimé toutes les emporter, mais mieux valait voyager léger. Aussi n'avait-il pris que deux revolvers. Un calibre 38 et un 44, lesquels ne manqueraient pas d'attirer l'attention s'il s'avisait d'ouvrir le feu. Restait donc à procéder à l'ancienne. De son blouson, il extirpa sa clé à molette et, d'un seul coup, l'abattit sur la tête de la vieille dame. Elle s'effondra sur le sol comme une poupée de chiffon. Le sang qui s'écoulait de sa blessure commença à se répandre sur la moquette. Il lui attacha les mains et les pieds puis la bâillonna avant de la fourrer dans un placard.

Il se servit ensuite de ses clés pour pénétrer dans l'appartement de Mitchell. Cette femme avait décidément besoin d'un bon architecte d'intérieur ! Il vérifia tout d'abord le placard de l'entrée. A l'exception d'un drapeau plié sur l'étagère, celui-ci était vide. Le placard de la cuisine était plein à ras bord de paquets de Pop-Tarts et son congélateur, de plats cuisinés à réchauffer au micro-ondes. Un bon nutritionniste s'avérait encore plus nécessaire qu'un décorateur.

Sa chambre était un véritable capharnaüm, les couvertures gisaient en tas sur le sol. Et, chose intéressante, une boîte de préservatifs ouverte trônait sur la table de chevet. Dans l'armoire régnait une telle pagaille qu'il était impossible de savoir si elle avait emporté des vêtements. Frustré, il regagna le séjour. Une pile de courrier s'entassait sur la table basse. Dévoré d'impatience, il tria les enveloppes. La seule chose qui lui parut un tant soit peu personnelle était une carte postale avec, sur le devant, une photo de crabes :

« Chère Mia, tu aurais dû venir avec nous. Tu nous manques. Bises, Dana. »

Dana ? Peut-être une amie susceptible de l'héberger.

Il ouvrit le tiroir de la table basse et, avec un sourire triomphant, en sortit un album de photos. Quelle aubaine ! Il souleva la couverture et poussa un soupir. Mitchell n'était pas plus méthodique dans sa manière de ranger ses photos que dans celle d'organiser son intérieur. Aucun des instantanés n'était disposé sous les feuillets en plastique. Ils s'accumulaient en un amas désordonné, comme si elle se contentait de les jeter pêle-mêle avec la vague intention de les classer un jour. Comment diable avait-elle réussi à arriver là où elle en était avec un manque de rigueur aussi ahurissant ?

Sur le dessus de la pile se trouvait une notice nécrologique qu'elle avait déchirée d'un journal, sans même prendre la peine d'en découper soigneusement les bords. Se retenant à deux mains de le faire lui-même, il se mit à lire. Le père de Mitchell était mort quatre semaines plus tôt. Voilà qui était intéressant ! Il laissait une veuve. De mieux en mieux ! Mitchell se tiendrait à carreaux si elle savait sa mère en danger.

Il continua à fouiner. Quantité de photos d'école. Et une photo de mariage aussi. Mitchell habillée en rose, à côté d'une rousse vêtue de dentelle blanche. Au dos, leurs deux prénoms : « Mia et Dana ». Bingo ! Mais Dana qui ? Et comment la trouver ? Demandez et l'on vous donnera ! Sous la photo du mariage, il dénicha la carte d'invitation correspondante.

DANA DANIELLE DUPINSKI ET ETHAN WALTON BUCHANAN ESPÈRENT VOUS COMPTER PARMI LEURS INVITÉS…

Le bristol était intact. Il ébaucha un sourire. En tant que demoiselle d'honneur, elle n'avait pas eu besoin de renvoyer le coupon-réponse. Il fourra la carte et la notice dans sa poche. Dana Dupinski habitait à une bonne demi-heure de là. Il ferait bien de se dépêcher.

Samedi 2 décembre, 18 h 45

— Faisons le point, dit Spinnelli assis à l'extrémité de la table de conférence.

Ils s'étaient une fois de plus rassemblés, Reed et Mia, Murphy et Aidan, Miles Westphalen.

— Que savons-nous au juste ?

La table était couverte de papiers. Après plus de sept heures passées à donner des coups de fil et envoyer des e-mails et des fax, ils avaient réussi à compiler un grand nombre d'informations concernant le passé d'Andrew Kates. Reed se sentait le moral gonflé à bloc. Enfin, ils touchaient au but !

— Nous connaissons le parcours d'Andrew Kates, dit-il. Nous savons où il est susceptible de se rendre et, plus important, ce qui fait de dix un nombre si particulier à ses yeux.

Mia ramassa ses notes en tas.

— Andrew et Shane Kates étaient les enfants de Gloria

Kates. Aidan a retrouvé la trace d'Andrew dans les services sociaux du Michigan chargés des délinquants juvéniles. Ils nous ont envoyé des copies de leurs certificats de naissance. Ils sont tous les deux nés de père inconnu. Andrew a quatre ans de plus que son frère et a purgé une peine dans un centre de détention pour mineurs pour le vol d'une voiture alors qu'il avait à peine douze ans. Personne là-bas ne se souvient de lui, mais c'était il y a une dizaine d'années.

— Est-ce de là que vient le nombre dix ? s'enquit Westphalen.

Elle secoua la tête.

— Soyez patient, Miles. Toutes ces recherches nous ont pris sept heures. Vous pouvez bien nous écouter dix minutes.

— Excusez-moi, marmonna le psychologue, proprement réprimandé.

Reed réprima un sourire de contentement.

— Toujours est-il, poursuivit Mia, que j'ai parlé à l'assistante sociale en chef du centre de détention juvénile. Elle n'avait aucun souvenir d'Andrew, mais elle a consulté son dossier. C'était un pensionnaire modèle. Il affirmait que sa mère l'avait obligé à voler la voiture pour pouvoir se procurer sa drogue. Le casier de Gloria Kates regorgeait d'inculpations pour possession de drogue, aussi les allégations d'Andrew étaient-elles probablement fondées.

— Manifestement, il a été libéré, constata Spinnelli.

— Oui, reprit Reed. Lorsque Andrew s'est fait arrêter, sa mère a déguerpi en lui laissant porter le chapeau.

— Ce qui expliquerait son hostilité envers les femmes, conclut Westphalen. Pourquoi ne s'en est-il pas pris à elle ?

— Parce qu'elle est morte, répondit Reed. D'une overdose d'héroïne quelques mois plus tard.

— Il est donc forcé de se rabattre sur des substituts, observa le psychologue d'un air songeur. C'est intéressant.

— Attendez, ce n'est pas fini, ajouta Reed. Après la fuite de Gloria, Andrew a donc été interné dans un centre de détention juvénile et les services sociaux de Detroit ont placé Shane chez sa tante, Mary Kates, à Springdale, dans l'Indiana.

— L'incendie de la nuit de Thanksgiving, murmura Spinnelli.

— Exactement, confirma Reed. J'ai parlé de l'incendie avec le shérif et le commandant des pompiers. Le commandant m'a dit qu'ils avaient trouvé des cannettes pleines d'essence dans le jardin, mais pas d'œufs en plastique ni aucune trace d'accélérant solide. Juste une affaire d'essence et d'allumettes. Aucune empreinte digitale, rien. Le shérif a précisé que la tante et son concubin, Carl Gibson, ont été retrouvés morts dans leur chambre, non loin de la fenêtre. Ils avaient les jambes brisées, ce qui les a empêchés de s'enfuir.

— Comme les jeunes femmes violées d'Atlantic City, observa Aidan.

— Et quelques autres de nos victimes, renchérit Reed. Personne à Springdale ne déplore ce qui s'est passé, ni n'en est vraiment surpris. Du coup, la police locale a beaucoup de mal à faire progresser l'enquête. Gibson a un long passé d'agressions sexuelles sur des enfants. Il était en liberté conditionnelle.

Westphalen hocha la tête.

— Tout s'explique.

— Quand Gibson a-t-il été arrêté ? demanda Spinnelli.

— Je me suis renseigné sur lui, expliqua Murphy. Aucune plainte ne figurait à son casier au moment où les services sociaux de Detroit ont placé Shane chez lui. Les premières accusations ont été portées contre lui au nom de Shane Kates. Gibson a plaidé coupable et a été relâché, mais il s'est fait par la suite épingler pour avoir abusé sexuellement de deux autres enfants.

— C'est ça le facteur déclenchant, conclut Westphalen. Gibson a agressé le frère d'Andrew, et ensuite, presque dix ans plus tard, cet autre garçon, Thad, est violé au Centre.

La nuit même, Gibson et la tante d'Andrew Kates meurent. Mais attendre dix années pour laisser exploser sa rage, c'est tout de même très long !

— C'est parce que vous avez sauté plusieurs étapes dans notre récit, souligna Mia. Soyez patient, Miles.

— Désolé, grimaça le psychologue. Poursuivez, je vous en prie.

— Donc, reprit Reed, Shane a été victime d'abus sexuels au cours de l'année qu'il a passée chez sa tante. Probablement à de multiples reprises, compte tenu du profil de Gibson. C'est un malade, ce type !

— C'était un malade, rectifia Mia. Maintenant, c'est un malade mort.

— Exact, convint Reed. Shane devait avoir sept ou huit ans à l'époque.

— Le même âge que Jeremy Lukowitch, remarqua Murphy.

Mia opina, préoccupée.

— Je ne sais pas ce qu'il faut en conclure. C'est peut-être la raison pour laquelle il n'a pas fait de mal à Jeremy, uniquement à sa mère. Désolée, Reed, continue.

— Andrew est resté en détention juvénile pendant un an. A sa sortie, il a été placé chez sa tante, mais dès le premier soir, il s'est enfui en emmenant Shane. Ils se sont fait ramasser par la police de l'Indiana quelques jours plus tard. Andrew leur a raconté ce que Carl Gibson avait fait subir à son frère, et comme la tante avait la garde permanente des garçons, on les a mis en famille d'accueil dans l'Indiana au lieu de les renvoyer à Detroit. C'est à cette époque que les premières plaintes ont été enregistrées contre Gibson.

— Il s'est avéré difficile de caser les deux garçons ensemble, ajouta Mia. Surtout que l'un d'eux avait désormais des antécédents judiciaires. Les services sociaux locaux n'ont pas réussi à leur trouver une famille d'accueil et les ont transférés à Chicago où les possibilités étaient plus nombreuses. L'assistante sociale chargée de s'occuper d'eux était Penny Hill. Elle les a placés chez Laura Dougherty qui avait la réputation de savoir s'y prendre avec les enfants à problèmes. De plus, elle acceptait de les recevoir tous les deux.

— Qu'a fait Laura Dougherty de si terrible que Kates ait essayé de la tuer à trois reprises ? demanda Westphalen.

— Il nous a fallu creuser un peu, répondit Mia. Le directeur des services sociaux n'était au courant de rien et Penny Hill ne l'avait pas noté dans le dossier. J'ai finalement dû retourner voir Mme Blennard, la vieille amie des Dougherty. Elle se souvenait de Shane. C'était un beau petit blond aux yeux bleus. A un moment donné, Laura avait envisagé d'adopter les deux garçons. Puis Shane a commencé à s'en prendre à l'un des autres enfants qui n'avait que cinq ans. Il s'est livré à des attouchements sur le gosse.

— La victime est devenue bourreau, conclut Westphalen qui leva une main en voyant Reed froncer les sourcils. Cela arrive, Reed. Quelle que soit la manière dont vous choisissiez de l'expliquer, cela arrive.

— En tout cas, c'est ce qui s'est passé avec Shane Kates, ajouta Mia comme Reed ne répondait pas. Lorsque Laura a demandé à Penny Hill de venir pour en discuter, Shane s'est mis à casser des objets et en accuser le petit. Mais Mme Dougherty ne l'a pas cru.

— Qui a jeté les garçons dehors pour finir ? interrogea Westphalen.

— D'après Mme Blennard, Andrew a supplié Laura de ne pas les renvoyer. Elle en a eu presque le cœur brisé. Penny leur a obtenu une aide psychologique, mais Shane a récidivé, et cette fois Laura l'a pris sur le fait. Elle les a donc prévenus qu'ils devaient partir.

— Et où sont-ils allés ? voulut savoir Spinnelli.

— C'était devenu encore plus difficile de les garder ensemble, répondit Mia en haussant les épaules. Malgré tout, Penny Hill a tout essayé. Elle a trouvé une famille à la campagne, un coin très rural. Elle a cru que le grand air et le travail manuel les assagiraient. Les vaches, les cochons, tout ça. Bill et Bitsey Young avaient deux fils biologiques plus âgés, qui fréquentaient déjà le lycée.

— C'est à ce moment-là que la pagaille commence à s'installer dans les dossiers, dit Reed. Ce qui soulève une foule de questions au sein des services sociaux. Toutes ces informations proviennent du dossier d'Andrew. Personne n'a été capable de retrouver celui de Shane.

Spinnelli écarquilla les yeux.

— Ils ont perdu son dossier ?

— Il semblerait, répondit Mia avec gêne. Les garçons ont été placés chez les Young, il y a une dizaine d'années, mais rien n'a été consigné dans le dossier d'Andrew pendant un an. Ni par Penny Hill, ni par qui que ce soit d'autre. En somme, ils ont été littéralement oubliés.

— Et, une fois de plus, par une femme, ajouta Reed.

— Penny Hill les aurait abandonnés ? hasarda Westphalen, les sourcils levés. Ça ne ressemble pas à la femme dévouée que tout le monde décrit.

— Non, en effet, se rembrunit Mia. La fille de Penny affirme que sa mère redoutait constamment de ne pas se montrer à la hauteur et qu'un enfant en pâtisse. Peut-être ses craintes n'étaient-elles pas tout à fait injustifiées. En tout cas, l'annotation suivante dans le dossier d'Andrew date d'un an plus tard, au moment de son transfert dans une autre famille d'accueil. Il y est décrit comme un garçon tranquille, très renfermé. Et excellent élève. Il appartenait au club de maths de son lycée. Mais après le séjour chez les Young, Shane n'est plus mentionné nulle part dans les registres des services sociaux de l'Etat.

— Nous ne savons pas ce qui s'est passé chez les Young, reprit Reed en sortant une photo d'une chemise en carton. Mais ce dont nous sommes sûrs, c'est que leur maison a fini par ressembler à ceci.

— Réduite en cendres, murmura Westphalen. Quand est-ce arrivé ?

— Près d'un an après l'arrivée des garçons, répondit Mia.

Murphy se pencha pour prendre la photo.

— Comment l'avez-vous trouvée ?

— Une intuition, dit Reed en haussant les épaules. L'incendie était consigné dans des archives d'assurances.

Mia secoua la tête.

— C'était plus qu'une intuition. J'ai retrouvé le certificat de décès de Shane Kates inscrit dans les registres du comté. Il a succombé à une défaillance respiratoire.

— Dans l'incendie, déduisit Aidan.

— Exactement, acquiesça Mia. Reed a vérifié la date du décès de Shane dans sa base de données et s'est aperçu que les Young ont porté plainte la semaine suivante à propos de l'incendie qui avait ravagé leur maison.

— Cette photo provient de la brigade locale des pompiers, précisa Reed. Ils sont en train de convoquer tous les hommes appelés sur les lieux de l'incendie ce jour-là afin de nous fournir davantage de renseignements. Mais cela date tout de même de presque neuf ans en arrière.

— Ainsi donc, murmura Westphalen songeur, Andrew a allumé le feu qui a coûté la vie à son frère.

— Le frère qu'il s'était donné tant de mal pour protéger, ajouta Mia.

Les yeux du psychologue s'étaient étrécis.

— Cela représente un traumatisme significatif.

— L'un de ceux que l'on peut refouler pendant dix ans ? interrogea Mia.

— Possible. Une personnalité compulsive le ressassera jusqu'à son dernier jour ou bien au contraire le niera totalement.

Spinnelli plissa le front.

— Il y a encore quelque chose qui m'échappe. Quelle est la signification du nombre dix ?

— Voilà une question à laquelle il semble maintenant

plus facile de répondre, dit Mia en faisant glisser côte à côte jusqu'au milieu de la table deux pages de fax. Voici l'acte de naissance de Shane établi dans le Michigan et son certificat de décès émis par l'Etat d'Illinois. Je n'avais pas fait attention à la date de sa mort la première fois que j'ai consulté les registres, mais les nombres sont identiques à ceux de sa date de naissance, à un chiffre près.

— Shane Kates est mort le jour de son dixième anniversaire, remarqua Westphalen.

— Dans un incendie, confirma Reed.

Mia soupira.

— Compte jusqu'à dix et va en enfer.

— Et maintenant ? demanda Spinnelli.

— Il faut retrouver la trace des Young et de leurs fils, dit Reed. Notre homme procède avec ordre autant que faire se peut. Il est logique que les Young soient les prochains sur sa liste.

Spinnelli opina.

— A la première heure demain matin, je veux que vous alliez à… comment s'appelle cette ville, Mia ?

— Les Young habitaient à Lido, dans l'Illinois.

— Foncez à Lido et trouvez-les. Murphy et Aidan, vous êtes de garde. Rompez !

22

Samedi 2 décembre, 19 h 25

Mia s'était lancée à la recherche des Young sur internet lorsque Reed s'appuya contre son bureau, si proche que c'en était déraisonnable. Or, elle était déterminée à conserver une attitude strictement professionnelle.

— Nous avons bien avancé pendant la réunion, tu ne trouves pas ?

— C'est vrai. Les morceaux du puzzle commencent à se mettre en place. Nous devrions bientôt pouvoir lui mettre la main au collet.

— Rentre chez toi, auprès de Beth. J'ai encore du travail.

— Tu n'as pas cherché d'appartement aujourd'hui, murmura-t-il doucement.

Dans un effort pour réprimer le frisson qui la parcourut, elle serra les dents.

— Non, mais j'ai un sac de voyage dans le coffre de ma voiture. Je vais dormir chez Dana. Percy a de quoi manger jusqu'à demain. Je reviendrai le chercher.

— Profite de la maison de Lauren encore une nuit, Mia. Je ne t'embêterai pas, je te le promets.

Du coin de l'œil, elle aperçut Murphy, seul à son bureau, avec sur le visage son éternel air tranquille et perspicace, puis elle leva les yeux sur Reed. Elle avait beau s'y attendre, chaque fois qu'elle le regardait, elle éprouvait un pincement au cœur. Et elle qui s'obstinait à se croire capable de contempler son torse puissant sans se demander s'il portait encore son alliance au bout d'une chaîne ! Sans qu'une partie d'elle-même n'espère qu'il la retire ! Et qu'il le fasse *pour elle*.

Ce qui était aussi navrant que ridicule.

— Arrête, Reed, ce n'est pas juste.

Les épaules de Reed s'affaissèrent.

— Appelle-moi dès que tu arrives chez Dana, que je sache que tu es en sécurité.

Elle attendit qu'il eût regagné son côté du bureau pour reprendre la parole.

— Quand tu rentreras, n'oublie pas de parler avec Beth.

Il fronça les sourcils.

— Pourquoi ?

Elle hésita un instant.

— Dis-lui simplement que tu l'aimes, d'accord ?

Il hocha la tête, indécis.

— Si tu veux.

Puis il rassembla ses affaires et s'en fut.

— Tu es sûre que tu ne veux pas que je lui arrange le portrait ? demanda Murphy.

— Non, répondit-elle en se retournant vers son ordinateur. Je vais trouver l'adresse des Young, puis j'appellerai la police locale pour les avertir. Pour l'instant, je ne peux pas faire plus.

— Tu sais, Mia, ce petit gosse, Jeremy, tu as su t'y prendre avec lui.

Reed aussi, songea-t-elle. *Nous formons une bonne équipe, tous les deux.*

— Merci. C'est un gentil gamin.

— Je parie qu'il est terrifié à l'heure qu'il est. Je suis sûr que tu pourrais te débrouiller pour découvrir où ils l'ont emmené.

La pensée de Jeremy, seul et effrayé, se forma dans l'esprit de Mia.

— Je me suis déjà renseignée, pour le cas où j'aurais terminé mon travail de bonne heure.

Murphy s'approcha et éteignit l'ordinateur de Mia.

— Voilà, tu as terminé. Je vais chercher les Young. Toi, tu passes voir Jeremy et ensuite tu rentres chez Dana. Je t'appellerai si je trouve quelque chose.

— Merci, Murphy, souffla-t-elle, la gorge nouée par l'émotion. Je me sauve.

Le temps qu'elle arrive au bas des escaliers, elle avait recouvré son calme. Ce qui tombait on ne peut mieux, attendu qu'une femme coiffée d'une tresse blonde l'attendait dehors.

— Vous désirez autre chose, Carmichael ? demanda-t-elle d'un ton acide. Que je vous fasse don de mon rein, peut-être ?

— Je sais où habite Getts.

Mia se figea.

— Où ?

Et depuis combien de temps vous le savez ?

Carmichael lui tendit un morceau de papier sur lequel elle avait noté quelques mots.

— Je ne voulais pas que votre adresse paraisse dans le journal. Je regrette.

La journaliste était si douée pour la comédie que Mia fut à deux doigts de la croire. Elle lui prit le papier des mains.

— Que je ne vous retrouve plus sur mon chemin, Carmichael. Et, à l'avenir, arrangez-vous pour ne jamais avoir besoin d'un flic.

La journaliste plissa les yeux.

— J'étais sincère. Je ne savais pas. Vous êtes le meilleur atout dont je puisse rêver, Mitchell. Je serais folle de souhaiter votre mort ou votre révocation.

Ce fut au tour de Mia de froncer les sourcils.

— Quoi ? Que voulez-vous dire, révocation ?

— J'étais présente la nuit de l'incendie chez Adler. J'ai vu Solliday sortir de chez vous. Ça pourrait faire jaser dans les chaumières ! Mais, si vous êtes licenciée, je perds pratiquement mon gagne-pain. Je n'ai pas mentionné votre adresse dans mon article, croyez-moi. C'est mon rédacteur en chef qui l'a fait. Il a pensé que cela ajouterait un peu de piment à l'affaire. Je suis désolée.

Mia était trop lasse pour s'en soucier désormais.

— Très bien, laissez-moi.

Une fois dans sa voiture, elle appela Spinnelli pour lui transmettre le tuyau.

— Vous n'avez plus qu'à envoyer Brooks et Howard cueillir Getts, conclut-elle.

— Vous ne préférez pas vous en charger ?

Une semaine plus tôt, rien ne lui importait davantage. A présent…

— Je crois que j'ai besoin de vacances.

— Dès que cette histoire sera terminée, prenez des congés. Allez au bord de la mer, faites-vous bronzer sur une plage.

Elle ne put se retenir de rire.

— Vous devez vous tromper de personne ! Prévenez-moi quand ils auront capturé Getts, d'accord ?

Pour l'heure, elle avait des affaires autrement importantes à régler.

Vingt minutes plus tard, elle frappait à la porte de la famille d'accueil d'urgence où les services sociaux avaient conduit Jeremy. L'enfant, assis sur un canapé, regardait la télévision.

— Il n'a pas bougé de toute la journée, confia la mère nourricière. Pauvre petit !

Mia prit place à côté de lui.

— Salut, bonhomme !

Il leva le regard.

— Vous l'avez attrapé ?

— Non, pas encore.

— Pourquoi vous êtes venue alors ?

On aurait cru entendre Roger Burnette !

— Je suis venue pour te voir. Tu vas bien ?

Il hocha sa tête rousse ; son visage parsemé de taches de son était empreint de gravité. Puis il secoua la tête.

— Non.

— Tu as raison, ma question était stupide. J'essaie encore une fois : qu'est-ce que tu regardes ?

— C'est une émission sur l'histoire des avions à réaction.

Elle passa son bras autour de ses petites épaules.

— Ah, je vois.

Après être resté raide comme un piquet pendant quelques minutes, Jeremy laissa retomber sa tête sur l'épaule de Mia. Et demeura ainsi jusqu'à la fin de l'émission.

Samedi 2 décembre, 21 h 20

Mia se gara dans l'allée qui conduisait à la maison de Dana. Il était tard, elle était restée auprès de Jeremy plus longtemps qu'elle ne l'avait prévu. Mais après la semaine qu'elle venait de vivre, cela lui avait fait un bien fou de s'asseoir à côté d'un petit garçon qui avait besoin de sa présence autant qu'elle de la sienne.

Elle s'apprêtait à ouvrir la porte lorsqu'elle aperçut Dana et Ethan par la fenêtre. Dana riait aux éclats. Penché en avant, Ethan avait posé sa main sur le ventre de sa femme et lui parlait. Alors, Mia comprit.

A sa grande consternation, elle ne ressentit aucune joie. Seulement un sentiment de vide et une immense tristesse. De la honte aussi. Sa meilleure amie était enceinte mais s'était tellement souciée d'elle et de son état émotionnel qu'elle s'était retenue de laisser éclater sa gaieté en sa présence. *Quel égoïsme de ma part !* En vérité, difficile de faire pire ! Comme une lâche, elle s'éloigna à reculons et avait presque regagné sa voiture lorsque la porte d'entrée s'ouvrit.

— Mia ? appela Dana sur le seuil, toute frissonnante. Pour l'amour du ciel, entre vite !

Mia secoua la tête. Ses lèvres se retroussèrent en une moue de dépit. Puis elle prit une inspiration et se força à sourire.

— Je viens de me rendre compte que je suis en retard. J'avais promis…

Mais aucun mensonge ne lui vint à l'esprit. Le visage de Dana s'assombrit.

— Je suis désolée, je voulais te l'apprendre…

— Je sais. Je reviendrai demain, tu me raconteras tout en détail.

Dana opina d'un air malheureux.

— Où vas-tu dormir, ce soir ?

— Chez Lauren.

Plutôt mourir, oui !

— Au fait, enchaîna-t-elle, tu as de la place pour accueillir un autre enfant ?

— A vrai dire, oui. Les services sociaux ont rendu un gamin à sa mère.

— Je connais un gosse qui aurait besoin d'une famille aimante. Sa mère a été assassinée la nuit dernière.

Les yeux de Dana se remplirent de larmes.

— C'est à cause des hormones, marmonna-t-elle. Comment s'appelle-t-il ?

— Jeremy Lukowitch. C'est un gentil petit.

Qui mérite mieux que ce qu'il a. *Mais n'est-ce pas le sort commun de tous les mortels ?*

— Il faut que je file. Repose-toi, ajouta-t-elle avec une mimique maladroite.

Il s'était garé de l'autre côté de la rue, le plus loin possible, pour ne pas se faire repérer. Il n'avait pas perdu son temps. Ses jumelles vissées sur ses yeux, il vit Mitchell bavarder avec la rousse, puis retourner à sa voiture et s'en aller. Il la suivit.

Il n'avait pas eu longtemps à attendre, s'étant même

offert le luxe de s'arrêter en route pour s'assurer une option de remplacement. En consultant les registres de l'état civil, il avait trouvé l'adresse de la mère de Mitchell. Et, pendant qu'il y était, il avait cherché également celle de Solliday. Tôt ou tard, elle serait forcée de se montrer à l'un ou l'autre de ces endroits. Au pire, il avait prévu de surveiller l'entrée du poste de police. Mais la chance lui avait souri, et il n'avait eu besoin de recourir à aucune de ces solutions. Il l'avait retrouvée, suivie et, dès qu'elle relâcherait sa vigilance, il la descendrait. Il faudrait bien qu'elle dorme à un moment donné.

Une fois engagée sur l'autoroute, elle accéléra brusquement et doubla un énorme camion. L'estomac noué, il tenta de la rattraper, mais elle avait disparu. Elle l'avait semé.

Elle m'a échappé ! constata-t-il froidement. Qu'à cela ne tienne ! Il la forcerait à revenir vers lui.

Samedi 2 décembre, 22 heures

Il paraît que le malheur d'autrui console les malheureux. Ce devait être vrai, car après avoir planté là cette sale menteuse de Carmichael, Mia se retrouva garée devant la caserne de la 172e compagnie des sapeurs-pompiers avec, vrillé au cœur, l'espoir que David Hunter serait de garde. Et par bonheur, elle le trouva dans la cuisine, occupé à préparer du chili con carne.

— C'est d'un banal comme dîner ! lança-t-elle derrière lui.

Il se retourna, ses yeux s'agrandirent.

— Peut-être, mais c'est délicieux. Tu en veux ?

— Bien sûr, répondit-elle en s'asseyant à la table. Ça sent rudement bon.

— Je suis un excellent cuisinier.

Il poussa une assiette devant elle.

— Alors, vous l'avez coffré ?

— Non, pas encore.

— Dans ce cas, que fais-tu ici ?

Mia leva les yeux au ciel.

— Je te jure, je descends le prochain qui me dit ça ! Je suis venue voir comment tu allais. L'incendie chez Brooke Adler a été… dévastateur.

Il la rejoignit à table.

— Je vais bien. J'imagine qu'il t'arrive régulièrement de voir pire.

Elle songea à Brooke Adler, à ses brûlures et à la douleur atroce qui l'avait déchirée.

— Non, je ne crois pas. C'était affreux, David. Il n'y a pas à avoir honte si tu éprouves le besoin d'en parler avec quelqu'un.

Comme il ne répondait pas, elle se laissa aller à contempler son visage — un visage digne de figurer sur la couverture de *Vogue Hommes*. Et à faire la comparaison avec Solliday. Quelle idée ! Sans conteste, Reed l'emportait haut la main. Elle soupira.

— J'aurais aimé tomber amoureuse de toi, David.

L'étonnement qui traversa tout d'abord le regard de David fut bientôt remplacé par une expression amusée.

— Pareil pour moi.

— Toi aussi ?

Il eut un rire triste.

— Souvent, je me suis demandé pourquoi on en pince pour une personne et pas pour une autre. Désolé, Mia, mais je ne suis pas amoureux de toi. Pourtant, je connais au moins cinq types, rien que dans cette brigade, qui tueraient père et mère pour sortir avec toi. Façon de parler, naturellement !

— Naturellement.

Lorsque son histoire avec Reed aurait pris fin, elle demanderait à David de lui présenter l'un de ces cinq petits veinards.

— Tu n'arrives toujours pas à l'oublier, n'est-ce pas ?

David avait aimé Dana comme un fou pendant des

années. Or, celle-ci n'avait aucune idée du mal qu'elle lui avait fait.

Le regard gris du jeune homme vacilla.

— Mange ton chili, Mia.

— D'accord. Ecoute, ma voiture a été prise pour cible par un tireur fou l'autre soir. Les services de police vont réparer les vitres, mais une balle a transpercé le capot. Tu pourras y jeter un coup d'œil à ton garage ?

Il haussa les sourcils.

— Tu veux dire qu'on a tiré sur ta voiture ? Ta petite Alfa ?

— Ouais, c'était drôlement excitant !

La tête renversée en arrière, il éclata de rire et, l'espace d'un instant, elle se demanda si Dana et elle n'étaient pas aussi aveugles que stupides.

— Ça ne m'étonne pas ! s'exclama-t-il avant de reprendre son sérieux. Pourquoi es-tu là, Mia ?

Elle aurait dû le mettre au courant à propos de Dana et du bébé, car, aussi pénible que la nouvelle eût été pour elle, ce serait encore pire pour lui. Mais pas ce soir.

— J'ai l'impression que tout va de travers, en ce moment.

Le regard de David s'obscurcit.

— D'accord, j'ai compris. Il y a un billard à l'étage.

— Et je pourrai redescendre par la perche de feu ?

Retrouvant sa bonne humeur, il sourit.

— Bien sûr !

— Alors, allons taper dans les billes, champion !

Samedi 2 décembre, 22 h 50

Lauren était sortie, Beth boudait dans sa chambre. Il était 11 heures du soir et Reed était seul. Il ferma les yeux et s'autorisa à reconnaître qu'il ne tenait pas du tout à être seul. Il voulait que Mia fût là, près de lui. Il avait envie d'entendre ses reparties piquantes, de se frotter à ses manières rudes et de sentir sous ses doigts ses courbes exquises. Bonté divine ! Cette femme avait les rondeurs les plus délicieuses ! Il se rappela avec quelle délectation il avait exploré son corps, rempli ses mains de ses formes gracieuses. Elle avait été…

Parfaite. Il rouvrit les yeux et regarda fixement le mur, se demandant s'il n'était pas à la fois aveugle et imbécile. *Parfaite ?* Elle ne possédait aucune élégance et serait capable de transformer sa maison en un bazar où s'entasseraient plats à emporter et draps dépareillés. Malgré tout, ce serait tout de même un foyer. Elle le rendait…

Heureux. Il tripota la chaîne autour de son cou. Il l'avait blessée…

Mais il n'était pas trop tard. Rien n'était perdu. Il se leva et se mit à faire les cent pas. Il allait réagir, que diable !

C'est alors que son ordinateur émit un signal sonore. Ce qui indiquait l'arrivée d'un nouveau e-mail ou peut-être d'un résultat concernant la recherche sur internet qu'il avait programmée pour se lancer automatiquement trois fois par jour. Retenant son souffle, il s'assit devant l'écran. Il s'agissait d'une réponse à propos des accélérants solides. Les quatre premières entrées, il les avait effectuées lui-même, mais la cinquième avait été faite dans l'après-midi, par un certain Tom Tennant d'Indianapolis.

Reed obtint le numéro des sapeurs-pompiers d'Indianapolis. Au bout de dix minutes et trois mises en communication avec des services différents, on lui passa enfin le dénommé Tennant. Un grognement ensommeillé lui répondit à l'autre bout du fil :

— Tennant.

— Tom Tennant ? Je m'appelle Reed Solliday. Je travaille pour le BEI de Chicago. Cet après-midi, vous avez consigné un incendie au gaz naturel provoqué par un accélérant solide.

— En effet. Un feu d'enfer. Il a failli ravager la moitié d'un pâté de maisons.

Reed l'entendit taper sur un clavier. A l'évidence, le pompier vérifiait à qui il avait affaire.

— Vous trouverez ce que j'ai moi-même entré dans la base de données. Votre incendie est probablement lié à un tueur en série pyromane qui sévit à Chicago. Quel est le nom du propriétaire de la maison ?

— Je ne peux pas vous fournir cette information.

Reed laissa échapper un soupir d'impatience.

— Pouvez-vous me confirmer qu'il s'appelle Young ?

Il y eut un instant d'hésitation.

— C'est ça, Tyler Young.

Nom d'un chien ! L'un des fils Young.

— A-t-il survécu ?

— Il faut d'abord que je procède à quelques vérifications, répondit Tennant avec réticence. Donnez-moi le numéro de votre badge.

Reed débita son matricule d'une seule traite.

— Dépêchez-vous ! Rappelez-moi dès que vous aurez terminé.

Ainsi, l'un des membres de la famille Young venait d'être retrouvé. Mais trop tard, semblait-il. Peut-être arriveraient-ils à temps pour les trois autres. Reed s'apprêta à composer le numéro de Mia puis se ravisa. Il devait attendre que Tennant le rappelle…

Des jappements perçants rompirent soudain le silence. Ils semblaient provenir du jardin. Or, Reed n'avait pas entendu Beth descendre pour sortir le chien. Puis le sifflement aigu du détecteur de fumée s'ajouta au vacarme. Le cœur de Reed tomba comme une pierre dans sa poitrine. Tout en appelant le 911, il grimpa l'escalier quatre à quatre. *Beth était à l'étage.* La fumée avait déjà envahi le couloir.

— Un feu au 356 Morgan Street. Je répète, un feu au 356 Morgan Street. La maison est occupée.

— Evacuez immédiatement les lieux, ordonna l'opérateur.

— *Ma fille est à l'intérieur.*

— Monsieur, vous devez…

Reed referma son mobile avec un claquement sec et s'empara de l'extincteur accroché au mur.

— *Beth!*

En vain, il tenta d'entrer dans la chambre, malheureusement fermée à clé. Beth devait avoir ses écouteurs sur les oreilles, elle ne l'entendait pas. Il se rua contre la porte, le bois émit un craquement et se fendit en deux. L'espace d'un instant, il resta comme pétrifié, regardant avec horreur les flammes lécher les murs et la fumée remplir la pièce.

— *Beth!*

Il se précipita vers le lit, arracha la couverture et vida le contenu de l'extincteur sur la base des flammes. Mais le lit était vide.

Beth n'était pas là. Il s'élança dans le couloir, vérifia dans la salle de bains, la chambre d'amis. Rien. Il posa la main sur la porte de sa propre chambre. Elle était brûlante.

Il regagna en hâte la salle de bains, mouilla des serviettes, s'en couvrit les mains et le visage. C'est en pilotage automatique qu'il ouvrit la porte de sa chambre. La vague de chaleur le heurta de plein fouet, le fit chanceler sur ses jambes. Son lit n'était plus qu'un brasier. Il se laissa tomber à plat ventre et essaya de pénétrer dans la pièce en rampant. *Mon bébé!*

— Beth, je suis là ! Dis-moi où tu es.

Mais, à travers le grondement des flammes, il entendait à peine le son de sa propre voix. Puis il sentit des mains qui se saisissaient de lui ; il se débattit.

— Non ! Ma fille est encore là-dedans.

Les pompiers, équipés de pied en cap, le traînèrent hors de la pièce. L'un d'eux souleva le masque de l'appareil respiratoire qu'il portait sur le visage.

— Reed ? Pour l'amour de Dieu, sortez d'ici !

Reed les repoussa.

— Ma fille ! Je ne peux pas la laisser.

La fumée emplissait ses poumons, il tomba à genoux, toussant et suffoquant.

— Nous la trouverons. Vous, vous débarrassez le plancher ! ordonna l'un des soldats du feu en le poussant vers la porte avant de le remettre entre les mains d'un urgentiste. C'est le lieutenant Solliday, lui dit-il. Sa gosse est à l'intérieur. Ne le laissez pas retourner là-bas.

Reed se dégagea de l'emprise du secouriste, mais une autre quinte de toux lui coupa le souffle. L'homme le conduisit à l'ambulance et lui attacha un masque à oxygène sur le visage.

— Respirez, lieutenant. Et restez assis.

— Beth…

A bout de forces, il ne put que regarder fixement sa maison tandis que les fenêtres volaient en éclats.

L'urgentiste lui entoura la main d'un pansement :

— Ils la trouveront, lieutenant, ne vous inquiétez pas.

Il ferma les yeux. *Beth est là-dedans, morte. Ils n'arriveront pas à temps. Je n'ai pas pu sauver mon propre enfant.*

Hébété, il resta assis. Et attendit.

Samedi 2 décembre, 23 h 10

Parmi les hommes assemblés autour de la table de billard, Mia en soupçonnait au moins deux de faire partie de ceux qui étaient prêts à tuer père et mère pour sortir avec elle. Dans le passé, elle se serait sentie flattée. Toutefois, comme elle l'avait expliqué à Reed, son problème n'avait jamais été lié au sexe. C'était plutôt une question d'intimité. Or, le seul homme avec qui elle avait été réellement intime, allant même jusqu'à lui faire partager ses secrets les plus inavouables, ne voulait pas d'elle.

Du moins, pas de la façon qui importât vraiment. Elle ne doutait pas une seconde que Reed Solliday la désirât sexuellement. En son for intérieur, elle savait même qu'il souhaitait éprouver une inclination émotionnelle pour elle. Mais il avait peur. Tout comme elle, d'ailleurs. Et jusqu'à ce qu'elle réussît à surmonter cette crainte, elle continuerait à rentrer le soir dans une maison vide et resterait tante Mia pour les enfants des autres.

— J'ai gagné, jubila Larry Fletcher.

— Tu as triché, rectifia Mia avec un sourire. Je me suis bien amusée, mais maintenant, il faut que je file.

Pour aller où, elle n'en était pas certaine. Ses deux potentiels soupirants protestaient déjà lorsque, soudain, tous se turent pour tendre l'oreille. Un appel radio signalait un incendie. Lorsqu'ils se furent assurés que la 172e compagnie n'était pas concernée, le brouhaha reprit de plus belle. C'est alors que, au milieu du vacarme, Mia distingua une phrase qui lui glaça le cœur.

— Taisez-vous !

— Ce n'est pas pour nous, Mia, dit David.

Elle s'était déjà élancée dans l'escalier.

— C'est la maison de Reed, cria-t-elle par-dessus son épaule.

Le visage sombre, Larry lui avait emboîté le pas. Lui aussi avait entendu.

— Je viens avec toi, dit-il sans hésiter.

Samedi 2 décembre, 23 h 25

Mia se précipita vers l'ambulance.

— Oh, mon Dieu !

A l'exception des larmes qui sillonnaient ses joues, le visage de Reed paraissait sans vie. Ses mains étaient enveloppées de pansements, un masque à oxygène pendait à son cou. Mia s'agenouilla.

— Reed ?

— Beth est à l'intérieur, murmura-t-il d'une voix éteinte. Je n'ai pas pu la sauver.

Elle prit ses mains bandées dans les siennes.

— Où est Lauren ?

— Elle est sortie, elle avait un rendez-vous. Beth et moi étions seuls dans la maison.

— Reed, écoute-moi. As-tu regardé dans la chambre de Beth ?

Il opina machinalement.

— Elle n'y était pas.

La petite peste ! songea Mia, furieuse contre la jeune fille pour avoir plongé son père dans une si profonde affliction. Beth s'était de nouveau sauvée par la fenêtre.

— Larry, reste auprès de lui, conseilla-t-elle en s'éloignant de quelques pas, sa radio à la main.

— Ici Mitchell, des Homicides. Envoyez de toute urgence une voiture de police, avec gyrophare et sirène s'il le faut, au club appelé *Le Rendez-vous*. Qu'ils cherchent une jeune fille du nom de Liz Solliday. Dites-leur de provoquer un esclandre. Et si elle est là, qu'ils lui flanquent la peur de sa vie.

— Compris, inspecteur, répondit l'opérateur du PC radio non sans une pointe de méfiance dans la voix.

— Non, vous ne comprenez pas ! Sa maison est en flammes et son père la croit à l'intérieur.

— La patrouille est en route, inspecteur.

Piétinant d'impatience, Mia regarda Reed se ronger les sangs pour rien. Puis sa colère chancela. Et si elle s'était trompée ? Si Beth était réellement coincée dans la maison en feu ? Elle pourrait tout aussi bien être morte à l'heure qu'il était. Kates n'avait pas hésité à venir jusque chez Reed, pour frapper une nouvelle fois.

Après ce qui lui sembla une éternité passée à regarder Reed surveiller sa maison en flammes, la radio grésilla.

— Mitchell, répondit-elle immédiatement en se saisissant de l'appareil.

— La jeune personne est saine et sauve et, euh… morte de trouille. Voulez-vous qu'ils la reconduisent chez elle ?

— Oui, et qu'ils la fassent monter sur le siège arrière. Et surtout, qu'ils s'arrangent pour que tout le monde la voie.

Mia s'approcha de Reed.

— Reed, Beth va bien. Elle n'était pas dans la maison.

— *Quoi ?*

— Elle est sortie par la fenêtre. Elle avait déjà probablement quitté la maison depuis plusieurs heures.

Le regard de Reed se voila.

— Où est-elle ? demanda-t-il en détachant chaque syllabe.

— Elle participait à un concours de slam en ville. Dans un endroit qui s'appelle *Le Rendez-vous*. Une voiture de police est en train de la ramener, avec le gyrophare, la sirène et tout le bataclan. Je leur ai dit de lui faire peur, conclut-elle avec un bref sourire.

Reed se leva sur ses jambes chancelantes.

— Tu étais au courant ?

— Pas pour ce soir. Je savais qu'elle y était allée hier.

Un signal d'alarme se déclencha soudain dans son cerveau. Reed n'était pas seulement en colère contre Beth. Il lui en voulait, *à elle*.

— Tu savais que ma fille de quatorze ans s'était enfuie par la fenêtre et tu ne m'as rien dit ?

— Elle m'avait promis de t'en parler. Je l'ai menacée de tout te révéler si elle ne le faisait pas elle-même.

— Et tu t'es abstenue, siffla-t-il entre ses dents.

Larry Fletcher se rembrunit.

— Beth n'a rien, Reed. Mia a seulement essayé de t'aider.

Les yeux emplis de fureur, Reed se dressa devant elle, la dominant de toute sa hauteur.

— Je n'appelle pas ça aider !

Tremblante, Mia recula.

— Je suis désolée, j'ai fait de mon mieux. C'est pour cela que je ne veux pas d'enfant, d'ailleurs.

Le souvenir de Percy lui traversa brusquement l'esprit, et elle ravala sa salive. Le chat avait beau sembler aussi chanceux qu'elle, son cœur se mit à battre à coups redoublés. Elle rejoignit en hâte le chef des opérations de secours.

— La jeune fille qu'on croyait dans la maison était en fait partie de chez elle. On est en train de la ramener.

Les yeux du commandant s'étrécirent.

— Vous voulez dire que j'ai risqué la vie de mes hommes pour une petite fugueuse ?

— Hé, ce n'est pas ma fille ! Par contre, mon chat est à l'intérieur, dans l'autre partie de la maison.

— Nous avons circonscrit l'incendie de ce côté-là, nous irons chercher votre chat dès que possible.

— Merci. Oh, et il y a aussi un chiot, une peluche à peu près grande comme ça, ajouta-t-elle en écartant les mains.

— Il est là-bas. Nous l'avons trouvé sous l'arbre. Il a une patte cassée. A part ça, il va bien.

— Merci. Dites-moi, la maison est-elle complètement détruite ?

— Surtout le premier étage. Les chambres ont été ravagées.

Mia songea au recueil de poèmes adressé à *Reed, mon amour*. Le carnet était à présent parti en fumée. Elle ferma les yeux, une vague de regrets la submergea. Comment pouvait-elle lui reprocher de s'être mis en colère ? Une peur incontrôlable s'était emparée de lui. Elle aurait dû lui en parler, c'était vrai. Les occasions n'avaient pas manqué tout au long de la journée. Mais elle avait tellement espéré que Beth le ferait elle-même !

Elle secoua la tête. Il fallait se remettre au travail. A n'en pas douter, ceci était l'œuvre d'Andrew Kates. L'incendiaire ne devait pas se trouver loin. Elle téléphona à Jack et à Spinnelli. Et alors seulement, elle s'aperçut que Murphy l'avait appelée à quatre reprises au cours des quinze dernières minutes. Avec tout le vacarme ambiant, elle n'avait pas entendu son mobile sonner.

Elle s'empressa de composer le numéro de son collègue.

— Murphy, que se passe-t-il ?

— Je t'entends à peine, Mia.

— C'est parce que Kates vient d'incendier la maison de Reed. Je suis entourée de camions de pompiers.

— Il y a des blessés ?

— Non, mais ça veut dire que Kates nous a repérés. Et il a visé Reed cette fois. Qu'as-tu découvert ?

— J'ai retrouvé la trace de trois membres de la famille Young. Le père et la mère sont décédés, tous les deux de mort naturelle. Mais Tyler Young a succombé dans un incendie la nuit dernière, à Indianapolis. J'ai faxé la photo de Kates à la police locale.

— Merci, Murphy. Je vais en informer Reed.

La mine contrite, Mia rejoignit Reed qui la fixa d'un regard noir.

— Je regrette, s'excusa-t-elle. J'ai eu tort de ne pas t'avoir mis au courant en ce qui concerne Beth. Murphy a localisé trois des Young. L'un d'eux a été tué dans un incendie la nuit dernière.

Le regard de Reed s'adoucit.

— Je sais. Le BEI d'Indianapolis l'a enregistré dans la banque de données centrale, celle que j'ai interrogée toute la semaine. J'allais t'appeler dès que j'aurais eu confirmation, mais il est arrivé… ceci.

— Il ne nous reste donc plus qu'une cible potentielle à retrouver.

Il hocha la tête.

— Merci de m'avoir prévenu, pour les Young.

— Reed, je ne voulais pas m'immiscer entre Beth et toi, dit Mia avant de se tourner vers la voiture de police qui arrivait, toutes sirènes hurlantes. Voici le retour de la fille prodigue !

— Il est hors de question de tuer le veau gras, rétorqua Reed d'un air sombre.

Et d'un pas ferme, il se dirigea vers le véhicule, dont Beth émergea, le visage figé d'horreur. Ses mains bandées sur les hanches, Reed la contempla un instant puis la pressa sur son cœur avec une violence qui fit monter des larmes aux yeux de Mia.

Derrière elle, Larry se racla la gorge.

— Mia, je connais Reed Solliday depuis des années. C'est un homme bien. Il n'avait pas l'intention de te heurter. Mais la peur lui a fait perdre la tête.

— Je sais.

Ce qu'elle n'ignorait pas non plus, c'était qu'il continuerait de la blesser aussi longtemps que leur histoire durerait. Avec lassitude, elle se prit à espérer que tout fût déjà terminé.

— Je vais récupérer mon chat et prendre une chambre dans un hôtel. Veille sur Reed, Larry.

Larry lui lança un de ses regards pénétrants qui n'étaient pas sans rappeler Murphy.

— Quel hôtel ?

Elle éclata d'un rire mal assuré.

— Probablement le premier qui se trouvera sur mon chemin. Bonne nuit, Larry.

Beth sanglotait.

— Je suis désolée, papa. Je regrette.

Comme s'il avait craint qu'elle ne lui échappe de nouveau, il la serrait fort contre lui.

— Je t'ai crue morte, dit-il d'une voix rauque. Beth, ne me refais plus jamais ça.

Elle opina puis s'écarta, les yeux rivés sur la maison.

— Oh, papa, elle est toute démolie !

— Pas entièrement. Seulement le premier étage.

Néanmoins, il leur faudrait du temps pour remettre leur demeure en état. Et pour reconstruire la confiance entre eux, combien de temps cela prendrait-il ? se demanda-t-il.

— Mia dit que tu as participé à un concours de slam. Pourquoi ne m'en as-tu pas parlé, Beth ?

— Je croyais que tu ne comprendrais pas à quel point c'était important pour moi, répondit-elle en haussant les épaules avec une mimique enfantine qui contrastait avec la maturité de ses paroles. Peut-être que je voulais quelque chose à moi toute seule.

— Tout ce que je possède t'appartient, Beth. Tu le sais bien.

Elle leva les yeux, le regard humide et empreint de gravité.

— Non, papa. Tout est à *elle*. A maman.

Il tiqua.

— Je ne comprends pas.

— Je sais, soupira-t-elle.

Elle souleva les mains de son père, fronça les sourcils en voyant les pansements.

— Oh, mon Dieu, tes mains ! C'est grave ?

— Seulement des brûlures légères, elles guériront vite, répondit-il en repoussant une mèche sur le front de sa fille. Je t'aime, Beth.

Avec une fougue toute juvénile, elle se jeta dans ses bras.

— Moi aussi, je t'aime.

Comme il étreignait son enfant, il crut entendre la voix de Mia. *Dis-lui simplement que tu l'aimes, d'accord ?* Sans nul doute, la jeune femme était beaucoup plus perspicace qu'il n'avait bien voulu l'admettre jusqu'à présent. Il leva la tête et la chercha du regard. Elle était partie. Il se redressa brusquement. Mia était partie !

— Qu'y a-t-il ? interrogea Beth, inquiète.

— Il faut que je voie l'inspecteur Mitchell.

— Elle est allée dormir à l'hôtel, dit Larry derrière lui.

— Lequel ?

— Elle a dit qu'elle prendrait le premier qu'elle trouverait.

Reed plissa les yeux et scruta l'expression soigneusement détachée de son vieil ami.

— Comment se fait-il que vous soyez arrivés ensemble, tous les deux ?

Larry haussa les épaules.

— Elle a joué au billard avec Hunter, moi et les gars, ce soir.

Comme un éclair, une pointe de jalousie transperça le cœur de Reed. Une image insupportable se forma dans son esprit : Mia entourée d'une nuée d'hommes, dont ce David Hunter qui ressemblait à un top modelet avec lequel elle partageait un pan de son passé.

Une lueur amusée dansa dans les yeux de Larry, ses lèvres s'étirèrent en un sourire narquois.

— Veux-tu que je recherche dans quel hôtel elle est descendue ?

— S'il te plaît ! demanda Reed avant de se tourner vers Beth qui les observait d'un air entendu. Quoi ?

— L'inspecteur Mitchell m'a conseillé de te dire que tu étais un bon père et que je devrais t'en être reconnaissante. Elle avait raison. Je suis désolée, papa.

— Je ne sais pas quoi faire avec elle, Beth. Elle n'est pas… comme ta mère.

— Et alors ? Papa, je te rappelle que maman est morte. Et toi, tu es en vie.

C'était aussi simple que ça !

— Tu ressembles tellement à ta mère ! Elle aussi écrivait de la poésie.

Poésie qui, hélas, venait de disparaître à tout jamais. Mais cette perte, il en ferait son deuil plus tard.

— C'est vrai ? s'étonna l'adolescente. Pourquoi tu ne me l'as pas dit avant ?

— Peut-être que je voulais garder quelque chose d'elle qui ne soit qu'à moi seul, répondit-il en lui prenant le menton entre ses mains. Tu es privée de sortie pour le restant de tes jours.

Bouche bée, elle s'apprêta à protester puis, avec sagesse, se ravisa.

— Bon, d'accord.

— J'ai entendu dire que Biggles avait besoin qu'on s'occupe de lui. Il est là-bas, dit Reed en désignant le chiot du doigt. Tu t'en charges, pendant que je termine ici.

*
* *

Dimanche 3 décembre, 3 h 15

Allongée sur son lit d'hôtel, Percy roulé en boule sur son ventre, Mia regardait la chaîne Histoire qui rediffusait d'anciens programmes télévisés. Elle avait déjà vu les émissions sur l'histoire de la Grèce antique et sur celle de Rome, mais l'épopée de l'aviation lui paraissait plus intéressante que la première fois. Elle en discuterait avec Jeremy dès qu'il serait installé chez Dana. L'enfant serait heureux là-bas ; de plus, elle pourrait lui rendre souvent visite…

Le coup frappé à la porte la fit sursauter. Elle s'empara du revolver posé sur son chevet et alla jeter un coup d'œil par le judas. Ses épaules retombèrent lorsqu'elle ouvrit la porte. C'était Reed.

Il venait visiblement de se doucher et de se raser et ne portait plus qu'un léger pansement sur la paume d'une seule main. L'autre tenait un sac en plastique provenant d'un drugstore, sac dont le souvenir la fit frémir. Il avait l'air extrêmement séduisant et… nécessaire. Elle distingua une clé magnétique dans la poche poitrine de sa chemise. Ce qui, de toute évidence, signifiait qu'il était descendu dans le même hôtel. Une telle proximité ne pouvait que se révéler tentante au plus haut point. Toutefois, elle distingua également, dans l'échancrure de sa chemise, le reflet de la chaîne d'or qui pendait à son cou. De quoi refroidir instantanément son impulsion première !

— Reed ?

— Puis-je entrer ?

— Il est tard.

— Tu ne dormais pas, répliqua-t-il le front rembruni. S'il te plaît !

Maudissant sa propre stupidité, elle recula et posa son revolver sur la console près de la porte.

— Bon, d'accord.

Les mots tourbillonnaient dans sa tête, mais elle se garda bien de les laisser échapper. Pour autant qu'elle était concernée, Reed était pratiquement marié. Or, elle ne sortait pas avec des hommes mariés. Ni avec des flics ou des équipiers. Avec personne, pour tout dire.

Il referma la porte derrière lui.

— Je voulais m'excuser. Beth m'a raconté ce qui s'était passé. Tu as agi exactement comme il le fallait.

Il baissa les yeux sur ses chaussures, puis de nouveau leva le regard, avec, sur les lèvres, un sourire de petit garçon qui chavira le cœur de Mia.

— Les sirènes et les gyrophares, c'était bien trouvé ! Je ne crois pas qu'elle recommencera de sitôt.

— Tant mieux. Parce que, d'abord le slam, ensuite… Que veux-tu, Reed ?

Le sourire de Reed s'évanouit.

— Je crois que j'ai besoin de toi.

Elle secoua la tête.

— Non. Ne me fais pas ça. Je veux davantage que ce que tu es prêt à me donner.

Elle eut un rire amer.

— Et quand bien même tu me le donnerais, je ne saurais pas quoi en faire, de toute façon. Mettons fin à cette histoire, veux-tu ? Tu as dit que tu ne voulais pas me faire de mal. Alors, va-t'en.

— Je ne peux pas, murmura-t-il en caressant du bout du pouce les deux points de suture sous son œil gauche. Je ne peux pas partir.

Il plongea ses doigts dans ses cheveux et lui renversa la tête en arrière. Puis il prit sa bouche et lui donna le baiser le plus doux et le plus tendre qu'elle eût jamais reçu.

— Ne me chasse pas, s'il te plaît, Mia.

Un frisson la traversa. Jamais, de toute sa vie, elle n'avait désiré quelque chose avec autant d'ardeur. D'elles-mêmes, ses mains se tendirent, se posèrent à plat sur la poitrine de son compagnon ; ses bras l'enlacèrent et elle lui rendit son baiser. Pendant une seconde, l'étreinte fut hésitante, puis le baiser se fit brûlant, avide. Elle s'abandonna à sa propre fougue. Avec l'énergie du désespoir.

Non ! Elle s'écarta brusquement.

— Je ne peux croire que tu sois aussi cruel, Reed.

— J'espère bien que non, chuchota-t-il, le souffle court.

Il posa le sac en plastique à côté du revolver et en sortit deux petites boîtes à bijoux en velours qu'il ouvrit d'un seul geste. Elles étaient vides.

— J'ai pensé que nous pourrions le faire ensemble.

— Faire quoi ? demanda-t-elle, un brin impatientée.

— Tu retires ta chaîne et j'enlève la mienne.

Déconcertée, elle le dévisagea un instant. Il se tenait devant elle, une attente anxieuse sur le visage, les yeux douloureusement incertains.

— Et ensuite ?

— Je ne sais pas. On improvisera. Au fur et à mesure. Mais cette fois, on ne refuse plus les attaches.

Le cœur de Mia battait à tout rompre.

— Je n'ai aucune idée de ce qu'il faut faire, Reed.

— Moi, si, sourit-il.

Il glissa un doigt sous le mince caraco qu'elle portait et tira sur la chaîne, faisant cliqueter les plaques d'identification.

— Que penses-tu de ma proposition ?

La bouche sèche, elle acquiesça d'un signe de tête.

— D'accord.

Et, à sa grande surprise, elle vit les épaules de Reed se détendre. Au fond, il avait réellement cru qu'elle pourrait refuser.

— Mais je suis obligée de garder la médaille d'alerte médicale.

— J'y ai pensé, dit-il en sortant une chaîne en argent bon marché du sac. Tu peux te servir de ça en attendant.

Il lui mit la chaîne dans la main. L'étiquette indiquait qu'elle avait coûté cinq dollars. Pourtant, en cet instant, elle possédait plus de valeur que tous les diamants du monde. Il lui ôta sa vieille chaîne.

— Maintenant, remets ta médaille.

Les mains tremblantes, elle obéit et suspendit la nouvelle chaîne à son cou.

— Celle-ci est plus légère, constata-t-elle.

— On a toujours intérêt à se débarrasser d'un excédent de poids, de temps à autre.

Il retint son souffle et enleva sa propre chaîne.

— Faisons-le, Mitchell.

Et chacun de refermer sa boîte, elle, avec un claquement satisfait, lui, avec une légère caresse du pouce.

— Je vais déposer la mienne dans mon coffre-fort, annonça-t-il.

— Moi, je ne sais pas, répondit-elle. Je vais peut-être la jeter dans le lac Michigan.

Ils échangèrent un sourire.

— Qu'y a-t-il d'autre dans le sac, Solliday ?

Le sourire de Reed se fit diabolique.

— Une grande boîte, dit-il. Tout un assortiment.

Elle lui entoura le cou de ses bras.

— Tu étais bien sûr de toi, on dirait.

Il fit courir ses mains le long de sa colonne vertébrale.

— J'espérais.

— Où est Beth ?

— Dans une chambre, au bout du couloir, avec Lauren.

— Et le chiot ?

— Dans une clinique vétérinaire. On lui a posé un plâtre et il se repose tranquillement. Ma famille est saine et sauve, on n'a oublié personne. Viens au lit avec moi, Mia, conclut-il en l'embrassant tendrement.

Elle lui sourit. Ce ne serait donc pas plus compliqué que ça ?

— D'accord.

*
* *

Dimanche 3 décembre, 7 h 15

Comment s'était-il débrouillé pour la perdre une fois de plus ? Il l'avait tenue à sa merci, elle était venue à lui. Il l'avait attendue devant la maison de Solliday, et elle était arrivée. Mais pas seule. Accompagnée d'un autre homme. Et lorsqu'elle était finalement repartie, elle était descendue dans un hôtel équipé d'un efficace système de sécurité.

Et quand elle était ressortie ce matin, c'était avec Solliday qui avait pris une chambre dans le même hôtel quelques heures après elle. Il avait son bras autour de ses épaules ; elle le tenait par la taille. Il se rappela le paquet de préservatifs qu'il avait trouvé sur sa table de nuit et l'idée lui vint qu'il lui aurait suffi d'attendre quelques instants pour les surprendre ensemble dans le lit de Solliday.

A présent, il était trop tard. Il lui faudrait de nouveau la suivre. Tôt ou tard, même l'inspecteur Mitchell aurait besoin de se retrouver seule.

23

Dimanche 3 décembre, 8 heures

Murphy jeta un numéro du *Bulletin* sur la table de conférence.

— Howard et Brooks ont arrêté Getts hier soir. Page quatre.

Avec un sourire triomphant, Mia feuilleta le journal.

— Bravo, les gars !

Reed la dévisagea.

— Je croyais que tu tenais à le coffrer toi-même ?

Elle haussa les épaules.

— Abe et moi avons fini par comprendre que Carmichael se trouvait sur place cette nuit-là, qu'elle avait toujours su où DuPree et Getts se planquaient et qu'elle nous donnait des tuyaux uniquement pour que ses reportages continuent de faire les gros titres. Hier soir, elle m'a offert Getts sur un plateau en croyant que j'allais mordre à l'hameçon. Elle a même essayé de me filer. Mais j'ai décidé de ne pas entrer dans son jeu.

Westphalen lui tapota la main.

— Notre petite fille a fait bien du chemin !

Mia se contenta de lui adresser un grand sourire.

Spinnelli se renversa dans son siège.

— Eh bien, Reed, dans quel état se trouve votre maison ?

— Disons que désormais je serai à même de me mettre à la place des gens qui doivent se battre avec la paperasserie pour faire leur déclaration de sinistre auprès des compagnies d'assurances, répondit Reed avec une grimace. Mais c'est signé Kates, il n'y a aucun doute là-dessus. Il s'est introduit par une fenêtre, est monté au premier étage pendant que je téléphonais au rez-de-chaussée. En ressortant, il a dû vouloir faire sortir le chien de Beth avec lui, mais il l'a fait tomber en descendant de l'arbre. Ben Trammell a retrouvé des fragments d'œuf en plastique dans les deux chambres. Il s'est également servi d'un œuf chez Tyler Young vendredi soir. Ça fait neuf maintenant. Si on suppose qu'il en a pris une douzaine dans le placard du professeur d'arts plastiques, il lui en reste trois.

— Que savons-nous de Tyler Young ? interrogea Spinnelli.

— Son nom figurait dans l'ordinateur que nous avons saisi chez Yvonne Lukowitch, dit Jack. Kates a trouvé l'adresse Web de l'agence immobilière de Young grâce à un site d'anciens élèves de son lycée.

— J'ai appelé Tom Tennant du BEI d'Indianapolis ce matin, intervint Reed. Il m'a fourni quelques détails : Tyler et son épouse sont tous les deux morts carbonisés, mais le légiste a décelé des lésions sur le corps de la femme qui correspondraient au même type de blessures que celles infligées à Joe Dougherty. Elle était à plat ventre, exactement comme Joe junior. Mais Tyler était enchaîné au lit, les jambes brisées.

— Sa technique est parfaitement au point, murmura Mia, écœurée.

— En effet. Leur légiste pense aussi que Tyler a reçu de multiples coups de couteau dans l'aine.

— Nous croyons savoir ce qui s'est passé dans cette maison au cours de l'année où Andrew et Shane y ont vécu, dit Westphalen. Ils n'avaient nulle part où aller et personne n'est venu vérifier qu'ils se portaient bien.

— Et ce sont Laura et Penny qui les ont placés là, ajouta Mia. Andrew a dû les maudire chaque jour de sa vie. Ils y sont restés un an et ensuite il y a eu l'incendie.

Il s'est sûrement passé quelque chose le jour du dixième anniversaire de Shane.

— C'était peut-être la première fois que Tyler les agressait sexuellement, suggéra Aidan.

— Possible, convint Mia en hochant la tête doucement. L'autre fils Young devrait être au courant.

— Tennant dit qu'ils ont trouvé dans les affaires personnelles de Tyler le numéro de son frère. Tim Young est pasteur au Nouveau-Mexique. Il s'occupe d'enfants défavorisés.

Westphalen haussa les sourcils.

— On peut voir ça comme une tentative de se racheter, ou bien comme le défoulement d'un gosse lâché dans une confiserie. Nous ne le saurons que d'après ce qu'il voudra bien nous dire.

— Tennant a informé Tim de la mort de Tyler hier, ajouta Reed. Il est en route pour Indianapolis. Tennant me préviendra dès son arrivée.

— En attendant, Andrew Kates est le seul qui sache ce qui s'est réellement passé, conclut Mia. Nous pensons qu'il est en ville ou, du moins, il l'était il y a encore neuf heures. Il tenait tellement à la mort de Laura qu'il a essayé de la tuer à trois reprises. Il s'est trompé de cible en assassinant Caitlin, Niki Markov et Donna. Et il n'a toujours pas réussi à se venger de Laura. L'ironie de la chose, c'est qu'il s'est encore planté avec Penny.

— Que voulez-vous dire ? s'étonna Spinnelli, le front plissé. Elle l'a tout de même abandonné chez les Young pendant un an.

— Non, ça ne concorde pas du tout avec la description que tout le monde m'a donnée de Penny. J'ai vérifié mes notes. Et Reed, tu te rappelles que Margaret Hill nous a dit avoir failli perdre sa mère quand elle avait quinze ans ?

— Oui, elle nous a raconté qu'on lui avait tiré dessus. Elle a manqué mourir.

— Margaret Hill a vingt-cinq ans, continua Mia. Faites le calcul.

— Seigneur ! s'exclama Reed. Penny Hill est entrée à l'hôpital juste après avoir placé Shane et Andrew chez les Young. Elle ne les avait pas oubliés. Je parie que ses dossiers ont été répartis entre ses collègues et, dans l'intervalle, les garçons sont tombés entre les mailles du filet.

— Ensuite Shane meurt et quelqu'un s'aperçoit qu'une grosse bourde a été commise, continua Mia. Andrew est expédié dans une autre famille d'accueil et l'on fait disparaître Shane sous le tapis.

— Du coup, son dossier se volatilise, ajouta Spinnelli d'un air sombre. Ce qui n'est pas flatteur pour le fonctionnement des services sociaux de l'Etat. Je vais m'en occuper.

— Pour en revenir à Kates, poursuivit Mia. Nous savons qu'il déteste rater son but. Que ferait-il s'il apprenait qu'il s'est trompé en tuant Penny Hill ? Qu'elle ne l'a jamais abandonné ? Qu'elle ne travaillait même pas l'année où Shane et lui vivaient chez les Young ? Que c'est une autre personne qui les a oubliés ?

— Et que quelqu'un d'autre doit payer, conclut Reed qui avait suivi le raisonnement de Mia.

Spinnelli ébaucha un sourire.

— Cette idée me plaît. Nous le ferons sortir du bois.

— Il faudrait l'appâter avec une fausse assistante sociale, dit Mia. Ce qui veut dire que les services sociaux devront coopérer.

— Je m'en charge, dit Spinnelli.

— Il sera aussi indispensable de laisser filtrer la nouvelle dans la presse, ajouta Mia avec un sourire carnassier. Par inadvertance, bien sûr. Je ne voudrais pas mentir à ces gentils journalistes.

— Cela va de soi ! J'imagine que Wheaton sera l'heureuse élue ?

— Naturellement. Je vais lui fournir quelques renseignements factuels, par exemple lui dire que Kates est furieux parce qu'on l'a abandonné dans une famille d'accueil. Wheaton ne manquera pas de fouiner. Le résultat pourrait ne pas être joli joli.

— Il a assassiné onze personnes dans ma seule juridiction, gronda Spinnelli. Il en a tué cinq autres ailleurs, sans compter tous les viols. Je veux qu'on l'empêche de nuire plus longtemps. Divulguez l'information. Révélez ses mobiles à la presse. Ne mentionnez pas le frère mort ni le dossier égaré. Nous allons essayer de nous occuper de ce problème en interne.

— Marc, je vous rappelle que Wheaton va faire diffuser sa vidéo sur Kelsey ce soir à 18 heures.

— Vous sentez-vous capable de faire votre petit numéro et de vous mettre à quatre pattes devant elle ?

— Comptez sur moi. Wheaton sera persuadée qu'elle tient le plus gros scoop depuis l'affaire du Watergate.

— Et nous n'aurons plus qu'à attendre de cueillir Kates, conclut Reed.

Elle hocha la tête d'un air satisfait.

— Et tout ira pour le mieux dans le meilleur des mondes possibles.

Dimanche 3 décembre, 11 h 15

Mia marcha droit vers la table de Wheaton, une franche hostilité perceptible dans chacun de ses pas. La journaliste avait insisté pour qu'elles se retrouvent à l'endroit même où elle avait rencontré Reed quelques jours plus tôt.

Elle toisa la tenue vestimentaire de Mia d'un air désapprobateur.

— Vous auriez pu vous habiller.

Sans se démonter, Mia posa un regard appuyé sur le décolleté de Wheaton.

— Vous aussi, rétorqua-t-elle.

La journaliste eut un sourire félin.

— Voilà un comportement qui n'est pas très adulte, inspecteur.

— M'envoyer cette vidéo ne l'était pas davantage. Et nous savons toutes les deux que ce n'était pas une erreur, alors arrêtez votre cinéma !

— Si vous voulez bien cesser de nous faire remarquer, dit Wheaton d'une voix traînante en désignant du menton une cliente installée à la table voisine qui leur avait lancé un regard furieux. Que voulez-vous ?

— Ne diffusez pas votre reportage sur ma sœur.

— Ah, ça…, sourit Wheaton. Je me demandais quand vous alliez vous décider à m'en parler. Eh bien, cette vidéo est programmée pour passer ce soir, à la même heure que *60 minutes.*

Mia grinça des dents.

— Vous allez mettre la vie de ma sœur en danger.

— Ce n'est pas mon problème. Je ne fais que mon métier de reporter.

— Bon, d'accord, répliqua Mia, les yeux étincelants. Et si je vous donnais un autre tuyau en échange ? Une info confidentielle et davantage d'actualité ?

— En exclusivité ? demanda Wheaton soudain intéressée.

Mia ferma les yeux.

— Oui.

— De quoi s'agit-il ?

— Vous devez d'abord me jurer que le reportage sur Kelsey sera déprogrammé.

— Je ne peux pas faire ça, répondit Wheaton, le menton posé sur la paume de sa main de façon à mettre en évidence ses ongles soigneusement manucurés. Vous d'abord.

Mia affecta de prendre une longue inspiration. *Sale vipère, je te hais !*

— La deuxième victime du tueur, Penny Hill, était une erreur. Il s'est trompé de cible.

La journaliste plissa les yeux.

— Et qui était la véritable cible ?

— Je… je ne peux pas vous le dire. Si vous révéliez son nom à la télé, ça reviendrait à la condamner à mort. Ça m'est égal que… Non, c'est impossible.

— J'ai réussi à obtenir une photo récente de Kelsey. L'ancienne ne lui ressemblait pas du tout. Et nous autres, femmes, nous aimons paraître à notre avantage, n'est-ce pas ? Enfin, la plupart d'entre nous !

Les poings serrés, Mia se pencha en avant et fit mine de réprimer une violente envie de frapper la femme assise en face d'elle. Puis elle sembla se calmer, fourra ses mains dans ses poches.

— Vous êtes mauvaise.

Wheaton haussa les épaules.

— Nous pourrions nous aider mutuellement dans cette affaire. C'est à vous de décider, inspecteur. Je tiens un très bon reportage. De toute façon, la balle est dans mon camp.

Mia ferma les yeux.

— Milicent Craven, laissa-t-elle tomber dans un souffle.

— Expliquez-moi les raisons qui poussent Kates à agir ainsi.

Mia rouvrit les yeux et affecta un air honteux.

— Il y a des années de cela, Penny Hill l'a placé dans une famille d'accueil. Puis, à la suite d'une blessure qu'elle a reçue, elle a été mise en congé d'invalidité. Le dossier de Kates est passé à Craven, qui l'a oublié dans un tiroir et ne s'est jamais préoccupée de savoir ce que le gosse devenait. Il est arrivé de vilaines choses à Kates dans cette famille. Tout se résume à une histoire de vengeance. Seulement, il s'en est pris à la mauvaise personne.

Wheaton demeura silencieuse si longtemps que Mia commença à se demander si elle mordrait jamais à l'hameçon. Enfin, elle opina du chef.

— Très bien. Si tout se déroule comme il faut, votre sœur ne passe pas à l'antenne ce soir.

Mia inclina brièvement la tête. Elle prenait déjà congé lorsqu'elle entendit la journaliste la rappeler.

— Oh, inspecteur Mitchell ?

Elle se retourna. Wheaton souriait comme un chat qui vient d'avaler un canari.

— On se revoit la semaine prochaine. Nous reparlerons de tout ça.

Le chameau !

— C'est du chantage, grommela Mia à voix basse.

— Quel mot affreux ! Je préfère appeler ça de la collaboration. Eh bien, qu'en dites-vous ?

— Entendu.

Mia pivota sur ses talons et sortit. S'étant assurée que personne ne la suivait, elle arrêta sa voiture près du fourgon de police garé une rue plus loin. Elle grimpa à l'intérieur et s'assit à côté de Reed. Son casque sur les oreilles, Jack réécoutait l'enregistrement.

— J'ai failli louper la partie sur le chantage, se plaignit-il.

Mia retira les fils fixés sous sa chemise.

— Désolée, mais je n'avais pas envie de le crier sur les toits.

Reed haussa les sourcils.

— Je croyais que tu allais la supplier à genoux ?

— Elle ne serait pas tombée dans le panneau. Je la déteste trop et, de plus, ce n'est pas mon genre de faire des courbettes. Tu crois qu'il y a de quoi la faire inculper ?

— J'espère, dit Jack. Sinon, elle continuera de plus belle et menacera d'autres flics en faisant des reportages sur leurs familles pour leur extorquer des informations. D'ailleurs, il se peut qu'elle l'ait déjà fait avec des policiers qui n'ont pas eu le courage de refuser.

— Ou le soutien nécessaire, ajouta Mia tranquillement. Je m'estime heureuse qu'ils aient transféré Kelsey.

Jack commença à éteindre ses appareils.

— Nous sommes dimanche, annonça-t-il. Je vais déposer cette bande au bureau et rentrer chez moi auprès de ma femme et de mes enfants. On s'est bien amusés, mais il faut partir maintenant.

— Dis bonjour à Julia pour moi et embrasse le bout de chou, sourit Mia.

— J'embrasserai Julia aussi. Filez vite, j'ai encore du travail à terminer.

Mia et Reed sortirent du véhicule.

— Il fait soleil, dit-elle en levant la tête.

— Un temps idéal pour tout déblayer après un incendie, laissa tomber Reed avec flegme.

— J'ai quelques bricoles à faire, mais je viendrai te donner un coup de main dès que possible. Ensuite, nous devrons mettre notre piège en place. Il se pourrait que Kates se manifeste dès ce soir.

Reed la regarda s'éloigner au volant de sa petite Alfa. Le matin même elle avait récupéré sa voiture au garage de la police. Les vitres avaient été remplacées, mais le capot montrait toujours un impact de balle. Chaque jour, la jeune femme côtoyait les pires dangers dont elle ne semblait avoir cure.

S'ils parvenaient tous les deux à tisser une relation durable, il lui faudrait apprendre à vivre avec ce danger permanent. Il comprenait à présent ce que Christine avait dû éprouver en le voyant partir pour combattre ses incendies. Il soupira. A propos d'incendie, il devait aller remettre en état ce qui restait de sa maison dévastée.

Dimanche 3 décembre, 17 h 15

— Qu'est-ce que c'est que ça ?

Dana sortit de la maison tandis que Mia s'évertuait à dégager une énorme boîte qu'un jeune employé serviable avait réussi à coincer dans le coffre de son Alfa. Il y avait de la ficelle partout.

— J'ai reçu ma paie vendredi, répondit-elle. J'ai fait quelques emplettes. Je me suis acheté un manteau, des livres, et cette monstruosité. Je regrette pour hier soir, ajouta-t-elle en regardant son amie dans les yeux.

— Moi aussi. Je voulais te mettre au courant pour le bébé, mais tu me paraissais un peu fragile ces derniers temps.

— Mouais, bon. Aide-moi à sortir ce truc.

Coupant la ficelle avec ses clés de voiture, elle libéra le carton et le porta dans la cuisine où elle le déposa sur la table.

— Ouvre-le.

Ethan apparut dans l'encadrement de la porte, pieds nus, chemise ouverte. N'empêche, Reed avait mille fois plus d'allure ! songea Mia. Surtout depuis qu'il ne portait plus sa chaîne. Son charme s'en trouvait assurément démultiplié.

— Salut, Mia ! dit-il comme Dana déchirait l'emballage.

— Bonjour, Ethan. J'espère que je n'ai rien interrompu.

— Nan ! Il y a trop de gosses dans la maison. Mais j'ai tout de même essayé.

— Oh, Ethan, regarde ! s'exclama Dana, les yeux mouillés de larmes. Le premier cadeau pour notre bébé.

Mia se tortillait, mal à l'aise.

— Ce n'est qu'un siège auto, Dana. Il n'y a pas de quoi pleurer comme une Madeleine.

— C'est à cause des hormones, confia Ethan dans un murmure sonore en embrassant la joue de Mia. Merci !

Il lui adressa un sourire et Mia sut qu'il la comprenait.

Dana s'essuya les yeux.

— Il y a quelqu'un ici que tu seras contente de voir.

Jeremy.

— Laisse-moi deviner. Il regarde la télé ?

Le sourire d'Ethan s'effaça.

— Les documentaires sur la chaîne Histoire. Tout l'après-midi. Il n'a pas prononcé plus d'une dizaine de mots depuis son arrivée. Remarque, c'est compréhensible, vu qu'il vient de perdre sa mère.

— J'espérais bien le trouver ici, j'ai un cadeau pour lui,

dit Mia avant d'ajouter d'un ton inquiet : Je vous demande de faire très attention à lui. Le type qui a tué sa mère a mis le feu à la maison de Reed hier soir.

Dana et Ethan échangèrent un regard.

— Personne n'a été blessé ? interrogea Dana.

— Non. Nous pensons qu'il a agi par vengeance ou pour essayer de nous égarer sur une fausse piste. En tout cas, ce type ne s'en prendra probablement pas à Jeremy, mais…

Ethan opina, les mâchoires crispées.

— J'ouvrirai l'œil, ne t'inquiète pas.

— Venant d'un ancien marine, tes paroles me rassurent.

Mia entra dans le séjour et s'assit à côté de Jeremy.

— Bonjour, bonhomme !

Il tourna la tête pour la dévisager.

— Vous êtes revenue.

Le cœur de Mia se serra.

— Bien sûr ! Je vis pratiquement ici. Dana est ma meilleure amie.

— Vous l'avez attrapé ?

— Non, mais je suis venue te voir. Je t'ai apporté un cadeau.

Elle plongea la main dans son sac et lui tendit un ouvrage broché sur les avions à réaction.

Les yeux de l'enfant s'agrandirent. Toutefois, il ne fit pas mine d'ouvrir le livre.

— Merci, dit-il avant de se tourner de nouveau vers la télévision. C'est une émission sur la Grèce antique.

— Oui, je l'ai déjà vue hier.

Elle se cala dans le canapé et passa son bras autour de l'épaule du petit garçon.

— Mais je trouve qu'on comprend mieux la deuxième fois.

Ce n'était pas trop tôt ! Il avait attendu Mitchell toute la journée. Elle était allée faire du shopping ! ragea-t-il intérieurement en levant les yeux au ciel. Pour quelque raison incompréhensible, il avait eu meilleure opinion de la femme qui remplissait ses placards de paquets de Pop-Tarts. Mais finalement, elle était là ! Il se glissa entre les arbres qui séparaient la demeure de Dana des autres maisons de la rue. Il voulait jeter un coup d'œil à l'intérieur, vérifier la disposition des lieux au cas où elle aurait l'intention de rester là toute la nuit.

Il loucha dans ses jumelles. C'était à peine s'il voyait à travers la fenêtre du séjour. Il abaissa les lunettes, cligna des yeux, les releva. Bingo ! Il avait joué à quitte ou double et gagné. Enfin ! Car, à côté de Mitchell, sa tête sur son épaule, était assis Jeremy Lukowitch. Si le garçon n'était pas avec sa mère, cela signifiait qu'Yvonne était morte ou du moins très malade. La substitution des comprimés avait donc marché ! Et si elle était morte ou très malade, c'était forcément le gamin qui l'avait dénoncé. *J'aurais dû me débarrasser de ce sale môme quand j'en avais l'occasion.*

Un plan commença à s'échafauder dans son esprit. Il lui restait trois œufs, et il savait exactement ce qu'il allait en faire. Son estomac émit un grondement. Avant toute chose, il fallait manger un morceau et s'accorder quelques heures de sommeil.

Dimanche 3 décembre, 18 h 15

La moustache postiche et la perruque lui garantissaient l'anonymat indispensable pour pouvoir entrer dans un restaurant et dîner sans risque d'être reconnu. A cause de Mitchell, il lui était désormais impossible de se montrer où que ce fût dans Chicago. Il jeta un regard mauvais au poste de télévision au-dessus du comptoir. Sa photo était de nouveau diffusée aux informations. Les yeux rivés sur l'écran, il se retint de regarder autour de lui pour voir si quelqu'un l'observait. La journaliste parlait de Penny Hill.

— La rédaction d'*Action News* a appris aujourd'hui que Mme Hill n'était pas l'assistante sociale chargée du placement de M. Kates. Suite à un accident malheureux, Mme Hill était en arrêt maladie à l'époque où l'une de ses collègues, Milicent Craven, laissait le jeune garçon sans suivi. L'enfant s'est donc retrouvé abandonné dans un milieu qui le maltraitait et ses appels au secours n'ont pas été entendus. Aujourd'hui, Penny Hill est morte. Mme Craven se refuse pour l'instant à tout commentaire. Andrew Kates, toujours en cavale, ne serait qu'une victime de plus des services sociaux américains, ces services trop empêtrés dans la bureaucratie pour s'occuper convenablement des enfants qui leur sont confiés. Nous vous tiendrons informés des derniers rebondissements de cette affaire. C'était Holly Wheaton, pour *Action News*.

Le sort lui avait refusé la possibilité de se faire justice concernant Laura Dougherty. Il ne s'en laisserait pas priver une nouvelle fois.

Cependant, cette révélation tombait à un moment des plus étranges. Mitchell s'était déjà révélée beaucoup plus rusée qu'il ne s'y était attendu. Il se pouvait très bien qu'il s'agisse d'un piège. Mieux valait se renseigner sur cette Craven. Si elle était réglo, alors il passerait à l'action.

Dimanche 3 décembre, 18 h 20

Spinnelli éteignit le poste de télévision dans la salle de conférences.

— Beau travail, Mia !

— Et je voudrais remercier les membres du jury…, sourit Mia. Bon, maintenant, qu'est-ce qu'on fait ?

— J'aimerais vous présenter Milicent Craven, annonça Spinnelli en faisant entrer une femme d'âge moyen aux cheveux grisonnants.

La femme prit place à la table de réunion.

Reed se pencha pour la voir de plus près. Bien qu'elle eût l'air d'avoir la cinquantaine, elle n'était probablement guère plus âgée que Mia.

— Quand j'aurai cinquante ans, vous pourrez m'en faire paraître trente ? lui demanda-t-il.

— Je vous laisserai ma carte, répondit-elle avec un sourire.

— Voici Anita Brubaker, dit Spinnelli. Depuis deux ans, elle vit sous le nom de Milicent Craven à l'adresse figurant dans l'annuaire téléphonique, prête à refaire surface. Tout ce que ses voisins savent d'elle, c'est qu'elle travaille pour l'Etat.

— C'est vous qui allez servir d'appât, observa Mia. Ça ne vous dérange pas ?

— Pas du tout. Je resterai à la maison tous les soirs jusqu'à ce que vous attrapiez votre homme. Ensuite, je n'aurai plus besoin de mon identité d'emprunt de toute façon. Et comme ça, tout le monde y trouvera son compte.

— Excepté Andrew Kates, remarqua Spinnelli.

Il dessina un plan du quartier sur le tableau blanc.

— Voici la maison de Craven. Mia et Reed, vous vous posterez ici dans des voitures banalisées, Murphy et Aidan, là et Brooks et Howard, à cet endroit. Des véhicules de patrouille se tiendront prêts à intervenir. Les services sociaux ont été prévenus que si quelqu'un demande Milicent Craven, ils doivent le mettre en communication avec un répondeur vocal que nous venons de mettre en place à cet effet. De cette façon, si Kates ou la presse appellent, ils auront confirmation de son existence.

Il balaya la pièce du regard.

— Des questions ?

Tous secouèrent la tête.

— Alors, au travail ! Demain, à la même heure, je veux Andrew Kates derrière les barreaux.

Stacy passa la tête dans l'entrebâillement de la porte.

— Excusez-moi. Il y a quelqu'un qui veut parler à la

personne en charge de l'affaire Kates. Il dit qu'il s'appelle Tim Young.

Tous les regards se tournèrent vers Reed, lequel haussa les épaules.

— Tennant devait m'appeler pour me prévenir de son arrivée à Indianapolis. Il ne l'a pas fait.

— Faites-le entrer, ordonna Spinnelli, les bras croisés sur sa poitrine. Voilà qui promet d'être intéressant.

Tim Young entra d'un pas lourd. Agé d'environ vingt-cinq ans, il portait un costume gris froissé ; une barbe de plusieurs jours ombrait son visage.

— Je suis Tim Young, le frère de Tyler.

— Asseyez-vous, je vous en prie, dit Spinnelli en désignant une chaise. Stacy, appelez Miles Westphalen. Demandez-lui de venir le plus vite possible. Expliquez-lui pourquoi.

Une fois Stacy repartie, le lieutenant se rassit au bout de la table.

— En voilà une surprise !

Young regarda autour de lui, fixant tour à tour chacun dans les yeux.

— J'ai dû changer d'avion à l'aéroport de Chicago. En attendant mon vol pour Indianapolis, j'ai lu le journal. J'ai pris immédiatement un taxi. Andrew Kates est un nom que j'essaie d'oublier depuis dix ans.

— Pour quelle raison ? interrogea Mia.

— Andrew et Shane ont été placés dans ma famille, il y a une dizaine d'années. Andrew avait treize ans, Shane, neuf. J'en avais quinze et j'avais hâte de terminer l'école pour pouvoir quitter la maison. Mon père exploitait une ferme. Il aimait bien prendre des enfants que lui envoyaient les services sociaux, parce qu'il les faisait travailler à l'œil. Ma mère était d'accord. N'importe comment, elle lui obéissait toujours en tout. Mon frère aîné, Tyler… était mauvais.

— Il abusait sexuellement des garçons, compléta Mia doucement. De vous aussi ?

Une lueur de souffrance traversa le regard de Young.

— Jusqu'à ce que j'aie l'âge de me défendre. Mon frère disait en riant qu'il aimait les garçons assez jeunes pour être malléables mais assez grands pour ruer dans les brancards. Il savait abandonner la partie quand sa proie devenait trop âgée. Mais, d'habitude, aucun des garçons ne restait à la maison suffisamment longtemps pour ça.

— Vos parents étaient-ils au courant ?

— Je ne sais pas. Je n'en ai jamais été certain, ni que mon père s'en serait soucié de toute façon. Ma mère devait faire semblant de ne rien remarquer. Vous ne pouvez pas comprendre, j'imagine.

Le regard de Mia vacilla. Si elle comprenait ? Et comment ! se dit Reed.

— Quel était donc l'âge idéal pour procéder à l'initiation des petits garçons, selon Tyler ? demanda-t-elle.

— Dix ans, répondit Young, les lèvres retroussées. Mais il a bien failli faire une exception pour Shane. C'était un enfant attirant et il avait déjà de l'expérience. Tyler ne manquait jamais de remarquer ce genre de chose.

— Il avait été violé par le mari de sa tante, précisa Reed.

— Tyler provoquait Andrew en lui disant qu'il ferait bénéficier Shane d'une dérogation. Il voulait voir si Andrew contre-attaquerait. Ensuite, il abusait de lui. Mais mon frère aimait agir avec méthode et selon certains critères. Pour les plus jeunes, il comptait leur nombre d'années sur ses doigts et disait : « Quand j'arriverai à dix, tu seras à moi. » Shane avait neuf ans. Tyler comptait jusqu'à neuf, puis se moquait d'Andrew en lui disant : « Compte jusqu'à dix, Andrew. » Et il riait.

— Cela explique beaucoup de choses, conclut Mia. Que s'est-il passé lorsque Shane a eu dix ans ?

— Andrew était désespéré. Il avait essayé de s'enfuir avec Shane au moins une douzaine de fois. Mais la police les rattrapait toujours et les ramenait à la maison. Il a supplié ma mère de faire quelque chose. Elle lui a dit de ne pas inventer d'histoires. Il la détestait. Je sais qu'il a essayé à plusieurs reprises d'incendier la cave en mettant le feu à des journaux dans une poubelle. Il voulait attirer l'attention. Il espérait que quelqu'un des services sociaux viendrait les chercher avant les dix ans de Shane. N'importe quel endroit aurait été préférable à notre maison.

— Qu'avez-vous fait ? voulut savoir Reed.

Young eut un rire amer.

— Rien. J'ai vécu avec ça pendant des années. Pas seulement avec Andrew et Shane, mais avec tous les autres. Il y en a eu tellement ! Mais c'est Shane qui vous intéresse, non ?

— Pour le moment, répondit Mia. Nous examinerons le cas des autres plus tard. Dites-nous ce qui est arrivé le jour du dixième anniversaire de Shane. C'était le jour de l'incendie, le jour où il est mort.

Young exhala un soupir.

— Ce jour-là, Tyler… a fait son truc. Dès le matin, à la première heure. Shane était… L'expression de son visage… je la vois encore. Ce n'était qu'un gosse. Il a saigné. Mais Tyler l'a lavé et ma mère l'a envoyé à l'école. Dans l'après-midi, Andrew a quitté la classe plus tôt. Je l'ai vu partir.

Il haussa les épaules et reprit :

— Andrew était méticuleux. La maison a brûlé de la cave au grenier. Mais ce qu'il ne savait pas, c'était que son frère était lui aussi rentré de l'école plus tôt. Par la suite, l'infirmière scolaire a dit que Shane s'était plaint d'avoir mal au ventre. Les gens ont dit beaucoup de choses, mais personne ne savait rien au juste.

— Il a allumé le feu dans une poubelle, dit Reed.

— Dans la corbeille à papier du séjour, confirma Tim Young. Puis il est parti à toutes jambes. Il est revenu un peu plus tard et a fait semblant d'être bouleversé. Il savait que j'étais au courant. Il croyait que j'allais le dénoncer, mais je me suis tu, de même que j'ai gardé le silence pour tout le reste. Les pompiers ont ensuite trouvé Shane. Ils l'ont sorti de la maison, son corps ressemblait à une poupée de chiffon. Il était mort. Andrew était hébété, en état de choc. Catatonique, même.

» Les services sociaux sont venus, ils l'ont emmené. Les flics m'ont interrogé, je leur ai menti. J'ai dit qu'il avait été à l'école tout le temps, que ce ne pouvait pas être lui le coupable. L'autopsie a révélé que Shane avait été sodomisé. Mais personne n'a ouvert la bouche. Finalement, la vie a continué comme avant. Nous avons reconstruit la maison. J'ai terminé mes études au lycée et quitté la ville, sans un regard en arrière. »

— Vous n'avez jamais eu de nouvelles d'Andrew ? demanda Mia, cette fois avec bienveillance.

— Non, mais il ne se passe pas un seul jour sans que je pense à lui ou à l'un des autres garçons.

— Andrew épargne toujours la vie des animaux, commenta Reed. Savez-vous pourquoi ?

— Oui, nous avions un chien, répondit Young avec un pauvre sourire. Un brave vieux corniaud. Quand Tyler en avait terminé avec lui, Andrew allait se cacher dans la grange. Plusieurs fois, je l'ai trouvé, blotti contre le chien. Mais il ne pleurait jamais. Il se contentait de caresser cette pauvre bête, si fort que c'était miracle qu'elle ait encore des poils sur le dos. Le jour de l'incendie, le vieux chien se trouvait dans la chambre de Shane. Lui aussi est mort.

— Il n'a jamais profité de ce que la police l'arrêtait quand il fuguait pour tout leur raconter ? s'étonna Spinnelli.

Le sourire de Young devint sardonique.

— Vous voulez dire au shérif Young, mon oncle ?

— Ah, je vois, convint Spinnelli, rembruni.

— Je suis curieuse de savoir une chose, Tim, reprit Mia. Vous dites avoir menti pour fournir un alibi à Andrew ce jour-là. Mais aucun de ses professeurs ni de ses camarades n'a remarqué son absence de l'école ?

— Le plus drôle, voyez-vous, répondit-il d'un ton d'autodérision, c'est que Tyler se conduisait comme une brute tyrannique à l'école également. Tous les élèves le savaient. Et les enseignants aussi. Le dernier professeur d'Andrew ce jour-là était Mlle Parker. Elle était jeune et jolie et absolument terrorisée par Tyler. Andrew n'a donc « manqué » à personne ce jour-là. Si on s'était rendu compte de son absence, rien de tout cela ne serait arrivé.

— Vous ne pouvez pas savoir ce qui se serait passé, objecta Reed calmement.

— Peut-être pas. Depuis que j'ai quitté la maison, j'ai passé ma vie à essayer de réparer ce que j'ai fait. Et ce que je n'ai pas fait. L'heure est maintenant venue de payer pour le rôle que j'ai joué dans cette affaire. Je ne serai jamais libéré tant qu'il n'y aura pas eu réparation, à la fois sur le plan juridique et moral. Je ferai ce que vous me demanderez.

Dimanche 3 décembre, 20 h 35

Mitchell se croyait maligne. *Mais je suis plus intelligent qu'elle.* Il s'approcha de la voiture de Penny Hill et s'empara de la serviette posée sur le siège arrière. Il avait été bien inspiré de la laisser dans la voiture. S'il l'avait enterrée dans le jardin, Mitchell aurait mis la main dessus.

Cette garce de flic avait cru pouvoir le berner. Il avait trouvé facilement l'adresse de Milicent Craven. Puis, il avait appelé les services sociaux. On l'avait mis en communication avec une boîte vocale. Mais ça avait été un véritable coup de chance pour lui qu'au moment où il téléphonait pour la deuxième fois, l'opératrice eût été occupée sur une autre ligne. Enfin, pas vraiment un coup de chance, de l'instinct plutôt. Tout se présentait trop bien, il devait y avoir anguille sous roche. Quand l'opératrice n'était pas disponible pour répondre, les appels étaient transférés sur le répondeur automatique. *Veuillez taper les trois premières lettres du nom de la personne que vous désirez joindre.* Il avait essayé à trois reprises. *Aucun nom ne correspond aux lettres que vous avez demandées. Veuillez recommencer.*

Milicent Craven était pour le moins une personne suspecte. Probablement une imposture. Mais au cas où il se serait trompé, il avait décidé d'inspecter les affaires de Penny Hill. Ses collègues lui avaient offert un pot de départ le jour où il l'avait tuée. La serviette contenait des cadeaux et des cartes. Si Milicent Craven existait réellement, peut-être avait-elle signé l'une de ces cartes. Il se pouvait même que son nom figurât dans l'agenda de Hill. Il fallait en avoir le cœur net.

Il s'installa sur le siège et commença à trier le contenu de la serviette. Au milieu du fatras des papiers, un dossier attira son attention. L'étiquette portait l'inscription SHANE KATES.

Son cœur bondit dans sa poitrine. Il ouvrit le classeur et contempla la photo qui se trouvait à l'intérieur. Cela faisait neuf ans qu'il n'avait pas regardé le visage de son frère. Quel joli petit garçon il avait été ! Trop joli, malheureusement ! La tentation s'était avérée trop forte pour les pervers comme le petit ami de sa tante ou Tyler Young. Ils l'avaient tué. Tous autant qu'ils étaient, ils avaient causé la mort de Shane.

A présent, ils avaient cessé de vivre. Penny Hill n'était pas innocente. La présence du dossier de Shane dans ses affaires prouvait qu'elle avait toujours su l'enfer que les garçons avaient enduré pendant tous ces mois passés chez les Young.

Mitchell avait menti. Il n'y avait pas de Milicent Craven. Elle avait essayé de le tromper pour l'attirer à découvert. Comme toutes les autres femmes, elle n'était qu'une intrigante. Eh bien, soit ! Elle allait s'en mordre les doigts.

Elle le paierait de sa vie, tout comme Penny et Brooke, Laura et sa tante.

La maison de Milicent Craven était probablement

surveillée. A tous les coups, il se ferait descendre à la seconde même où il essaierait de s'introduire à l'intérieur. Aussi s'en garderait-il bien. Et il se rendrait maître de leur propre jeu. Son plan initial tenait toujours. Il attirerait Mitchell à lui. Puis il la tuerait. Il la regarderait périr dans les flammes.

Mais pour le moment, mieux valait s'accorder une bonne nuit de repos. Elle l'attendrait dehors, toute la nuit, près de la maison de Craven. *Demain, elle sera fatiguée et moi, je serai frais comme un gardon.*

Lundi 4 décembre, 0 h 45

— Reed, réveille-toi !

Dans l'obscurité de la voiture, Mia bourra son équipier de petits coups de poing. Embusqués dans leurs véhicules balisés, les policiers guettaient l'apparition de Kates, tandis qu'Anita Brubaker se tenait à l'intérieur de la maison, armée jusqu'aux dents. Si Kates approchait, ils ne pourraient pas le rater.

— Je ne dors pas, grommela Reed. Mais j'aimerais bien.

— Pauvre Reed ! Tu as travaillé dur cet après-midi pour tout nettoyer dans ta maison.

— Tu avais promis de venir m'aider, se plaignit-il.

— C'est ce que j'ai fait… mais plus tard. Je suis allée voir Jeremy.

— Tu t'es attachée à ce gosse, remarqua-t-il, la voix radoucie.

— Il n'y a pas de mal à cela !

— Non, bien sûr. Tant que tu n'as pas l'intention de le laisser tomber par la suite. Il ne va pas manquer de personnes qui l'abandonneront au cours des prochaines années. C'est une vie difficile qui attend ce gamin.

— J'aimerais pouvoir le prendre chez moi. Mais ce n'est

pas un chat. Je ne peux pas me charger de lui. D'ailleurs, je n'ai même pas de chez moi.

— Alors, tu l'as confié à Dana. C'était la meilleure solution. Tu as bien fait, Mia.

Avec une grimace, il se redressa sur le siège et reprit :

— Où Spinnelli a-t-il dégotté cette voiture ? En Yougoslavie ?

— Nous ne pouvions pas utiliser la tienne. Kates l'a déjà vue.

— Et après cinq minutes dans ta voiture, je serais incapable de me déplier.

— Hé, un peu de respect ! C'est une voiture ancienne. Je n'y peux rien si tu es trop grand.

— Je ne te comprends pas, Mia. Tu attends de toucher ton salaire pour t'acheter un manteau — et, à propos, celui-ci est beaucoup plus beau que le vieux —, mais tu as assez d'argent pour rouler en voiture de sport ?

— La plus grande partie de mon salaire sert à payer l'avocat de Kelsey. Chaque fois que l'on refait une demande de libération conditionnelle, ses honoraires grimpent en flèche. C'est pour cela que je me suis retrouvée à court d'argent ce mois-ci. De toute façon, ma voiture ne m'a pas coûté aussi cher que tu le crois. David avait une combine pour acheter une occasion. Je venais de rompre avec Guy et j'avais besoin de me remonter le moral. Alors, j'ai fait une folie. David l'a retapée et s'occupe d'entretenir le moteur.

— Mia…, hésita-t-il. A propos de Hunter…

— Nous sommes amis, rien de plus. Il en a toujours été ainsi, et ça ne changera jamais.

Comme il n'avait pas l'air convaincu, elle soupira.

— Ecoute, je t'ai confié tous mes secrets, mais les siens, je ne te les dirai pas. Les choses auraient été plus faciles si nous avions été attirés l'un par l'autre. Mais ce n'était pas le cas.

— Tu étais avec lui, hier soir ?

— J'imagine que je voulais me consoler auprès de

quelqu'un qui avait vécu un amour malheureux, répondit-elle en souriant. Mais les choses évoluent.

— C'est vrai.

— Au fait, je ne t'ai pas demandé si Beth avait remporté le tournoi de slam hier soir ?

— Elle est arrivée première de sa catégorie.

— Elle t'a lu son poème ?

— Notre réconciliation n'a pas été jusque-là, admit-il en secouant la tête.

— Tu devrais lui demander de le… scander pour toi, ou quel que soit le terme approprié. C'est vraiment excellent.

Fronçant les sourcils, il jeta un coup d'œil par la vitre aux ténèbres qui les entouraient.

— Christine était poète.

Mia revit le carnet de poésie qu'elle avait trouvé chez Reed. *Je t'ai promis mon cœur.*

— Vraiment ?

— Nous avons fait connaissance à l'université. Je suivais un cours de littérature et, pour moi, la poésie, c'était du chinois. Quand elle a vu que ça me mettait de mauvaise humeur, elle m'a proposé de tout m'expliquer si je lui offrais un café.

— Et elle a tenu parole.

— Exactement. Ensuite, elle m'a lu ses poèmes. C'était comme… écouter un ballet. Elle a mis de la beauté dans ma vie. Je m'étais discipliné à l'armée, j'avais réussi à me tracer une carrière grâce à mon diplôme. J'avais fait de moi-même le fils dont les Solliday étaient fiers. Mais j'étais incapable de produire de la beauté. Christine a fait cela pour moi.

Mia ravala sa salive.

— Moi, je ne peux pas, Reed. Je n'ai pas ce talent.

— Tu n'es pas douée pour les rubans et les dentelles, je te l'accorde. Mais hier soir, j'ai pris conscience que tu me rendais heureux. Et qu'y a-t-il de plus beau que ça ?

Emue, elle se trouva à court de mots.

Il se cala dans son siège, un grand sourire aux lèvres.

— De plus, tu as de très jolis seins. Je pourrai toujours les regarder quand les rubans et les dentelles me manqueront.

Elle éclata de rire.

— Tu es un affreux personnage. Et pas poète pour un sou !

— Je n'ai jamais prétendu le contraire.

Et pourtant, il a l'âme d'un poète. Christine avait été son âme sœur. Chacun n'en possédait-il vraiment qu'une seule ? Pourvu que non !

Quelques instants plus tard, Reed laissa échapper un soupir.

— Tu sais, Mia, en écoutant Young tout à l'heure, je me suis posé des questions. Ça ne va peut-être pas te plaire, mais je ne sais pas comment le demander autrement.

— Eh bien, vas-y, l'encouragea-t-elle, les sourcils froncés.

— Tu as grandi parmi les flics. Pourquoi n'as-tu jamais parlé de ton père à l'un d'eux ?

— Si tu savais le nombre de fois que je me suis demandé la même chose, surtout après l'incarcération de Kelsey. Quand j'étais petite, j'avais trop peur. Plus tard, quand je suis entrée au lycée, je pensais que personne ne me croirait. Mon père était un officier de police respecté. Ensuite, une fois entrée dans la police, j'avais… honte. Je croyais que les gens s'apitoieraient sur moi s'ils l'apprenaient et qu'alors je paraîtrais vulnérable et plus personne ne me respecterait. Et quand finalement Kelsey m'a raconté toute la vérité, je me suis sentie coupable. Aujourd'hui, il est mort, et ça ne sert plus à rien d'en parler.

— Pourtant, tu l'as dit à Olivia.

— Et elle l'a plutôt mal pris, non ? Je ne voulais pas qu'elle se sente rejetée. J'aurais mieux fait de me taire. Quand toute cette histoire sera terminée, j'irai la voir à Minneapolis pour discuter avec elle.

— Veux-tu que je t'accompagne ?

Elle scruta son visage un instant. Il ne reflétait aucune pitié, seulement de la compréhension.

— Oui, j'aimerais bien.

— Tu as accepté mon aide, quel progrès ! sourit-il. Maintenant, parlons de tes chaussures.

— Fais attention, Solliday ! s'exclama-t-elle joyeusement avant de reprendre son sérieux. Et merci.

Le regard qu'il posa sur elle redoubla d'intensité.

— Il n'y a pas de quoi. Je crois que nous devrions changer de sujet de conversation parce que je commence à avoir beaucoup de mal à me retenir de te toucher.

Il s'écarta et jeta de nouveau un coup d'œil par la fenêtre.

— Vivement que ce petit fumier arrive ! Je voudrais en finir le plus tôt possible.

Lundi 4 décembre, 7 h 55

Mia s'assit à son bureau.

— Je le crois pas !

— Soit il n'a pas vu Wheaton à la télé, soit il nous a repérés, dit Reed avec un bâillement.

Kates n'avait pas mordu à l'hameçon.

— Fait suer ! grommela Mia. Qu'est-ce qu'on fait maintenant ?

— On se ressaisit. Et après la réunion de ce matin, on retourne à l'hôtel pour dormir un peu. Nous ne pourrons pas le débusquer si nous n'avons pas l'esprit suffisamment alerte.

— Il est peut-être parti à la recherche de Tim Young.

— La police de Santa Fe est sur le qui-vive, répondit Reed en se redressant sur son siège. Tiens, voilà qui est intéressant !

Mia se tourna et secoua la tête. Lynn Pope, la journaliste vedette de *Chicago on the Town* avançait vers eux, une expression peinée sur le visage. *Fichtre !*

— Bonjour, Lynn, la salua Mia.

— Mia, je serai brève. Vous avez rencontré Holly Wheaton hier. A la suite de quoi, elle sort ce gros scoop. Pourquoi avez-vous fait cela ? Je croyais que vous la détestiez.

Mia la regarda droit dans les yeux.

— C'est exact.

La tête inclinée, elle continua de soutenir le regard de Pope jusqu'à ce que la journaliste se fût rendue à l'évidence.

— Oh, je vois ! Et ça n'a pas marché, n'est-ce pas ?

— Non, hélas. Ecoutez, Lynn, quand tout sera terminé, je vous appellerai.

C'est alors qu'en un éclair, une idée se forma dans la tête de Mia, idée qui lui arracha un sourire.

— Attendez ! dit-elle avant de chuchoter à l'oreille de Reed qui hocha la tête. Lynn, pourquoi ne mèneriez-vous pas une petite enquête sur un type du nom de Bixby ? Il dirige un établissement pour jeunes délinquants appelé le Centre de l'espoir. Il vous faudra peut-être fouiner un peu.

Le visage de Pope s'illumina.

— Entendu. Téléphonez-moi quand ce sera fini. Et prenez garde à vous.

— Ne vous inquiétez pas.

Mia se pencha vers Reed.

— Elle sera parfaite pour ce boulot.

Mais Reed n'écoutait plus.

— Encore de la visite, annonça-t-il.

De nouveau, elle se retourna.

Margaret et Mark Hill avaient dû croiser Lynn Pope dans l'ascenseur. Le frère et la sœur affichaient la même expression de sombre résolution.

— Comment allez-vous ? leur dit Mia en guise de salutation.

— L'avez-vous attrapé ? demanda Margaret.

— Non, mais nous approchons du but. Pourquoi êtes-vous venus ?

Pour une fois, c'était elle qui posait la question ! s'avisa Mia, étonnée.

Mark Hill sortit une enveloppe de la poche de son manteau.

— Le notaire de notre mère nous a lu son testament samedi. Il nous a donné ceci. Nous nous sommes interrogés toute la journée d'hier pour savoir si nous devions vous la remettre. Mais comme nous voulons que l'assassin de notre mère soit puni, nous avons décidé de venir vous voir.

Mia prit l'enveloppe et lut la lettre qui se trouvait à l'intérieur.

— Oh, mon Dieu !

Elle tendit la feuille à Reed qui secoua la tête sans un mot.

— Merci. Nous tâcherons de garder le nom de votre mère en dehors de tout ça. Je vous préviendrai dès que nous l'aurons épinglé.

Les Hill prirent congé, Mark soutenant sa sœur, un bras posé sur ses épaules.

— Eh bien, on dirait qu'ils sont réconciliés ! remarqua Mia.

— En effet, approuva Reed. Viens, Mia, c'est l'heure de la réunion.

Murphy et Aidan étaient déjà installés. Spinnelli fronça les sourcils.

— Vous êtes en retard !

Mia lui donna la lettre. Tout en la lisant, le lieutenant s'assit.

— Oh, mon Dieu !

— Qu'est-ce que c'est ? interrogea Murphy.

— Une lettre de Penny Hill, expliqua Mia, dans laquelle elle consigne ce qui s'est passé au moment où elle a repris son travail après son arrêt d'invalidité, il y a neuf ans. Elle a examiné ses dossiers et a retrouvé celui de Shane enfoui sous une pile de papiers à l'intérieur d'un autre classeur. Personne n'avait été chargé de s'occuper des deux garçons. Ensuite, elle a découvert que Shane était mort et Andrew placé dans une autre famille. Elle est allée voir son chef, lequel lui a ordonné de détruire le dossier. Elle l'a menacé de s'adresser à la direction, mais il l'a convaincue qu'elle serait renvoyée si elle mettait sa menace à exécution. Comme elle avait des factures d'hôpital à régler, elle a gardé le silence.

— Cette lettre est datée d'il y a six ans, nota Spinnelli. Mme Hill était envahie de remords et hantée par des cauchemars. Elle a scellé la lettre et l'a confiée à la garde de son notaire. Je vais m'en occuper. Eh bien, où en sommes-nous ?

— Kates n'a pas dû voir les informations télévisées, ou alors il nous a repérés, dit Mia.

— C'est ce que j'ai cru comprendre, laissa tomber Spinnelli, la mine maussade. Que comptez-vous faire, à présent ?

— On pourrait le suivre à Santa Fe, proposa Mia, frustrée. Nous servir de Tim Young comme appât ?

— Va pour Tim Young, décréta Spinnelli, le front plissé.

Mia secoua la tête.

— Attendez, je ne voulais pas… nous ne pouvons pas nous servir d'un civil, Marc.

Les extrémités de la moustache de Spinnelli retombèrent.

— C'est lui qui a proposé de nous aider. Kates doit être mis hors d'état de nuire. Et à l'heure qu'il est, nous avons une victime de plus. On vient de retrouver le cadavre de votre gardienne dans un appartement vide de votre immeuble. On lui a volé ses clés.

Comme Mia restait bouche bée, Jack entra, une boîte en carton dans les mains.

— Kates est passé par là. Il a mis une belle pagaille dans ta chambre, Mia. Il a jeté les couvertures et les oreillers par terre, il y a des vêtements partout.

Malgré le choc causé par la nouvelle de la mort de sa gardienne, Mia sentit le feu lui monter aux joues.

— Ça ne veut pas dire qu'il est venu chez moi. Je ne

suis pas très bonne ménagère. Ma chambre était déjà dans cet état.

— Tu avais laissé traîner ton album photo ?

Le cœur de Mia s'emballa.

— Oh, non !

Jack posa le carton sur la table et Mia en sortit son album qu'elle feuilleta rapidement.

— Je ne suis peut-être pas très organisée, mais je sais exactement ce qu'il y avait là-dedans. La notice nécrologique de Bobby a disparu.

Son cœur s'arrêta de battre. Dans sa main, elle tenait l'invitation au mariage de son amie.

— De même que l'autre partie du bristol pour le mariage de Dana. Ce qui veut dire qu'il a son adresse !

Spinnelli empoigna le téléphone.

— J'envoie immédiatement une patrouille chez elle.

La mine soucieuse, Stacy passa la tête par l'ouverture de la porte.

— Marc, j'ai une Dana Buchanan en ligne qui veut vous parler, à vous ou à Mia. Elle a l'air bouleversée.

Spinnelli actionna le haut-parleur du téléphone.

— Dana, Marc Spinnelli à l'appareil. Mia et les autres sont avec moi. Kates connaît votre adresse.

— Kates a pris Jeremy, cria Dana d'une voix affolée. *Mia !*

Le sang de Mia se glaça dans ses veines. Lentement, elle se leva, toute tremblante.

— *Comment ?* Comment a-t-il fait pour enlever Jeremy ?

— Laisse-moi lui parler.

Le téléphone changea de main.

— Mia, c'est Ethan. Nous nous trouvons à l'école de Jeremy. Nous sommes venus tôt ce matin pour l'inscrire. Jeremy est allé dans sa nouvelle classe pendant que nous étions encore en train de signer les papiers. L'alarme incendie s'est déclenchée juste avant le début des cours. Mais ce n'était pas un exercice ! Le feu a bloqué l'une des sorties. C'était le chaos total. Nous nous sommes immédiatement lancés à la recherche de Jeremy, mais il avait disparu. Comment a-t-il su que Jeremy était là ?

— Il a trouvé votre adresse chez moi. Marc, quand la gardienne a-t-elle été assassinée ?

— Samedi, dans l'après-midi.

— Ethan, en vous quittant samedi soir, j'ai réussi à semer quelqu'un qui me filait. Je croyais qu'il s'agissait de Carmichael, mais ça devait être Kates. Il est sûrement revenu hier et a vu Jeremy. C'est moi qu'il cherchait. Il a tué ma gardienne et à présent il se sert de Jeremy pour m'atteindre. Essaie de calmer Dana. Ce n'est pas bon pour le bébé. Nous allons mettre la main sur Kates. Et nous retrouverons Jeremy.

— Y a-t-il eu des blessés dans l'incendie de l'école ? s'enquit Reed.

— Seulement quelques bleus et quelques bosses. Les enseignants ont rapidement pris la situation en main. Nous ne savions pas trop s'il n'était pas un peu tôt pour renvoyer Jeremy à l'école, mais d'un autre côté, nous ne pouvions pas le laisser devant la télé plus longtemps. Nous pensions qu'il valait mieux qu'il se plie de nouveau à une routine. Je vous en prie, retrouvez-le !

Mia se frotta le front. Si Kates avait emporté la notice nécrologique de Bobby…

— Je crois savoir où il est.

24

Lundi 4 décembre, 9 h 25

Reed serra les poings.

— Tu ne peux pas faire ça !

Il y avait là une équipe de la brigade de recherche et d'intervention ainsi que tous les inspecteurs et policiers en uniforme que Spinnelli avait pu rassembler. Embusqués dans des véhicules banalisés à un pâté de maisons du domicile d'Annabelle, ils attendaient. Soucieuse de ne pas alerter Kates, Mia avait décidé d'y aller seule, comme si elle venait simplement rendre visite à sa mère.

Ignorant la remarque de Reed, elle se tortilla. Le gros chandail qu'elle portait camouflait un gilet pare-balles et un revolver glissé dans sa ceinture.

— Maudit Kevlar ! grogna-t-elle. Ça me gratte.

— Mia, s'il est dans la maison de ta mère, tu vas tomber dans le piège la tête la première, gémit Reed.

— Je l'aurai avant, répliqua-t-elle en croisant son regard. Il tient Jeremy.

Le fait qu'un tueur détînt également sa mère semblait étrangement absent de ses préoccupations. Toute son attention se focalisait sur le petit garçon. Et sur Kates. Le premier choc passé, Reed l'avait vue recouvrer la pleine possession de ses moyens. Son expérience et sa compétence professionnelles avaient repris le dessus. Elle était calme, tandis que son cœur à lui semblait vouloir bondir hors de sa poitrine.

— Reed, dit-elle d'une voix tranquille, empreinte de gravité. Laisse-moi faire mon travail.

Tu n'es pas flic. C'était l'argument qu'elle lui avait opposé la nuit où il avait voulu se lancer à la poursuite de Getts. Et elle avait raison. Mais, pour l'heure, il ne se sentait pas davantage l'âme d'un enquêteur en incendies. Il n'était qu'un homme observant la femme à qui il tenait en train de s'envelopper de Kevlar et de se transformer en Rambo.

Il se tourna vers Spinnelli.

— Vous approuvez cela, Marc ?

— Je n'ai pas vraiment le choix. Il ne s'est pas laissé mener en bateau hier soir. Il ne nous reste plus qu'à lui mettre la main au collet avant qu'il ne frappe de nouveau. C'est la meilleure solution. Mia porte une microcaméra. Et aussi une arme de secours.

— Laissez-moi l'accompagner.

Spinnelli secoua la tête, et Reed s'aperçut qu'il ne comprenait que trop bien.

— Mia a été entraînée pour les missions d'intervention de ce genre, murmura Murphy tout près de lui. Elle sait ce qu'elle fait.

Reed prit une profonde inspiration et se retourna vers Mia.

— Ben m'a appelé. Il y avait deux foyers d'origine dans l'incendie de l'école. Ce qui veut dire que Kates a utilisé deux de ses œufs. Il se peut qu'il lui en reste un.

— J'y compte bien, répondit-elle. Sans vouloir faire de jeu de mots.

Elle lui adressa un sourire distrait.

— Ne le prends pas mal, Reed, mais je préfère que tu t'en ailles. J'ai besoin de me concentrer, et je ne peux pas tant que tu es là.

Il balaya la rue du regard. Le quartier était équipé en canalisations de gaz. Mia pouvait tout aussi bien foncer droit sur un brasier. *Non, il ne le permettrait pas !*

Puisqu'on ne le laissait pas entrer à ses côtés, eh bien soit, il passerait par en dessous. Spinnelli et les autres étaient engagés dans une conversation animée, Jack accrochait au pull-over de Mia le même micro qu'elle avait utilisé la veille pour enregistrer sa conversation avec Wheaton. Personne ne faisait plus attention à lui. Il se mit en route.

— Où allez-vous ainsi, lieutenant ? susurra une voix féminine dans son dos.

Il poussa un soupir.

— Carmichael, vous ne croyez pas que vous en avez assez fait ?

— Je n'ai rien fait du tout, aujourd'hui. Et je n'en ai pas l'intention. Je ne vous ai même pas vu.

Il pivota sur ses talons, les yeux étrécis.

— Pardon ?

— Vous êtes déterminé à entrer, remarqua-t-elle en haussant les épaules. Pas besoin d'être un génie pour le comprendre. J'apprécierai quelques commentaires lorsque vous ressortirez. Mais d'abord, veillez sur Mitchell. Quoi que vous pensiez de moi, je la tiens en très haute estime. Or, elle se croit indestructible.

— Je sais.

Il reprit sa marche. *Blindée*, avait dit Jack. *Chanceuse*, croyait Mia. *Simplement humaine*, pensait Reed. Il se faufila jusqu'au jardin d'Annabelle Mitchell. Le principal robinet commandant l'arrivée de gaz devait se trouver dans la cave. Quelques marches conduisaient au sous-sol. Il s'arc-bouta au pied de l'escalier, prêt à défoncer la porte. Mais l'une des vitres était déjà cassée. La porte était déverrouillée.

Kates est là. Avec précaution, Reed ouvrit et se glissa à l'intérieur. *Et moi aussi.*

*
* *

Lundi 4 décembre, 9 h 35

D'une main, Mia introduisit sa clé dans la serrure pour entrer chez Annabelle. De l'autre, elle tenait son arme pointée vers le sol, derrière sa jambe. La dernière fois qu'elle était venue dans cette maison, c'était le jour où ils avaient enterré Bobby. A présent, Bobby ne représentait plus rien. Mais arracher Jeremy sain et sauf des mains de Kates et coffrer celui-ci était tout ce qui comptait désormais.

Il était déjà là. Elle le sentit à la seconde où elle franchit le seuil. Un calme inquiétant régnait. Elle s'avança à pas de loup vers la porte de la cuisine et prit une silencieuse inspiration. Annabelle était assise sur une chaise, à quelques dizaines de centimètres seulement de la gazinière. Pieds et poings liés, bâillonnée. Vêtue de ses seuls dessous, elle tremblait violemment. Des épaules aux hanches, son corps luisait, enduit de l'accélérant solide dont Kates s'était déjà servi à six reprises. La gazinière avait été écartée du mur. L'intention de Kates ne faisait aucun doute.

Les yeux d'Annabelle rencontrèrent ceux de Mia, terrifiés et… emplis de ce mépris furieux que Mia connaissait si bien. Sa mère avait toujours tenu ses filles pour responsables de la violence de Bobby. Cette fois, elle avait malheureusement raison. Sa vie se trouvait en danger et c'était la faute de Mia.

Le gaz ne s'était pas encore répandu dans la pièce. Soit Kates n'avait pas achevé ses préparatifs, soit il attendait pour refermer son piège. Elle fouilla la cuisine du regard, se demandant ce qu'il avait fait de Jeremy. Les yeux de sa mère la suivirent, tandis qu'elle entrait sans bruit dans la pièce et ouvrait les placards sous l'évier. C'était le seul endroit suffisamment vaste pour y cacher un petit garçon. Mais ils étaient vides.

— Aide-moi ! entendit Mia.

En réalité, il s'agissait de grognements étouffés provenant du bâillon, mais le regard d'Annabelle traduisait clairement leur signification.

Mia posa un doigt sur ses lèvres. Puis elle sortit un couteau du bloc sur le comptoir et s'apprêta à couper les liens de sa mère. Avec un otage de moins à protéger, elle pourrait se concentrer sur Jeremy. Elle s'avança d'un pas vers la chaise lorsqu'une voix l'arrêta net.

— Reposez ce couteau, inspecteur.

Bien qu'elle se fût préparée à cette scène, Mia sentit son cœur se glacer. Tremblant comme une feuille, Jeremy se tenait devant Kates, lequel avait posé l'une de ses mains gantées sur les cheveux blond-roux de l'enfant tandis que de l'autre il appuyait une longue lame brillante sur sa gorge. Les taches de rousseur du petit garçon tranchaient sur la pâleur de son visage. Ses yeux étaient terrifiés et… emplis d'une confiance désespérée.

— Vous avez vu ce que je sais faire avec un couteau, inspecteur, dit Kates doucement. Le môme aussi, n'est-ce pas, Jeremy ?

Mia regarda ses doigts se cramponner aux cheveux du garçon, vit la petite mâchoire de Jeremy se crisper comme il s'efforçait de maîtriser sa peur.

— Posez le couteau, répéta Kates.

Mia s'exécuta, veillant à tourner le manche vers elle de façon à pouvoir s'en emparer rapidement si l'occasion s'en présentait.

— Le revolver aussi, ordonna Kates en tirant Jeremy d'un coup sec. Envoyez-le par ici.

De nouveau, elle obtempéra, et l'arme glissa sur le sol de la cuisine.

— Mia ! appela la voix de Spinnelli dans son oreillette.

Elle pria le ciel que Kates n'eût aucun soupçon. La caméra cachée qu'elle portait permettait à Spinnelli et aux autres de voir ce qui se passait dans la maison, tandis que l'oreillette la reliait au centre de commandement des opérations situé dans le fourgon.

— Entraînez-le dans la salle de séjour, ordonna Spinnelli. J'ai posté des tireurs d'élite devant la fenêtre. Ils viseront au-dessus de la tête du petit.

Au moindre geste du poignet de Kates, Jeremy mourrait. Impossible de laisser les tireurs ouvrir le feu tant que l'enfant serait aux mains du tueur. Il fallait tout d'abord convaincre ce dernier de relâcher le petit.

— Ne faites pas de mal au gosse, dit-elle d'un ton qui n'était ni une prière ni un ordre. Il ne vous a rien fait.

Kates éclata de rire.

— Oh que si ! Et nous le savons tous, n'est-ce pas, Jeremy ? C'est lui qui vous a dit où j'avais enterré mes affaires.

— Non, pas du tout. Nous avons trouvé la maison tout seuls. Jeremy ne nous a rien dit.

— Impossible !

— C'est la vérité. Nous avons découvert la voiture que vous avez abandonnée le soir où vous avez tué Brooke Adler. Elle était équipée d'un GPS, mais vous ne l'aviez pas remarqué.

Il tiqua, visiblement mécontent de lui-même. A la bonne heure !

— Et alors ?

— Vous aimez les animaux. Vous avez laissé sortir le chat et le chien avant de mettre le feu à leurs maisons.

— Je répète ma question : et alors ?

— Vous aviez accès à du curare. Nous avons vérifié toutes les animaleries et les cliniques vétérinaires ainsi que leurs employés dans un rayon d'un kilomètre et demi autour de la voiture abandonnée. C'est comme ça que nous avons trouvé Mme Lukowitch.

— Et elle m'a dénoncé. J'aurais dû tuer cette salope moi-même.

— Non, elle nous a menti. Mais elle s'y est tellement mal prise qu'elle a éveillé nos soupçons. Nous avons eu recours aux vieilles méthodes pour dénicher votre cachette :

une bonne enquête et un mandat de perquisition. Jeremy n'a pas mouchardé. Laissez-le partir.

Kates ne bougea pas d'un pouce.

— Il n'a que sept ans, il est innocent, plaida Mia avant d'abattre sa dernière carte, non sans adresser une petite prière au ciel. Comme Shane l'était avant le mari de votre tante.

La main qui agrippait le couteau se resserra sur le manche.

— Ne prononcez pas son nom, cracha Kates en relevant le menton, les yeux étrécis. Je ne me souviens pas avoir vu un seul pull-over de ce style dans votre armoire. Il n'y avait que ces chemisiers moulants que vous mettez pour montrer vos seins, parce que vous n'êtes qu'une allumeuse. Je parie que vous portez un gilet pare-balles. Enlevez votre pull, inspecteur. Tout de suite !

— Mia, gardez le gilet, s'empressa d'ordonner Spinnelli.

Mais Kates fit glisser la lame sous le menton de Jeremy et fendit la peau, juste assez profondément pour que le sang coulât. Puis le couteau redescendit sur la gorge du petit garçon.

— Retirez votre chandail ou le gosse meurt sous vos yeux.

— Mia ! cria la voix affolée de Spinnelli dans l'oreillette. Ne lui obéissez pas.

Bien que des larmes fussent montées aux yeux de Jeremy, l'enfant ne flancha pas. Il ne poussa pas un gémissement.

Kates haussa les sourcils.

— J'ai presque décapité Thompson d'un seul coup. Jeremy est beaucoup plus… petit. Vous tenez à avoir ça sur la conscience, inspecteur ?

Il tira la tête du garçon en arrière. L'expression inflexible de son regard interdit à Mia le moindre doute quant à sa détermination de mettre sa menace à exécution.

— D'accord, abdiqua-t-elle.

— Mia ! aboya Spinnelli.

Elle fit la sourde oreille. La microcaméra était enfouie dans les fibres du pull-over à la hauteur de son épaule gauche. Si elle réussissait à poser le chandail sur le comptoir de la cuisine en sorte de pointer la caméra vers le milieu de la pièce, Spinnelli pourrait encore profiter d'une vue d'ensemble de la scène. Avec précaution, elle tira le pull-over par-dessus sa tête et le déposa sur le comptoir. Et pria le ciel.

Les lèvres de Kates se retroussèrent.

— Le gilet, maintenant.

— Nom d'un chien, Mia ! N'ôtez pas ce gilet. C'est un ordre !

Sans trembler, les doigts de Mia détachèrent une première bande Velcro.

— Vous avez protégé votre frère, Andrew. Vous vous êtes sacrifié en vous livrant à Tyler Young pour qu'il ne fasse pas de mal à Shane.

Elle se débarrassait du gilet pare-balles avec des gestes lents, décollant une à une les bandes Velcro, dans l'espoir de débloquer quelque peu la situation avant de se retrouver entièrement à la merci du meurtrier.

— Je vous ai interdit de prononcer son nom, fulmina-t-il.

Il se redressa brusquement, soulevant Jeremy sur la pointe des pieds. L'enfant étouffa un hoquet.

Malgré son envie de supplier le tueur, Mia reprit d'une voix qu'elle voulait calme.

— Je suis désolée. Je sais que vous avez souffert de le perdre. Et que, toute la semaine, vous n'avez fait que vous venger de cette souffrance.

Ses doigts s'étaient immobilisés sur la dernière bande Velcro. Les yeux de Kates étaient rivés sur les siens. Dieu soit loué ! Elle avait capté son attention.

— Mais je sais aussi que tout a commencé quand Jeff et Manny ont agressé Thad.

Un éclair de colère traversa le regard de l'homme.

— Vous savez que dalle ! siffla-t-il entre ses dents. *Retirez ce maudit gilet.* Et plus vite que ça ! Avant que le sang du gosse se mette à couler à flots.

Enfer et damnation! Les doigts de Mia détachèrent le dernier ruban de Velcro. Le gilet pendait à présent sur ses épaules.

— J'en sais plus que vous ne le pensez, Andrew. Je sais ce que c'est que de profiter d'un sacrifice comme celui que vous avez consenti pour défendre votre frère. Ma sœur a fait la même chose pour moi.

— Vous mentez.

— Non, je vous jure. Mon père agressait sexuellement ma sœur et elle ne ripostait pas pour que je puisse mener une vie normale. Je vis chaque jour avec le remords de ne pas l'avoir protégée, *elle*. Je comprends donc beaucoup plus que vous ne le croyez, Andrew. Vous ne voulez pas faire de mal à cet enfant. C'est contre moi que vous en avez. Tout ce temps, vous vous êtes contenté de punir ceux qui vous avaient blessé.

A l'exception, bien sûr, de quelques erreurs de parcours. Mais, cela, elle se garda bien d'y faire allusion. Il fallait avant tout focaliser son attention.

— Vous n'avez jamais fait souffrir un enfant, auparavant. Ne commencez pas maintenant.

Il hésita un instant. Sentant qu'elle approchait du but, elle répéta d'une voix pressante :

— C'est contre moi que vous avez une dent, Andrew. C'est moi qui ai découvert votre véritable identité, qui ai pris votre butin. C'est moi qui essaie de vous arrêter, pas cet enfant. Libérez-le et prenez-moi à sa place.

Derrière la porte de l'escalier qui menait au sous-sol, Reed écoutait. Bien qu'il ne se fût pas attendu à autre chose de la part de Mia dès l'instant où Kates lui avait ordonné de poser le couteau, son cœur se serra. La main sur la poignée de la porte, il se tenait prêt à voler au secours de la jeune femme, attendant le moment propice pour intervenir. Mia allait convaincre Kates de relâcher l'enfant, Reed n'en doutait pas une seconde. Mais à quel prix, il ne voulait même pas y songer. Le tueur garda le silence un long moment puis laissa tomber :

— Je pourrais vous tuer tous les deux.

Mia considéra attentivement Andrew Kates, s'efforçant de traiter avec logique les informations qu'elle avait assimilées au cours de la semaine passée.

— C'est vrai, mais je ne crois pas que vous le ferez.

Voilà un homme qui pendant dix années avait occulté sa responsabilité dans la mort de son frère. Nul doute qu'il s'empresserait de se raccrocher à une vérité moins dérangeante.

— Vous avez évité à Joe Dougherty une mort atroce, et vous avez épargné les animaux. Vous avez puni ceux qui méritaient votre colère. Penny Hill et Tyler Young l'avaient cherché, mais pas Jeremy.

Puis elle tira sa dernière cartouche :

— Si vous tuez cet enfant, je vous abats. Je suis mieux entraînée à me défendre qu'aucune des femmes que vous avez assassinées cette semaine. Vous avez lu l'article dans les journaux. Il y a quelques jours seulement, j'ai arrêté un homme deux fois plus grand que vous, et à moi toute seule encore ! Vous pouvez me tuer, mais vous ne vous en tirerez pas comme ça, je vous le promets. Laissez partir le petit et je ne chercherai pas à résister.

— Je ne vous crois pas. C'est une ruse.

— Je vous jure que non. Considérez cela comme une dette que je rembourse à ma sœur. Vous pouvez comprendre ça, j'en suis sûre.

Pendant ce qui sembla une éternité, il demeura immobile.

— Vous enlevez complètement le gilet et je relâche le gosse.

Mia fit glisser le gilet le long de ses bras. Sous le mince tissu de son T-shirt, elle frissonna de froid.

— J'ai rempli ma part du marché. A votre tour, maintenant.

D'un seul mouvement, il retira le couteau du cou de Jeremy et arracha de sa ceinture un revolver de calibre 38. Mia regarda tour à tour l'arme brandie et l'enfant tremblant.

— Va-t'en, Jeremy, supplia-t-elle d'un ton insistant. Tout de suite !

Jeremy la regarda, une détresse indicible dans les yeux. Le cœur de Mia se brisa.

— Pars, bonhomme ! Tout ira bien, je te le promets.

Kates poussa rudement le petit garçon dans le dos.

— Elle t'a dit de partir.

Jeremy s'enfuit en courant. La porte d'entrée s'ouvrit et se referma avec un claquement.

— Nous avons récupéré le gamin, dit la voix de Spinnelli dans l'oreille de Mia. Arrangez-vous pour qu'il s'approche de la fenêtre.

Mia jeta un coup d'œil à sa mère, toujours ligotée sur sa chaise près de la gazinière.

— Laissez-la partir, elle aussi.

Kates esquissa un sourire.

— Elle ne faisait pas partie du marché. De toute façon, elle est impolie.

— Mais, bon sang, on ne tue pas une femme parce qu'elle est impolie ! s'insurgea Mia.

— Je vois que vous n'avez pas encore retrouvé le corps de Tania Sladerman. Votre mère reste ici. Si vous ne respectez pas notre accord, elle meurt. Elle sera mon ticket de sortie au cas où les choses tourneraient mal.

— Allez dans le séjour, siffla Spinnelli. *Sur-le-champ !*

Mia s'approcha de Kates dans l'espoir de l'inciter à se diriger vers la fenêtre.

— Eh bien, allons-y.

Il agita son revolver.

— Asseyez-vous. Nous allons procéder à ma manière.

Commencez par vous passer les menottes. Aux deux poignets.

Elle ne peut pas faire ça ! protesta Reed intérieurement. C'était impossible. Maintenant que l'enfant était à l'abri, elle allait sûrement passer à l'action. Il entrebâilla la porte. Celle-ci s'ouvrait sur un cellier dont l'autre porte donnait dans la cuisine. Il se glissa à pas de loup jusque dans l'encadrement et observa les lieux. Annabelle Mitchell était assise, attachée et bâillonnée, dos à la cuisinière. Kates se tenait entre la chaise et la gazinière, une clé à molette dans la main droite. De la main gauche, il pressait la lame de son couteau sur la gorge d'Annabelle. Les yeux de la femme s'agrandirent en voyant Reed, qui secoua la tête pour lui faire signe de se taire.

Le revolver posé sur le plan de travail lui fit froncer les sourcils. Kates avait, semblait-il, évolué au fil des jours, passant du calibre 22 volé chez Donna Dougherty à un calibre 38. Ce qui ne présageait rien de bon.

Reed se déplaça légèrement afin d'avoir Mia dans son champ de vision. Elle était assise sur une chaise, penchée en avant, les genoux écartés.

— Il y a une chose qui me tracasse, Kates, dit-elle.

Ses mains entre les genoux tripotaient maladroitement les menottes. Bien joué ! Elle essayait de gagner du temps. Son arme de secours était dissimulée dans sa botte, Reed ne l'ignorait pas. Elle n'attendait qu'une occasion de l'empoigner.

— Une seule ? demanda Kates, sarcastique. Dépêchez-vous avec les menottes, ajouta-t-il avec impatience. Sinon, j'expédie la vieille.

— Je fais de mon mieux, répliqua Mia. Mes mains tremblent, vous ne voyez pas ? C'est vrai, je n'ai qu'une question. A propos des mèches. Pourquoi étaient-elles si courtes ? Je vois deux hypothèses, risqua-t-elle, un rien narquoise. Le psy de la police dit que votre couteau est un prolongement de votre pénis. Je me demande s'il en est de même pour les mèches.

Mia essayait ni plus ni moins de le provoquer afin qu'il tournât le couteau vers elle au lieu d'en menacer sa mère. Bien qu'il comprît la logique de cette tactique, Reed sentit la peur lui enserrer la gorge. Il pointa son arme sur la poitrine de Kates. A la seconde où celui-ci retirerait la lame du cou d'Annabelle, ce serait un homme mort.

Le visage de Kates devint écarlate.

— Espèce de salope ! Je savais bien que tu mentirais. Sois maudite !

— Ou alors, poursuivit-elle calmement, c'est que les mèches courtes sont votre façon à vous de traiter le véritable coupable de la mort de votre frère. C'est-à-dire, vous-même !

— La ferme ! cracha Kates.

Une lueur sauvage vacilla dans son regard. Mia touchait au but, Reed le pressentait.

— Vous avez tué votre frère, Andrew, répéta-t-elle. Chaque fois que vous allumez un feu, quelque chose en vous espère qu'il va vous emporter, à votre tour. Parce que c'est vous qui avez tué Shane.

— Vous savez que dalle et vous allez mourir.

Sans la quitter des yeux, il arracha la bague du tuyau de gaz. Mais au lieu d'un sifflement régulier, ce fut un gargouillis qui en sortit. Puis le silence. *Tu peux toujours compter, sale crapule !* se dit Reed, satisfait.

Interdit, Kates lança un regard sur le tuyau tandis que Mia se levait, son arme à la main. Mais avant que Reed ait eu le temps d'ouvrir la bouche pour l'avertir, Kates jetait de toutes ses forces la clé à molette à la tête de Mia. Elle se baissa vivement pour l'esquiver ; Kates s'empara de son revolver.

Reed tira. La déflagration déchira le silence comme un coup de tonnerre. Le couteau de Kates tomba sur le sol avec fracas et, une fraction de seconde plus tard, l'homme s'écroulait à son tour. Reed se précipita en avant, son récepteur radio dans sa main tremblante, ses doigts malhabiles tâtonnant sur les boutons. D'un coup de pied, il arracha le revolver des mains du tueur.

— Kates a été touché, mais la mère de Mitchell est blessée, cria-t-il dans la radio.

Du sang s'écoulait de la plaie ouverte à la gorge d'Annabelle, mais du moins ne jaillissait-il pas à flots. La blessure aurait pu être beaucoup plus grave. Reed attrapa une serviette-éponge sur le comptoir et la pressa sur le cou de la malheureuse.

— Mia !

Il se tourna pour la regarder et… se figea.

— Nom d'un chien, Reed ! Qu'est-ce que vous fichez là ? hurla la voix furieuse de Spinnelli dans la radio.

Mais Reed ne répondit pas. Il en était incapable. Car Mia était effondrée sur le sol, son T-shirt blanc déjà trempé de sang. Les mains tremblantes, il rampa vers elle.

— Mia ! Mia ! supplia-t-il.

Il souleva le T-shirt ; son cœur cessa de battre.

— Oh, mon Dieu !

Un énorme trou s'ouvrait dans le flanc de la jeune femme et le sang s'en échappait à gros bouillons. Elle luttait pour garder les yeux ouverts, le regard voilé par la souffrance.

— Reed, tu l'as eu ?

D'un coup d'épaule, il se débarrassa de sa veste puis déchira sa chemise. Il fallait arrêter l'hémorragie, sinon elle se viderait de tout son sang avant d'arriver à l'hôpital.

— Je l'ai eu, ma chérie. Ne bouge pas. Les secours arrivent.

— Bien, répondit-elle dans un râle. J'ai mal.

Les mains agitées de tremblements, il appuya sa chemise sur la plaie béante.

— Je sais, mon ange.

— Tu aurais dû me laisser garder mes plaques d'identification, Solliday.

La porte d'entrée s'ouvrit à la volée et les urgentistes s'engouffrèrent dans la maison, suivis d'une nuée de policiers en uniforme conduits par Marc Spinnelli et Murphy. Ce dernier tira Reed en arrière tandis que les brancardiers soulevaient Mia pour la déposer sur une civière.

— Sa pression artérielle est en chute libre. Dépêchons !

Hébété, Reed les regarda l'emmener dans l'ambulance qui attendait sur la chaussée.

Une autre équipe se chargea d'emporter Annabelle Mitchell à la suite de sa fille. Elle avait perdu connaissance. Spinnelli s'agenouilla près de Kates, pressa ses doigts sur son cou.

— Il est mort.

Lourdement, il se releva, le visage blême derrière sa moustache grise.

— Une balle dans la poitrine, une autre dans l'épaule. Deux revolvers différents. Qui a tiré dans la poitrine ?

— C'est moi, répondit Reed, les genoux chancelants. Mia l'a visé à l'épaule. Il tenait son couteau contre la gorge d'Annabelle, puis il a pointé son arme sur Mia. Quand il a lancé la clé à molette, elle a tiré, mais le coup a été dévié. Pas le mien.

Il se baissa pour ramasser sa veste.

— Je vais à l'hôpital.

Spinnelli hocha la tête de façon mal assurée.

— Murphy, emmenez Solliday à l'hôpital. Je termine ici et je vous rejoins.

Lundi 4 décembre, 11 h 05

— Papa ?

Reed s'obligea à ouvrir les yeux. Sur le seuil de la salle d'attente du service de chirurgie, Beth hésitait, une chemise d'homme à la main, le visage empreint d'appréhension. Malgré son estomac chaviré et ses jambes flageolantes, il se força à se lever.

— Je vais bien, Beth, ne t'inquiète pas.

La jeune fille ravala sa salive et se jeta dans les bras de son père. Elle tremblait comme une feuille.

— Je sais. J'ai appris ce qui était arrivé à Mia et je me suis dit que ça aurait pu aussi bien être toi.

Reed déposa un baiser sur ses cheveux.

— Mais, tu vois, je n'ai rien.

Pourquoi avait-il fallu que Mia fût blessée ? *J'aurais dû descendre ce petit fumier quand j'en avais l'occasion.* Mais cela aurait mis la vie d'Annabelle en danger. Curieusement, la mère de Mia avait été absente de tous les douloureux secrets que cette dernière lui avait confiés. Pour autant, il n'avait détecté aucune haine à son endroit. Rien du tout, en fait.

— Comment va-t-elle ? s'enquit Lauren depuis le seuil de la pièce.

— Elle est encore au bloc. Nous attendons.

Il promena son regard sur la salle bondée. Parmi la vingtaine de visages crispés par l'angoisse, presque tous étaient là pour Mia.

— Nous attendons tous, répéta-t-il.

Beth renifla.

— Tu sens la fumée. Je croyais qu'il n'y avait pas eu d'incendie.

— Ce sont les cigarettes, expliqua-t-il avant de préciser avec un pauvre sourire en voyant ses yeux étonnés : Mais pas les miennes, rassure-toi.

Abandonnant ses éternelles carottes, Murphy avait fumé un paquet entier sur le chemin de l'hôpital. Comment Reed aurait-il pu lui en tenir rigueur ?

— Merci pour la chemise, reprit-il.

Il enfila le vêtement et ne protesta pas lorsque Beth

s'approcha pour le boutonner. Il aurait certes été incapable de le fermer lui-même.

Un médecin entra dans la salle, le visage scrupuleusement inexpressif. Le cœur de Reed cessa de battre. *Elle est morte !* Beth lui pressa la main tandis que Dana quittait son siège, pâle comme un linge. Ethan se leva à son tour pour soutenir sa femme.

— Je cherche la famille de l'inspecteur Mitchell, annonça le chirurgien.

— Je suis sa sœur, mentit Dana. Et voici son fiancé, ajouta-t-elle en pointant Reed du doigt.

Le médecin hocha la tête d'un air las.

— Bien, venez avec moi.

Ignorant les regards anxieux qui les fixaient, Reed et les Buchanan le suivirent dans une pièce plus petite. Le chirurgien leur désigna des sièges puis ferma la porte.

— Elle est vivante.

— Dieu soit loué ! s'exclama Dana pelotonnée contre son mari.

Buchanan fit asseoir sa femme et se planta derrière sa chaise, les mains sur ses épaules.

— Mais ? interrogea Reed.

Il resta debout. Il devait bien cela à Mia.

— La balle a causé beaucoup de dégâts. Il y a un certain nombre de lésions internes, mais la plus grave se situait au niveau du rein droit. Nous avons été obligés de procéder à l'ablation.

Reed s'effondra sur un siège. Il regarda Dana dont les yeux étaient devenus immenses dans son visage blafard, et il sut qu'elle avait compris la véritable signification des paroles du praticien. Signification qui, visiblement, avait échappé à Ethan Buchanan.

— Et alors ? Elle en a un autre. Un seul rein suffit, non ?

— Elle n'avait qu'un rein, laissa tomber Reed avec raideur.

Une furieuse envie de jeter quelque chose contre les murs le saisit. Il la réprima.

— Et maintenant, que va-t-il se passer ? demanda-t-il.

— Elle n'est pas encore sortie d'affaire. Elle a perdu beaucoup de sang et ses fonctions vitales sont encore instables. Nous en saurons davantage dans vingt-quatre heures. Mais si elle survit, il lui faudra considérer les options qui s'offrent à elle.

— La dialyse ou la transplantation, compléta Reed d'un air sombre. Faites-moi subir les tests de compatibilité. Je lui donne un de mes reins.

Le regard du médecin s'adoucit.

— Les membres de la famille ont de meilleures chances de faire des donneurs compatibles.

Dana paraissait mal à l'aise.

— Faites-moi passer les examens, mais… nous ne sommes que sœurs adoptives.

— De plus, ma femme est enceinte, s'empressa d'ajouter Buchanan.

Le chirurgien poussa un soupir.

— Je vois.

— Elle a une mère et une sœur biologique, précisa Dana.

Ce fut au tour du médecin de paraître embarrassé.

— Sa mère a refusé.

Reed n'en crut pas ses oreilles.

— *Quoi ?*

— Je regrette, mais Mme Mitchell a repris connaissance et elle ne veut pas en entendre parler.

Dana ne semblait pas surprise outre mesure.

— Sa sœur Kelsey est détenue à la prison pour femmes de Hart.

— Plus maintenant, rectifia Reed. Elle a été transférée. Spinnelli sait où elle se trouve. Et puis, il y a aussi Olivia.

Dana opina lentement du chef.

— Il vaudrait mieux demander à Kelsey d'abord. Mia

m'a raconté ce qui s'était passé entre Olivia et elle. Il se peut qu'elle ne soit pas très réceptive en ce moment.

— Il n'y a pas d'urgence, intervint le médecin. La dialyse peut la maintenir en vie en attendant.

— Mais dans ce cas, elle ne pourra plus faire son boulot de flic, objecta sèchement Reed.

— Pas aux Homicides, c'est sûr, convint le médecin en secouant la tête. Mais qui sait, peut-être dans un bureau.

La gorge de Reed se serra. *C'est tout ce que je suis*, avait dit Mia.

— Je crois qu'elle préférerait mourir.

Le chirurgien tapota l'épaule de Reed.

— Evitons d'envisager le pire.

Comme il prenait congé, Reed pressa ses doigts sur ses tempes.

— Je voudrais avoir flingué ce fumier quand j'en avais l'occasion. Sacré nom d'un chien, dire que j'essayais de sauver la vie de sa mère !

— Et maintenant elle refuse de se porter volontaire pour un don d'organe, grommela Ethan entre ses dents.

— C'est une femme amère, expliqua Dana avec douceur. Mais Mia n'aurait pas voulu que vous agissiez autrement, Reed. Je vais contacter Kelsey. Elle donnera un de ses reins, j'en suis sûre. Elle aime sa sœur.

Elle respira un grand coup puis enchaîna :

— Au fait, excusez-moi d'avoir dit que vous étiez le fiancé de Mia. J'ai pensé que vous voudriez la voir mais qu'ils ne vous laisseraient pas entrer sinon.

Ses lèvres s'étirèrent en un pauvre sourire, mais ses yeux étaient emplis de chagrin.

— En tout cas, ça marche dans les films.

Reed laissa échapper un petit rire sans joie.

— Félicitations pour le bébé. Mia m'a raconté.

Elle le lui avait confié la veille, pendant qu'ils se tenaient aux aguets, attendant que Kates veuille bien se montrer. Les yeux de Dana se remplirent de larmes.

— Il faut qu'elle se rétablisse. Elle m'a promis d'être la marraine.

— Cela aussi, elle me l'a dit. Elle attend ça avec impatience.

Dana refoula ses larmes d'un battement de paupières.

— C'est à cause des hormones, murmura-t-elle. Il faut que je rentre à la maison pour m'arranger avec la dame qui garde les enfants. Je reviendrai quand Mia aura repris connaissance. Ne lui dites rien avant mon retour, d'accord ?

Refoulant son envie de pleurer, Reed acquiesça d'un signe de tête.

— Entendu. Pour l'instant, nous dirons seulement aux autres qu'elle est sortie du bloc. Et nous allons attendre.

Elle lui prit les mains dans les siennes, comme elle l'avait fait le jour où ils s'étaient rencontrés pour la première fois.

— Et prier.

Mardi 5 décembre, 7 h 25

— Comment va-t-elle ? chuchota Dana.

Reed esquissa le geste de se lever, mais la jeune femme le fit rasseoir sur la chaise au chevet du lit dans l'unité de soins intensifs. Ce qui ressemblait à une centaine de tubes était relié au corps de Mia et son visage était aussi blanc que ses draps.

— Toujours pareil.

Elle n'avait pas bougé d'un pouce depuis qu'on l'avait ramenée de la salle de réveil sur un chariot.

— Le docteur dit que si elle ne se réveille pas, c'est en partie à cause de l'épuisement physique accumulé toute la semaine et en partie parce qu'elle a repris le travail trop tôt après sa dernière blessure.

Dana caressa tendrement les cheveux de Mia collés sur son front.

— C'est qu'elle a la tête dure, notre petite chérie. On ne peut rien lui dire.

La balle aurait rebondi sur ta satanée tête de mule, avait dit Jack. *Parfois, je préférerais que tu ne sois pas blindée*. Or, de toute évidence, blindée, elle ne l'était pas.

— La dernière chose qu'elle m'ait dite est que j'aurais dû lui laisser porter ses plaques d'identification. Je ne suis pas du genre superstitieux, mais je me demande si elle n'avait pas raison.

— Sûrement pas ! Il fallait qu'elle se débarrasse de ses plaques et je vous suis reconnaissante de l'en avoir persuadée. Elle est flic, Reed. Elle court des dangers tous les jours. La superstition n'a rien à voir là-dedans. Avez-vous pris un peu de repos, au moins ?

— Oui, un peu, répondit-il, en fixant le regard apaisant de Dana. Pourquoi sa mère refuse-t-elle de subir les tests de compatibilité ?

— Annabelle a toujours tenu ses filles pour responsables de tout ce qui arrivait. Elle disait que si elles avaient été des garçons, elle aurait mené une vie différente. Mais si Bobby avait eu des fils, il aurait trouvé d'autres raisons de les maltraiter. Il était comme ça. Kelsey et Mia en ont fait les frais.

— Est-ce qu'elle aime sa mère ?

Dana haussa une épaule.

— Je crois qu'elle se sent obligée. Mais n'essayez pas de donner un sens à ce qui n'en a pas. Vous pensez peut-être que si elle aimait sa mère malgré tout, cela justifierait en quelque sorte votre décision. Mais ce n'est pas ainsi que ça marche.

— On croirait entendre un psy, marmonna-t-il.

Elle rit doucement.

— Allez dormir, Reed. Je vais rester auprès d'elle et je vous appellerai dès qu'elle se réveillera. Je vous le promets.

Elle lui tendit un sac en papier.

— Je l'ai trouvé dans mon séjour. Mia a acheté un livre

pour Jeremy dimanche et elle a laissé ça. C'est pour vous. D'habitude, elle ne lit pas ce genre de choses, alors je me suis permis d'y jeter un coup d'œil. Surtout, n'oubliez pas le mot qui est à l'intérieur.

Reed attendit d'être de retour dans sa chambre d'hôtel, seul pour la première fois depuis… depuis samedi soir, s'avisa-t-il. Depuis que chez lui, dans sa salle de séjour, il avait pris conscience que Mia le rendait heureux. Elle allait se réveiller, il le fallait. Il ne pouvait en être autrement.

Il sortit un livre du sac et fronça les sourcils. C'était de la poésie. Des vers durs, sarcastiques, écrits par un type du nom de Bukowski. Le livre avait pour titre *L'amour est un chien de l'enfer.* Reed prit une inspiration et l'ouvrit à la page où Mia avait écrit un message. Comme tout ce qui la concernait, l'écriture de Mia était exubérante, informe et désordonnée.

« Ceci n'est pas mon cœur. Plutôt mon vague à l'âme. Mais mes propres mots seraient maladroits à m'exprimer et ce type-là dit ce que je ressens mieux que moi. Peut-être qu'après tout j'aime la poésie, moi aussi. »

Pas son cœur ? *Dieux du ciel !* Il ferma les yeux, se souvint de la nuit où elle avait vu l'alliance qui pendait à son cou. Ce soir-là, il avait relu les poèmes de Christine et, à son réveil, le carnet se trouvait sur la table de chevet. Mia avait dû lire la dédicace de Christine. A présent, le livre de sa femme, empreint de beauté lyrique, était parti en fumée, et ce qu'il tenait à la main, c'était un livre nouveau, empli de mots rudes, passionnés, parfois rageurs. Or, le sentiment qui en émanait le touchait au plus profond de son être et, tandis qu'il lisait les poèmes qu'elle avait choisis pour lui, il laissa enfin couler les larmes qu'il retenait depuis des jours.

Elle s'en sortirait. Mia était trop pragmatique pour accepter une autre issue. *Et moi aussi.*

25

Lundi 11 décembre, 15 h 55

Une infirmière passa la tête dans l'ouverture de la porte.

— Vous avez une visite, inspecteur.

Mia réprima un grognement. Son crâne lui faisait mal. Depuis qu'on l'avait installée dans une chambre privée, le flot des visiteurs n'avait pas cessé. Certes, elle aurait pu demander aux infirmières de leur fermer sa porte, mais pour chacun d'entre eux, elle éprouvait une réelle affection. Et c'était réciproque. Un mal de tête ne lui coûtait pas grand-chose après tout.

— Bien sûr, faites entrer.

Jeremy jeta un coup d'œil furtif dans la chambre. Mia le gratifia d'un large sourire.

— Bonjour, bonhomme !

— Bonjour, répondit-il en approchant du lit. Tu as l'air d'aller mieux.

— Je vais mieux, dit-elle en tapotant le matelas. Comment ça se passe à l'école ?

Il grimpa avec précaution sur le bord du lit.

— Ma maîtresse a fait une erreur aujourd'hui.

— Non ? Raconte !

Et le garçon, avec sa gravité coutumière, d'expliquer que l'enseignante avait écorché le nom d'un roi de Babylone dont Mia n'avait jamais soupçonné l'existence. Tandis qu'il parlait, le mal de tête s'estompa, et Mia chassa de son esprit toutes ses inquiétudes à propos de sa carrière et de son état de santé. L'enfant était sain et sauf. Elle avait accompli quelque chose de primordial, et au diable tout le reste !

Restait toutefois qu'elle souhaitait davantage pour Jeremy. De temps à autre, il souriait et, au cours de la semaine passée, il lui était même arrivé de rire. Il paraissait satisfait de vivre chez Dana, mais, sans bien savoir pourquoi, Mia avait le sentiment que cela ne suffisait pas. Elle désirait qu'il soit heureux, et non simplement satisfait.

Il acheva son récit et, après une longue pause, la scruta attentivement.

— Tu as fait une erreur ce jour-là, dit-il en fronçant les sourcils. En fait, tu as menti.

De quel jour il parlait, Mia n'avait nul besoin de le lui faire préciser.

— Vraiment ?

— Tu as dit à Kates que je ne l'avais pas dénoncé. C'était un mensonge.

Ainsi l'histoire de la maîtresse d'école n'avait-elle servi que d'enchaînement subtil pour aborder l'essentiel.

— Hmm ! Je suppose que tu as raison. Aurais-tu préféré que je dise la vérité ?

Il secoua la tête, se mordit la lèvre.

— Non, ma maman aussi a menti.

— Tu veux dire quand elle a affirmé qu'elle ne l'avait pas vu ? Elle l'a fait pour te protéger.

— Comme toi, répliqua-t-il en se redressant brusquement. Je veux vivre avec toi.

Mia cligna des yeux, ouvrit la bouche. Une foule de bonnes raisons pour refuser se pressèrent dans sa tête, mais aucune ne réussit à franchir ses lèvres. Une seule réponse s'imposait pour cet enfant qui avait déjà tant souffert.

— D'accord.

Elle trouverait un moyen de réaliser cette promesse, dût-elle remuer ciel et terre pour y parvenir.

— Mais je dois te prévenir, je suis très mauvaise cuisinière.

— Ça ne fait rien, s'empressa-t-il de la rassurer, tout en se blottissant contre elle, la télécommande serrée dans sa petite main. J'ai commencé à regarder des émissions culinaires à la télé. Ça n'a pas l'air trop compliqué. Je crois que je serai capable de faire la cuisine pour nous deux.

Elle éclata de rire et lui déposa un baiser sur le sommet de la tête.

— Tant mieux !

Lundi 11 décembre, 17 h 15

Dana était venue rechercher Jeremy, et Mia se retrouvait seule une fois de plus. Il lui fallait réfléchir à tout ce qui s'était passé ces derniers temps. Elle avait gagné un chat et un petit ami, perdu un rein et toute possibilité d'avancement professionnel, et tout cela en l'espace de deux semaines. Kates était mort, de la main de Reed. Jeremy était vivant, de même qu'Annabelle. Elle aurait sacrifié n'importe quoi pour sauver Jeremy, mais le sauvetage de sa mère lui avait coûté sa carrière, ce qui lui semblait bien cher payé.

J'aurais dû descendre Kates quand j'en avais l'occasion, se dit-elle. Bien qu'Annabelle lui fût apparue comme une étrangère, assise là, à la merci du tueur, elle avait sauvé sa mère au risque de sa propre vie. Mais ne s'était-elle pas déjà exposée à maintes reprises pour secourir de parfaits étrangers ?

Pour autant, un inconnu serait plus volontiers disposé à lui faire don d'un rein que sa propre mère. Difficile de ne pas en éprouver une certaine amertume ! *Mais je vais vivre.* Et dans la pratique, c'était tout ce qui importait. Cependant, à moins qu'on ne trouvât un donneur, sa carrière était brisée. Kelsey n'était pas compatible, pas plus que Dana, Reed, Murphy et tous ceux de ses amis qui s'étaient spontanément portés volontaires. Apparemment, même Carmichael s'était présentée, mais en vain.

Olivia constituait sa plus solide planche de salut, mais Mia ne se sentait pas le courage de lui réclamer un don d'organe. Elles ne se connaissaient pas assez. Un jour, peut-être, elles deviendraient amies. Mais, dans ce cas, Mia tenait à ce que cela se passe naturellement. Elle refusait de nouer une relation dans le seul espoir de pouvoir plus tard quémander un rein. Ce serait faire preuve de… sans-gêne.

Aussi semblait-il qu'une reconversion professionnelle fût nécessaire dans un avenir proche. *Vers quoi tout cela la mènerait-il ?* Question tout aussi intéressante que terrifiante. Nul besoin, toutefois, de s'en préoccuper dans l'immédiat. Pour l'heure, elle prenait le repos que Spinnelli lui avait ordonné. Pas sur une plage, certes, *mais je vais vivre !*

— Bonjour !

Reed entra, un journal dans une main, un grand sac en plastique dans l'autre.

— Comment te sens-tu ?

— J'ai mal à la tête, sinon, je vais bien. Je te jure, Solliday, si c'est encore une boîte de préservatifs que tu as dans ce sac, tu ferais mieux de te trouver une autre femme !

Il s'assit sur le bord du lit et l'embrassa tendrement.

— Je vois que tu as toujours la langue bien pendue ! répliqua-t-il en lui tendant le journal. Je pense que ceci va t'intéresser.

Sur la première page s'étalait un gros titre : UNE JOURNALISTE LOCALE MISE EN EXAMEN POUR EXTORSION. L'article était signé Carmichael.

Les lèvres de Mia se retroussèrent.

— Voilà qui est mille fois plus efficace que tous ces antalgiques que vous vous obstinez à me faire avaler.

Elle parcourut la page des yeux puis releva la tête avec un grand sourire.

— Holly Wheaton va bel et bien animer sa prochaine

émission depuis sa cellule. Je n'aurais jamais osé croire que ma menace se réaliserait pour de bon.

— Tu m'as expliqué pourquoi elle te détestait, mais tu ne m'as jamais dit pour quelle raison *tu* la haïssais.

— Ça n'a plus aucune importance, maintenant. Tu te souviens, je t'ai raconté comment Guy et moi nous étions querellés dans ce restaurant chic et comment je lui avais rendu sa bague ? Eh bien, quelqu'un avait prévenu Wheaton de notre présence. On lui avait retiré la présentation des grands titres de l'actualité parce que aucun flic ne la laissait plus approcher d'une scène de crime, et elle s'était retrouvée à couvrir les potins mondains. Bref, elle nous a attendus à la sortie du restaurant avec une caméra. Elle m'a demandé s'il était exact que Guy et moi avions rompu. Ce n'était même pas une nouvelle digne de figurer dans la rubrique people. Ce n'était que pure méchanceté de sa part.

Elle exhala un soupir avant de reprendre :

— C'est comme ça que Bobby a appris qu'il n'obtiendrait plus de billets gratuits pour les matchs de hockey. Il a fait en sorte que je sache qu'il n'était pas du tout content. Je n'aurais pas dû m'en soucier. J'imagine que c'était une raison stupide de la détester. N'empêche ! Je suis ravie qu'elle aille en prison.

Reed éclata de rire et l'embrassa de nouveau.

— Moi, aussi, approuva-t-il avant de prendre place sur une chaise. Beth s'est inscrite pour participer à un autre tournoi de slam. Je suis invité à y assister, et toi aussi, si tu sors d'ici à temps.

Mia recouvra son sérieux.

— Lui as-tu demandé de te réciter *Casper* ?

Une lueur chancela dans les yeux sombres de Reed, quelque chose d'intense et de profond.

— Oui, et ensuite je lui ai dit que je l'aimais, comme tu me l'avais recommandé.

— Elle est douée.

— C'est vrai. Je ne me doutais absolument pas de ce

qu'elle ressentait. Dire qu'elle croyait que j'étais prêt à l'échanger contre sa mère ! Je n'ai jamais eu l'intention de lui faire du mal.

— Que comptes-tu faire pour y remédier ?

— J'ai fait appel à des entrepreneurs du bâtiment au sujet de la maison. Nous nous sommes mis d'accord sur les plans des gros travaux, mais je vais laisser Beth et Lauren se charger de la décoration. En ce qui concerne ma chambre, tu as toute latitude pour proposer des idées.

Elle haussa les sourcils.

— Moi ?

— C'est là que tu habiteras dès que tu sortiras d'ici, décréta-t-il avec une agressivité inhabituelle.

Elle continuait de le fixer d'un regard stupéfait.

— Vraiment ?

— Tout à fait. Au moins le temps que tu te rétablisses. Ensuite, tu pourras partir si tu veux. Tu trouves à redire, Mitchell ?

Visiblement, il n'en menait pas large. Ce qui le rendait d'autant plus charmant.

— Bon, d'accord, concéda-t-elle. Mais je pourrai vraiment suggérer tout ce qui me passe par la tête ?

Il se détendit.

— Je ne veux ni rayures ni écossais. A part ça, tu es libre.

— Entendu, répondit-elle en joignant ses mains aux siennes. Jeremy est venu me voir, aujourd'hui.

— Et vous avez regardé la télé, ajouta Reed avec flegme.

— Une émission sur l'histoire du fromage, ou un truc de ce genre, admit-elle avec un petit rire. Puis regardant ses mains, elle ajouta : Reed, j'ai réfléchi, je ne veux pas que Jeremy grandisse dans des familles d'accueil, même dans un foyer aussi chaleureux que celui de Dana.

— Tu veux l'adopter ?

— Oui. Il m'a demandé s'il pouvait vivre avec moi lorsque je serai sortie de l'hôpital. J'ai dit oui et je ferai ce qu'il faut pour tenir ma promesse. Je tenais à ce que tu le saches.

— Nous avons une chambre d'amis. Il pourra s'y installer. Mais pas question qu'il ait sa propre télévision. Ce gosse regarde déjà trop la télé.

Recueillir un enfant dans sa maison semblait ne poser à Reed aucun problème ! Sa générosité et la facilité avec laquelle il acceptait de se charger d'une si lourde responsabilité laissèrent Mia désorientée.

— Reed, il s'agit d'un enfant. Un être humain. Je ne veux pas que tu prennes une telle décision à la légère.

Les yeux de Reed s'assombrirent.

— C'est ce que tu as fait ?

— Non, bien sûr !

— Eh bien, moi non plus. J'ai moi aussi une chose importante à te dire. Tu te rappelles quand je t'ai demandé si tu croyais à l'âme sœur.

— Oui, répondit Mia, le cœur battant.

— D'après toi, il était possible que certaines personnes la rencontrent.

— Et tu as ajouté qu'on ne pouvait en avoir qu'une seule.

— Non, j'ai dit que je ne savais pas.

— Bon. Ensuite tu as affirmé n'avoir jamais trouvé quelqu'un pour remplacer Christine.

— Et ça n'arrivera jamais.

Mia tiqua. La conversation prenait une direction à laquelle elle ne s'était pas attendue.

— Pourquoi m'as-tu proposé d'habiter chez toi, Reed ? Parce que si ce n'est que par pitié, ça ne m'intéresse pas.

Il leva les yeux au plafond et laissa échapper un soupir d'agacement.

— Je ne suis pas très doué pour ce genre de conversation. La première fois non plus, d'ailleurs. A la vérité, c'est Christine qui m'a demandé en mariage.

— Tu n'es… tu n'es pas en train de me faire ta demande ? bégaya Mia, abasourdie.

Il lui décocha ce sourire de petit garçon qui ne manquait jamais de la subjuguer.

— Non, mais tu devrais voir ta tête en ce moment !

Reprenant son sérieux, il lui prit les mains et les porta à ses lèvres.

— Je n'ai pas pu remplacer Christine. Elle a été une part importante de ma vie. Elle m'a donné Beth. Mais ce dont je me suis aperçu, par contre, c'est que je n'ai pas besoin de la remplacer. J'ai aimé Christine parce qu'elle a fait de moi ce que je n'aurais pas pu faire seul. Elle m'a rendu heureux.

Il leva les yeux et sourit.

— *Tu* me rends heureux.

Mia essaya de ravaler la boule qui lui étranglait la gorge.

— A la bonne heure !

Il leva un sourcil.

— Et ?

— Et tu me rends heureuse aussi, dit-elle avec une légère grimace. Maintenant, je me demande ce que le sort nous réserve.

— Ce n'est pas un crime d'être heureux, Mia ! Crois-tu au coup de foudre ?

Question piège s'il en fut.

— Non.

— Moi non plus, plaisanta-t-il. Surtout que la première fois que je t'ai vue, tu avais l'air d'une folle.

— Et toi, tu ressemblais à Satan, rétorqua-t-elle en caressant d'un doigt la petite barbe qui lui entourait la bouche. Mais j'avoue que ça commence à me plaire. Reed, il se peut que je ne sois plus jamais… normale.

Le sourire moqueur de Reed s'évanouit d'un seul coup.

— Je sais. On s'occupera de ce problème en temps voulu. Pour l'instant, contente-toi de te rétablir. Nous continuerons à chercher un donneur compatible.

Il s'éclaircit la gorge.

— Je t'ai apporté quelque chose, poursuivit-il en plongeant la main dans le grand sac en plastique dont il retira un jeu de Cluedo. Je me suis dit que tu devais entretenir tes talents de détective.

Les yeux de Mia s'embuèrent.

— C'est moi qui joue la première. Mais je ne veux ni le revolver ni le poignard.

Il installa le plateau.

— Tu peux prendre le chandelier si tu veux. Mais ce n'est pas parce que tu as un trou dans le ventre que tu as droit à un traitement spécial. Tu jettes les dés quand c'est ton tour, comme tout le monde.

Mia s'apprêtait à suspecter le colonel Moutarde d'avoir commis le meurtre dans la bibliothèque à l'aide de la clé anglaise, lorsqu'une voix provenant du seuil de la chambre la fit sursauter.

— Mademoiselle Rose, dans la véranda avec la corde.

Les yeux de Mia s'agrandirent.

— Olivia ?

Reed parut, quant à lui, moins surpris, mais plus inquiet.

— Olivia, répéta-t-il entre ses dents.

La jeune femme s'approcha du pied du lit et respira un grand coup.

— Bon !

Dans l'esprit de Mia, l'imagination le disputa à l'espoir, si faible fût-il.

— Bon, quoi ?

Olivia lança un regard à Reed.

— Tu ne lui as pas dit ?

Il secoua la tête.

— Je ne voulais pas lui donner de faux espoirs. D'ailleurs, tu avais refusé.

— C'est seulement que je n'avais pas accepté, rectifia Olivia avant de croiser le regard de Mia. Reed m'a appelée le lendemain du jour où tu as été blessée et m'a expliqué ce dont tu avais besoin. Il m'a dit aussi que ta mère avait refusé. Je reconnais que tu as gagné, grande sœur. Ta famille est encore pire que la mienne.

Mia la fixait, un rien décontenancée.

— Tu veux dire que tu acceptes de subir les examens ?

— Non, c'est déjà fait. Je ne dis jamais oui tout de suite, à quoi que ce soit. Il fallait d'abord que je me renseigne, ensuite que je passe les tests et que je pose des congés.

— Eh bien ? demanda Reed impatienté.

— Eh bien, me voilà ! Je suis compatible. L'intervention aura lieu la semaine prochaine.

Reed poussa un soupir de soulagement.

— Dieu soit loué !

Mia secoua la tête.

— Mais pourquoi ?

— Oh, ce n'est pas parce que je t'aime, je ne te connais même pas, constata Olivia, les sourcils froncés. Mais je sais à quoi tu devrais renoncer si je ne le faisais pas. Tu es un flic. Un bon flic. Si on ne te greffe pas un rein, tu peux dire adieu à ton métier, et du coup Chicago perdra l'un de ses meilleurs policiers. J'ai le pouvoir d'empêcher cela, et je le ferai.

— Tu ne me dois rien, Olivia, protesta Mia en scrutant le visage de sa demi-sœur.

— En effet, mais peut-être que si, après tout. Peu importe, de toute façon. Je ferais la même chose pour n'importe quel flic de mon service. Alors pourquoi pas pour quelqu'un de mon propre sang ? Maintenant, si tu n'en veux pas…, conclut-elle d'un air agacé.

— Elle accepte, intervint Reed d'un ton ferme, avant de prendre la main de Mia. Laisse-la t'aider, je t'en prie.

Or, Mia n'était pas prête à céder à l'espoir. Pas encore.

— Tu as bien réfléchi à quoi tu t'engages, Olivia ?

Sa demi-sœur haussa les épaules.

— Mon médecin affirme que je pourrai reprendre mon service d'ici à quelques mois. Mon capitaine a approuvé ma demande de congé. Je ne suis pas certaine que j'aurais pu accepter, sinon.

Mia plissa les yeux.

— Une fois que tu m'auras donné ton rein, je ne te le rendrai plus jamais.

Olivia émit un petit gloussement.

— Compris ! dit-elle en tirant une chaise de l'autre côté du lit. Je voulais m'excuser auprès de toi. Ce soir-là, quand nous avons discuté… j'ai été tellement bouleversée que je suis partie en courant. En fait, j'ai couru jusque dans le Minnesota.

— Tu avais besoin de temps pour digérer la nouvelle. Je n'avais pas eu l'intention de te l'asséner aussi brutalement.

— Je sais, tu avais eu une journée éprouvante, convint Olivia avant d'ajouter avec un sourire : Au fait, tu as accompli du beau travail dans l'affaire Kates. J'ai lu l'article dans la *Tribune*. Le *Bulletin*, je le boycotte, par principe.

Mia lui rendit son sourire.

— Moi aussi.

Son visage redevint grave tandis que le sourire d'Olivia s'évanouissait.

— Mia, je regrette. J'ai porté un jugement alors que j'ignorais tout. Je comprends mieux maintenant. Et je te remercie d'avoir tout essayé pour que je ne me sente pas… rejetée. Tu avais raison. J'ai eu plus de chance que toi. J'aimerais tant que ma mère soit encore en vie pour que je puisse le lui démontrer !

Elle se leva.

— Je vais prendre une chambre d'hôtel et dormir un peu. J'ai été de garde toute la nuit avant de venir ici.

— Je t'offrirais volontiers l'hospitalité, mais nous habitons nous-mêmes encore à l'hôtel, dit Reed.

— Ce n'est pas grave. Le chirurgien a mon dossier médical. Il pratiquera une dernière fois tous les tests la veille de l'intervention. Ensuite, c'est une affaire réglée. Il dit que l'opération se fera sous laparoscopie pour toutes les deux. Je sortirai au bout d'un ou deux jours. Et toi, tu seras rentrée à la maison pour Noël.

Elle interrogea Reed du regard.

— Je suppose que ça te convient ?

Il approuva d'un signe de tête peu assuré.

— Tout à fait. Merci.

Sur ce, Olivia prit congé. Mia la suivit du regard un moment avant de se tourner vers Reed, les yeux humides.

— Tu as fait ça pour moi.

— J'ai essayé. Je ne croyais pas qu'elle accepterait.

— Le premier jour où nous nous sommes rencontrés, tu m'as offert ton parapluie.

— Je me souviens.

— Aujourd'hui, tu me redonnes la vie. Une part importante, en tout cas.

Mais pas toute sa vie, s'avisa-t-elle. *Plus maintenant.* Elle était désormais davantage qu'un flic. Elle avait un chat et un enfant. Et un homme assis près d'elle qui la regardait comme s'il craignait de la laisser partir.

— Comment pourrais-je jamais te remercier ?

Les yeux de Reed étincelèrent.

— Je crois que nous trouverons un moyen.

Épilogue

Dimanche 12 août, 9 h 25

— Arrête, Reed !

Mia repoussa la main qui l'effleurait à tâtons.

— Regarde !

— C'est ce que j'essayais de faire, grommela-t-il.

— Je veux dire, regarde les infos. Lynn Pope m'a conseillé de ne pas manquer son émission *Chicago on the Town* ce matin.

Avec un soupir de regret à l'endroit du câlin matinal auquel il devait renoncer, Reed se redressa en position assise sur le lit et passa son bras autour des épaules de Mia. Elle n'hésitait plus à se blottir contre lui désormais. Pour autant, le plaisir qu'il en retirait lui semblait toujours intact. Comme l'était la reconnaissance qu'il éprouvait chaque fois qu'il se réveillait à ses côtés.

Mia était assurément une femme extraordinaire. Un bon flic. Elle avait repris son service quatre mois seulement après l'intervention chirurgicale. Le premier jour où elle était retournée au travail, il l'avait regardée, la peur au ventre, agrafer le baudrier de son revolver à son épaule. Mais il n'avait rien dit. Au cours de la première semaine, Abe Reagan et elle avaient arrêté deux meurtriers. A présent, il la regardait chaque jour boucler la courroie de son étui à revolver et chaque jour la peur lui tordait l'estomac. Mais elle était un bon flic, encore meilleur depuis qu'elle avait reconnu sa nature mortelle. Elle se montrait prudente. Elle aurait eu trop à perdre en agissant autrement. Jusqu'à la fin de sa vie, elle serait obligée de surveiller sa santé et de prendre tous ses médicaments, mais du moins était-elle en vie. Et pour cette raison, Olivia Sutherland figurait désormais sur sa liste de Noël permanente.

Mia s'avérait également une bonne mère, ce dont il n'avait jamais douté, même si elle-même en était la première surprise. Jeremy s'épanouissait. Il s'était découvert une passion pour le football et Mia avait décidé de l'entraîner en vue du championnat des minimes. Ce qui n'empêchait pas le petit garçon de continuer à regarder la chaîne Histoire à la télévision.

Elle n'était plus la fille de personne, dorénavant. Annabelle Mitchell avait été mise en fureur par les « mensonges » que la jeune femme avait proférés au sujet de Bobby en tentant de convaincre Kates de relâcher Jeremy. Et surtout par le fait que « tous les flics avaient pu les entendre grâce au micro dissimulé dans les vêtements de Mia », ce qui, soupçonnait Reed, constituait le véritable crime. Or, la révélation de ces « mensonges » n'avait pas suscité parmi ses collègues la pitié que Mia avait tant redoutée. Pour la simple raison qu'elle s'était attiré le respect qu'elle méritait dans l'exercice de son métier.

Enfin, et ce n'était pas la moindre de ses qualités, Mia se révélait également une bonne épouse. Le jour de leur mariage, Beth les avait informés que c'était aussi le premier jour du printemps. Le choix de cette date spécifique n'avait pas été intentionnel, mais la coïncidence leur avait semblé de bon augure. Christine aurait approuvé, avait pensé Beth. Reed était du même avis.

— Qu'est-ce que c'est ? interrogea-t-il.

A l'écran défilaient les images d'une cérémonie de remise de prix.

— Lynn Pope a été nominée pour le grand prix du journalisme pour son reportage sur Bixby et le Centre de l'Espoir. On dirait qu'elle a gagné. J'espère que Wheaton regarde l'émission depuis sa cellule.

— Sans vouloir être revancharde, bien sûr, ajouta malicieusement Reed à qui elle donna une petite tape.

La scène laissa bientôt la place à un extrait du reportage sur le Centre de l'Espoir que Pope avait réalisé quelques mois auparavant. La journaliste y démontrait que Bixby et Thompson avaient ouvert le Centre à seule fin de tester des méthodes thérapeutiques rejetées par tous les autres établissements. Une enquête approfondie avait mis au jour les irrégularités commises dans la gestion des fonds de l'Etat ainsi que les pots-de-vin versés par les représentants des laboratoires pharmaceutiques qui souhaitaient s'assurer l'exclusivité des traitements médicaux administrés aux enfants. D'après le film, les enseignants de l'établissement étaient renvoyés avant qu'ils ne puissent nourrir le moindre soupçon. Jusqu'à ce que l'imprévu se produise et qu'Andrew Kates attire la lumière des projecteurs sur l'œuvre de Bixby.

Pope avait retrouvé la trace du directeur à Londres où il espérait se faire oublier en attendant que l'émotion suscitée par l'affaire Kates fût retombée. Il avait projeté de reprendre ensuite tranquillement ses activités, mais le reportage de Pope avait eu pour résultat la fermeture de l'école et le placement des enfants dans d'autres institutions.

— J'espère qu'on va donner à ces gosses une véritable chance de réinsertion, remarqua Reed tandis que Pope rendait l'antenne.

Surprise, Mia cligna des yeux.

— Je pensais que tu ne croyais pas à ces fadaises.

Il haussa les épaules.

— Pour certains, je ne dis pas. Ça a bien marché pour Kelsey.

— Mais elle est toujours en prison. Sa libération conditionnelle lui a une fois de plus été refusée.

Il serra Mia contre lui.

— La prochaine fois…

— Espérons.

Repoussant ses idées sombres, elle sortit du lit.

— Ce n'est pas le moment d'avoir un coup de blues. Lève-toi et habille-toi, Solliday. Il ne faut pas que je sois en retard.

Mais au lieu d'obtempérer, il roula sur le côté pour regarder à loisir sa femme enfiler ses vêtements.

— Reed, dépêche-toi ! Tu sais combien de temps il te faut rien que pour choisir tes chaussures.

— Les souliers sont des accessoires de première importance. J'ose espérer que tu ne vas pas porter tes bottes à l'église. Je t'en supplie !

— Ne t'inquiète pas. Je me suis acheté de nouvelles chaussures.

Et, avec une légère grimace, elle brandit une paire de sandales à talons hauts, craquantes en diable.

— Dire que je vais me tordre les chevilles pour une gamine qui ne s'en souviendra même pas !

— Je suis sûr que tu te feras un plaisir de le lui rappeler quand elle aura l'âge, répliqua Reed avec flegme, tout en choisissant son costume. Ce n'est pas tous les jours qu'on devient marraine, Mia. Alors serre les dents et supporte d'avoir mal aux pieds.

Mia prit la photo posée sur la commode. Le bébé avait le visage tout fripé, mais aux yeux de Mia, elle était magnifique. Faith Buchanan, l'enfant de Dana. Pour cette petite fille également, elle serait tante Mia. Mais quelle importance, puisque pour Jeremy elle serait « maman » ? Il ne l'avait pas encore appelée ainsi, mais ça ne tarderait plus, elle le pressentait. Pour autant, elle n'était pas certaine de la façon dont elle réagirait la première fois qu'elle l'entendrait. Probablement de la même manière qu'elle avait réagi lorsque Reed lui avait dit pour la première fois qu'il l'aimait. Comme un bébé, elle avait éclaté en sanglots.

— Mia, as-tu l'intention de rester plantée devant ce

miroir toute la journée ? J'ai besoin d'aide pour boutonner ma chemise.

Elle battit des paupières. Sans qu'elle s'en rendît compte, son regard s'était levé sur son propre reflet. Après avoir reposé le portrait sur la commode, elle se hâta de fermer la chemise de Reed jusqu'au col, noua sa cravate et fixa la pince en place.

— Comment te débrouillais-tu avant moi ?

Il lui embrassa le bout du nez.

— Je mettais beaucoup plus longtemps à m'habiller. Sans compter que je mangeais aussi mes hot dogs sans assaisonnement et que je dormais seul. Je dois admettre que mes conditions de vie se sont considérablement améliorées.

Elle ne put retenir un petit rire.

— Et les miennes, donc !

Remerciements

Marc Conterato, pour ses connaissances médicales.

Cristy Carrington, pour m'avoir initiée à la poésie, et offert ses poèmes intitulés *Nous* et *Casper*.

Danny Agan, qui a répondu à mes questions sur les détectives.

Cindy Chavez, qui a répondu à mes questions sur les familles de placement.

RJay Martin, pour m'avoir fait comprendre le fonctionnement de sa caserne ; et à Jana Martin, pour m'avoir présentée à JRay.

Mon groupe de travail des auteurs de la région de Tampa, pour m'avoir aidée sur tous les sujets — depuis les obsèques de policiers jusqu'aux associations étudiantes. Vous êtes merveilleuses.

Julie Bouse, pour m'avoir raconté l'histoire de sa famille. Tous mes vœux à toi, Julie.

Si des erreurs se sont glissées dans mon roman, j'en suis seule responsable.

Si vous avez aimé *Et tu périras par le feu*, découvrez le nouveau roman de Karen Rose, *Tout près du tueur*, à paraître en juin 2013 en grand format chez Mosaïc.

Pour en découvrir davantage, voici un extrait de ce livre en avant-première…

Baltimore, Maryland
Lundi 3 mai, 5 h 35

Go get yourself some cheap sunglasses…

Lucy Trask fredonnait en même temps que ZZ Top, tout en courant le long du chemin qui traversait le parc de sa résidence. Elle chantait faux, mais quelle importance ? Après tout, la chanteuse du groupe, c'était Gwyn. Elle, elle jouait du violon. De plus, elle ne croisait que des coureurs, comme elle, et qui avaient comme elle des écouteurs aux oreilles.

Elle se sentait libre et seule, comme chaque fois qu'elle courait le matin à l'aube.

Elle s'apprêtait à traverser le parc pour rejoindre l'entrée de son immeuble, quand elle s'arrêta net. Son humeur guillerette s'envola d'un seul coup.

— Oh non, murmura-t-elle tristement. Encore…

C'était M. Pugh, assis à l'une des tables d'échecs, son chapeau de tweed éclairé par le lampadaire derrière lui.

Elle quitta le chemin et se dirigea à petites foulées vers le carré d'herbe où son vieil ami avait passé tant d'heures à battre aux échecs ceux qui le défiaient. Mais ce temps était révolu. A présent, il était assis seul à la table, au petit jour, la tête baissée, le col de son manteau remonté sur son visage.

Elle soupira. Il s'était encore aventuré hors de chez lui. Elle ralentit et l'approcha en silence.

— Monsieur Pugh ?

Elle lui toucha délicatement l'épaule, soucieuse de ne pas l'effrayer. Il n'aimait pas qu'on le surprenne.

— Il est temps de rentrer chez vous, dit-elle.

Puis elle fronça les sourcils. Normalement, il aurait dû lever la tête, poser sur elle ce regard perdu qui la peinait tant. Elle l'aurait ensuite raccompagné chez lui, où Barb, qui veillait sur lui vingt-quatre heures sur vingt-quatre, était sûrement en train de l'attendre. Mais il ne leva pas les yeux. Il demeura immobile. Etrangement figé. Le cœur de Lucy fit un bond.

Elle allongea le bras pour poser deux doigts à la base de son cou, puis se couvrit la bouche pour étouffer un cri quand il s'effondra en avant sur la table, son chapeau tombant de sa tête. Pendant quelques secondes, elle ne put que fixer, horrifiée, le spectacle qui s'offrait à elle. La tête de M. Pugh était démolie, couverte de sang coagulé. Et son visage… Elle recula en titubant. La bile lui brûla la gorge.

Seigneur… Il n'avait plus de visage. Plus d'yeux non plus.

Elle recula de nouveau.

Non.

Elle entendit un lointain gémissement, en ayant vaguement conscience qu'il sortait de sa gorge. L'air se bloqua dans ses poumons, puis elle se força à respirer.

Elle parvint à fouiller en tremblant la poche de son short, et en sortit son téléphone portable pour composer le 911. Elle sursauta quand une voix claire lui répondit.

— Ici le 911. Quel est le motif de votre appel ?

— C'est…

La voix de Lucy se brisa et elle contempla de nouveau le cadavre de M. Pugh. Elle ferma les yeux.

— C'est…

De nouveau, sa voix se brisa. Elle ne pouvait plus parler ni respirer.

— Mademoiselle ? insista l'opératrice. Le motif de votre appel ?

Lucy se racla la gorge. Se raccrocha à ses années de pratique. Raffermit sa voix.

— Ici le Dr Trask, du service de médecine légale. J'appelle pour signaler un meurtre.

Lundi 3 mai, 6 heures

L'inspecteur J.D. Fitzpatrick étudia le petit groupe qui s'était rassemblé derrière le ruban jaune. Des voisins, songea-t-il. La plupart étaient encore en robe de chambre et en savates. Il y avait des jeunes, de moins jeunes. Certains pleuraient. D'autres juraient tout bas. D'autres encore juraient et pleuraient.

Il avança lentement et s'approcha de manière à écouter ce qui se disait. C'était le moment où les langues se déliaient, sous l'effet du choc. Le moment d'ouvrir ses oreilles.

— Quel genre de bête sauvage serait capable de faire ça à un vieil homme inoffensif ? murmura une jeune femme en serrant les poings.

— Il n'avait jamais fait de mal à personne, renchérit d'un ton perplexe l'homme qui se tenait près d'elle.

— Ces maudites bandes, grommela un troisième qui, lui, ne s'adressait à personne en particulier. On ne peut plus quitter sa maison, de nos jours.

J.D. remarqua la pelouse bien entretenue du petit parc. Il n'y avait pas trace ici de la présence d'une bande, mais il l'avait compris en arrivant. Les résidents considéraient ce quartier comme un îlot de sécurité. Un sanctuaire à l'abri de la laideur du monde. Du moins en apparence, car, J.D. le savait, la laideur s'insinuait partout.

A présent, les voisins de l'homme assassiné le savaient aussi. Pas besoin d'une bande pour commettre un meurtre. Un criminel suffisait, surtout quand la victime était âgée et vulnérable.

— Barb n'y survivra pas, sanglota une vieille femme

qui s'appuyait contre un vieil homme. Combien de fois lui ai-je dit de le mettre dans un établissement spécialisé ? Combien de fois ?

— Je sais, ma chérie, répondit tout bas son mari.

Il serra sa tête grisonnante contre son épaule, et posa une main sur ses yeux pour la protéger du spectacle.

— Au moins, Lucy est là, ajouta-t-il.

La vieille femme acquiesça en reniflant.

— Oui, elle saura quoi faire.

Barb était probablement la femme ou la fille du décédé, mais J.D. se demanda qui était Lucy et ce qu'avait voulu dire la femme par « elle saura quoi faire ».

Deux agents en uniforme se tenaient de part et d'autre du ruban jaune, dos à dos, l'un face aux voisins, l'autre face à la scène de crime. Ensemble, ils formaient un écran et tâchaient de cacher la victime aux curieux, autant que possible.

L'équipe des experts était déjà sur place, prenant des photos et parcourant le périmètre. Entre les agents et les experts, les gens ne pouvaient pas voir grand-chose, mais J.D. savait par expérience qu'ils avaient regardé tout leur content avant que la scène ne soit bouclée.

Les deux agents en uniforme désignèrent à J.D. un troisième qui se tenait près de Drew Peterson, l'homme qui dirigeait l'équipe scientifique. Ce troisième agent, Hopper, était le premier à être arrivé sur les lieux, lui apprirent-ils.

— Merci.

J.D. contourna les deux agents et pénétra sur la scène de crime en se préparant à ce qui l'attendait. Il dut tout de même retenir une grimace. La victime était installée sur une chaise scellée à la chaussée, le haut du corps affalé sur une table d'échecs. Sa tête et son visage avaient reçu tant de coups qu'il était méconnaissable. Qui avait pu faire ça à ce vieil homme ? Et pourquoi ?

Il portait un imperméable beige, boutonné jusqu'au col, avec la ceinture nouée. Ses mains étaient enfoncées dans les poches de l'imperméable. Il n'y avait à première vue pas de sang sur le vêtement, ni autour de la chaise. Seuls son crâne et son visage étaient couverts d'un sang noir et coagulé.

L'agent Hopper approcha, d'un pas raide et décidé.

— Je suis Hopper, dit-il.

— Fitzpatrick, Homicides, répondit J.D.

Après seulement trois semaines aux homicides, le mot lui paraissait encore étrange, sortant de sa bouche.

— Vous étiez le premier sur les lieux ? demanda-t-il à Hopper.

Celui-ci acquiesça.

— C'est mon secteur, ici. La victime est Jerry Pugh. Soixante-huit ans. De race blanche.

— Vous le connaissiez, murmura J.D. Désolé.

Hopper acquiesça de nouveau.

— Oui, c'est désolant. Jerry était sans défense. Il était malade.

— Il souffrait de démence sénile ? demanda J.D.

Hopper plissa les yeux.

— Oui, comment le savez-vous ?

— La vieille femme aux premières loges, là-bas, a dit qu'elle avait conseillé à Barb de le mettre dans un établissement spécialisé.

— C'est Mme Korbel. Elle a dû le lui conseiller, en effet. Tout comme moi. Mais Mme Pugh, Barb, ne voulait rien entendre. Elle ne pouvait pas s'y résoudre, je suppose. Ils étaient mariés depuis toujours.

— Qui a découvert le corps ?

La question parut surprendre Hopper.

— C'est elle.

Il désigna une femme qui se tenait debout, à l'écart, à l'intérieur du périmètre. Elle avait les bras croisés sur la poitrine, une expression indéchiffrable sur le visage. Mais il se dégageait d'elle une sorte de fragilité, de tension, comme si elle était sur le point de craquer.

Elle était grande, un mètre soixante-quinze environ, de longs cheveux tirés en arrière et rassemblés en une simple queue-de-cheval, dont le blond roux étincelait sous les projecteurs de l'équipe scientifique en petites mèches de feu. Elle était belle, vraiment belle, avec des traits fins, réguliers, un visage qui aurait pu servir de modèle à une statue classique. Mais peut-être était-ce surtout son étrange immobilité qui évoquait une statue.

Elle portait un coupe-vent, un short, une paire de chaussures de courses haut de gamme. Le fait qu'on l'autorise à rester dans le périmètre de la scène de crime laissait supposer qu'elle n'était pas une simple passante. Mais J.D. ne pensait pas l'avoir croisée dans les couloirs de la « maison ». Il se serait souvenu d'un tel visage.

Et encore plus de telles jambes.

— Qui est-c…

Il s'arrêta net. Elle venait de tourner la tête vers eux et il voyait maintenant ses yeux.

En un éclair, il sut qui elle était.

— Docteur Trask, dit-il doucement.

Lucy Trask, la légiste. *Lucy saura quoi faire.*

— C'est le Dr Trask qui a trouvé le corps ?

— Juste avant l'aube, répondit Hopper. Le Dr… Euh… C'est quelqu'un de bien.

J.D. éprouva le besoin de s'éclaircir la voix.

— Je sais. Où est Mme Pugh ?

— Mon partenaire, Rico, est allé la chercher. Mais quand il a frappé chez elle, personne ne lui a ouvert. Le gérant l'attendait avec un double des clés. Le temps qu'on lui ouvre, tout le bâtiment était dehors. Tout le bâtiment sauf Mme Pugh. Rico a fait le tour de l'appartement, mais pas de Mme Pugh. Sa voiture n'est pas dans le parking.

— Aucun signe d'effraction ou de lutte à l'intérieur ?

— Non. D'après Rico, on dirait qu'elle s'est simplement absentée pour quelques jours. Il a trouvé deux gamelles pleines dans la cuisine, de quoi nourrir le chat pendant plusieurs jours, et les appareils électriques débranchés. Le gérant est en train de se renseigner pour obtenir le numéro de la personne à prévenir en cas d'urgence.

J.D. avait écouté Hopper sans quitter le Dr Lucy Trask des yeux. Elle avait détourné le regard, mais il avait eu le temps de se rendre compte qu'elle était vraiment secouée.

Il se concentra sur Hopper.

— Contactez Rico par radio et dites-lui de ne pas appeler ce numéro. Qu'il me le transmette. Je ne veux pas que quelqu'un d'autre que moi annonce la nouvelle à cette femme.

Hopper fronça les sourcils.

— Barb Pugh a près de soixante-dix ans. Elle n'est pas impliquée dans le meurtre de son mari.

— J'entends parfaitement l'argument, répondit J.D.

Il était peu vraisemblable, en effet, qu'une femme âgée ait pu causer de tels dommages.

— Mais je dois procéder comme d'habitude. Elle fait partie de mes suspects tant qu'elle ne m'a pas convaincu de son innocence.

Les sourcils de Hopper descendirent d'un cran.

— Entendu. Je vais contacter Rico par radio.

— Merci.

J.D. alla s'accroupir près du cadavre pour l'observer. Le tueur s'était acharné sur Jerry Pugh. Il s'était servi d'une arme lourde et dure pour frapper violemment, à plusieurs reprises. Les traits du visage étaient écrasés.

La haine, songea-t-il. Ou bien le travail d'un camé sous influence d'une quelconque drogue. Il en avait vu pas mal dans les narcotiques. En tout cas, ce qu'il avait sous les yeux ne ressemblait pas à une petite agression de jardin d'enfants. Le type s'était complètement lâché.

Drew Peterson vint s'accroupir près de lui.

— Salut, J.D. Tu as fait vite. Tu as finalement vendu ta maison de banlieue ?

J.D. et Drew avaient été affectés à la même unité en

sortant de l'académie. Ils s'étaient fréquentés, à une période, mais plus depuis la mort de Maya — J.D. ne sortait plus beaucoup. Il s'était absorbé dans son travail, au bureau des narcotiques. Un peu trop, sans doute. Cette mutation à la section des homicides était plus que bienvenue. Il avait la sensation de prendre un nouveau départ.

— Non, répondit-il. Pas encore.

Il essayait vainement, depuis un an, de se débarrasser de cette maison où il avait vécu avec sa femme. Il commençait à se décourager.

— Tu as trouvé quelque chose ? demanda-t-il.

— Nous venons seulement de terminer les photos. Ensuite on laissera faire les légistes, et on passera l'endroit au peigne fin. Où est Stevie ?

— Elle est en route.

Du moins elle se mettrait en route dès qu'elle aurait trouvé quelqu'un pour garder sa fille. Stevie Mazzetti avait un problème de baby-sitter. Ça ne dérangeait pas J.D. de la couvrir. Cela n'arrivait pas souvent. Stevie était un bon flic. Et une bonne amie, à laquelle il devait beaucoup.

Il désigna la zone herbeuse autour de la chaise.

— Il n'a pas été tué sur place. Pas de sang sur l'herbe ni sur son imperméable beige. Tu as une idée de la manière dont on l'a amené ici ?

— Je parierais pour un fauteuil roulant. J'ai trouvé des traces dans l'herbe. On fera un relevé d'empreintes, si on peut. Le fauteuil n'est pas dans les parages, en tout cas. Celui qui a déposé le type est reparti avec.

— Je ne vois pas de traces de pneus entre le chemin et cette table, fit remarquer J.D. Il a donc été traîné ou porté sur cette portion. S'il a été traîné, il doit avoir de l'herbe sur ses chaussures.

— Tu les as regardées, les chaussures ?

J.D. se pencha sous la table d'échecs. Les chaussures de la victime, des mocassins, étaient neuves et bien cirées.

— Pas la moindre éraflure. Je ne pense pas qu'on l'ait traîné.

— Tu sais combien coûtent des chaussures pareilles ?

— Un paquet.

Elles avaient l'air plutôt chères, en effet, peut-être même était-ce de la confection sur mesure. J.D jeta un coup d'œil par-dessus son épaule, pour évaluer l'immeuble. Il n'était pas miteux, mais ce n'était pas non plus le Ritz.

— Il devait dépenser en chaussures ce qu'il économisait en loyer, commenta-t-il. Je me demande ce qu'il faisait comme travail, avant sa retraite.

— Le docteur doit le savoir, répondit Drew. Elle habite le même immeuble.

— Elle le connaissait ? demanda J.D.

Drew acquiesça.

Voilà qui expliquait la tristesse de son regard, et aussi le fait qu'elle fasse son footing ici, dans ce parc. Elle se trouvait toujours à la même place, debout, immobile, à contempler fixement le corps. Un élan de sympathie serra le cœur de J.D.

— Ça a dû lui faire un sacré choc. Elle ne va pas pratiquer l'autopsie, je suppose ?

— Non. Elle s'est tout de même occupée de faire venir la civière. Elle a l'air de tenir le coup.

— Tout juste, murmura J.D. Je vais l'interroger. Ensuite, je m'occuperai de rechercher la femme de la victime et d'interroger d'éventuels témoins. Appelle-moi si tu as quelque chose.

— Je n'y manquerai pas.

Lucy Trask se redressa en le voyant approcher. Elle avait les yeux secs, mais elle était pâle. Elle continua à fixer le cadavre sur sa chaise.

— Docteur Trask ? Je suis l'inspecteur Fitzpatrick.

A paraître le 1er juillet

Best-Sellers n°568 • suspense

La peur sans mémoire - Lori Foster

Intense et bouleversante. La nuit qu'Alani vient de passer avec Jackson Savor résonne en elle comme une révélation. Après son enlèvement à Tijuana, deux ans plus tôt, et les cauchemars qui l'assaillent depuis, jamais elle ne se serait crue capable de s'abandonner ainsi dans les bras d'un homme. Et pourtant, Jackson, ce redoutable mercenaire qui n'a de limites que celles fixées par l'honneur, a su trouver, le chemin de son cœur. Hélas, cette parenthèse amoureuse est de courte durée. Au petit matin, à peine sortie de la torpeur du plaisir, Alani comprend qu'il y a un problème : son amant, si empressé un peu plus tôt, a tout oublié de leurs ébats torrides. Pas de doute possible : il a été drogué. Mais par qui ? Et comment ? Le coupable est-il lié aux odieux trafiquants sur lesquels Jackson enquête ? Ces questions sans réponse, ce sentiment d'impuissance, Alani les supporte d'autant plus mal qu'elle y a déjà été confrontée. Mais au côté de Jackson, et pour donner une chance à leur histoire, elle est prête à affronter le danger, et ses peurs…

Best-Sellers n°569 • suspense

Le mystère de Home Valley - Karen Harper

Mille fois, Hannah a imaginé son retour à Home Valley, la communauté amish où elle a grandi et avec laquelle elle a rompu trois ans plus tôt. Mille fois, elle a imaginé ses retrouvailles avec Seth, l'homme qu'elle aurait épousé s'il ne l'avait cruellement trahie. Mais pas un seul instant elle n'aurait pensé que cela se ferait dans des circonstances aussi dramatiques. Car dès son retour, alors qu'elle a décidé sur un coup de tête de se rendre de nuit dans le cimetière de la Home Valley, elle est prise pour cible par un homme armé, qui heureusement ne parvient qu'à la blesser. Pourquoi cet homme a-t-il voulu la tuer ? Va-t-il s'arrêter là ? Pour répondre à ces angoissantes questions, Hannah décide d'apporter toute son aide au ténébreux Linc Armstrong, l'agent du FBI chargé de l'enquête, et qui suscite la méfiance chez les autres membres de la communauté amish — et surtout chez Seth. Ecartelée entre deux mondes, entre deux hommes, Hannah va bientôt être submergée par ses sentiments – des sentiments aussi angoissants que les allées du cimetière plongées dans l'obscurité…

Best-Sellers n°570 • thriller

Piège de neige - Lisa Jackson

Prisonnière du criminel pervers qu'elle traque depuis des semaines dans l'hiver glacial du Montana, l'inspecteur Regan Pescoli n'a plus qu'une obsession : s'échapper coûte que coûte. Aussi essaie-t-elle, dans le cachot obscur et froid où elle est enfermée, de dominer la terreur grandissante qui menace de la paralyser. Car ce n'est pas seulement sa vie qui est en jeu, mais également celle d'autres captives, piégées comme elles et promises à la mort. Pour les sauver, autant que pour retrouver ses enfants et Nate Santana, l'homme qu'elle aime, Regan est déterminée à découvrir le point faible du tueur. Pour cela, il lui faudra aller au bout de son courage, de sa résistance physique… Et vaincre définitivement ce maniaque, avant qu'il ne soit trop tard.

Best-Sellers n°571 • suspense
Les disparues du bayou - Brenda Novak

Depuis l'enlèvement de sa petite sœur Kimberly, seize ans plus tôt, Jasmine Stratford a enfoui ses souffrances au plus profond d'elle-même et s'est dévouée corps et âme à son métier de profileur. Mais son passé ressurgit brutalement lorsqu'elle reçoit un colis anonyme contenant le bracelet qu'elle avait offert à Kimberly pour ses huit ans. Bouleversée, elle se lance alors dans une enquête qui la conduit à La Nouvelle-Orléans. Là, elle ne tarde pas à découvrir un lien effrayant entre le meurtre récent de la fille d'un certain Romain Fornier et le kidnapping de sa petite sœur. Prête à tout pour découvrir la vérité, Jasmine prend contact avec Romain Fornier, seul capable de l'aider à démasquer le criminel. Elle se heurte alors à un homme mystérieux, muré dans le chagrin et vivant dans le bayou comme un ermite. Un homme qu'elle va devoir convaincre de l'aider à affronter le défi que leur a lancé le tueur : *« Arrêtez-moi »*.

Best-Sellers n°572 • roman
L'écho des silences - Heather Gudenkauf

Allison. Brynn. Charm. Claire. Quatre femmes prisonnières d'un secret qui pourrait les détruire… et dont un petit garçon est la clé. Allison garde depuis cinq ans le silence sur le triste drame qu'elle a vécu adolescente et qui l'a conduite en prison pour infanticide. Brynn sait tout ce qui s'est passé cette nuit-là, mais elle s'est murée dans l'oubli pour ne pas sombrer dans la folie. Charm a fait ce qu'elle a pu, bien sûr, pourtant elle a dû renoncer à son rêve et se taire. Alors elle veille en secret sur son petit ange. Claire vit loin du passé pour tenter de bâtir son avenir avec ceux qui comptent pour elle. Et elle gardera tous les secrets pour protéger le petit être qu'elle aime plus que tout au monde. Quatre femmes réfugiées dans le silence, détenant chacune la pièce d'un sombre puzzle.

Best-Sellers n°573 • roman
Un jardin pour l'été - Sherryl Woods

Son cœur qui bat plus vite lorsqu'elle consulte sa messagerie, son imagination qui s'emballe lorsqu'elle revoit en pensée le visage aux traits virils de celui dont elle est tombée amoureuse… Moira doit se rendre à l'évidence : elle ne peut oublier Luke O'Brien. Il faut dire qu'avec ses cheveux bruns en bataille, son regard parfois grave mais pétillant de vie, son sourire irrésistible, cet Américain venu passer ses vacances en Irlande n'a guère eu de mal à la séduire. Sauf qu'après le mois idyllique qu'ils ont passé ensemble, Luke est reparti aux Etats-Unis reprendre le cours de sa vie, et peut-être même retrouver une autre femme. Alors que Moira tente de se persuader que tout est ainsi pour le mieux, son grand-père lui demande de l'accompagner à Chasepeake Shores, la petite ville de la côte Est des Etats-Unis où vit Luke. Moira n'hésite que quelques secondes avant d'accepter. Même si, dès lors, une question l'obsède : saura-t-elle convaincre Luke qu'il y a une place pour elle dans sa vie ?

Best-Sellers n°574 • historique

La maîtresse de l'Irlandais - Nicola Cornick

Londres, 1813.

Autrefois reine de la haute société londonienne, Charlotte Cummings a vu son existence voler en éclats lorsque son époux – las de ses frasques – a mis fin à leur mariage du jour au lendemain. Brusquement exclue des soirées mondaines, ruinée et endettée, Charlotte n'a eu d'autre choix que de renoncer à son honneur en vendant ses charmes chez la cruelle Mme Tong. Jusqu'à ce qu'un jour un troublant gentleman ne lui redonne espoir en lui proposant un pacte aussi tentant que surprenant. Si elle accepte de devenir sa maîtresse, elle retrouvera son statut de lady et les privilèges qui vont avec. D'abord hésitante, Charlotte finit par se soumettre à ce scandaleux marché, même si elle pressent que cet homme mystérieux lui cache quelque chose…

Best-Sellers n°575 • historique

Un secret aux Caraïbes - Shannon Drake

Mer des Caraïbes, 1716.

Roberta Cuthbert ne vit que pour se venger du cruel pirate qui a tué ses parents et anéanti le village de ses ancêtres, en Irlande. Pour cela, elle a tout abandonné, allant jusqu'à se faire passer pour un homme et entrer dans la piraterie, afin de parcourir les mers à la recherche de son ennemi. Pourtant, le jour où elle fait prisonnier le capitaine Logan Haggerty, elle comprend que son déguisement ne sera d'aucune protection contre les sentiments troublants que cet homme éveille en elle. Comment pourrait-elle maintenir son image de pirate impitoyable quand elle ne s'est jamais sentie aussi féminine que sous son regard doré ? Bouleversée, Roberta n'en est pas moins déterminée à ignorer la tentation, coûte que coûte. Jusqu'à ce que le capitaine la sauve de la noyade lors d'une violente tempête, et qu'ils ne s'échouent tous deux sur une île déserte…

Best-Sellers n°576 • érotique

L'éducation de Jane - Charlotte Featherstone

Jane le sait : lord Matthew peut être dur. Cassant. Impitoyable avec ceux qu'il pense faibles. Pourtant, lorsqu'elle l'a trouvé, affreusement blessé, dans l'hôpital où elle travaille, et qu'elle l'a veillé jour et nuit, c'est lui qui, les yeux protégés par un bandage, se trouvait à sa merci. Lui, l'homme à la réputation sulfureuse, qui la suppliait de le laisser toucher son visage, sa peau, ses lèvres, son corps tout entier, comme si ces gestes troublants avaient le pouvoir de le ramener à la vie. Alors aujourd'hui, même s'il a recouvré la vue et risque de la trouver laide, comparée à ses nombreuses maîtresses, même s'il est redevenu l'aristocrate arrogant dont les frasques libertines défrayent la chronique mondaine, Jane est décidée à se livrer à lui, corps et âme. Un choix insensé qui pourrait la détruire, mais devant lequel elle ne reculera pas. Car à l'instant où Matthew a posé les mains sur elle, elle a su qu'elle avait trouvé son maître…

Composé et édité par les

éditions HARLEQUIN

Achevé d'imprimer en avril 2013

BRODARD & TAUPIN

La Flèche

Dépôt légal : mai 2013

N° d'imprimeur : 71872

Imprimé en France